Hobbit Presse
Klett-Cotta

WILLIAM HORWOOD

HYDDENWORLD

Der Frühling

Aus dem Englischen übersetzt
von Reiner Pfleiderer

KLETT - COTTA

Hobbit Presse
www.klett-cotta.de/hobbitpresse
Die Originalausgabe erschien unter dem Titel »Hyddenworld. Spring«
im Verlag Pan Macmillan Ltd., London 2010

Printed in Germany
Schutzumschlag: Birgit Gitschier, Augsburg;
© Illustration Max Meinzold, München
Gesetzt von r&p digitale medien, Echterdingen
Gedruckt und gebunden von CPI – Clausen & Bosse, Leck
ISBN 978-3-608-94638-3

INHALT

	Beornamunds Prophezeiung	9
I	DIE REITERIN UND IHRE QUEST	
1	Die Reiterin und ihre Quest	12
2	Bedwin Stort	14
3	Der Pakt	18
4	Ein sonderbarer Ort	22
5	Der Riesengeborene	26
II	DIE FEUER DES UNIVERSUMS	
6	Der Anruf	34
7	In die Menschenwelt	38
8	Geborgte Zeit	43
9	Eine Anfrage	45
10	Master Brif und seine Freunde	48
11	Unwetterwarnung	56
12	Ein Wunderkind	58
13	Eine Entscheidung	68
14	Hagel	73
15	Auf Wache	75
16	Sehr wurdig	78
17	Der Unfall	82
18	In Sorge	86
19	Flammen	88

20 Vom Rand des Universums 93
21 Verrat 99
22 Hilfe 104
23 Nachspiel 109

III ZEHN JAHRE SPÄTER

24 Der Anruf 116
25 Das Gespräch 120
26 Zimmer mit Ausblick 123
27 Das weiße Pferd 128
28 Clare 133
29 Das Haus 138
30 Die ersten Tanzschritte 145
31 Im Garten 154
32 Eine Warnung 166
33 Auf dem Kammweg 175
34 Das Auge des Pferdes 179
35 Heimkehr 186
36 Erneute Warnung 189
37 Aus dem Dunkel 196
38 In der Bibliothek 200
39 Abschied 206
40 Auf dem Waseley Hill 208
41 Alte Wunden 211
42 Schatten 216
43 Das Freudenfeuer 220
44 Verschwunden 224

IV NACH HYDDENWELT

45 In das Henge 230
46 Entführt 233
47 Aufbruch 238
48 Gefangen 241

49 Das Lager 248
50 Kampf und Flucht 251
51 Am Ziel 261
52 Bei den Teufelsringen 264
53 In die Stadt 275
54 Unerreichbar 282
55 Der Übertritt 291
56 Die Erleuchtung 295
57 Ein Albtraum 302
58 Aufbruch 306
59 Die Barmherzigen Schwestern 313
60 Wiederauferstehung 316
61 Hais 326
62 Am Westtor 335
63 Alt und neu 344
64 Lord Festoon 352
65 Durchgerüttelt 363

V BRUM

66 Igor Brunte 374
67 Modors Hände 382
68 Wieder gefangen 390
69 Schaffen Sie Klarheit! 393
70 Festzeit 404
71 Der Verweis 406
72 Schluss mit lustig 416
73 Der magische Knoten 422
74 Wieder vereint 429
75 Nach dem Massaker 432
76 Marschall Brunte 435
77 Im Saal der Jahreszeiten 442
78 Türen 452
79 Flucht 465

VI FRÜHLING

80 Das Dorf 476
81 Krankheit 483
82 Diät 485
83 Hefekuchen 491
84 Genesung 499
85 Abschied 504

VII DIE SCHILDMAID

86 Rückkehr 512
87 Entdeckung 519
88 Die Jahreszeit wechselt 523

Beornamunds Prophezeiung

Ein Schmied namens Beornamund lebte einst in Mercia, einem der sieben großen Reiche von Englalond, jenem sagenumwobenen Land des Nebels, das am nordwestlichen Rand der Dinge liegt.

In seiner Jugend liebte er Imbolc, die Tochter seines Meisters, deren Name in der alten Sprache Frühling bedeutet.

Als sie bei einem Hochwasser von den Fluten fortgerissen wurde und ertrank, widmete er sein Leben fortan der Aufgabe, zum Gedenken an ihre Schönheit und ihrer beider Liebe Gegenstände zu fertigen.

Seine Handwerkskunst war so groß und sein Verständnis des sterblichen Geistes so tief, dass er zum CraftLord erkoren wurde, dem Schöpfer großer Dinge. Viele sagen, er sei der Größte von allen gewesen.

Aus zwei Gegenständen im Besonderen entsprang eine Legende.

Der erste war eine makellose Kugel aus Metall und Glas, die Beornamund am Tag ihres Todes im Zorn erschuf. Sie war so vollkommen, dass sie, als er sie aus Trotz gegen die Götter – die, wie er glaubte, seine Imbolc hatte sterben lassen – in den Himmel schleuderte, etwas von den Feuern des Universums und alle Farben der irdischen Jahreszeiten stahl. Als die Götter dies sahen, zerschmetterten sie die Kugel in hunderttausend Stücke. Er fand nur drei davon, jedes ein makelloser Edelstein, der eine Jahreszeit verkörperte: einer den Sommer, ein zweiter den Herbst und der letzte den Winter.

Beornamund glaubte fest daran, dass auch der Stein des Frühlings in der Nähe seiner Werkstatt lag, doch er fand ihn nie.

Der zweite große Gegenstand war mit dem ersten auf höchst merkwürdige Weise verbunden. Es handelte sich um eine Anhängerscheibe aus Gold, in die er die drei Edelsteine, die er gefunden hatte, einsetzte, in dem Glauben, dass auch der Frühling, der letzte, eines Tages wieder zum Vorschein kommen würde.

Diesen Anhänger trug durch die Jahrhunderte Imbolc, die von den Göttern zur Friedensweberin erkoren worden war und auf einem Schimmel durch die Welt der Sterblichen, Menschen wie Hydden, ritt.

Beornamund prophezeite, dass der Stein des Frühlings erst gefunden werden könne, wenn die Steine des Sommers, Herbstes und Winters von dem Anhänger, den er Imbolc geschenkt hatte, unbemerkt abgefallen und in Vergessenheit geraten seien. Wenn der letzte, der Winter, verlorengehe, werde ihre Reise als Friedensweberin zu Ende sein. Erst dann habe sie ihre Pflicht erfüllt und könne als Imbolc, seine Geliebte, zu ihm zurückkehren.

Doch er warnte auch vor der Gier der Sterblichen, die so zerstörerisch sei, dass der Erde und dem Universum nach Imbolcs endgültigem Hinscheiden die Vernichtung drohe. Das Einzige, was sie retten könne, sei das Kommen ihrer legendenumwobenen Schwester, der Schildmaid. Deren erste Aufgabe werde sein, mit der Hilfe einer Schar tapferer Sterblicher den verlorenen Stein des Frühlings zu finden. Danach müssten im Laufe der Jahre die anderen, über die Erde verstreuten Steine der Jahreszeiten gefunden werden. Erst wenn diese Quest erfüllt sei, könnten die Kugel, die Beornamund zuerst gefertigt hatte, wieder erschaffen, die Feuer des Universums noch einmal entfacht, die irdischen Jahreszeiten erneuert und Erde wie Universum gerettet werden …

I

DIE REITERIN UND IHRE QUEST

1

Die Reiterin und ihre Quest

Kurz vor Sonnenaufgang an diesem ersten Frühlingstag tauchten der Schimmel und seine Reiterin aus dem Dunkel des Winters auf und verweilten auf dem Waseley Hill nahe der Stadt Brum in Englalond.

Kalte Nebelgeister regten sich, aufgewirbelt von den Hufen des Pferdes, oder lagen über den Senken und Gräben unter ihm, sie fürchteten die aufgehende Sonne mehr als die Reiterin.

Da sie zu alt war, um mühelos abzusteigen, sank der Schimmel sanft auf die Knie und ließ sie hinab. Ihre Hände und Finger waren verkrümmt, ihre Augen wässrig, ihr weißes Haar schütter und ihr pergamentenes Gesicht zerfurcht von einer Reise, die fünfzehnhundert Jahre währte.

An ihrem Hals hing eine alte Anhängerscheibe aus Gold, abgenutzt und zerbeult. Die Edelsteine des Anhängers waren fast alle verlorengegangen, und dennoch war er immer noch schön.

Die Reiterin hatte alle Jahreszeiten ihres Lebens durchstanden, und mit dem Beginn der neuen Jahreszeit auf der Erde schickte sie sich an, von geborgter Zeit zu leben, bis sie ihre große Aufgabe zu Ende geführt hatte und zu den Sternen zurückkehren durfte. Denn noch war ihre Quest nicht erfüllt.

Ihr Körper mochte der eines alten Weibes sein, doch in ihren Augen leuchtete noch das Licht der Liebe, die sie empfangen hatte, als sie jung und schön gewesen war, und die sie zum Dank dafür seit jener Zeit der Erde und den Sterblichen zurückgab.

So stand sie jetzt im feuchten Gras auf einem Hügel, auf dem ihr Liebster sie einst in den Armen gehalten hatte, und blickte über die noch dunkle Landschaft unter ihr. In dem sich lichtenden Dunkel der großen Menschenstadt sah sie, was kein Mensch zu sehen vermochte: die geheime und sagenumwobene Stadt von Hyddenwelt.

Brum, die einstige Hauptstadt Englalonds, war heute das letzte Bollwerk der Freiheit und der rebellischsten Neigungen der Sterblichen, der Neigung zu schalkhaftem Humor und Eigensinn.

Der Name der Reiterin war Imbolc, was in der alten Sprache Frühling bedeutet. Ihr Geliebter war Beornamund gewesen, der größte CraftLord von allen, Gründer von Brum. Die Quest war ihre letzte und schwierigste Aufgabe. Sie musste ihre Schwester und Nachfolgerin, die Schildmaid, finden. Denn es drohte Ungemach, nicht nur in Englalond und der übrigen Welt, sondern überall im Universum. Die Zeit war gekommen, da die Schildmaid gebraucht wurde.

Das Ende der Tage drohte, und Imbolc, die Friedensweberin, hatte die Welt so gut es ging auf das, was zu tun war, vorbereitet, wohl wissend, dass sie den Rest ihrer Schwester überlassen musste, wann und wie auch immer sie gefunden werden mochte.

Jetzt stand sie da, am Zügel ihres herrlichen Schimmels, blickte in den kalten Morgen ringsum und harrte der Dinge, die da kommen sollten.

2

BEDWIN STORT

Drei Hydden und ein halber – der halbe war ein elfjähriger blonder Knabe, dünn und schlaksig – lagen zusammengekauert in einem Graben unweit der Stelle, wo Imbolc stand, und schliefen.

Einer von ihnen war Brif, der Meisterschreiber von Brum und der bedeutendste Archivar seiner Zeit. Er war mit seinen gut neunzig Zentimetern Körperlänge groß für einen Hydden und zum Schutz gegen die Kälte in einen dicken, schmutzigen, roten Mantel mit der schwarzen Wollkapuze eines Gelehrten eingemummt.

Neben ihm lag die gedrungene, kräftige Gestalt Mister Pikes, der mit seinen dreißig Jahren beträchtlich jünger war als Brif. Er war ein Knüppelmann, ein in den Kriegskünsten ausgebildeter Hydden, der momentan die Aufgabe hatte, Brif vor all jenen zu schützen, die ihm nach Leib und Leben trachteten, aber auch vor seinem eigenen Leichtsinn, der ihn bisweilen dazu trieb, Orte aufzusuchen, die er besser meiden sollte. Sein schwerer Ironclad, ein an beiden Enden mit Eisenbändern beschlagener Knüppel, lag neben ihm.

Der Dritte, der mit ihnen das schlammige Lager teilte, war Barklice, einer der angesehensten Forstmeister der Stadt, dessen traditionelle Aufgabe darin bestand, in Brum und Umgebung umherzureisen, Streitigkeiten zu schlichten, Wogen zu glätten und die bisweilen erhitzten Gemüter in verschiedenen Hydden-Gemeinden zu beschwichtigen.

Als Forstmeister war er nicht nur einer der erfahrensten lebenden Wegekundigen in Englalond, sondern auch – und dies war ein weiterer Nebeneffekt seines aufreibenden Berufs – von schlanker Gestalt, schmal im Gesicht und frei im Geiste.

Alle trugen Hosen und Jacken, dazu selbstgefertigte Schuhe, deren Oberteil aus Leder bestand und die mit dem besten Material besohlt waren, über das sie verfügten: Laufflächengummi von ausrangierten Autorreifen der Menschen.

Keiner der drei hatte eine angetraute Wyf oder sonstige Angehörige, und so hatten sie sich zusammengetan und waren am Abend zuvor aus der Stadt marschiert, um die Ankunft des Frühlings zu begrüßen, mit Geschichten und Geplauder, Scherzen über sich und die Welt und ein paar einfachen Ritualen, die tief in ihrem Glauben an Mutter Erde wurzelten. Noch tiefer freilich verehrten sie den Spiegel aller Dinge, in dem, wie sie glaubten, Wirklichkeit und Dasein aller Sterblichen, Hydden wie Menschen, abgebildet waren.

Hydden wie sie feiern den Frühlingsbeginn an einem ganz anderen Tag, als es die Menschen gewöhnlich tun. Menschen leben nämlich vorwiegend in Städten und Häusern, die sie von den Elementen trennen, und dass der Frühling in der Luft liegt, merken sie daher erst, wenn er eigentlich längst begonnen hat.

Hydden sind der Erde näher und wissen, dass die schönste aller Jahreszeiten nicht erst im März oder April anbricht, sondern viel früher. Sie beginnt mit den ersten Regungen im kalten Boden, wenn es in tiefen Höhlen gähnt und scharrt, wenn da und dort ein milderes Licht durch die noch trüben, winterkalten Wolken flimmert, und mit dem Gurgeln der Bäche, das mit der Schmelze des Winterschnees und dem Regen im späten Januar anhebt, mit dem Erwachen neuen Lebens und wiedergefundener Freude.

Niemand kann mit Gewissheit sagen, zu welcher Stunde oder an welchem Tag der Frühling tatsächlich beginnt, doch im nördlichen Teil von Hyddenwelt wird der erste Frühlingstag willkürlich auf den 1. Februar nach dem menschlichen Kalender gelegt, und ebendies war der Grund, warum Master Brif und seine Freunde trotz der nasskalten Witterung in südwestlicher Richtung aus Brum hinaus zum Waseley Hill gezogen waren und die Jahreszeit mit einem warmen Trunk und einem Freudenfeuer begrüßt hatten. Der Met war stark gewesen, und sie schliefen und schnarchten noch.

Der Vierte unter ihnen, der »Halbe«, wie er, obschon groß für sein Alter, bisweilen von Brif genannt wurde, hieß Bedwyn Stort und war Brifs Gehilfe. Er lag abseits von den anderen und war fest in einen alten schwarzen Müllsack aus Plastik gewickelt – ein ausgefallener, aber durchaus wirksamer Schutz gegen die Feuchtigkeit. Er trank nie einen Tropfen und war, wie es schien, ein unruhiger Schläfer. Ein unbeschuhter Fuß hatte sich auf der einen Seite einen Weg aus dem Sack in die Freiheit erzwungen, während der andere verdreht in einer Ecke feststeckte.

Ein Arm, der in einer sommersprossigen Hand endete, hatte sich über den Rand des Grabens geworfen, als versuche er, dem Körper zu entfliehen. Die andere lag fest auf dem Gesicht, um die Augen vor dem Dämmerlicht zu schützen.

Doch vergebens.

Finger spreizten sich, ein Auge ging auf und wieder zu, ehe die Hand schließlich ganz weggezogen wurde, ihr Besitzer langsam beide Augen öffnete und neugierig umherspähte, so als wisse er nicht recht, wo oder gar wer er war.

Seine lange Nase schnupperte, und als er den Nebel sah, der in der Luft und über seinen schlafenden Gefährten waberte, nahm sein Gesicht einen überraschten, ja erstaunten Ausdruck an.

Er setzte sich auf und schälte sich aus dem Sack, sodass seine normale Kleidung zum Vorschein kam, bestehend aus einem Anzug aus Harris-Tweed, den er nach eigenem Entwurf selbst geschneidert hatte und der mit so vielen ausgebeulten Taschen unterschiedlicher Form und Größe versehen war, dass sich unmöglich sagen ließ, wo eine aufhörte und eine andere anfing.

Es war der Nebel, der ihn stutzig machte.

»Seltsam«, murmelte er, »er bewegt sich, als sei er aufgewirbelt worden. Das bedeutet, dass ihn irgendetwas aufgewirbelt hat, etwas Großes.«

Er vernahm ein Schnauben.

»Ein Pferd«, sagte er laut zu sich selbst, was er häufig tat, wenn er scharf überlegte. »Aber kein gewöhnliches Pferd. *Kein gewöhnliches Pferd!*«

Er blickte zu den Gefährten, sah, dass sie fest schliefen, und stemmte sich aus dem Graben in das Gras darüber. Dort blieb er reglos stehen, legte den strubbeligen Kopf mit den abstehenden Ohren auf die Seite und lauschte.

»Sehr sonderbar«, sagte er und fügte mit heiterer, aber ernster Ironie hinzu: »Wirklich *wurdig*.«

Denn »Wurd« ist das, was Menschen manchmal Schicksal oder Fügung nennen. Für die Hydden ist die Wurd aber nichts Unausweichliches, sondern die Folge von Entscheidungen, und sie wissen, dass eine Entscheidung ein Leben für immer verändern kann. Deshalb muss die Wurd ernst genommen werden.

Bedwyn Stort zögerte nur kurz, bevor er, ohne an seine Sicherheit zu denken, den Hügel hinaufstieg, in den Nebel hinein. Er war erst elf Jahre alt, aber seine Neugier und sein Streben nach Antworten eilten der Angst vor etwaigen Gefahren, die sein Tun heraufbeschwor, weit voraus.

3

DER PAKT

Was immer Imbolc in dieser letzten Spanne ihrer bislang fruchtlosen Suche nach ihrer Schwester und Nachfolgerin, der Schildmaid, zu sehen erwartet hatte, es war jedenfalls nicht dieser sonderbar gekleidete und schlaksige junge Hydden, der jetzt, noch ein halbes Kind, durchs feuchte Gras zu ihr heraufgestapft kam.

Der Schimmel hatte sich zurückgezogen, und so stand sie alleine da und überlegte, ob sie eine andere Gestalt annehmen sollte, denn es gab wenige Sterbliche, die einer Unsterblichen in die Augen sehen konnten. Diesmal sagte ihr ein Gefühl, dass sie so bleiben sollte, wie sie war.

Friedensweberinnen haben keine gewöhnlichen Augen und sehen im Spiegel der Wirklichkeit nicht nur das jüngste, neueste Abbild dessen, was sich ihnen darbietet. Sie sehen auch, was der Spiegel einst gezeigt hat und dereinst zeigen wird. Sie sehen dies beinahe wie Schatten, hellgrau, mit Tupfern echter Farbe da und dort, verschwommene Ereignisse und vage Prophezeiungen, Bruchstücke der Zeit, die sich zu einem Leben fügen.

Als Imbolc ihre Augen nun auf Bedwyn Stort richtete, staunte sie. Bild um Bild bestätigte ihr, dass er ein höchst ungewöhnlicher Hydden war.

Ein Säugling, der von Geburt an mit der Neugier eines Kindes in die Welt blickte. Ein Kind, das mit dem Wagemut der Jugend seinen Weg ging. Ein Jüngling, der in die Welt hinauszog und die Trennung von den Seinen mit der Reife des Erwachsenen ertrug. Ein Mann, der schon früh vor Schmerz über Verlust und Alter schrie. Und schließlich ein Greis, der sich seine ursprüngliche Unschuld bewahrt hatte und dessen Augen noch dasselbe Lebenslicht erfüllte wie einst, als er sie zum ersten Mal öffnete.

So erschienen ihr Bedwyn Storts Vergangenheit, Gegenwart und Zukunft.

Vor allem sah sie, als er zu ihr heraufstieg, in seinen Augen das Licht großer Liebe, ungetrübt von den Zeiten, die er durchleben musste. Sie kannte es, wie sie ihr eigenes kannte. Und so glaubte sie, endlich einen von denen gefunden zu haben, die der Schildmaid bei der Erfüllung ihrer schweren Aufgabe helfen konnten, vorausgesetzt, sie blieben ihrer Wurd treu und besaßen den Mut und die Kraft, den Pilgerweg der Sterblichen bis zum Ende zu gehen.

Stort betrachtete sie erstaunt, und dann den Anhänger, den sie trug, alt und angeschlagen, wie er war, mit nur noch einem Edelstein, das Gold verbeult von vielen Stößen, der weiße Quarz in seiner Mitte abgenutzt und stumpf und ohne Aussicht, wie es schien, jemals wieder im Licht der Liebe zu erstrahlen.

»Ist das der Anhänger, den Beornamund für Sie gemacht hat?«, fragte er unerschrocken, trotz ihres durchdringenden Blicks.

»Ja, Master Stort, genau der. Die anderen Edelsteine sind jetzt fort, über die Erde verstreut.«

Er nahm ihn genauer in Augenschein und sagte: »Master Brif glaubt …«

»Pst …«, flüsterte sie, hob die Hand und legte ihm einen Finger auf die Lippen, »behalte für dich, was Brif gesagt hat. Es ist besser, wenn ich es nicht erfahre.«

Sie begriff sofort, dass sie einen Fehler begangen hatte. Nicht durch ihre Worte, sondern durch ihr Tun, denn es hieß, dass ein Sterblicher, wenn er von einer Unsterblichen berührt wurde, eine Last aufgebürdet bekam, die er möglicherweise nicht tragen konnte.

Stort verstummte und fühlte einen Wind durch sich hindurchgehen, der als eisiger Hauch begann und als urgewaltiger Schneesturm endete. Der Wind ließ ihn ausgezehrt und gealtert zurück, zwang ihn in die Knie und drohte ihm dort, auf dem Waseley Hill, das Leben zu nehmen.

Doch es heißt auch, dass der Unsterbliche gewinnt, was der Sterbliche verliert, und so spürte Imbolc, die Friedensweberin, wie seine Jugend auf sie überging, sodass sie wieder wurde, was sie einst für Beornamund, den CraftLord, gewesen war: jung, schön, erfüllt vom Leben und der Liebe der Jahreszeit, deren Namen sie trug.

Sie kniete neben Bedwyn Stort nieder, schlang die Arme um ihn und flüsterte: »Du darfst uns noch nicht verlassen, denn du hast eine Aufgabe zu erfüllen ...«

Dann vertraute sie ihm an, dass bald jemand nach Englalond kommen werde, der seiner Hilfe bedürfe.

»... der Riesengeborene ist bereits auf dem Weg ... suche ihn und tu, was in deinen Kräften steht. Tu es, dann werde ich den Spiegel aller Dinge bitten, dir im Licht der aufgehenden Sonne das Leben wiederzuschenken. Willst du das für mich versuchen?«

Stort nickte, hob die Hand und berührte ihre Lippen, so wie sie seine berührt hatte. Sogleich kehrte seine Jugend zurück, und sie begann wieder zu altern.

»So ist es gut!«, sagte sie. »So muss es sein. Geleite ihn sicher durch die kommenden Jahre, damit er bei der Suche nach der Schildmaid helfen kann, und schützt euer Leben in den finsteren Jahrzehnten, die anbrechen werden, wenn ich nicht mehr da bin, um zu helfen ...«

Stort fiel in einen tiefen Schlaf, und im selben Augenblick kehrte der Schimmel zurück, beugte den Kopf, und Imbolc, noch für einige Augenblicke jung, erklomm seinen Rücken und sprengte davon. Die Sonne ging auf, der Nebel wich vor ihrer Wärme, und Imbolc und ihr Pferd waren nur noch Wolken, die am Himmel zerflossen.

Die Sonne weckte Brif und die anderen. Als sie sahen, dass Stort fort war, erhoben sie sich, und nichts Gutes ahnend, spähten sie den Hügel hinauf, wo er im Gras lag.

Pike war als Erster bei ihm, Barklice entdeckte die Hufabdrücke eines Pferdes, doch war es Brif, der erriet, dass Master Stort mehr gejagt hatte als Nebelgeister.

Sie bereiteten ihm einen Trunk, brachten ihn wieder zu sich und dankten der Jugend und dem ersten Licht des Frühlings.

Als er ihnen berichtete, was geschehen war und dass er mit einer Aufgabe betraut worden sei, zu deren Erfüllung er möglicherweise ihre Hilfe brauche, glaubten sie ihm bereitwillig.

»Worin besteht denn diese Aufgabe?«, fragte Brif.

»Ich weiß es nicht genau«, antwortete Stort.

»Gegen wen soll es gehen?«, fragte Pike, die rechte Hand bereits fest auf seinem Knüppel.

»Ich bin mir nicht sicher«, antwortete Stort.

»Nennen Sie mir den Ort, Master Stort, und ich bringe Sie hin«, erbot sich Barklice.

»Äh …«, begann Bedwyn Stort zögernd. »Ich kann mich nicht entsinnen, aber sie hat gesagt, ich würde ihn finden, ich müsse nur gründlich genug suchen.«

»Wer sie?«

»Imbolc. Sie hat mich berührt und …«

Sie sahen einander bestürzt an, denn jeder Hydden weiß, dass Unsterbliche Sterbliche nur berühren, um ihnen ein Leid anzutun. Sie musterten Stort genauer und erkannten, dass er die Wahrheit sprach. Denn rechts an seiner Stirn und an einer kleinen Stelle an seinem Hinterkopf entdeckten sie etwas, was am Vorabend noch nicht da gewesen war – weißes Haar, was bei einem Jüngling ein Zeichen von Unschuld und Weisheit war.

»Ich weiß nur, dass jemand kommen wird, der jünger ist als ich. Und dass er in Gefahr ist und dass wir ihm helfen können …«

»Gentlemen«, sagte Master Brif und erhob sich unvermittelt, »ich glaube, wir bekommen Arbeit. Sie sagen, dass jemand kommen wird, aber an das Übrige können Sie sich nicht erinnern?«

Stort nickte.

»Sei's drum«, befand Master Brif, »es ist zumindest ein Anfang, und wir wissen, dass es ein Knabe ist. Legt eure Hände auf meine, wenn ich bitten darf!«

Pike und dann Barklice streckten ihm die Hände hin.

»Auch Sie, Master Stort.«

Sie schlossen einen Pakt und gelobten, den Auftrag, der Stort erteilt worden war, bis zum Ende auszuführen, als sei es ihr eigener.

»Und nun, Gentlemen, schlage ich vor, wir erklimmen den Hügel. Vielleicht sieht Stort von dort oben klarer, wo wir hinmüssen.«

Aber es sollte anders kommen.

»*Menschen!*«, knurrte Pike mit leiser und dringlicher Stimme. »Ganz in der Nähe. Ich höre sie über den Hügel stapfen.«

Sie zogen sich, ganz nach Hyddenart, in die Höhlen und Gräben des Hügels zurück, wie vor ihnen schon der Nebel, und sie verschwanden, wie er verschwunden war, ehe die Sonne aufging.

4

Ein sonderbarer Ort

Pike hatte nicht ganz recht, denn es waren nicht mehrere Menschen, sondern nur einer.

Arthur Foale, ehemaliger Professor für Astralarchäologie an der Cambridge University, wäre früher gekommen, wenn der Nebel nicht gewesen wäre.

Er hatte für die Fahrt mit dem Auto von seinem Haus in Berkshire bis hierher zwei Stunden veranschlagt, dann aber drei gebraucht und deshalb den Sonnenaufgang verpasst, wenn auch nur um Minuten.

Er war den öffentlichen Fußweg, der bei dem Parkplatz am Fuß des Hügels begann, hinaufgegangen. Er war groß von Gestalt, hatte einen Bart und trug die Art von altgedienten Stiefeln und schlammbespritzten Hosen sowie eine dicke Fleecejacke gegen die morgendliche Kälte, die vermuten ließen, dass er solche Bedingungen gewohnt war. Er trug einen Rucksack, und um seinen Hals baumelten ein Feldstecher und eine kleine Digitalkamera. Seine Hose wurde von einem Gürtel gehalten, an dem ein kleiner, runder Lederbeutel mit robusten Nähten und gut gearbeiteter Schnalle mit Riemen befestigt war. Darin steckte ein Armee-Präzisionskompass.

In der Hand hielt er eine Klemmbrettmappe aus blauem Kunststoff. Die klappte er jetzt auf und warf einen Blick hinein, bevor er vom Weg abbog und etwa auf derselben Höhe, auf der kurz zuvor Stort mit Imbolc zusammengetroffen war, über die Wiese schritt.

Die Mappe enthielt eine topographische Karte der Gegend im Maßstab 1:25000, die wenig aufschlussreiche Auswertung einer geophysikalischen Vermessung des Geländes und einige DIN-A4-Blätter für Notizen.

Er nahm den Kompass aus dem Beutel und versuchte, die Ecke der Wiese etwas oberhalb seines Standorts anzupeilen. Sichtlich verwundert über das Ergebnis, schüttelte er den Kopf und richtete den Blick auf eine Stelle hangabwärts, wo ein Teil des Parkplatzes zu sehen war. Wieder versuchte er, eine Peilung vorzunehmen, und wieder schüttelte er den Kopf.

Im Weitergehen blickte er noch einmal zu diesen beiden Geländepunkten und dann geradeaus und wartete darauf, dass der Nebel sich weiter lichtete. Er wählte einen entfernten Punkt in der Landschaft, suchte ihn auf der Karte und zeichnete ein paar Linien hinein.

Auf diese Weise schritt er, indem er auf den Kompass verzichtete und sich ganz auf sein Auge verließ, in vielen kurzen Etappen über die Wiese, bis er eine halbe Stunde später, nachdem er seine Position anhand von Geländepunkten bestimmt hatte, endlich zufrieden schien. Er legte seinen Rucksack auf die Erde, wo er von der schräg stehenden Sonne angestrahlt wurde. Keine zwei Schritte von der Stelle entfernt waren sich Imbolc und Stort begegnet.

Arthur Foale kauerte nieder und spähte am Boden entlang mal in diese, mal in jene Richtung – wie ein Golfspieler, der die Beschaffenheit eines Grüns studiert, bevor er einen wichtigen Putt spielt. Und er tat es aus einem ganz ähnlichen Grund. Er suchte nach leichten Bodenunebenheiten, die im Sonnenlicht als Schatten hervortraten.

Endlich zufrieden, trug er den Rucksack ein paar Meter bergab zu dem Bach, der den Hügel herunterpläschterte, dicht an der Stelle vorüber, wo Imbolc angekommen war. Dann kletterte er, ohne sich einmal umzudrehen, mit Elan und einer gewissen Erregung den Hang hinauf, bis er zweihundert Meter zurückgelegt und dabei etwa siebzehn Höhenmeter überwunden hatte.

Er blickte den Hang hinunter zu seinem Rucksack und versuchte wieder, die Bodenwellen zu erkennen, die er zuvor schon ausgemacht hatte. Dafür brauchte er geraume Zeit, so lange, um genau zu sein, bis die Sonne so hoch stand, dass die Schatten verschwanden. Aber er hatte genug gesehen und schien hochzufrieden.

Er zückte sein Mobiltelefon und rief zu Hause an.

»Es passt«, sagte er. »Wenn ich recht habe, hatte Beornamund hier seine Werkstatt. Ich …«

Er sprach nicht weiter.

Der launische Wind hatte gedreht und fegte über den Hang, und Nebelfetzen, die vom Bachbett aufstiegen, verhüllten die Stelle, zu der er blickte. Mit dem Aufkommen des Nebels empfing sein

Handy kein Signal mehr. Aber das überraschte ihn eigentlich nicht. Nach den Ergebnissen der geophysikalischen Vermessung und den Schwierigkeiten, die er beim Anpeilen gehabt hatte, war er auf alles gefasst.

In seiner Laufbahn als rühriger und häufig umstrittener Archäologe war ihm noch nie ein so merkwürdiges Gelände untergekommen.

Kompasse spielten verrückt. Mobiltelefone verstummten. Und die geophysikalische Vermessung, die er privat in Auftrag gegeben hatte und deren Befunde er jetzt in Händen hielt, lieferte keinerlei Resultate irgendwelcher Art im weiten Umkreis um die Stelle, an der er den Rucksack zuerst abgestellt hatte. Es war eine bizarre Leere. Ein nie da gewesener Fall in seinem Berufsleben und theoretisch eigentlich unmöglich, da es immer Unebenheiten in der Erde gab und nur eine Kraftquelle, die größer war als alles bisher Bekannte, den Hang so gleichmäßig gestaltet haben konnte.

Der Nebel verzog sich ein zweites Mal, und die Sonne kam wieder heraus, aber sie stand jetzt höher und die Schatten waren endgültig verschwunden.

Sein Mobiltelefon klingelte.

»Bist du sicher?«, fragte seine Frau Margaret.

»Arthur, kannst du mich hören?«

Wie gebannt von der eigentümlichen Schönheit dieses strahlenden Morgens stand Arthur Foale auf dem Hügel und musste an die zwei verschollenen Objekte denken, für die Beornamund besonders berühmt war.

»*Arthur?*«

»Ja«, sagte er, »ich bin hier, aber … gib mir eine Sekunde. Ich denke nach.«

»Worüber denn?«, fragte Margaret nach einer Weile.

»Ich finde, das Gelände hier sollte nicht durch Grabungen entweiht werden«, antwortete er, über diese sonderbare Anwandlung ebenso erstaunt wie seine Frau. Ausgrabungen waren sein Beruf. Wie sonst sollte er die Geschichte, die eine Stätte möglicherweise zu erzählen hatte, ans Licht bringen?

»Ich werde einen anderen Weg finden müssen, ihre Geheimnisse zu lüften«, sagte er zögernd.

»Zum Beispiel?«, fragte Margaret.

Arthurs Methoden waren bisweilen ausgefallen. Sehr ausgefallen. Und nicht selten brachten sie ihm Ärger ein.

»Ich stehe gerade auf dem Hügel und betrachte meinen Schatten, die Sonne ist heute Morgen hier sehr grell«, antwortete er ohne ersichtlichen Grund.

»Und das bedeutet ...?«

Margaret wurde immer unbehaglicher zumute.

»Mein Schatten ist durch Winkel und Gefälle gestaucht. Er ist perfekt geformt, aber nur knapp drei Fuß lang, sodass ich mir ziemlich groß vorkomme. Wie ein Riese.«

Sie wusste, dass er auf Beornamund anspielte, und vermutete, dass er in seinen Überlegungen soeben einen riesigen Sprung gemacht hatte.

Denn nach der angelsächsischen Legende war der CraftLord zwar ein Kind des kleinen Volkes, jedoch, wie es in der alten Sprache hieß, ein »Riesengeborener« – ein biologischer Normabweichler, ein Mutant, ein potenzieller Ausgestoßener. Die meisten so Gearteten wurden getötet, sobald ihre abnorme Größe offenbar wurde, der CraftLord aber war geflohen und hatte sich als Mensch ausgegeben. Erst am Ende seines Lebens, so hieß es, kehrte er in die Welt zurück, in die er hineingeboren worden war, und nahm seine wahre Größe an. Es war ein Rätsel, auf das niemand eine Antwort hatte.

Arthur Foale freilich hatte seit langem eine Theorie, und der Schatten zu seinen Füßen hatte ihn auf eine Idee gebracht, wie er sie überprüfen konnte.

»Ich komme nach Hause«, sagte er zu Margaret. »Ich habe hier gefunden, was mir noch gefehlt hat.«

»*Arthur* ...«, sagte Margaret warnend.

Es war zu spät, die Verbindung war wieder tot.

Eine Idee war geboren, und Arthur Foale war nicht der Mann, der von einer Idee ließ, ehe er nicht überprüft hatte, ob sie richtig oder falsch war.

Ich werde einen anderen Weg finden müssen, ihre Geheimnisse zu lüften, hatte er gesagt.

Margaret gefiel das überhaupt nicht.

5

Der Riesengeborene

Am selben Morgen fand jenseits des Meeres in einem norddeutschen Mittelgebirge ein ungewöhnliches Gespräch statt.

»Dann ist dies also der Knabe? Der besagte?«

Die drei Hydden nickten der Frau zu, die gesprochen hatte, gleichermaßen Furcht und Müdigkeit in den Augen.

»Wie könnt ihr euch sicher sein?«

»Sehen Sie ihn doch an! Er ist der, den sie gesucht haben, den sie töten wollten.«

Der Älteste und Angesehenste unter ihnen sprach – er war der Altermann, das Oberhaupt des Dorfes. Er war der Gebrechlichste, aber auch der Lebhafteste, und sein Gesicht war grau und gezeichnet von der anstrengenden Wanderung in die Berge und der ständigen Angst vor Verrat.

Er hätte sich nicht zu fürchten brauchen.

Die Hydden im Harz waren dafür bekannt, dass sie ein Geheimnis hüten konnten. Von Natur aus jeder Obrigkeit abhold, waren sie eingefleischte Feinde der Sinistral, die mit ihren schwarzen Armeen, den Fyrd, Hyddenwelt beherrschten.

Rund um den Globus waren alte Reiche, ehrwürdige Republiken und ganze Stammesstrukturen, welche die Zeiten überdauert hatten, unter dem Ansturm einer einzelnen Macht zusammengebrochen und unter das Joch der Fyrd gezwungen worden.

Seit dem Aufstieg des kaiserlichen Roms in der Menschenwelt zweitausend Jahre zuvor hatte die Gattung der Sterblichen nicht mehr erlebt, wie militärische Stärke im Verein mit technischen Neuerungen und befeuert von der Aussicht auf Beute so schnell und so vollständig das Alte erobern und durch das Neue ersetzen konnte.

So war der Harz, wie Englalond, ein Bollwerk der Freiheit.

Die weibliche Anführerin im Harz wurde von jeher Modor genannt, wohl von dem Wort »Mutter« abgeleitet. Ihr Gemahl ist unter dem Namen Wita oder der Weise bekannt.

Sie sahen wie normale erwachsene Hydden aus – klein, von beinahe kindlicher Statur, die Haut runzelig wie eine Walnuss, die Kleidung zweckmäßig, aber ärmlich und schmutzig. Sie besaßen ein besonderes Geschick darin, unauffällig auszusehen, selbst für Angehörige eines unauffälligen Volkes.

Die Modor musterte den Knaben, der nach Hydden-Maßstäben bereits fast so groß wie ein Erwachsener war. Abgesehen von seiner Größe sah er normal aus – was sehr ungewöhnlich war für jemanden, der unter dieser seltenen Krankheit litt, die von Heilern als Riesenwuchs bezeichnet wurde und als unheilbar galt.

Kopf, Füße, Hände, Gliedmaßen, alles an ihm war wohlproportioniert. Zudem besaß er strahlende Augen, einen intelligenten Blick, ein aufgewecktes Gesicht und er war allem Anschein nach noch ein fröhliches Kind.

Mit seiner Größe glich er eher einem Menschen als einem Hydden.

Die Modor runzelte die Stirn und blickte zum Altermann. »Sie sind sein Großvater, nicht wahr?«

Der Altermann nickte und setzte sich. Der Knabe trat dichter zu ihm, ebenso aus Liebe wie zur Bestätigung, und der Alte tätschelte ihm liebevoll die Schulter.

»Seine Mutter hat ihn in meine Obhut gegeben, nachdem die Sinistral ihre Leute geschickt hatten, um ihn zu töten, und ich bin mit Hilfe meiner beiden Freunde hierher geflüchtet, um ihn gleich zu Ihnen zu bringen. Jetzt fürchte ich, dass unser Dorf zerstört wurde und dass Sie die einzigen Überlebenden vor sich sehen.«

Die Modor schüttelte traurig den Kopf. »Spricht er schon Deutsch?«

»Seine Muttersprache ist unser Thüringer Dialekt, aber Deutsch im engeren Sinne … nun ja, das kommt noch. Englisch gar nicht.«

»Er wächst auf jeden Fall noch?«

»Schnell«, seufzte der Altermann.

»Dann wird er auch schnell lernen müssen, sehr schnell. Er kann nicht lange bei uns bleiben, denn hier ist er nicht sicher. Wir müssen sofort mit seiner Ausbildung beginnen und die Voraussetzungen dafür schaffen, dass er die Welt der Hydden verlassen kann. Nur dann kann er überleben, und er ist noch jung genug, um zu lernen, sich als Mensch auszugeben.«

Der Altermann nickte traurig.

»Wohin werden Sie ihn schicken?«

»An den einzigen Ort auf der Welt, wo die Fyrd noch nicht alle Freiheit zerstört haben. Er wird übers Meer nach Englalond gebracht. Wenn er aufgehört hat zu wachsen, werden ihn die Sinistral dort nicht finden, und sie werden es auch nicht für nötig erachten, denn sie werden glauben, dass er niemals in unsere Welt zurückkehren kann.

Wir werden ihn die englische Sprache lehren, die mit seiner eigenen gemeinsame Wurzeln hat. Wir werden ihn lehren, von seiner Stärke Gebrauch zu machen. Und wir werden ihn lehren, auf seinen Verstand zu vertrauen.«

Der Altermann seufzte. »Und die Welt der Hydden? Werden Sie ihn lehren, sie zu vergessen?«

Modor und Wita sahen einander an, und er war es, der antwortete.

»Das können wir nicht, selbst wenn wir wollten, denn wie wir sehen, haben Sie ihm etwas eingepflanzt, das ihn niemals vergessen lassen wird, woher er kommt, zumindest nicht in seinem tiefsten Innern. Diese Berge mag er vergessen, auch unser Dorf und alle, die wir hier versammelt sind, aber in seinem Herzen wird die Welt der Hydden mit ihren Wundern und Weisheiten immer sein Zuhause bleiben. Sehen Sie sich den Jungen doch an! Schauen Sie ihm in die Augen! Sie und die Ihrigen haben ihm Liebe eingepflanzt, Altermann, das wird er niemals vergessen.«

»Aber er wird niemals zurückkehren können. Er wird ein … Riese sein. Wie ein Mensch. Er kann niemals …«

Doch die Modor schüttelte den Kopf.

»Oh doch, er kann«, sagte sie. »Das Hin- und Herreisen zwischen Menschen und Hydden ist eine Kunst, die niemals ganz in Vergessenheit geraten ist, Altermann, nicht einmal in diesen finstersten aller Zeiten. Es hat immer welche gegeben, auf beiden Seiten, die herausgefunden haben, wie man zwischen den beiden Welten reisen kann. Man benutzt dazu die Henges, seien sie aus Holz oder Stein, lebenden Bäumen oder lebendem Wasser – es gibt viele Arten, und es gibt sie überall auf der Welt. Der einzige Unterschied zwischen einem

Menschen und einem Hydden ist die Größe, und die ist relativ, eine Frage der Wahrnehmung. Ihr Enkel wird wiederkommen.«

Der Altermann blickte verwirrt.

»Aber die Henges, die Steinkreise, sind doch verfallen, von dem weißen Pferd hat man seit Jahrhunderten nichts mehr gehört, die Rituale sind in Vergessenheit geraten ...«

Sie schmunzelten.

»Aber wir pflegen diese alte Kunst noch und sind selbst gelegentlich hin- und hergereist. Erst unlängst wieder, denn wir haben damit gerechnet, dass Sie uns den Knaben bringen, also haben wir uns in Englalond bereits nach einem Platz für ihn umgetan und nach Leuten, die sich um ihn kümmern können.«

»Andere freie Hydden, meinen Sie? Nicht die Sinistral – oder die von ihnen befehligten Fyrd?«

Die Fyrd, das wusste er, waren der starke Arm der herrschenden Sinistral: eine Armee grimmiger Krieger, die weder Mitleid noch Skrupel kannten. Sie beherrschten die Städte und Straßen der Hydden in ganz Englalond, wie mittlerweile in ganz Hyddenwelt. In den letzten Jahren waren sie zu Totengräbern der Freiheit geworden.

»Seit Jahrhunderten«, sagte der Wita, »ist uns bekannt, dass, wenn der Riese kommt, stets auch die Hydden und die Menschen kommen, die er zu seiner Unterstützung braucht. Sie *wissen*, dass er kommt. Sie bereiten sich darauf vor.«

Der Altermann blickte wieder ängstlich. »*Menschen?*«

Da lachte die Modor, und ihr Gatte stimmte mit ein. Ein beherztes Lachen freier Geister.

»Menschen sind gar nicht so schlimm«, sagte sie. »Vor zehn Jahren kamen zwei in diese Gegend, um uns zu suchen. Wir hätten uns beinahe finden lassen, hielten es dann aber doch für ratsamer, auf den Jungen zu warten. Sie kamen zu früh, aber das wussten sie nicht.«

»Aber damals war er doch noch gar nicht geboren.«

»Das waren Sie vor hundert Jahren auch noch nicht, aber wir wussten, dass Sie vor ihm kommen mussten, und so geschah es auch. Die zeitliche Abfolge der Dinge ist nicht so, wie sie scheint, und wir können durchaus Einfluss auf die Wurd der Dinge nehmen. Vergessen Sie nicht, Beornamund selbst hat das Kommen des Riesen vor fünfzehnhundert Jahren vorhergesagt, zu jener Zeit, als er die Kugel schmiedete und die Feuer des Universums einfing.

Die Aufgabe dieses Knaben übersteigt unser Begriffsvermögen wie einst auch die Kugel selbst. Die Zukunft des gesamten Universums liegt in seinen Händen – stellen Sie sich das vor!«

»Er ist noch ein Kind.«

»Er ist ein Riese im Werden, und seine Zeit wird kommen. Sie haben das Ihre getan. Wir werden das Unsere tun, und dann … dann …«

Unvermittelt griff die Modor in ihre Tasche und zog ein Stück Papier hervor, auf dem von Menschenhand etwas geschrieben stand. »Menschen sind die arglosesten und einfältigsten Geschöpfe der Welt, und die gewalttätigsten.«

»Die Frau hat nur ein Kreuz aus Zweigen und einen Kranz aus Wildblumen auf einem Stein zurückgelassen. Wirklich rührend, denn ich glaube, sie hält uns für Heiden. Der Mann war praktischer und hat dies hier dagelassen.« Sie hielt den Zettel in die Höhe.

»Was ist das? Was sollen Sie damit tun?«

Wieder brach die Modor in Gelächter aus, und diesmal lachte der Junge mit.

»Nach eineinhalb Jahrtausenden erwartete er, dass wir das Schweigen zwischen Hydden und Menschen einfach so mir nichts, dir nichts brechen«, erklärte der Wita, wieder ernster. »So viel Zutrauen und Einfalt verschlägt einem den Atem! Doch es ist durchaus verständlich. Denn wie sollen sie sonst erfahren, dass der Knabe kommt?«

Der Altermann nahm den eingerissenen Zettel und betrachtete ihn mit großen Augen. »Und was steht da?«, fragte er verwirrt.

Die Modor nahm ihn zurück und ließ ihn wieder in den Falten ihres Kleides verschwinden. »Sie nennen es eine Telefonnummer. Er hat gehofft, wir würden ein Telefongespräch führen, genau wie Menschen.«

Sie lachten abermals.

»Und? Werden Sie es tun?« Der Altermann blickte entsetzt, und seine Begleiter auch.

»Ich? Ich fürchte mich zu sehr vor solchen Dingen«, gestand der Wita und blickte zur Modor. »Aber sie vielleicht? Ihr würde ich es zutrauen. Verrückt genug ist sie!«

Der Altermann starrte beide verwundert an. Erwogen sie wahrhaftig, mit Menschen zu sprechen? Dies war das größte Tabu von allen.

»Aber …«

Die Modor gebot ihm mit erhobener Hand zu schweigen, und ihr Gesicht wurde wieder ernst. »Nun ist genug gesagt. Im Allgemeinen ist es besser, man lässt die Zukunft unausgesprochen, denn alles könnte ganz anders kommen, wenn wir darüber reden.« Sie wandte sich dem Jungen zu und winkte ihn zu sich. »Wie heißt er?«

Er kam gehorsam zu ihr.

»Er heißt Yakob, nach mir«, antwortete der Altermann. »Das ist in unserem Dorf so Brauch.«

Sie betrachtete den jüngeren Yakob einen Augenblick nachdenklich, dann hob sie ihre alte Hand und fasste ihn an. Er war ein kräftiger Knabe, offensichtlich so stark, wie nur je einer war. Er grinste sie an, dann wurde auch er ernst.

»*From this Moment on, boy, your name is Jack. Do you understand me?*«

»Er kann kein Englisch.«

»Nun, er wird es nie lernen, wenn ich Deutsch mit ihm spreche!«, erwiderte sie scharf. »*Do you understand, your name now is Jack. So … My name is …*«

Der Junge sah sie groß an, die Augen entflammt von der neuen Herausforderung. Er konzentrierte sich, als sie wiederholte, was sie soeben gesagt hatte.

Er nickte bedächtig, überlegte, wie er seine ersten Worte in dieser neuen Sprache bilden sollte.

»*My …*«, begann er.

»*My name is …*«

»*My name is Jack*«, sagte er.

II
DIE FEUER DES UNIVERSUMS

6

DER ANRUF

Es war ungefähr einen Monat später, da klingelte in Berkshire, England, ein Telefon. Ein altmodisches aus schwarzem Bakelit, das in einem Raum irgendwo zwischen Papieren, Büchern, Aschenbechern, Akten, einer Baseball-Mütze, mehreren Spazierstöcken, afrikanischen Schnitzereien, dem Modell eines Inuitkanus, drei leeren Gläsern, die einen längst verdunsteten Schuss Whiskey enthalten hatten, und einer Katze stand. Deshalb war es nicht zu finden, als es klingelte.

Arthur Foale wusste, dass es da war, denn er hörte es ja, aber er hatte keine Ahnung, ob es auf oder unter seinem Schreibtisch oder irgendwo in dem Durcheinander daneben war.

Seine Frau Margaret schaute von ihrem Schreibtisch in der aufgeräumten Hälfte des Zimmers auf und fragte: »Du meine Güte, klingelt da etwa dein Telefon?«

Sie klang überrascht, denn in letzter Zeit bekam Arthur fast nie Anrufe.

»Bestimmt verwählt«, erwiderte er, während er herumwühlte. »Ich suche es nur, damit ich das Klingeln abstellen kann.«

»Der Anrufer könnte sich aber auch nicht verwählt haben«, gab sie zu bedenken.

»Doch, doch, das hat er ganz bestimmt«, sagte er, als er den Apparat endlich fand, kurz nachdem das Klingeln aufgehört hatte. »Vielmehr hatte.«

Seine Frau bedachte ihn mit einem teilnahmsvollen Blick und wandte sich wieder ihrer Arbeit zu. Sie wusste, dass sie nicht viel mehr sagen oder tun konnte in Anbetracht der misslichen Lage, in der sich Arthur befand – ohne Arbeit und ohne Aussicht auf eine bezahlte Beschäftigung. Jemand musste ihren Lebensunterhalt verdienen, und er war dazu nicht mehr in der Lage.

Bis vor drei Jahren hatten sie noch als eines der interessantesten Doppelgestirne am britischen Archäologenhimmel gegolten. Beide hatten eine Professur an einer der ältesten Universitäten.

Dann war Arthur seines Postens als Professor für Astralarchäologie an der Cambridge University enthoben worden, weil er bei einer Live-Diskussion im Fernsehen über Kreationismus mit dem Direktor des National Physical Laboratory und mehreren anderen einen öffentlichen Eklat ausgelöst hatte.

Unter anderen Umständen hätte man darüber lachen können, aber nicht unter diesen. Arthur war ein großer Mann mit einem großen Herzen, aber er konnte Dummköpfe nicht ertragen und verlor bisweilen die Beherrschung. Jetzt hatte er sie einmal zu oft verloren, und obwohl er für einen kurzweiligen Fernsehabend gesorgt hatte, war er beruflich kaltgestellt.

Seit damals bemühte er sich vergeblich um eine bezahlte Stelle an einer Hochschule in erreichbarer Nähe ihres Hauses in Berkshire, aber er fand noch nicht einmal eine Zeitschrift, die seine umstrittenen Arbeiten veröffentlichen wollte.

Eine von ihm konzipierte Sendereihe über angelsächsische Kosmologie wurde auf Eis gelegt, und sein amerikanischer Verleger hatte eine lukrative Lehrbuchreihe, deren Autor er war, aus dem Programm genommen. Niemand interessierte sich mehr für einen in die Jahre kommenden Ex-Professor, der in dem Ruf stand, wunderlich zu sein und überall anzuecken. Dessen Theorien überdies äußerst umstritten waren. So etwa seine Behauptung, prähistorische Henge-Monumente aus Holz und Stein seien keine »kosmischen Kalender«, wie gemeinhin angenommen wurde, sondern *Portale zu anderen Welten.*

Schlagzeilen wie »Verrückter Professor behauptet, Stonehenge sei Zeitmaschine« waren da nicht eben hilfreich. Innerhalb weniger Monate war Arthur von einem vielgefragten Experten zu einem Sonderling herabgesunken, mit dem kein Medienvertreter mehr reden wollte.

Mit einem Seufzen über den verpassten Anruf stemmte er seine große, leicht verlotterte Gestalt aus dem Sessel, knurrte und grunzte noch ein Weilchen und stapfte dann in den Wintergarten und von dort durch die weit offenstehende Tür ins Freie.

Fünf Minuten später klingelte sein Telefon erneut.

Margaret Foale hob ab. »Ja?«, sagte sie in der Hoffnung, einen ausreichend reservierten Tonfall angeschlagen zu haben, um einen unliebsamen Anrufer abzuschrecken.

Eine sonderbare Stimme meldete sich. Margaret lauschte.

»Könnten Sie das wiederholen«, unterbrach sie nach einer Weile. »Ich kann Sie kaum verstehen.«

Sie lauschte wieder und sagte dann: »Ich hole ihn. Ich glaube, er ist im Garten. Bitte legen Sie nicht auf.«

Sie eilte in den Wintergarten und durch die offene Tür.

Arthur stand draußen und blickte an seinen Bäumen hinauf.

Sie betrachtet ihn eine Weile, bevor sie sprach. Wie sehr sie ihn in diesem Augenblick liebte!

»Es ist für dich«, rief sie schließlich und versuchte dabei so zu klingen, als sei alles völlig normal. Trotzdem schwang ein Hauch von Erregung in ihrer Stimme mit. Denn bei dem Anruf, den sie entgegengenommen hatte, handelte er sich entweder um den Streich eines ehemaligen Studenten oder aber um etwas anderes ... Sie wusste nicht, was ihr lieber gewesen wäre.

»Für dich!«, rief sie wieder.

»Wie bitte?«, fragte er, drehte sich um und sah sie an.

Hinter ihm, am anderen Ende des holprigen Rasens, ragten zwei große Bäume empor. Im Abendlicht boten sie ein prächtiges Bild.

»Telefon«, sagte sie.

»Wer ist denn dran?«, fragte er.

Aber sie war bereits wieder ins Haus gegangen.

Arthur Foale folgte ihr und nahm ihr den Hörer aus der zitternden Hand.

»Ja?«, sagte er vorsichtig.

»Professor Foale?«

»Äh ... ja?«

Der Anrufer sprach sehr leise.

»Könnten Sie bitte lauter sprechen?«

Der Anrufer fuhr fort, doch die Stimme wurde kaum lauter, nur deutlicher. Eigentlich war sie nicht mehr als ein Flüstern und hätte ebenso einem Mann wie einer Frau gehören können. Sie sprach mit einem starken Akzent, und sie klang alt und wie aus einer anderen Welt.

Arthur Foale hörte genau zu. Zunächst wurde er nicht schlau daraus, dann ging ihm ein Licht auf. Der Kopf begann ihm zu schwirren. Er gab Margaret ein Zeichen, zu ihm zu kommen und mitzuhören.

»*Verstehen Sie? Der Junge ist auf dem Weg. Er ist jetzt bereit, und er muss kommen. Hier ist es zu gefährlich. Er ist auf dem Weg. Alles ist vorbereitet.*«

»Ist er …?«, begann Arthur zögernd.

»*Er ist der Riesengeborene.*«

»Aber wohin? Wohin wird er kommen?«

Darauf erhielt er keine Antwort.

»Wann?«

»*Morgen.*«

»Morgen?«, wiederholte Arthur leise.

»*Tun Sie nichts. Die Wurd wird entscheiden. Die Wurd …*«

»Aber …?«

»*Mehr gibt es nicht zu sagen. Der Junge ist auf dem Weg nach Englalond. Es ist so weit.*«

In der Leitung wurde es still.

7

IN DIE MENSCHENWELT

Der Junge, der wie ein Sechsjähriger aussah, stand am nächsten Morgen in aller Frühe wie aus heiterem Himmel vor der Tür eines Kinderheims in den North Yorkshire Moors im Nordosten Englands. Draußen waren die Hufschläge eines Pferdes zu vernehmen gewesen, ehe unerwartet die Türklingel anschlug, doch als geöffnet wurde, war nur in weiter Ferne im Moor ein prächtiger Schimmel zu sehen, dessen weiße Mähne und weißer Schweif die Strahlen der Morgensonne einfingen.

Der Junge sah den Betreuern des Kinderheims mit einem Lächeln entgegen, das sie erwiderten, und als sie von seinem Gesicht aufschauten, war der Schimmel verschwunden, und nur ein weißer Wolkenstreifen am strahlend blauen Himmel erinnerte noch daran, dass er da gewesen war.

Seine Ankunft am ersten März fiel mit den ersten Frühlingstagen zusammen, die so mild und warm waren, dass in den darauf folgenden Wochen frühzeitig die Schlehenblüte einsetzte, erste Keime aus der vom Februarschnee noch feuchten Erde sprossen und die Knospen an den Bäumen prall und klebrig wurden, während die Vögel sich paarten und fleißig Nester bauten.

Der Junge war durchschnittlich groß, aber stämmig und schien vor Kraft und Gesundheit zu strotzen. Wer immer ihn ausgesetzt hatte, er hatte daran gedacht, ihn warm anzuziehen, denn über die North Yorkshire Moors fegten kalte Winde. Doch seine Kleider waren irgendwie merkwürdig und ohne Markenetiketten. Sie waren altmodisch und handgeschneidert, als hätte ihn jemand aus längst verflossenen Zeiten eingekleidet. Außerdem trug er einen Rucksack in passender Kindergröße aus altem, abgewetztem Leder, wunderschön vernäht und ganz anders als alles, was es heutzutage im Laden zu kaufen gab. Er wirkte wie aus einer anderen Zeit und Kultur, war mit

Sicherheit viel älter als sein Besitzer und sah aus, als hätte er schon viele Reisen mitgemacht.

Am merkwürdigsten war, dass der Rucksack nichts enthielt bis auf ein zerlumptes, aber offensichtlich innig geliebtes Plüschtier, ein Pferd, das früher einmal weiß gewesen war und jetzt recht schmutzig wirkte. Der Junge ließ das Personal den Rucksack untersuchen, aber das Pferd gab er nicht aus der Hand.

Auf der Innenseite der Rucksackklappe standen ein paar Ziffern und ein Name, allerdings in einer deutschen gotischen Schrift. Der Name lautete »Yakob«, doch als sie den Jungen so ansprachen, schüttelte er energisch den Kopf. Trotz aller Bemühungen, ihm Auskünfte zu entlocken, blieb er stumm, und so nannten sie ihn Jacob oder meist nur kurz Jack.

In keiner nationalen oder internationalen Vermisstenliste war ein Kind aufgeführt, dessen Beschreibung auf ihn passte. Trotzdem wurde die Presse vorläufig nicht eingeschaltet ...

Just zu diesem Zeitpunkt hatten die Zeitungen ohnehin ein dankbareres Thema auszuschlachten als ein vermisstes Kind. Die Kapriolen des Wetters. Überall auf der Welt war es aus den Fugen geraten, hielt sich weder an geografische Breite noch Jahreszeit und gebärdete sich, als wollte es der Menschheit übel mitspielen. Es war, als sei eine Schar böser, alter und längst aus dem Gedächtnis der Menschen getilgter Götter zurückgekehrt, nur um den Sterblichen zu zeigen, wie groß ihr Widerwille gegen sie war.

In Gestalt launischer Winde wirbelte ihr wilder Atem den Sand der Wüsten auf und blies in den gemäßigten Zonen Bäume um. Ihre runzligen alten Hände rissen Wolken auseinander und verursachten sintflutartige Regenfälle und Überschwemmungen solchen Ausmaßes, dass Menschen nicht nur ertranken, sondern sogar von den Fluten fortgerissen wurden. Und was der grollende Donner ihrer Stimmen nicht zu Tode erschreckte, das ließ ihr eisiger Blick auf der Stelle erstarren, selbst in Landstrichen, in denen es seit Jahrzehnten keinen Frost mehr gegeben hatte.

Bislang freilich noch nicht in den North Yorkshire Moors oder irgendeinem anderen Teil der Britischen Inseln, die weiterhin einen ungewöhnlich schönen Vorfrühling erlebten, obgleich die Aussichten für die nächsten Tage immer düsterer wurden, da das extreme Wetter nun auch auf die benachbarten Teile Europas übergriff.

Die Behörden beschlossen, den Jungen vorerst in dem Heim, in das er auf so mysteriöse Weise gelangt war, zu lassen, bis die Nachforschungen zu seiner Person Früchte trugen und eine Entscheidung über seine weitere Zukunft getroffen werden konnte.

Doch sechs Wochen nach seiner Ankunft traf er die Entscheidung selbst.

Obwohl körperlich offensichtlich wohlauf, wurde der Junge beinahe zwangsläufig zur Zielscheibe der anderen Kinder, von denen einige ihren Zorn und ihre Aggressionen nur schwer im Zaum halten konnten. Er sprach nicht, reagierte nicht auf den Namen »Jack«, mit dem er gewöhnlich angeredet wurde, und hatte die für andere lästige Angewohnheit, jede Tür und jedes Fenster in seiner Nähe weit aufzureißen, als sei er von einem unwiderstehlichen Drang dazu getrieben.

Eines Abends nach dem Essen schnappte sich ein älterer, zehnjähriger Junge, der zusammen mit zwei anderen die jüngeren drangsalierte, im Gemeinschaftsraum den Rucksack des Neuen und zog das Spielzeugpferd heraus.

Bis dahin hatte der Junge in der ganzen Zeit, die er im Heim verbracht hatte, kein einziges Wort gesagt, geschweige denn etwas Provokatives oder in irgendeiner Form Aggressives. Nun aber erhob er die Stimme.

»Gib es her«, sagte er bestimmt.

Der Ältere erwiderte, er werde das Pferd erst zurückgeben, wenn er ihnen seinen Namen verrate.

»Du hast doch einen, oder?«, spotteten sie.

Der Junge stutzte, eher überrascht als eingeschüchtert.

»Aber es gehört mir«, sagte er schließlich, trat vor und streckte die Hand nach dem Pferd aus. Doch der Ältere hielt es in die Höhe, sodass er nicht herankam. Gleichzeitig stellte ihm ein anderer ein Bein.

Als er wieder aufstehen wollte, stieß ihn ein Dritter erneut zu Boden.

Dann fielen alle über ihn her, traten nach ihm, schlugen ihn, schrien auf ihn ein.

Dann geschah etwas ebenso Ungewöhnliches wie Unerwartetes.

Der Junge rollte sich zur Seite weg, sprang auf und sah sich im

Raum nach einer Waffe um. Doch er fand nur eine zerfledderte Fernsehzeitschrift. Er drehte sie zu einer festen Rolle zusammen.

Seine Peiniger sahen ihm dabei zu und lachten, als sie begriffen, dass er sich damit verteidigen wollte. Sie kamen langsam näher. Die aufgeheizte Stimmung wurde giftig.

Wieder lachten sie höhnisch, als der Junge die Zeitschrift wie einen Schlagstock vor sich hinhielt. Vielleicht hätte ihnen der Ausdruck in seinem Gesicht eine Warnung sein sollen, aber er war kleiner als die meisten, trotz seiner kräftigen Statur.

Hätten sie es verstanden, seine Miene zu deuten, so hätten sie ungewöhnliche Entschlossenheit und Selbstbeherrschung darin gelesen.

Er rollte die Zeitschrift noch fester zusammen, und seine ruhigen, bedächtigen Bewegungen hatten etwas Einschüchterndes. Nun zögerten sie doch. Zu spät! Wie ein explodierender Feuerwerkskörper ging der Junge auf den ersten und größten seiner Peiniger los. Mit Wucht stieß er ihm das eine Ende der zusammengedrehten Zeitschrift gegen die Gurgel.

Während der Getroffene vor Schmerz aufstöhnte und würgte, machte der Junge einen Satz zurück und überlegte einen Moment, dann schnellte er wieder vor. Diesmal stieß er dem anderen die Zeitschrift in den Unterleib. Der Schläger sackte zu Boden, bleich vor Schreck, den Mund weit aufgerissen vor Schmerz, und schnappte verzweifelt nach Luft.

Sofort ging der Junge auf einen zweiten Peiniger los und rammte ihm die behelfsmäßige Waffe in die Achselhöhle. Der andere griff sich instinktiv an die getroffene Stelle und ließ seinen Solarplexus ungedeckt. Ein weiterer Stoß, und er knickte in der Hüfte ein, kippte langsam nach hinten und schlug mit dem Kopf gegen eine Sessellehne.

Die anderen wichen betroffen zurück. Im nächsten Moment stürzte, alarmiert durch das Geschrei und Gestöhne, ein Erzieher in den Raum. Da hob der Junge seelenruhig sein Spielzeugpferd auf und verstaute es in seinem Rucksack.

»Ich heiße Jack«, erklärte er.

Eines seiner Opfer musste in ärztliche Behandlung, das andere mehrere Stunden das Bett hüten.

Die Heimleitung sonderte Jack sofort von den anderen ab und verständigte das Jugendamt. Der Vorfall war so ungewöhnlich, dass die Beamten vor Ort übergeordnete Stellen einschalteten.

»Und Sie haben wirklich nicht den geringsten Anhaltspunkt, wer er ist? Hat er denn nie jemanden erwähnt, der ihn kennen könnte?«

Sie versicherten, dass sie nicht den geringsten Anhaltspunkt hätten, und obwohl Jack jetzt spreche, wolle oder könne er keine Auskunft über seine Herkunft geben.

»Prüfen Sie alles noch einmal gründlich. Wie leicht kann man etwas übersehen.«

So tat man und stellte dabei fest, dass man tatsächlich etwas übersehen hatte.

Es war die rätselhafte Zahl, die neben den Namen Yakob innen auf die Rucksackklappe geschrieben war. Sie wies merkwürdige Abstände zwischen einigen Ziffern auf und hatte bei genauer Betrachtung eine gewisse Ähnlichkeit mit einer Telefonnummer.

Es war Arthur Foales Nummer.

Sie riefen ihn am folgenden Morgen an.

8

GEBORGTE ZEIT

Etwa um dieselbe Zeit an diesem Tag tauchte das weiße Pferd mit Imbolc unversehens aus einem bewölkten Himmel auf. Es landete in einem brachliegenden Feld in Worcestershire. Erde und Gras stoben unter seinen großen Hufen links und rechts auseinander, als es auf der windgeschützten Seite einer Schlehdornhecke, deren weiße Blüten kurz erzitterten und sich dann wieder beruhigten, rutschend zum Stehen kam.

Die Friedensweberin hatte eine schwere Aufgabe, denn zwischen den Welten von Hydden und Menschen gab es viele Konflikte und ihre Lösung war oft schwierig. Doch an diesem Tag strahlten Imbolcs Augen vor Freude über die Ankunft des Riesengeborenen und ihre Begegnung mit Bedwyn Stort einen Monat zuvor. Eine neue Generation übernahm, und alles war so, wie es sein sollte.

Ihre Hand fasste unwillkürlich nach dem Anhänger, den Beornamund, ihre große Liebe, für sie gefertigt hatte, und tastete nach dem letzten verbliebenen Edelstein, dem des Winters. Sie tastete ein zweites Mal und fühlte nichts. Ihre Augen weiteten sich vor Überraschung und dann vor Schreck. Sie zog sich die Kette über den Kopf, um den Anhänger genauer zu betrachten.

Sie schaute angestrengt, befühlte ihn noch einmal, schüttelte den Kopf.

»Oh!«, sagte sie. Mehr nicht.

Der Winter war fort, in den zurückliegenden Wochen irgendwo auf der Welt verlorengegangen. Sie lebte von geborgter Zeit.

»Oh, Beornamund, meine Reise ist fast zu Ende und nun … nun …«

Jenseits des Feldes sah sie ein paar Leute nahen, kleine Gestalten in einer Landschaft.

»Dies«, sagte Imbolc, die Friedensweberin, »ist der Beginn meiner letzten Aufgabe, und der wichtigsten. Ob es mir gefällt oder nicht, meine Jahre sind nun bis auf wenige gezählt, und diese wenigen sind von der Zeit zwischen Winter und Frühling geborgt. Ich muss die Schildmaid finden.«

Eine der Gestalten jenseits des Feldes rief: »Müssen wir hier oder da lang, hä? Wir fangen langsam an zu frieren. Entscheide dich endlich!«

Imbolc schmunzelte, denn die Arbeit einer Friedensweberin ist nie getan, nicht einmal, wenn sie von geborgter Zeit lebt.

»An die Arbeit«, murmelte sie.

9

EINE ANFRAGE

Wochenlang hatte Arthur Foale darauf gewartet, dass sein altmodisches Telefon ein zweites Mal klingeln würde und er weitere Neuigkeiten über den Jungen erfuhr. Doch als es endlich so weit war, erhielt er nicht ganz den erhofften Anruf.

Er kam von Roger Lynas vom Jugendamt in North Yorkshire. Der Beamte drückte sich sehr vorsichtig aus. Es gehe um einen bislang nicht identifizierten Jungen, der ihnen Kummer bereite. Arthurs Telefonnummer stehe auf seinem Rucksack und …

Arthur fiel ihm ins Wort und stellte ein paar Fragen.

Die Antworten waren ausweichend. Der Schutz des Jungen, so Roger Lynas, sei ihre oberste Aufgabe, daher sei man an Auskünften interessiert, aber nicht bereit, selbst welche zu geben. Arthur, noch nie geschickt in solchen Dingen, spürte, wie sich ihm die Nackenhaare sträubten.

Er wurde lauter, begann zu poltern, doch gerade als er brüllen wollte, trat Margaret ins Zimmer.

Sie hob fragend eine Augenbraue, und er beruhigte sich sofort.

»Einen Moment bitte«, sagte er und hielt die Hand über die Sprechmuschel.

»Wer ist denn dran, Arthur?«

»Ein Mister Lynas vom Jugendamt North Yorkshire. Er …«

Arthur erklärte es, so gut er konnte. Dabei reifte in ihm die Erkenntnis, dass er drauf und dran war, den vielleicht wichtigsten Telefonanruf seines Lebens zu vermasseln.

Er nahm den Hörer wieder hoch.

»Ich glaube«, sagte er so ruhig wie möglich, »Sie sprechen besser mit meiner Frau. Eine Sekunde, bitte.«

Margaret nahm den Hörer und begann das Gespräch noch einmal von vorn.

»Hallo. Hier spricht Margaret Foale. Könnten Sie …?«

Als Margaret einige Zeit später auflegte, hatte sie zu Roger Lynas eine freundliche Beziehung geknüpft, ihm die Information entlockt, dass der Junge Jack hieß, und ihm obendrein das Versprechen abgenommen, sie fortan auf dem Laufenden zu halten. Ohne im eigentlichen Sinn zu lügen, hatte sie glaubhaft den Eindruck vermittelt, dass sie weit mehr über den Jungen wüssten, als tatsächlich der Fall war, und obendrein bewirkt, dass sie und ihr Mann nun stärker eingebunden werden würden. Allerdings sei ein persönliches Treffen erforderlich, bevor sie helfen könnten.

Sie erhielt eine Nummer, die sie anrufen konnten, nahm überschwenglichen Dank entgegen und erfuhr, was am wichtigsten von allem war, dass Jack noch am selben Tag zur weiteren Klärung nach London geschickt würde.

»Dann rufen Sie uns morgen also an«, hatte sie schließlich vereinbart.

Doch als sie den Hörer auflegte, sah sie blass aus und atmete so hastig, dass sie sich setzen musste.

»Was ist?«, fragte Arthur.

Sie hatten keine Kinder bekommen können, obwohl sie sich beide sehnlichst welche gewünscht hatten. Sie hatten immer gewusst, dass dieses riesige und baufällige Landhaus, das Margaret geerbt hatte, Kinder brauchte. Mit seinen unzähligen Möglichkeiten zum Spielen und seinem Garten mit Bäumen zum Klettern und mit Nischen zum Höhlenbauen und Verstecken schrie es förmlich nach jungem Leben.

Der Anruf hatte Margarets Innerstes aufgewühlt.

Arthur ging zu ihr. »Was ist?«, fragte er sanft.

»Dieses Gespräch«, antwortete sie. »Es war das erste Mal, dass ich über ein Kind gesprochen habe, als ob … als ob …«

Sie senkte den Kopf und streckte ihm blind die Hand hin.

»… als ob es mein eigenes wäre.«

»Aber Darling …«

»Ich weiß, ich weiß, aber … dieser Junge hat niemanden. Keinen Menschen. Kannst du dir das vorstellen?«

»Ja, aber …«

»Etwas ist im Gange, Arthur, und es ist etwas Wichtiges. Es ist ein Anfang von etwas, und es beginnt mit diesem Jungen. Irgendwie hat dieser Junge – sie nennen ihn übrigens Jack – etwas in mir verändert.«

Sie verstummte.

»Morgen, morgen wissen wir mehr«, war alles, was ihm dazu einfiel.

Plötzlich klatschte Regen gegen das Fenster. Sie hörten, wie die Tür des Wintergartens zuschlug.

»Es hat bereits begonnen«, sagte sie unvermittelt. »Es geschieht jetzt …«

Arthur blickte verdutzt.

»… weißt du etwas darüber?«

Er schüttelte den Kopf.

»Ich fühle noch etwas anderes, das ich noch nie gefühlt habe. Ich glaube, dass Jack etwas Schreckliches zustoßen wird, und es quält mich, dass ich nichts dagegen tun kann, nichts …«

Arthur nahm sie fest in die Arme, und während über dem Haus ein Unwetter losbrach, weinte sich Margaret den aufgestauten Kummer von Jahren von der Seele, und Arthur hatte plötzlich das Gefühl, um sie herum gehe die Welt unter.

10

Master Brif und seine Freunde

Imbolc beobachtete, wie Brif, Pike und einige andere langsam über das Feld auf sie zukamen. Angeführt wurden sie von Master Stort, dessen zaudernder Gang sie offenbar verdross. Sie waren eine entschlossenere Führung gewöhnt, als ihnen ein Elfjähriger bieten konnte.

Sie gab dem Schimmel den Befehl, in Gestalt einer Nebelschwade über dem Tal zu verweilen und sich in den kommenden Stunden bereitzuhalten, bis ihre gegenwärtige Aufgabe erfüllt war. Dann, als ihr Pferd für Hydden und Menschen unsichtbar war, überlegte sie, in welche ihrer vielen Verkleidungen sie schlüpfen sollte.

Imbolc entschied sich für ihre Lieblingsverkleidung. Sie murmelte einen Zauberspruch, fuchtelte mit ihrer arthritischen Hand und verwandelte sich plötzlich in eine Hydden mittleren Alters, eine fahrende Händlerin aus Irland, zu der ihr keltischer Name gut passte.

Auf dem Rücken trug sie einen großen Rucksack und an einem Gurt um den Hals einen Bauchladen, der Kämme, Schnürsenkel und Glücksbringer für Reisende enthielt. Ihr Buckel verschwand, und ihr Gang wurde beschwingter. Obwohl in diesem Augenblick heftiger Regen einsetzte, summte sie eine eingängige Melodie.

Sie wusste nicht besser als Stort, wohin er gehen sollte, denn auch eine Friedensweberin sieht nicht alles, was kommen wird, nur die allgemeine Richtung. Und selbst darin irrte sie oft, denn so wunderbar die Wurd auch sein mochte, so war sie doch den Launen der Sterblichen unterworfen.

Stort sah noch merkwürdiger aus, als sie ihn in Erinnerung hatte. Er trug eine altmodische Jacke und blieb alle paar Meter stehen, spähte hierhin und dorthin, blickte zu Boden und dann in den Himmel, ehe er schnuppernd die Nase in die Luft reckte, als erhoffe er sich davon eine Erleuchtung, und den anderen schließlich mit einem

Wink bedeutete, weiterzugehen. Kein Wunder, dass seine Begleiter so verzagt wirkten.

Doch gerade als sie hinsah, fand der junge Führer mit einem Mal Orientierung und Zielstrebigkeit wieder. Sie vernahm einen Schrei wie von jemandem, dem soeben ein Licht aufgegangen war, und Stort bog scharf nach links ab, hechtete praktisch mit dem Kopf voran und ohne erkennbare Bedenken durch eine Dornenhecke und erklomm den Eisenbahndamm, der sich auf der anderen Seite erhob. Die übrigen folgten murrend.

Die meisten trugen die Kleidung von Knüppelmännern, die ihrer Bürgerpflicht nachkamen: enge Lederhosen, einen Waffenrock aus festem Tuch und derbe Stiefel. Und jeder hielt einen vorn und hinten mit Eisen beschlagenen Knüppel in der Hand.

Sie musterte ihre Gesichter in der Hoffnung, ein vertrautes darunter zu entdecken, und war froh, als sie Master Brif erblickte. In ganz Englalond gab es keinen Hydden, den sie mehr achtete. Um in seine Nähe zu gelangen und mit ihm sprechen zu können, musste sie sich allerdings zuerst durch die dornige Hecke schlagen.

Da die Hecke dicht und feucht war, wünschte sie, der sonst so umsichtige Schimmel hätte mehr Weitblick bewiesen und sie auf der anderen Seite des Hindernisses abgesetzt. Doch einmal am Boden, musste sie leiden wie jeder Sterbliche. Also drückte sie sich den Bauchladen an die Brust und zwängte sich, durch den schweren Rucksack behindert, durch die Hecke, bis auch sie den Bahndamm erklimmen konnte.

Als sie endlich oben ankam, war das Häuflein, dem sie folgte, die Bahnlinie entlangmarschiert und verschwunden. Die Strecke selbst war seit langem stillgelegt, Gleise und Schwellen hatte man abgebaut. Doch es gab noch die Überreste eines Bahnsteigs, wo einst ein Landbahnhof gestanden haben musste, dessen Gebäude allerdings ebenfalls verschwunden waren.

Imbolc hastete den ehemaligen Schienenstrang entlang, und bald erblickte sie eine verlassene Landstraße, die unter dem Bahndamm hindurchführte, und begriff, dass die Hydden das einzig Vernünftige getan hatten, wieder vom Bahndamm geklettert waren und unter der Brücke Schutz vor dem Regen gesucht hatten. Sie fand sie am Boden kauernd vor. Sie erwiderten ihren Gruß nur mit einem Nicken und stierten weiter finster in den Regen hinaus.

Mit Ausnahme von Brif, versteht sich, der wusste, wer sie wirklich war, und sich freute, sie zu sehen.

»Sieh an, sieh an«, begann er mit sichtlichem Vergnügen, »was führt Sie an diesem scheußlichen Tag hierher, Imbolc?«

Regentropfen hingen in seinem grauen Bart, und sein Mantel war durchnässt, doch wie stets bewahrte er Würde und seine gute Laune.

Sie lächelte und reichte ihm die Hand zum Gruß.

»Dasselbe, was Sie hergeführt hat, Master Brif, vermute ich. Es kommt wahrlich selten vor, dass Sie sich so weit von Ihrer geliebten Bibliothek in Brum entfernen. Aber dass ich Sie an einem so trostlosen Ort antreffe und in Begleitung einer so bunten Schar, bestätigt mich in der Vermutung, dass etwas sehr Merkwürdiges im Gange ist. Habe ich recht?«

Sie wusste bereits, dass Stort sie an diesen Ort geführt hatte, doch sie wollte von Brif hören, was er von dem höchst ungewöhnlichen jungen Hydden hielt.

Er beantwortete ihre Frage nicht und schimpfte stattdessen über das Wetter, das mit jedem Augenblick schlechter wurde. Tatsächlich ließ dieser Sturm nichts Gutes ahnen. Der Wind wurde rauher, und stiebender Regen erfüllte die Luft rings um sie her. Bald zuckten Blitze über den Himmel, und Donnerschläge dröhnten in ihren Ohren.

»Es ist schlimmer, als Sie ahnen«, flüsterte sie, nur für seine Ohren bestimmt. »Ich bin über den ganzen Kontinent gereist, um hierher zu gelangen, und ich kann mit Bestimmtheit sagen, dass dies das schlimmste Wetter ist, an das ich mich erinnere, und meine Erinnerung reicht bis ins Mittelalter zurück. Ich bin mir sicher, dass dieses Unwetter schlimmer wird als alles, was wir kennen.«

»Ist das eine Vermutung oder eine Prophezeiung?«, fragte er schließlich.

»Es ist eine Vorhersage, die auf langer Erfahrung beruht.«

»Wie Ihre Vorhersage, dass unsere Welt untergehen wird, wenn die Erde sich zu wehren beginnt?«, spöttelte er. Brif hatte niemals auch nur eine Sekunde daran geglaubt, dass ihre häufigen Warnungen sich bewahrheiten würden.

»Es hat bereits begonnen und wird noch viel schlimmer werden, wenn ihr nichts dagegen unternehmt«, entgegnete sie in scharfem Ton. »Doch ich bin zu der Ansicht gelangt, dass ihr so lange denselben verhängnisvollen Weg beschreiten werdet, bis ihr begreift, dass die Erde kein Vorratsschank ist, den man plündern, und kein Brunnen, den man leer schöpfen kann, um sich dann Ersatz zu suchen. Aber jetzt, Master Brif, braucht Ihr Bart erst einmal einen Kamm.«

Sie gab ihm einen aus dem Vorrat, den sie bei sich trug, aus Dankbarkeit, dass er ihr es so leicht gemacht hatte, sich zu seiner Gruppe zu gesellen.

Wäre er nicht gewesen, hätten die anderen sie wahrscheinlich aufgefordert, sich einen anderen Platz zum Unterstehen zu suchen, denn die Sieben ist eine Glückszahl, was man von der Acht nun wahrlich nicht behaupten kann.

Hydden waren abergläubisch, was Zahlen anging, und zogen, wenn sie in der Gruppe reisten, eine ungerade Mitgliederzahl bei weitem einer geraden vor. Waren sie jedoch gezwungen, in einer Gruppe mit gerader Mitgliederzahl zu reisen, dann sollte es wenigstens eine der günstigeren sein.

Die Acht war zufällig eine der schlimmsten Unglückszahlen.

Aus diesem Grund hatte Brif an die Großmut der anderen appellieren und sie dazu überreden müssen, die zerlumpte Hausiererin unter ihrer Brücke zu dulden. Jetzt kauerten sie etwas abseits und warfen ihr von Zeit zu Zeit argwöhnische Blicke zu.

Aber Brif wusste, dass Imbolc nie ohne Grund erschien und dass im Allgemeinen etwas Gutes dabei herauskam, wenn sie es tat.

»Also, warum sind Sie hier?«

»Ich suche meine Nachfolgerin«, antwortete sie kurz.

»Ich wusste gar nicht, dass Sie sich zur Ruhe setzen«, erwiderte er.

Sie lächelte schmallippig. »Ich setze mich nicht zur Ruhe. Ich vergehe. Haben Sie vergessen, wie alt ich bin?«

»Durchaus nicht«, antwortete er und fügte eilends hinzu: »Ich möchte auch nicht optisch an Ihr hohes Alter erinnert werden.«

Einmal hatte sie den Fehler begangen, ihm so zu erscheinen, wie sie wirklich aussah. Der Anblick hatte ihn ziemlich mitgenommen. Mit ihrer jetzigen Gestalt einer verwahrlosten Händlerin mittleren Alters konnte er sich eher anfreunden.

»Wie dem auch sei«, fuhr sie fort, »jedenfalls sind meine letzten Jahre angebrochen, und jemand anderes muss diese Aufgabe übernehmen. Fünfzehnhundert Jahre sind für jeden mehr als genug.«

»Wann erwarten Sie denn, zu ... äh ... vergehen?«, fragte er.

»In ungefähr zehn Jahren, würde ich sagen«, antwortete sie gelassen. »Meine Uhr ist also bereits abgelaufen. Wir Friedensweberinnen verschwinden nicht im eigentlichen Sinn, müssen Sie wissen – wir gehen in etwas anderes, und hoffentlich Besseres, über. Das hängt davon ab, was der Spiegel aller Dinge für uns bereithält. Gleichwohl bleiben mir nur noch zehn Jahre, um meine Nachfolgerin zu finden und auf ihre Aufgabe vorzubereiten.«

»Wie lange suchen Sie denn schon?«

»Seit ungefähr dreihundert Jahren«, antwortete Imbolc trocken.

»Gibt der Spiegel aller Dinge über dergleichen denn keine Auskunft?« Brif senkte bei diesen Worten ehrfürchtig die Stimme und spähte unter der Brücke hervor zu dem dunklen, tobenden Himmel, als erwarte er, dass die Macht, die über ihrer aller Leben gebot, sich plötzlich zeigte. Aber natürlich wusste er, dass sie niemals in eindeutiger Weise in Erscheinung trat, es womöglich gar nicht konnte.

»Nein«, antwortete Imbolc, »der Spiegel gibt darüber keine Auskunft. Meine Nachfolgerin muss ich allein finden – das ist vielleicht meine letzte und wichtigste Aufgabe. Zumal meine Nachfolgerin möglicherweise das Ende der Erde, wie wir sie kennen, verhindern muss ...«

»Geht das schon wieder los!«, stöhnte Brif resigniert.

Sie wandte sich von ihm ab und blickte zu den anderen. Dabei bemerkte sie, dass sich Stort einen schwarzen, von den Menschen ergatterten Plastikmüllsack über den Kopf gestülpt und seine lange, schmale Nase durch ein Loch darin gesteckt hatte, damit er Luft bekam. Etwas so Merkwürdiges hatte sie selten gesehen.

»Ist das der Junge, der euch führt?«, fragte sie, ohne zu verraten, dass sie seinen Namen bereits kannte.

»Bitte fragen Sie mich nicht nach ihm«, stöhnte Brif. »Es ist ... kompliziert. Er ist kein Knüppelmann wie die anderen. Er ist ... nein, ich möchte jetzt nicht darüber sprechen. Ich erkläre es Ihnen später. Nur so viel: Er ist schuld daran, dass wir mitten in einem Unwetter hier festsitzen, an diesem trostlosen Ort.«

Imbolc musterte den Jungen mit noch größerem Interesse.

»Wenn dem so ist«, sagte sie leise, »bin ich möglicherweise seinetwegen hier. Also erzählen Sie mir von ihm.«

»Später«, wiederholte Brif stirnrunzelnd.

»Hm«, machte sie, auf einmal nachdenklich geworden, mit den Augen wieder bei Stort und seinem Müllsack.

»Sie sagten gerade«, murmelte Brif und holte sie in die Gegenwart zurück, »Sie seien auf der Suche nach der nächsten Friedensweberin.«

»Ich sagte, ich sei auf der Suche nach meiner Nachfolgerin. Das heißt nicht, dass sie eine Friedensweberin sein wird. Ist Ihnen nie in den Sinn gekommen, dass in den unruhigen Jahren, die vor uns liegen, eine Friedensweberin nicht unbedingt das ist, was wir am dringendsten brauchen?«

»Aber ich dachte, Ihre Nachfolgerin hätte dieselbe Aufgabe?«, erwiderte Brif, nun vollends verwirrt.

Er starrte sie an. Sein Herz klopfte, und ihn beschlich eine böse Vorahnung, was sie als Nächstes sagen würde. Wenn sie es tat und wenn sie recht hatte, hieße das, dass ihnen allen schwere Jahre bevorstanden, die ihnen große Opfer und viel Mut abverlangen würden. Er kannte die Mythen und Legenden so gut wie jeder Lebende und begriff daher, dass es nur eine gab, die die Nachfolge einer Friedensweberin antreten konnte, ohne eine zu sein – und diese Vorstellung war nicht angenehm.

»Sie meinen doch hoffentlich nicht …?«, flüsterte er mit zitternder Stimme, wagte den Gedanken aber nicht zu Ende zu führen.

»Ich meine«, sagte Imbolc bestimmt, »dass meine Nachfolgerin eine *Schildmaid* sein wird.«

Selbst sie sprach das Wort nur mit einer gewissen Ehrfurcht aus.

Master Brif schluckte und schielte nervös zu den anderen, um zu sehen, ob sie lange Ohren gemacht hatten. Zum Glück offenbar nicht.

Schildmaiden waren, wie es hieß, nicht so gütige und verständige Wesen wie Friedensweberinnen. Sie waren wild und kriegerisch und ließen sich von niemandem zum Besten halten, gleich ob Hydden oder Mensch, Frau oder Mann, Jung oder Alt. Wenn eine Schildmaid auf der Jagd war, wurde die Erde, so hieß es, ein freudloser und unberechenbarer Ort. Nicht dass Brif, oder irgendein anderer Lebender, dergleichen persönlich erlebt hätte, doch er wusste davon aus seinem lebenslangen Studium der Mythen und Legenden. Vom Hörensagen wusste er, dass zum letzten Mal vor über zweitausend Jahren eine Schildmaid über die Erde geflogen war.

»Sie glauben, dass Sie heute hier erscheinen wird?«, erkundigte er sich mit zittriger Stimme.

»Es wäre möglich. Und wenn, dann wären meine Tage auf dieser Erde knapper bemessen, als ich dachte.«

»Aber kein vernünftiger Hydden, geschweige denn eine Schildmaid, würde an einem solchen Tag außer Haus gehen.«

Ein Blitz zuckte, ein Donner grollte.

»Wer sagt denn, dass sie eine Hydden sein muss? Der Spiegel aller Dinge macht solche Unterschiede nicht.«

Brif war wie vor den Kopf geschlagen. »Sie meinen, sie könnte ein Mensch sein?«

Imbolc lehnte sich vorsichtig mit dem Rücken gegen die feuchte Backsteinwand der Unterführung, um bequemer zu sitzen. Derweil verdunkelte sich dieser so merkwürdige Tag noch mehr. Wieder erhellte ein Blitzstrahl ihre kauernden Gestalten, und der Donner ließ sie alle zusammenzucken. »Ich halte es für möglich«, räumte sie ein und verspürte jene Art von Erleichterung, die sich einstellt, wenn man weiß, dass die Lösung eines seit langem bestehenden Problems näher rückt. »Ja, in der Tat halte ich es für sehr gut möglich, dass sie ein Mensch ist. Und ich habe das Gefühl, dass sie sich hier oder in der Nähe zeigen wird, noch bevor die Nacht vorüber ist.«

Er blickte zutiefst erschrocken.

»Während wir hier auf das Erscheinen meiner Nachfolgerin warten«, fuhr sie gutgelaunt fort und nickte in Richtung des Plastikmüllsacks, »schlage ich vor, Sie erzählen mir von ihm, Master Brif. Wer genau ist er? Er muss eine starke Persönlichkeit besitzen, wenn sich erfahrene Hydden wie Sie von ihm so viele Meilen von zu Hause fortlocken lassen. Außerdem beweist er Verstand und Fantasie. Er schert sich nicht darum, was andere von ihm denken, und schützt sich mit einem Plastiksack vor der Nässe.«

Brif blickte finster zu dem schwarzen Sack und der langen, schmalen Nase, die daraus hervorlugte.

»Man hat mir zu verstehen gegeben«, erwiderte er, »dass Sie selbst es waren, die ihm aufgetragen hat, uns hierher zu führen.«

Imbolc setzte eine Unschuldsmiene auf und wich einer Antwort aus, indem sie fragte: »Kennen Sie ihn schon lange?«

»Nicht sehr lange«, antwortete Brif knapp.

»Aber er ist doch ein Hydden mit einer gewissen Erfahrung?«

»Ganz im Gegenteil.« Brif schüttelte den Kopf. »Er ist elf Jahre alt und in der wirklichen Welt völlig unerfahren.«

Imbolc blickte noch interessierter. »Und dennoch habt ihr euch alle von ihm hierher führen lassen?«

»Er kann sehr ... überzeugend sein«, antwortete Brif widerstrebend, aber nicht ohne einen Hauch Bewunderung in der Stimme.

»Weiter, Master Brif, weiter.«

In seinem Gesicht spiegelten sich widerstreitende Gefühle, von denen eines schließlich die Oberhand gewann. Es war schlichte Erregung.

»Er sagt – und er ist einer, der meint, was er sagt, und fest davon überzeugt ist, dass er recht hat –, also er sagt, dass ein, na ja, dass *der* ... ich will sagen, er ist sich ziemlich sicher, dass ...«

»Wer, Master Brif? Wer *der?*«

»Er behauptet«, raunte der Schreiber, »dass jemand, der für uns alle von großer Bedeutung ist, noch heute hier erscheinen wird. Er behauptet, Sie hätten es ihm gesagt!«

»Tatsächlich?«, sagte Imbolc vieldeutig. »Und wie bedeutend ist dieser Jemand?«

»Das wissen Sie wahrscheinlich besser als ein bescheidener Schreiber wie ich«, erwiderte Brif. »Aber da Sie schon fragen, will ich Ihnen nach bestem Wissen und Gewissen antworten. Der Zeitpunkt, die schlechte Witterung und der Umstand, dass Sie in irgendeiner Weise mit der Sache zu tun haben, sagen mir, dass wir einen Riesengeborenen treffen werden. Habe ich recht?«

»Wenn Sie recht hätten«, erwiderte Imbolc, »müsste es sich um den einen handeln, der laut Prophezeiung und Überlieferung die Erde und dadurch die ganze Welt retten wird.«

Sie verfielen in Schweigen und sannen beide über dieses Geheimnis nach. Wieder nickte sie zu dem regsamen Plastiksack hinüber.

»Erzählen Sie mir von ihm. Wie ist er denn so?«

Brif seufzte, schüttelte den Kopf, als könne er nicht fassen, in welch merkwürdigen Zeiten er lebe, und antwortete schließlich mit demselben erregten Zittern in der Stimme wie zuvor: »Um die Wahrheit zu sagen, bin ich in meinem ganzen Leben noch nie jemandem begegnet wie ihm. Ja, ich halte ihn für den ungewöhnlichsten Hydden, der mir jemals untergekommen ist!«

11

UNWETTERWARNUNG

Jack saß allein im Warteraum eines Ärztehauses in Thirsk, einem kleinem Marktflecken im Vale of York, ein paar Meilen östlich der Autobahn nach London.

Es war das Ärztehaus, dessen Dienste das Kinderheim regelmäßig in Anspruch nahm und das es nun dazu benutzte, Jack in die Obhut einer anderen Behörde zu übergeben. Das Problem war nur, dass die Dame, die ihn abholen und nach London bringen sollte, noch nicht eingetroffen war. Schlechtes Wetter behinderte den Verkehr auf der Autobahn, aber die Dame hatte von ihrem Mobiltelefon aus angerufen und bestätigt, dass sie auf dem Weg sei.

Das Ärztehaus hatte eingewilligt, auf den Jungen aufzupassen, solange er auf seine Weiterreise nach Süden wartete.

Jack saß mit ausdruckslosem Gesicht da und vertraute offenbar darauf, dass ihn schon jemand abholen würde. Draußen in dem kleinen Hof bogen sich die Bäume im böigen Wind, und Regentropfen zeichneten schräge Muster an die Fensterscheibe. Drinnen war alles in bester Ordnung.

Eine ganze Weile geschah nicht viel, bis sich auf einmal die Stirn des Jungen in Falten legte. Er lockerte den Riemen seines Lederrucksacks und griff hinein. Er fand, was er suchte, hielt noch einen Augenblick inne und überlegte, ehe er einen Entschluss fasste und die Hand wieder herauszog.

Er stand auf, ging zu dem Spielzeughaufen in der Ecke und legte den Gegenstand, den er aus dem Rucksack genommen hatte, behutsam oben drauf.

Es war sein Plüschpferd, ein weißes Pferd, das aussah wie kein anderes – überlange Beine, nur ein Auge, spitzer Kopf mit spitzen Ohren und ein langer geschmeidiger Leib. Ein Pferd, so alt und abgenutzt vom Reisen und der Zeit, dass von seiner Gestalt und seinem

Leben nur das Wesentliche geblieben war, mit einem Schweif, der gerade so weit zurück in die Vergangenheit wirbelte, wie sein fließender Gang und sein neugieriges Auge es vorwärts in die Zukunft führten.

Jack betrachtete es, murmelte etwas, nickte kurz, als sei soeben eine geheime Übereinkunft getroffen worden, und kehrte dann auf seinen Platz und zu seinem stummen Warten zurück.

Er sah nicht mehr zu dem Pferd hin, vielmehr beobachtete das Pferd ihn und die Welt ringsum, so schien es jedenfalls.

Der Fernseher am anderen Ende des Raums flimmerte, während eine stürmische Böe Unrat gegen das Fenster peitschte, das auf den Hof hinausging. Ein Textband lief über den Bildschirm, und die düsteren Bilder unterstrichen die Dringlichkeit der Meldung.

Eine landesweite Unwetterwarnung.

Jack schnürte seinen Rucksack zu und starrte zum Fernseher. Einen Augenblick lang sah er aus, als trage er auf seinen Schultern die Last einer ganzen Welt, habe sich aber damit abgefunden, ohne zu klagen.

Leute kamen, und Leute gingen, doch der Junge verharrte auf seinem Stuhl, hielt seinen Rucksack umklammert und wartete geduldig.

Die Unwetterwarnung im Fernsehen wurde noch mehrmals wiederholt, und die Empfangsdame hatte weiter ein Auge auf die Dinge im Allgemeinen und den einsamen Jungen im Besonderen.

Unterdessen fielen draußen die ersten richtig dicken Regentropfen aus einem bedrohlichen Himmel. Es war kein Tag zum Reisen, gleichgültig wohin.

12

Ein Wunderkind

Der eisige Wind, der in Böen um die Eisenbahnbrücke fegte, unter der die Hydden Schutz gesucht hatten, war stärker geworden, und als der Regen zunahm, wurde es immer dunkler.

Die fünf Knüppelmänner kauerten auf der einen Seite, während Imbolc und Master Brif auf der anderen immer noch leise miteinander sprachen. Gegenstand ihrer Unterhaltung war Bedwyn Stort, der mit dem Rücken am feuchten Mauerwerk abseits von allen anderen am hinteren Ende der Unterführung hockte.

Von Zeit zu Zeit blickte die Friedensweberin verstohlen zu ihm hinüber in der Hoffnung, nun, da sie mehr über seine Lebensgeschichte wusste, auch etwas mehr von ihm zu sehen zu bekommen. Doch er blieb fast vollständig unter dem schwarzen Plastiksack verborgen, aus dem nur seine Nase und seine Füße hervorschauten.

Seine Lebensgeschichte war erstaunlich, wie sie inzwischen erfahren hatte.

Alles begann damit, dass Brif eines Tages eine ungewöhnliche Anfrage von einem pensionierten Schreiber erhalten hatte, der in einem unbedeutenden Hyddendorf in Englalonds rauhem Grenzgebiet zu Wales lebte. Der Ort hieß Wardine-on-Severn, und ein Schüler des Schreibers hatte offenbar den Wunsch geäußert, Walisisch zu lernen.

»Ich muss gestehen«, bemerkte Brif, »dass ich das ein wenig sonderbar fand, aber selbst in diesen unruhigen Zeiten ist die Gelehrsamkeit nie ganz erloschen.«

Zu seinen Pflichten als Meisterschreiber gehörte die Förderung von Erziehung und Bildung in der ehemaligen Hauptstadt Brum, die, wie alle Hydden wissen, im Herzen der Menschenstadt Birmingham liegt, unsichtbar tief unten zwischen ihren Abwasserkanälen, Rohrsystemen und Wasserläufen, in den Tunneln und Unterführungen ihrer Eisenbahn sowie in den für Menschen unzugänglichen Lücken zwischen Straßen und Gebäuden. Brums reiche und legendäre Kultur war in einem beklagenswerten Niedergang begriffen, aber noch nicht ganz verloren.

»Unsere Archive sind nach wie vor die besten von ganz Englalond, und dort fand ich ein Lehrbuch, das mir für diesen speziellen Zweck geeignet schien. Da es selten und kostbar war, vertraute ich es einem Knüppelmann an, dessen Redlichkeit mir wohlbekannt war, nämlich unserem Mister Pike da drüben – er ist der Anführer der fünf, die mich heute begleiten.«

Brif deutete diskret auf denjenigen in der kleinen Gruppe, der am grimmigsten aussah. Er hatte das Gebaren eines Mannes, der als Soldat Dienst geleistet hatte. Seine Kleider waren sauber und ordentlich gebügelt, sein Mantel schwer, aber nicht lang, seine nackten Arme kräftig und sein Haar kurz geschnitten.

In vertraulichem Ton fügte Brif hinzu: »Pike ist ein heller Kopf, höchst zuverlässig und ein furchterregender Kämpfer, wenn es nötig ist. Außerdem kennt er die walisischen Marken, die nun wahrlich nichts für Hasenfüße sind. Das Buch, das er für mich überbringen sollte, behandelte die Grundlagen der walisischen Sprache wie auch die Topographie, die Geschichte und das eigentümliche Brauchtum dieses wilden und gefährlichen Landes. Ich erwartete nicht noch einmal etwas aus Wardine zu hören, und Pike berichtete bei seiner Rückkehr wenig über seine Mission.

Doch nicht lange danach erhielt ich ein weiteres Schreiben von meinem ehemaligen Kollegen. Darin teilte er mir mit, dass sein Schüler, bei dem es sich, wie Sie sich denken können, um Bedwyn Stort handelte, nun nach einem weiterführenden Werk für sein Studium des Walisischen verlangte. Außerdem wünschte er vergleichbare Bücher, die sich mit anderen keltischen Sprachen wie dem Bretonischen und dem Irischen beschäftigten, aber auch mit toten Sprachen wie dem Piktischen, dem Ivernischen und dem Lubischen – bei Letzterer handelt es sich um die mythische Sprache der alten Barden, über die selbst ich kaum etwas wusste.«

Imbolc blickte gleichermaßen überrascht wie beeindruckt.

»Sie können sich vorstellen, dass meine Neugier geweckt war«, fuhr Brif fort. »Wieder schickte ich Pike, um die Bücher abzuliefern. Diesmal äußerte er nach seiner Rückkehr die Ansicht, dass es diesem jungen Stort gut bekommen würde, wenn ich mich seiner ein wenig annähme, doch leider ... Ich war damals sehr beschäftigt und schob die Angelegenheit auf die lange Bank.

Ein Jahr verging, und wieder erhielt ich eine Anfrage. Diesmal betraf sie Bücher, die eine weit größere Vielfalt von Themen zum Gegenstand hatten.«

»Zum Beispiel?«, fragte die Friedensweberin.

»Nun ja ... bestimmte andere tote Sprachen, aber auch Mathematik, Geschichte und das überlieferte Wissen über den Spiegel aller Dinge, etwas über Beornamund, den Gründer von Brum, sowie ein oder zwei Schriften über Kosmologie und mystisches Knoten, was, wie Sie wissen, für einen Knaben, der noch ein halbes Kind ist, recht komplizierte Themen sind.«

Imbolc nickte. Mystisches Knoten war ein Fach, das heute die wenigsten jungen Leute auch nur vom Hörensagen kannten, geschweige denn studieren wollten, sofern sich ein so abstruses Fach überhaupt studieren ließ.

»Was haben Sie getan, Master Brif?« Sie bemerkte, dass Pike sie aufmerksam beobachtete.

»Ich schickte sofort wieder nach Pike und bat ihn, mir mehr über diesen begabten Schüler zu erzählen. Was er mir berichtete ... aber lassen wir ihn doch selbst erzählen. Ich glaube, er ahnt ohnehin, dass wir über ihn und Stort sprechen, den er unter seine Fittiche genommen hat.«

Er winkte dem Knüppelmann, der sogleich herüberkam, Imbolc aber immer noch argwöhnisch ansah. Aus der Nähe verströmte er eine spürbare Aura von Körperkraft und Willensstärke.

Ein Hydden, mit dem nicht gut Kirschen essen ist, dachte sich die Friedensweberin.

»Erkundigt sie sich nach Master Stort?«, knurrte Pike und musterte sie kühl.

Brif bejahte, fügte aber hinzu: »Man kann ihr trauen, Mister Pike.«

»Dann kann sie keine fliegende Händlerin sein«, erwiderte er schlagfertig, »denn fliegenden Händlern und ihresgleichen ist nicht zu trauen, oder?«

Er baute sich vor Imbolc auf, die lächelte und sagte: »Sie haben recht, Mister Pike. Ich bin keine Händlerin ...«

Friedensweberinnen haben die Gabe, Sterblichen eine Ahnung von der Weite des Universums zu vermitteln, von dem sie ein Teil sind. Für einen Moment sah Pike in Imbolcs Augen die Schönheit der Sterne, die Bahnen der Planeten und die Farben der wandernden Galaxien dahinter.

Oder war es nur das Licht der Liebe, das von ihr zu ihm hinüberstrahlte? Was immer es auch war, der Eindruck genügte, um Pikes Augen mit Ehrfurcht zu erfüllen, und Brif, der die Gabe der Friedensweberin kannte, schmunzelte, als er sah, wie rasch sich selbst ein so misstrauischer Mann wie Pike überzeugen ließ.

»Oh, ja, Mister Pike, man kann ihr trauen«, wiederholte Brif leise.

»Aber gewiss«, erwiderte Pike und fuhr sich mit der Hand über die Augen, als wisse er nicht recht, wie ihm geschehen sei. »Und ich bin froh darüber, denn ich würde für den Jungen mein Leben geben, zumal er es mir schon einmal gerettet hat. Unser Master Stort da drüben hat eine mächtige Wurd, die meine mit sich fortzureißen scheint.«

Imbolc ging auf das Thema Wurd nicht ein, es war zu umfassend und tiefgreifend, um im verblassenden Licht eines nasskalten Tages unter einer Eisenbahnbrücke erörtert zu werden. Gleichwohl beschlich sie, dieweil das Wetter immer schlechter und der Tag immer dunkler wurde, das Gefühl, dass die Lage sich bald zuspitzen würde und dass sie sich alle dagegen wappnen sollten, was immer auch geschehen mochte.

Eins freilich war klar. Wenn ein Hydden von der Stärke und mit den Fähigkeiten Pikes freimütig zugab, dass seine Wurd von der eines Knaben abhing, war das, gelinde gesagt, ungewöhnlich.

»Erzählen Sie mir, wie es kam, dass ein Junge seines Alters Ihnen das Leben gerettet hat«, forderte sie ihn leise auf.

Pike machte ein betretenes Gesicht. »Er hatte mich gewarnt, aber ich wollte nicht hören. Er hat die Gabe, in die Zukunft zu sehen, unser Master Stort.«

»Wovor hat er Sie gewarnt?«

»Vor einem Sumpf, unten am River Severn. Er wollte unbedingt einen Spaziergang machen und lehnte es ab, einen Knüppel mitzunehmen. Daher hielt ich es für meine Pflicht, ihn zu begleiten, denn ich sagte mir, dass es Master Brif ganz und gar nicht gefallen würde, wenn Diebe und Räuber, die diese Landstriche unsicher machen, über den jungen Stort herfielen und ihm etwas zuleide täten, oder Schlimmeres. Dann wäre nämlich all das Bücherstudieren für die Katz gewesen.

Doch dann war ich es, der beinahe ums Leben gekommen wäre. Ich schlug seine Warnungen vor den Gefahren der Gegend in den Wind, und ehe ich mich versah, steckte ich im Sumpf fest und versank so schnell, dass ich an Ort und Stelle ertrunken wäre, wenn er nicht eingegriffen hätte.«

»War er denn stark genug, Sie herauszuziehen?«

Pike schüttelte den Kopf. »Eine ganze Hundertschaft hätte mich nicht herausholen können. Der Boden war tückisch, deshalb wären sie nicht an mich herankommen, ohne selbst einzusinken. Ich dachte schon, es sei um mich geschehen.«

»Aber wie ...?«

»Das will ich Ihnen sagen. Wissen Sie, was der Bursche als Nächstes tat, in aller Seelenruhe? Er machte es sich am Rand des Sumpfs, dort, wo der Boden fest war, gemütlich, zog eine Schiefertafel und Kreide aus einer Tasche und eine Uhr, stellte ein paar Berechnungen an und begann zu messen, wie schnell ich unterging.

Natürlich habe ich ordentlich geflucht, aber er sagte nur: ›Mister Pike, ich würde Ihnen raten, nicht herumzuzappeln und die Arme zur Seite auszustrecken. Dann versinken Sie etwas langsamer.‹ Ich befolgte seinen Rat, sank aber trotzdem weiter.

›So tu doch etwas!‹, rief ich, der Verzweiflung nahe, denn der Morast reichte mir schon bis zum Bauch. Er hörte gar nicht hin, runzelte die Stirn, und dann begann dieses Gesumme.«

»Gesumme?«

Pike nickte mit einer Gebärde, in der sich Überdruss und Zuneigung mischten.

»Er summt immer, wenn er über einem Problem brütet. Nur, leider gibt es keinen lebenden Hydden, der weniger in der Lage wäre, eine Melodie zu treffen oder wenigstens einen wohlklingenden Ton hervorzubringen. Storts Gesumme ist für seine Umgebung eine Tortur, und so begann ich mich schon fast danach zu sehnen, dass mir der Schlamm über die Ohren stieg. Hm, hm, hm …

Ich schimpfte weiter, aber er sagte nur ›Eile mit Weile‹ oder so etwas in der Art. Na, jedenfalls waren wir eine Weile böse aufeinander. Aber dann stieg der Schlamm höher und drückte mir so mächtig auf die Brust, dass selbst das Atmen schwer wurde.

Dann hörte das grässliche Summen plötzlich auf – was stets ein gutes Zeichen ist, wie ich inzwischen gelernt habe. Er stand auf und sagte: ›Ich weiß, was ich wissen muss. Nach meiner Berechnung haben wir siebzehn Minuten, höchstens dreiundzwanzig, je nachdem, wie tief Sie einatmen. Halten Sie Ihren Brustkorb möglichst gedehnt, solange ich fort bin.‹

Damit hüpfte er in diesem schiefen Galopp, den er für Rennen hält, davon, über die Felder nach Wardine. Ich sank immer tiefer, und als mir der Schlamm ans Kinn reichte, verfluchte ich den Spiegel und alles darin, einschließlich Master Stort, Wardine, Master Brif, die Gelehrsamkeit und vieles andere mehr.«

Die Friedensweberin nickte teilnahmsvoll. »Sie müssen furchtbare Ängste ausgestanden haben.«

»Allerdings«, sagte Pike, »aber sei's drum … Als mir der Morast bereits am Mund stand, erschien Master Stort wieder mit ein paar Dorfbewohnern, die Stangen, Seile und allerlei andere Utensilien trugen, die sie auf sein Geheiß zusammengerafft hatten. Im Nu hatten sie eine Art … nun ja, eine Art … *Vorrichtung* aufgebaut.«

»Einen Flaschenzug, um genau zu sein, Mister Pike«, unterbrach eine Stimme zu ihrer Rechten. Sie kam aus dem schwarzen Müllsack, und es hatte ganz den Anschein, als wollte Master Stort nun daraus hervorschlüpfen.

Pike grinste. »Was auch immer, jedenfalls hat er diese Vorrichtung mit den anderen zusammen aufgebaut. Irgendwie schafften sie es, ein Seil unter meinen Armen durchzuschlingen, dann zogen sie an dem Ding, und ungefähr dreißig Sekunden später flutschte ich aus dem Schlamm wie ein Korken aus einer Flasche mit vergorenem Met. Seit jenem Tag hat er meine Ergebenheit und mein Vertrauen in allen Dingen. Nicht wahr, Stort?«

Der Müllsack schlurfte ein paar Schritte umher, und die Nase verschwand in seinem Innern.

»Ja, danke Mister Pike«, ertönte eine gedämpfte Stimme. »Ihre und meine Wurd sind wie eine, doch zusammen bilden sie mehr als zwei! Dies ist ein Rätsel und zugleich ein Mysterium!«

»Nun ja …«

Pike ging und setzte sich wieder zu den anderen Knüppelmännern, während der Müllsack weiter ruckte und knisterte.

»Man muss freilich sagen«, fuhr Brif leise fort, »dass Stort einen Eigensinn im Denken besitzt, der an Exzentrik grenzt. Und dieser Wesenszug wird dadurch nicht besser, dass er allen Ernstes glaubt, alles, was er tut, sei logisch.«

»Ist das denn so schlimm, Master Brif?«, fragte Imbolc.

»Allerdings, denn offensichtlich ist ihm nicht bewusst, wie verschroben sein Verhalten auf andere wirken kann, so zum Beispiel, wenn er einen Plastiksack als Mantel trägt. Er selbst wird als Grund dafür lediglich anführen, dass sich so ein Sack einfacher transportieren lässt.«

»Womit er natürlich recht hat.«

»Außerdem will er keinen Knüppel tragen, denn er beharrt auf der Ansicht, dass Gewalt kein geeignetes Mittel sei, Streitigkeiten beizulegen, sondern, wie die Geschichte lehre, nur weitere Gewalt nach sich ziehe.«

»Womit er ebenfalls recht hat.«

»Mag ja sein«, seufzte Brif, »aber solche Dinge sind für andere schwer zu verstehen, besonders für Gleichaltrige, unter denen er sehr wenige Freunde hat, wie Sie sich denken können. Aber Pike hat recht, was seine Gabe angeht, Dinge vorherzusagen.«

»Zum Beispiel?«

»Große Dinge, kleine Dinge, vom Umschlagen des Wetters bis zu der Frage, wer wohl als Nächstes um die Ecke biegt. Ich vermute, Sie werden schon bald eine Kostprobe bekommen.«

»Dann lassen Sie mich raten. Sie haben ihn persönlich in Wardine besucht und dann mit nach Brum gebracht, damit er seine Studien unter Ihrer Anleitung fortsetzen konnte.«

»Kurz gesagt, ja«, räumte Brif ein.

»Und jetzt hat er Sie hierher geführt?«

»Dank Ihnen, Imbolc, wie es scheint. Aber ich habe nicht die geringste Ahnung, was wir hier zu gewärtigen haben.«

Er wartete darauf, dass Imbolc ihn aufklärte. Wenn eine Friedensweberin plötzlich im hinterletzten Winkel der Welt auftauchte, hatte sie dafür einen Grund. Brif fühlte sich immer unbehaglicher.

Doch Imbolc sagte nur: »Ich bin lediglich als Beobachterin hier. Ich kann nichts beeinflussen, nur beobachten und zur Kenntnis nehmen, selbst wenn ...«

»Was?«

»Ich weiß nur, dass das, was hier geschehen wird, Einfluss auf unser aller Leben haben wird, und deshalb ist Mister Pike zu Recht auf der Hut, und Sie sind zu Recht nervös. Wenn sich Schildmaiden zeigen, sollten wir uns alle vorsehen ...«

Sie schauten sich erwartungsvoll um, als glaubten sie, der entscheidende Augenblick könnte allein dadurch eintreten, dass man über ihn sprach.

Stattdessen geschah etwas anderes. Master Stort warf endlich den Müllsack ab und kam zum Vorschein.

Mit seinem zerzausten Haar und den dünnen Armen und Beinen bot er in der Tat einen ungewöhnlichen Anblick, aber Imbolc kam kaum dazu, Notiz davon zu nehmen. Er sagte nichts, sondern blickte kurz in die Runde und ging sogleich zum anderen Ende der Unterführung. Von dort spähte er zum sturmgepeitschten Himmel hinauf und fing laut zu summen an.

Es war ein unmelodisches, beunruhigendes, nachdenkliches Summen.

Ein Summen, das geradewegs zum Kern der Dinge führte.

Er hob einen Fuß und kratzte sich damit an der Wade des anderen Beins, und dabei wurde das Summen immer intensiver.

Dann hielt er plötzlich inne und setzte den Fuß wieder auf den Boden, drehte sich um und sah sie alle an.

Imbolc musterte ihn neugierig, denn sie hatte nur noch eine verschwommene Erinnerung an ihre Begegnung im Nebel auf dem Waseley Hill.

Die meisten Elfjährigen trugen gewöhnliche Kleidung: ein Paar kurze Hosen etwa, irgendeine leichte Jacke und ganz normale Stiefel. Das Auffälligste an ihnen war gewöhnlich der Knüppel, den alle mit sich führten und an dem verschiedene Abzeichen und Wappen angebracht waren, die Auskunft darüber gaben, aus welcher Stadt oder

Ortschaft sie kamen, welcher Bande sie angehörten und sogar wie vermögend ihr Elternhaus war.

Stort sah ganz anders aus. Sein Anzug war so altmodisch, dass Imbolc in Gedanken bis ins späte neunzehnte Jahrhundert zurückreisen musste, ehe ihr jemand einfiel, den sie dergleichen hatte tragen sehen, und das war ein Menschenprofessor gewesen, der Wanderurlaub in den Alpen gemacht hatte. Der Anzug bestand aus Jacke, Hose und Weste, an denen ein Großteil der Knöpfe fehlte und deren grüner Tweedstoff so kratzig aussah, dass er geeigneter schien, Töpfe damit zu scheuern, als den Körper zu bedecken. Alles war offensichtlich selbstgeschneidert. Die Nähte waren krumm und lose und die beiden Jackenärmel von leicht unterschiedlicher Länge.

Ich glaube, er hat ihn selbst gemacht!, dachte Imbolc überrascht.

Die unzähligen Taschen beulten sich von ihrem Inhalt. Aus einer quoll ein aufgerolltes, schmales Stück Autoreifen, aus einer anderen kunststoffummantelter Draht. Ein kurzer roter Gummischlauch, der irgendwie medizinisch anmutete, leistete einem Computerbauteil Gesellschaft, und zu diesem Pärchen wurde nun der schwarze Müllsack gestopft.

Die Schiefertafel, die Pike vorhin erwähnt hatte, ragte zusammen mit gespitzten Griffeln menschlicher Herkunft aus der Brusttasche der Weste, während eine klobige Silberkette, die sicherheitshalber durch ein Knopfloch am Revers gezogen worden war, in einer Westentasche verschwand, wo sie zweifellos in eine Uhr mündete.

Weiter kam Imbolc in ihren Beobachtungen nicht, denn plötzlich begann der Junge zu sprechen, und seine Stimme klang dringlich.

»Wir müssen hier raus«, drängte er. »Äh, bald.«

Mister Pike ging zu ihm, und sie sprachen leise miteinander, wobei Stort merkwürdig fahrig gestikulierte, während Pike nickte und immer finsterer dreinblickte.

Dann drehte sich der Knüppelmann zu ihnen um. »Wenn Master Stort ›bald‹ sagt, meint er ›sofort‹! Das bedeutet, wir müssen auf der Stelle abrücken.«

»Wohin denn?«, fragte einer von den anderen.

»Nach oben«, antwortete Pike knapp. »Auf die Brücke.«

»Aber da oben ist es kalt, und wir werden nass«, protestierte ein anderer.

»Hier unten wird Ihnen bald noch kälter werden, denn Sie werden tot sein«, gab Pike zurück.

Darauf zogen alle um.

Eilends.

Alle bis auf Bedwyn Stort. Seltsamerweise rührte er sich nicht von der Stelle und starrte Imbolc an.

»Sind wir uns schon einmal begegnet?«, fragte er stirnrunzelnd.

»Ja«, antwortete Imbolc, »aber da habe ich ein wenig anders ausgesehen.«

Er kam näher, blickte ihr forschend in die Augen, dann auf den Anhänger an ihrem Hals. Sonst trug sie ihn verborgen, doch irgendwie war er herausgerutscht und ruhte nun gut sichtbar auf ihrer Jacke.

»Die alte Frau auf dem Waseley Hill«, sagte er schließlich. Nur sehr wenigen Sterblichen war es vergönnt, diesen Zusammenhang herzustellen.

»Ganz recht«, gab sie zu.

»Sie sind die Friedensweberin!«, platzte er vor lauter Aufregung über seine Entdeckung heraus.

»Tatsächlich?«

»Es hat den Anschein«, sagte Stort. »Dieselben Augen und derselbe Anhänger. Jetzt sollten Sie aber die Unterführung verlassen. Hier ist niemand mehr sicher.«

»Danke für den Rat, Master Stort«, sagte sie.

13
Eine Entscheidung

Zweihundert Meilen weiter nördlich fuhr Clare Shore auf den Parkplatz des Ärztezentrums von Thirsk, in dem ihr Mann Richard als Assistenzarzt arbeitete.

Es war ein Freitag, und Richard wollte heute früh Schluss machen, damit sie vor Einsetzen des Wochenendverkehrs ihre Fahrt nach London antreten konnten, wo sie am nächsten Tag auf eine Hochzeit eingeladen waren. Mit etwas Glück brauchten sie für die Fahrt nur drei Stunden und waren am frühen Abend im Haus ihrer Freunde, bei denen sie übernachten wollten.

Doch als Clare aus dem Wagen stieg, verfinsterte sich der Himmel, der schon den ganzen Tag dunkel und bedrohlich war, und der erwartete Regen setzte ein.

»Wir müssen rennen«, beschloss sie und fasste Katherine, ihre fünfjährige Tochter, bei der Hand. Keuchend und lachend kamen sie drinnen an, denn inzwischen schüttete es wie aus Kübeln.

Clare hatte dunkles Haar und ein fröhliches Gesicht. Katherine war im Unterschied zu ihrer Mutter blond, aber groß für ihr Alter und dünn, worin sie Richard nachschlug. Sie trug eine Brille, mit der sie zu ernst für ihr zartes Alter aussah.

»Ihr Mann wird in ein paar Minuten hier sein«, sagte eine Empfangsdame zu Clare. »Am besten, Sie warten hier im Trockenen auf ihn. Sie werden nur noch nasser, wenn Sie zum Auto zurücklaufen.«

Im Warteraum waren kaum noch Patienten, bis auf die wenigen Unverwüstlichen, die sich vom Wetter nicht hatten abschrecken lassen. Sie setzten sich, und Katherine starrte aus dem Fenster in den Regen und dann hinauf zu dem sonderbaren schwarz-lila Himmel.

Ihnen gegenüber saß ein Junge ungefähr in ihrem Alter und tat dasselbe.

Die beiden Kinder musterten einander. Katherine lächelte den Jungen verhalten an, und er erwiderte das Lächeln, als kenne er sie. Sie schaute weg, noch nicht bereit, Freundschaft zu schließen. Er war dunkelhaarig, stämmig, strahlte Selbstsicherheit, aber auch vorsichtige Zurückhaltung aus. Auf dem Boden neben seinem Stuhl stand ein hübscher kleiner Rucksack aus dunklem Leder.

Ihre kurzen Blickkontakte häuften sich, als wache er irgendwie über sie.

Clare beobachtete diesen Austausch mit Interesse. Katherine schloss nicht leicht Freundschaft, und dass sie ein anderes Kind anlächelte, noch dazu ein wildfremdes, war ungewöhnlich.

Aber da war noch etwas anderes.

Der Junge hatte bereits am Vormittag auf diesem Stuhl gesessen, als Clare kurz hereingeschaut hatte, um wegen ihrer Fahrt mit Richard zu reden.

Getrieben von jenem natürlichen Mitgefühl, das jede Mutter mit einem Kind empfindet, das so lange allein gelassen wird, stand sie auf und erkundigte sich bei einer Frau an der Rezeption nach ihm.

»Er wartete darauf, dass er abgeholt und nach Süden gebracht wird«, erklärte die Frau. »Wir passen auf ihn auf, bis seine neue Betreuerin hier ist. Sie kommt den weiten Weg aus London, aber Gewitter haben ein Verkehrschaos verursacht. Vielleicht ist das der Grund für das Durcheinander.«

»Was für ein Durcheinander?«

»Die Dame, die ihn hergebracht hat, musste wieder weg, wollte aber wiederkommen und nachsehen, ob er auch wirklich abgeholt wurde. Nur ist sie bis jetzt nicht wieder aufgetaucht, und viele Handys funktionieren nicht … Aber dem Jungen geht es allem Anschein nach gut. Er war sehr brav.«

»In welchen Stadtteil von London soll er denn gebracht werden?«

»Seine Betreuerin ist aus Wembley, glaube ich … Aber sie hat sich nicht wieder gemeldet.«

»Wembley? Wir fahren ganz in die Nähe«, platzte Clare heraus, bevor sie sich bremsen konnte.

Sie drehte sich nach dem Jungen um und sah ihn sich genauer an.

Eine gewisse Wachsamkeit war ihr bereits an ihm aufgefallen, aber er strahlte auch eine Charakterstärke aus, die an Trotz grenzte. Aus ihrer ehrenamtlichen Tätigkeit kannte sie diese Kombination bei Kindern, die von der Gesellschaft schon so häufig im Stich gelassen worden waren, dass es ihnen schwerfiel, wieder Vertrauen in Menschen oder Verhältnisse zu fassen. Aber er hatte noch etwas anderes an sich, etwas wirklich Faszinierendes. Sie lächelte ihn an, und er lächelte schüchtern zurück.

Als Richard endlich aus seiner Praxis kam, hatte Clare schon ihren Entschluss gefasst. Sie schlug vor, den Jungen mit nach Süden zu nehmen.

»Ich bin nicht die zuständige Betreuerin«, erwiderte Richard sachlich. »Sie muss das entscheiden.«

Clare schilderte ihm die Situation.

Richard musterte den Jungen unauffällig und kam bald zu demselben Ergebnis wie Clare – dass er jetzt nicht im Stich gelassen werden durfte, sondern jemanden brauchte, der sich um ihn kümmerte. Richard musste nicht weiter überredet werden. Wenn die Frau, die ihn abholen sollte, nicht auftauchte, konnte er den Jungen nicht einfach den ganzen Tag in diesem Wartezimmer sitzen lassen, ohne etwas zu unternehmen.

»Okay, mal sehen, was sich machen lässt. Aber das wird uns Zeit kosten. Wissen wir überhaupt, wie er heißt?«

»Jack«, antwortete die Empfangsdame, die ihr Gespräch mitverfolgt hatte.

»Komm«, sagte Clare zu Katherine. »Wir wollen versuchen, mit ihm zu reden, solange Daddy etwas klärt.«

Richard Shore telefonierte, zuerst innerhalb des Hauses, dann nach draußen, wobei er die Nummer auf der Karte anrief, die von der Frau, die den Jungen hergebracht hatte, am Empfang hinterlegt worden war. Er bekam sie nicht persönlich an den Apparat, dafür einen Roger Lynas vom Jugendamt North Yorkshire. Ja, er sei mit dem Fall vertraut. Nein, Einzelheiten könne er nicht nennen. Ja, Unwetter sorgten überall für Chaos, und die zuständige Kollegin aus London, die ihn hätte abholen sollen, habe die Fahrt abbrechen müssen. Und ja, es käme sehr gelegen, wenn sie den Jungen mitnehmen könnten, vorausgesetzt, sie lieferten ihn an der angegebenen Adresse im Londoner Westen ab.

Aber nein, erst wenn das neue Arrangement von höherer Stelle abgesegnet sei.

»Komisch«, sagte Richard zu Clare. »Eigentlich sollten wir uns nicht um die Probleme anderer Leute kümmern und uns das Elend der Welt aufhalsen, aber …«

»Aber wir können ihn nun mal nicht einfach da sitzen lassen, stimmt's?«

»Na ja, wir könnten schon«, sagte Richard, immer noch unschlüssig.

Sie gingen ein paar Schritte, damit sie miteinander reden konnten, ohne dass jemand mithörte. Der Junge blieb, wo er war, und sah ab und zu zu Katherine hinüber. Sie hatten ein paar Worte gewechselt und mehrmals Blicke getauscht, aber jetzt spielte sie für sich. Sie stand auf und ging zu dem Spielzeughaufen, den gerade ein anderes Kind durchwühlte. Sie wollte etwas, und sie kannte die Regeln: Man gab etwas und nahm etwas, egal was. Aber als Tochter eines hier beschäftigten Arztes hatte Katherine immer nur gegeben statt genommen.

Es war das weiße Pferd, das sie angezogen hatte. Es sah aus, als galoppiere es stolz über all die anderen Spielsachen hinweg, als seien sie die Erde und es selbst auf dem Weg zu den Sternen.

»Das möchte ich haben«, sagte sie sich, ein wenig befangen jetzt. Sie fasste es noch nicht an und fragte sich, ob jemand hersah.

Der Junge.

Und ihre Eltern.

Der Junge erhob sich von seinem Stuhl, kam zu dem Spielzeughaufen herüber, ergriff das Pferd und hielt es Katherine hin.

»Du kannst es haben«, sagte er und kehrte auf seinen Platz zurück.

Katherine nahm es und hob es in die Höhe, damit ihre Mutter es sehen konnte. Clare lächelte und nickte.

»Es ist ein weißes Pferd«, sagte das Mädchen, drückte es sich an die Wange, obwohl es alt und zerschlissen war, und grinste.

Richard lächelte und blickte resigniert. Aus irgendeinem Grund ließ er sich von dieser einfachen Geste die Entscheidung abnehmen.

»Also abgemacht«, sagte er.

Als Clare dem Jungen mitteilte, dass er mit ihnen fahren könne, lächelte dieser kurz erleichtert, aber seine Wachsamkeit blieb.

Unter diesen Umständen nur natürlich, dachte Clare und sagte in der Hoffnung, ihn damit zu beruhigen: »Du kannst dich nach hinten setzen zu … ach ja, das ist Katherine.«

Der Junge blickte wieder ernst. »Ich heiße Jack«, sagte er und brach damit das Eis.

»Hallo, Jack«, sagte Katherine mit einem unbefangenen Lächeln.

Das ist ja ganz was Neues, dachte Clare im Stillen und stellte weiter vor. »Das ist mein Mann Richard. Er ist hier Arzt. Er wird uns fahren.«

Richard ging in die Hocke und legte Jack die Hand auf die Schulter. »Bist du einverstanden?«

Jack nickte.

»Soll ich deinen Rucksack nehmen?«

Jack schüttelte energisch den Kopf. Er beugte sich von seinem Stuhl und hob ihn auf.

»Den nehme ich selbst«, sagte er und umklammerte ihn, als sei er alles, was er auf der Welt besaß – was möglicherweise ja auch so war. In diesem Augenblick bemerkte Clare, dass es sich nicht um eines der üblichen billigen Nylonmodelle mit Sportlogo darauf handelte.

Er war aus dunklem Leder, schön genäht wie ein Koffer aus der Zeit Edwards IV., aber so speckig und abgewetzt, dass er viel älter aussah.

Und noch etwas anderes fiel Clare auf. Jack rollte das R und sprach mit einem starken, warmen Akzent, denn sie nicht genau einordnen konnte, aber er klang wie ein Junge vom Land.

»Dann wollen wir mal«, drängte Richard.

Sie rannten in den Regen hinaus, und die beiden Kinder lachten unbeschwert, als sie nass wurden. Richard setzte sich ans Lenkrad, Clare auf den Beifahrersitz. Katherine nahm hinter ihr auf dem Rücksitz Platz, Jack hinter Richard.

Sie rollten vom Parkplatz des Ärztezentrums hinaus in den dichten Freitagsverkehr.

»Laut Vorhersage soll der Regen noch schlimmer werden«, sagte Richard. »Ich glaube, ich fahre über die Landstraße zur Autobahn. Die Strecke ist zwar länger, aber so umgehen wir vielleicht den schlimmsten Feierabendverkehr.«

Ihre lange Fahrt begann.

14

HAGEL

Familie Shore und Jack hatten die letzte Ampel von Thirsk hinter sich gelassen und fuhren auf einer Landstraße. Der Himmel war jetzt schmutzig grau. Von Zeit zu Zeit wurde er von Wetterleuchten erhellt.

»Habt keine Angst!«, rief Richard seinen Mitfahrern zu.

Clare blickte nach hinten. »Sie haben keine Angst, sie sind fasziniert«, sagte sie, als sie sich wieder nach vorn drehte, mit leiser Stimme.

Kurze Zeit später zuckte ein Blitz, und krachender Donner ließ den Wagen erzittern.

Katherine sperrte den Mund auf, Jack machte große Augen.

Schon prasselte der Hagel auf die Straße nieder. Im Auto dröhnte es, als würde eine Wagenladung Kieselsteine auf das Dach gekippt. Richard konnte gerade noch in eine Parkbucht fahren, bevor der Scheibenwischer der golfballgroßen Hagelkörner nicht mehr Herr wurde und streikte.

Das Prasseln war ohrenbetäubend, und Clare fürchtete, dass die Windschutzscheibe zu Bruch gehen könnte. Die weißgrauen Klumpen bedeckten schon die untere Hälfte der Scheibe. Auf den Pfosten des Holzzauns, neben dem sie standen, bildeten sich Hüte aus Hagelkörnern.

Einen Moment lang fühlten sie sich wie in eine andere, von Eis eingeschlossene Welt versetzt. Dann fiel ein Lichtstrahl schräg durch die Windschutzscheibe, ließ die Pfosten aufleuchten. Ein entgegenkommender Wagen!

Richard schaltete den Scheibenwischer wieder an und fuhr, sowie die Scheibe frei war, auf die Fahrbahn zurück.

Die Scheinwerfer kamen durch den Regen direkt auf sie zu. Das entgegenkommende Auto fuhr auf der falschen Straßenseite!

Richard trat so abrupt auf die Bremse, dass alle nach vorn in die Sicherheitsgurte flogen. Der Wagen raste nur Zentimeter an ihnen vorbei und verschwand wieder im Dunkel der Nacht.

»Das war knapp«, murmelte Richard beklommen. »Sehr knapp.«

»Fahr vorsichtig«, sagte Clare, die als Beifahrerin normalerweise keine besserwisserischen Kommentare abgab, jetzt aber ein mulmiges Gefühl hatte – genau wie Jack. *»Bitte.«*

Während Richard den Wagen langsam auf die Straße zurücksteuerte, blickten sie ein letztes Mal zu den Zaunpfosten, auf denen sich Hagelkörner aufgehäuft hatten. Von den Eishüten war nur tropfendes Wasser geblieben, das sich im Schein der Rücklichter blutrot färbte.

»Merkwürdig«, sagte Richard, als sie die Fahrt schließlich fortsetzten.

15

Auf Wache

Auf Storts Warnung hin waren Master Brif, Imbolc und die anderen auf die Brücke hinaufgeklettert, obwohl sie dort oben klatschnass wurden.

»Wozu bleiben wir überhaupt hier?«, fragte einer der Männer. »Hier geschieht doch eh nichts.«

»Weil Master Stort es so wünscht«, erwiderte Pike, der sich als Einziger nicht hinkauerte, um sich vor dem Regen zu schützen. Stets wachsam und auf der Hut, behielt er auch im Dunkeln alles im Auge. Er spürte, dass Gefahr drohte, und so blieb er aufrecht stehen, damit er leichter nach allen Seiten spähen konnte.

Was befürchtete er? Dass eine Patrouille der Fyrd sie entdeckt und verfolgt haben könnte und sie womöglich auch jetzt noch beobachtete, obwohl sich bei einem solchen Wetter wahrscheinlich sogar Fyrd unterstellten. Englalond stöhnte seit langem unter der Gewalt der Fyrd, die das Land im Auftrag der Sinistral regierten.

Fyrd! Zahlreich waren die schwermütigen Lieder der Hydden, in denen über die Fyrd geklagt wurde, und zahlreich die braven und redlichen Leute, die, um mit den Dichtern zu sprechen, von den Fyrd vom Leben zum Tode gebracht worden waren.

Pike war sich sehr wohl bewusst, dass ein Ausflug wie der ihre streng verboten war. Sie hatten sich im Schutz der Nacht aus Brum hinausgeschlichen, um von den Hütern der Hyddenstadt, wie diese sich ironischerweise selbst nannten, nicht bemerkt zu werden. Kein leichtes Unterfangen für einen Hydden von Brifs Stellung, und mit Sicherheit wurde er bereits vermisst.

Darum hielt Pike im Regen Wache und blickte drohend in die Runde. Sein Blick wanderte hinüber zu Bedwyn Stort, der wieder in seinem Müllsack steckte, weiter zu den anderen Knüppelmännern, die vor Nässe trieften, dann zu Brif, der im Regen kauerte wie ein

Fels in der Brandung, und schließlich zu der fahrenden Händlerin, die, wie er längst erraten hatte, weit mehr war, als es den Anschein hatte.

Er lehnte sich an die Brüstung der Brücke, kniff zum Schutz vor Wind und Regen die Augen zusammen und reckte das Gesicht, das vor Nässe glänzte, wenn ein Blitz es erhellte, nach vorn.

So spähte er die nahezu unsichtbare Straße entlang.

Hier war etwas faul.

Er ging ruhig zu den anderen Männern und sagte leise zu ihnen: »Irgendwas ist im Busch, irgendein Anschlag der Fyrd. Haltet die Augen offen, jeder Einzelne. Seht zu, dass ihr stets eure Knüppel zur Hand habt, und tragt eure Messer griffbereit im Gürtel, verstanden?«

Sie nickten grimmig. Sie kannten Pikes Riecher für Gefahr.

»Ich habe keine Ahnung, was geschehen wird. Aber es ist nichts Gutes, ganz und gar nichts Gutes. Ich will auf keinen Fall, dass Master Stort etwas zustößt.«

Wieder nickten sie.

Pike wusste, dass Master Brif selbst auf sich aufpassen konnte, und davon einmal abgesehen, würde es ohnehin kein Fyrd wagen, ihm ein Haar zu krümmen. Seine offizielle Stellung sollte genügen, sie abzuschrecken. Was die Händlerin anging, so machte sie ganz den Eindruck, als könnte sie selbst für ihren Schutz sorgen. Er kehrte an den Platz zurück, an dem er vorher gestanden hatte, und spähte wieder in die Dunkelheit.

Einem Menschen hätte die aus Backsteinen gemauerte Brüstung der Brücke keine Deckung geboten. Dafür war sie viel zu niedrig. Doch für einen Hydden, der mehr oder weniger unbemerkt bleiben wollte, war ein Dreiviertelmeter genau richtig.

Pike war als Einziger der Knüppelmänner fest davon überzeugt, dass der junge Stort sie nicht in ein sinnloses Unternehmen geführt hatte. Er wusste nicht, woher diese Überzeugung rührte oder warum er schon bei seiner ersten Begegnung mit dem Jungen fast drei Jahre zuvor das deutliche Gefühl gehabt hatte, dass sein Schicksal eine Wendung erfuhr.

Während er nun besorgt an der Brüstung lehnte und die Augen offen hielt, schien der Regen unter und durch seinen Mantel zu kriechen. Sein Magen knurrte, er begann wieder zu frieren, und doch hätte er nirgendwo anders sein wollen.

Denn er spürte, dass da etwas war. Mit Sicherheit Fyrd ... aber auch noch etwas anderes.

Er schob entschlossen das stoppelige Kinn vor und starrte wieder in die nahezu undurchdringliche Dunkelheit. Er konnte gerade so eine scharfe Kurve ausmachen, die nach links weiterführte. Da zuckte ein Blitz am Himmel und gleich darauf ein zweiter, näher diesmal, und die Kurve leuchtete kurz wie eine Sichel aus strömendem Licht.

»Master Stort ...«

Er nannte den Jungen nie bei seinem Vornamen. Er mochte förmliche Anreden, und es gefiel ihm, dass Stort ihn umgekehrt mit Mister Pike ansprach.

In den Müllsack kam Bewegung.

Dort, wo Storts Hände und Arme ein wenig abstanden, hatte sich Wasser angesammelt. Das schwappte jetzt auf den Boden. Seine Nase zog sich zurück, und er stand auf, bis er fast Pikes Höhe erreichte, streifte den Sack ab und kam herüber.

»Mister Pike?«

»Ich habe ein ungutes Gefühl«, sagte Pike. »Ich schwöre beim Spiegel, dass da unten im Dunkeln Fyrd stecken, aber da ist noch etwas anderes.«

Stort hielt die Nase in den Regen und schnupperte. Innerhalb kürzester Zeit war sein Haar ganz platt, und an seiner Nasenspitze hing ein glitzernder Tropfen.

»Hm ...«, brummte er unverbindlich und setzt dann hinzu: »Seltsam. Ich rieche etwas.«

»Fyrd!«, schnaubte Pike, der sich heute Nacht mit seinen Mannen jedem gewachsen fühlte.

»Nein, ich bilde es mir nicht nur ein «, sagte Stort. »Selbst bei diesem Wind rieche ich es ... Öl.«

»Öl?«

Noch während er sprach, erhellte ein weiterer Blitz die Straße, die, glänzend vor Nässe, wie sie war, beinahe wie ein Bach aussah. Nur dass zwei Gestalten auf der Fahrbahn standen und etwas in den Händen hielten.

»Fyrd!«, knurrte Pike.

»Öl«, sagte Stort. »Sie schütten es auf die Straße ... aber warum tun sie das?«

16

SEHR WÜRDIG

Den Rest der Strecke wollten die Shores auf der Autobahn zurücklegen. Unablässig huschten Lichter von Autos vorüber, während Richard mit konstanter Geschwindigkeit durch die von Gischt durchwirbelte Nacht fuhr, und bald schliefen Jack und Katherine fest auf dem Rücksitz des Wagens.

Einige Zeit später schaltete Clare den Verkehrsfunk an. Ungewöhnlich schwere Unwetter wüteten über ganz England, verursachten Chaos und Staus, und überall gab es Umleitungen, auch weiter südlich auf der Autobahn, auf der sie fuhren.

»Wir können nur das Beste hoffen«, sagte Richard.

Mittlerweile war es stockdunkel, sodass die Fahrt zur Strapaze wurde. Nach einer kurzen Rast an einer Tankstelle fragte Clare: »Soll ich mal fahren?«

Er schüttelte den Kopf.

Die Kinder starrten aus dem Fenster auf die vorbeifahrenden Autos, die Lichter in der Dunkelheit, die Blitze und den Regen, bis ihnen wieder die Augen zufielen.

Zeitweise zuckten Blitze über den gesamten Nachthimmel vor ihnen, und die Verkehrsmeldungen wurden immer schlimmer. Sie wurden plötzlich von starken Seitenwinden geschüttelt, und immer wieder kam der Verkehr für längere Zeit völlig zum Erliegen. Trotz allem ging es irgendwie voran.

»Müde?«, fragte Clare.

»Es geht schon, keine Sorge.«

Kurze Zeit später drosselte Richard erneut das Tempo.

»Wir könnten die nächste Ausfahrt nehmen und nach Yorkshire zurückfahren, wenn du wirklich Bedenken hast, dass das Wetter noch schlechter wird«, sagte er. »Oder wir fahren an einem Rasthof raus und übernachten dort.«

Clare dachte darüber nach und sagte schließlich schläfrig: »Lass uns weiterfahren.«

Jack erwachte für einen Moment und murmelte etwas. Dann sagte er ziemlich deutlich: »… in Ordnung.«

Clare drehte sich überrascht um und sah ihn an, aber er sank bereits wieder in Schlaf, den Rucksack auf seinem Schoß immer noch fest in den Armen.

Wieder wurde der Wagen von Böen hin und her geworfen. Der Regen hielt unvermindert an. Die Fahrt war zur Tortur geworden, Meile um Meile von einem seltsamen schwarzen Loch in das nächste.

Wenig später, kurz vor Birmingham, geriet der Verkehr abermals ins Stocken, und bald tauchten Verkehrspolizisten im Scheinwerferkegel auf und winkten sie auf die Standspur.

Clare öffnete ein Fenster und erkundigte sich, was los sei.

»Wollen Sie nach Süden?«, fragte ein Beamter. »Okay, dann folgen Sie den Umleitungsschildern. Die leiten Sie bei der nächsten Auffahrt auf die Autobahn zurück.«

»Hat es einen Unfall gegeben?«

»So was in der Art«, antwortete er ausweichend. »Fahren Sie einfach den Schildern nach.«

Richard schmunzelte, als sie weiterfuhren und die Autobahn verließen. »In Birmingham haben sie doch einen ganz anderen Dialekt als in Yorkshire«, sagte er.

»Ja«, erwiderte Clare geistesabwesend, den Blick auf die Straße geheftet.

Zunächst war der ausgeschilderten Umleitung leicht zu folgen, doch dann nahm der Regen wieder zu. Nun kam er direkt von vorn, sodass er die Sicht beeinträchtigte. Die Straßen wurden immer dunkler und schmaler. Und zuletzt verloren sie den Wagen vor ihnen aus den Augen.

Etwas später, als sie kein weiteres Schild und in beiden Fahrtrichtungen kein Auto mehr gesehen hatten, wusste Richard, dass sie sich verfahren hatten.

»Wir müssen ein Schild übersehen haben«, gestand er.

»Was tun wir jetzt?«, fragte Clare.

»Uns ein Navi kaufen«, antwortete er ironisch. »Aber bis dahin machen wir es auf die altmodische Art und halten nach einem Wegweiser Ausschau. So weit können wir doch nicht vom Weg abgekommen sein.«

Clare sah nach hinten zu den Kindern. Anscheinend spürten sie, dass sie sich Sorgen machte, denn sie waren wieder hellwach. Katherine blickte ängstlich, Jack misstrauisch.

Der Junge wandte sich Katherine zu. »Es ist alles in Ordnung«, sagte er wieder.

Clare lächelte, richtete ihre Aufmerksamkeit wieder auf die Straße und hielt angestrengt nach einem Schild Ausschau. Aber sie sah nur schwarze Nacht und hohe Hecken, und dann einen Blitz. Der Donner folgte auf dem Fuß. Als wäre er ein Signal gewesen, öffnete der Himmel alle Schleusen. Sturzbachartige Regenfälle gingen auf sie nieder.

»Alles wird gut«, sagte Clare leise, ebenso zu ihrer eigenen Beruhigung wie zu der aller anderen. Der Regen tobte, und die Scheibenwischer kamen mit der Arbeit nicht mehr nach, sodass die Straße vor ihnen plötzlich in Schlieren zerfloss.

Clare beugte sich vor und spähte durch die Frontscheibe.

»Richard, wir sollten lieber anhalten, man sieht ja überhaupt nichts mehr …«

Die Scheinwerfer nützten in der tosenden Dunkelheit wenig, doch es war offensichtlich, dass die Straße zum Anhalten zu schmal war.

»Bei der nächsten Gelegenheit fahre ich an die Seite«, sagte Richard, die Stimme angespannt vor Konzentration. »Dann warten wir, bis der Wolkenbruch vorbei ist.«

Sie erreichten die Kuppe einer Anhöhe. Dahinter führte die Straße so plötzlich steil bergab, dass sie sich wie bei einer Achterbahnfahrt vorkamen. Nur im Dunkeln, und im Regen, der ihnen im Scheinwerferlicht entgegenpeitschte, als der Wagen beschleunigte.

»Richard …? *Richard!*«

»*Daddy!*«

Katherine riss vor Angst die Augen auf, als die Hecke zu ihrer Rechten auf sie zuflog und beinahe den Wagen streifte.

Ein Blitz schlug so nahe am Auto ein, dass gleichzeitig der Donner grollte. Sein gewaltiges Krachen ließ den Wagen erbeben.

Im Schein des Blitzes sah Clare Richards angespanntes und verzweifeltes Gesicht. Er kämpfte mit dem Lenkrad und versuchte, das Tempo zu drosseln. Voller Angst klammerte sie sich an ihren Sitz.

»Ich glaube, die Lenkung reagiert nicht mehr!«, schrie er.

Sie rutschten. Die Hecke zu ihrer Linken schwenkte langsam weg, als drehe sich der Wagen um die eigene Achse.

»*Richard!!!*«

Einen Moment lang stand der Wagen wieder gerade. Im nächsten rutschte die Straße erneut seitlich weg. Sie wand sich wie eine Schlange, zuerst in die eine, dann in die andere Richtung und schließlich, als Richard endgültig die Herrschaft über den Wagen verlor, viel zu weit wieder zurück.

»Clare, ich … ich …«

Er riss am Lenkrad. Clare fasste halb zu ihm hinüber und begann zu kreischen.

Jack schrie »*Nein!*«, beugte sich im Sicherheitsgurt zu Katherine hinüber und streckte die rechte Hand nach ihr aus, um sie festzuhalten und zu schützen. Dann hoben die Räder des Wagens vom Boden ab.

17
DER UNFALL

Pike hatte, nachdem sie die Fyrd entdeckt hatten, sofort zwei Männer nach unten geschickt. Nicht um sie anzugreifen, sondern um die Lage zu erkunden.

Ihr Bericht bestätigte, was er und Stort beobachtet hatten: Auf die Straße war Öl geschüttet worden.

Brif schüttelte fassungslos den Kopf. Immer wieder kursierten Gerüchte, dass Patrouillen der Fyrd in die Menschenwelt hineinwirkten, aber heute war er zum ersten Mal Zeuge eines solchen Vorfalls geworden.

Manche Hydden glaubten, dass die Fyrd an den Menschen nur Rache nehmen wollten für den Schaden, den diese durch ihre gedankenlose Ausbeutung der Natur der Welt zufügten, andere hingegen fragten sich, ob sie nicht vielleicht dunklere Absichten verfolgten. In den vergangenen Monaten hatten gewisse Elemente der Fyrd ohne Rücksicht auf Menschenleben gezielt eine Serie von Autounfällen herbeigeführt, um die verunglückten Fahrzeuge plündern zu können.

»Vielleicht sehen wir jetzt mit eigenen Augen, was ihre Leute treiben und was sie immer abstreiten«, sagte Brif. »Dann hätte unser Einsatz heute Nacht wenigstens ein Gutes.«

Stort hatte laut zu summen begonnen, während er überlegte, wie der Gefahr unten auf der Straße zu begegnen war.

»Wir könnten versuchen, das Öl zu beseitigen«, platzte er heraus. »Oder irgendwelche Warnzeichen hinterlassen. Vielleicht könnten wir auch … nein, nein, das funktioniert bei dem Wetter nicht.«

»Was funktioniert nicht?«, erkundigte sich einer der Knüppelmänner.

Sie wussten, dass Master Stort ständig neue Ideen ausbrütete, die oftmals zwar ohne großen Nutzen, deshalb aber nicht weniger beeindruckend waren – und bisweilen auch komische Resultate zeitigten, was umso lustiger war, als er selbst sie überhaupt nicht komisch fand. Ganz gleich, was bei seinen Versuchen herauskam, interessant waren sie allemal.

Heute Abend war er besonders ernst.

»Wenn es trockener wäre, könnten wir das Öl abfackeln«, sagte er. »So würden wir zwei Fliegen mit einer Klappe schlagen. Wir würden das Problem beseitigen und gleichzeitig alle nahenden Fahrzeuge warnen. Aber heute Nacht ist das unmöglich, weil Öl nur bei großer Hitze entflammbar ist, und die lässt sich hier und jetzt nicht erzeugen.«

Sie diskutierten noch eine Weile, bis Brif entschied: »Wir können nichts weiter tun als warten und beobachten. Was wir bis jetzt gesehen haben, hat Storts böse Vorahnungen bestätigt. Wenn das Öl bereits auf der Straße ist, dürfen wir es nicht entfernen. Und wir sollten auch nicht eingreifen, wenn noch mehr passiert.«

»Mister Pike, lassen Sie uns weiter die Augen offen halten!«

Kurze Zeit später tauchten unten wieder die Fyrd auf, ohne zu ahnen, dass sie beobachtet wurden. Sie untersuchten die Straße und schienen mit ihrer Arbeit zufrieden.

Pike gab den anderen geräuschlos ein Zeichen, trat näher zu Stort und verstärkte den Griff um seinen Knüppel. »Sie weichen mir nicht von der Seite, Master Stort, dann wird Ihnen nichts geschehen.«

Stort grinste verhalten. »Normalerweise sind Sie es, der *mir* nicht von der Seite weicht, Mister Pike!«

»Nun ja, wie auch immer ... seien Sie jedenfalls vorsichtig!«

Die anderen Männer schlichen heran. »Da ist noch einer auf der anderen Seite«, flüsterte einer, »aber ich glaube nicht, dass sie uns bemerkt haben.«

»Mister Pike!«, zischte eine Stimme. Es war Stort.

Pike kehrte zu ihm zurück, blieb neben ihm stehen und spähte über die Brüstung.

»Haben Sie das gehört?« Der Junge hatte Ohren wie ein Reh.

Dann hörte Pike es auch – das Quietschen von Autoreifen.

»Haben Sie gesehen?« Stort hatte Augen wie ein Adler.

Pike sah es einen Augenblick später – ein Aufleuchten hinten bei der Kurve, und diesmal war es mit Sicherheit kein Blitz.

»Das ist ein Auto«, sagte er, »und es nähert sich mit hoher Geschwindigkeit.«

»Es ist ins Schleudern geraten«, sagte ein Knüppelmann, der bestürzt beobachtete, wie die Scheinwerferkegel hin und her schwenkten und zeitweise sogar die roten Rücklichter sichtbar wurden.

»Bei der guten Erde«, fluchte ein anderer, »es kommt direkt auf die Brücke zu.«

Entsetzt beobachteten sie, wie das grelle Scheinwerferlicht über die Hecke huschte und durchs kahle Geäst einer Eiche flirrte, als der schleudernde Wagen vom Boden abhob. Gleich darauf krachte er wieder auf die Fahrbahn. Funken stoben. Mit aufheulendem Motor kam er aus der Dunkelheit herausgeschossen, direkt auf die Brücke zu. Er prallte mit solcher Wucht gegen einen Pfeiler, dass alles um sie herum wackelte.

Sie beugten sich vor und sahen hilflos zu, was als Nächstes geschah. Das Heck des Wagens schleuderte herum und verschwand in die Unterführung unter ihnen, mit ihm die Schnauze des Wagens, die in die falsche Richtung zeigte. Hätten sie jetzt noch in der Unterführung gesessen, wäre es mit Sicherheit ihr Ende gewesen.

Alle Gedanken an die Fyrd waren vergessen, als sie zur anderen Seite der Brücke stürzten, um zu sehen, was weiter geschah.

Rutschend und schlingernd kam der Wagen wieder zum Vorschein. Glas splitterte, der Kofferraumdeckel und eine Hintertür sprangen auf. Die Tür riss ab und flog in die Nacht. Dann wurde eine menschliche Gestalt durch die Funken und wirbelnden Lichter herausgeschleudert. Wie eine Stoffpuppe flog sie im hohen Bogen durch die Luft und stürzte auf die grasbewachsene Böschung, während das Fahrzeug auf der Straße darunter endlich kreischend zum Stehen kam.

Die Gestalt blieb reglos liegen.

Brif und die anderen rührten sich nicht von der Stelle, denn wenn irgend möglich, vermieden es die Hydden, sich in die Angelegenheiten der Menschen zu mischen.

Das Auto hatte nun Feuer gefangen und brannte kurz darauf so stark, dass nicht einmal der Regen es zu löschen vermochte. Die flackernden Flammen beleuchteten die Böschung auf beiden Seiten, ebenso die Person, die aus dem Wagen geschleudert worden war. Sie bewegte sich und setzte sich auf. Es war ein Junge, der wie ein Mensch aussah.

»Der Riesengeborene?«, fragte Brif und sah Imbolc an.

»Aber noch so jung?«, setzte Stort verwirrt hinzu. Sie hatten Beornamunds Legende immer so gedeutet, dass zusammen mit der Maid ein ausgewachsener Riese kommen würde.

Stort blickte, nach einer Erklärung suchend, zu Brif.

Doch der schaute ebenso nachdenklich drein wie er selbst, und nicht weniger verwirrt.

»Ich dachte«, murmelte er, »wir sollten hier die Schildmaid zu sehen bekommen.«

Flammen züngelten unter der verbeulten Kühlerhaube des Wagens hervor. Sekunden später gab es eine Explosion, und ein Feuerball schoss in die Luft. In seinem verblassenden Licht sahen sie, dass die Windschutzscheibe des Autos und der vordere Teil des Daches jetzt komplett fehlten. Der Blick auf die Sitze darunter war frei, und dort saßen drei reglose Gestalten, zwei vorn und eine hinten.

Brif wandte sich an die Friedensweberin. »Wer ist das im Auto?«, fragte er eindringlich. »Wer genau?«

Sie zögerte. So hatte sie sich das nicht vorgestellt. Doch andererseits ... Sie beruhigte sich. Sie lächelte beinahe.

Die Wurd hatte ihre eigene Art, den Gang der Dinge zu wenden, zum Guten wie zum Schlechten, zum Schlimmeren wie zum Besseren, für das unbedeutendste Geschöpf wie für das gesamte Universum. Und im Spiegel war alles abgebildet.

»Ich glaube, dass die Schildmaid da drin ist«, sagte Imbolc, nun überzeugt, dass sich ihre Suche dem Ende zuneigte – oder zumindest an ihrem eigentlichen Beginn stand. Auch sie kannte Beornamunds Prophezeiung.

Es war Stort, der handelte. Er schlüpfte hinter Pike und den anderen vorbei zum Ende der Brücke, kletterte über die Brüstung und sprang auf der Seite, auf die der Junge geschleudert worden war, die Böschung hinunter. Noch bevor die anderen etwas merkten, war er in der Dunkelheit verschwunden und bahnte sich in der Absicht, das älteste Tabu von Hyddenwelt zu brechen, krachend einen Weg durch das Gestrüpp auf der Böschung.

Unterdessen drang aus dem brennenden Wrack ein äußerst seltsames Geräusch, das so schrill war, dass es alles andere übertönte, sogar den Wind. Es war das Klingeln eines Mobiltelefons.

Dann hörte es einfach wieder auf.

18

IN SORGE

Roger Lynas, der für Jacks Fall zuständige Beamte vom Jugendamt, starrte den Telefonhörer an, den er soeben aufgelegt hatte. Das Wetter draußen wurde immer schlechter. Die Verkehrsmeldungen waren besorgniserregend. Und was noch schlimmer war, die Shores nahmen seine Anrufe nicht entgegen.

Dieser Fall war von Anfang an merkwürdig gewesen, und aus unerfindlichen Gründen fühlte er sich überfordert und fürchtete, dass ihm die ganze Sache entglitt.

Nur gut, dass ihm Dr. Richard Shore und seine Familie bekannt waren.

Der zweite, erfreuliche Punkt war, dass die polizeiliche Überprüfung der mysteriösen Foales, deren Telefonnummer man auf Jacks Rucksack gefunden hatte, positiv ausgefallen war. Keine Vorstrafen, keine Verfehlungen irgendwelcher Art, durchweg nur gute Referenzen. Wie sich herausgestellt hatte, war Arthur Foale sogar so etwas wie eine Persönlichkeit des öffentlichen Lebens, oder war es zumindest gewesen. Lynas glaubte sich zu erinnern, ihn einmal in einer Fernseh-Talkrunde zum Thema Mittelalter gesehen zu haben.

In welcher Beziehung er und seine Frau zu dem jungen Jack standen, war Roger Lynas nicht bekannt, aber er hatte die Absicht, es herauszufinden. Sie waren mittlerweile seine vielversprechendste Spur, was Jack anbelangte, und das Wohl des Jungen stand für ihn an erster Stelle.

Er hatte versprochen, Mrs. Foale auf dem Laufenden zu halten, so griff er erneut zum Telefonhörer. Diesmal wurde sofort abgehoben.

»Ich wollte Ihnen nur sagen, dass Jack sich auf dem Weg nach London befindet. Sobald er angekommen ist, gebe ich Ihnen Bescheid. Wenn Sie morgen vielleicht Zeit hätten …«

»Ich habe immer Zeit«, erwiderte Margaret Foale, »aber …« Sie zögerte.

»Ja?« Lynas war darauf geschult, auf jede Kleinigkeit zu achten.

»Das Wetter. Es ist jetzt schon schlecht, und laut Vorhersage soll es noch schlechter werden. Nicht gerade ideale Bedingungen zum Fahren. Hätte man Jack nicht morgen bringen können?«

Lynas schmunzelte. Sie redete wie eine besorgte Mutter. Das war ein gutes Zeichen. »Ich bin sicher, dass er wohlbehalten ankommen wird«, sagte er.

Der Wind schlug so heftig gegen die Seite des Gebäudes, dass es unter der Wucht erzitterte.

Lynas trat ans Fenster und spähte in die stürmische Nacht einer gleichgültigen Welt hinaus: Bäume, Menschen, Häuser, Autos, Wolken und dahinter, weit dahinter, das Universum.

»Sie haben recht, Mrs. Foale, heute Abend ist es sehr stürmisch, aber Jack fährt mit einer Arztfamilie mit. Ich kenne sie. Bei ihnen ist er gut aufgehoben.«

»Na … dann ist es ja gut«, erwiderte Margaret Foale immer noch skeptisch.

»Ganz bestimmt«, sagte Lynas in der Hoffnung, dass seine Worte auf sie beruhigender wirkten als auf ihn selbst.

Als er das Gespräch beendete, erbebte das Gebäude erneut unter einer kräftigen Böe.

19

Flammen

Richard Shore kam langsam wieder zu Bewusstsein. Er saß noch auf dem Fahrersitz, aber das Dach des Wagens war weggerissen und darüber hing ein dunkler Fleck Himmel. Rings um ihn schlugen Flammen empor, und das Zischen verdampfenden Regens hüllte das Auto ein.

Verwirrt und bestürzt, aber noch ohne den Schmerz irgendwelcher Verletzungen oder Verbrennungen zu spüren, richtete er sich auf. Sein Sicherheitsgurt schmorte weg, und der Airbag, der sich aufgeblasen hatte, erschlaffte wieder.

Er drehte sich ganz langsam zur Seite, während Flammen an seinem Unterkörper leckten, und sah, dass seine Frau Clare vergeblich an der Schnalle ihres Sicherheitsgurtes zerrte. Er fasste durch die Flammen nach unten, um sie loszumachen, doch es gelang ihm nicht, und sein Haar begann in der glühenden Hitze zu knistern.

Er drehte sich noch ein Stück weiter und schaute nach hinten. Jack war unerklärlicherweise verschwunden, aber Katherine war noch da. Sie saß reglos auf ihrem Platz, wahrscheinlich unter Schock, allem Anschein nach aber unverletzt.

Er drehte sich zurück zu Clare, wobei er sich so langsam bewegte, als sei die Zeit außer Kraft gesetzt. Sie hatte sich halb umgewandt und streckte die Hände nach Katherine aus, konnte sie aber nicht erreichen, da der Gurt sie daran hinderte.

Sie schrie ihn verzweifelt an, doch ihre Worte blieben tonlos, er konnte sie nicht hören.

Dann flog das wunderschöne dunkle Haar seiner Frau plötzlich in die eine und dann in die andere Richtung, als heiße und heftige Windstöße an ihm zerrten. Ihre Augen schlossen sich, und ihre Hände griffen ziellos mal hier, mal dort in die Flammen.

In diesem Augenblick beschleunigte sich Richards Wahrnehmung der Welt wieder. Sein Hörvermögen kehrte zurück. Er vernahm eine weitere Explosion und sah die Flammen emporlodern.

Aber erst ein anderes durch und durch erstaunliches Geräusch brachte ihn wieder ganz zur Besinnung: die kühle, ruhige Stimme des Mannes im Autoradio, das er nicht mehr sehen konnte. Sie verlas immer noch die Nachrichten. Dann war es auch damit vorbei.

Richard fasste nach unten und schob die Hände unter Clares wild fuchtelnde Arme. Mit einer Kraft, die ihm aus Panik, Liebe und dem Urbedürfnis erwuchs, die eigene Frau am Leben zu erhalten, wuchtete er Clare vom Sitz und stieß sie durch die Türöffnung auf ihrer Seite.

Dabei fingen die Ärmel seines Jacketts Feuer.

»Ich spüre keinen Schmerz«, sagte er sich laut und verwundert. »Nicht den geringsten.«

Auf einer Seite seines Gesichtsfelds wurde es plötzlich dunkel. Die Hitze hatte das Auge versengt.

Richard drehte sich wieder nach hinten. Verzweifelt versuchte er, auch Katherine zu befreien, doch vergebens. Halb hechtete, halb fiel er hinter Clare aus dem Wagen, hob sie vom Boden hoch und schleifte sie auf den Grünstreifen, wo sie außer Gefahr war. Dann kehrte er zum Wagen zurück. Instinktiv rannte er zu Katherines Tür, um sie zu öffnen und seine Tochter herauszuholen.

Aber der Türgriff hatte sich vor Hitze bereits schwarz verfärbt.

In diesem Moment kam Jack, der auf den Randstreifen geschleudert worden war, endlich zu sich und setzte sich ruckartig auf.

Seine Augen erfassten das Autowrack und dann auf dem Grünstreifen gegenüber etwas, das wie eine Stoffpuppe aussah, die ganz langsam die Hände bewegte. Mit Entsetzen erkannte er die Frau, die Mutter des Mädchens.

Näher bei ihm, aber auf der anderen Seite des Wagens, sah er eine in Flammen gehüllte Gestalt, die versuchte, die Tür des Mädchens zu öffnen.

Katherine saß noch auf ihrem Platz, obwohl die Tür auf seiner Seite fehlte und der Teil des Innenraums, in dem er gesessen hatte, nur noch ein Gewirr aus Sprungfedern und Metallstreben war.

Er zögerte keine Sekunde länger und stürzte zu dem brennenden Wagen. Die Flammen griffen bereits von den Vordersitzen auf die

Rückbank über, auf der sie noch immer gefangen war. Jeder Schritt schien ihm eine halbe Ewigkeit zu dauern.

Er hörte sie schreien, als die Flammen sie fast erreicht hatten, und rannte noch schneller.

Als der Schmerz Richard wieder einholte, drohte er ihn zu überwältigen, kündigte ein Eintauchen in eine Dunkelheit an, aus der es kein Zurück gab.

Doch selbst jetzt noch war der Instinkt, das Leben seines Kindes zu retten, stärker als sein Selbsterhaltungstrieb.

Er fasste nach dem Griff von Katherines Tür, doch als sein Hand das heiße Metall umschloss, stieg ihm der Geruch von verbranntem Fleisch in die Nase. Der Schmerz stieg ins Unermessliche, als seine Finger sich zusammenzogen und unbrauchbar wurden. Er blickte in Katherines Gesicht, das ihn durch die Scheibe hindurch anstarrte und das jetzt so voller Angst, so voller Entsetzen war, wie es das eines Kindes niemals sein sollte …

Dann kroch die Dunkelheit in seinen gepeinigten Körper. Mit ihr kam ein Augenblick furchtbarer, tiefer Traurigkeit, ein Gefühl der Verzweiflung, das seine letzte Empfindung hätte sein können, hätte er nicht noch gesehen, wie Katherine das Gesicht von ihm abwandte, in die andere Richtung blickte und dem Jungen die Hand entgegenstreckte. Dem Jungen, der plötzlich da war, um ihr zu helfen, da war, um sie in Sicherheit zu bringen.

Dies war das Letzte, was Richard wahrnahm, bevor die Dunkelheit kam, der Schmerz ging und er nicht mehr war.

Im selben Augenblick erreichte Jack das schartige Loch, das dort klaffte, wo vorher die Autotür gewesen war. Durch die Scheibe gegenüber sah er den Mann, eine dunkle, orange umhüllte Gestalt, die jetzt langsam wegsackte und auf der anderen Seite des Wagens seinem Blick entschwand.

Katherine hörte Jack schreien, drehte sich in seine Richtung und streckte ihm die Hand entgegen. Jack ergriff sie, doch es wollte ihm nicht gelingen, Katherine von der Stelle zu bewegen. Er beugte sich weiter hinein, packte sie am Arm und zog noch fester. Endlich schnappte der Verschluss ihres Sicherheitsgurtes auf, und gerade als aus dem vorderen Fußraum erneut Flammen hervorschossen, zerrte er sie über sich hinweg aus dem Wagen.

Sie fiel auf die Straße neben dem brennenden Auto, und er landete mit einem dumpfen Geräusch auf ihr.

Sie wälzte sich unter ihm hervor, und als er versuchte, sich aufzurappeln, packte ihre Hand ihn an der Jacke und zog ihn hoch.

Dann waren sie auf den Beinen und rannten, verfolgt von den Flammen, fort von der Straße und dem explodierenden Wagen in Richtung der Böschung, zogen, schoben und stießen sich gegenseitig durch das glitschige Gras nach oben ins Dunkel.

Jack spürte etwas wie heißes Wasser seinen Rücken hinunterlaufen, und er hielt sich hinter ihr, schirmte sie mit seinem Körper gegen das Schlimmste ab, bis sie mit letzter verzweifelter Anstrengung die Kuppe der aufgeschütteten Böschung erreichten und glücklich in das Dunkel auf der anderen Seite taumelten.

Als Jack die Sinne schwanden, hielt ihn Katherine mit einer Hand fest und ergriff mit der anderen den kleinen Lederrucksack, als sei er inmitten dieser Tragödie, inmitten von Leid und Tod das Allerwichtigste. Dann schaute sie auf und sah sie zielstrebig über die Wiese kommen, drei Fremde in Schwarz. Sie waren nicht viel größer als sie selbst, aber breiter in den Schultern, kräftiger – und allem Anschein nach erwachsen.

Sie ließ Jack und den Rucksack los und richtete sich in der Dunkelheit auf. Die Flammen des verunglückten Wagens erhellten noch den Himmel auf der anderen Seite der Böschung, die sie heruntergestolpert waren. Sie stellte sich vor Jack, wie um ihn vor den Fremden zu beschützen.

»Nein!«, sagte sie ruhig.

Doch die drei Fyrd kamen immer näher und blieben erst kurz vor ihnen stehen. Ihre Gesichter glänzten im Feuerschein, und ihre dunkel umrandeten Augen funkelten. Der Anführer war größer als die anderen, hatte glattes Haar und ein unangenehmes Grinsen, das im flackernden Licht der Flammen noch verzerrter wirkte. Seine Augen blickten kalt.

»Wir wollen nicht dich, sondern den Jungen!«, drang seine Stimme wie eisiges Flüstern aus der Dunkelheit.

»*Nein!*«, sagte sie wieder.

Die beiden anderen traten noch näher.

Einer war ein gewöhnlicher Fyrd in den Dreißigern, drahtig, mit strengem Gesicht und stumpfem, gefühllosem Blick. Der Letzte war anders. Er war jünger und stämmiger, hatte ein breiteres Gesicht mit einem natürlichen Lächeln, dunkel gelocktes Haar, nussbraune Augen und eine freundliche Art. Doch gleichzeitig waren seine Augen stechend, die Hände groß und kräftig, und sein Auftreten war entschieden. Er trug die graue Uniform eines frisch gebackenen Fyrd, der einem höheren Offizier zur Seite gestellt war, um von ihm zu lernen. Die einzigen Waffen, die solche Neulinge führen durften, waren Messer. Er trug zwei, eines vorn und eines hinten.

So stand er schweigend und ehrerbietig neben seinem Anführer.

Es war der andere, der jetzt sprach.

»Wir wollen uns den Jungen ansehen«, sagte er.

»*Nein!*«, rief Katherine wieder, sah ihn trotzig an und schirmte Jack mit ihrer kleinen Gestalt ab. »*Neiiin!*«, schrie sie.

Und genau in diesem Augenblick erschien Bedwyn Stort.

Um noch vor den Fyrd bei Katherine und Jack zu sein, war er in seiner Hast die Böschung förmlich heruntergestürzt.

Noch ganz außer Atem, zerkratzt vom Brombeergestrüpp, die Hosen halb heruntergerutscht und die Jacke von Stacheldraht zerfetzt, stieß er Katherine hinter sich und reckte den Fyrd die Fäuste entgegen, als wolle er alle drei gleichzeitig angreifen.

Verdutzt wichen sie zurück, setzten dann aber gleich wieder ein freches Grinsen auf und überlegten, was sie mit einem Gegner anfangen sollten, der ihnen körperlich weit unterlegen und obendrein unbewaffnet war und ganz offensichtlich nie zuvor in seinem Leben gegen jemanden gekämpft hatte.

Wohl in der Annahme, dass hier mit Charme mehr zu erreichen sei als mit Drohungen, kauerte sich der jüngere Fyrd vor Stort nieder, setzte sein falsches Lächeln auf, bedachte Katherine mit einem abschätzenden Blick und sagte, indem er an beiden vorbei zu Jack blickte: »Wir wollen dem Jungen nur helfen.«

20

VOM RAND DES UNIVERSUMS

Pike reagierte auf Storts unbesonnenen Entschluss, sich unten einzumischen, schnell. Kaum hatte er begriffen, was sein Schützling beabsichtigte, alarmierte er die anderen. Er befahl Brif und der Händlerin, sich nicht vom Fleck zu rühren, und stieg mit den Knüppelmännern so geräuschlos wie möglich hinter Stort die Böschung hinunter.

Die Fyrd waren sichtlich überrascht, als sie Stort sahen. Offensichtlich hatten sie keine Ahnung, das noch mehr Hydden in der Nähe waren, und diesen Überraschungsvorteil wollte Pike so lange wie möglich bewahren.

Während die Fyrd überlegten, wie sie mit Master Stort verfahren sollten, konnte Pike sie unbemerkt genauer in Augenschein nehmen.

Sie waren nur zu dritt, aber sie sahen respekteinflößend aus, so viel war sicher. Und sie trugen, wie bei den Fyrd üblich, wenn sie im militärischen Einsatz waren, robuste dunkle Kleidung, durchwirkt mit jenem hellen Kunststofffaden, der ihre Umrisse verschwimmen und ihre Gestalt schemenhaft erscheinen ließ.

Pike erkannte den Anführer sofort – in Brum hatte er schon des Öfteren mit solchen Leuten zu tun gehabt. Er war großgewachsen, von aristokratischem Gebaren, selbstbewusst, gleichgültig gegen Untergebene und voller Verachtung für gewöhnliche Zivilisten, aber eigentlich viel zu jung für eine solche Stellung.

Es sei denn …, sagte sich Pike, *er gehört der Führungsschicht der Sinistral an, verfügt über gute Beziehungen und ist auf dem Weg nach Brum, um einen Posten anzutreten, der es ihm ermöglicht, die nötige Erfahrung für einen schnellen Aufstieg zu sammeln.*

Pike vermutete, dass ein höhergestellter Angehöriger der Sinistral-Sippe den Einsatz befehligte, jemand, der von der Fahrt des Jungen erfahren hatte.

Dies sagte einiges aus über das Geheimdienstnetz der Fyrd und darüber, was sie hier in der Gegend zu leisten imstande waren. Und es verriet Pike zudem, dass sie in eine gefährliche Situation geraten waren, deren Bedeutung und Tragweite er und die anderen gar nicht ganz ermessen konnten.

Der zweite Mann hinter dem Fyrd-Offizier war einer von der gewöhnlichen Sorte, ein Soldat durch und durch: kräftig, von gepflegtem, ordentlichem Äußeren, das Haar sehr kurz geschnitten. Die Sorte, die darauf gedrillt war, Befehle zu empfangen und auch innerhalb ihrer Befugnisse welche zu erteilen. Leute wie er hatten die Fyrd zu der überaus erfolgreichen Besatzungstruppe gemacht, die sie waren.

Der Dritte war von kräftiger Statur und sah aus, als stamme er irgendwo aus Osteuropa, wo die Fyrd einen Großteil ihres Nachwuchses für Armee und Verwaltung rekrutierten, da ihr Stammland am Rhein nicht mehr genug hervorbrachte, seit das Reich expandierte. Viele waren von dort nach Brum gekommen und dienten in der Besatzungstruppe der Sinistral, meist, indem sie untergeordnete Tätigkeiten ausübten.

Alles in allem schienen die drei Fyrd für Pike und seine Mannen keine allzu große Herausforderung darzustellen, aber sie hatten wahrscheinlich auch keinen Widerstand erwartet.

»Folgt mir auf dem Fuß«, flüsterte er den anderen zu, froh, dass Brif und die Händlerin so vernünftig waren, in Deckung zu bleiben. »Ihr Anführer ist nur mit einem Knüppel und einer Armbrust bewaffnet, und die ist nicht geladen, wohl weil sie nicht mit Schwierigkeiten gerechnet haben. Ich übernehme den links neben Stort, du den jüngeren, der rechts vor ihm kniet. Dann mal los. Wollen sehen, was sie zu ihrer Verteidigung vorzubringen haben.«

Pike trat zusammen mit den anderen aus dem Schatten der Böschung, ganz langsam, um nicht allzu bedrohlich zu wirken und dadurch einen Angriff zu provozieren.

»Die Junge steht unter unserem Schutz«, rief er.

Der junge Fyrd schnellte in die Höhe und wich zurück.

Sein Vorgesetzter, ebenso gelassen wie Pike, deutete ein Grinsen an und sagte: »Wenn dem so ist, habt ihr eure Sache nicht besonders gut gemacht. Er ist so gut wie tot, scheint mir.«

Es war ein denkbar ungeeigneter Moment für Bedwyn Stort, abermals drohend die Fäuste zu heben, doch genau dies tat er. Wären Pike und seine Mannen nicht gewesen, hätte es böse für ihn ausgehen können, so aber reagierte der lächelnde junge Fyrd gelassen.

Er hielt ihn mit einer Hand im Zaum, zückte jedoch mit der anderen ein Messer, um zu zeigen, dass er nicht spaßte.

Der große Fyrd lachte laut und gekünstelt. »Diese alberne Komödie droht in eine Tragödie umzuschlagen, würden Sie also bitte Ihren Hund zurückpfeifen, bevor mein Gehilfe Brunte ihn tötet? Er mag den Geschmack von Blut, daher würde ich Ihnen nicht raten, ihn unnötig zu reizen.«

Pike sah Brunte an und zweifelte nicht daran, dass mit ihm trotz seiner Jugend nicht zu spaßen war.

»Master Stort …«, knurrte er warnend.

Bedwyn Stort zog sich brav zurück, aber nur, wie zu seiner Ehre gesagt werden muss, bis zu den beiden Kindern. Katherine stand stocksteif da, jetzt offensichtlich unter Schock, und Jack lag reglos auf der Erde. Die Verbrennungen an seinem Rücken und der rechten Schulter waren deutlich zu sehen.

»So«, sagte der Fyrd mit einem hämischen Grinsen, »gehören zu Ihrem bunten Haufen noch mehr, von denen wir wissen sollten?«

Pike überlegte, unschlüssig, ob er die Anwesenheit Brifs und der Händlerin preisgeben sollte.

Die Entscheidung wurde ihm abgenommen.

Brif trat aus dem Schatten, groß und unerschrocken, seinen Dienstknüppel fest in der Rechten.

»Oha, das wird ja immer schöner!«, rief der Fyrd. »Unser Befehl lautete, den Jungen in Gewahrsam zu nehmen, doch wie es scheint, ist halb Brum hier draußen, um dasselbe zu tun. Sie sind kein anderer als Brif, der Meisterschreiber von Brum, habe ich recht?«

»Ja«, antwortete Brif und stellte sich neben Pike, der vergeblich nach der Händlerin, oder was immer sie war, Ausschau hielt. Eine schöne Hilfe war sie, wenn es hart auf hart kam!

»Master Brif, Ihnen ist doch klar, dass Sie sich hier gesetzwidrig aufhalten?«, fuhr der Fyrd fort. »Hätte ein Mann in Ihrer Stellung eine Genehmigung beantragt, Brum und Umgebung zu verlassen, hätte ich ganz bestimmt davon erfahren, deshalb gehe ich davon aus, dass Sie es unterlassen haben.«

»Wer sind Sie denn überhaupt, Sir?«, entgegnete Brif ohne jede Spur von Nervosität.

Der Fyrd lächelte grimmig. »Ich bin der neu ernannte Sub-Quentor und auf dem Weg nach Brum, um mein Amt anzutreten. Wir haben nur einen kleinen Umweg gemacht, um den Jungen festzunehmen.« Sein Blick wurde härter. Seine Stimme auch. »Aber wissen Sie was, Brif? Ich bin nun schon mehrere Tage unterwegs, ich bin müde, friere und langweile mich. Dieser Junge ist für uns von Interesse, aber er kann unmöglich auch für Sie von Interesse sein. Darum befehle ich Ihnen und Ihren Freunden, unverzüglich nach Brum zurückzukehren. Sehen Sie zu, dass Sie vor mir dort sind, dann wird Ihre Verfehlung unbemerkt bleiben. Sollten Sie nach mir eintreffen, werden Sie bedauerlicherweise nicht ungestraft davonkommen, und auch Ihre Stellung wird Sie dann nicht schützen, Master Brif.«

Die Fyrd griffen zu ihren Waffen, Pike und seinen Mannen auch.

»Der Junge ist ein Mensch«, sagte Brif in der Hoffnung, dass ihnen seine wahre Herkunft verborgen blieb. »Zwischen Hydden und Menschen sollte jeder Kontakt unterbleiben. So will es das Gesetz! Und was Ihre Absichten angeht – es ist ganz offensichtlich, dass er nicht verhaftet, sondern ermordet werden soll.«

Die Augen des Fyrd wurden kalt.

»Sie wissen nicht, wen Sie vor sich haben. Mein Name ist Lavin Sinistral … Ich entscheide, was mit dem Jungen geschieht, und Sie werden sich fügen!«

Bei der Erwähnung des Namens Sinistral kehrte eisige Stille ein. Brif und seine Leute begriffen sofort, in welch brenzliger und gefährlicher Lage sie sich befanden. Dieser neue Sub-Quentor war jung, aber wenn er ein Sinistral war, so bedeutete dies, dass er auf seinem Posten nur Erfahrung sammeln sollte. Sich mit jemandem wie ihm anzulegen hatte Konsequenzen, sich ihm zu widersetzen kam einem Todesurteil gleich. Die Sinistral wachten über die Ihren.

Aber Brif gab nicht klein bei, und Pike blickte noch drohender. Keiner von beiden ließ sich einschüchtern. Wenn ein Familienmitglied der Sinistral ausgesandt wurde, um den Jungen dingfest zu machen, dann hatte Stort recht gehabt, als er auf seine Wichtigkeit hinwies.

Ein Schatten huschte über das Gesicht des Sub-Quentors, und zu spät begriff Pike, dass er die Situation völlig falsch eingeschätzt hatte. Wie es schien, waren die Fyrd, die neuerdings nach Brum kamen, von einem anderen Schlag und resoluter als alle ihre Vorgänger.

»Leben Sie wohl, Master Brif«, sagte Lavin Sinistral ruhig, ohne durchblicken zu lassen, was nun geschehen sollte. »Es war interessant, Ihre Bekanntschaft zu machen, aber schwerlich ein Vergnügen. Die Zeiten ändern sich, und Sie und Ihresgleichen gehören der Vergangenheit an.«

Damit, und noch bevor Pike oder die anderen Knüppelmänner reagieren konnten, spannte er seine Armbrust, riss sie hoch, betätigte den Abzug und schoss aus allernächster Nähe zwei Bolzen auf Brifs Herz ab.

Master Brif war dem Tod geweiht.

Doch es kam anders.

Plötzlich hing ein eisiger Nebel in der Luft und alles verlangsamte sich. Die Armbrustbolzen verloren an Geschwindigkeit, bis die Rotation ihrer todbringenden Köpfe deutlich zu erkennen war.

Dann verschwand der Nebel so plötzlich, wie er gekommen war, und an seiner Stelle schob sich ein weißes Pferd zwischen den Fyrd und Brif. Die Metallbolzen zerbarsten an der Flanke des herrlichen Tieres in tausend Lichtsplitter. Sie wirbelten nach allen Seiten auseinander und klirrten wie Glas, das in einem Hohlraum der Zeit geschüttelt wurde.

Der Schimmel bäumte sich auf. Auf seinem Rücken saß eine Frau, die sehr alt und zugleich jugendlich war und eine goldene Scheibe um den Hals trug. *Die Friedensweberin*, dachten sie in ehrfürchtigem Staunen. So gut man sie auch aus Legenden und Liedern, von Bildteppichen und Gemälden kannte, so war es doch nur wenigen vergönnt, sie jemals leibhaftig zu sehen. Selbst Brif, der Imbolc schon lange kannte, verspürte Verwunderung und Überraschung.

Der Schimmel wandte sich ab, und mit ihm die Reiterin, deren wehendes Haar und schillerndes Gewand ein fließendes Spektrum von Farben hinterließen, das plötzlich als kalter Hagelschauer, wie sie nie einen gesehen hatten, zur Erde prasselte – riesige Klumpen und Scherben aus Eis, erfüllt von einem seltsamen Licht, das erlosch, wo es hinfiel.

In diesem endlos scheinenden Augenblick zogen sich beide Parteien zurück, um einen weiteren Zusammenstoß zu vermeiden. Die Fyrd flüchteten über die dunklen Felder, nicht gewillt, ihr Leben gegen einen Gegner aufs Spiel zu setzen, der mit der Friedensweberin im Bunde stand. Imbolc selbst verschwand über ihren Köpfen wie ein Lichtbogen, der den Sturm und Regen und schließlich auch die Wolken darüber durchdrang und direkt über den Mond sprang.

Die Gefahr durch die Fyrd war gebannt, und in der Stille, die folgte, traten Pike, Brif und die anderen zu Katherine und Jack.

»Warum hat er den Rückzug angetreten?«, erkundigte sich Pike leise bei Brif.

»Weil er heute Abend etwas viel Wichtigeres entdeckt hat als nur einen Knaben«, antwortete Brif ernst. »Er hat die Bestätigung erhalten, dass beide Kinder unter dem Schutz der Friedensweberin stehen und daher lebend wertvoller sind. Aber seien Sie versichert, Pike, eines Tages wird der Sub-Quentor zurückkehren und Anspruch auf sie erheben, wenn er kann. Er ist ein reinblütiger Sinistral, und die geben nie auf.«

21
VERRAT

Doch in dieser Nacht war eine Kraft gegenwärtig, die weder der kluge Brif noch einer der anderen Hydden noch der Anführer der Fyrd bemerkte. Und diese Kraft, auf ihre eigene, finstere Art so gewaltig und großartig wie jeder Schimmel, jede Friedensweberin oder die Reinheit der sterblichen Seele, war der Ehrgeiz der Sterblichen, jener Schicksalslenker und Verführer der Seelen zum Richtigen wie zum Falschen, zum Guten wie zum Schlechten.

Er weilte dort unter ihnen, und er hatte ein lächelndes Gesicht.

Wie das Samenkorn, das auf die nährende Kraft von Wasser und Sonne wartet, bedarf der Ehrgeiz nur einer Gelegenheit, um zum Leben zu erwachen, hervorzutreten und die Gunst der Stunde zu nutzen. Er wittert die Gelegenheit wie eine Krähe das Aas, und solcher Art war das drängende Gefühl, das Igor Brunte, den jungen Gehilfen des Fyrd-Anführers, nun durchströmte.

Er war kein Fyrd von Geburt, sondern durch Ernennung. Er war das, wonach er aussah – ein Pole oder, wie die Fyrd seinesgleichen zu nennen pflegten, ein Polack. Als die Fyrd die Hydden von Warschau unterwarfen, war er erst fünf Jahre alt gewesen, aber gerade alt genug, um niemals zu vergessen oder zu vergeben, was seiner Geburtsstadt widerfuhr.

Seinen Vater hatten sie sofort getötet, seine Mutter und seine ältere Schwester geschändet, seine älteren Brüder zusammen mit anderen Kindern bei lebendigem Leib verbrannt. Brunte wäre dasselbe Los zuteilgeworden, hätte ihn nicht, bevor die Flammen sie erreichten, ein Bruder gewaltsam durch ein Eisengitter gedrückt, durch das kein anderes Kind passte. Die glühend heißen Stäbe hatten auf seiner Stirn und Brust zwei parallele Narben hinterlassen.

Sein Bruder hatte drei Sätze zu ihm gesagt, die ihm immer im Gedächtnis bleiben würden und die zur Richtschnur seines späteren Handelns werden sollten: *Bleib am Leben. Vergiss nie. Nimm Rache.*

Brunte lernte die Kunst des Überlebens in den leidvollen Jahren seiner Kindheit, die ihn durch ganz Europa führte und schließlich ins eigentliche Kernland der Fyrd am Rhein verschlug. Dort konnte er den Feind aus der Nähe studieren, indem er seiner Armee beitrat, in seinen Kriegen focht und sich mit seinen Gewohnheiten vertraut machte.

Erinnerte er sich an die Mahnung des Bruders? Er konnte sie nie vergessen und den Fyrd schon gar nicht vergeben.

Rache? Er nahm Rache, wann immer er konnte, im Großen wie im Kleinen. Doch hatte er anfangs nur Unruhe stiften und einigen wenigen Schaden zufügen wollen, so verspürte er jetzt das Bedürfnis, sie alle zu töten, insbesondere die Sinistral – bis auf den letzten Mann.

Auf die Sinistral hatte er es abgesehen, auf jeden Einzelnen – einerlei wo sie lebten oder welchen Rang sie bekleideten.

Selbst die in Brum, die mit dem deutschen Zweig nur so lose verbunden waren, dass wahrscheinlich nicht einmal eine Blutsverwandtschaft bestand, wollte er beseitigen.

In dieser Nacht erhielten die langgehegten Pläne seiner Jugend neuen Auftrieb. Auch Brunte hatte die Lichtgestalten des Schimmels und seiner Reiterin gesehen, und in diesem kurzen Augenblick tat sich eine Möglichkeit vor ihm auf, die so groß war, dass sie sein Leben für immer veränderte. Er hatte gesehen, was auch der Sub-Quentor gesehen hatte, und ebenso Brif und Pike: den Anhänger am Hals der Friedensweberin, in dem kein Edelstein mehr saß. Er kannte die Legenden wie die anderen, und auch die Prophezeiungen.

Es geht mit ihr zu Ende, dachte er sogleich, *und das bedeutet, dass sie zu meinen Lebzeiten sterben wird, vielleicht, solange ich noch jung bin. Darum muss ich mich darauf vorbereiten, diesen Anhänger, der eines Tages von ihrem Hals fallen wird, in meinen Besitz zu bringen … Er wird mir Allmacht verleihen.*

Dies war nur der erste von vielen Gedanken, die Brunte in den Sinn kamen. Nun, da er die Gelegenheit gewittert hatte, beschloss er, sie auch zu ergreifen. Doch er wusste, dass es nutzlos war, die Möglichkeit zu sehen, wenn er nicht imstande war, daraus einen Vorteil zu ziehen. Der Weg zum Thron wird von den Leichen derer gesäumt, die nicht wissen, wie man ihn geht.

So kam es, dass Brunte, als er sich mit seinen ranghöheren Begleitern von der Brücke zurückzog, einen Seitenblick auf den Sub-Quentor warf, und als der Überlebenskünstler, der er war, wusste er sofort, was der andere dachte: etwas Ähnliches wie er selbst.

›Brunte muss sterben, und mein Kollege auch‹, geht ihm durch den Sinn, sagte sich Brunte. *Er weiß, wir haben dasselbe gesehen wie er, und er fürchtet, wir könnten seine Pläne durchkreuzen.*

Igor Brunte zögerte nie, wenn er einmal erkannt hatte, was zu tun war.

»Euer Gnaden«, sagte er, sobald sie sich in den Schatten zurückgezogen hatten, »darf ich um ein Wort im Vertrauen bitten?«

Er blickte bedeutungsvoll zu dem andern Fyrd, als bezichtige er ihn stillschweigend derselben finsteren Gedanken, deren er sich selber schuldig machte. Der Sub-Quentor verstand sofort und tappte in die Falle.

»Ja?«, erwiderte er und winkte ihn näher.

Brunte kehrte dem anderen Fyrd den Rücken zu und versperrte ihm die Sicht. In seiner linken Hand hielt er das längere seiner beiden Messer.

»Ich habe hier etwas für Sie, Euer Gnaden.« Mit diesen Worten stieß er dem Sinistral das Messer in die Seite, sodass ihm die Spitze ins Herz fuhr. Der Anführer ließ nur ein überraschtes Röcheln vernehmen. Dann sackte er tot zu Boden.

Sofort drehte sich Brunte zu dem anderen um.

Entsetzen und Fassungslosigkeit standen dem zweiten Fyrd ins Gesicht geschrieben. Brunte nahm diese Gefühle mit kühlem Interesse zur Kenntnis, während er sein Gegenüber seltsam hypnotisierend anlächelte. In seiner Panik vergaß der Fyrd, was er gelernt hatte. Er brachte nur ein einziges Worts heraus: »Nein!«

»Oh, doch, mein Freund, auch du. Das Geheimnis dieser Nacht teile ich mit niemandem.«

Diesmal benutzte er beide Messer gleichzeitig, jedes auf grausame Weise. Das eine stieß er dem Fyrd von unten ins Auge, das andere von oben in den Bauch. Dann ließ er sie los, rammte dem Verwundeten seine schwielige Faust in den offenen Mund und erstickte seinen Todesschrei. Nur ein Stöhnen drang zwischen seinen Fingern hervor.

Nach vollbrachter Tat zog Brunte die Messer heraus, wandte sich ab und ging in die Nacht hinein. Er schlug den Weg nach Brum ein. Unterwegs dachte er sich eine Geschichte von einem Mordanschlag aus und sann darüber nach, wie er selbst das Amt des Sub-Quentors ergattern konnte, denn dieser Posten würde sich in den bevorstehenden Zeiten als außerordentlich nützlich erweisen.

22

HILFE

Imbolcs Eingreifen hatte Brif das Leben gerettet und ihm und den anderen die Möglichkeit gegeben, alles in ihrer Macht Stehende für Jack zu tun. Der Junge lag verkrümmt und reglos da, das geschwärzte Fleisch auf seinem verbrannten Rücken im Schatten, das Gesicht im flackernden Licht des noch brennenden Wagens. Es zeigte die Blässe des Todes.

Brif untersuchte ihn.

»Nun, er lebt noch, so viel können wir sagen. Aber wenn ich diese Verbrennungen nicht bald behandle …«

Er beugte sich tiefer, da er Jacks Kleider, die mit seiner Haut verschmolzen waren, kaum anzufassen wagte.

»Ich glaube, ich habe noch nie jemanden so mutig handeln sehen wie diesen Jungen«, murmelte Brif. »Und das bestätigt, dass er ist, wofür wir ihn halten – ein Riesengeborener. Oder vielmehr *der* Riesengeborene. Aber …« Er hockte sich hin, fasste in seinen Mantel und zog einen flachen Beutel hervor, der an einer Kordel um seine Taille hing. »Es ist lange her, dass ich so schwere Wunden behandelt habe. Ich fürchte, ich muss diese Verbrennungen kühlen, bevor ich eine Salbe auftrage, sonst mache ich alles nur noch schlimmer, selbst mit einer so unübertrefflichen Salbe wie dieser hier.«

Mit verzweifelter Miene schaute er zu Pike auf. »Ich weiß nicht recht, was ich tun soll, aber wenn es noch Hoffnung für ihn geben soll, brauchen wir etwas Kaltes, etwas sehr Kaltes, und zwar schnell.«

In diesem Augenblick tauchte Stort aus dem Schatten der Böschung auf. Er war mit Schlamm und Ruß bedeckt und trug einen prall gefüllten, schwarzen Müllsack, aus dem es tropfte.

»Ein paar der Hagelkörner, die vorhin heruntergekommen sind«, erklärte er. »Master Brif, ich könnte mir denken, dass das gegen die Verbrennungen des Jungen hilft, sofern Sie dafür Verwendung haben.«

Dankbar nahm Brif ihm den Sack ab und kniete neben Jack nieder.

»Er schiebt alle seine Bedenken beiseite, was unsere Tradition und unsere Tabus in Bezug auf die Menschen angeht!«, flüsterte Stort Mister Pike zu.

»Hätte er es nicht getan, hätte ich mein Möglichstes versucht«, erwiderte Pike.

»Ja, ich schiebe sie beiseite«, knurrte Brif gereizt. »Aber würden Sie jetzt freundlicherweise das Geplapper einstellen? Und Master Stort, holen Sie mir bitte noch mehr Eiswasser.«

»Ich will's versuchen«, erwiderte Stort. »Aber die Menschenfrau, die auf der anderen Straßenseite liegt, könnte auch etwas davon gebrauchen, Mister Pike, deshalb schlage ich vor, Sie schicken Ihre Leute los, um welches zu sammeln.«

Er fasste in eine Tasche und brachte eine Rolle Müllsäcke zum Vorschein. »Aber sagen Sie ihnen bitte, dass ich alle, die sie nicht benutzen, zurückhaben will.« Bei aller Weltfremdheit hatte Bedwyn Stort eine praktische Ader, so merkwürdig seine Methoden mitunter auch sein mochten.

Pike spähte an dem Autowrack vorbei zur Böschung auf der anderen Straßenseite. Die dunkle Gestalt Clare Shores lag noch genau dort, wo sie hingeworfen worden war.

Er schickte zwei Leute hinüber, um sie zu untersuchen, während Stort und eine paar andere eifrig Hagelkörner sammelten. Katherine sah ihnen mit großen Augen nach, wich aber nicht von Jacks Seite, als brauche er ihre Gegenwart, zumindest einstweilen, am meisten.

Brif kühlte die Wunden mit den Eiswassertüten, die Stort ihm brachte, dann drehte er Jack vorsichtig auf die Seite und grunzte zufrieden, als er hörte, dass der Junge jetzt tiefer und gleichmäßiger atmete.

Dann begann Jack immer heftiger zu zittern. Er hatte Schüttelfrost.

Brif zog seinen Mantel aus und breitete ihn über den Jungen, wobei er auch die behelfsmäßigen Eisbeutel bedeckte. Dann griff er in seine Tasche und zog eine kleine Phiole hervor. Sie enthielt eine Flüssigkeit, von der er ein paar Tropfen in Jacks halb geöffneten Mund träufelte.

Jack hustete schwach, und im ersten Augenblick versuchte er sogar, sich zu bewegen.

Doch es war Katherine, die sich stattdessen regte. Sie stand auf, ging näher zu ihm und kniete so dicht neben Brif nieder, dass ihre Köpfe einander berührten.

»Alles wird gut, Jack«, flüsterte sie und streichelte ihm die Wange. Seine rechte Hand bewegte sich im Dunkeln und fasste nach ihrer.

»Alles wird gut«, wiederholte sie, ebenso zu seiner wie zu ihrer eigenen Beruhigung.

»Den könnte der Junge noch brauchen«, sagte Stort zu Brif und deutete auf den Lederrucksack, den Jack bei sich getragen hatte. »Eindeutig von Hydden gefertigt. Was die wahre Herkunft des Jungen bestätigt, falls es einer solchen Bestätigung noch bedurft hat.«

Augenblicke später ertönte von der anderen Straßenseite ein leiser Pfiff, und einer der Männer, die Clare Shore versorgten, winkte.

»Das ist Mum«, sagte Katherine zu Jack, als spüre sie instinktiv, dass er erfahren musste, warum sie ihn jetzt verließ.

Nur ein Knüppelmann blieb bei Jack, die anderen gingen über die Straße zu Clare.

»Kein Lebenszeichen«, teilte Brif den anderen mit ernster Stimme mit, »nicht die leiseste Zuckung. Aber sie ist ein ausgewachsener Mensch, deshalb weiß ich nicht, ob …«

Alle starrten sie ehrfürchtig an.

Im Vergleich zu ihnen war sie eine Riesin. Ihre Hände waren größer als Hyddenfüße, und ihre verdrehten Gliedmaßen wirkten gewaltig verglichen mit ihren eigenen.

»Ich kann keine nennenswerten Verbrennungen oder irgendeine andere schwere Verletzung entdecken«, sagte Brif zu Pike, »aber ich fühle keinen Puls, sofern Menschen überhaupt einen haben. Da sie bluten wie wir, gehe ich allerdings davon aus. Ich kann mir nur vorstellen, dass sie schwere innere Verletzungen erlitten hat, die wir nicht sehen können.«

Pike starrte sie an. Noch nie hatte er eine Menschenfrau aus solcher Nähe gesehen. Sie sah monströs aus.

»Haben Sie ihr auch von den Tropfen gegeben, die den Jungen wieder zu sich gebracht haben?«

Brif nickte bekümmert. »Aber ohne Erfolg.«

»Und das Mädchen?«, fragte Pike leise und nickte in Richtung Katherine, die neben ihrer Mutter kniete und deren Gesicht anstarrte.

»Hat sie nicht einmal angefasst oder versucht, etwas zu sagen. Vielleicht weil ihr klar ist, dass ihre Mutter …«

»Master Brif!«

Es war Stort, und er deutete auf die Stelle am Nachthimmel, an der die Friedensweberin verschwunden war. Sie war nicht dunkel, sondern sah aus wie eine große, klaffende Wunde, wie ein tiefer Schnitt quer durch das Universum, in dem ein kosmisches Feuer brannte.

Während sie verwundert hinsahen, schien das Feuer sich zu drehen, schmaler zu werden und plötzlich zu verschwinden, ehe eine Sekunde später seine Kehrseite sichtbar wurde und mit ihrem Licht kurz die Stelle beschien, an der Katherine neben ihrer Mutter kniete.

Clare Shore regte sich und stöhnte. Dann öffnete sie die Augen und streckte die Hand nach ihrer Tochter aus, scheinbar ohne die anderen überhaupt zu bemerken.

Sie konnte sich weder aufsetzen noch sprechen, ja, sie konnte sich kaum bewegen. Offensichtlich war sie sehr schwer verletzt. Aber sie war noch am Leben.

Das seltsame Licht am Himmel, das durchaus nichts weiter als der sich in den tief hängenden Wolken spiegelnde Widerschein des brennenden Autowracks hätte sein können, erstrahlte einen Augenblick lang noch heller.

»Wir sehen die Feuer des Universums«, flüsterte Brif ehrfurchtsvoll und stellvertretend für alle, »während der Spiegel sich dreht … Und wenn sein Licht dieses Mädchen bescheint, können wir einen flüchtigen Blick auf die Schildmaid erhaschen!«

Brif verfiel in Schweigen, als bete er, dann setzte er mit veränderter Stimme hinzu: »Sie sind jetzt außer Gefahr. Unsere Arbeit ist getan, Gentlemen.«

Darauf entfernten sich die Hydden einer nach dem anderen und überließen die Menschenmutter und ihre Tochter sich selbst.

Sie überquerten die Straße und kehrten zu Jack zurück.

»Es scheint ihm besser zu gehen«, sagte der Mann, der bei ihm geblieben war.

»Gut«, sagte Brif, »dann können wir hier nichts mehr tun. Aber wir werden sie im Auge behalten, bis Hilfe eintrifft.«

Etwas später, als das Unwetter deutlich nachgelassen hatte, hörten sie ein Fahrzeug. Es näherte sich langsam aus der Richtung, aus der auch die Shores gekommen waren.

Brif nahm den Mantel, mit dem er Jack zugedeckt hatte, wieder an sich und zog sich mit den anderen hinter die Brüstung der Eisenbahnbrücke zurück.

Unten drosselte der Wagen das Tempo und kam kurz vor dem schwelenden Autowrack zum Stehen. Ein Mann stieg aus, sah sich erschrocken um, schlüpfte in sein Fahrzeug zurück, tauchte gleich darauf wieder auf und telefonierte mit einem Handy. Dann kletterte er die Böschung hinauf zu der Stelle, an der Jack lag, zog seine Jacke aus und breitete sie über ihn.

Erst da bemerkte er Katherine und ihre Mutter. Ganz langsam und vorsichtig ging er zu ihnen hinüber und kniete bei ihnen nieder.

Er tätigte einen zweiten Anruf.

Zwanzig Minuten später war der erste Krankenwagen zur Stelle. Das Licht seiner Scheinwerfer und seiner blau flackernden Warnleuchte enthüllte das ganze Ausmaß von Tod und Zerstörung.

Als Nächstes traf die Polizei ein, dann ein zweiter Krankenwagen.

Die drei wurden in die Krankenwagen gelegt, das Mädchen blieb bei seiner Mutter.

Der Leichnam Richard Shores wurde zuletzt weggebracht.

Auf der Eisenbahnbrücke blickte Pike grimmig und entschlossen drein, und Stort machte ein trauriges Gesicht, als Master Brif, der all diese Gefühle gleichzeitig empfand, seinen Knüppel zum Himmel erhob und flüsternd Gebete für die Überlebenden und ein Gebet für den Toten sprach. Zuletzt kam ein Gebet für die Hydden selbst, wobei er alle zu sich rief, bevor er fortfuhr.

»Gentlemen«, sagte er, »wir, die wir Zeugen der Ereignisse dieser Nacht geworden sind, werden auch ihre Hüter sein. Wir werden über das Gesehene nicht sprechen, und wir geloben, dass wir über diese drei Überlebenden wachen werden, deren Weg wir gekreuzt haben in dieser Nacht, in der sich der Spiegel aller Dinge gezeigt und gedreht hat. Der Junge, das Mädchen, die Frau und wir bleiben als Zeugen zurück. Der Mann, der hier den Tod gefunden hat, ist uns vorausgegangen.«

»Und die Fyrd«, unterbrach Stort, »gehören auch dazu.«

»In der Tat«, räumte Brif ein. »Auch sie sind Zeugen, wie wir gefangen in der Wurd der Dinge.«

In feierlicher Anerkennung ihrer gemeinsamen Verantwortung reichten sie einander die Hände, dann wandten sie sich ab, um den Rückweg nach Brum anzutreten.

Doch sie hatten etwas vergessen.

»Master Brif …?«

Zum zweiten Mal in dieser Nacht huschte Bedwyn Stort fort und die Böschung hinunter. Pike folgte ihm, die anderen sahen zu.

»Er liegt hier irgendwo«, sagte Stort und suchte im Dunkeln das Gestrüpp ab, vorsichtig, damit die Menschen an der Unfallstelle ihn nicht bemerkten.

»Was denn?«, fragte Pike, die Hand fest auf seinem Knüppel für den Fall, dass die Fyrd zurückkehrten.

»Das da!«, antwortete Stort.

Er fasste ins Gras und hob etwas in die Höhe.

»Das ist der Rucksack des Riesengeborenen. Eines Tages wird er ihn brauchen.«

Er kletterte wieder die Böschung hinauf und gesellte sich zu den anderen.

Pike ergriff den alten Rucksack und öffnete ihn.

»Nichts drin«, erklärte er.

»Ganz recht«, sagte Brif, nahm ihn, faltete ihn zusammen und steckte ihn in seinen eigenen. »Er wartet darauf, mit Dingen gefüllt zu werden, die er für seine Reise durchs Leben braucht. Aber nun, Gentlemen, lassen Sie uns gehen!«

Sie marschierten an der Bahnlinie entlang denselben Weg zurück, den sie gekommen waren, bis die Hecken auf beiden Seiten höher wurden und der Himmel sich vor der Dämmerung noch einmal verfinsterte. Dann tauchten sie in die Dunkelheit ein und dachten darüber nach, was sie erlebt hatten und wie viele Jahreszeiten sie wohl würden durchwandern müssen, bevor ihre Wurd sie wieder mit Jack und Katherine zusammenführte.

23
Nachspiel

»Bitte sagen Sie das noch mal«, rief Margaret Foale.

Sie sprach am Telefon mit Roger Lynas, dem Beamten vom Jugendamt North Yorkshire, der Jack betreut hatte.

Sie hatte angenommen, er hätte sie angerufen, um über Jack zu sprechen, und bis jetzt hatten sie das auch getan. Doch wie es schien, würde Jack in den kommenden Jahren mehrfach operiert werden und langwierige Rehabilitationsmaßnahmen durchlaufen müssen. Bei der Rettung Katherines hatte er sich tiefe und besonders schwere Verbrennungen am Rücken zugezogen. Dass er sie überlebt hatte, grenzte an ein Wunder.

Somit war an eine Adoption des Jungen – eine Möglichkeit, mit der Margaret geliebäugelt hatte – nicht zu denken. Jacks Zustand war einfach zu kompliziert und die Pflege, die er benötigen würde, zu speziell.

»Wir hatten schon Fälle dieser Art«, fuhr Lynas fort. »Dafür gibt es sehr gute Heime.«

»Anstalten?«, hatte Margaret gefragt.

»Wir ziehen das Wort ›Heime‹ vor«, hatte Lynas geantwortet.

Dann kam der plötzliche Themenwechsel.

»Aber, Mrs. Foale, ich würde mit Ihnen gern über die Zukunft Katherines sprechen.«

Margaret blinzelte, und ihr Herz drohte stehen zu bleiben.

Kurz vor dem Anruf hatte sie noch an Katherine gedacht. Tatsächlich hatte sie in den Tagen und Wochen nach dem Unfall viel über Jack und Katherine nachgedacht.

Roger Lynas hatte, als er den Foales versprach, sie über Jacks Zukunft auf dem Laufenden zu halten, nie auch nur eine Sekunde mit einer solchen Tragödie gerechnet. Und natürlich hatten Margaret und Arthur Foale, als sie von dem Unfall erfuhren, Jack sofort in dem

Birminghamer Krankenhaus besucht, in das er eingeliefert worden war.

Sie gingen ein zweites Mal hin, und dabei lernten sie Clare und Katherine kennen. Ein Band wurde geknüpft, und bald wurde deutlich, wie dringend Clare Unterstützung brauchen würde. Sie fand die beiden Foales sympathisch. Margarets natürliche Herzlichkeit und Arthurs gutgelaunte Knurrigkeit zogen sie an. Auch Katherine mochte sie, und die Foales unternahmen mit ihr Spaziergänge auf dem Krankenhausgelände, wenn Clare behandelt wurde. In Anbetracht der Umstände überraschte es niemanden, dass Katherine immer tiefere Zuneigung zu ihnen fasste, als finde sie bei ihnen den Halt, den ihr Großeltern hätten geben können, wenn sie welche gehabt hätte.

»Ich möchte mit Ihnen über Katherines Zukunft sprechen. Mit Ihnen und mit Professor Foale. Aber so etwas bespricht man nicht am Telefon. Wären Sie beide bereit herzukommen?«

»Wohin genau …?«

Ihre Gedanken überschlugen sich. Seit ihrem ersten Gespräch über Jack ein paar Wochen zuvor hatte sie so viele Gefühle, so viele Veränderungen in ihrem Innern durchlebt.

Jetzt wollte Lynas über Katherine sprechen.

»Arthur?«, rief sie, nachdem sie Roger Lynas versprochen hatte, ihn noch am selben Tag zurückzurufen.

»Was ist denn?«, fragte er, als sie ihn ein zweites Mal und noch dringlicher rief. Sie war in Tränen aufgelöst. Sie wusste, dass einem älteren Paar wie ihnen, dem eigene Kinder versagt blieben, selten eine solche Gelegenheit vergönnt war. Natürlich hatte sie Hoffnungen gehegt – von dem Moment an, als Katherine auf dem Krankenhausgelände ihre Hand gehalten und Clare ihr anvertraut hatte, dass sie sich große Sorgen um die Zukunft ihrer Tochter mache. Und jetzt …

»Ich weiß nicht genau, worüber er reden will, aber …«

»Wir gehen selbstverständlich hin«, sagte Arthur.

Später an diesem Tag saßen sie und Arthur in einem behelfsmäßigen Besprechungsraum im Northfield General Hospital, dem Krankenhaus, das dem Unfallort am nächsten lag und über das Fachpersonal verfügte, das Clare Shore helfen konnte.

Katherine war in demselben Krankenhaus gut versorgt worden, während man Jack in die Spezialabteilung für Verbrennungen einer Londoner Klinik gebracht hatte.

»Aber es gibt doch sicher Verwandte, an die sie sich wenden können?«

»Keine auf beiden Seiten«, erwiderte Lynas. »Und Clare Shore lässt fragen, ob Sie bereit wären, sich zu engagieren. Katherine möchte es auch. Natürlich ist sie noch ein Kind. Trotzdem ist es wichtig, was sie denkt.«

»Was wollen sie genau?«, fragte Arthur.

»Dass Sie als Vormund fungieren.«

Margaret hatte daraufhin geweint. Der Wunsch der beiden war Ausdruck größtmöglichen Vertrauens.

Falls Margaret wusste, dass die Leute vom Jugendamt sie genau unter die Lupe nahmen, da es ihre Pflicht war, sich ein Bild zu machen, vorauszudenken, herauszufinden, was das Beste für das Kind war, die Wünsche der Mutter zu berücksichtigen, die Eignung der Kandidaten zu beurteilten … falls sie das alles wusste, so ließ sie es sich nicht anmerken.

Sie sagte nur: »Ich finde, wir sollten vielleicht mit den beiden reden und dann ein wenig Zeit mit Katherine verbringen. Ja, das sollten wir tun.«

Lynas lächelte. Eine bessere Antwort hätte er sich nicht wünschen können.

Sie fanden Katherine am Bett ihrer Mutter. Sie hielt ein Plüschtier im Arm, ein weißes Pferd.

»Hallo«, sagte sie und sah Margaret an. Für Arthur hatte sie ein Grinsen.

Clare setzte sich vorsichtig auf, das Gesicht von Schmerz und Verlust gezeichnet, die Augen voller Sorge um die Zukunft.

»Hallo, Katherine«, grüßte Margaret zurück, streckte Clare die Hand entgegen und lächelte.

Clare erwiderte ihr Lächeln freudlos und müde.

Margaret vermutete, dass man ihr etwas zur Beruhigung gegeben hatte.

»Katherine möchte, dass Sie wieder einen Spaziergang mit ihr machen.«

»Tatsächlich?«, fragte Margaret das Mädchen.

»Und dass wir zu McDonald's gehen.«

Margaret blickte zu Clare. Die Mutter des Kindes nickte.

»Aber selbstverständlich«, sagte Margaret.

Sie bezeichneten sich in der Folgezeit nie als »Eltern«, und auch die Bezeichnung »Vormund« gefiel ihnen nicht besonders. Doch was immer die Foales am Ende wurden, es begann in dem Augenblick, als Katherine aufstand und Arthur ihre kleine Hand hinstreckte.

»Wohin gehen wir heute?«, fragte sie.

Margaret war sprachlos, aber Arthur improvisierte.

»Auf den Waseley Hill«, sagte er ohne Zögern. »Das ist nur ein paar Minuten von hier. Dort gibt es eine Menge nasses Gras! Soll Mister Lynas auch mit?«

Katherine sah Roger Lynas prüfend an. »Nein«, antwortete sie.

Also machten sich Arthur und Katherine allein auf den Weg und ließen die anderen bei Clare zurück.

»Ich glaube, das könnte klappen«, sagte Roger Lynas, lächelte die Frauen an und wandte sich zum Gehen, damit die beiden ungestört miteinander reden konnten.

Clare nickte und schöpfte Mut. Möglicherweise hatte sie für ihr Kind einen Ausweg aus dieser Tragödie gefunden, der ihnen half, den schweren Verlust zu verkraften.

»Und Jack?«, flüsterte sie.

»Einfach nur ungewöhnlich«, sagte Lynas an der Tür. »Er ist der zäheste Bursche, der mir in meiner langjährigen Laufbahn untergekommen ist. Eigentlich dürfte er gar nicht mehr am Leben sein, aber er erholt sich viel schneller, als die Ärzte zu hoffen wagten.«

Clare schloss bereits die Augen, als er ging. Im Wissen, alles getan zu haben, was eine Mutter tun konnte, durfte sie endlich richtig schlafen und genesen, aber sie wollte noch etwas sagen.

»Was ist, Clare?«

»Jack hat sich bei dem … Unfall so aufopferungsvoll um Katherine gekümmert«, flüsterte sie, bevor sie hinzufügte: »Ich glaube, er wird es immer tun. Und dann …«

»Was?«, fragte Margaret.

Und dann waren da noch diese kleinen Leute, die kamen und halfen, bevor der Krankenwagen eintraf. Ich dachte, ich hätte es mir nur eingebildet, aber Katherine hat sie ebenfalls gesehen, wie sie mir erzählt hat. Kleine Leute …

Aber Clare sprach es nicht laut aus. Es war zu absonderlich, zu abwegig und zu absurd.

»Damals, in der Unfallnacht, schien der Himmel aufzureißen, und ich sah ein Feuer, als hätte das Universum selbst sich aufgetan. Sein Schein fiel auf Katherine. Margaret …«

»Ja, meine Liebe?«

»Ich glaube, dass alles so vorherbestimmt war und dass Sie und Arthur jetzt in unser Leben treten sollten. Davon bin ich fest überzeugt. Aus diesem Grund erscheint es mir richtig, dass Sie sich um die beiden kümmern.«

Ihre Augen schlossen sich, und sie wirkte so ruhig und mit sich selbst im Reinen wie seit Tagen nicht mehr.

»Werden Sie es tun …?«, flüsterte sie.

»Wir werden uns um beide kümmern«, sagte Margaret Foale und ergriff ihre Hand. »Und jetzt schlafen Sie, schlafen Sie einfach.«

So ließ sich Clare endlich fallen – getröstet von einer Frau, die kaum mehr war als eine Fremde, für die sie aber empfand wie für die Mutter, die sie nie gekannt hatte.

III
ZEHN JAHRE SPÄTER

24
DER ANRUF

»Jack?«

Katherine sprach seinen Namen zögernd aus, denn ihr kamen Zweifel, ob er es auch wirklich war. Seine Stimme hörte sich anders an.

»Äh … ja?«, fragte er unsicher. Sie klang nicht mehr wie ein kleines Mädchen.

»*Jack?*«

»Ja.«

»Ich bin's, Katherine. Katherine Shore.«

»Ja?«, wiederholte er, als sei er auf Abstand bedacht.

Clare Shore war seit dem Autounfall, bei dem ihr Mann umgekommen war und der beinahe auch Jack das Leben gekostet hätte, chronisch behindert. Katherine hatte Jack danach ein paar Mal im Krankenhaus besucht, doch selbst diese Besuche hatten aufgehört, als sie ungefähr elf war. Seitdem hatten sie einander nur regelmäßig zu Weihnachten und zu den Geburtstagen Karten geschickt.

»Es geht um Mum …«

Im ersten Moment dachte er, ihre Mutter sei gestorben. Doch das war nicht der Grund, warum Katherine anrief.

»Es geht mit ihr zu Ende, Jack, und sie möchte dich sehen.«

Aber Jack verspürte kein Verlangen, diese Erinnerungen wieder aufzufrischen. Sie hatten zu viele schmerzhafte Narben bei ihm hinterlassen, körperliche wie seelische.

»Jack?«

»Das dürfte schwierig werden«, antwortete er ausweichend.

»Sie *muss* dich sehen und … und ich …«

Ich muss dich sehen, weil ich nicht weiß, an wen ich mich sonst wenden soll.

Etwas in Jacks Kopf rastete wieder ein. Sie brauchte ihn.

Er holte tief Luft und fragte: »Was ist los? Abgesehen von deiner Mutter, meine ich?«

»Es ist etwas geschehen.«

»Was ist geschehen?«

Mit einem Mal klang seine Stimme fürsorglich. Er verstand nicht, warum er so für einen Menschen empfand, den er kaum kannte und der ihn nur an schwere Zeiten erinnerte. Aber er tat es.

Die Verbrennungen, die er sich an Rücken und Hals zugezogen hatte, als er ihr das Leben rettete, waren so schwer gewesen, dass er sich jahrelang Hauttransplantationen und Rehabilitationsmaßnahmen hatte unterziehen müssen. Jede Operation und jede Nachbehandlungsserie war eine Tortur gewesen.

Drei Menschen hatte ihm in diesen frühen Jahren zur Seite gestanden: Margaret Foale, Katherine und Roger Lynas, sein erster Betreuer vom Jugendamt. Arthur war stets im Hintergrund geblieben.

Clare Shore war nie so weit genesen, dass sie bequem reisen konnte, und hatte daher in Jacks Leben nur eine untergeordnete Rolle gespielt. Allerdings wusste er, dass sie und Katherine jetzt in dem großen Haus der Foales in Berkshire wohnten. Es hatte als Arrangement zu beiderseitigem Nutzen begonnen. Clare brauchte für sich und ihre junge Tochter ein neues Heim und steckte als Gegenleistung Geld in das Haus der Foales. Was als Übergangslösung gedacht war, wurde fast zwangsläufig zum Dauerzustand. Und irgendwann stellte die kinderlose Margaret fest, dass sie sich um zwei Schützlinge kümmern musste.

Doch die Freundschaft zwischen Jack und Katherine blieb allenfalls loser Natur, erwachsen aus einer Zufallsbegegnung, die für alle Beteiligten tragisch geendet hatte.

Mit der Zeit fielen den beiden Kindern die Besuche immer schwerer, und ihre Interessen strebten in unterschiedliche Richtungen. Jack widmete sich mit den anderen Heimkindern den üblichen Aktivitäten des Stadtlebens, während Katherine eine Vorliebe für ländliche Zerstreuungen wie einsame Spaziergänge entwickelte und ihr Herz für Pferde entdeckte.

Dann der verhängnisvolle Tag, an dem Katherine ihn im Kinderkrankenhaus besuchte und er sich aufgebracht darüber beschwerte, dass die Ärzte auf einer weiteren Operation bestanden.

»Sie sind nun mal Ärzte«, argumentierte sie, als erhebe sie das zu Göttern. Zu der Zeit war sie erst zehn, er elf.

Jack hatte Schmerzen, war zornig und ängstlich, und dieser vermeintliche Mangel an Verständnis tat ihm weh, sonst hätte er sich zu den folgenden Worten, die er zu spät bereute, niemals hinreißen lassen.

»Du stehst auf ihrer Seite«, schrie er, »wie alle hier. Du hast ja keine Ahnung, was ich durchmache, nicht die geringste! Wenn deine Eltern mich nicht …«

Er hielt inne, aber es war halb heraus.

Wenn deine Eltern mich nicht mitgenommen hätten, wäre mir das wahrscheinlich nie passiert.

Katherine musste die Worte nicht hören, um zu wissen, was er hatte sagen wollen.

»Und wenn du nicht gewesen wärst …«, schrie sie zurück.

… dann wäre mein Vater vielleicht noch am Leben und meine Mutter nicht ständig krank.

Vielleicht machte es die Sache schlimmer, dass die Worte auf beiden Seiten nie richtig ausgesprochen wurden, denn so blieben der Schmerz und der Groll und wurden größer.

Katherine hatte ihn seit jenem Tag nicht mehr besucht, und obwohl er bitter bereute, was er gesagt hatte, fand er nie den Mut, sich zu entschuldigen. Und Katherine, die sich in gewisser Weise verantwortlich dafür fühlte, dass Jack so hatte leiden müssen, konnte den Gedanken nicht ertragen, ihm gegenüberzutreten und wieder den vorwurfsvollen Ausdruck in seinen Augen zu sehen. Schließlich begann Mrs. Foale, ihn alleine zu besuchen, nachdem sie sich damit abgefunden hatte, dass die beiden wohl eine gewisse Zeit für sich selbst brauchten und dass man einen günstigeren Rahmen für Begegnungen finden sollte als ein Krankenhauszimmer.

So hatte das Schweigen zwischen den beiden, sah man einmal von den Kartengrüßen zu Weihnachten und zu den Geburtstagen ab, fünf lange Jahre gedauert.

Nun aber war Katherine am Telefon und behauptete, dass etwas geschehen sei. Etwas, worüber sie reden müsse.

»Was ist denn geschehen?«, fragte er wieder.

»Es geht um Arthur.«

»Was ist mit ihm?«

»Er ist verschwunden.« Ein Zittern schwang in ihrer Stimme. »Und da Mum so schwach ist, wusste ich nicht … Ich musste …«

»Was?«, fragte Jack.

Es blieb lange still.

Dann sprach sie gefasst weiter. »Jack, ich brauche jemanden, mit dem ich reden kann.«

Blitzartig drehte sich die Uhr um zehn Jahre zurück, und alles Leid, alle Zweifel, aller Groll über ihre lange Trennung waren verflogen und existierten nicht mehr.

Sie hatte nicht nur auf Wunsch ihrer Mutter angerufen, sondern auch von sich aus. Das änderte alles.

»Ich muss vorher noch ein paar Dinge erledigen«, sagte Jack kurz entschlossen, »aber ich komme.«

25

DAS GESPRÄCH

Jack rief Katherine am nächsten Tag zurück.

Sie begannen zu reden und hörten nicht mehr auf, erzählten sich gegenseitig, was sie in den letzten Jahren getan hatten. Noch am selben Abend telefonierten sie erneut miteinander.

»Wenn man's genau nimmt, haben wir eigentlich gar nicht viel gemeinsam«, sagte Katherine, verwundert darüber, wie ungezwungen sie miteinander reden konnten, aber …

»Du hast recht, vielleicht sollte ich lieber nicht kommen.«

»Sei nicht albern«, entgegnete sie, obwohl ihr selbst plötzlich Zweifel kamen.

Es blieb lange still.

»Natürlich möchte ich kommen«, sagte er schließlich. Zu seinem eigenen Erstaunen hätte er beinahe hinzugefügt: *In all den Jahren habe ich mich danach gesehnt, mit dir zu sprechen, Katherine, und in letzter Zeit habe ich über, na ja, über einiges nachgedacht. Ich habe ständig an dich denken müssen, und ich weiß nicht, warum. Nun ist es so gekommen, und ich finde es gut.*

Das stimmte. Diesen Frühling hatte er Dinge bemerkt, die ihm nie zuvor aufgefallen waren – die Erwärmung der Luft, die Farben des Lebens, Knospen an den Stadtbäumen und manchmal am Abendhimmel Vogelschwärme, die aus dem Süden Europas zurückkehrten. Er hatte sich deswegen ruhelos und wie eingesperrt gefühlt. Und er hatte an die Foales denken müssen, an ihr Landhaus und an Katherine. Er hatte sich gewünscht, wieder Kontakt zu ihr zu haben. Jetzt war sie am anderen Ende der Leitung, ein Wunsch war in Erfüllung gegangen.

Aber Jack wollte sich nichts davon eingestehen.

Von seinen eigenen Gedanken peinlich berührt und nicht ahnend, dass sie weitgehend dasselbe dachte, beteuerte er stattdessen wieder: »Natürlich möchte ich dich sehen.«

Ich dich auch, dachte sie. *Ich dich auch, Jack* … Aber alles, was sie herausbrachte, war: »Das ist cool!«

»Erzähl, wie ist es denn so bei euch?«, fragte Jack unvermittelt, nur um das Thema zu wechseln.

»Das Haus liegt in einem Tal direkt gegenüber dem White Horse Hill«, antwortete sie. »Das weiße Pferd wurde in den Kreidehügel gescharrt. Ich habe dir mal eine Postkarte mit einem Bild davon geschickt.«

Aus einem ihm unerfindlichen Grund gehörte diese kleine Karte zu den ganz wenigen Dingen, die ihm wirklich etwas bedeuteten. Sie hatte einen Ehrenplatz in seiner Postkartensammlung und verkörperte für ihn alles Mögliche, besonders Freiheit. Wie oft hatte er davon geträumt, all diese Orte, die auf Katherines Postkarten abgebildet waren, auf dem Rücken eines herrlichen Schimmels zu besuchen, aber er hatte nie daran gedacht, sich den White Horse Hill selbst anzusehen.

»Ich habe sie noch«, sagte er und fügte hinzu: »Weißt du noch, was du darauf geschrieben hast?«

»Ja«, antwortete sie leise.

Es hatte ihm alles bedeutet, denn sie hatte ihm die Karte während seiner Zeit im Krankenhaus kurz nach einer besonders schwierigen und schmerzvollen Operation und kurz vor ihrem Streit geschickt.

Schau Dir das Pferd an, wenn Dir danach ist, so wie ich es mache, hatte sie geschrieben. *Stell Dir vor, Du sitzt auf seinem Rücken, und es kann Dich jederzeit an jeden beliebigen Ort tragen … an einen Ort, wo es keinen Schmerz gibt, nur Gutes. Alles Liebe, Deine Katherine.*

Er hatte diese Worte tausendmal gelesen und war auf diesem Pferd mir ihr um die ganze Welt geritten.

Alles Liebe, Deine Katherine.

Er bezweifelte, dass er ihr, oder sonst jemandem, jemals gestehen würde, wie viel ihm diese letzten Worte auf ihren Postkarten bedeuteten.

Tags darauf rief er sie erneut an.

»Ich komme heute Nachmittag«, sagte er.

»Prima. Ich bestelle ein Taxi, das dich abholt.«

»Ist bereits erledigt. Sie bezahlen mir die Fahrt.«

»Die ganze Strecke?«

Jack lachte. »Dazu sind Sozialeinrichtungen da. Sie sollen Leuten wie mir Fahrtkosten ersparen. Höchst merkwürdig, aber es zeigt nur, dass sie manchmal etwas richtig machen. Gegen vier bin ich da.«

»Rechtzeitig zum Tee.«

»Klingt ja lauschig.«

»Du weißt doch, wie Mrs. Foale solche Dinge mag und …«

»Und?«

»… ich auch.«

26
ZIMMER MIT AUSBLICK

Katherine Shore saß in ihrem Zimmer im Obergeschoss von Woolstone House und blickte über die Wiesen zu dem steilen, bewaldeten Hang des White Horse Hill hinüber. Das Pferd selbst sah aus wie immer, so wie es schon seit annähernd fünftausend Jahren aussah. Je nach Katherines Stimmung galoppierte es mal von links heran oder sprang nach rechts davon.

Sie hatte mit diesem Pferd so manchen Ritt unternommen, so manche Träne auf seinem Rücken vergossen, sich so manches Mal von ihm durch die wilden Stürme ihrer Fantasie zu fernen Küsten tragen lassen – anfangs, als sie noch jünger war, einfach auf der Suche nach Abenteuern, später auf der Suche nach unerfüllbarer, platonischer Liebe.

Jetzt, in jüngerer Zeit, wurde sie von unausgesprochenen Sehnsüchten getrieben, die sie ruhelos und reizbar machten. Die Wahrheit war, dass sie von Jack etwas wollte, das sie nicht in Worte fassen konnte, ebenso wenig wie er, einerlei wie lange sie miteinander sprachen.

An diesem Morgen lagen die Englisch- und Geschichtshefte, die sie für ihre Prüfungen im kommenden Juni durcharbeitete, vor ihr auf dem Tisch. Seit nunmehr über zwei Jahren, seit ihre Mutter das Haus nicht mehr verlassen konnte und Katherine neben Mrs. Foale zu ihrer wichtigsten Pflegerin geworden war, durfte sie per Fernstudium am Unterricht teilnehmen. Hin und wieder besuchte sie die Schule in Wantage zwar noch, um sich zu vergewissern, dass sie im Stoff noch auf dem Laufenden war, aber von ihren Altergenossen war sie zwangsläufig isoliert. Eine sterbenskranke Mutter zu haben machte es auch nicht leichter, Freunde zu finden, denn bei allem Mitgefühl wussten andere Kinder einfach nicht, wie sie damit umgehen sollten.

Doch selbst wenn sie es gewusst hätten, wäre Katherine unter den

Schülern nicht besonders beliebt gewesen. Sie war schon groß für ihr Alter und mied Cliquen. Außerdem wusste sie zu viel und zog Bücher menschlicher Gesellschaft vor. Und sie hatte ständig diesen angestrengten Blick, der Menschen argwöhnisch machte.

Im ersten Schuljahr hatte ihr dieses Gefühl des Ausgegrenztseins nicht viel ausgemacht, da sie sich sofort mit einem pummeligen, rothaarigen und sommersprossigen Mädchen namens Samantha Fullerton zusammengetan hatte. Sam liebte wie sie Geschichten, hatte unerfüllbare Träume, und was das Beste war: Sie besaß den Mut und die Kraft, sich gegen die Mehrheit zu stellen, und war immun gegen Gruppenzwang und weibliche Bosheit. Er sagte viel über Sams Eltern aus, dass ihre Tochter so selbstsicher war und mit beiden Beinen fest auf dem Boden stand.

Sam war die erste und einzige Schulfreundin, die Katherine übers Wochenende nach Woolstone House einlud, was den beiden lange Spaziergänge auf dem White Horse Hill und vertraute Gespräche bis tief in die Nacht ermöglichte.

Dann, nach der Hälfte ihres zweiten gemeinsamen Schuljahrs, siedelte Sams Vater mit der Familie nach Hongkong über. Innerhalb von Wochen war sie fort, und Katherine war wieder allein.

Jetzt schien es zu spät zu sein, sich an der Schule einen größeren Freundeskreis aufzubauen, und so flüchtete sie sich noch mehr in die Bücher.

Dann, fast ein Jahr später, nachdem sie aus Hongkong nur ein paar knallbunte Postkarten erhalten hatte, traf der erste richtige Brief von Sam ein. Freundschaftlich im Ton, mitteilsam, voller Neuigkeiten, voller Sehnsucht nach England, voller Sorge um Clare. Ein Brief, aus dem auch ein wenig Einsamkeit klang.

Katherine schrieb umgehend zurück, und die Freundschaft, die nie ganz eingeschlafen war, erwachte zu neuem Leben.

Im letzten Jahr zu Ostern, kurz vor der Abschlussprüfung für die Sekundarstufe, kam Samantha mit ihrem Vater nach England und durfte ein paar Tage in Woolstone House verbringen. Es war, als wären die beiden Mädchen nie getrennt gewesen, nicht einen Moment, obwohl jede deutlich anders aussah, als die andere sie in Erinnerung hatte.

Es waren die glücklichsten Tage in Katherines Jugend.

In dieser Zeit sprach Katherine zum ersten Mal davon, dass sie sich Jack auf sonderbare Weise eng verbunden fühlte, so verworren und unklar dieses Gefühl auch sein mochte. Ob es daher rührte, dass sie in seiner Schuld stand, weil er ihr das Leben gerettet hatte? Oder ging es tiefer? Manchmal war ihr, als seien sie vom Schicksal füreinander bestimmt. Doch sie wusste auch, dass dies möglicherweise nur eine romantische Träumerei war.

»Vielleicht sind Schicksal und Träume dasselbe«, schrieb Sam.

»… und vielleicht empfindet er genauso«, antwortete Katherine.

Darauf Sam: »Du wirst es nie erfahren, wenn du ihn nicht fragst. Mum sagt, dass Männer immer einen Schubs brauchen.«

Katherine rang tagelang mit sich.

»Wir haben seit Jahren nicht mehr miteinander gesprochen«, mailte sie Sam schließlich. »Und ich wette, er will gar nichts von mir wissen, sonst hätte er doch geschrieben. Ich wette, er hat inzwischen jede Menge andere Freunde. Genauer gesagt, Freundinnen.«

Jack, so errechnete sie, musste inzwischen sechzehn sein.

»Schreib ihm«, riet ihr Sam. Zu der Zeit lebte ihre Familie bereits in Sydney.

Katherine tat es nicht, aber ihre Gedanken an Jack bekamen eine neue Richtung. Er nahm für sie wieder greifbarere Gestalt an. Doch ihre seltsamen Träume von ihm mussten einstweilen Träume bleiben, wie die meisten ihrer Gedanken in Bezug auf das andere Geschlecht.

Die meisten, aber, wie sich herausstellte, beileibe nicht alle.

Im Jahr zuvor hatte sie im Gemeindesaal der Kirche, in der Mrs. Foale als Diakonin tätig war, eine Weihnachtsfeier besucht. Die Veranstaltung entpuppte sich als eine Art Dorffest, zu dem die unterschiedlichsten Leute kamen. Irgendwann im Lauf des Abends tanzte sie eng mit einem gutaussehenden Jungen, und wie das so geht, küssten sie sich, dem guten alten Brauch folgend, draußen in Kälte und Dunkelheit unter dem Mistelzweig. Sie machte sich los, wie es in ihrer Vorstellung eine geschändete Heldin hätte tun können, und begann zu lachen. Er lachte mit.

»Ich habe das nur als Mutprobe gemacht«, gestand er grinsend.

Als sie das hörte, erkannte sie zu ihrer Überraschung, dass dasselbe auch auf sie zutraf.

Danach verstand sie sich ganz gut mit ihm, und es hielt ein paar Wochen an, bis in den Februar hinein. Es war gar nicht so übel, ja sogar aufregend. Nur dass er kleiner war als sie und bei ihr nicht die starken Gefühle entfachte, die, wie sie annahm, da sein müssten, wenn er der »Richtige« wäre.

So war der Junge aus dem Dorf letzten Endes doch eine Enttäuschung, obwohl sie seine Hände wandern ließ, bis ein Punkt kam, an dem er etwas grob wurde und ebenso wenig wusste, was er tat, wie sie.

Doch wenigstens hatte er Humor, und sie lachten reuevoll miteinander und waren sich darin einig, dass es so toll nun auch wieder nicht war. Doch es blieb ihr Geheimnis. Niemand sollte davon erfahren.

Dann fand er eine andere, die williger war, und blieb weg, und sie war erleichtert, dass es vorbei war. Es war eine Reise ins Unbekannte, die für sie nur so weit ging, dass sie jederzeit unbeschadet umkehren konnte. Aber sie wusste, dass sie mehr von dem wollte, was ihre Träume und Fantasien ihr zeigten – was auch immer es war.

Sam erfuhr von ihr alle Einzelheiten und berichtete ausführlich von ihren eigenen Erfahrungen. Es waren nicht sehr viele für zwei sechzehnjährige Mädchen im einundzwanzigsten Jahrhundert.

Dann änderte sich alles. Arthur Foale, erst seit kurzem von einer seiner geheimnisvollen Reisen zurück, verschwand erneut. Diesmal ohne Vorwarnung und ohne ein Wort zu sagen, sodass sich selbst Margaret Foale Sorgen machte, obwohl sie die unstete Lebensweise ihres Mannes gewohnt war.

Dann verschlechterte sich auch noch der Zustand von Katherines Mutter rapide. Und als Clare den Wunsch äußerte, Jack solle kommen und bei ihnen wohnen, hatte Katherine endlich den Vorwand, den sie brauchte, um ihn anzurufen.

Erst als sie zu reden anfingen, wurde ihr klar, wie sehr sie sich danach sehnte, ihn wiederzusehen.

Heute war der Tag, und Katherine saß in ihrem Zimmer, schaute aus dem Fenster und dachte über einen letzten Punkt nach, der ihr noch Kopfzerbrechen bereitete. Er betraf sein Schlafzimmer, das herzurichten laut Mrs. Foale ihre Aufgabe sei. Das war ihr dann doch zu intim.

In Woolstone House übernachteten nur selten Gäste, und wenn, dann waren es gewöhnlich keine Männer oder … Jack.

So hatte sich Katherine in einem Anfall von Panik für die cremefarbene und gegen die rosa Bettwäsche entschieden und das Bild an der Wand zweimal ausgetauscht und schließlich ein Seestück aufgehängt.

Als sie an nichts anderes mehr denken konnte, ging sie nach unten und hinaus in den Garten.

»Katherine, bist du das?«

»Ja, Mum.«

»Wo willst du denn hin? Es ist kalt.«

»Ich gehe nur in den Garten.«

Mrs. Foale, die Clare rufen hörte, kam nachsehen, ob sie etwas brauchte, und fand sie weinend vor.

»Was haben Sie denn, meine Liebe?«, fragte sie und nahm sie sanft in den Arm. Sie wusste, dass die Ärmste fast ständig unter Schmerzen litt, obwohl sie selten klagte, und dass schon Kleinigkeiten sie aus der Fassung brachten. Wie etwa, wenn ihre Tochter nicht stehen blieb und Hallo sagte, bevor sie hinausging.

»Es ist wegen Katherine«, flüsterte Clare. »Was macht sie denn da draußen?«

Mrs. Foale ging zur Tür des Wintergartens und beobachtete, wie Katherine in dem großen Garten umherwanderte, von Zeit zu Zeit stehen blieb, sich bückte, schaute und dann sorgfältig eine Wahl traf.

»Ich glaube, sie sucht etwas für Jacks Nachttisch.«

»Was denn?«

»Frühlingsblumen.«

27

DAS WEISSE PFERD

»Das nenne ich einen Ausblick!«, rief der Fahrer von Jacks Taxi.

Sie fuhren auf einer doppelspurigen Schnellstraße bergab durch einen steilwandigen Durchstich in den Kreidehügeln, deren Flanken die weite Fläche des Vale of Oxfordshire umschlossen, das sich vor und unter ihnen erstreckte.

Jack erschien der Durchbruch wie ein Tor in eine andere Welt, da er mit ländlichen Gegenden wie dieser bisher keinerlei Erfahrung hatte.

Im ersten Moment fragte er sich, warum sich der Fahrer überhaupt bemüßigt fühlte, eine Landschaft zu kommentieren, die so platt und nichtssagend aussah.

Dann aber zog es ihn hinein, wie zu Beginn eines Films, wenn sich die leere Leinwand füllt, die Handlung beginnt und alles andere vergessen macht. Vielleicht lag es an dem diesigen, blauen Horizont, vielleicht an einigen Details, die er erst nach und nach wahrnahm: ein altes Farmhaus hier, ein Kirchturm dort, und dann das silbrig glitzernde Band eines Flusses, in dem sich der Himmel spiegelte und dessen Windungen sich schon fast in der Ferne verloren, ehe er ihn bemerkte.

Im Weiterfahren dämmerte Jack, dass er wohl zu lange in der Großstadt gelebt hatte. Nie zuvor hatte er eine so üppige Landschaft gesehen, jedenfalls nicht diese Art von Landschaft. Beschauliche Dörfer, gepflegte Hecken, wellige Felder und Baumgruppen, deren Blätter sich bereits goldbraun färbten, dahinter ausgedehnte schattige Wälder, die zum Erkunden und Entdecken einluden.

»England kann wunderschön sein«, murmelte der Fahrer, als habe er mitbekommen, was ihm durch den Kopf ging.

Jack konnte dem nur zustimmen. Die Befürchtungen, die er hinsichtlich dieser Fahrt gehegt hatte, legten sich etwas und wichen einer neuen Erregung. Er mochte diesen Teil Englands noch nie gesehen haben, doch er erinnerte ihn an seinen kurzen Aufenthalt als Kind in den North Yorkshire Moors und, sehr vage, an einen anderen Ort, der noch tiefer in seinem Gedächtnis vergraben lag. Berge, schneidend kalte Luft und Blicke über tiefe Täler. Diese Erinnerung erfüllte ihn mit einer unruhigen Sehnsucht, die er sich nicht erklären konnte, die jedoch bewirkte, dass er sich so lebendig fühlte wie seit langem nicht mehr.

»Allerdings«, setzte der Fahrer hinzu, »verschandelt das Ding da drüben ein wenig die Landschaft.« Er deutete auf sechs große Kühltürme zu ihrer Linken, aus denen dichter weißer Dampf in den Himmel quoll.

»Was ist das?«, fragte Jack.

»Das Kraftwerk Didcot, das größte seiner Art in Europa. Spuckt weiß Gott was in die Luft. Wir kommen nachher dran vorbei, dann kannst du es dir genauer ansehen. Wir biegen gleich ab ... Oh je, zu früh gefreut, wie üblich!«

Im Autoradio hatte sich automatisch der Verkehrsfunk eingeschaltet, und der Fahrer drehte lauter, damit er mithören konnte. Unterdessen kam der Verkehr fast zum Stillstand, während in der Durchsage vor Staugefahr unmittelbar hinter der Ausfahrt 6 gewarnt wurde, hervorgerufen durch ein Hindernis auf der Fahrbahn irgendwo weiter vorn.

»Kein Problem«, sagte der Fahrer erleichtert. »Die Ausfahrt nehmen wir sowieso. Mit etwas Glück bleibt uns das Schlimmste erspart.«

Er zwinkerte Jack von der Seite zu und drückte auf einen Knopf an seinem Headset.

»Mal sehen, ob ich herausfinde, was der Grund für die Behinderung ist.«

Er lauschte eine Weile dem Funkverkehr zwischen Militärfahrern, in den er eingeklinkt war, dann schaltete er das Headset wieder stumm.

»Hat man so was schon erlebt! Anscheinend läuft da ein Pferd auf der Autobahn herum, und bis sie es einfangen haben, bleibt die Straße gesperrt. Hoffentlich dauert ... nein, alles in Ordnung, es geht weiter.«

Der Verkehr vor ihnen setzte sich wieder in Bewegung. Kurze Zeit später bogen sie links in die Ausfahrt ab und fuhren nach Süden, wobei sie die Autobahn rasch hinter sich ließen.

»Hätte schlimmer kommen können. Sie haben das Pferd wohl eingefangen.«

Von wegen eingefangen. Das Pferd musste ihnen entwischt sein, denn Jack sah es durch eine Lücke in der Hecke zu seiner Rechten und auch danach noch ein paar Mal. Es galoppierte neben ihnen her und hielt mit dem Wagen Schritt, sein Fell ein wogender weißgrauer Schimmer wie der Himmel selbst.

Er verlor es für ein oder zwei Minuten aus den Augen, als die Straße eine Kurve machte, dann wich die Hecke einem gewöhnlichen Drahtzaun, und er sah es wieder, ganz deutlich, weiter weg jetzt, aber immer noch herrlich. Es änderte die Richtung und kam näher, entschwand wieder kurz den Blicken und tauchte dann, den Kopf gestreckt, die Muskeln gespannt, auf der Wiese direkt neben ihnen wieder auf. Nur diesmal zu ihrer Linken! Das war eigenartig.

»Es ist eine Stute«, sagte der Fahrer.

Einige Augenblicke lang war ihnen das Tier so nahe, dass Jack es deutlich sehen konnte, die Augen und die zuckenden Nüstern, die lange Mähne und den Schweif, der hinter ihm im Wind wehte. Er bildete sich sogar ein, das Donnern der Hufe zu hören.

Dann war es wieder verschwunden. Er hielt angestrengt nach ihm Ausschau, drehte den Kopf und spähte durch die Heckscheibe, doch die Sicht war versperrt, und er entdeckte es nicht mehr. Gleich darauf kamen sie in eine größere Ortschaft, und der Taxifahrer drosselte das Tempo.

Fünfzehn Minuten später gelangten sie an die nächste Abzweigung und fuhren auf kleinen Landstraßen durch Berkshire.

»Wir sind gleich da«, sagte der Fahrer. Der Wagen glitt zwischen zwei großen, blau gestrichenen Torpfosten durch, von denen Farbe abblätterte. Die Pfosten standen schief, und die Torflügel fehlten. Der mit Unkraut übersäte Schotter knirschte unter den Rädern, bis sie vor einem großen, heruntergekommenen Haus hielten.

Jack stieg aus dem Taxi und blickte die fünf flachen Steinstufen zur zweiflügeligen Haustür hinauf. Im selben Moment schwang ein Flügel auf, und heraus trat Katherine. Sie sah ganz anders aus, als er sie in Erinnerung hatte.

Sie war größer, trug das Haar länger, und sie war anders gekleidet als viele Londoner Mädchen, die er kannte: ohne jeden Schick, unauffällig, dezent.

»Hallo, Jack«, rief sie mit einem leicht schiefen Lächeln und winkte etwas verlegen.

Er ergriff seinen Rucksack, stieg die Stufen hinauf und gab ihr die Hand, wobei er vielleicht etwas zu heftig zudrückte. Die Mädchen in London umarmten sich und deuteten ein Küsschen auf die Wange an. Dieser förmliche Händedruck kam ihm irgendwie komisch, aber ehrlicher vor.

Sie sahen einander an, beide nervös und beide vielleicht ein wenig enttäuscht. Jack war eine Idee kleiner, als sie ihn sich vorgestellt hatte, und sie war nicht so attraktiv, wie er erwartet hatte.

Doch selbst in diesem ersten Moment der Befangenheit war es, als öffne sich langsam eine große alte Tür, die eingerostet war, weil sie lange niemand benutzt hatte.

Ich habe ein weißes Pferd gesehen, hätte er am liebsten gesagt oder sogar hinausgeschrien.

Stattdessen betrachtete er sie nur schweigend, indem er auf die ihm eigene, eindringliche und irritierende Art ein wenig den Kopf vorschob. Sie betrachtete ihn ebenfalls. Die erste Enttäuschung der beiden wich beinahe sofort etwas anderem.

»*Was ist?*«, fragte sie schließlich, Neugier in der Stimme.

»Irgendwie hatte ich dich mir anders vorgestellt – nicht so groß.«

Was er eigentlich sagen wollte, überraschte ihn selbst: *Die Kleidung spielt keine Rolle, Katherine, denn deine Augen sind schön, und die Art, wie du dich bewegst und … und … aus irgendeinem Grund möchte ich mir sicher sein, dass dir nie jemand etwas zuleide tut.*

Katherine machte sich ihre eigenen Gedanken: *Du hast dich verändert, Jack. Du wirkst stärker und selbstbewusster, als würdest du deinen Platz im Leben kennen und dich nicht davor fürchten – das macht mir ein wenig Angst.*

Aber keiner von beiden sprach aus, was er dachte.

»Komm, hier entlang«, sagte sie und spürte, dass sie etwas Starkes und Unberechenbares ins Haus ließ. »Äh … da runter«, wies sie ihm den Weg.

Das dunkle Innere des Hauses umschloss ihn.

»Ich habe ein weißes Pferd gesehen«, murmelte er und folgte diesem Mädchen, dessen Rücken und Hüften jetzt mehr die einer Frau waren.

»Mum möchte dich begrüßen«, sagte Katherine über die Schulter. Sie hatte seine Bemerkung nicht gehört, und er wiederholte sie nicht.

So setzten sie ihren gemeinsamen Gang durch das verwinkelte Haus fort, das zu lange Krankheit erfahren hatte und nun wieder bereit für neues Leben war.

»Jack?«

Sie war vor einer angelehnten Tür stehen geblieben. Er konnte sehen, dass sie in einen Wintergarten führte.

»Jack, Mum ist nicht mehr ganz sie selbst … ich meine … da ist etwas, was ich dir nicht gesagt habe.«

Er sah sie an, sagte nichts.

Aus der Nähe bemerkte er, dass sie nervös war. Seinetwegen? Wegen der Situation? Er war selbst nervös.

»Was?«

»Mum spricht manchmal wirr und … na ja, sie hat starke Schmerzen. Die Medikamente trüben ihr Bewusstsein, und sie scheint Dinge zu sehen. Ich will damit sagen …«

»Was willst du damit sagen?«

Jack hatte das Gefühl, dass er eher daran gewöhnt war als sie, offen zu sprechen. Wo er aufgewachsen war, bekam man nicht, was man wollte, wenn man es nicht geradeheraus sagte.

»Ich hatte Angst, du kommst nicht, wenn ich dir erzähle, dass sie … Wahnvorstellungen hat. Sie sieht Dinge, die nicht da sind.«

»Was für Dinge?«

Sie holte tief Luft.

»Kleine Leute.«

»Zwerge?«

»Nein, keine Zwerge. Kleine Leute eben. Könnte sein, dass sie mit dir darüber spricht – wer weiß. Mrs. Foale erzählt sie davon. Mir nicht, jedenfalls nicht direkt.«

»Schon in Ordnung, Katherine, ich werde nicht peinlich berührt sein. Ich bin auch krank gewesen. Da spielt einem der Verstand manchmal Streiche. Hat *sie* gewollt, dass ich komme, oder hast du das nur erfunden?«

»Natürlich hat sie es gewollt. Ich denke mir das doch nicht aus.«

Er grinste, gelöster als sie.

»Dann lass uns zu ihr gehen«, sagte er, »damit ich mir selbst ein Bild machen kann.« Sie wirkte erleichtert.

Gut«, sagte sie. »Dann mal los …«

28
Clare

Jack war nie zuvor im Zimmer eines sterbenskranken Menschen gewesen, und es war ein Schock. Es kam ihm vor, als lauere dort im Schatten etwas mit dem Namen Tod.

Jack kannte den Sensenmann aus seinen Computerspielen. Im wahren Leben wirkte er viel furchterregender. Außerdem stellte er fest, dass Clare, streng genommen, gar nicht in diesem Raum weilte, was die Situation noch sonderbarer und befremdlicher machte.

Wochen zuvor, als sie so schwach geworden war, dass sie es nicht mehr die Treppe hinauf in ihr Zimmer schaffte, hatten sie auf ihre Bitte hin das Bett heruntergeholt und in den Wintergarten gestellt.

Er war überheizt, erst recht, wenn die Sonne schien, aber die feuchte Luft erleichterte ihr das Atmen, und sie konnte die Tür offen lassen, ohne sich zu erkälten.

Der Wintergarten war riesig, im viktorianischen Stil gehalten und vernachlässigt. Die schräge Glasdecke ruhte auf verrosteten, gusseisernen gotischen Pfeilern, an denen Wein emporrankte, der direkt aus dem Lehmfußboden spross und mit seinen Wurzeln die Fliesen rings um die Sockel sprengte.

Überall standen Topfpflanzen und dazwischen, ganz in der Nähe der Flügeltür, die weit geöffnet war und auf eine marode Terrasse führte, Clares Bett.

Dicke, aber noch kahle Wein- und Glyzinenranken und eine außer Kontrolle geratene Kletterrose überzogen außen die Scheiben des Wintergartens. In einer Ecke war die Glyzine durchgebrochen wie die Vorhut einer Invasionsarmee, sodass man den Eindruck bekam, der Garten versuche, das Haus zurückzuerobern.

Der Garten selbst erstreckte sich in alle Richtungen und schien, von Jacks Standpunkt aus, weder Grenzen noch ein Ende zu haben. Hinter der Terrasse begann ein holpriger, schlecht gemähter Rasen mit ein paar Blumenbeeten, die früher einmal elegant gewirkt haben mochten, jetzt aber verlottert und von Unkraut überwuchert waren. Gut hundert Meter entfernt machte der »Rasen« Sträuchern und Bäumen Platz, die zur Hausseite hin von zwei riesigen Koniferen überragt wurden, deren dicke, gerade Stämme beinahe schwarz gegen den bewölkten Himmel abstachen.

Sie sahen aus wie zwei dunkle Wächter, die das Tor zu einer Welt dahinter bewachten. Oder auch Clare Shore vor der Welt da draußen beschützten.

Oder beides.

Dahinter folgte, wie Jack zwischen den beiden Stämmen hindurch sehen konnte, wieder ein Rasenstück, das offenbar von weiteren Bäumen umringt war.

Clare, die zwischen zerknitterten Laken und Decken und vielen, auf dem Bett verstreuten Kissen lag, erkannte er kaum wieder. Bei ihrer letzten Begegnung war er erst acht gewesen, und sie hatte noch reisen können. Sie hatte ihn im Krankenhaus in London besucht, in einem Rollstuhl, den Mrs. Foale geschoben hatte.

Damals waren ihre Haare noch dunkelbraun gewesen, und trotz des Rollstuhls hatte er sie als eine Frau voller Leben und Energie in Erinnerung.

Jetzt war ihr Haar grau und stumpf, ihre Haut bleich und eingefallen, und sie sah so klein und hinfällig aus, dass das Kissen, das ihren Kopf stützte, riesig wirkte.

Dann aber, als sie ihn endlich bemerkte, begann sie zu lächeln, und ihre dunklen, immer noch leuchtenden Augen überstrahlten alles andere, und er erkannte sie wieder. Sein Herz tat einen Sprung, denn genauso hatte sie ihn immer bei ihren Besuchen angesehen, als erfülle es sie mit Freude, ihn zu sehen.

»Hallo, Jack«, grüßte sie, hob mühsam die rechte Hand von der Decke und streckte sie ihm entgegen. Er ergriff sie, als sei es das Natürlichste von der Welt.

»Hallo, Clare …«, erwiderte er leise, unsicher, was er sagen sollte.

Sie hielt seine Hand fest und schaute zu ihm auf.

Dann flüsterte sie: »Näher.«

Er beugte sich tiefer zu ihr hinunter, noch tiefer, und dann tat sie etwas, das noch nie jemand getan hatte. Sie hob ganz langsam die freie Hand und legte sie ihm an die Wange, dann ließ sie seine Hand los und tat mit ihrer anderen dasselbe. So hielt sie sein Gesicht, und ihr war, als nehme sie es durch ihre Berührung in Besitz.

Ihre Augen schimmerten wie dunkle Teiche und hießen ihn lächelnd willkommen.

»Danke, dass du gekommen bist«, murmelte sie sehr leise. »Danke, Jack.«

Das Nächste, was ihm auffiel, war nicht die knochige Kälte ihrer Berührung oder die Eindringlichkeit ihres Blicks, sondern ein fortwährendes Klirren von Glas, das wie das ferne Perlen einer Klangkaskade aus dem Garten hereindrang.

Er drehte sich leicht zur offenen Tür hin, um festzustellen, was die Quelle dieses Geräusches war, vermochte aber nichts zu entdecken.

»Ist das nicht schön?«, flüsterte sie.

Er nickte. »Was ist es?«

»Windspiele«, antwortete sie. »Sie schützen uns und sorgen für unsere Sicherheit. Sie sind wie Spiegelbilder unserer für immer sich verbindenden Leben.«

Sie drehte den Kopf ein wenig in Richtung Außenwelt, dann schloss sie die Augen, lauschte einfach nur und seufzte.

Dann sagte sie etwas Sonderbares.

»Du wirst bald verstehen, was es mit den Windspielen auf sich hat, Jack. Ich könnte es dir erklären, aber es ist besser, du findest es selbst heraus.«

Jack überlegte, was er als Nächstes sagen sollte. Er wollte sie nicht von oben herab behandeln oder aufmuntern, aber Katherine hatte ihn vor ihren »Wahnvorstellungen« gewarnt, und das hatte seine Neugier geweckt. Er wollte mehr erfahren. Es gab da nämlich etwas, das er draußen auf dem Flur nicht gesagt hatte, etwas, das er noch nie jemandem gesagt hatte. In seinen Träumen und Albträumen erschien ihm oft der Unfallort. Meist versuchte er, zu Katherine zu gelangen, konnte aber nicht. Bei anderen Gelegenheiten stand sie einfach nur da, und er lag brennend am Boden, und Leute halfen ihm. Es hatte Jahre gedauert, bis er dahinterkam, was mit diesen Leuten nicht stimmte. Zwei von ihnen waren eindeutig Erwachsene, denn sie trugen Bärte, aber keiner war größer als Katherine. *Kleine Leute.*

»Wovor schützen sie uns?«, fragte er Clare mit ruhiger Stimme.

Katherine, die am Fußende des Bettes saß, zuckte zusammen.

»Mum wollte damit nicht sagen …«

Jack hob die Hand, und sie verstummte.

»Ich weiß es nicht, Jack«, hauchte Clare. »Ich weiß nur, dass ich mich sicherer fühle, wenn ich sie höre.«

Die Windspiele klirrten im Hintergrund.

»Sind sie nicht schön?«, fragte sie.

Er nickte.

»Du warst noch kränker als ich. Alles wird intensiver, wenn man krank ist, erscheint einem schlimmer oder besser, als es in Wirklichkeit ist. Kranke, so heißt es, sind der anderen Seite manchmal näher. Hast du das gewusst?«

»Nein«, antwortete er und schüttelte den Kopf.

Katherine beruhigte sich wieder. Es gefiel ihr, wie Jack mit ihrer Mutter sprach, wie er ihr zuhörte.

Sie nutzte die Gelegenheit und sah ihn sich zum ersten Mal richtig an. Er blickte ziemlich grimmig drein und hatte den Kopf ganz leicht seitlich vorgestreckt. Über dem Kragen war das Narbengewebe an seinem Hals zu sehen, rauh und hässlich.

Das hast du dir geholt, dachte sie bei sich, *als du mir das Leben gerettet hast.*

Eine von Clares Händen fiel aufs Bett zurück. Die andere wanderte weiter bis zu Jacks Nacken, strich über Stellen, an denen er sich verbrannt hatte, verweilte und befühlte, streichelte die rauhe, narbige Haut.

Auch das hatte noch nie jemand getan, und wenn es jemand versucht hatte, war er stets zurückgewichen. Aber nicht jetzt, denn ihre Berührung war wie Balsam.

Katherine legte ihm die Hand auf die Schulter. »Sie wird jetzt schlafen«, flüsterte sie. »Sie ist nur deinetwegen wach geblieben. Jetzt wird sie schlafen.«

Er blickte hinter sich zu Katherine, dann wieder zu ihrer Mutter und schließlich an beiden vorbei in den Garten hinaus.

Die Wolken leuchteten orangerot in der späten Nachmittagssonne, die in den Wipfeln der beiden Koniferen stand und sie in Brand zu setzen schien. Hinter den Bäumen war die dunkle Erhebung eines steilen Kreidehügels zu sehen. Im nächsten Moment huschte ein gleißend heller Streifen darüber hinweg, eine Flut aus Licht, die sich aus einem Loch in den Wolken ergoss. Stück für Stück tauchte sie den Kamm des Hügels in eine blasse Helligkeit, bis plötzlich die weißen Umrisse einer Figur aus dem Dunkel hervortraten. Es war das Kreidebild des Weißen Pferdes von Uffington: die Beine nur einfache Bogen, das Auge hell, die Ohren spitz, schien es mit wehendem Schweif durch den Sonnenschein gen Himmel zu preschen.

Umrahmt von den beiden höchsten Bäumen, leuchtete es verblüffend hell, doch dann glitt der Lichtstreifen weiter und das Pferd verblasste, bis es nur noch ein grauer Schatten war.

»Das ist es«, sagte Katherine. »Das ist unser Pferd.« Ihre Hand berührte ganz leicht seinen Arm, während sie in Richtung Hügel nickte. Dann fügte sie flüsternd hinzu: »Sie wird morgen Nachmittag mit dir sprechen, das ist ihre beste Zeit. Lass sie jetzt schlafen.«

Jack blickte wieder zu Clare. Sie war fest eingeschlafen. Er ließ ihre Hand los, nachdem er sie aufs Bett zurückgelegt hatte, dann beugte er sich ganz ungeniert vor und küsste sie auf die Wange.

»Ich werde immer für Katherine da sein«, flüsterte er. »Von nun an bis in alle Ewigkeit.«

Sie regte sich, hob eine Hand halb zu ihm hinauf, murmelte etwas zum Zeichen, dass sie verstanden habe, drehte den Kopf zurück und schlief weiter.

Weder sie noch Jack sahen, wie Katherine mit den Lippen unhörbar die Worte formte: »Und ich werde für ihn da sein.«

29

DAS HAUS

Mrs. Foale kommt erst am späten Abend nach Hause, und da sie über den Stallungen schläft, könnte es sein, dass du sie erst morgen früh siehst«, erklärte Katherine später. »Möchtest du jetzt vielleicht deine Tasche nach oben auf dein Zimmer bringen? Komm, ich zeige es dir.«

Die Treppe war breit, und die Stufen knarrten. Auf halber Höhe bogen sie um eine Ecke und gelangten auf eine kleine Galerie mit Balustrade, von der man in die Diele hinabblicken konnte. Außer dort unten brannte nirgendwo im Haus eine Lampe, denn Katherine hatte die Angewohnheit, nur Licht zu machen, wenn es unbedingt nötig war.

Sie stiegen weiter die dunkle Treppe hinauf. Die einzige Lichtquelle war ein Dachfenster weit über ihnen.

Als Nächstes führte Katherine Jack durch einen langen Flur, der nur in der Mitte mit einem Läufer ausgelegt war und dadurch noch schmaler wirkte.

»Mein Zimmer ist da hinten. Mum hat dort geschlafen, bis sie nicht mehr Treppen steigen konnte. Du wirst im Gästezimmer untergebracht. Es heißt so, obwohl wir nie Gäste haben.«

»Jetzt habt ihr einen«, sagte Jack.

»Aber du gehörst doch zur Familie«, erwiderte Katherine, ohne nachzudenken. »Na ja, gewissermaßen jedenfalls. Hier ist es.«

Sie öffnete die Tür, trat aber nicht ein, da sie das Gefühl hatte, sie ginge damit einen Schritt zu weit, nun, da Jack hier war. Sie hatte sein Zimmer mit unendlicher Sorgfalt hergerichtet, hatte geputzt, Staub gewischt, gebohnert und das Bett aus der Zeit Edwards VII. mindestens drei Mal gemacht, bis es ihr ordentlich genug war.

Aber jetzt war er hier und verwirrte sie durch seine Gegenwart. Mit einem Mal war es sein Zimmer und nicht mehr ihres.

»Äh … also, ich lass dich jetzt allein. Abendessen um halb sieben?

Wir brauchen uns nur zu bedienen. Mrs. Foale hat einen ihrer dubiosen Eintöpfe gekocht, also Vorsicht!«

Er sah sie an. Er wollte nicht, dass sie ging, wusste aber nicht recht, wie er sie bitten sollte zu bleiben. Der ganze Tag war merkwürdig gewesen, er war müde und ein wenig durcheinander, und jetzt das Haus – es hatte etwas beunruhigend Schwermütiges und Abwartendes. »Danke. Dann also bis halb sieben.«

»Wir haben hier einen Gong, den werde ich anschlagen. Mum hat es gern, wenn sie hört, dass alles seinen gewohnten Gang nimmt. Das hilft ihr durch den Tag.«

»Ist gut.«

Dann eilte sie fort, und Jack blieb allein. Das Zimmer überraschte ihn. Es war riesig, verglichen mit denen, die er gewohnt war. Die hohen Flügelfenster, deren sandfarbener Anstrich Risse aufwies und abblätterte, blickten auf den Garten und den White Horse Hill dahinter, der jetzt nur noch eine dunkle, drohende Masse vor einem malvenfarbenen Himmel war. Sie konnten mit Läden verschlossen werden, die auf beiden Seiten eingeklappt waren.

Die Einrichtung bestand aus einem Holzbett, einem Nachttisch mit einer alten gebogenen Lampe, die jemand aus einer Zierweinflasche gebastelt hatte, und einem großen, abgewetzten Teppich, der kaum die Hälfte der schwarz gestrichenen Holzdielen bedeckte. Ein Bild an der Wand, das eine Hafenansicht mit Booten zeigte, verstärkte den Eindruck eines Zimmers in einer Strandpension aus den fünfziger Jahren. Jack fühlte sich, als habe er die Kulisse eines Films betreten, der in einem englischen Studio gedreht wurde, Handlung unbekannt.

Außerdem gab es noch einen Schreibtisch am Fenster, einen Kleiderschrank, dessen schiefe Tür einen Spalt offen stand, eine Stehlampe mit cremefarbenem Schirm, den oben herum Brandflecken verunzierten, da irgendwann einmal eine zu starke Glühbirne eingesetzt worden war, die zu viel Hitze entwickelt hatte.

Jack stellte seine Tasche auf den Boden, setzte sich auf das Bett und ließ sich von der Dunkelheit umfangen. Ganz so war es freilich nicht, denn während es im Zimmer immer dunkler wurde, hellte sich der Himmel über dem Hügel für eine gewisse Zeit auf, wurde lichter und röter.

Er betrachtete ihn und spürte, wie sich sein Atem beruhigte.

Der heutige Tag war ein Ende und ein Anfang wie kein anderer, an den er sich erinnerte.

Er fasste mit der Hand hinter sich aufs Bett. Das Kissen war weich, das Laken glatt, frisch gewaschen und gebügelt, die Decke sorgfältig umgeschlagen. Er legte sich zurück, sah an die Decke und folgte ihren Rissen bis in die hinterste Zimmerecke, bevor er die Augen schloss und einzudämmern begann. Er fiel in seinen vertrauten Albtraum: Er liegt auf dem Rücken in der brennenden Dunkelheit, und das kleine Mädchen, das Katherine einmal gewesen ist, steht neben ihm und sieht ihn an. Dann der bärtige Mann, die Kühle auf seinem Rücken und das Bum-Bum-Bum von …

Der Gong weckte ihn, und er setzte sich sofort auf. Seine Tasche stand noch unausgepackt zu seinen Füßen. Er sah sich benommen um, und sein Blick fiel auf etwas, was ihm vorhin nicht aufgefallen war. Es war ein Blumenstrauß, vielmehr ein Frühlingssträußchen: Osterglocken und süß duftende Hyazinthen in einem Marmeladenglas. Katherine hatte es ordentlich auf einen gehäkelten, runden Untersetzer gestellt, um die Holzoberfläche darunter zu schonen.

Daneben stand ein kleineres Glas mit einem Teelicht darin, und daneben wiederum lag eine Schachtel Streichhölzer. Jack entzündete das Teelicht und rückte es etwas weiter von dem Sträußchen weg, achtete aber darauf, dass es nicht nur die Blumen anstrahlte, sondern auch von dem dreiteiligen Spiegel dahinter reflektiert wurde.

Der Strauß wurde von trockenen Grashalmen zusammengehalten, die geschickt zu einer Schleife geschlungen waren.

Am Nachmittag war Katherine herausgerutscht, dass er in ihren Augen zur Familie gehörte.

Das war eine Sache. Das hier eine ganz andere.

Nie zuvor in seinem Leben hatte ihm jemand so sehr das Gefühl gegeben, zu Hause zu sein.

Er bemerkte eine Bewegung im Spiegel, aber er drehte sich nicht um. Er sah, dass Katherine hinter ihm in der Tür stand und ihn beobachtete.

»Ich habe nichts gehört«, sagte sie, »da habe ich mir gedacht, du schläfst vielleicht noch. Habe ich dich mit dem Gong geweckt?«

Er nickte, doch eigentlich war es unwichtig, ob sie ihn geweckt hatte oder nicht. Er dachte über die Blumen nach.

»Danke«, sagte er. »So etwas hat noch nie jemand für mich getan.«

»Das Essen steht auf dem Tisch, Jack«, erwiderte sie nervös. »Falls du Hunger hast.«

»Ich habe immer Hunger.«

»Dann komm«, sagte sie ein wenig verlegen.

Er ging hinter ihr her, und sie empfand seine Schritte als sehr laut in dem sonst stillen Haus. Es hätte sie nicht überrascht, wenn die Blumentöpfe oben auf dem Treppenabsatz umgefallen wären oder, als sie in der Diele ankamen, Arthurs Schirmständer über den Eichenfußboden gehüpft wäre und seinen Inhalt gegen die Wände und die große Haustür geschleudert hätte.

»Du machst wohl nie viele Lampen an, was?«, bemerkte er.

»Im Allgemeinen nicht«, pflichtete sie ihm bei und fügte hinzu: »Trotzdem brennen ständig Glühbirnen durch, und niemand tauscht sie aus.«

Zum Abendessen gab es keinen dubiosen Eintopf, sondern Käsetoast und Salat mit einem Dressing. Jack hatte sich kaum an den Tisch gesetzt, da begriff Katherine, dass es bei weitem nicht genug war. Er sah aus wie ein zotteliger Löwe, dem Erdnüsse vorgesetzt wurden.

In Wahrheit hatte sie Mrs. Foales Eintopf wieder in den Kühlschrank gestellt, da er ihrem Empfinden nach für den heutigen Anlass zu deftig war und zu unappetitlich aussah. Jetzt begriff sie, dass er genau das Richtige gewesen wäre.

»Das war nur die Vorspeise«, schwindelte sie, als die Käsetoasts vertilgt waren und er sich hungrig umschaute, »weil … na ja …«

»Was?«, fragte er.

Sie begann zu lachen.

»Was ist?«

»Nichts.«

»Sag schon!«

Sie erzählte ihm von dem Eintopf. Dann lachten sie beide wie Kinder auf einem Spielplatz, aber auch aus dem starken, unterschwelligen Gefühl heraus, dass sie keine Kinder mehr waren. Und in der freudigen Erkenntnis, dass es überhaupt nicht schlimm war. Es war in Ordnung. Es war gut.

»Und?«, fragte sie. »Willst du nun von dem Eintopf?«

»*Ja!*«

Sie machte ihm etwas warm, und als er sich gierig darauf stürzte, ließ sie ihn allein, um nach Clare zu sehen.

»Sie schläft wieder«, sagte sie, als sie zurückkam, mit ernster Stimme.

Sie setzte sich ohne ein weiteres Wort.

»Es muss schwer für dich sein«, sagte er.

Sie nickte, ohne ihn anzusehen, und antwortete: »Es wird immer schlimmer. Aber es gibt auch schöne Augenblicke, und meistens ist sie positiv gestimmt. Vermutlich will sie mich nicht beunruhigen. Eben hat sie gesagt, dass sie uns vorhin lachen gehört hat. Das hat ihr gefallen. Sie ist froh, dass wieder Leben im Haus ist. Willst du noch einen Teller?«

Jack nickte und holte sich noch einen. Sie begannen, das Versäumte der vergangenen Jahre nachzuholen. Ihre Stimmen, mal laut, mal leise, und ihr Gelächter breiteten sich überall in dem alten Haus aus wie Lichtstrahlen in der Dunkelheit und drangen bis in die entlegensten Winkel.

»Es tut mir leid, dass es so gekommen ist, Jack – dass wir jahrelang nicht miteinander geredet haben.«

»Es war auch meine Schuld.«

»Ich fand es schön, wie du mit Mum gesprochen hast.«

»Es war nicht schwer.«

Das grimmige Schweigen der Jahre war gebrochen, und neues Vertrauen wuchs. Als sie einander gute Nacht sagten, waren sie wieder Freunde.

Viel später, als kein Licht mehr brannte, kam Mrs. Foale mit dem Taxi nach Hause.

Sie ging nach Clare sehen, die wach war und ihr entgegensah.

Mrs. Foale drehte sie herum, damit sie für den Rest der Nacht richtig gebettet war.

»Sie sehen besser aus«, sagte sie.

»Spüren Sie den Unterschied? Im Haus?«

Mrs. Foale lehnte sich zurück und überlegte. »Möglich. Ich sehe kurz in der Küche nach dem Rechten. Bin gleich wieder da.«

Die Küche war blitzsauber, nur das Geschirrtuch hing an einem anderen Platz. Sie warf einen Blick in den Kühlschrank, dann brühte sie sich eine Tasse Tee auf und kehrte zu Clare zurück.

»Schön, schön«, sagte sie. »Endlich weiß hier jemand meinen Eintopf zu schätzen. Alles weggeputzt, bis auf den letzten Rest.«

»Spüren Sie die Veränderung?«, fragte Clare wieder.

»Ja. Ob das Haus wohl wieder zum Leben erwacht …?«, fragte Mrs. Foale mit einem wehmütigen Lächeln. »Wenn Arthur doch nur hier wäre.«

Clare nickte, ebenfalls traurig.

Ihre Freundin sprach in letzter Zeit nur selten von Arthur, aber seine Abwesenheit war im Haus zu spüren, denn er war ein großer, lebhafter Mensch. Im Zusammenhang mit seinem Verschwinden gab es vieles, was Clare nicht verstand, nicht zuletzt Mrs. Foales beharrliche Weigerung, die Polizei einzuschalten. Offensichtlich wusste sie mehr, als sie sagte, deshalb hatte es Clare für das Beste gehalten, von sich aus nicht viel zu dem Thema zu sagen, außer es bot sich die Gelegenheit dazu. So wie jetzt.

»Es ist nun drei Monate her, nicht?«

Mrs. Foale nickte.

»Und Sie haben nichts gehört?«

»Nichts. Aber …«

»Was?«

»Wir haben uns nie belogen oder Dinge unausgesprochen gelassen. Deshalb ist es besser, Sie fragen nicht weiter. Es gibt Dinge, über die ich nicht sprechen darf. Einverstanden?«

Clare nickte, aber nur widerwillig. Auch sie und Katherine vermissten Arthur. Der einen war er der Vater, der anderen der ältere Bruder. Jetzt war er fort, ohne eine befriedigende Erklärung.

»Es fällt mir schwer, *nicht* über ihn zu sprechen«, sagte Clare. »Das ist so, als würden wir ihn verleugnen.«

»Bitte«, wiederholte Mrs. Foale unglücklich.

»Sein Verschwinden hängt mit seiner Arbeit zusammen, nicht wahr?«

»Ich … wirklich … ich habe versprochen, nicht darüber zu reden.«

Clare verstummte. Es war richtig von ihr gewesen, darum zu bitten, dass Jack zu ihnen kam und hier wohnte.

»Er ist ein sehr bemerkenswerter junger Mann«, sagte sie. »Er hat wie ein Mann mit mir gesprochen, nicht wie ein Junge. Er hat viel durchgemacht, Margaret. Ich glaube, Sie werden merken, wie sehr er sich verändert hat. Und Katherine wird es guttun, ihn hier zu haben …«

Margaret Foale fing den Blick ihrer Freundin auf und lachte.

»Ich glaube, Sie spielen schon die Kupplerin, Clare! Er ist erst ein paar Stunden im Haus.«

»Seien Sie nicht albern!«

Aber sie musste selbst lachen.

»Möchten Sie, dass ich Ihnen jetzt vorlese? Oder soll ich das Radio anstellen?«

Clare drehte den Kopf langsam von einer Seite auf die andere. »Nein, Sie gehen zu Bett, und ich denke mir selbst eine Geschichte aus. Ehe ich zum Ende komme, bin ich eingeschlafen. Und, Margaret …?«

»Ja, meine Liebe?«

»Werden Sie mit Jack über Arthur reden? Er ist nicht auf den Kopf gefallen und wird Fragen stellen, wenn Sie es nicht tun.«

»Wenn der richtige Zeitpunkt kommt.«

»Der wird nie kommen«, erwiderte Clare bestimmt, »deshalb ist es besser, Sie tun es möglichst bald.«

»Was soll ich ihm denn sagen?«

Clare überlegte einen Moment, ehe sie antwortete.

»Sagen Sie ihm genau das, was Sie mir nicht gesagt haben. Die Wahrheit.«

»Das ist nicht so leicht, wie es klingt, denn ›genau‹ kenne ich sie selbst nicht.«

30
DIE ERSTEN TANZSCHRITTE

Jack erwachte am nächsten Morgen in einer Welt, die so anders war als alles, was er kannte, dass er sich ebenso gut auf einem anderen Planeten hätte befinden können.

Kein Verkehrslärm, kein Geschrei, keine Gefluche, kein Fußgetrappel vor der Tür, keine Kantinendünste, keine festen Aufstehzeiten.

Er setzte sich im Bett auf und blickte über den Garten hinweg zum White Horse Hill in der Hoffnung, das Kreidebild wieder zu sehen. Er bekam es tatsächlich zu Gesicht, als der Frühnebel, der von rechts nach links über den Hügel zog, endlich aufriss und es dahinter zum Vorschein kam. Es schien fast, als bewege sich das Pferd, nicht der Nebel.

Von draußen drangen die Geräusche des Frühlings herein und das gläserne Klirren der Windspiele.

Jemand spielte Klavier, und der Duft von frischem Kaffee und Speck stieg ihm in die Nase, während Sonnenstrahlen über die Fenster und die blassen Vorhänge des riesigen Zimmers tanzten. Er sank in die Kissen zurück, lauschte der Musik und schlief prompt wieder ein.

Als er zum zweiten Mal erwachte, war das Klavier verstummt, und diesmal stand er auf, ganz gemächlich, jede Sekunde auskostend.

Das Badezimmer war alt und primitiv, mit Spinnweben an der Decke und einem Duschkopf, der lose über einer fleckigen, frei stehenden Badewanne mit Greifenfüßen hing und aus dem das Wasser so spärlich tröpfelte, dass es eine ganze Weile dauerte, bis es warm wurde. Doch es lagen alte und fadenscheinige, aber frische Handtücher und eine Seife mit Rosenduft bereit, und auf einer vergilbten Fotografie, auf der in schwarzer Tinte »Avebury, 1957« geschrieben stand, posierte ein jüngeres Ehepaar Foale neben einem Menhir.

Er wanderte die Treppe hinunter und begab sich ins Speisezimmer, wie Katherine es bei ihrem kurzen Rundgang durchs Haus etwas hochtrabend genannt hatte. Auf einer Warmhalteplatte standen Speck, Pilze und Rühreier bereit, und aus einem blauen Kunststoffradio, von dessen Rückseite ein Stromkabel zu einer kleinen Steckdose in der Wand lief, rieselte leise Musik.

Der Kaffee, den er gerochen hatte, befand sich in einer altmodischen Thermoskanne aus Bakelit, und die einzigen Frühstücksflocken im Angebot waren eine Packung Kellogg's Cornflakes. Daneben stand eine kleine Zuckerdose, zugedeckt mit einem Spitzentüchlein, das an den Ecken mit Bernsteinkugeln beschwert war.

Sein erster Eindruck vom Vortag hatte nicht getrogen. Dieses Haus steckte in einer Zeitschleife fest, möglicherweise mitsamt seinen Bewohnern, wie ihm jetzt in den Sinn kam, einschließlich Katherine.

Auf dem Kaminsims tickte eine Uhr, ein Geräusch, das er lange nicht mehr gehört hatte. Mit Erstaunen sah er, dass es kurz vor zehn war. Vielleicht war er drauf und dran, selbst in eine Zeitschleife zu geraten.

Jack frühstückte allein, doch er fühlte sich nicht einsam, denn das Haus um ihn herum schien ein Eigenleben zu führen – wandernde Stimmen, wieder das Klavier, eine schrillende Klingel, eine Tür, die geöffnet wurde, leise Schritte auf Steinfußboden und, irgendwo über ihm, knarrende Holzdielen, bevor jemand stehen blieb und ein Fenster öffnete.

Erst als sich eine Spitzengardine leicht bewegte, fiel ihm auf, dass auch die Fenster im Speisezimmer offen standen, so ruhig und still war die Welt da draußen. Doch bald darauf grollte in der Ferne Donner, und der Himmel verdunkelte sich, kündigte schlechtes Wetter an.

Plötzlich erschien Katherine. Sie trug eine Jeans mit Gürtel, ein aprikosenfarbenes T-Shirt und Ledersandalen. Sie hatte eine gute Figur und bemerkte offensichtlich, wie er sie in Augenschein nahm, denn sie errötete ganz leicht und erwiderte kühn seinen Blick, sichtlich bemüht, nicht die Fassung zu verlieren.

»Morgen, Jack«, sagte sie.

Er blieb ihr ein Rätsel. Bei Tageslicht und nach einer durchgeschlafenen Nacht sah er auf eine wuschelige Art attraktiv aus – exakt dieselben Worte hatte sie in einer E-Mail benutzt, die sie am Morgen aufgeregt an Sam geschickt hatte. Außerdem hatte sie das Wort »süß« gebraucht, als sei er irgendein netter Junge, der zum Tee vorbeigeschaut habe.

Aber »süß« war er in ihren Augen eigentlich nicht.

»Morgen, Katherine«, antwortete er und lächelte endlich.

»Mrs. Foale hat heute Frühstück gemacht, also bin ich mit Tischabräumen und Abwaschen dran«, erklärte sie.

»*Wir* sind dran«, sagte Jack und stand auf. Er hielt das für selbstverständlich, und im Übrigen spülte er sein Geschirr ohnehin immer selbst.

»Oh!«, sagte sie, offensichtlich nicht gewohnt, dass ihr jemand half. »Äh … na schön.«

Wie am Abend zuvor schien sie nicht recht zu wissen, wie sie sich von ihm helfen lassen sollte. Und wie am Abend zuvor tat er es trotzdem.

Doch während er das Geschirr und das Besteck abtrocknete, schnupperte er ruhelos herum wie eine Katze, die ihr Revier erkundet.

»Willst du dir das Haus bei Tageslicht ansehen?«

Er grummelte geistesabwesend.

»Willst du?«

Er wollte.

Sie brach mit ihm zu einem Rundgang durchs Haus auf.

Sie stiegen die Haupttreppe auf der Vorderseite hinauf und eine schmalere auf der Hinterseite wieder hinunter, nachdem sie verschiedenste Zimmer durchwandert hatten, Räume mit Kisten, Bildern Verstorbener, halb weggeräumten Gegenständen und anderen, die darauf warteten, gefunden zu werden.

Es gab zwei Stockwerke und eine Mansarde, die selbst so geräumig war, dass sie kleine Zimmer mit Türen barg und zudem über eine Luke verfügte, die aufs Dach hinausführte. Diese Dachkammern wurden, wie auch mehrere Räume in der Etage darunter, nicht genutzt. Sie waren staubig von abgebröckeltem Putz und mit altem Gerümpel, Teekisten und Umzugskartons vollgestellt. Viele Kartons waren geöffnet und durchwühlt worden, als suche jemand seit vielen Jahren etwas Bestimmtes, ohne es zu finden.

»Das waren Mrs. Foale und ich«, erklärte Katherine. »Wir haben verschiedene Sachen gesucht. Ihr fällt immer wieder etwas ein, das sie seit Jahren nicht mehr gesehen hat, und meistens finden wir es am Ende auch. Aber auf Gold und Silber bin ich noch nicht gestoßen. Hier schlummern keine Geheimnisse oder Überraschungen!«

Da war Jack anderer Meinung.

Die steile Hintertreppe endete unten an einer grün gestrichenen Tür, die in eine geräumige, alte Küche führte, die ebenfalls nicht genutzt wurde und verstaubt war. Sie grenzte an eine Spülküche, eine Stiefelkammer und einen riesigen, begehbaren Vorratsschrank mit einer dicken Steinplatte, auf der man Lebensmittel kühl halten konnte. Teile des Hauses, so erzählte Katherine, stammten aus dem dreizehnten Jahrhundert, wie zum Beispiel die Überreste zweier Steinbögen im Flur, der zu der klapprigen Hintertür führte.

»Dieser Teil diente früher als Kornspeicher«, fuhr Katherine fort, als hätte jedes normale Haus ein oder zwei mittelalterliche Bögen.

Der Küchenboden bestand aus großen Steinfliesen, während die hinteren Flure mit schmuddeligen, abgetretenen Teppichen ausgelegt waren. Aus den Balken an der Decke ragten Haken, an denen früher, wie Katherine behauptete, Schweinehälften gehangen hatten.

»Mrs. Foale hat momentan kein Geld und droht ständig damit, diesen Teil des Hauses zu vermieten, aber ich rechne nicht damit, dass sie es tut.«

»Den würde doch niemand wollen«, vermutete Jack.

»Oh doch«, sagte Katherine in ziemlich scharfem Ton, »aber sie würden entrümpeln, Wände einreißen und alles verändern. Und das wollen *wir* nicht.«

»Wieso nicht?«

»Weil wir es lieben – es ist unser Zuhause«, antwortete sie ruhig.

»Ich wüsste nicht, was das sein soll«, sagte Jack, ohne nachzudenken. Katherines Unbehagen bei diesen Worten bemerkte er nicht. Stattdessen strich er mit der Hand über eine Wand und befühlte sie eingehend, dann fasste er nach einem alten Haken über ihnen, fuhr mit dem Finger darüber und prüfte die rostige Spitze.

»Lass uns weitergehen«, sagte sie und wechselte damit etwas plump das Thema.

Der vordere Teil des Hauses war moderner, das heißt, aus dem frühen neunzehnten Jahrhundert: hohe Decken, Sprossenfenster mit Läden und im Wohnzimmer ein offener Kamin im Adam-Stil. Die breiten, ausgetretenen Eichendielen knarrten und waren an manchen Stellen wurmstichig, und vor mehrere Türen hingen dicke Filzvorhänge, die im Winter vor Zugluft schützen sollten.

Die Heizkörper waren gusseiserne Ungetüme und durch hässliche Rohre miteinander verbunden, die so dick wie Jacks Arme waren und oben an den Sockelleisten entlangliefen, dann an den Wänden hoch und durch die Decke, aus der Putz gebröckelt war und hässliche Löcher hinterlassen hatte.

Die kleinere der beiden Küchen, die Clare und Katherine regelmäßig benutzten, war in einer ehemaligen Garderobe neben der Vordertür untergebracht und winzig, aber modern eingerichtet. Hier hatten sie den Rundgang begonnen, aber noch war er nicht zu Ende …

Sie schlugen eine neue Richtung ein und gelangten in ein Musikzimmer mit einem großen Flügel, auf dem Notenblätter lagen. Zu Jacks Erstaunen brannte ein Feuer im Kamin, und es war warm im Raum.

»Heute Morgen habe ich jemanden spielen hören«, sagte er.

»Mrs. Foale spielt fast jeden Vormittag. Gewöhnlich benutzt sie nur dieses Zimmer und die Bibliothek …«

Sie gingen weiter zu einer großen Eichentür, blieben auf der Schwelle stehen und blickten in einen eichengetäfelten Raum, in dessen Mitte zwei voneinander abgewandte Schreibtische standen. Auf dem einen herrschte peinliche Ordnung, auf dem anderen heilloses Durcheinander.

»Rate mal, welcher Arthur gehört!«, sagte Katherine und blickte zu dem, der nicht aufgeräumt war.

Als sie Jack angerufen hatte, war sie ziemlich schnell auf Arthurs Verschwinden zu sprechen gekommen.

»Du hast gesagt, er sei verschwunden …«

»Na ja, es gibt kein anderes Wort dafür. Er war von einem Tag auf den anderen nicht mehr da. Mum hat sich ebenso darüber gewundert wie ich, und Margarets Erklärungen ergeben einfach keinen Sinn.«

»Inwiefern?«

»Sie sagt, er sei in einer wichtigen beruflichen Angelegenheit unterwegs, aber wenn das stimmen würde, hätte er auch mit einer von uns darüber gesprochen. Außerdem hat sie gesagt, sie wisse nicht, wann er wiederkomme, was ja vielleicht in Ordnung gewesen wäre, wenn sie dabei nicht so unglücklich ausgesehen hätte. Drei Monate ist er jetzt fort.«

»Du meinst, er ist vielleicht mit einer anderen durchgebrannt?«

Katherine lachte und schüttelte den Kopf.

»Arthur doch nicht. Er ist zu besessen von seiner Arbeit und vertraut zu sehr auf Margarets fachkundiges Urteil, um auch nur an eine andere zu denken!«

»War nur so eine Gedanke«, sagte Jack. »Was vermutest du?«

»Dass Margaret viel mehr weiß, als sie sagt.«

»Dieses Haus wird immer interessanter.«

»Er fehlt mir«, sagte Katherine spontan. »Ich habe schon einmal jemanden verloren … und ich habe Angst, auch ihn zu verlieren. Mum wollte, dass du kommst, aber ich auch.«

»Also, ich werde nicht verschwinden, außer ihr wollt mich loswerden.«

Sie grinste.

»Ich gebe dir rechtzeitig Bescheid. Willst du dir jetzt den Garten ansehen?«

Jack nickte, setzte sich aber nicht in Bewegung.

Er hatte die Bibliothek noch gar nicht richtig in Augenschein genommen. Sie beherbergte mehr Bücher, als er jemals in einem einzigen Raum gesehen hatte. Die Regale, die vom Fußboden bis zur Decke reichten und über den beiden Türen und zwischen den Fenstern erweitert worden waren, quollen über von Bänden aller Art. Die meisten sahen alt aus, manche sehr alt.

»Mrs. Foale mag es nicht besonders, wenn Leute hier hereinkommen. Seit Arthur fort ist, bin ich auch gar nicht mehr gerne hier. Gehen wir.«

Doch Jack rührte sich noch immer nicht von der Stelle. Da war etwas an diesem Zimmer, oder lag es an den Gegenständen darin, Gegenständen wie Arthurs Schreibtisch? Er hätte sich gern etwas genauer umgesehen.

»Ja, gehen wir«, sagte er.

»Wir nehmen den Weg durch die alte Küche«, sagte sie und ging wieder voraus. »Er führt seitlich ums Haus herum. Es ist schön, sich dem Garten von dort zu nähern. Aber ich muss dich warnen. Er ist ziemlich groß, und deine Turnschuhe …« – sie warf einen Blick auf seine Sneakers, die längst nicht so robust waren wie die Lederschuhe, die sie selbst trug – »… könnten nass werden. Hast du Stiefel mitgebracht?«

Hatte er nicht, da er in der Stadt lebte und kein landtaugliches Schuhwerk besaß.

Er schüttelte den Kopf.

»Vielleicht kannst du ja die da nehmen.« Sie deutete mit dem Kopf auf ein Paar schwarze Armeestiefel, die neben der Hintertür standen. Sie waren alt, abgenutzt, und im Schaft des einen hing eine Spinnwebe. »Die gehören Arthur, aber Mrs. Foale hätte bestimmt nichts dagegen.«

Er beäugte die Stiefel skeptisch, fasste dann aber einen Entschluss und grinste. »Wieso eigentlich nicht?« Er schleuderte die Turnschuhe von den Füßen, schüttelte den Stiefel mit der Spinnwebe aus und schlüpfte vorsichtig hinein.

»Scheinen zu passen«, befand Katherine.

»Einwandfrei«, erwiderte Jack und ging ein paar Schritte auf und ab, bevor er sich daranmachte, sie zu schnüren. Sie waren erstaunlich bequem.

»Ich warte draußen«, sagte Katherine und huschte zur Tür hinaus.

Er wäre ihr sofort gefolgt, wenn er gekonnt hätte, aber einer der Schnürsenkel an den Stiefeln war so abgewetzt, dass er riss, und beim zweiten Versuch, ihn zu binden, riss er abermals.

Als er das Problem endlich behoben hatte und ins Freie trat, war Katherine wie vom Erboden verschluckt. Das hätte weiter nichts ausgemacht, nur hatte der gepflasterte Hinterhof, in dem er nun stand, drei verschiedene Ausgänge, und Jack wusste nicht, welchen sie genommen hatte.

Er ging nach links und dann nach rechts durch eine Pforte in der Mauer.

Er gelangte in einen umfriedeten Gemüsegarten, der, wie das Haus selbst, ein Relikt aus einer anderen Zeit war. Die rechteckigen, symmetrisch angelegten Beete waren von Unkraut überwuchert, und die Spalierobstbäume, die an die hohen Backsteinmauern angebunden waren, trugen noch die vertrockneten und verschrumpelten Früchte vom vorigen Jahr, die niemand gepflückt hatte.

Ein altes Fass diente als Regentonne, war aber so randvoll, dass es überlief, sobald ein Windhauch über die dunkle, mit Algen bedeckte Oberfläche strich.

Er hörte eine Bewegung.

»Katherine?«, rief er.

»Sie ist durch den alten Rosengarten gegangen«, sagte eine Frauenstimme hinter ihm.

Er drehte sich um, und vor ihm stand Mrs. Foale.

»Hallo, Jack«, sagte sie. »Wie lange haben wir uns nicht gesehen!«

Er lächelte herzlich und umarmte sie.

»Es ist schön, dich zu sehen.« Sie strahlte. »Ich hoffe, du hast gut geschlafen. Es ist eine ziemlich lange Fahrt von London hierher, nicht wahr?«

»Sie war angenehm«, antwortete er. »Ich mag das Haus.«

»Wir mögen es auch! Es ist unser Zuhause. Hat dich Katherine schon herumgeführt?«

Er nickte.

»... und sie hat mir von Arthur erzählt. Sie sagt, er sei verschwunden.«

Das war nicht besonders feinfühlig, aber Katherine hatte seine Neugier geweckt.

»Äh ... ja. Seine Arbeit führt ihn in alle Welt.«

Sie machte eine vage Handbewegung, als wollte sie einen Eindruck davon vermitteln, wie sich Arthur in Luft aufgelöst hatte. Jetzt verstand er, was Katherine gemeint hatte, als sie sagte, Mrs. Foale meide das Thema.

»Ich werde euch später etwas zu essen hinstellen. Katherine wird dir zeigen, wo. Aber jetzt solltest du zusehen, dass du sie findest. Der Garten ist nämlich ziemlich groß und verwildert. Versuch es mit der Tür da drüben, die halb aus den Angeln hängt. Leider war Arthur nie sehr geschickt in solchen Dingen.«

Sie verstummte traurig und sah weg. Dann wandte sie sich ihm wieder zu, deutete auf seine Füße, und ihre Miene hellte sich auf.

»Arthurs Stiefel! Die waren schon überall auf der Welt und haben so manchen mysteriösen, in Vergessenheit geratenen Ort besucht. Er ist schön, sie an dir zu sehen.«

»Katherine hat gesagt, ich könnte sie anziehen.«

Sie nickte und lächelte.

»Aber gern. Und was Arthur anbetrifft … ich muss noch mit dir über ihn sprechen … aber nicht jetzt. Es gibt da einige Dinge, die du wissen musst. Clare und Katherine sind mir böse, weil ich ihnen keine klare Auskunft gebe, aber das alles ist nicht so einfach …«

Anscheinend wollte sie ihn ins Vertrauen ziehen, nur hatte er keine Ahnung, in welcher Sache.

»Ich will mein Möglichstes tun, um zu helfen«, sagte er. »Ich weiß nur nicht, was ich tun kann.«

»Wir müssen darüber sprechen, irgendwann in den nächsten Tagen.«

»Gut«, sagte er.

31
IM GARTEN

Katherine zu finden war nicht so einfach, wie es schien. Der Garten war groß und sein Ende hinter dichtem Gestrüpp verborgen, das sich jenseits der Bäume hinzog.

Direkt an das Haus grenzte eine weite, schlecht gemähte Rasenfläche, die mit Kaninchenlöchern und Maulwurfshügeln übersät war. Rechts lagen verwahrloste Rosengärten, Buchsbaumhecken, die seit Jahren nicht mehr geschnitten worden waren, und verwilderte Sträucher, unter denen sich im Lauf der Jahre Laub und abgefallene Äste angesammelt hatten und verrotteten.

Links standen Nebengebäude, die gusseiserne Gartenwalzen, wurmstichige Holzrechen und von Ungeziefer befallene Säcke beherbergten. Ihre Dachräume wurden von verstaubten Spinnweben, Brombeerranken und anderen Kletterpflanzen verdunkelt, die sich, nachdem sie einen Weg durch die Mauern gefunden hatten, nun ins Freie reckten, dem Licht entgegen, das durch zerbrochene Dachziegel drang.

Vom Wintergarten geradeaus gesehen, standen die beiden großen, immergrünen Bäume, die Jack schon Tags zuvor aufgefallen waren, und zwischen ihnen lag ein kreisrundes Rasenstück mit grünem, feuchtem Gras, das von weiteren Bäumen umringt war.

Jack suchte so lange vergeblich nach Katherine, dass ihm der Gedanke kam, sie gehe ihm absichtlich aus dem Weg oder versuche zumindest unbewusst, ihn noch eine Weile auf Abstand zu halten, indem sie von einem Teil des Gartens zum anderen wanderte.

Sie braucht ihren Freiraum, sagte er sich, als er schließlich begriff, was vorging. *Sie ist es nicht gewohnt, jemanden wie mich um sich zu haben.*

Jack wusste aus den Einzel- und Gruppentherapiesitzungen, die er im Lauf der Jahre über sich hatte ergehen lassen müssen, was es hieß, seinen Freiraum zu brauchen. Häufig hatte er eisern geschwiegen und es strikt abgelehnt, sich in anderer Leute Probleme und Schwierigkeiten hineinziehen zu lassen, gelangweilt von ihrer langsamen Reise zur Selbstfindung. Bis er in den letzten ein, zwei Jahren begonnen hatte, selbst solche Reisen zu unternehmen.

Daher brauchte er nicht lange, um zu verstehen, was in Katherine möglicherweise vorging.

Und dann die Sache mit Arthur. Sie hat Arthur verloren und mich dafür bekommen, dachte er zerknirscht. *Kein besonders guter Tausch!*

Also suchte er sich ein Plätzchen, setzte sich hin und nahm sich selbst eine Auszeit, bis sie irgendwann von selbst zu ihm kam, wobei sie so tat, als habe sie nicht gewusst, dass er hier sei.

»Schon in Ordnung«, sagte er. »Ich habe auch etwas Zeit für mich gebraucht.«

Genau das hatte sie hören wollen.

»Darf ich mich zu dir setzen?«

Er machte ihr im feuchten Gras Platz.

Einen Augenblick lang herrschte Stille, nur die Windspiele klirrten.

»Du wirst dich daran gewöhnen«, sagte sie und schien damit der Erwartung Ausdruck zu verleihen, dass er noch eine Weile blieb.

Der erste Morgen wurde zum Muster für die folgenden Wochen. Katherine machte es sich zur Gewohnheit, den Garten als Zuflucht zu nutzen, wenn es ihr im Haus oder mit Jack zu viel wurde. Sie verhielt sich ausweichend, war empfindlich und unsicher, und der weitläufige Garten entpuppte sich als ein sich ständig veränderndes Labyrinth, das die Entwicklung und Vertiefung ihrer Freundschaft widerspiegelte.

»Was ist dein Lieblingsbuch?«, fragte sie eines Tages.

Jack hatte keines, er hatte nie viel gelesen.

»Meines ist *Der geheime Garten*«, sagte sie leise, als vertraue sie ihm ein Geheimnis an.

Als er sagte, er habe den Film gesehen, rümpfte sie die Nase. Dennoch bestellte er die DVD, als er entdeckte, dass Arthur einen Flachbildfernseher mit DVD-Player besaß, den Margaret nie benutzte. Eines Abends sahen sie sich den Film zusammen mit Clare im Wintergarten an, wobei das verblassende Licht, dass durch die Glasscheiben hinter dem Bildschirm fiel, die perfekte Atmosphäre schuf.

»Nicht so gut wie das Buch«, murmelte hinterher eine sichtlich bewegte Katherine.

Sie legte das Buch vor seine Zimmertür, und er las es, sein erstes Buch seit langer Zeit.

Als er es ausgelesen hatte, kritzelte er ein Wort auf einen Klebezettel und legte ihn mit dem Buch vor ihre Tür.

Stimmt, stand darauf.

Danach war sie in seiner Gegenwart selbstsicherer, traute sich, mehr zu sagen, ging mehr aus sich heraus.

Sie hatte recht mit dem Garten, aber er war mehr als ein Spiegel ihrer wachsenden Freundschaft, er war gewissermaßen die Nahtstelle zwischen ihnen. Katherines Bedürfnisse wechselten. Mal wollte sie Jack nahe sein, mal konnte sie ihn nicht um sich haben.

Anfangs kam Jack damit schwer zurecht, obwohl er aufgrund seiner Leidensgeschichte und der Unterstützung, die er in der Vergangenheit erfahren hatte, in Sachen Selbsterkenntnis schon weiter war.

Er konnte nicht verstehen, warum Katherine mal fröhlich lachte, sich in seiner Gesellschaft sichtlich wohlfühlte und etwas mit ihm unternehmen wollte, dann wieder bissige Kommentare über sein Leben in der Stadt abgab, sich über ihn lustig machte und mit ihm über eine Kleinigkeit stritt. Es war, als hätte sie ihn mal gern und dann wieder überhaupt nicht. Das ärgerte und frustrierte ihn – bis Katherine sich wieder von ihrer sonnigen Seite zeigte und alles vergessen war.

So wuchs in ihm der ungestüme, beinahe grimmige Wunsch, die Hand ausstrecken, sie berühren und ihr sagen zu können, was für Gefühle sie bei ihm hervorrief.

Nicht dass irgendjemand, der sie in diesen ersten Wochen sah, bemerkt oder auch nur geahnt hätte, dass unter der ruhigen Oberfläche ihres täglichen Lebens solche Gefühle brodelten. Sie sprachen nicht miteinander darüber, gestanden sich selbst kaum etwas ein und richteten ihre Energie stattdessen auf Aktivitäten, die sie körperlich auf Trab hielten und ihre Gedanken beschäftigten.

Sie standen beide vor Prüfungen, die Ende Mai begannen, und gingen auf unterschiedliche Weise mit der Arbeitsbelastung um. Katherine vergrub sich in ihrem Zimmer und tauchte nur gelegentlich auf, um sich etwas zu trinken zu holen, im Garten einen Spaziergang zu machen oder einfach nur bei ihrer Mutter zu sitzen.

Jacks Abitur stand im Juni an, doch er hatte den Lernstoff bereits intus und war nur noch mit Wiederholen beschäftigt. Er hatte alles auf Karteikarten geschrieben, und wenn das Wetter schön war, und das war es meistens, suchte er sich im Garten ein Plätzchen und repetierte, auf dem Rücken in der Sonne liegend, den Stoff.

Eines Tages, als er mit geschlossenen Augen so dalag, hatte er plötzlich das unangenehme Gefühl, beobachtet zu werden. Nicht von Katherine, das wusste er, denn sie büffelte oben in ihrem Zimmer. Er konnte ihren über Bücher gebeugten Kopf sehen.

Margaret Foale war es auch nicht, denn die war einkaufen gefahren.

Und Clare konnte es nicht sein.

Er setzte sich auf und schaute sich um.

Es war mehr als das Gefühl, dass ihn jemand sehen konnte, den er nicht sah. Es ging tiefer. Er fühlte sich beobachtet, und dieses Gefühl war besonders stark.

Langsam erhob er sich. Er stand neben einer der beiden großen Koniferen, und er war sich bewusst, dass sie ihn weit überragte, als ob … als ob …

Was ihn beunruhigt hatte, war das Gefühl, dass er schon einmal an diesem Ort gewesen war, nur dass es nicht dieser Ort, nicht der Garten war. Es war hier, genau hier, und doch woanders, und der Baum, der über ihm in die Höhe ragte und so dick war, dass er ihn mit den Armen nicht einmal halb umfassen konnte, gab ihm das unbehagliche Gefühl, er sei kleiner – oder mal kleiner gewesen –, als er war.

Er war ein Kind, und doch auch wieder nicht.

Er war so groß wie Katherine in seinen wiederkehrenden Träumen, aber er war nicht wie Katherine.

Er war der bärtige Mann aus seinem Albtraum, und doch auch wieder nicht. Er war in einer anderen Welt, aus einer anderen Welt, und aus dieser Welt beobachtete ihn jemand.

Er stand reglos da und gestand sich etwas ein, das er in den Monaten, bevor er nach Woolstone gekommen war, nicht hatte wahrhaben wollen. Wie oft hatte er gedacht, geträumt oder sich vorgestellt, dass es eine andere, für ihn unerreichbare Welt gab, die, wenn er nur einen Weg finden könnte …

»Einen Weg dorthin *zurück* finden könnte«, murmelte er vor sich hin. »Ich bin mir sicher, dass ich schon einmal dort war …«

Wenn ihm dies gelänge, würde er sich nicht mehr so ruhelos fühlen, mehr zu Hause.

Zu Hause.

Der bloße Gedanke an dieses Wort schmerzte, denn er empfand dabei ein Gefühl des Verlustes.

Zu Hause.

Noch nie war er dem Gefühl, ein Zuhause zu haben, so nahe gekommen wie hier, und doch war sein Zuhause nicht hier.

Zu Hause war immer noch dort, wo er hinwollte.

»Jack! Was tust du denn da, Jack?«

Es war Katherine, die aus dem Fenster rief.

Sie hatte nach draußen geschaut und gesehen, wie Jack versuchte, den Baum zu umarmen, und dann zu ihrer Überraschung und Belustigung in die Hocke ging und ganz langsam um den Stamm herumspähte, auf die umsäumte Rasenfläche dahinter.

»*Jack!*«

»Ich suche jemanden«, rief er zurück, obwohl er wusste, dass sie sich über die Antwort ärgern würde. »Du kannst also ruhig weiterarbeiten!«

Das Gefühl, aus einer anderen Welt als seiner eigenen beobachtet zu werden, verstärkte sich in den folgenden Tagen noch. Und zu allem Übel kam Katherine immer wieder auf das Thema zurück, da es sie anscheinend wurmte, dass er ihr nicht erklärte, was er ursprünglich gemeint hatte. Warum sie das beschäftigte, war ihm ein Rätsel, aber er verriet nichts.

Der Garten war mindestens drei Hektar groß, und die Zeugnisse seiner bewegten, bis ins Mittelalter zurückreichenden Geschichte waren der Grund für das Durcheinander und die in die Irre führenden Pfade innerhalb seiner Mauern und Hecken, für seine verwaisten Terrassen und hinter Brombeergestrüpp und Bambus versteckten Teiche.

Im Laufe des Aprils wurde die Vegetation, begünstigt durch mehrere Regentage, auf die feucht-warmes Wetter folgte, noch grüner und üppiger.

Die Frühlingsblumen, die Katherine für seinen Willkommensstrauß gepflückt hatte, wichen denen des Frühsommers.

Der ungepflegte Rasen am Haus überzog sich mit grünem Moos und einer dünnen Decke aus hellblauem Ehrenpreis, während zwischen den Bäumen das robuste und giftige Bingelkraut – stets das erste Grün, das den Waldboden in Beschlag nimmt – einem Teppich aus Glockenblumen Platz machte, deren dichte Reihen durch cremeweiße Buschwindröschen aufgelockert wurden.

Andernorts sprossen die verschiedensten Pflanzen, die, eine nach der anderen, in einer Serie grüner Explosionen förmlich aus sich hervorzubrechen schienen, und so sah Jack, wohin er auch blickte, jeden Tag etwas Neues, das es zu entdecken, und einen anderen gewundenen Korridor des Lebens, den es zu erkunden galt.

Den Beinwurz mit seinen violetten, röhrenförmigen Blüten, durch deren dichte Behaarung sich die Hummeln mühsam einen Weg zum Nektar bahnen mussten, die ersten Weidenröschen, deren schmale Blätter wie spitze Speere geformt waren, oder rote Lichtnelken, deren kecke Blüten ebenso rosa wie rot waren. Und überall dazwischen Strahlenkränze von Schlüsselblumen und Löwenzahn und dann, natürlich, die ersten Butterblumen. Während unter den Bäumen, dort wo das Grundstück zu einer Seite hin abfiel und der Boden feuchter war, weil die Sonne nur selten hinkam, nach Knoblauch riechender Bärlauch zu finden war und …

Jack hatte die Pflanze noch nie gesehen, aber Katherine brachte ihm ihren Namen bei wie die aller anderen.

»Gartenwolfsmilch«, sagte sie leichthin, als sie an einem strahlenden Tag im Mai, nur wenige Tage vor ihrer ersten Prüfung, zufällig auf Jack stieß, der im Halbdunkel des Gehölzes kniete. »Lust auf einen Spaziergang?«

Ihre Spaziergänge ergaben sich immer spontan. Wenn einer von beiden genug hatte vom Büffeln, schlug er dem anderen vor, loszuziehen. Anfangs wies Katherine immer die Richtung, denn sie kannte die Landstraßen und Feldwege in der Gegend gut von den vielen Ausflügen, auf die Arthur sie mitgenommen hatte, als sie noch kleiner war.

»Er hat mir die Namen aller Blumen auf den Wiesen beigebracht, und wenn ich mal eine entdeckt habe, deren Namen er nicht kannte, hat er mich ermuntert, ihn nachzuschlagen.«

Sie sprach oft über Arthur, ebenso wie Mrs. Foale, aber auf das

Verschwinden des alten Mannes wurde selten Bezug genommen, und Mrs. Foale war nach dem Gespräch an seinem ersten Tag in Woolstone, bei dem sie angedeutet hatte, dass sie etwas mit ihm zu besprechen habe, nie wieder darauf zurückgekommen. Seine gelegentlichen Versuche, das Thema anzuschneiden, wurden abgewiesen, und so beschloss er, die Wahl des Zeitpunkts ihr zu überlassen.

An einem klaren Tag fassten er und Katherine den Entschluss, bis zur Themse zu wandern, die acht Meilen entfernt im Norden des Vale of White Horse lag.

»Arthur hat immer behauptet, der Fluss sei eine der bedeutendsten natürlichen Grenzen Englands«, erzählte Katherine, »und ihn zu überqueren habe etwas Magisches. Er sagte, sein Geist stehe einem bei, wenn man ihn achtet und ehrt. Tut man es nicht, könnte er sich gegen einen wenden.«

Jack schwieg dazu, da er nicht recht wusste, was er sagen sollte. Katherine wusste auch über viele andere Dinge mehr als er und sprach darüber mit einer Beredsamkeit, die ihn ein wenig einschüchterte.

»Wie ehrt man denn einen Fluss?«, fragte er schließlich, Minuten später.

Katherine zuckte mit den Schultern, in diesem Punkt selbst unsicher. »Ich glaube, man wirft ein Opfer hinein. Das ist der Grund, warum man in Flüssen so viele wertvolle alte Sachen findet, wie zum Beispiel Münzen oder Schwerter.«

Sie entdeckten eine hölzerne Buckelbrücke, die über den Fluss führte, und Jack rannte kurz entschlossen bis zu ihrem höchsten Punkt. Katherine kam langsamer nach.

»So«, sagte er, »dann wollen wir ihn ehren.«

Er hatte das unbestimmte Gefühl, etwas Ähnliches schon einmal getan zu haben, und er begriff sofort, dass es zu jenen Gefühlen gehörte, die ihm sagten, dass er einmal eine andere Welt gekannt hatte. Es war wie das flüchtige Aufscheinen einer weit zurückliegenden Erinnerung.

»Was ist los?«, fragte sie, als sie sah, dass er mit ausdrucksloser Miene in den Fluss starrte.

»Ich habe das Gefühl, dass ich das früher schon einmal getan habe, aber ich kann mich nicht erinnern, wann.«

»*Déjà vu*«, sagte sie.

»Und das bedeutet?«

»Französisch für ›schon gesehen‹. Menschen haben oft so ein Gefühl, wenn sie zufällig in eine Situation kommen, in der sich etwas wiederholt, das in der Vergangenheit geschehen ist.«

Jack verfiel wieder in Schweigen

»Jack, woran denkst du?«

»Ich habe keine Vergangenheit«, antwortete er, »jedenfalls keine, an die ich mich erinnere. Ich weiß ja noch nicht einmal, wo ich herkomme!«

»Das muss ein schreckliches Gefühl sein.«

»Es ist ein Gefühl der … Leere. Aber seit einiger Zeit spüre ich, dass da doch etwas ist, nur bekomme ich es nicht zu fassen.«

Sie trat näher. »Erzähl.«

Er überlegte kurz. »Also gut. Zum Beispiel die Spiegel und Windspiele, die im Garten hängen und die deine Mutter so mag. Ich glaube, ich habe sie früher schon mal gesehen oder gehört. Ich glaube, ich weiß, wozu sie da sind … obwohl ich es eigentlich gar nicht wissen kann.«

»*Was* wissen?«

Er drehte sich um und sah sie an.

In letzter Zeit gab es, wenn sie miteinander sprachen, immer wieder Augenblicke, in denen sie das Gefühl hatten, dass es ihnen wirklich gelang, tief in das Herz des anderen zu blicken.

»Wozu sie da sind. Sogar wie sie funktionieren.«

»Und …?«

»Sie sind zum Schutz da«, sagte er. »Und sie funktionieren so, dass sie die Welt in Bruchstücke von Spiegelbildern zerlegen, sodass man nicht an ihnen vorbeisehen kann.«

»Aber … woher willst du das wissen?«

»Es klingt lächerlich, ich weiß. Aber du hast gefragt.«

Sie wartete ab.

»… weil ich schon einmal welche gesehen habe«, gab er endlich zu. »Sie sollten mich beschützen.«

»Wovor denn?«

»Vor Leuten. Dunklen, schattenhaften Gestalten. Ich konnte spüren, wie ihre Kälte zu mir drang, meine Gedanken erstarren ließ, aber sie fanden den Weg zu mir nicht, weil die Spiegel ihr Bild zurückwarfen und zerlegten.«

»Jack, das ist seltsam. Etwas Ähnliches hat Arthur einmal über die Windspiele gesagt, nämlich dass sie unsere Wahrnehmung der Welt verändern und möglicherweise auch die gefährlicher Leute, die zu uns kommen wollen. Dann hat er noch gesagt …«

»Was?«

»Etwas Merkwürdiges, an das ich häufiger denken muss, seit ich dich dabei ertappt habe, wie du um diesen Baum herumgespäht hast.«

Er grinste.

»Hast du gedacht, ich sei übergeschnappt?«

Sie schüttelte den Kopf.

»Arthur ist Wissenschaftler, er zieht Schlussfolgerungen und überprüft sie. Er hat gesagt, die Windspiele hätten ihm einen Fingerzeig gegeben, wie man in eine andere Welt gelangen könne.«

»Wie kommt er darauf?«

»Hast du dich schon mal gefragt, wie die Windspiele da hingekommen sind?«

»Ich dachte, du, Clare oder sonstwer hätte sie aufgehängt.«

»Die meisten schon. Aber irgendwann hat mir Mum gestanden, dass die ersten weder von ihr noch von Mrs. Foale aufgehängt wurden. Eines Morgens waren sie plötzlich da. Seitdem fühlt sich Mum sicherer, sagt sie. Davor hat sie sich immer beobachtet gefühlt.«

Jack holte tief Luft, um zu verbergen, wie erleichtert er war. Er war also nicht der Einzige, dem es so ging.

»Darum haben wir im Lauf der Jahre weitere dazugehängt, aber hin und wieder ist mir aufgefallen, dass andere wie von selbst auftauchten. Einmal habe ich mit Mum darüber gesprochen. Sie hat mir geraten, Arthur zu fragen. Er hat mir zugehört, genickt, kurz überlegt und dann gesagt: ›Das sind die kleinen Leute.‹ Ich habe es für einen Scherz gehalten, aber nach dem, was Mum neulich gesagt hat, und jetzt du … Vielleicht war es gar kein Scherz.«

Jack sah sie groß an.

»Jack? Da ist noch mehr, stimmt's?«

Er nickte. Die Erleichterung, die er eben noch verspürt hatte, wurde von dem Bedürfnis abgelöst, sein Herz auszuschütten. Er war sehr aufgewühlt und konnte ihrem Blick nicht standhalten.

Er wandte sich ab und sagte: »Manchmal, wenn wir spazieren gehen, habe ich das Gefühl, dass wir einen falschen Weg einschlagen. Als gäbe es einen besseren. Als gäbe es andere Wege, die wir nehmen könnten, aber nicht nehmen.«

»Unmarkierte Wanderwege?«

Er schüttelte den Kopf. »Wege, die schon sehr lange da sind.«

Jetzt war es an ihr, ihn merkwürdig anzusehen und sich dann dem Fluss zuzuwenden.

Er wartete.

Schließlich sagte sie: »Das wird immer sonderbarer. Genau dasselbe hat Arthur einmal gesagt – oder zumindest etwas in der Art. Kurz vor seinem Verschwinden.«

Jack schwieg und wartete weiter.

»Ich soll auf keinen Fall versuchen, diese Wege zu benutzen, da sie zu gefährlichen Orten führen, hat er gesagt. Ich soll ja nicht versuchen, in die Welt zu gelangen, in der sie liegen, aber Genaueres wollte er nicht sagen. Ich glaube, Mrs. Foale weiß mehr über sein Verschwinden, als sie zugibt. Mum auch, könnte ich mir denken, aber sie wollen nicht, dass ich es erfahre.«

»Klingt logisch.« Jack nickte. »Wahrscheinlich wollen sie dich schützen.«

»Ich brauche keinen Schutz.«

Jack schüttelte den Kopf. »Ich denke schon.«

»Wovor denn?«

»Das weiß ich nicht genau, aber ich spüre es. Es ist nicht immer angenehm, wenn man sich beobachtet fühlt. Manchmal ist es harmlos, manchmal aber auch unheimlich. Die Leute, die mich beobachten, benutzten diese Wege, deren Vorhandensein ich spüre und vielleicht auch Arthur gespürt hat. Es wird Zeit, dass ich mit Mrs. Foale rede. Aber jetzt … lass uns den Fluss ehren.«

Er griff in die Tasche, zog zwei Fünfzig-Pence-Stücke hervor, fasste Katherine am Handgelenk und drückte ihr eines in die Hand.

Dann hielt er ihre Hand zusammen mit seiner über den Fluss.

»Jetzt«, sagte er.

Dicht nebeneinanderstehend, Körper an Körper, Gesicht an Gesicht, sahen sie zu, wie die Geldstücke fielen. Die Münzen schienen sich in der Luft nur langsam zu drehen, ehe sie mit zwei nahezu lautlosen Spritzern in der geheimnisvollen Welt unter der bewegten Wasseroberfläche verschwanden.

Ihre Hände blieben noch einen Augenblick länger vereint, und die Brücke schien leicht zu vibrieren. Beide waren sich der Nähe des anderen sehr bewusst und hielten den Atem an. Ein leichter Wind blies ihm Strähnen ihres Haars über die Wange. Er blickte kurz zu ihr und sah, dass ihr Gesicht gerötet war.

Sie fing seinen Blick auf und rückte verlegen ein Stück von ihm weg, und dann starrten beide in das spiegelnde Wasser unter ihnen und ließen ihre Augen dort ruhen, anstatt einander anzusehen.

»Ich habe mir etwas gewünscht«, sagte Jack und wandte ihr plötzlich das Gesicht zu.

»Du darfst es nicht verraten«, flüsterte sie und legte ihm, mit einem Mal gar nicht mehr verlegen, einen Finger auf die Lippen.

»Hat die Brücke eigentlich einen Namen, Katherine?«, fragte er, als sie ans Ufer zurückgingen.

»Sie heißt Old Man's Bridge«, antwortete sie und schlug sogleich die Richtung nach Woolstone ein, denn sie hatten einen langen Heimweg vor sich.

Doch Jack fiel zurück und drehte sich noch einmal nach der Brücke um, auf der sie gestanden hatten.

Ich schätze, ich werde wieder herkommen, dachte er bei sich.

Und dann wurde die Welt um ihn still, und alles verschwand, bis auf die Brücke, den Fluss und ihn selbst. Es war wie eine Offenbarung, wie die plötzliche Gewissheit, was kommen musste.

Wenn ich ein alter Mann bin, werde ich hierher zurückkommen, und ich werde dort stehen, wo wir eben gestanden haben, und ich werde allein dort stehen, aber Katherine wird außer Gefahr sein, und wir werden getan haben, was wir tun müssen. Sie wird dann für immer außer Gefahr sein.

»Jack?« Ihre Stimme holte ihn in die Gegenwart zurück, und es gefiel ihm, wie sie seinen Namen aussprach.

Er drehte sich um und sah sie an.

Sie war groß und blond, und obwohl sie alte Jeans, Stiefel und eine schäbige, graue Fleece-Jacke trug, war sie für ihn in diesem Augenblick das schönste Mädchen, das er je gesehen hatte.

Die schönste *Frau*, rief er sich in Erinnerung, obwohl er sich an den

Gedanken erst gewöhnen musste, denn er bedeutete, dass er selbst jetzt ein Mann war.

Sie trat einen halben Schritt auf ihn zu. »Was ist?«, fragte sie.

»Nichts, ich habe nur nachgedacht«, antwortete er und schloss zu ihr auf.

Sie drehte sich um, und während sie zusammen weitergingen, legte er ihr kurz eine Hand auf die Schulter.

Als sie den Garten durchquerten, rief ihnen Mrs. Foale von der Tür aus zu: »Jack, ich möchte etwas mit dir besprechen – zusammen mit Clare.«

»Sie ist mir zuvorgekommen!«, flüsterte Jack.

»Tja, offensichtlich wollen sie mich nicht dabeihaben«, flüsterte Katherine zurück, aber ohne Groll. »Erzähl mir später davon, okay?«

»Okay«, versprach Jack.

32
EINE WARNUNG

Später, als das Licht verblasste und Katherine oben büffelte, gingen Jack und Margaret Foale in den Wintergarten und setzten sich zu Clare ans Bett.

Jack hatte keine Ahnung, was ihn erwartete, aber er war nervös und fühlte sich beklommen.

»Es geht um Arthur, nicht?«

»Ja«, antwortete Margaret, »und um dich. Und Katherine. Aber fangen wir mit Arthur an. Erinnerst du dich noch an ihn?«

Jack schüttelte den Kopf. Abgesehen von einer schattenhaften männlichen Gestalt bei einem Krankenhausbesuch hatte er so gut wie keine Erinnerung mehr an ihn.

Margaret zog eine Fotografie hervor. »Die wurde aufgenommen, als er Gastdozent am Imperial College in London war, kurz vor seinem Verschwinden. Ich möchte, dass du eine genaue Vorstellung davon hast, wie er jetzt aussieht.«

Die Aufnahme war ein digitales Farbfoto und ziemlich scharf.

Sie zeigte einen großen, schwarzbärtigen Mann mit wirrem Haarschopf, dem roten, wettergegerbten Gesicht eines englischen Landmanns und scharfen, funkelnden Augen. Er stand, bekleidet mit einem karierten Hemd und grauen Hosen, die ihm irgendwie zu kurz waren, an einer vertikal verschiebbaren Wandtafel und hielt ein altmodisches Stück Kreide in der Hand. Ein dunkles, unförmiges Jackett hing über einem Stuhl neben ihm. Auf dem Tisch vor ihm stand ein Laptop, und auf der Leinwand direkt hinter seinem Kopf waren Teile eines projizierten Bildes zu sehen. Der Hörsaal wirkte uralt, mit einem großen Fenster, das mittels Schnüren, die an der Wand herunterbaumelten, geöffnet und geschlossen werden konnte.

»So, das ist Arthur«, fuhr Margaret fort. »Vor einiger Zeit hat er mir eingeschärft, dich hierher einzuladen, falls er einmal von einer

Exkursion nicht innerhalb von zwei Wochen zurückkehren sollte. Deswegen hat Katherine dich angerufen. Ich habe sie darum gebeten, aber den wahren Grund kennt sie nicht.«

Jack nickte.

»Sein Verschwinden hat ihr Angst gemacht. Aber …«

Er erhob sich und ging auf und ab.

»Es ist mir unangenehm, über das alles zu reden, ohne dass Katherine dabei ist. Sie sollten es ihr nicht länger verheimlichen.«

»Aber sie ist doch noch ein …«, begann Clare.

Jack hob die Augenbrauen und blickte Margaret Foale skeptisch an.

»… ein Kind?«, fragte er ironisch.

»Nun ja …«

»Da bin ich anderer Meinung«, sagte Jack.

Sie wirkten beide verlegen, ja schuldbewusst.

Margaret Foale stand auf und sagte: »Er hat ganz recht, Clare. Ich gehe sie holen.«

Es war, als verwandele sich alles in Woolstone vor ihren Augen. Ihrer aller Wahrnehmung, sowohl die ihrer selbst als auch die ihrer Umwelt, veränderte sich, zerfiel und fügte sich zu etwas Neuem zusammen wie die Welt, die sich in den Spiegeln der Windspiele brach, deren unablässige Musik das Einzige war, was die Dinge zusammenhielt, heiter und schön, hervorgebracht vom leisesten Windhauch, mächtig wie der stärkste Orkan.

An diesem Abend sprachen sie zum ersten Mal alle miteinander, berichteten von ihren Zweifeln und Entdeckungen auf ihren getrennten Reisen zu demselben Ort. Reisen, begleitet von Verlust und Leid, von Liebe und Erkenntnis, Reisen von der Vergangenheit in die Gegenwart und weiter, von Augenblick zu Augenblick, in die Zukunft. Bruchstücke von Erinnerungen verwandelten sich in die tausenderlei Geschichten, aus denen sie bestanden, die sie jedoch beim Erzählen zerstörten und neu erschufen.

Mrs. Foale hatte an diesem Abend ursprünglich nur Jack berichten wollen, was sie über Arthurs Verschwinden wusste. Sie tat es ein paar Tage später im Beisein aller.

Wie sie es tat, überraschte.

»Arthur hat mich gebeten, dir das hier zu geben, Jack, aber erst, wenn du dich an das Leben hier und auch an uns gewöhnt hast und wenn wir das Gefühl haben, dass die Zeit dafür reif ist. Nun, die Zeit ist reif, und ich werde jetzt etwas tun, das er selber wahrscheinlich nicht getan hätte, so überbehütend, wie er mit dir umgegangen ist, Katherine. Ich möchte, dass ihr beide es euch anseht. Einverstanden?«

»Absolut einverstanden«, sagte Katherine.

Margaret reichte ihm eine DVD. Arthur hatte mit schwarzem Filzstift »Für Jack« darauf geschrieben. Sie hatte in Blau »und Katherine« daruntergesetzt.

»Es wird Zeit, dass alle es erfahren«, sagte Clare nüchtern. »Ich werde sterben, und wir alle wissen es. Du hast ein Recht darauf, Antworten auf einige Fragen zu erhalten, bevor ich von euch gehe, Jack.«

»Geht es um den Unfall?«

Clare nickte. »Ja ... und um das, was davor passiert ist. Soweit Margaret davon weiß. Mit anderen Worten, es geht um deine Vergangenheit.«

Katherine blickte zu Jack. »Ja, er muss mehr darüber erfahren.«

»Nun ja«, begann Margaret, »viel wissen wir nicht, aber mit Sicherheit mehr, als bisher gesagt wurde. Arthur hat alles, was er weiß und was er vermutet, auf dieser DVD zusammengefasst für den Fall, dass er nicht zurückkommt. Woher nicht zurückkommt, wird klar, wenn du sie dir ansiehst. Er hat gesagt, dass sie eine Erklärung und zugleich eine Warnung sei. Und dass du sie dir in unserem Beisein ansehen sollst, damit wir etwaige Fragen beantworten können. Dasselbe gilt jetzt auch für dich, Katherine.«

Jack nahm die DVD und schob sie in das Abspielgerät.

»Okay, sollen wir sie uns jetzt ansehen?«

Margaret legte Jack die Hand auf den Arm.

»Arthur ist nicht immer sehr feinfühlig, da er davon ausgeht, dass alle Menschen seine Intelligenz und sein dickes Fell haben. Was du jetzt zu sehen und zu hören bekommst, könnte ein Schock für dich sein, wenn es das ist, was ich vermute. Deshalb sind wir hier.«

»Um Erste Hilfe zu leisten?«

»So ungefähr.«

»Ich glaube, dann setze ich mich neben Katherine«, sagte er leise. Wieder tauschten sie einen Blick. Aus ihm sprachen Freundschaft und Vertrauen. Und Nervosität.

Sie griff nach seinem Arm und ahmte dabei unbewusst Clare nach, die in wichtigen Augenblicken immer körperlichen Kontakt suchte.

»Es wird schon gutgehen.«

»Bringen wir's hinter uns«, sagte Jack und schaltete das Licht im Wintergarten aus, damit der Bildschirm besser zu sehen war.

Den Film hatte Arthur selbst amateurhaft gedreht. Er begann mit einer verwackelten Webcam-Aufnahme von ihm selbst, wie er direkt in die Kamera sprach.

»Jack, wir wissen nur, dass du aus Deutschland gekommen bist, wahrscheinlich aus dem Harz, und dass du damals ungefähr sechs Jahre alt warst. Margaret wird dir die Hintergründe erläutern. Auf jeden Fall bist du nur wenige Wochen vor dem Unfall, bei dem du so schwer verletzt wurdest, nach England gekommen. Ich weiß, das ist starker Tobak, aber, so erstaunlich es den meisten Leuten auch vorkommen mag, dich selbst dürfte es nicht komplett überraschen. Die meisten Leute, die nie etwas über ihre früheste Kindheit wussten, haben in Wahrheit sogenannte rudimentäre Erinnerungen an diese Zeit, die tief in ihrem Unterbewusstsein vergraben liegen und an die Oberfläche drängen, wenn sie ins Teenageralter kommen. Ich wage zu behaupten, dass es bei dir nicht anders gewesen ist.

Kommen wir also zur Sache. Ich halte dich für etwas ganz Besonderes, denn du bist ein genetischer Grenzgänger zwischen zwei Welten. Die eine ist unsere Menschenwelt, mit der wir vertraut sind und die wir als die räumliche und materielle Wirklichkeit unseres Lebens betrachten. Die andere … nun ja, das ist die, die ich näher erläutern muss. Diese andere Welt, die ich Hyddenwelt nenne, können wir Menschen nicht sehen. Aus vielerlei Gründen, aber hauptsächlich deshalb, weil wir nicht glauben, dass sie überhaupt existiert. Seit mindestens zweitausend Jahren lehrt man uns, dass es sie nicht gibt, und immer wieder sind Menschen, ja ganze Gemeinschaften abgeschlachtet worden, weil sie das Gegenteil behauptet haben. Wir haben die Fähigkeit verloren, diese Welt zu sehen, so wie jemand, der für viele Jahre vorübergehend sein Sehvermögen verliert und danach erst wieder lernen muss, seine Umgebung so wahrzunehmen wie die Sehenden. Was die Welt der Hydden angeht, so sind die Menschen blind dafür geworden, dass sie inmitten der unsrigen existiert, und, was ebenso wichtig ist, ahnungslos, was das für unser Verständnis der Welt bedeutet.

Bei vielen von uns, und das ist die gute Nachricht, hat der Glaube überdauert, dass diese Welt der Hydden – die Welt kleiner Leute – existiert. Sie ist ebenso real wir unsere eigene. Tatsächlich findet man praktisch in jeder Gesellschaft oder Kultur auf der ganzen Welt so viele traditionelle und kulturelle Bezüge auf die kleinen Leute, dass die meisten vernünftigen Denker allein schon darin einen hinreichenden Beweis für ihre Existenz sehen müssten, selbst wenn es darüber hinaus keine anderen gäbe.

Doch es gibt auch konkretere Beweise, die freilich nur sehr wenigen bekannt sind und der Öffentlichkeit geflissentlich vorenthalten werden. Dabei handelt es sich um Filme und um Videos von Überwachungskameras, die zu einer Zeit aufgenommen wurden, bevor die Bewohner dieser Anderswelt begriffen, welche Bedrohung Kameras für sie darstellen, und Strategien entwickelten, um sich davor zu schützen. Vor vielen Jahren habe ich begonnen, Filmmaterial dieser Art zu sammeln …«

Das Bild wechselte plötzlich von der Webcam zu grießigen Schwarzweißaufnahmen, wie man sie aus alten Filmen kannte. Arthurs Stimme kommentierte weiter aus dem Off.

»Diese Außenaufnahmen entstammen einem Film, der 1948 in den Elstree Studios in Surrey gedreht wurde. Behalte die linke obere Ecke im Auge.«

Zu sehen war eine bewaldete Flusslandschaft. Im Vordergrund erschienen zwei Schauspieler, die nach der Mode der vierziger Jahre gekleidet waren. Doch plötzlich tauchte am anderen Flussufer eine dritte Person auf, die, wie es schien, ein historisches Kostüm trug.

»Achte auf die Größenverhältnisse, wenn sie an dem Fahrrad vorbeikommt, das an dem Baum lehnt …«

Jack beugte sich vor, zunehmend fasziniert. Mit einem Mal stand die Gestalt neben dem Fahrrad. Sie ragte kaum über das Rad hinaus, war nicht größer als ein Kind!

Wieder wechselte das Filmmaterial, und Arthurs Begleitkommentar ging weiter.

»Berlin, 1945, die Aufnahmen einer Wochenschaukamera, die versehentlich in der Abenddämmerung eingeschaltet wurde. Sieh genau hin! Wir sehen die gewohnte zerbombte Stadtlandschaft, diesmal aber mit zwei Gestalten, die seltsam gekleidet sind, als wären sie Bauern aus einem mittelalterlichen Dorf …«

Die Gestalten verschwanden mehrmals und tauchten gleich darauf wieder auf, als würden sie in den Trümmern etwas suchen. Eine Tür an der Seite lieferte einen Maßstab: Auch sie waren nicht größer als kleine Kinder.

»Ein letzter Filmausschnitt aus dem Jahr 1991, aufgenommen bei Nacht von einer Überwachungskamera in einem Einkaufszentrum in Manchester.«

Wieder eine gewöhnliche städtische Umgebung, und wieder hatte die Kamera zwergenhaft kleine Leute eingefangen.

Danach erschien erneut Foale im Bild und sprach direkt in die Kamera.

»Ich könnte noch mehr Beispiele zeigen, aber belassen wir es einstweilen dabei. Jetzt wird es nämlich interessant: Nach 1993 werden Aufnahmen dieser Art immer seltener, zuerst in Deutschland und dann nach und nach überall auf der Welt. Drei Jahre später gibt es überhaupt keine mehr. Unserer Vermutung nach liegt das daran, dass diese Leute einen Weg gefunden haben, wie sie es vermeiden können, gefilmt zu werden. Vielleicht kommt dir jetzt der Gedanke, diese Aufnahmen könnten gefälscht sein, doch ich habe sie sehr sorgfältig geprüft und nicht den geringsten Hinweis darauf gefunden.

Nun ist es richtig, dass wir im Allgemeinen nicht an Wesen wie diese kleinen Leute glauben und jede x-beliebige Erklärung der Wahrheit vorziehen, aber das hat in gewisser Weise auch sein Gutes, denn es erleichtert mir die Nachforschungen erheblich.

Auf der anderen Seite aber wissen die Bewohner von Hyddenwelt mit Sicherheit, dass *wir* existieren. Sie müssen es wissen, denn sie leben ständig unter uns, in der realen Zeit, im realen Raum. Sie werden geboren, leben, sterben, interagieren kaum merklich mit uns. Für sie sind wir unbeholfene Riesen, tölpelhaft und in hohem Maße selbst- und umweltzerstörerisch, doch sie bedienen sich auch unserer technischen Errungenschaften, in welchem Umfang, ist mir leider nicht bekannt. Was ich aber mit Sicherheit sagen kann, ist, dass mich einer von ihnen vor zehn Jahren, kurz vor deiner mysteriösen Ankunft, von einem öffentlichen Fernsprecher in Deutschland aus angerufen hat.

›Wozu mich anrufen?‹, wirst du dich jetzt vielleicht fragen. Nun, wahrscheinlich weil ich der einzige Mensch bin, der wirklich an sie glaubt, meine Frau nicht ausgenommen, die immer noch ihre Zweifel hat. Und warum ausgerechnet jetzt? Weil Unheil droht. Womit wir wieder bei dir wären, Jack.

Eingangs habe ich gesagt, dass du ein genetischer Grenzgänger bist. Damit meine ich, dass Menschen und Hydden zwar gemeinsamer Abstammung sind, sich vor Urzeiten aber getrennt haben. Ein ›Riesengeborener‹, wie ihn die Hydden nennen, vereint zwar bestimmte Eigenschaften beider Völker, ist aber dennoch etwas ganz Besonderes. Dazu gleich mehr, lass mich vorher betonen, dass solche Grenzgänger unter den Hydden zudem allem Anschein nach extrem selten sind.

Da sie aufgrund ihrer rezessiven Gene zu menschlicher Größe heranwachsen können, gelten Riesengeborene unter ihresgleichen als Schreckgestalten und werden zum Gegenstand abergläubischer Ängste. Und obwohl sie sich meist durch unerhörte Tüchtigkeit und Körperkraft auszeichnen, sind sie bei den Hydden so gefürchtet, dass fast alle schon im Kindesalter getötet werden. Das zeitliche Zusammenfallen des mysteriösen Anrufs mit deiner plötzlichen Ankunft lässt meines Erachtens keinen Zweifel daran, dass du so ein Wunderkind bist und dass man dich in die Menschenwelt geschickt hat, um dich vor der Tötung durch deinesgleichen zu bewahren.«

Hier endete der Film abrupt.

Jack konnte nichts weiter tun, als den leeren Bildschirm verwirrt anzustarren.

Nach einer Weile brach er das Schweigen.

»Haben Arthurs Reisen mit Hyddenwelt zu tun?«

»Ganz recht«, antwortete Margaret. »Jetzt wirst du wohl auch verstehen, warum man mit niemandem darüber sprechen kann. Wenn es stimmt, haben wir es mit etwas ganz Außergewöhnlichem zu tun. Wenn nicht, bedeutet es, dass Arthur verrückt ist. Das eine wie das andere birgt viele Gefahren.«

»Er glaubt tatsächlich, dass ich … aus dieser Welt komme?«

»Ja, und ich auch. Ich will dir etwas mehr darüber erzählen, was es unseres Erachtens bedeutet, ein, wie die Hydden sagen, ›Riesengeborener‹ zu sein …«

Sie berichtete ihm, was sie wusste, was Arthur und sie herausgefunden hatten. Sie erzählte auch von den Riesengeborenen der Legenden, insbesondere von Beornamund von Brum.

Alte Geschichten, neue Zeiten.

Jack hörte zu, stellte aber kaum noch Fragen. Irgendwann an diesem langen Abend, der sich bis in die Nacht hinzog, fand Katherine den Mut, hinüberzufassen und ihre Hand auf seine zu legen. Nur eine Berührung, die beruhigen und Mitgefühl ausdrücken sollte. Sie konnte sich nicht im Entferntesten vorstellen, was dies alles für ihn bedeutete, aber sie vermutete, dass es sehr tief ging.

Da er schwieg, während er versuchte, sich mit diesem völlig neuen Bild von sich und seiner Welt anzufreunden, stellte sie für ihn die Fragen.

»Aber … aber … aber …«

So viele Wenn und Falls und nicht genügend Antworten.

Schließlich hatten sie alle fürs Erste genug und gingen auf ihre Zimmer.

»Danke, Katherine«, sagte er vor ihrer Tür. »Ich bin froh, dass du dabei warst.«

Sie umarmte ihn.

»Mach ich doch gern«, flüsterte sie.

»Ja«, sagte er.

»Ich glaube«, sagte sie, »Arthur wollte dir etwas ganz Bestimmtes mitteilen, ohne es offen auszusprechen. Er muss geahnt haben, dass sich auch seine Frau den Film ansehen würde, und wollte sie nicht über die Maßen beunruhigen.«

Er ging auf sein Zimmer.

Arthur hatte recht, im Grunde war er nicht überrascht. Er hatte mit so etwas gerechnet. Er war erschüttert, ja, sogar schockiert, aber irgendwie auch erleichtert. Zum ersten Mal in seinem Leben hatte er das Gefühl, dem Geheimnis auf die Spur zu kommen, wer er wirklich war.

Spät in der Nacht wachte er plötzlich auf, fest davon überzeugt, dass auch Katherine recht hatte. Arthur wollte ihn warnen – aber wovor?

Er stand auf, öffnete das Fenster und starrte in die Dunkelheit.

Er blieb lange so stehen, aber er kam nicht dahinter.

Frustriert legte er sich wieder hin und fiel in einen unruhigen Schlaf. Bis er ein zweites Mal aufwachte, diesmal noch besorgter als zuvor.

Es dämmerte bereits, und der Himmel war rot.

»Morgenröte verheißt dem Bauern arge Nöte«, murmelte er laut.

Aber das war nur eine Warnung vor dem Wetter. Was ihm Sorge bereitete, war weitaus bedrohlicher.

Dann ging ihm ein Licht auf.

Die Warnung gilt nicht nur mir, sondern auch Katherine! Sie könnten versuchen, durch sie an mich heranzukommen. Arthur wollte nicht, dass sie oder die anderen es erfahren, weil es sie, wie Katherine sagt, »über die Maßen beunruhigen« würde.

Im selben Moment wurde ihm noch etwas anderes klar.

Er will mir sagen, dass dies meine Welt ist und ich Katherine vor ihr schützen muss.

Der Himmel über White Horse Hill nahm ein warnendes Rot an, als Regenwolken aufzogen und gleich darauf vom umschlagenden Wind wieder vertrieben wurden.

»Fürs Erste«, murmelte Jack.

Er wusch sich, zog sich an und ging vor dem Frühstück hinaus in den Garten. Dort streifte er umher, auf der Suche nach dem Feind. Er entdeckte ihn nicht, aber er zweifelte nicht mehr daran, dass er da war und dass er irgendwann, wahrscheinlich eher früher als später, aus Träumen und Albträumen hervortreten und sein Gesicht zeigen würde.

33
AUF DEM KAMMWEG

Ihre Spaziergänge wurden mit jedem Tag länger, und sie schritten immer zügiger und energischer aus, als wollten sie vor dem Schock davonlaufen, den Arthurs DVD ausgelöst hatte. Sie wollten nicht darüber nachdenken, was dies alles für die Zukunft bedeutete, und richteten ihr ganzes Handeln auf die Gegenwart.

Schließlich begannen sie, den Hang unmittelbar nördlich von Woolstone zu erkunden, dann die Kreidehügelkette dahinter mit ihren geheimnisvollen Trockentälern und welligen Flanken. Sie war übersät mit uralten Monumenten, darunter das Weiße Pferd selbst, und in ihrem Aussehen so veränderlich wie das Wetter, das unermüdlich über sie hinwegzog.

Der Kammweg lockte Jack und Katherine, und sie erkundeten ihn ausgiebig, von der nahe gelegenen, großen Wallburg bis hinunter zu dem einsamen Weißdornbusch, welcher der glatten Grasnarbe ein dramatisches Element verlieh.

Aber sie legten nie die wenigen Meter zum Pferd selbst zurück. Sie hatten das Gefühl, dass die Zeit dafür nicht reif war.

»Noch nicht«, sagte Katherine, deren blondes Haar in dem kräftigen Wind flatterte, der ständig den steilen Hang heraufwehte.

»Nein«, murmelte Jacke zustimmend, die Hände in den Taschen seines Anoraks vergraben, die Füße fest im Gras, einen entschlossenen Zug um den Mund über dem ausladendem Kinn, die Augen zum Schutz vor dem Wind zusammengekniffen.

Diese letzte Erkundung verschoben sie auf später und gingen stattdessen oberhalb des Steilhangs den alten Kammweg entlang, der auf der windgeschützten Seite des Hügels verlief, gleichsam wie ein von Menschen erbautes Gegenstück zur Themse.

Der alte Kammweg, eine Straße aus der Jungsteinzeit, ist angeblich der älteste heute noch benutzte Weg in Europa, und als sie dem furchigen, kreidigen Pfad folgten, der bei trockener Witterung arg die Fußgelenke strapaziert und bei feuchter sehr schlüpfrig wird, hatten sie das Gefühl, sich einem Strom von Reisenden anzuschließen, die seit Anbeginn der Zeiten hier entlanggingen.

Der Weg begann zwanzig Meilen weiter westlich beim Steinkreis von Avebury, wand sich den Steilhang hinauf und trat, oben angekommen, seine Reise nach Nordosten an, in deren Verlauf er einen weiten Bogen beschrieb, der knapp neunzig Meilen entfernt bei Ivinghoe Beacon endete.

»Aber das stimmt eigentlich gar nicht«, klärte Katherine Jack an einem stürmischen Tag auf. »Laut Arthur mündete er früher in andere Wege und führte viel weiter, bis hinauf nach Norfolk, wo er sich mit dem Peddars Way vereinigt, und von dort weiter zum Wash …«

Dann standen sie, wie sie es häufig taten, schweigend da, versanken in der Betrachtung der Landschaft und sannen über ihren Platz darin nach. Katherine hatte die ganze Strecke als Bild in ihrem Kopf gespeichert, Jack spürte sie in der Tiefe seiner Seele und hätte sie am liebsten gleich abgewandert, bis dorthin, wo die Nordseewellen an die Küste Ostangliens brandeten.

»Wir beide lernen auf unterschiedliche Weise«, bemerkte Jack und spähte den Kammweg entlang, als könnte er in der Ferne sein Ende erkennen. »Du liest etwas in Büchern oder hörst etwas von Menschen wie Arthur und machst dir dann vor Ort ein Bild. Ich mache es umgekehrt. Ich lerne, was ich durch dich und Mrs. Foale und deine Mutter erspüre.«

Sie stemmten sich gegen den Wind, und ihre Arme und Schultern berührten einander leicht.

»Sollen wir irgendwann mal den ganzen Weg entlangwandern?«, schlug Katherine vor. »Bis zum Meer?«

»Wenn wir das tun, ziehe ich mich splitternackt aus, sobald wir da sind, und hüpfe ins Wasser.«

Aber dann hielt er inne und drehte sich weg, denn er wusste, dass er sein Versprechen nicht halten würde.

Katherine sah ihn verwirrt und etwas bekümmert an, und das nicht zum ersten Mal. Sie betrachtete die Narben, die seinen Hals entstellten, und fragte sich, ob das Versprechen, nackt im Meer zu baden und dabei seinen Rücken zu entblößen, der Grund für sein Verstummen war. Er hatte sich aus der Deckung gewagt.

»Jack …?«

Am liebsten hätte sie ihn in die Arme genommen, wie es eine Frau tun würde, und zum ersten Mal ihre Finger über seine Wunden gleiten lassen.

»Lass uns weitergehen«, sagte er, zog sich wieder in seine Deckung zurück und setzte sich in Bewegung. Aber er schwieg nicht lange. Schweigen oder schmollen war nicht seine Sache.

Schon im nächsten Moment brach er in Gelächter aus und sagte, indem er das im Überschwang der Gefühle gegebene Versprechen beiseiteschob, mit einem reumütigen Grinsen: »Nur habe ich keine Ahnung, wohin wir eigentlich gehen. Du?«

Sein Gesicht hatte Wind und Sonne getankt. Er war braungebrannt und strotzte vor Gesundheit, und seine Augen strahlten lebhafter als bei seiner Ankunft Wochen zuvor.

Auch sie sah anders aus, ausgeruhter, ihr blondes Haar noch heller, lockig vom Wind.

»Hier oben fühle ich mich immer sicher«, sagte sie langsam. »Die Geister der Vergangenheit schützen uns. Weißt du was? Ich finde, wir sollten morgen nach Avebury gehen.«

Avebury war einer von Arthur Lieblingssteinkreisen. Er liebte ihn noch mehr als Stonehenge, und Jack war noch nie dort gewesen.

»Ist das zu Fuß nicht zu weit?«

»Wir könnten mit dem Bus hinfahren, oder Mrs. Foale könnte uns am frühen Morgen hinbringen, und wir wandern dann zurück. Es sind nur zwanzig Meilen.«

»Nur!«

Jack war genauso fit wie Katherine, aber im Unterschied zu ihr so lange Fußmärsche nicht gewohnt. Sie kamen ihm noch immer viel länger vor, als sie tatsächlich waren.

»Sieh es einfach als Auftakt zu unserer Wanderung an die Nordsee. Wir machen sie in Etappen, jedes Jahr ein Stück, und wenn wir ankommen, sind wir andere Menschen geworden und dann …«

Sie stand da und sah ihn mit klopfendem Herzen an, drauf und dran, den Schritt ins Ungewisse zu wagen.

»Was dann?«

Bis zu diesem Moment wusste sie nicht, was sie sagen wollte, doch sie ließ sich von ihrem Gefühl leiten und platzte damit heraus. »Dann wirst du wissen, dass es nichts ausmacht, wenn du dein Hemd ausziehst und ich deine Verbrennungen sehe. Es wird einfach keine Rolle mehr spielen.«

Sie merkte sofort, dass sie etwas Falsches gesagt hatte, denn seine Miene verfinsterte sich, sein Grinsen erlosch.

»Es wird immer eine Rolle spielen«, sagte er.

Sie sah ihn erschrocken an. Sie war zu vermessen gewesen und hatte zu viel gesagt. Trotzdem war es ungerecht. Wenn er seinen Gefühlen freien Lauf ließ und offen sagte, was er dachte, war das in Ordnung. Bei ihr nicht.

»Tut mir leid«, sagte sie.

Schweigend traten sie den Heimweg an. Jeder hing seinen eigenen Gedanken nach und bedauerte, dass es so schwierig war, eine gemeinsame Sprache zu finden.

Den Ausflug nach Avebury machten sie weder am nächsten noch am übernächsten Tag.

Clare Shore lag im Sterben, und alles andere schien in eine Warteschleife zu geraten.

34

Das Auge des Pferdes

Der Arzt verließ gerade das Haus, als sie am späten Abend aus Newbury, wo sie sich einen Film angesehen hatten, nach Woolstone zurückkehrten. Er teilte ihnen mit, dass Clare nun schwächer sei denn je.

Sie stand unter dem Einfluss starker Beruhigungsmittel, als sie nach ihr sahen.

»Morgen … vielleicht übermorgen«, flüsterte Mrs. Foale. »Ich fürchte, ihr bleibt nicht mehr viel Zeit.«

Katherine liefen Tränen übers Gesicht. Obwohl sie sich schon lange mit dem Unvermeidlichen abgefunden hatte, war es ein Schock. Jack nahm sie in die Arme, und sie vergrub ihren Kopf an seiner Schulter und schluchzte.

Als sie sich ein wenig gefasst hatte, holte sie sich etwas Warmes zum Anziehen, um in der Nacht bei ihrer Mutter zu wachen. Dort saß sie noch, als Clare kurz nach acht aufwachte und fragte: »Wo ist Jack? Ich möchte mit ihm sprechen.«

Er kam sofort, setzte sich auf die Bettkante und nahm ihre Hand, wie er es am ersten Tag getan hatte.

»Allein«, flüsterte Clare.

Katherine und Mrs. Foale verließen den Raum.

Jack sah in ihre dunklen Augen, die den Kampf gegen die Schmerzen aufgegeben hatten und nicht mehr strahlten. Er wusste, dass es ein Abschied war. Der Fremde, der schon die ganze Zeit in diesem Raum geweilt hatte, war nun ganz nah.

Jack musste sich weit vorbeugen, damit er sie verstehen konnte.

»Du musst etwas für mich tun, das ich selbst nicht mehr tun kann. Du musst auf den White Horse Hill.«

»Ich …«, begann er.

»Heute, heute Nachmittag gehst du zu dem Weißen Pferd und

sagst, dass ich jetzt bereit bin. Ich wollte schon so lange selbst hinaufsteigen, aber natürlich fehlt mir die Kraft dazu. Jetzt musst du es für mich tun.«

Sie schwiegen eine Weile.

»Jack?«

Er sah sie an.

»Kümmere dich um sie«, sagte sie, »und hör zu, *hör zu* … du musst zulassen, dass sie sich um dich kümmert. Das ist das größte Geschenk, das du ihr machen kannst. *Lass zu, dass sie sich um dich kümmert, Jack.*«

Er nickte, als habe er verstanden, doch er war sich nicht sicher.

Dann hob sie unter großer Anstrengung die Hand und berührte sein Gesicht. »Danke«, hauchte sie, »dass du zu uns gekommen bist. Jetzt geh … und steig auf diesen Hügel!«

Jack stand auf. Katherine wartete draußen, und sie nahmen sich gegenseitig in die Arme.

»Es geht zu Ende, nicht?«

Jack nickte. Er hielt sie fest, bis sie bereit war, zu Clare zu gehen.

Dann war sie fort, und er wusste, was er zu tun hatte.

Nach dem Mittagessen brach er auf. Er verriet Katherine und Mrs. Foale nicht, wohin er ging. Er sagte nur, Clare habe ihn ausdrücklich darum gebeten.

Er ging durch den Garten und schlug einen Bogen um die Baumgruppe, bis er an den hinteren Zaun kam. Das Feld dahinter fiel zu einem Wäldchen hin ab, und bald verschwand der White Horse Hill hinter den Bäumen. Er fand den richtigen Pfad und folgte ihm. Die Luft war drückend schwül und wie mit einer dunklen Energie aufgeladen. Es sah nach Regen aus, und so ging er schneller.

Das Wäldchen, das er durchqueren musste, war so dicht, dass kaum ein Sonnenstrahl durch das Blätterdach drang.

Erst als der Pfad vom Bach abzweigte und wieder bergauf führte, hatte er das Gefühl, auf dem richtigen Weg zu sein. Er gelangte an einen Zauntritt, und dahinter kam wieder der Hügelkamm in Sicht, und sogar etwas Weißes, das ein Vorderbein des Pferdes hätte sein können. Er drehte sich kurz um. Woolstone House war dem Blick entschwunden.

Der Pfad verlief beinahe parallel zur Hügelkette und stieg nur langsam an, gestattete ihm aber von Zeit zu Zeit einen Blick auf den Kamm und schließlich auch wieder auf das Pferd. Jedes Mal, wenn er es entdeckte, schien es ein Stück weitergelaufen zu sein und seine Gestalt wie auch seine Richtung geändert zu haben, als sei es lebendig.

Er kam ihm so nahe, dass er das Auge erkennen konnte, und da fiel ihm auf, dass es ihn direkt ansah.

»Ich gehe darauf zu«, sagte er sich, verließ kurz entschlossen den ausgetretenen Pfad und schlug eine direktere Route ein. Sofort wurde das Gelände steiler und unwegsamer. Die Bäume rückten enger zusammen, und ihre Äste waren wie Klauen, die ihn aufzuhalten versuchten. Schließlich musste er den Kopf einziehen und sich durchs Unterholz schlagen, wobei er sich die Kleider zerriss und das Gesicht und den Hals zerkratzte.

Donner grollte, und ein Gefühl von Dringlichkeit packte ihn. Er stürzte sich förmlich in das Dickicht, musste aber jedes Mal feststellen, dass seine Kraft nur für ein paar Schritte reichte, ehe er stehen bleiben und verschnaufen musste, den Mund voll mit holzig-erdigem Staub von Bäumen und Flechten.

Aber Jack war das gleich. Er wollte gegen diese Bäume kämpfen, als wären sie seine Feinde. Entschlossen stürmte er weiter, drückte und zwängte sich durch das Gestrüpp.

Dann wieder eine Pause, um Atem zu schöpfen, und ein weiterer Vorstoß. Bis er plötzlich hindurch war und japsend auf der anderen Seite ins Gras stürzte, nur noch einen Viehzaun zwischen sich und dem Schlussanstieg zum Weißen Pferd, direkt über der letzten steilen Wölbung des Hügels.

Als er den Grashang hinaufzustapfen begann, fuhr ihm ein Windstoß durchs Haar, kälter als bisher. Erneut rumpelte der Donner. Wenig später wurde der Wind immer stärker, und eine Regenböe erfasste ihn, brachte ihn aus dem Gleichgewicht, peitschte ihm ins Gesicht, und ein Schwall kalten Wassers lief ihm am Hals hinunter.

Mit gesenktem Kopf stapfte er weiter, während das Gras unter ihm vor Nässe zu glänzen begann. Der Himmel über ihm tobte und Angst überkam ihn, Angst um sich und Katherine. Es stimmte nicht, dass sie nur seinetwegen in Gefahr war, wie Arthur ihm zu verstehen geben wollte. Sie stellte selbst irgendeine Gefahr dar, was sie zur Zielscheibe machte. Die bloße Möglichkeit erfüllte sein Herz mit Zweifeln und Ängsten. Wie sollte er sie denn schützen, oder sie sich selbst, wenn sie nicht wussten, inwiefern sie eine Bedrohung war?

Er drehte sich um und blickte über das Tal, halb in der Erwartung, trotz des dichten Regens etwas zu erkennen. Doch er sah nur eine graue Regenwand und spürte die Kälte in seinem Gesicht, die jetzt auch durch seine nassen Kleider drang und in seinen Körper kroch. Aber er musste für Clare diesen Hügel hinaufsteigen, bis er beim Pferd war.

Das Auge des Pferdes, sagte er sich und wusste, dass sein Ziel weitaus mehr war als nur ein freigescharrter Kreidestreifen auf einem Hügel und dass ihm jeder Schritt eine Willensanstrengung abverlangen würde.

Immer weiter stapfte er durch Wind und Regen und Kälte. Im Kampf gegen die Elemente kniff Jack das Gesicht zusammen. Er fürchtete, die Orientierung zu verlieren, doch er war überzeugt, dass er nun keinem Pfad mehr zu folgen brauchte, sondern sich selbst einen Weg suchen musste.

Er kämpfte sich weiter voran, stapfte durch Bäche aus Regenwasser, dass es spritzte, fand in Arthurs genagelten Stiefeln sicheren Halt.

Er nahm die steilste Route, die er bewältigen konnte. Wenn er einfach geradeaus weiterging, musste er irgendwann den Gipfel erreichen, obwohl ihm jetzt jeder nächste Schritt beinahe wie eine Unmöglichkeit vorkam.

Der Wind wurde stürmisch und grimmig. Gebeugt kletterte Jack weiter, immer erschöpfter, aber in der Gewissheit, dass er sich nicht zum Aufgeben oder Umkehren zwingen lassen würde. Doch mit einem Mal spürte er um sich herum etwas Neues und Beunruhigendes. Es war ein seltsames Unbehagen, eine Veränderung in den Dingen, das Gefühl, dass da etwas noch Gewaltigeres war als die Landschaft, der Himmel und die Elemente, dass es sich in ihm und um ihn veränderte, zu einem Ende kam und von neuem begann.

Der Hang wurde so steil, dass er schließlich auf allen vieren über das kalkige und glitschige Gras kriechen musste. Er griff nach allem, das ihm Halt bot, und bohrte den Fuß in jedes Kaninchenloch, von dem er sich abstoßen konnte.

Wenn er merkte, dass er zu weit nach rechts geriet, korrigierte er seine Richtung. Wenn ihm Regen in die Augen peitschte, wischte er ihn mit dem durchweichten Ärmelaufschlag seiner Jacke fort. Wasser lief ihm in die Stiefel, doch er achtete nicht darauf.

Irgendwann hob er keuchend und stöhnend den Kopf und erschrak beinahe, als er zu seiner Linken eine Linie aus aufgeweichter, grauweißer Kreide bemerkte.

Ein Bein des Pferdes. Ein Bein, das sich in der Ferne verlor.

Dann zu seiner Rechten ein zweites, das ebenfalls von ihm fortstrebte, wie alles um ihn herum. Das uralte Pferd von Uffington nahm auf seltsame Weise Gestalt an, Weiß auf Grün, Kreide zwischen Gras. Weniger ein Pferd als ein Gewirr von Linien, die den Eindruck einer Bewegung erweckten, die ewig andauerte.

Zwischen den endlos langen Gliedmaßen und den Umrissen des Pferdeleibes kroch er weiter, getrieben von Regen und Wind. Aus seinem Keuchen und Stöhnen wurden wilde Ausbrüche: Schreie der Erschöpfung und lebenslanger Schmerzen, Schreie der Wut und des Zorns, ein Brüllen und Heulen, das niemand außer ihm verstehen konnte. Dann war er endlich am Ziel und fiel, die Arme weit von sich gestreckt, kopfüber in das kreisrunde weiße Auge des Pferdes, das den Himmel widerzuspiegeln schien, aber die runde Form der Erde hatte.

Jack fluchte und brüllte, den Geschmack von Kreide ihm Mund.

Dann stand er auf, drehte sich um und wandte sich der Welt unter und dem Himmel über ihm zu. Endlich stellte er sich dem tiefen Unbehagen, das ihn auf dem letzten Teil des Anstiegs befallen und das ihn, wie er jetzt begriff, seit dem Unfall begleitet hatte.

Jetzt wusste er, dass er ein Riesengeborener aus Hyddenwelt war, und was das bedeuten konnte, hatte ihm Margaret erklärt. Leute wie er waren offenbar immer verfolgt und getötet worden. Und das Gefühl, dass ihn jemand beobachtete, nährte seine angeborene Angst, zum Gegenstand des Hasses und der Furcht anderer zu werden.

»Ja«, sagte er leise, »diese Angst ist mir in die Wiege gelegt, und sie wird nicht vergehen, bis ich denen, die mir nach dem Leben trachten, entgegentrete und sie besiege.«

Der Wind flaute ab, und der Regen ließ nach. Schließlich blieb nur noch ein stetes Tröpfeln aus Jacks nassem Haar auf seinen Kragen.

Das Unwetter zog so schnell weiter, wie es gekommen war, und hinterließ eine Landschaft, die nass, aber unbesiegt war.

Dann kam die Sonne heraus, und das Gewirr von Linien ringsum fügte sich mit einem Mal zu einem Ganzen, zum Weißen Pferd von Uffington.

Erst als die Luft endlich zur Ruhe kam, der Himmel vollends aufklarte und Jack vor Erschöpfung und Kälte am ganzen Leib zu zittern begann, bemerkte er die Frau, die über ihm auf der Kuppe des Hügels stand.

Sie war fast nur ein Schattenbild vor dem hellen Himmel und Jack musste die Augen zusammenkneifen, um sie genauer zu erkennen. Sie hatte die Hände tief in den Taschen ihres Mantels vergraben, an dem eine Brosche in den Farben des Sommers steckte. Ihr linkes Handgelenk umspannte ein Armband in den zarten Tönen des Herbstes. Und ihr rechter Arm hielt einen Schild, dessen Buckel das kalte Licht des Winters verströmte. Sie nickte ihm leicht zu, wie um ihn aufzufordern, die letzten Meter vom Auge des Pferdes bis zur Hügelkuppe hinaufzusteigen.

Eine letzte Regenböe fegte über den Hang und machte ihm selbst diese letzten Schritte zur Qual.

Dann war die Böe fort und mit ihr die Brosche, das Armband, der Schild und all die herrlichen Farben.

»Jack«, begann sie, »ich habe so viele Jahre darauf gewartet, dass du mich findest.«

Ihr Mantel war vom Regen durchweicht, ihr nasses Haar über dem alterslosen Gesicht nach hinten gestrichen, und ihr Blick erfüllt von hunderttausend Dingen, als sie die Augen von ihm abwandte und auf einen Punkt im Tal richtete.

Er drehte sich um und blickte in dieselbe Richtung, und weit unten, dort, wo er hergekommen war, erblickte er die beiden großen Koniferen, und dazwischen Woolstone House.

Da wusste er instinktiv, nicht wer sie war, aber was sie war.

Die Reiterin des weißen Pferdes.

Sie hatte ihn einst abgeholt, als er jung und verängstigt gewesen war, ihn getröstet, als er sich vor der Fremde fürchtete, ihm Mut zugesprochen, als er, um am Leben zu bleiben, alles Vertraute hinter sich lassen musste. Und sie hatte zu ihm gesagt, dass er der Riese werden könne, als der er geboren worden sei. Und dass er eines Tages vielleicht nach Hause zurückkehren könne.

Dann hatte sie ihn auf ihrem Pferd fortgeschickt, hinauf in den Himmel, zu den Sternen. Wie ein Blatt, das sanft der Wind bewegt, war er von dort auf die Erde zurückgekehrt und in das Leben, das er jetzt kannte.

»Erinnerst du dich noch an meinen Namen?«, fragte sie.

Jack schüttelte den Kopf.

Er hatte Kreide und Schmutz im Gesicht, graue Schmiere an den Kleidern, Wasser in den Stiefeln, und er war sehr müde und fror. Auf dem ganzen Weg zum Gipfel des Hügels hatte er sich gefürchtet wie schon in all den Jahren zuvor, doch in ihrer Gegenwart war alle Furcht verflogen.

Sie streckte ihm die Hand entgegen und half ihm bei seinem letzten Schritt.

»Mein Name ist Imbolc«, sagte die Friedensweberin, »und ich bin nun fast am Ziel meiner Reise. Vor zehn Jahren bin ich am Ende des Winters meines Lebens angekommen, und seitdem lebe ich von geborgter Zeit. Ich habe beobachtet, wie du und Katherine herangewachsen seid, bis ihr bereit wart, die Herausforderungen eures Lebens anzunehmen. Diese Zeit ist jetzt gekommen. Also höre mir zu, lerne und präge dir alles ein …«

35

HEIMKEHR

Jack hatte recht behalten, denn der dunkle Fremde mit dem Namen Tod, dessen Gegenwart er schon am Tag seiner Ankunft im Wintergarten gespürt hatte, hatte Clare am selben Nachmittag ins Ohr geflüstert, dass ihr Lebensweg nun zu Ende sei.

Das allgegenwärtige Klirren der Windspiele draußen im Garten, das vorübergehend sehr laut geworden war, als Jack sich auf den Weg zum weißen Pferd gemacht hatte, wurde trotz der Sturmböen immer leiser und leiser.

»Katherine?«, rief Mrs. Foale. »*Katherine!*«

Clare Shore fragte nach Jack.

»Aber er ist doch auf dem Hügel, Mum«, sagte Katherine und ergriff ihre Hand. »Er wird noch eine Weile fort sein. Ich könnte aber losgehen und versuchen …«

Clare schüttelte den Kopf und drückte Katherines Hand einen Augenblick lang fester.

»Bleib«, hauchte sie und blickte zu Mrs. Foale, die nur nickte und schwieg.

»Ich möchte …«

»Ja, Mum?«

»… ihm noch einmal dafür danken, dass er dir das Leben gerettet hat. Und ihm sagen …«

Nur in ihren Augen schien noch Leben zu sein. Alles andere war nichts als ein Schatten.

»Was? Was willst du ihm sagen?«

»Sag ihm, dass er jetzt bereit ist, und du auch. Sag ihm das.«

Clare rang nach Atem und begann zu husten. Mrs. Foale tätschelte ihr beruhigend die Hand.

»Und ich wollte dir noch von den …«, fuhr Clare nach einer Weile fort, und freudige Erinnerung ließ ihre Augen kurz aufleuchten,

»… von den Windspielen erzählen … Was sie uns geben. Aber nun werden *sie* ja bald kommen und es dir zeigen. Das ist besser als alle Erklärungen.«

»*Wer* wird kommen, Mum? Und was werden sie mir zeigen?«

Clare Shore blickte zu Mrs. Foale. Traurigkeit erfüllte ihre Augen, denn sie wollte nicht gehen. Sie wollte nicht, dass ihr Katherines Hand für immer entglitt. Aber sie fühlte sich unendlich müde, und die Kinder waren bereit. Alles war gut, und sie konnte loslassen.

»Mrs. Foale weiß es … sie wird es dir sagen. Sie wird …«

Margaret Foale nickte, Tränen stiegen ihr in die Augen. »Das werde ich, meine Liebe«, flüsterte sie.

»Danke«, sagte Clare, drehte den Kopf zur offenen Tür des Wintergartens und lauschte.

»Ich kann die Windspiele nicht mehr hören«, sagte sie nach einer Weile.

Tatsächlich rauschten die Bäume im Wind so laut, dass sie alles andere übertönten. Dann gab Clare ihren langen, tapferen Kampf gegen Krankheit und Schmerzen auf.

»Mum …«, flüsterte Katherine, aber es gab nichts mehr zu sagen. Die Tür, durch die nur ihre Mutter gehen konnte, ging auf, und sie konnte es nicht verhindern.

»*Mum* …«, wiederholte sie.

Clare lächelte, und ihre freie Hand griff in die Bettdecke.

Sie brauchte die Augen nicht zu öffnen. Es genügte, dass ihre andere Hand wieder die Katherines gefunden hatte.

»Zweifele nie daran, dass er dich liebt, mein Herz«, sagte sie leise, »oder dass er dich braucht und dass du ihn brauchst. So war es bei Richard und mir, und so …« Clare drückte Mrs. Foales Hand. »… und so ist es bei Ihnen und Arthur.«

Sie wandte sich wieder Katherine zu. »Du wirst es erkennen, du weißt es schon. Ihr seid jetzt beide bereit.« Wieder wurde sie von einem Hustenanfall geschüttelt.

Sie hatte sich geweigert, die Medikamente, die ihr der Arzt gegen die Schmerzen verordnet hatte, noch länger einzunehmen.

Mrs. Foale beschloss, Mutter und Tochter eine Weile allein zu lassen. Sonst wollte Clare niemanden sehen, außer vielleicht Jack, aber der war auf dem White Horse Hill, so wie sie es gewollt hatte. Er tat jetzt für sie, was sie selbst nicht mehr konnte. Das war seine Art, am Ende bei ihr zu sein.

Zur richtigen Zeit am richtigen Ort, das war Jack von Anfang an, und so wird es bis zum Schluss bleiben. Immer dort, wo er sein muss.

»Woran denkst du, Mum?«

»An schöne Dinge, mein Herz – nur an schöne Dinge.«

Vertraue immer darauf, dass er über dich wacht, mein Herz. Ich fühle, dass das seine Bestimmung ist und dass er dich irgendwie seit Anbeginn der Zeiten liebt, so wie du ihn. »Ich kann die Windspiele nicht mehr hören«, wiederholte Clare, als sei dies das Letzte, woran sie sich klammern konnte.

Sie öffnete ein letztes Mal die Augen und sah Katherine an.

Der Wind kam zur Ruhe, ebenso die Bäume, das Gras und die anderen Pflanzen. Einen Augenblick lang hörten sie die Windspiele wieder, bis auch sie verstummten und Stille einkehrte, nur durchbrochen vom Tröpfeln des Regens. Die Sturmböen zogen weiter, und mit ihnen der Geist Clare Shores.

Katherine hob die Hand ihrer Mutter, und während ihr Tränen über das Gesicht liefen, legte sie ihr sanft den Arm um die Schultern und hielt sie fest, bis der Körper, der ihre tapfere Seele durch so viele Jahre getragen hatte, schließlich reglos dalag.

36

ERNEUTE WARNUNG

»Imbolc ist ein sonderbarer Name«, sagte Jack.

Der schlimmste Regen war vorüber, und er saß auf dem White Horse Hill und sprach mit der Friedensweberin. Die Sonne war durch die dahinjagenden Wolken gebrochen und schien für einen Moment in das Tal, in dem Katherine lebte.

»Mag sein, aber er ist mein Vorname und gefällt mir. Weißt du, was er bedeutet?«

Er schüttelte den Kopf.

»Frühling«, sagte sie, »in der alten Sprache. Er stammt aus der Zeit, als ich sterblich war.«

»Mir kommen Sie ziemlich real vor.«

Sie lachte. »Da täuschst du dich aber gewaltig. Was du siehst, ist eine Trugbild und beileibe nicht real, und vielleicht wirst du es nur als flüchtigen Schatten in Erinnerung behalten. Aber an mehr brauchst du dich auch nicht zu erinnern, um das Richtige zu tun.«

Er musterte sie mit prüfendem Blick. Sie war groß, elegant, um die fünfundvierzig, das Haar kastanienbraun, dunkel vom Regen. Ihr Mantel war anders als jedes Kleidungsstück, das er jemals gesehen hatte, und fiel bis auf die Schuhe hinab.

»Hier in der Menschenwelt ist das meine Lieblingsverkleidung, aber in Hyddenwelt ...«

»Ist das ein realer Ort?«

»So real, dass du schon so gut wie dort bist. Du wirst bald lernen, hin- und herzureisen. Das ist eine der größten Gaben, die Riesen wie du besitzen.«

»Riesen?«

»Ja, wie du von Arthur Foale schon weißt.«

»Sie kennen ihn?«

»Selbstverständlich.«

»Lebt er noch?«

»Ja«, antwortete sie und wurde wieder ernst. »Das ist eines von mehreren Dingen, über die wir sprechen müssen.«

Sie verfielen in Schweigen.

»Du hast gewusst, was heute Nachmittag geschehen würde, nicht wahr, Jack?«, fragte sie nach einer Weile.

»Dass Clare …«

Er wollte das Wort nicht aussprechen.

Auch Imbolc nahm es nicht in den Mund, da in Wirklichkeit niemand stirbt – man wechselt einfach nur auf eine andere Ebene.

»Ja, dass ihr Lebensweg enden würde. Aber ich habe an etwas Spezielleres gedacht.«

»Dass es geschehen würde, während ich auf den White Horse Hill klettere? Ja, das habe ich wohl gewusst.«

»Ich denke eher an Katherine. Du musst dich darauf einstellen, dass sie sehr traurig sein wird, und das macht sie anfällig für jene Kräfte, vor denen du sie schützen musst.«

Jack sann über ihre Worte nach.

»Du darfst die Folgen eines solchen Verlustes nicht unterschätzen«, warnte sie ihn. »Die Trauer überwältigt dich, greift nach deinem Herzen und deinem Verstand, zwingt dich, an nichts anderes zu denken als an die Person, die du verloren hast, und an die endlose schwarze Leere, die sie zu hinterlassen scheint … Und damit einher geht Zorn, denn du bist verlassen worden und musst den steinigen Weg nun allein weitergehen.«

Imbolc hatte, damit sie sich im nassen Gras keinen feuchten Hintern holten, einen schwarzen Plastikmüllsack hervorgezaubert, von dem Jack, seit er darauf saß, langsam heruntergerutscht war. Jetzt rückte er wieder an ihre Seite.

»Gute Idee, das Ding«, sagte er mit einem Grinsen und deutete auf den Müllsack.

»Ich wünschte, ich könnte sagen, die Idee sei von mir, aber es war ein gewisser Bedwyn Stort, der mich vor einiger Zeit darauf gebracht hat. Seitdem trage ich stets einige bei mir, und sie haben mir häufig gute Dienste geleistet.«

»Bedwyn Stort ist auch ein komischer Name.«

»Er ist auch ein komischer Kauz, jedenfalls kommt er einem so vor, wenn man ihm zum ersten Mal begegnet. Aber irgendwann stellt man fest, dass man sich an ihn gewöhnt hat und nicht mehr ohne ihn auskommt. Das gilt besonders für dich, denn am selben Tag, an dem du Katherine gerettet hast, hat er *dir* das Leben gerettet. Ihr seid alle durch eine gemeinsame Wurd miteinander verbunden, von der jetzt sehr, sehr viel abhängt.«

»Das klingt ja, als müsste ich ihn unbedingt kennenlernen. Wo wohnt er denn?«

»An einem Ort namens Brum, aber ich glaube nicht, dass er im Augenblick dort ist. Ich glaube eher, dass er auf dem Weg hierher ist.«

»Sie scheinen viel zu wissen.«

»Hmm, eigentlich weiß ich fast nichts. Er kommt hierher, einfach weil er erkannt hat, dass es Zeit dafür ist und dass du, was am wichtigsten ist, jetzt gebraucht wirst.« Sie schmunzelte. »Dafür sind Riesen da.«

Jack überging diese Bemerkung.

Das Tal, in dem der Regen die Luft gereinigt hatte, leuchtete unter ihnen kristallklar in der Nachmittagssonne. Jack fror jetzt nicht mehr und fühlte sich gut.

»Wo schaust du hin?«, fragte sie ihn.

»Ich genieße nur die Aussicht.«

»Kannst du Katherines Haus sehen?«

Er suchte kurz die Landschaft ab und deutete darauf.

»Wie hast du es so schnell gefunden?«, fragte sie.

»Wegen der beiden großen Nadelbäume. Sie sind dunkler und größer als die anderen.«

»Und was fällt dir noch auf?«

»Ich … na ja, vieles.«

»Am Garten, meine ich.«

Er sah angestrengt hin, aber er bemerkte nichts Ungewöhnliches, nur Bäume und ein Stück Rasen.

»Das macht nichts«, sagte sie schließlich. »Mit der Zeit wirst du es sehen lernen. Aber du musst dich damit beeilen, da du sonst nicht weißt, wohin du gehen musst.«

»Ich werde weiter danach suchen, bis ich es sehe.«

Doch Imbolc wechselte bereits wieder das Thema. »Trauer treibt die Leute dazu, die seltsamsten Dinge zu tun, auch Dummheiten zu begehen. Das macht sie verletzlich. Und gerade wenn man glaubt, sie hätten die Trauer überwunden, kommt sie zurück. Zwei Jahre, drei Jahre später … so lange kann es dauern, bis jemand nach dem Tod eines Elternteils sein inneres Gleichgewicht wiederfindet. Aber so viel Zeit wird dir und Katherine nicht vergönnt sein. Höchstens ein paar Wochen, dann werdet ihr gebraucht.«

»Wozu?«

»Dazu komme ich gleich. Vorher musst du begreifen, dass Katherine durch Clares Tod in sehr große Gefahr gerät. Clares starker Lebenswille war Katherines Schutz, genauso wie ihr Vertrauen in die Windspiele.«

Das leuchtete Jack ein, aber er verstand noch immer nicht, worin die Gefahr eigentlich bestand.

»Arthur Foale wollte mich davor warnen, dass diese dunklen Kräfte, was immer auch damit gemeint sein soll, versuchen könnten, durch Katherine an mich heranzukommen. Aber sie haben auch Grund, Katherine um ihrer selbst willen zu fürchten, habe ich recht? Worin genau besteht die Gefahr?«

»Du solltest mich fragen, von *wem* sie ausgeht. Von den Sinistral. Stort und die anderen werden es dir erklären, deshalb muss ich es nicht tun.«

Er blickte verwirrt.

»Sei unbesorgt, es wird sich bald klären. Aber da wir gerade von den Sinistral sprechen … Das erinnert mich an den Vorfall, bei dem du als Sechsjähriger so schwer verletzt wurdest.«

»Sie meinen den Autounfall?«

»Es war kein Unfall«, erwiderte sie trocken.

»Ich verstehe nicht.«

»Er wurde absichtlich herbeigeführt.«

»Das ist lächerlich. Ich war dort und habe genau gesehen, dass es ein Unfall war.«

»Ich war auch dort, Jack, und ich kann dir versichern, dass es keiner war. Die Fyrd wurden von den Sinistral ausgesandt, um ihn vorsätzlich herbeizuführen.«

Jack schüttelte ungläubig den Kopf.

»Aber wer würde denn Katherine töten wollen?«

»Es war nicht sie, die sie töten wollten.«

»Aber …« Ihm versagte die Stimme.

»*Dich* wollten sie töten, Jack.«

Du darfst die Folgen eines Verlustes nicht unterschätzen, hatte sie ihm vor Minuten noch gesagt. *Trauer überwältigt dich, greift nach deinem Herzen und deinem Verstand.*

Nach dem Unfall hatte ihn Trauer überwältigt – Trauer um das, was er selbst verloren hatte.

»Ich glaube, es ist ihnen gelungen«, sagte er plötzlich und gestand damit sein eigenes Leid endlich ein.

Die Friedensweberin strich mit beiden Händen über sein Gesicht und dann über seinen vernarbten Hals, wie Clare es bei ihrem Wiedersehen getan hatte, um ihr Mitgefühl und ihre Anerkennung auszudrücken.

Er versuchte, sich ihr zu entziehen, aber sie war stärker als er und mit einem Mal auch viel größer, so groß wie die Erde selbst und der Himmel darüber. Als er aufstand und sich zur Wehr setzte, wurde sie noch stärker. Bis sich sein Zorn nach einiger Zeit legte.

»Es ist ihnen gelungen«, sagte er wieder.

»Das ist doch gerade das Wunder, dass es ihnen nicht gelungen ist, Jack, und durch ihr Scheitern haben sie dich stärker gemacht. So wundersam sind die Wege der Wurd. Sie bewirkt das Gegenteil von dem, was andere dir zufügen wollen. Aber versteh mich nicht falsch: Nun, da ihr beide Clares Schutz verloren habt, werden sie bald wiederkommen.«

Nichts von dem, was sie sagte, ergab einen Sinn, aber dafür ging ihm plötzlich etwas anderes auf.

Als er wieder ins Tal blickte, sah er endlich, was am Garten von Woolstone House so merkwürdig war. Die Sonne stand nun etwas tiefer und beleuchtete mit ihren sanften, roten Strahlen die Wipfel der Bäume, ganz besonders die der beiden Koniferen und einiger anderer, die kleiner, aber an ihrem dunklen Nadelkleid gut zu erkennen waren. Plötzlich stachen sie in einer Weise hervor, die vom Garten aus nicht zu erkennen war, wo sie sich zwischen all den anderen Bäumen verloren.

Er beugte sich vor, blickte angestrengt von Wipfel zu Wipfel und dann weiter zum nächsten, bis er das einfache Muster erkannte hatte. Natürlich waren ihm auch die anderen Nadelbäume zuvor schon aufgefallen, aber nun sah er zum ersten Mal, dass sie im Garten einen verborgenen Ring bildeten.

»Was ist das?«, fragte er verdutzt.

»Das ist ein Henge aus Lebendholz, vor vielen Jahren von Arthur Foale erschaffen. Es standen dort bereits Nadelbäume, und so brauchte er nur ein paar zu fällen, damit das Muster deutlicher hervortrat.«

Das Sonnenlicht verblasste vorübergehend und glänzte dann wieder kräftig auf, bis die Bäume einen nahezu perfekten Kreis bildeten, dessen Symmetrie nur dadurch gestört wurde, dass die beiden Koniferen einen größeren Abstand zueinander hatten als die anderen.

»Das ist der Eingang«, erklärte Imbolc. »Wenn du dich an der Sonne orientierst, wirst du feststellen, dass er sich auf der Nordostseite des Henges befindet – wo solche Eingänge immer sind. Arthur hat lange gebraucht, um das herauszufinden, und anschließend musste er umfangreiche Nachforschungen anstellen, um dahinterzukommen, wie sie für ihren wichtigsten Zweck benutzt werden.«

»Sind Henges nicht astronomische Kalender oder so was?«

Sie schüttelte den Kopf. »Das Problem mit den Menschen ist, dass es ihnen schwerfällt, über das, was sie bereits wissen oder glauben, hinauszudenken. Und da sie nicht mehr an die Hydden glauben, haben sie Mühe, das Offensichtliche zu sehen. Die wichtigste Funktion der Henges besteht nämlich darin, als Portale zwischen der Welt der Hydden und der Welt der Menschen zu dienen. Natürlich muss man erst lernen, wie sie benutzt werden, aber das ist gar nicht so schwer. Man muss nur daran denken, dass alles Illusion ist – was erklärt, warum ich als Gestaltwandlerin mich so gut damit auskenne.«

»Sie wollten mir sagen, wo Arthur Foale ist.«

»Nein, das wollte ich nicht, und ich weiß es auch gar nicht. Aber ich kann dir sagen, was er im Moment tut. Vielleicht hilft dir das weiter.«

»Was?«

»Er sucht den Frühling.«

»Das ist aber eigenartig«, sagte Jack. »Der Frühling ist doch kein Ort, sondern eine Jahreszeit. Er braucht doch nur auf ihn zu warten.«

Imbolc lachte aufs Neue. »Der Frühling kann vieles sein. Eine Person, ein Seinszustand. Aber er ist auch ein Edelstein oder wird zumindest von einem verkörpert. Und diesen Edelstein sucht Arthur. Das Dumme ist nur, nach Hyddenwelt zu gelangen ist eine Sache, wieder zurückzufinden eine ganz andere. Dabei wird er auf Hilfe angewiesen sein. Andererseits gibt es Legenden und Prophezeiungen, die besagen, dass nur ein Riesengeborener den Edelstein finden kann, folglich wird Arthur Unterstützung von einem brauchen.«

»Doch hoffentlich nicht von mir?«, fragte Jack unsicher.

Imbolc schmunzelte über seine Bestürzung. Die Sonne verblasste, und es wurde wieder kühl. Kurz darauf zog Nebel über den Hügel und trübte die Sicht ins Tal. Als er sich wieder lichtete, war die Sonne versunken und Woolstone nicht mehr zu erkennen.

»Ich kann das Haus nicht sehen«, begann Jack und drehte sich nach Imbolc um.

Doch auch sie war verschwunden.

Mit ihr zog auch das Unwetter endgültig weiter, und alles, was von ihm blieb, war dumpfes Donnerrollen in der Ferne. Es klang wie das Hufgetrappel eines großen Pferdes, das über den Himmel galoppierte.

37

AUS DEM DUNKEL

Imbolc behielt recht.

Nach Clares Tod fiel Katherine in tiefe Trauer, ebenso wie Margaret Foale. Es war eine ungehaltene, zornige Trauer, vor der es kein Entrinnen gab.

Katherines Stimmung wechselte jäh und oft. Eben noch sah sie wie besessen Clares persönliche Sachen durch, und schon im nächsten Augenblick musste sie unbedingt und zum wiederholten Mal Änderungen an der bevorstehenden Einäscherung ihrer Mutter in Oxford vornehmen. Die Bestattungsunternehmer, die ein solches Verhalten schon oft erlebt hatten, nahmen es mit professioneller Gelassenheit.

Nur an zwei Dingen änderte sich nichts: am Datum der eigentlichen Bestattung in acht Tagen und daran, dass Katherine einen Groll gegen Jack hegte, einen tiefen Groll. Als gebe sie ihm die Schuld an Clares Tod. Als mache sie irgendwie sein Kommen dafür verantwortlich.

Als wollte sie, dass er wieder ging.

Es war, als hätte sie alles vergessen, was ihre Mutter jemals über Jack gesagt hatte.

»Geh dahin zurück, wo du hergekommen bist«, schrie Katherine ihn an. »Ich will dich nie wieder …«

»Katherine …«

»Ich gehe jetzt in den Garten, in *meinen* Garten, und wenn ich wiederkomme, möchte ich dich nicht mehr sehen und auch gar nicht wissen, wo du bist, denn …«

»Katherine …«

»Verschwinde einfach, Jack. Merkst du denn nicht, dass du hier nicht erwünscht bist und es nie warst?«

Die Trauer trieb sie in eine Art Wahnsinn, bis es kaum noch mit ihr auszuhalten war.

Doch Imbolc hatte Jack gewarnt, und er wusste, was zu tun war. Wann immer Katherine in diesen ersten Tagen der Trauer wütend wurde und ihn aufforderte, aus dem Haus und überhaupt aus ihrem Leben zu verschwinden, blieb er ruhig und besonnen. Er weigerte sich zu gehen, geriet nicht in Zorn und ließ kein Auge von ihr.

»Ich möchte, dass du gehst«, sagte sie immer wieder.

»Aber ich werde nicht gehen«, erwiderte er bestimmt.

Tags drauf war Katherine wieder die Freundlichkeit in Person, als hätte sie völlig vergessen, was sie gesagt hatte.

In einem solchen Augenblick fragte sie ihn eines Tages: »Könntest du mir einen Gefallen tun? Genau genommen ist es ebenso für Mum wie für mich.«

»Wenn es unbedingt sein muss«, antwortete er mit gespieltem Widerwillen.

Sie kam zu ihm, umarmte ihn und kniff ihn in die Wange. »Tut mir leid, dass ich … na, du weißt schon.«

»Was für einen Gefallen?«

»Ich möchte, dass wir ein Freudenfeuer machen, wenn das alles vorüber ist, ein größeres, als wir jemals hatten. So groß, dass man es vom White Horse Hill aus leicht sehen kann. Damit soll Mums Leben gefeiert werden. Sie hat Freudenfeuer immer gemocht, und ich mag sie auch, weil sie so etwas Heidnisches und Erdverbundenes haben. Abgemacht?«

»Abgemacht.«

Dann, als dieser kurze Moment der Ruhe vorüber war, rannte sie auf ihr Zimmer, und Jack hörte sie nicht zum ersten Mal weinen.

Erst allmählich, durch Dinge, die sie selbst sagte, und Bemerkungen, die Mrs. Foale gelegentlich fallen ließ, begann Jack in vollem Umfang zu verstehen, was in Katherine vorging. Sie trauerte nicht nur um Clare, sondern auch um das gemeinsame Leben, das Clare und ihrem Mann Richard versagt geblieben war.

Mrs. Foale ertrug Katherines Stimmungsschwankungen weniger geduldig als Jack. Clares Tod hatte das Gefühl der Verlassenheit verstärkt, das sie seit Arthurs Verschwinden empfand, dem nachzugeben ihr aber unpassend erschienen war, solange Clare so krank war.

Nun aber kam es vor, dass sie an manchen Tagen allein im Gemüsegarten stand und um den Mann und nun auch um die teure Freundin, die sie verloren hatte, weinte. Sie achtete jedoch immer darauf, dass Katherine sie nicht sah, und hinterher nahm sie sich zusammen und rief sich ins Gedächtnis, was für ein großes Geschenk es für sie gewesen war, als Clare und Katherine nach Woolstone House kamen. Dann begab sie sich auf ihr Zimmer, entkleidete sich und ging zu Bett, entschlossen, am nächsten Tag einen Weg zu finden, wie sie Katherine zeigen konnte, dass sie sie immer noch liebte.

Katherine wiederum, ebenso verlassen und orientierungslos, verfiel mitunter in Schweigen und saß dann untröstlich im Wintergarten oder im Freien und lauschte den Windspielen, und das bei jedem Wetter.

Mal legte sie laute Rockmusik auf, dann wieder ließ sie sich Badewasser ein und dachte nicht mehr daran, sodass es eine Überschwemmung gab …

So war es an Jack, sie alle auf die eine oder andere Weise zusammenzuhalten.

Dabei begann er mit jedem Tag, den die Bestattung näher rückte, besser zu verstehen, dass Trauer und Verlust die Menschen anfällig machten für die unsichtbaren Welten, die um sie herum wogten und vor denen ihre Psyche sie normalerweise zu schützen vermochte.

Es war schon schlimm genug, dass dieser Ausbruch von Trauer tagsüber Wellen von Misslaunigkeit und Unvernunft durch das Haus und den Garten sandte. Was noch schlimmer war und ihn nach Imbolcs Warnung weitaus bedenklicher stimmte, war, dass bei Nacht etwas Finstereres ums Haus schlich – und immer näher kam.

Wenn die Frauen drinnen waren, eingesperrt in ihre Trauer, und in finsterem Schweigen ihre Mahlzeiten einnahmen oder gar nichts aßen und sich auf ihre Zimmer zurückzogen, suchte Jack im Garten Erholung von ihnen.

Seine Lieblingsplätze waren ein Graslager, das zwischen den drei Bäumen, die es umringten, strahlenden Sonnenschein einfing, ein von einer Quelle gespeister Teich, den dichtes Bambusgestrüpp umschloss, und eine lauschige Stelle hinter einem der heruntergekommenen Steingärten. Wenn er dort auf dem Rücken lag oder mit übergeschlagenen Beinen dasaß und nach Anleitung eines Buches, das er in der Bibliothek entdeckt hatte, zu meditieren versuchte, begann er nach und nach, die Geräusche der Erde selbst zu hören.

Die Ereignisse der vergangenen Tage schienen sein Bewusstsein geschärft zu haben, denn er hörte alles Mögliche, das er zuvor kaum wahrgenommen hatte: Bäume, die leise knarrten, Blätter, die durchs Geäst taumelten, Amselbeine, die durchs Unterholz hasteten, den Wind, der durch den Garten strich, gelegentlich ein Regenprasseln, Bienen, die von Blüte zu Blüte summten, und, mehr als einmal, das energische Getrippel eines Igels im Gestrüpp.

Diese und viele andere Geräusche verschmolzen mit dem Klirren der gläsernen Windspiele, die Clare und andere in den Büschen rings um das geheime Henge aufgehängt hatten. Wenn sie ertönten, glaubte Jack zu verstehen, wie ihre sanften Klänge Dinge zerlegten und ihre Spiegelungen von Sonne und Himmel die Bäume, das Gras und selbst die Schatten besprenkelten und auflösten.

Tagsüber, wenn Wind ging und das Klirren ununterbrochen anhielt, hatte er das Gefühl, dass es nichts zu befürchten gab. Dann konnte er sich zurücklehnen, die Sonne genießen, Zeit und Ort und vor allem die Umstände vergessen. Er spürte, dass Katherine keine Gefahr drohte und dass Mrs. Foale ruhig war.

Abends jedoch, wenn mit dem Tageslicht auch die Reflexionen in den Glasscherben und Spiegeln erloschen und die einsetzende Windstille den Garten ihrer beruhigenden Klänge beraubte, war er umso mehr davon überzeugt, dass unbekanntes Leben sich in feindlicher Absicht aus den anderen Welten herauswagte und an ihm vorüberschlüpfte, um das Haus und seine Bewohner heimlich auszuspionieren.

Dieselben Geister kehrten, als hätten sie ihre Erkundungen abgeschlossen, Pläne geschmiedet und Möglichkeiten aufgetan, später aus einer anderen Richtung wieder und zogen sich zurück, um weiter den rechten Augenblick abzuwarten.

38

IN DER BIBLIOTHEK

Es war Mitternacht, und Jack konnte nicht schlafen.

Er ging nach unten, machte sich einen Tee, wanderte im Erdgeschoss umher, ging zur Tür des Wintergartens und spähte in die Dunkelheit. Dann öffnete er sie und trat auf die Pflastersteine der Terrasse hinaus. Als er nichts Ungewöhnliches spürte, ging er wieder hinein.

»Jack?« Es war Mrs. Foale. »Ich konnte nicht schlafen«, sagte sie. Ihr graues Haar waren zerzaust, und sie trug ein dickes Großmutternachthemd unter einem Morgenrock von Arthur.

»Ich auch nicht«, erwiderte Jack. »Ich habe mir einen Tee gemacht. Möchten Sie auch einen?«

Sie nickte. »Ich bin in der Bibliothek.«

Als er das Tablett belud, hörte er, wie Katherine im Obergeschoss umherwanderte. Sie mochte heiße Schokolade, und so machte er ihr einen Tasse, in der Gewissheit, dass der süße Duft sie nach unten locken würde. Was er dann auch tat.

»Margaret ist oben.«

Sie gesellten sich zu ihr in die Bibliothek, rückten Stühle an den Schreibtisch, an dem sie saß, und nahmen ihr gegenüber Platz.

»Vorhin, als ich wach gelegen habe, ist mir der Gedanke gekommen, dass wir doch zusammen in Arthurs Cottage in Northumberland fahren könnten, wenn alles vorbei ist. Das würde uns guttun. Ich bin lange nicht mehr dort gewesen.«

Clares Krankheit hatte sie in den letzten beiden Jahren davon abgehalten.

»Und ich habe mir überlegt«, sagte Katherine, »dass wir für Mums Asche ein Freudenfeuer machen sollten. Das hätte ihr gefallen. Danach könnten wir fahren.«

Der Vorschlag fand Zustimmung.

»Wie wär's«, fragte Jack, »wenn wir hinwandern?«

»Großartig.«

Er stand unruhig auf, musterte die Bücher in den Regalen, blickte aus dem Fenster und fand sich schließlich neben Arthurs Stuhl wieder. Der Stuhl stand seitlich zum Tisch und vermittelte den irritierenden Eindruck, Arthur hätte ihn in Eile und in der Absicht verlassen, gleich wiederzukommen. Er war aus heller Eiche und Leder gefertigt und sah aus wie aus einem Museum für historische Möbel.

Jack setzte sich spontan hinein, fuhr aber gleich wieder in die Höhe, da er fürchtete, Margaret könnte daran Anstoß nehmen.

»Ist schon in Ordnung«, sagte sie unwillkürlich. »Arthur hätte nichts dagegen.«

Aus diesem neuen Blickwinkel erschien Jack die Bibliothek wie ein zweigeteilter Raum. Margarets Schreibtisch war aufgeräumt und ordentlich, wie auch die Regale zu seinen beiden Seiten. Arthurs Hälfte war das genaue Gegenteil – vollgestopft, verstaubt, unordentlich, mit halb aufgezogenen Schubladen und einem Aschenbecher voll mit ausgedrückten Kippen und der Asche einer ganzen, ungeraucht verglimmten Zigarette. Es sah aus, als hätte Arthur sie gerade angezündet, als er plötzlich fortgerufen worden war, um nie mehr zum Schreibtisch zurückzukommen.

Zwischen Papierstapeln, die sich Jack genau ansah, aber nicht anfasste, lag aufgeschlagen eine wissenschaftliche Zeitschrift, deren vergilbte Seiten vermuten ließen, dass sie schon lange vor Arthurs Verschwinden so dort gelegen hatte. Über dem Tisch hing noch ein miefiger Zigarettengeruch und … Er schnupperte noch einmal, und dann entdeckte er eine Whiskeyflasche und daneben ein staubiges Glas. Er ergriff es und schnupperte daran. Auf seinem Boden entdeckte er die verräterischen Spuren einer verdunsteten Flüssigkeit.

»Zigaretten und Whiskey«, bemerkte Jack, ohne sich dabei etwas zu denken.

»Er mochte seine Drogen«, witzelte Mrs. Foale.

Jack las den Anfang des Zeitschriftenartikels. Er war von Arthur selbst verfasst und mit einem Foto von ihm versehen, auf dem er genauso aussah wie auf der DVD, die er für sie zurückgelassen hatte.

Jack ertappte sich dabei, wie er in die halb offen stehenden Schubladen spähte.

Eine davon enthielt mehrere Päckchen Zigaretten einer Marke, von der er noch nie gehört hatte, und sie waren ebenso vergilbt wie die Seiten der Zeitschrift. In der anderen lagen ein alter Taschenrechner und ein Prismenkompass, wie er einmal einen benutzt hatte, um mit einer Generalstabskarte durch die walisischen Berge zu wandern.

Er nahm ihn heraus und sah ihn sich genauer an. Er war tadellos gearbeitet, das Prisma saß genau an der richtigen Stelle, die Skalen waren fachmännisch in das Messing graviert, die Nadel schwang problemlos. Doch der Ring, in den der Benutzer normalerweise den Daumen steckte, um sich das Instrument vors Auge zu halten, war selbst für seinen kleinen Finger viel zu klein.

»Merkwürdig«, murmelte Jack.

Er legte ihn zurück und wandte seine Aufmerksamkeit den Buchreihen in den Regalen zu, die hinter ihm vom Boden bis zur Decke reichten. Sie beschäftigten sich vorwiegend mit Volkskunde und sahen sehr zerlesen aus. Die Regale daneben bargen weitere Werke zu diesem Thema und darüber hinaus eine Fülle anderer.

Daneben gab es Ablageboxen, die alle sauber beschriftet waren und sich dadurch von dem allgemeinen Durcheinander abhoben. Auf dem Fußboden stapelten sich Landkarten und Kartons mit Fotografien. Auf vielen der Fotos waren Megalithen, Steinkreise und, soweit Jack beurteilen konnte, eisenzeitliche Wallburgen abgebildet.

Außerdem gab es einen Garderobenständer aus der Zeit Edwards VII., in dessen Schirmhalter Spazierstöcke alle Formen und Größen steckten, während an den Haken eine Vielzahl verbeulter Hüte hing. Diverse Schuhschachteln enthielten Steine, schwarzes Seegras, eine getrocknete und zusammengerollte Natternhaut. Bald wurde das Muster deutlicher. Wo er auch hinsah, überall fiel sein Auge auf Objekte aus der Natur oder Kleidungsstücke, die man trug, wenn man in die Natur hinausging. Oder auf Ratgeberbücher für Leute, die in die Natur zu gehen gedachten.

Zum Beruf des Archäologen gehörte anscheinend mehr, als nur am Schreibtisch zu sitzen und Fachbücher zu lesen.

»Was tun *Sie* eigentlich genau, Margaret?«, fragte Jack spontan. »Sie sprechen ja nie darüber.«

»Die meisten Leute interessieren sich nicht besonders dafür. Im Moment arbeite ich über einen Text, den die Wissenschaftler *Codex*

Exoniensis nennen. Als Leofric im Jahr 1050 nach Christus zum ersten Bischof von Exeter ernannt wurde, schenkte er den Kodex der Bibliothek der Kathedrale. Er umfasst 131 Blätter oder Handschriftenseiten, die von anderen, heute verschollenen Büchern erhalten geblieben sind, und verschiedene Handschriften, die zur besseren Aufbewahrung mit den übrigen zusammengebunden worden waren. Die Sammlung enthält verschiedene Rätsel, Schriften über Christus, zwei Heiligenviten, religiöse Allegorien, Homilien und einige außergewöhnliche Elegien und lyrische Gedichte.«

»Wie klingt denn Altenglisch?«

»Wie Deutsch, Friesisch, stellenweise sogar wie modernes Englisch, aber du würdest es nicht erkennen, wenn du es gedruckt sehen würdest.«

»Lesen Sie uns etwas vor«, bat Katherine.

Mrs. Foale tat etwas Besseres, sie rezitierte aus dem Gedächtnis:

Wrætlic in þes wealstan, wyrde gebræwcon;
Burgstede burston, brosnad enta geweorc.
Hrofas sind …

»Klingt sehr ausdrucksstark«, sagte Jack.

»Es ist eine Kriegersprache und will auch so verstanden werden. Auf jeden Fall ist dieses spezielle Gedicht harter Tobak. Es erzählt von einer in Trümmern liegenden Stadt, deren mächtige Mauern vom Schicksal zerstört wurden, das Werk von ›Riesen‹ und Steinmetzen. So heißt es darin, die Stadt sei jetzt nur noch Staub und das Leben ihrer Bewohner vorbei, seit nunmehr über fünfzig Generationen gefangen im ›Erdengriff‹ und in der ›Umklammerung des Grabes‹.«

»›Erdengriff‹«, wiederholte Katherine langsam.

»›Umklammerung des Grabes‹«, murmelte Jack.

»Die Wissenschaftler haben diesem speziellen Gedicht den Titel *The Ruin* gegeben. Die Bauwerke, die der Dichter darin beschreibt, waren eindrucksvoll, voller Farbe und Licht, mit fleißigen Bewohnern und fließendem klaren Wasser. ›Die Wurd hat dies alles geändert!‹, verkündet er, und Zerstörung sei über die Stadt gekommen, Verfall und Tod.

Das Gedicht ist unvollständig, da die Handschrift bei einem Brand schwer beschädigt wurde. Die letzten Zeilen sind verlorengegangen. Die meisten Wissenschaftler neigen zu der Ansicht, dass es sich um eine Beschreibung der Stadt Bath handelt, die von den Römern erbaut, nach deren Abzug im fünften Jahrhundert aber aufgegeben wurde. Überflüssig zu sagen, dass Arthur dieser Theorie widerspricht.«

»Und was glaubt er, wovon das Gedicht handelt?«, fragte Katherine.

Margaret zögerte, dann seufzte sie. »Das ist eine seiner ausgefalleneren Ideen, fürchte ich. Er glaubt, dass darin die Zukunft beschrieben wird und nicht die Vergangenheit. Er glaubt, der Dichter sei irgendwie in die Zukunft gereist und dann zurückgekommen, um künftige Generationen zu warnen.«

»Hat er eine bestimmte Stadt im Sinn?«

»Allerdings. Er deutet es als eine Beschreibung der Ruinen von Birmingham nach irgendeiner verheerenden Naturkatastrophe in der Zukunft.«

»Eine verheerende Katastrophe mitten in England?«, sagte Jack. »Das kommt mir ziemlich unwahrscheinlich vor.«

»Nun, es hat schon mal eine gegeben, Mitte des siebten Jahrhunderts zur Zeit eines legendären Handwerkers namens Beornamund. Damals ereignete sich eine der schlimmsten wetterbedingten Naturkatastrophen, die die Britischen Inseln jemals heimgesucht haben, viel schlimmer als die lokalen Orkane, die man heute kennt. Man wähnte den Weltuntergang nahe, und Arthur glaubt, dass *The Ruin* eine Warnung an die Menschen ist, dass so etwas wieder geschehen könnte.«

Jack lief ein kalter Schauder über den Rücken.

Er stand so abrupt auf, dass er Arthurs Stuhl in Drehung versetzte.

»Ist Birmingham dasselbe wie Brum?«, fragte er.

Margaret antwortete nicht.

»Dort ist er hin, nicht wahr? Er ist nach Brum gegangen, dem Gegenstück von Birmingham in Hyddenwelt, und er kann nicht zurück!«

»Jack …«

»Habe ich recht, Margaret?«

Sie sah ihn hilflos an, zu keinem Wort fähig.

»*Habe ich recht?*«

»Ich … ich weiß es nicht. Er hat es versucht … Er wollte … Jack, ich weiß es einfach nicht.«

»Er braucht Hilfe, stimmt's?«

»Ich wollte … ich konnte nicht fragen…«

»Jack!«

Es war Katherine, die protestierte. Sie sah den Zusammenhang noch nicht, der Jack so klar vor Augen stand. Sie wollte nur nicht, dass er Margaret zum Weinen brachte oder dass er wieder in etwas hineingezogen wurde, bei dem sein Leben in Gefahr geriet. Noch einen Verlust würde sie nicht verkraften.

»Wir sind jetzt müde«, sagte sie, »und wir brauchen etwas Schlaf, damit wir morgen ausgeruht sind. Und ja, danach ein Urlaub in Northumberland wäre wunderbar.«

»Dann sind es nur noch ein paar Tage«, sagte Jack, unsicher, ob er damit die Zeit bis zu ihrer Abreise meinte oder die Zeit, die ihm blieb, um etwas wegen Arthur zu unternehmen.

Im einen Fall erschien sie ihm sehr lang, im anderen bei weitem nicht ausreichend.

39

ABSCHIED

Am Tag von Clares Einäscherung ehrte die Natur das Ableben der Verstorbenen mit ständig wechselndem Wetter, das den Gemütszustand derer, die sie geliebt hatten, widerspiegelte.

Der Tag begann mit Wolken und kühlen Winden, passend zu dem Schmerz, der die kleine Trauergemeinde erfüllte, die der Feier im Oxford-Krematorium beiwohnte.

Während der Feier trommelte plötzlich heftiger Regen auf das Dach der Kapelle, und als Clares Leichnam den Flammen übergeben wurde, nahm er noch einmal kräftig zu, prasselte gegen die Fenster und verdunkelte das Gotteshaus.

Augenblicke später, als Katherine sich erhob, um ein paar Worte zu sagen, hörte der Regen auf. Sie sprach davon, dass ihre Mutter den Tod nicht gefürchtet habe, und das Dunkel lichtete sich. Die Sonne kam heraus und malte ein buntes Mosaik auf den Fußboden vor dem Altar, das mal heller, mal weniger hell leuchtete und so lebendig war wie die Erinnerungen, die Katherine tränenreich für sie alle heraufbeschwor.

Ihre letzten Worte lauteten: »Mum war meine ganze Kindheit über für mich da, wenn ich sie brauchte. Sie hat mir vieles beigebracht, das mich immer begleiten wird, wie die Erinnerung an ihr Lächeln und ihre Berührung. Mum hat mich umso inniger geliebt, als Dad das nicht mehr tun konnte. Sie hat mich für sie beide geliebt.«

Katherine wollte noch mehr sagen, aber sie konnte nicht und stand allein weinend da, bis Jack sich erhob und sie zu ihrem Platz zurückführte.

Nach der Feier, als Clares Lieblingsmusik verklungen war, traten sie hinaus in die Sonne, die so kräftig schien, dass die Pfützen, die der Regen hinterlassen hatte, bereits trockneten.

Der Sonnenschein spiegelte, wie die Pfützen, die Stimmung der Trauernden wider und bildete den Auftakt zu einer Woche jener strahlend schönen Tage und lauen Abende, die für einen altmodischen Spätfrühling sorgen. Es waren ideale Bedingungen für die Vorbereitung eines großen Freudenfeuers, für das Jack, Katherine und Mrs. Foale am Rand des Lebendholz-Henges, gleich neben den beiden hohen Koniferen, die seinen Eingang bildeten, einen großen Holzhaufen aufschichteten.

Das Feuer sollte wie ein Fanal vor dem Henge wirken und einen doppelten Zweck erfüllen. Es sollte Clares Asche in den Himmel senden, zurück in den großen mystischen Kreislauf, und gleichzeitig als lebhafte Erinnerung an ihr Leben dienen.

Mit jedem Tag wurde es nun wärmer, und selbst altes Gerümpel, das seit Jahren in den vielen dunklen, feuchten Winkeln des Hauses oder in den Nebengebäuden und im Garten verrottete, wurde rasch zundertrocken, sodass es sich zum Verbrennen eignete.

Jack leistete den größten Teil der körperlichen Arbeit und schaffte mit einer Schubkarre von überall auf dem Grundstück Brennmaterial herbei. Alte Kisten, Papierstapel, unerwünschte Möbelstücke wie ein ausrangierter Küchentisch, der im Gemüsegarten gelandet war, Äste von Apfelbäumen, die Mrs. Foale abgesägt hatte – dies alles sollte verbrannt werden.

Es waren gute, glückliche Tage, an denen Jack und Katherine ein Wiederaufflammen der verwirrenden Sehnsüchte und Gefühle füreinander erfuhren, die während Clares letzter Stunden vorübergehend eingeschlummert waren. Sie waren wie zwei junge Planeten, deren Einfluss aufeinander in seiner Natur und Kraft noch ungewiss war und deren Universum einstweilen auf Woolstone begrenzt blieb.

Mrs. Foale jedoch begriff besser als sie, dass es nur natürlich war, wenn sie bald fortgingen.

»Alles in Ordnung?«, fragte Katherine, als sie und Jack sich eines Abends zu ihr auf die Terrasse gesellten und neben ihr in Gartenstühle plumpsen ließen.

»Ihr könnt einen Schluck Wein haben«, sagte Mrs. Foale und schenkte sich noch ein Glas ein.

Die Abende waren nun friedlicher und ruhiger, als hätten sich die übelwollenden Geister der letzten Wochen verflüchtigt. Jack war daher guter Dinge. Er glaubte nicht, dass vor ihrem Ausflug nach Northumberland noch etwas Unheilvolles geschehen würde oder konnte.

40
AUF DEM WASELEY HILL

Drei Tage vor dem Abend, an dem sie das Freudenfeuer abbrennen wollten, verkündete Margaret beim Frühstück: »Ich habe mir überlegt, zum Waseley Hill zu fahren und mich dort noch einmal umzusehen. Möchte jemand mitkommen?«

Es war ein sonniger, warmer Tag, und sie fühlten sich träge. Sie sahen einander an und hatten denselben Gedanken: dass es schön wäre, den Tag für sich zu haben, ohne Verpflichtungen.

»Wollen Sie aus einem bestimmten Grund hin?«, fragte Katherine. »Das ist doch oben bei Birmingham, nicht?«

»Kurz nach dem Unfall sind wir mit dir dort oben spazieren gegangen, und irgendwie haben wir währenddessen den Entschluss gefasst, dich zu uns holen.«

Katherines Interesse war geweckt.

»Aber der Hauptgrund ist, dass ich den Farmer besuchen muss, auf dessen Land Arthur ursprünglich eine Grabung durchführen wollte, bevor er eine andere Möglichkeit sah, das, was er suchte, zu finden. Arthur war häufig dort, und so hat sich der Farmer natürlich gewundert, wo er geblieben ist.« Sie starrte einen Augenblick lang auf den Tisch. »Beornamund soll in Waseley gelebt haben.«

Einerlei, wonach Jack und Katherine eben noch der Sinn gestanden hatte, jetzt waren sie sich einig, dass ein Ausflug eine gute Sache wäre.

Die Fahrt nach Norden war angenehm, und glücklicherweise zeigte sich der Farmer nicht allzu beunruhigt darüber, dass Arthur der Ausgrabungsstätte so lange ferngeblieben war.

»Er ist ein beschäftigter Mann, nehme ich an, und das Gelände ist gut abgezäunt. Wollen Sie mit den jungen Leuten jetzt hinüber, Mrs. Foale? Der Boden ist trocken, weil es in der letzten Woche kaum geregnet hat.«

Der Fluss war nicht viel breiter als ein Bach, aber er hatte im Lauf der Jahre ein abschüssiges, kleines Tal gegraben. Überall wuchsen Ginsterbüsche und Brombeersträucher, und der Suchgraben, den Arthur ausgehoben hatte, war bereits mit Unkraut überwuchert.

»Und was genau ist hier?«, überlegte Jack laut.

»Wahrscheinlich nichts, aber Arthur vermutet, dass Beornamunds Werkstatt, wenn sie tatsächlich direkt am Fluss lag, eher irgendwo hier oben zu finden sein müsste als weiter unten in der Gegend von Deritend, das Historiker für den ältesten Teil der Stadt halten. Was auch immer stimmen mag, wir haben hier oben auf jeden Fall eine schönere Aussicht.«

Sie stiegen über Schafweiden hinauf zur Quelle, deren klares Wasser einen schlammigen Steilhang herunterplätscherte, in flacheres Gelände, dessen Boden dort, wo kein Schilf wuchs, von Vieh aufgewühlt war.

Obwohl es sonst nicht viel zu sehen gab, standen sie da und erfreuten sich am Anblick des sauberen Wassers, das direkt aus dem Boden sprudelte.

»Hier kann man leicht nachvollziehen, warum Quellen in heidnischer Zeit so häufig zu einer Stätte der Verehrung wurden«, bemerkte Margaret. »Sie sind ein Anfang, ein Born des Lebens, und das ist auch der Grund, warum Forscher immer so besessen davon waren, die Quellen großer Flüsse aufzuspüren. Es ist wie eine Rückkehr in die ursprüngliche Heimat. Viele solche Plätze werden mit Gottheiten in Verbindung gebracht, aber dieser hier ist am bekanntesten für einen einfachen Handwerker, der tatsächlich einmal hier gelebt und Objekte erschaffen hat, die heute in unseren bedeutendsten Museen zu finden sind.«

Dann erzählte sie ihrem andächtig lauschenden Publikum die Legende von Beornamund.

»Wie nahe dies alles der Wahrheit kommt, werden wir nie erfahren, aber historisch gesichert ist, dass er am Rea gelebt hat, irgendwo zwischen hier und dem größeren Fluss, in den er mündet.«

»Dann liegt der verlorengegangene Stein des Anhängers vielleicht noch hier irgendwo«, sagte Katherine versonnen.

»Vielleicht«, erwiderte Margaret. »Ich möchte es gern glauben.«

Jack war ein Stück gegangen und blickte jetzt hinüber nach Birmingham, obwohl von der Stadt wenig mehr zu sehen war als eine blaue Dunstglocke, aus der einige Hochhäuser und etliche Baukräne ragten, die verrieten, dass sie weiter wuchs.

Er dachte an seine Begegnung mit der Friedensweberin auf dem White Horse Hill. Sie hatte einen langen dunklen Mantel getragen, der ihren Hals vollständig bedeckte. Er hätte den Anhänger unmöglich sehen können, selbst wenn sie ihn getragen hatte.

»Jack?«

Er drehte sich nicht um, sondern blickte weiter zur Stadt hinüber.

»Es war also Beornamund, der dem Ort seinen Namen gegeben hat«, beendete Margaret ihren Vortrag. »Eigentlich lautete er Beornamunds *Ham* oder Siedlung, was im Lauf der Zeit in Beornamundingaham abgewandelt wurde, und manchmal sogar in Brummagem …«

Jack erschauderte bei dem Gedanken, was für eine Katastrophe nötig wäre, um eine so große Stadt in Trümmer zu legen.

Die bösen Vorahnungen, die er gelegentlich in Woolstone gehabt hatte, waren schon schlimm genug gewesen, aber hier waren sie tausendmal schlimmer.

Es war, als sei die Sonne plötzlich verschwunden und als ob alles erkaltete.

Als ob die bösen Geister sie sogar bis hierher verfolgten.

»Gehen wir«, sagte er. »Okay?«

Schweigend kehrten sie zum Auto zurück.

41
ALTE WUNDEN

Katherine wurde mit jedem Tag ausgeglichener, gesprächiger und weniger reizbar. Eines Nachmittags, als die Vorbereitungen für das Freudenfeuer fast abgeschlossen waren, lagen die beiden im Gras und redeten.

»Meine Mum hat Freudenfeuer geliebt, mein Pa aber auch, bevor … du weißt schon.«

Jack merkte, während er so auf dem Rücken lag, dass seine Gedanken abgeschweift waren. Plötzlich wurde ihm bewusst, dass Katherine soeben etwas sehr Ungewöhnliches getan hatte: Sie hatte über ihren Vater gesprochen.

»Du sprichst sehr selten über deinen Dad«, bemerkte er ruhig.

»Ich … äh, ja. Aber seit Mum tot ist, denke ich oft an ihn.«

»Kannst du dich gut an ihn erinnern?«, fragte er und setzte sich auf.

Katherine sah ihn verdutzt an.

Jack dachte an ein Bild, das er nicht vergessen konnte: ein brennender Mann, der verzweifelt versuchte, die Autotür auf Katherines Seite zu öffnen, und der, als ihm dies nicht gelang, langsam, quälend langsam in den Flammen zusammensackte und eins mit ihnen wurde. Das letzte Bild eines Sterbenden, ehe er hinter dem brennenden Auto seinem Blick entschwand. Dieses Bild verfolgte ihn bis heute.

»Nein«, antwortete Katherine. »Ich kann mich nicht besonders gut an ihn erinnern, aber …«

»Aber was?«

»Aber ich weiß, wie er ausgesehen hat, zumindest von Fotos. Und manchmal … glaube ich mich daran zu erinnern, wie …«

»Wie …?«

Katherine zuckte halb mit den Schultern und sah kurz weg.

Dann sagte sie: »… wie er mich hochgehoben hat, wie er mich in die Arme genommen hat. Ich kann mich genau erinnern, dass er das oft getan hat.«

Sie sahen einander in die Augen, und Jack wusste, dass sie nicht die ganze Wahrheit sagte. Es waren *seine* Arme, an die sie sich am deutlichsten erinnerte, und daran, wie er sie aus dem Wagen gezogen hatte. Diese Wahrnehmung hatte sie in eine letzte Erinnerung an ihren Vater umgewandelt, denn sie brauchte zumindest etwas von ihm, woran sie sich klammern konnte. Es war alles, was sie hatte.

»Aber *du* erinnerst dich noch deutlich an ihn?«, fragte Katherine.

»Ja«, antwortete Jack entschieden. »Absolut.« Dann verfiel er in Schweigen, und beide hielten es für besser, nichts mehr zu dem Thema zu sagen.

»Wir sollten jetzt den Holzstoß fertigmachen«, murmelte er schließlich.

»Einverstanden«, sagte sie und blickte zu dem Haufen hinüber. »Obwohl ich finde, dass er eigentlich schon fertig ist.«

»Ich weiß gar nicht, welchen Tag wir heute haben«, gestand er. »Wann genau wollten wir das Feuer entzünden?«

»Morgen Abend.«

Er setzte sich auf und sah sie todernst an. »Ich möchte, dass du immer dicht bei mir bleibst, Katherine, heute und morgen Abend. Übermorgen sind wir fort, und alles wird gut.«

»Das wird es in jedem Fall«, erwiderte sie verwirrt.

»Ich möchte nicht, dass dir etwas zustößt.«

»Und ich möchte nicht, dass *dir* etwas zustößt, Jack«, sagte sie, fasste sich ein Herz, langte zu ihm hinüber und zerzauste ihm das Haar.

Deutlicher hatten sie noch nie ausgesprochen, was sie füreinander empfanden. In Wahrheit hatten sie bereits begonnen, es ohne Worte zu sagen.

Am andern Morgen begegneten sie sich zufällig im Wintergarten, den sie weitgehend gemieden hatten, seit Clares Bett entfernt worden war. Ihr Leben kehrte wieder zur Normalität zurück, soweit das überhaupt möglich war, aber Jack hatte das Gefühl, dass ihnen das Haus vorläufig keinen Schutz mehr bieten konnte.

Plötzlich kamen ihm Zweifel, als lauerten die bösen Geister wieder in der Nähe.

»Es wird Zeit, dass wir von hier verschwinden«, sagte er, blickte sich um und dann wieder hinaus in den Garten. »Wir sollten noch heute fort. Keiner von uns ist hier mehr sicher. Du am allerwenigsten.«

»Wieso ich?«

Er antwortete nicht, aber seine Miene verriet, dass er Angst um sie hatte.

»Ich bin kein kleines Mädchen mehr, Jack«, sagte sie und wiederholte damit nur, was sie schon Clare und Mrs. Foale gesagt hatte.

»Ich weiß und vielleicht …«

»Was?«

Ein neuer Gedanke war ihm gekommen.

Nein, du bist kein kleines Mädchen mehr, und vielleicht haben sie gerade darauf gewartet. Sicher, Clare, die Windspiele und all das haben dich beschützt, aber könnte es nicht sein, dass sie dich gerade jetzt wollen, da du eine Frau bist? Aber was macht das für einen Unterschied? Vielleicht nur den, dass sie wussten, was wir füreinander empfinden würden, wenn wir erwachsen sind.

Katherine schüttelte entschieden den Kopf, unbeeindruckt von seinem Drängen.

»Wir gehen übermorgen«, erwiderte sie. »Bis dahin haben wir alles getan, was wir können und sollten. Das Freudenfeuer ist auf jeden Fall ein guter Abschluss und ein guter Neuanfang, und solange es noch schwelt, können wir nicht gehen.«

Jack gab ein skeptisches Brummen von sich.

»Den Foales zufolge haben die Heiden zu Beginn aller vier Jahreszeiten ein rituelles Feuer entzündet, weil wir der Anderswelt dann am nächsten sein sollen. Wir tun es jetzt, weil Mum gestorben ist. Aber der Tod öffnet auch unsichtbare Türen …«

»Wenn du glaubst, du könntest mich damit neugierig machen, täuschst du dich, Katherine! Du bestärkst mich nur in dem Wunsch, euch von hier wegzubringen.«

Jack war das alles nicht geheuer. Seit seiner Begegnung mit Imbolc hielt er alles für möglich.

»Wir reden hier nicht über irgendeinen mystischen Spaß, sondern über etwas Reales. Arthur Foale glaubt, dass Henges Portale sind, durch die man in die Welt der Hydden reisen kann, auch wenn ich noch nicht weiß, wie es geht.«

»Ich auch nicht.«

»Er hat es offenbar herausgefunden, und Mrs. Foale verschweigt es uns. Oder will es selbst gar nicht wissen.«

»Wahrscheinlich Letzteres. Das bedeutet, dass wir eigentlich keine Ahnung haben, was wir tun sollen oder wie irgendetwas funktioniert.«

Nun war sie es, die nervös aussah, und er legte seine Arme um sie.

»Wir machen uns gegenseitig verrückt!«, sagte sie. »Aber das Feuer möchte ich trotzdem.«

»Na schön. Aber am Freitag um diese Zeit sind wir auf dem Weg zu dem Cottage in Northumberland. Dann können wir ausspannen.«

Er wünschte, er wäre so zuversichtlich, wie er zu klingen versuchte. Außerdem wuchs in ihm die Überzeugung, dass er einen Weg finden musste, Arthur aufzuspüren. Wie, wusste er noch nicht. Zuerst musste er dafür sorgen, dass Katherine und Mrs. Foale unbeschadet aus Woolstone wegkamen. Dann konnte er versuchen, nach Hyddenwelt zu gelangen.

Er schlang die Arme noch fester um sie.

»Irgendwie ist das alles faszinierend, findest du nicht?«, sagte sie.

Durch sein Baumwollhemd konnte sie die Wülste und Stränge der zehn Jahre alten Brandnarben spüren.

Er bemerkte es und wollte sich ihr entwinden, doch sie zog ihn näher zu sich. Sie ließ ihre Finger liegen, wo sie waren, und schob dann eine Hand zu seinem Hals hinauf.

Jack erstarrte.

»Ist schon in Ordnung«, sagte sie sanft.

Wieder versuchte er, sich zu entwinden, doch sie ließ ihn nicht los.

»Was ist, wenn uns Mrs. Foale so findet?«, fragte er.

»Soll sie doch«, erwiderte Katherine und küsste ihn unvermittelt auf den Mund. Gleich darauf errötete sie, verlegen über ihre Kühnheit, und ließ ihn los. Jack zog sie wieder an sich.

Er sah ihr in die Augen, grinste und küsste sie wieder, zärtlich, aber ziemlich fest.

Sie schloss die Augen, ihre Lippen feucht auf seinen.

Ihre Körper drängten zueinander, und Jack ließ seine rechte Hand ihren Rücken hinaufwandern, zu ihrem Nacken, dann weiter in ihr Haar.

Sie küssten sich noch lange, schlangen wieder die Arme umeinander. Lächelnd flüsterte sie: »Wie wär's jetzt mit einem Tee?«

Seine Antwort war ein weiterer Kuss, und ihre auch.

So hielten sie einander fest, wurden ruhiger, spürten die Nähe ihrer Körper, und es war ein gutes Gefühl.

Wie aufs Stichwort ertönte Mrs. Foales Stimme aus der Küche. »Seid ihr da draußen? Wollt ihr eine Tasse Tee?«

Sie unterdrückten beide ein Lachen und lösten sich voneinander.

»Sollen wir jetzt am Holzstapel weitermachen?«, fragte Katherine, noch etwas atemlos.

»Einverstanden«, erwiderte Jack, obwohl er keineswegs beruhigt war. »Und ich gebe zu, es ist faszinierend, was immer es sonst ist. Türen, Portale, Tore … am liebsten würde ich ausprobieren, ob es tatsächlich funktioniert.«

Sie nickte und lachte. Er auch.

Aber es war wie ein heimliches Einvernehmen, das viel zu große Gefahren barg.

42

SCHATTEN

Am späten Nachmittag hatte es vollständig aufgeklart, und eine fahle Mondscheibe stieg früh am Firmament empor. Dann setzte ein leichter Nordostwind ein, und die Temperatur begann zu fallen. Um sechs war es schon ziemlich kühl, und der Mond strahlte immer heller.

Katherine und Mrs. Foale stellten eine Reihe alter Marmeladengläser mit Teelichtern darin auf, die sie feierlich um sieben anzündeten, sodass sie in der Dämmerung einen gewundenen Lichterpfad bildeten, der vom Haus zum Freudenfeuer und von dort weiter bis zum Eingang des Henges führte. Der Pfad sollte den Geistern auf ihrem Weg in die und aus der Anderswelt leuchten. Mochte Jack bisher noch Zweifel gehabt haben, so jetzt nicht mehr. Er war sich ziemlich sicher, dass einige der Geister, die sie willkommen hießen, sehr bösartig waren.

Um acht aßen sie zu Abend – eine von Mrs. Foale zubereitete dicke Pastinakensuppe und selbstgebackenes Brot, mit dem sie hinterher die Teller auswischten.

Um halb neun ging Jack mit einer Taschenlampe hinaus, um nachzusehen, ob alles bereit war. Es war nicht besonders dunkel, aber merkwürdig kühl.

Am Nachmittag hatte er ein Bündel zusammengeknülltes Zeitungspapier und Feueranzünder in die Mitte des Holzstoßes geschoben, in den ein Tunnel hineinführte, damit er sich leichter anzünden ließ. Außerdem hatte er einen Haufen Holz und Pappe bereitgelegt, um damit das Loch zu stopfen, wenn er den Zunder angesteckt hatte. Den Trick hatte Arthur Foale den Frauen beigebracht, und die hatten ihn Jack gezeigt.

»Arthur hat ihn von seinem Vater«, hatte Mrs. Foale erklärt. »So werden wichtige Dinge des Lebens von Generation zu Generation weitergereicht. Und das Feuer verbindet uns doch mit den Anfängen des Lebens!«

Als Jack jetzt in der Dunkelheit stand, dachte er an solche Dinge und hätte möglicherweise an weitere gedacht, wäre nicht zum ersten Mal seit dem Tag der Bestattung sein Argwohn wieder erwacht. Die zunehmende abendliche Kühle war eigenartig, und das kleinste Geräusch im Gestrüpp bekam in der unbewegten Luft etwas Unheimliches.

Er bewegte sich ganz vorsichtig, spähte nach rechts und links und sogar nach hinten und zog sich dann sicherheitshalber zum Haus zurück. Verärgert über sich selbst, machte er nach wenigen Schritten kehrt und ging in die Dunkelheit hinter dem Holzstoß zurück. Mit der Taschenlampe leuchtete er in die freie Fläche des Henges, aber dort war nichts weiter zu sehen als Gras. Nicht das Geringste …

Dort! Eine Bewegung zu seiner Rechten! Er richtete die Taschenlampe dorthin. Nichts. Kurz entschlossen schaltete er sie aus, blieb reglos stehen, legte den Kopf auf die Seite und lauschte. Richtig, da war etwas, ein Geräusch wie von Fingern, die über die Rinde eines Baumes strichen.

Er richtete die Taschenlampe in die Richtung, aus der das Geräusch kam, und knipste sie wieder an. Zwei Augen starrten ihn an.

»Ein Fuchs!«, sagte er laut und entrüstet und stampfte leicht mit dem Fuß auf. Blitzschnell verschwand das Tier in der Dunkelheit.

Wieder eine Bewegung, diesmal drüben am Haus.

»Jack? Bist du da draußen?« Es war Mrs. Foale.

Er antwortete nicht, da er die abendliche Stille nicht stören wollte, zog sich hinter den Holzstoß zurück und schlüpfte von dort unter die Bäume.

Zu seinem Schrecken verließ sie das Haus und kam auf dem dunklen Pfad zwischen den Windlichtern direkt auf ihn zu. Er rührte sich nicht, denn er fürchtete, wie ein Idiot dazustehen, wenn er seine Anwesenheit kundtat, nachdem er auf ihr Rufen nicht reagiert hatte. Dann besann er sich anders und öffnete den Mund, um ihr zu antworten, hielt aber im letzten Moment inne aus Angst, er könnte sie erschrecken.

Vom eigenen Zögern wie gelähmt, blieb er einfach nur stehen und wartete ab, was geschehen würde.

Mrs. Foale erreichte den Holzstoß, zögerte kurz und ging dann weiter. Zwischen den beiden Koniferen blieb sie stehen und blickte in das Henge.

So verharrte sie lange, während es ringsum immer dunkler wurde, ehe sie unvermittelt einen lauten Seufzer ausstieß. »Ach, Arthur.«

Dann, einen Augenblick später, fügte sie leiser hinzu: »Du hättest niemals zurückgehen dürfen. Es war nie deine Welt ...«

Zurückgehen ...?

Das war die Bestätigung, die Jack gebraucht hatte. Es war also möglich. Jetzt musste er nur noch herausfinden, wie.

Mrs. Foale seufzte abermals und senkte den Kopf. Jack wäre jetzt überall lieber gewesen, nur nicht an diesem Ort als unfreiwilliger Zeuge eines so intimen Augenblicks. Auch wenn er etwas erfahren hatte, das sich noch als wichtig erweisen konnte.

»Möge der Geist dich heute Nacht behüten, Liebster«, fuhr sie flüsternd fort, »und deine Seele wohlbehalten nach Hause bringen.«

Dann drehte sie sich unvermittelt um und ging zum Haus zurück.

Jack wollte ihr gerade folgen, als er erneut ein Geräusch vernahm. Laut und deutlich. Es kam von der anderen Seite des Henges, und es hatte irgendwie etwas Heimtückisches.

Er begriff, dass Mrs. Foales unerwartetes Erscheinen das Geräusch seiner eigenen Schritte übertönt haben konnte.

Er vernahm einen scharfen und dünnen Laut – eine Art Ruf. Langsam drehte er den Kopf nach rechts und spähte zwischen den Bäumen hindurch ins Innere des Henges.

Eine dunkle Gestalt, ziemlich klein. Oder nur ein Tier? Ein Schatten? Während er noch versuchte, mehr zu erkennen, löste sich das Ding schimmernd in nichts auf. Wie war das möglich? Jack blieb, wo er war, und konzentrierte sich so sehr, dass seine Augen zu tränen begannen. Noch immer rührte er sich nicht von der Stelle.

Wieder eine Bewegung, diesmal am anderen Ende des Henges. Aber dort konnte er nichts erkennen. Wieder ein Ruf, dann eine Bewegung, viel näher jetzt, sehr nahe. Auf einmal hatte er das deutliche Gefühl, dass ihm jemand so nahe war, dass er ihn hätte berühren können. Jemand, der wusste, dass er da war.

Nun konnte er nicht länger stillhalten. Er fuhr jäh herum, ein Zweig knackte unter seinen Füßen. Angestrengt spähte er in die

Dunkelheit, doch er sah nur einen matten Lichtschimmer, der zwischen den Bäumen dahinwischte. Die Windspiele klirrten wie wild, als hätte sie etwas gestreift, und das Gefühl, dass da jemand war, verlor sich sogleich in der Nacht.

Jack trat aus dem Schatten, ging wieder um den Holzstoß herum und machte sich mit einem mulmigen Gefühl auf den Weg zum Haus.

Auf der Terrasse angekommen, blickte er sich noch einmal um. Es war nicht das Geringste zu sehen, nur der Kerzenweg, der … wohin führte? Zum Freudenfeuer? Ins Ungewisse?

Jack legte den Kopf auf die Seite und lauschte noch einmal. Aber es war nichts zu hören bis auf das gelegentliche Klirren der Windspiele, das letzte Flattern einer Taube in den Bäumen und ein oder zwei Eichhörnchen, die über den Waldboden huschten.

Er ging hinein.

43

Das Freudenfeuer

Um elf entzündeten sie schließlich das Freudenfeuer.

Mrs. Foale hatte im Gedenken an Arthur Wurstbrötchen und Mince Pies mitgebracht, die mit dem süßen Sherry, den er ebenfalls mochte, hinuntergespült wurden.

»Das gibt es bei uns immer zu einem Freudenfeuer«, flüsterte Katherine und schnitt ein Gesicht.

Das Feuer brannte gut, und innerhalb von zwanzig Minuten spendete es genug Wärme gegen die kühle Nachtluft. Um Viertel vor zwölf war die Hitze so groß, dass sie ein Stück zurücktreten mussten.

»Heute Nacht brauchen wir keine Beschwörungsgesänge oder Zauberformeln«, sagte Mrs. Foale geheimnisvoll. »Die Geister sind auch so da. Es kommt, wie es kommt.«

Nein, die brauchten sie wirklich nicht. Das Feuer und sein Prasseln, das nahe Klirren der Windspiele in der bewegten Luft und die Funken, die durch das Geäst zum Himmel stoben, sprachen eine deutliche Sprache.

Katherine schlüpfte leise ins Haus und holte die goldene Plastikurne. Sie trug sie den Kerzenweg entlang, trat so dicht ans Feuer, wie die Hitze es zuließ, und begann, ihren Inhalt in die Flammen zu streuen.

»Asche zu Asche«, murmelte sie.

Die glühende Hitze saugte sie förmlich aus der Urne, und wie ein Strom winziger, orangeroter Sterne stieg sie mit den Flammen wirbelnd empor, hinauf zu den Baumwipfeln, die vom lodernden Feuer hell erleuchtet wurden, und weiter hinauf, bis sich ein Teilchen nach dem anderen zwischen den funkelnden Sternen am Himmel verlor.

»Leb wohl, Mum«, flüsterte Katherine, als die letzten Funken verglüht und nur noch die richtigen Sterne übrig waren. »Du bist jetzt selbst einer von ihnen.«

»Lebwohl, Clare«, sagte Mrs. Foale.

Das Gesicht vom Feuer gewärmt, die kalte Nachtluft im Nacken, blickte Jack nur still in den Nachthimmel, froh, am Leben zu sein, froh, bei Katherine zu sein, aber noch immer auf der Hut vor den Schatten ringsum.

Irgendwo in der Ferne schlug eine Kirchenglocke Mitternacht.

»Ein Tag ist zu Ende, und ein neuer beginnt«, sagte Mrs. Foale leise. »Wo immer du bist, Arthur, und was immer dir widerfahren sein mag, ich bete darum, dass es dir gutgeht und du bald nach Hause kommst.«

Sie ging, wie vorhin schon einmal, zum Eingang des Henges, vielleicht um ein leises Gebet zu sprechen. Dort angekommen, blieb sie im Dunkeln stehen, eine einsame Gestalt, über die der Feuerschein flackerte.

»Sie vermisst ihn heute sehr«, bemerkte Katherine, »und es wird für sie immer schlimmer. Mums Tod hat die Schleusen der Trauer über ihren eigenen Verlust geöffnet.«

»Dann«, sagte Jack so leise, dass sie ihn kaum verstand, »sollten wir ihn besser zurückholen.«

Er trug ein paar Gartenstühle zum Feuer, damit sie es bequemer hatten. Bald setzte sich auch Mrs. Foale zu ihnen, und sie tranken noch ein Glas Sherry.

Dann begannen sie zu reden, tauschten Erinnerungen aus, sprachen über ihre Hoffnungen.

Nach und nach verstummten sie wieder, das Flackern des Feuers in den Augen, jeder mit seinen eigenen Ängsten vor der Zukunft beschäftigt, die ihnen immer ungewisser erschien, je länger sie darüber nachdachten.

Mrs. Foale stand auf. »Mir wird kalt. Ich glaube, ich gehe hinein. Ihr könnt ja noch bleiben und die letzten Flammen genießen.«

Sie saßen schweigend im Dunkeln, und Jack wurde endlich etwas ruhiger. Seine Wachsamkeit ließ nach, je weiter das Feuer und die Kerzen herunterbrannten. Alles war warm und behaglich, die wenigen noch hochzüngelnden Flammen und die von Zeit zu Zeit aufglimmende Glut erschienen ebenso sanft und friedlich, wie es die Dunkelheit geworden war.

Die Nacht war betörend, ein tiefes, funkelndes Dunkel, und nur der scharfe Ruf eines Waldkauzes durchbrach die Stille. Sie waren zufrieden. Das Abschiedsritual für Clare war vollzogen. Der Sommer war da. Sie alle drei waren sicher, und ihre Betten warteten auf sie. Von den Geistern der Nacht drohte keine Gefahr mehr.

»Jack«, begann Katherine plötzlich.

Er wandte sich vom Feuer ab, sah sie an und fasste instinktiv nach ihrer Hand.

Sie ergriff sie und öffnete den Mund, um etwas zu sagen.

Da plötzlich regte sich etwas unter den Bäumen auf der einen Seite des Henges. Es war die Bewegung einer Person, flink und fremdartig.

»Jack …!«

Katherine klang ängstlich, Jack erstarrte. Es waren dieselben hastigen Schritte, die er schon am Abend vernommen hatte.

»Hast du das gehört?«, flüsterte sie und rückte näher zu ihm.

Er nickte. »Ich sehe mal nach.«

»Nein, nicht. Bleib bei mir, bitte …«

Doch er war bereits aufgestanden und auf dem Weg zu den beiden Koniferen. Dort angekommen, zückte er seine Taschenlampe und leuchtete umher.

Es war nichts zu sehen, doch irgendwas … irgendwas stimmte nicht.

Sein Herz begann zu klopfen. Eine Bewegung hinter ihm!

»Jack!«

Auch Katherine hatte etwas gehört und deutete zu den kleineren Bäumen neben ihm.

Er senkte die Taschenlampe, damit sich seine Augen wieder an die Dunkelheit gewöhnen konnten, und trat unter die Bäume.

»Nein, Jack, geh nicht …«, flüsterte Katherine beschwörend.

Doch es war zu spät. Er war bereits zwischen den Bäumen verschwunden. Sie stand auf, unschlüssig, ob sie ihm nachgehen oder im Schein des verglimmenden Feuers warten sollte.

Jack blieb stehen und blickte sich um.

»Es wird nicht lange dauern«, rief er, ohne zu bemerken, wie still sie plötzlich geworden war.

Als er sich ein zweites Mal zu ihr umdrehte, versperrten ihm die Bäume die Sicht. Nur noch der Widerschein des Freudenfeuers leuchtete zwischen ihren Stämmen.

»Ich bin gleich zurück. Bleib, wo du bist.«

Er drang weiter unter die Bäume vor und suchte mit den Augen die Dunkelheit ab.

»Ich sehe nur kurz nach«, murmelte er, obwohl ihn niemand hören konnte.

44

VERSCHWUNDEN

Eisige Schatten begannen Katherine einzukreisen, während das Feuer immer weiter verglomm.

Zuerst fielen sie ihr kaum auf, und sie dachte, eine Wolke habe sich vor den Mond geschoben. Dann wurde es empfindlich kühl, als habe der Wind gedreht.

Mit einem Mal schwand der letzte Rest Wärme aus der Luft, und Katherine begann zu zittern, nicht nur vor Kälte, sondern auch vor Angst.

Die Schatten wurden dichter und kälter und bewegten sich unablässig, sodass sie keinen richtig erkennen konnte. Sie drehte sich in die eine, dann in die andere Richtung, verzweifelt auf der Suche nach einem Ausweg. Schließlich stürzte sie vom Feuer fort und stieß sich schmerzhaft an einem Baum. Obwohl sie durch trockenes Laub lief, verursachten ihre Füße kein Geräusch.

Jack!, versuchte sie zu rufen, doch ihre Stimme versagte den Dienst.

Dann veränderten sich die Schatten, nahmen festere Gestalt an, bekamen etwas Bösartiges. Doch ihre Stimme wollte einfach nicht gehorchen.

Die Schatten griffen nach ihr wie mit Fingern, verkrallten sich in ihr, zerrten an ihren Kleidern, ihrem Fleisch, zogen sie in eine Richtung, in die sie nicht wollte.

Ihre Kälte ließ Katherine innerlich erschaudern, wirbelte durch ihren Kopf, zog immer fester an ihr.

»Nein!«, versuchte sie zu schreien. »Jack!«

Aber die eisigen Schatten ließen ihren Mund und ihre Zunge erstarren, sodass sie keinen Laut herausbrachte. Sie hatte nicht einmal mehr die Kraft, sich in seine Richtung zu drehen.

Jack hörte nichts von Katherines stummen Schreien, doch ihr Schweigen ließ nichts Gutes ahnen.

Er stand völlig reglos unter den Bäumen, wo er glaubte, ein Geräusch vernommen zu haben, und versuchte, seinen stoßweise gehenden Atem zu beruhigen, damit er ihn nicht verriet.

Wieder spürte er, dass jemanden in seiner Nähe war, wie schon einmal. Doch das Gefühl war jetzt viel stärker und bedrohlicher.

Jack drehte sich im Kreis, schlug mit den Händen nach den eisigen Schatten, als wollte er sie aus dem Weg stoßen, zerrte an ihnen, um sie aus seinem Kopf zu vertreiben, und starrte mit weit aufgerissenen Augen in die Nacht, die sich in einen Albtraum verwandelt hatte, den er nicht verstand und der ihn mit tiefer Furcht erfüllte.

Wieder das Knacken von Zweigen, dann eine Bewegung, die über sein Gesicht strich wie Finger, die verletzen wollten. Ein Schwall kalter Luft strömte an ihm vorbei.

Jack konzentrierte sich und wurde wieder Herr seiner Sinne.

Er spürte etwas und wirbelte herum. Vor ihm schimmerte etwas Schwarzes, und die Luft war unnatürlich kalt.

Da schwebte ein Schatten langsam auf ihn zu und schoss dann plötzlich auf Augenhöhe vorüber. Er versuchte, seine Bewegung zwischen den Bäumen zu verfolgen, verlor ihn jedoch fast sofort aus den Augen. In der Hoffnung, ihn wieder zu entdecken, eilte er ihm nach. Er achtete darauf, dass er nicht auf Zweige trat oder trockenes Laub zum Rascheln brachte, doch der Schatten war schneller und blieb verschwunden.

Er nutzte den Augenblick, um festzustellen, wo genau er sich befand. Der beißende Geruch des Feuers, den der Wind herbeitrug, wies ihm die richtige Richtung. Er drehte den Kopf weiter und erspähte zu seiner Linken das erleuchtete Haus. Mit Schrecken begriff er, dass ihn jeder Schritt, den er jetzt machte, weiter von Katherine entfernte.

Wieder tauchte ein Schatten vor ihm auf. Jack warf sich wütend auf ihn, musste aber feststellen, dass er ohne jede Substanz war. Nur die Luft, wo er hätte sein sollen, fühlte sich bitterkalt an.

»Jack!«

Sofort bereute er, dass er Katherine allein gelassen hatte, und kehrte um. Doch im nächsten Augenblick spürte er ein Zittern in der Luft, sah ein helles Flirren, dann eine deutliche Bewegung direkt in seiner Blickrichtung, die ihn zum Blinzeln brachte.

Er blieb stehen, im ersten Moment wieder verwirrt. Ihm war, als sei er auf eine List hereingefallen, auf irgendeinen Trick eines raffinierten Zauberkünstlers, der mit den Händen wedelt und einen Gegenstand verschwinden lässt, obwohl die Zuschauer genau wissen, dass er noch da sein muss.

»Katherine?«, rief er, unschlüssig, welche Richtung er nun einschlagen sollte.

Er erschnupperte, in welcher Richtung das Feuer lag, sah sich wieder nach dem Haus um und rannte dann, ohne die trügerischen Schatten zu beachten, zwischen den Bäumen hindurch zum Feuer.

»Katherine …?«, rief er ängstlich.

Aber Katherine war verschwunden.

Jack stand fassungslos an der Stelle, an der sie auf ihn gewartet hatte. Er wollte nicht glauben, dass sie fort war.

Er war doch nur kurz weg gewesen und auf ihren Ruf hin sofort zurückgekommen. Er hätte es doch bestimmt bemerkt, wenn sie sich vom Feuer entfernt hätte!

»Katherine!«, rief er wieder und rannte zu ihrem Stuhl, als genüge es, ihn zu berühren, um sie auf wundersame Weise zurückzuholen.

Doch sie erschien nicht.

»Wo bist du?«, rief er.

Er hielt wieder inne und konzentrierte sich. Da kam ihm etwas zu Bewusstsein, das die ganze Situation tausendmal schlimmer machte. Er konnte sie nicht sehen, aber er *spürte*, dass sie in der Nähe war, so nahe, dass er nur die Hand auszustrecken brauchte, um sie zu berühren.

Es war, als sei sie gar nicht verschwunden. Als sei sie für ihn nur unsichtbar geworden.

Er drehte sich um die eigene Achse, sah aber nur diese wabernden Schatten, die ihn ständig umkreisten und doch nie ganz in seine Reichweite kamen.

Sein Atem ging mühsam und stoßweise, als er wieder ihren Namen rief. Noch widerstand er der Versuchung, zum Haus zurücklaufen, denn er war sich sicher, dass Katherine noch hier war, irgendwo in der Nähe. Wenn er zum Haus rannte, war die Chance, sie zu finden, vielleicht für immer dahin.

Er zwang sich, stehen zu bleiben und in Ruhe zu überlegen.

Er hatte sie einmal seinen Namen rufen hören, vielleicht würde sie es wieder tun.

Er vernahm nichts.

Schließlich rannte er doch zum Haus zurück, vergewisserte sich, dass sie weder in der Küche noch auf ihrem Zimmer war, schaute bei Mrs. Foale vorbei, die in der Bibliothek saß, und war wieder draußen und im Garten, bevor sie etwas sagen konnte.

Katherine war nirgends zu sehen.

Mrs. Foale war verdutzt, als Jack in die Bibliothek platzte und gleich wieder hinausflitzte.

Verwundert schüttelte sie den Kopf, stand auf und ging zur Bibliothekstür.

»Jack?«, rief sie ihm nach, doch er war bereits verschwunden.

»Katherine?«

Keine Antwort. Ihre Augen weiteten sich.

Als sie die Tür des Wintergartens erreichte, sah sie gerade noch, wie Jack in Richtung Freudenfeuer rannte.

»Jack!«

Er hörte sie nicht.

Irgendetwas stimmte hier nicht. Etwas war geschehen, etwas, wovor Arthur sie gewarnt hatte. Aber doch nicht schon jetzt, doch bestimmt nicht heute Nacht …

Wieder am Feuer bemerkte Jack sofort, dass sich etwas verändert hatte. Die Kälte schien zu weichen, und die Schatten entfernten sich in Richtung des Henges.

Hoch über den Bäumen stand die Sichel des Mondes und leuchtete so hell, dass das Licht der letzten Kerze, die noch am Boden zwischen den Bäumen brannte, dagegen matt und trist wirkte.

Dennoch erregte die Kerze Jacks Aufmerksamkeit. Sie flackerte leicht, als drohe sie auszugehen, und Jack überkam das schreckliche Gefühl, dass Katherine wie diese Kerze jetzt gegen ihren Willen erlosch und bald nicht mehr sein würde.

Ein leichter Wind strich um seine Beine, fuhr in die Asche des fast heruntergebrannten Feuers, brachte ein oder zwei Holzstücke wieder zum Glühen und wirbelte beißenden Rauch auf, der ihm, wie von einem bösen Geist gelenkt, in Augen, Nase und Mund drang.

Er wich zurück, rieb sich die Augen und überlegte, was er noch tun konnte. Er war fest davon überzeugt, dass sie noch nicht weit war, dass er ihr noch helfen konnte. Im selben Augenblick sah er es.

Der Rauch, den der Wind aus der Glut geblasen hatte, verwandelte sich in schwarz schimmernde Schatten. Sie strebten in Richtung der Koniferen, ließen die letzte brennende Kerze heller erstrahlen.

Er sah genauer hin, glaubte zu erkennen, wie auch zwischen den Bäumen Schatten emporwirbelten, Gestalt annahmen, an etwas zogen, es in Richtung Henge zerrten.

Dann hörte er wieder deutlich ihre Stimme, einen verzweifelten Schrei, der sich von ihm entfernte.

»Jaaaack … hilf … mir!«

»Katherine?« Er machte ein paar Schritte auf die Wächterbäume zu. »Wo bist du? Ich kann dich hören, aber ich weiß nicht, wo du bist. *Katherine!*«

Er rannte zu den Bäumen, nun fest davon überzeugt, dass Katherine im Henge war – aber auch sicher, dass die Zeit knapp wurde.

Bevor die letzte Kerze ausgeht, sagte er sich, denn die Kerze war zum Zeichen dafür geworden, dass sie noch am Leben war und seine Hilfe brauchte.

Sie verlöscht wie Katherine, sagte er sich wütend. *Die Flamme verlässt diesen Ort, und Katherine auch, sie wird jetzt fortgebracht. Sie …*

Alles verlangsamte sich.

Vier Schritte, drei Schritte, seine Hände fassten nach den wirbelnden Schatten, die seiner Welt entflohen.

Noch zwei Schritte, und mit letzter Anstrengung streckte Jack die Hände aus, rief wieder ihren Namen, denn er wusste, dass sie fast zum Greifen nahe war.

Nur noch ein Schritt …

Aber dann war es zu spät.

Plötzlich ging die letzte Kerze aus, und die wirbelnden Schatten waren verschwunden. Es blieben nur die verlöschende Glut des Feuers und das schimmernde Mondlicht auf dem freien Platz im Innern des Henges, die Stille der kühlen Nachtluft. Wo eben noch Katherine gewesen war, war jetzt undurchdringliches Dunkel.

IV
NACH HYDDENWELT

45

IN DAS HENGE

Als Katherine von den Schatten überwältigt und in das Henge gezogen wurde, gab sie jeden Widerstand auf. Doch im selben Moment durchströmte sie neue Kraft. Mit einem Mal konnte sie nach Jack rufen, und dies war der eine Ruf, den er hörte. Dann begriff sie, dass sie ihn nicht noch einmal rufen durfte, denn wenn er ihr folgte, wurde womöglich auch er entführt.

Sie wollte die letzte brennende Kerze austreten, um ihn davor zu warnen, ihr ins Innere des Henges zu folgen.

Die Schatten schienen ihre Absicht zu erraten und zerrten noch heftiger an ihr. *Nein … ihr … werdet … mich … nicht … daran … hindern!*, schrie sie unhörbar. Mit einer letzten Anstrengung trat sie gegen das Marmeladeglas. Als die Kerze erlosch, spritzte heißes Wachs auf ihren Knöchel und schürte ihre Wut. Aber für sich selbst konnte sie nichts mehr tun.

Sie war in ihrer Gewalt und wurde unaufhaltsam weitergezogen, nur noch imstande, sich hilflos umzublicken und zuzusehen, wie Jack nach ihr suchte, wie er bei der erloschenen Kerze ankam. Er starrte auf sie hinab, dann zurück zum Feuer und schließlich wieder in ihre Richtung. Doch er schien durch sie hindurchzusehen, wusste nicht, wohin er sich wenden sollte.

Ich bin hier, Jack. Du siehst mich direkt an …

Alles verlangsamte sich. Die Geräusche der Welt, die sie kannte, verklangen, und ihr Zorn wich einem wachsenden Gefühl der Verzweiflung und Hilflosigkeit und schließlich einer Trauer, die schlimmer war als jede andere, die sie jemals empfunden hatte. Schlimmer noch als die um ihre verstorbene Mutter.

Sie hielten sie fest, zogen sie aber nicht mehr weiter, sondern verharrten mit ihr am Eingang zum Henge. Offenbar wollten sie, dass sie Jacks Verwirrung mit ansah, als sei es ihr Wunsch, sie leiden zu lassen.

Doch selbst jetzt noch wollte sie ihm mehr als alles andere sagen, dass er bleiben solle, wo er war.

Beim ersten Mal, als diese dunklen Mächte versucht hatten, ihn zu töten, war er nur verletzt worden, weil er versucht hatte, sie zu retten. Nun drohte sich die Geschichte zu wiederholen, und diesmal würde er mit Sicherheit sterben, denn *er* war es, denn sie wollten, nicht sie. Sie war nur der Köder.

Dann zogen sie wieder an ihr, und sie entfernten sich immer weiter von der Stelle am Eingang, an der er stand.

Geh zurück!, wollte sie ihm zurufen. *Geh zurück!*

Sie wollte ihren Kummer hinausschreien, ihren Kummer darüber, dass sie alles verlieren sollte, ihr Leben mit Jack, ihre gemeinsame Zukunft, einfach alles.

Jetzt erst gestand sie sich ein, dass sie Jack liebte. *Ich wollte es dir sagen, Jack, aber …*

Noch am Morgen, als sie miteinander gesprochen und gelacht hatten, hätte sie Gelegenheit dazu gehabt … Doch sie hatte sie verschenkt.

Ihr war, als wäre sie vor Stunden noch ein Mädchen gewesen. Nun, da sie ihn verlor, war ihr Kummer der einer Frau, und ihr ganzer Körper schmerzte, weil sie nicht tun konnte, was sie jetzt am liebsten getan hätte, nämlich die Zeit zurückdrehen und ihm *alles* sagen, ihm sagen, was sie nie hatte sagen können. Alles, was er war, mit allem, was sie war, verbinden.

Oh, Jack, jetzt werde ich es dir niemals sagen können …

Solche Gedanken gingen Katherine Shore durch den Kopf und quälten sie, während sie zusah, wie Jack zu verstehen versuchte, was geschehen und wohin sie verschwunden war.

Er betrachtete die Kerze, die sie umgestoßen hatte, und sie flehte ihn in Gedanken immer wieder an, doch endlich zu begreifen, dass sie ihm auf diese Weise zu verstehen geben wollte, er solle umkehren.

Es ist eine Warnung, Jack, versuchte sie zu rufen.

Doch mit Entsetzen musste sie mit ansehen, wie ihre Tat bei ihm genau das Gegenteil bewirkte. Er reagierte nicht auf die Warnung, sondern auf die Liebe, die sie dazu trieb, sie zu wiederholen.

Sie gab ihm nur die Kraft weiterzugehen – die Grenze des Henges zu überschreiten und sich dadurch in die Gewalt der Sinistral zu begeben.

»*Verzeih mir*«, flüsterte sie laut, doch ihre Stimme war nicht mehr als ein Säuseln des Winds im trockenen Gras. »*Ich habe nicht gewollt, dass du leidest, ich habe das alles nicht gewollt … Oh, Jack, kehr um, solange du noch kannst. Bitte …*«

Noch während sie diesen Gedanken in Worte fasste, wurde ihr bewusst, dass sie sich etwas vormachte. Ihre Liebe konnte ihn das Leben kosten, und dennoch wünschte sie sich sehnlich, dass er ihr folgte.

»*Verzeih mir*«, flüsterte sie wieder. Und da sie nicht länger mit ansehen konnte, was zu verhindern nicht in ihrer Macht lag, drehte sie sich von ihm weg und wandte sich nach links, in die Richtung, die kein Mensch und kein anständiger Hydden jemals eingeschlagen sollte, wenn er ein Henge verlässt, denn sie führt zu finsteren Orten und macht eine Rückkehr um vieles schwerer.

Dann sprach Katherine zu den Schatten, die sie festhielten. Sie sagte ihnen, was sie hören wollten, und gab ihnen zu verstehen, dass sie gewonnen hatten.

»Nehmt mich«, sagte sie, »aber nicht ihn, auf keinen Fall ihn, *bitte.*«

Die Schatten veränderten ein letztes Mal ihre Gestalt, wurden deutlicher, erschreckend, erdrückend.

»Willkommen«, sagten sie. »Willkommen!«

Während einer Katherine aus dem Mondlicht in das Dunkel dahinter führte, trennten sich die anderen wieder, verweilten und sahen hämisch lachend zu, wie Jack versuchte, einen Weg zu ihr zu finden.

»*Bitte nicht*«, flüsterte sie.

Doch sie beachteten sie nicht, blieben stehen und warteten auf ihn, nur dunkle Schimmer zwischen den Schatten der Bäume.

46

ENTFÜHRT

Jack sah die Kerze verlöschen. Gleichzeitig schwebten die seltsamen Schatten, schwärzer als die Nacht, über die freie Fläche des Henges und strebten dessen linker Seite zu. Da wusste er, dass Katherine für ihn so gut wie verloren war.

Und dass sie gewonnen hatten, denn er musste ihr folgen, und genau das bezweckten sie. Aber wenn er ihr folgte, würde er wahrscheinlich nicht mit dem Leben davonkommen.

Er dachte an die Warnung, die er von der Friedensweberin erhalten hatte, und zögerte.

Dann hörte er in seinem Kopf Katherines Stimme, so deutlich wie nur irgend möglich: »*Geh zurück!*«

Sie flehte ihn um seinetwillen an, aber er wusste, dass er um ihretwillen nicht auf sie hören durfte.

Er machte ein paar Schritte vorwärts. Die Schatten gerieten in Bewegung, wurden größer, kamen auf ihn zu. Da erkannte er, dass er weder die Macht noch die Waffen besaß, sie zu besiegen und Katherine zu retten.

»Master Jack!«

Es war eine Stimme, die er nicht kannte, eine ältere und männliche Stimme. Sie riss ihn aus dem Zustand der Verwirrung und Ungewissheit und hielt ihn davon ab, weiterzugehen.

Dann wieder, von der anderen Seite des Henges: »Master Jack! Greifen Sie sie nicht an!«

Die hoch aufragenden Schatten kamen nicht näher, als hätten auch sie die Stimme gehört. Stattdessen begannen sie, ihn einzukreisen. Ihre Knüppel schimmerten dunkel und wirkten riesig in der Nacht. Ihre Füße bewegten sich langsam und lautlos, und ihr Gang war geschmeidig, verriet aber Stärke und Kraft. Doch er konnte sie nicht richtig erkennen, als wären es viele, die sich immer wieder trennten und zu neuen Schatten verschmolzen, deren Schöpfer sie selber waren.

Als er sich in die Richtung drehte, aus der die Stimme erklungen war, schien es ihm, als wögen seine Glieder Tonnen. Er verlor die Gewalt über seinen Körper!

Die Schatten wurden grau wie der Tod und nahmen große, hässliche Formen an, als sie mit bedächtigen, vorsichtigen Bewegungen auf ihn zukamen. Das zumindest war ein gutes Zeichen, denn es bedeutete, dass sie ihn fürchteten.

Während er sich langsam weiter drehte, suchte er mit den Augen den entlegenen Teil des Henges ab, aus dem die Stimme gekommen war.

Was er dann sah, ergab überhaupt keinen Sinn. Ein Knüppel kam aus dieser Richtung herangeflogen, wirbelte im hohen Bogen durch die Luft. Er wurde immer größer, je näher er kam, fing das Licht von Mond und Sternen ein, spiegelte das matte Glühen des in der Ferne erlöschenden Feuers.

Dann hörte Jack ihn schwirren, immer lauter, und das Licht, das er verströmte, wurde immer heller.

»Fangen Sie ihn auf, Master Jack!«, ertönte die Stimme wieder. »Nur Mut! Erheben Sie ihn gegen die Feinde! Vernichten Sie sie mit seinem Licht!«

Die Schatten nahmen Gestalt an, als das Licht des wirbelnden Knüppels über sie hinwegwischte.

Auch den Knüppel selbst erkannte Jack deutlicher, während er die Hand danach ausstreckte. Er war alt und aus Holz, und das Licht, das von ihm ausging, stammte von Spiegelungen in den kunstvollen Schnitzereien, die ihn von vorn bis hinten bedeckten.

Die Schatten zerfielen, bevor das Licht weiterhuschte, und entstanden von neuem.

Er fing den Knüppel auf, oder vielleicht flog ihm der Knüppel auch in die Hand. Sofort packte er das andere Ende mit der Linken und schritt auf die Schatten zu.

Doch sie attackierten seine Gedanken, durchbrachen mühelos seine Verteidigung. Angst packte ihn, lähmte ihn, bis er sich einzubilden begann, er starre auf seine eigene bevorstehende Niederlage oder gar seinen Tod.

Konzentriere dich!

Dies war die erste und älteste Fähigkeit, die man zum Überleben brauchte. Die Fähigkeit, alles bis auf die Wirklichkeit des gegenwärtigen Augenblicks zu vergessen.

Konzentriere dich!

Nur eines schien verlässlich und gewiss, und das war der Knüppel, den er in beiden Händen hielt, nicht allzu fest, aber kampfbereit.

Jack nahm sich Zeit – die Art von paradoxer Zeit, die zugleich eine Ewigkeit und einen Wimperschlag dauert – und betrachtete den Knüppel genauer. Die Schnitzereien in dem abgegriffenen Holz reflektierten den schwachen Schimmer seiner Gegner, ließen ihn schärfer und deutlicher hervortreten, sodass er nicht mehr düster und furchteinflößend wirkte. Der Knüppel wurde sein drittes Auge, und sein viertes, und dann sein fünftes … und so weiter bis ins Unendliche. Als wäre der Gegenstand in seinen Händen kein Knüppel, sondern ein Spiegel, der wiedergab, was er als Reflexionen durch Zeit und Raum hindurch sah.

Jack drehte ihn so, dass sein Licht auf die Schatten zurückgeworfen wurde. Da erst erkannte er, dass er getäuscht worden war. Er hatte sich auf das Falsche konzentriert.

Denn er sah mit Entsetzen, dass die Schatten nur Trugbilder waren, Projektionen der anderen, körperhafteren Gestalten, die am Rand des Henges lauerten und ihn beobachteten. Es waren viel weniger, als er angenommen hatte: drei, höchstens vier.

Sie hatten Katherine, die stumme Schreie ausstieß, in die Mitte genommen. Der eine, der sie festhielt, war größer als die anderen, aber nicht so stämmig. Seine Augen funkelten im Dunkeln, und Jack glaubte, in ihrer Tiefe die ferne Glut des Feuers zu erkennen. Ein eisiger Schauer lief ihm über den Rücken.

Leute dieses Schlages habe ich schon einmal gesehen, sagte er sich, *und wie jetzt ganz aus der Nähe.*

Es fiel ihm nicht schwer, sich zu erinnern. Er hatte sie am Schauplatz des Autounfalls gesehen, als er sechs Jahre alt gewesen war.

Als Nächstes konzentrierte er sich darauf, was Katherine ihm mitzuteilen versuchte.

»Sie will mich warnen!«, rief er mit lauter Stimme und voller Sorge. *Sie will nicht, dass ich zu ihr komme. Die umgefallene Kerze war eine Warnung. Ich soll nicht versuchen, sie zu retten.*

Endlich verstand er, dass sie ihn nur deshalb nicht direkt angegriffen hatten, weil er bereits tat, was sie sich von ihm erhofften. Sie lockten ihn dorthin, wo sie ihn haben wollten.

Im Augenblick waren sie stärker, schneller und viel mächtiger als er, und sie lachten, während sie fächerförmig ausschwärmten und sich ihm aus zu vielen Richtungen näherten, als dass er sich hätte verteidigen können.

Doch immer noch wollte er losstürmen und Katherine retten. Er hob den Knüppel und schlug nach ihnen, aber ohne jede Wirkung. Es war, als kämpfe der Knüppel gegen sich selbst.

»Master Jack, geben Sie ihn mir!«

Eine Gestalt tauchte neben ihm auf, der Knüppel wurde seinen Händen entrissen, und ein Körper aus Fleisch und Blut drängte sich zwischen ihn und die Schatten.

»Bleiben Sie zurück«, warnte ihn der Neuankömmling. *»Überlassen Sie sie uns!«*

Was für eine neue List das auch sein mochte, Jack schenkte ihr keine Beachtung und versuchte, sich an dem Fremden vorbeizuzwängen. Doch es gelang ihm nicht. Und auf einmal war es auch nicht mehr nötig.

Als der Knüppel wieder erhoben wurde, sah Jack tausend kleine Splitter des Mondes, gebrochen in unzähligen Spiegeln. Einen Mond, der kräftiger zu leuchten schien als der echte. Und die Bruchstücke, die der Mond waren, flogen geradewegs auf die Schatten zu, wie ein tödlicher Hagel von Glassplittern, eine überwältigende Lichtkaskade. Es war, als hätten sich die Windspiele Clare Shores von den unzähligen Fäden gelöst, an denen sie zwischen Bäumen und Sträuchern baumelten, um ihm zu Hilfe zu kommen.

»Bleiben Sie zurück!«, wiederholte die Stimme direkt vor ihm, und ein starker Arm hielt ihn fest.

Es war eindeutig ein Mann, und ein klarer Befehl, der so gebieterisch klang, dass Jack schließlich einen halben Schritt zurücktrat.

Währenddessen drehten und wendeten sich die eigenartigen Lichter, als wären sie eins, nahmen immer wieder neue Gestalt an wie ein dichter Starenschwarm am Abendhimmel. Sie drehten und wendeten sich so schnell, dass das Auge ihnen unmöglich lange genug folgen konnte, um ihre Form zu erfassen.

Die Schatten wichen hastig zurück und scharten sich wieder um Katherine. Und dann sah Jack endlich den, der ihm befohlen hatte, zurückzubleiben.

Er hatte weißgraues Haar und ein runzeliges Gesicht, das ebenso Tatkraft und Entschlossenheit ausdrückte wie seine Haltung und seine Bewegungen. Er stand zwischen ihm und Katherines Entführern und schwang den Knüppel.

»Jack!«

Das war Katherines Stimme, und er war ihr so nah, dass er sehen konnte, wie sie wieder rief: »Jack!«

»Nein! Sie dürfen nicht zu ihr gehen!«

Doch der Drang, Katherines Ruf zu folgen, war auch jetzt noch stärker als die Stimme der Vernunft. Wieder wollte er losstürmen.

Doch in diesem Moment schoss aus dem Knüppel seines Retters eine wahre Lichtkaskade, die in hunderttausend Teilchen zerfiel und Jack zwang, wie angewurzelt stehen zu bleiben.

Hilflos musste er zusehen, wie die Fyrd Katherine in ihre Schatten hineinzogen. Unter schrillem Getöse, das nichts anderes war als ihre zerstückelten Schreie der Wut und Enttäuschung darüber, dass sie nicht auch ihn gefasst hatten, verschwanden sie schließlich im Dunkel der Nacht.

So plötzlich, wie alles Licht geworden war, wurde nun alles Dunkelheit, und ein Gefühl der Kälte stellte sich ein, des endgültigen Verlustes, des Scheidens. Jack wusste, dass es ihm nicht gelungen war, Katherine zu retten, und dass dies nun auch nicht mehr in seiner Macht lag.

Er sank auf die Knie ins Gras und rief auf tiefster Seele: *»Katherine!«*

Aber es kam keine Antwort.

47
AUFBRUCH

Eine barsche, laute Stimme war zu vernehmen, und sie gehörte nicht dem Mann mit dem Lichtknüppel.

»Sie sind jetzt fort, und wir werden ihnen nicht folgen. Und wir werden auch nicht länger hier bleiben als unbedingt nötig. Machen wir Licht, damit wir sehen, wem wir zu Hilfe gekommen sind.«

Der Sprecher hielt etwas in die Höhe, aus dem ein gelber Lichtschein auf sie alle fiel.

Es war eine Sturmlaterne, und Jack hob den Blick. Vor ihm standen zwei Gestalten und schauten auf ihn herab. In dem einen erkannte er den, der den Knüppel geschwungen und ihm befohlen hatte, stehen zu bleiben. Sein Gesicht zeigte ein erleichtertes Lächeln. Über seinen Schultern hing ein roter Umhang, den eine prächtige goldene Spange zusammenhielt. Seine Stiefel, die Jack, da sie auf seiner Augenhöhe waren, noch am besten sehen konnte, waren abgetragen und schmutzig.

»Master Jack …«, begann er.

Jack stand mühsam auf.

»Arthur?«, fragte er. »*Arthur Foale?*«

Der Mann schüttelte den Kopf. »Nein, bedauere.«

Verwirrt trat Jack einen Schritt zurück. Er war sich sicher gewesen, Arthur gegenüberzustehen.

»Wer sind Sie dann?«, fragte er.

Der andere, der die Lampe hielt, war kleiner, stämmiger und etwas jünger. Jack sah, dass außer diesen beiden noch ein Dritter im Dunkeln steckte.

»Ich heiße Brif«, stellte sich der Große vor, »und bin der Meisterschreiber von Brum. Meine Freunde hier sind die Herren Pike und, dort im Dunkeln, Stort. Glauben Sie mir, in einer so heiklen Lage wie der, in der wir uns heute Nacht befunden haben, kann man sich keine trefflicheren Gefährten wünschen.«

Jack starrte sie sprachlos an, mit einem Mal so müde, dass ihm Körper und Geist den Dienst versagten.

»Gentlemen«, fuhr Brif fort, »hier ist jemand, den Sie schon lange einmal kennenlernen wollten. Ich denke, Sie werden mir beipflichten, wenn ich sage, wir können seinem außerordentlich tapferen Auftreten gegen eine schier erdrückende Übermacht entnehmen, dass er jetzt bereit ist, zu der großen Aufgabe, die vor uns liegt, seinen Teil beizutragen.«

Einer nach dem anderen trat vor und schüttelte dem verdutzten Jack die Hand.

»Gut gemacht«, sagte Pike.

»Willkommen!«, sagte Bedwyn Stort.

»Äh … wer seid ihr?«, fragte Jack und blickte in die Runde. Sie waren sehr eigenartig gekleidet, und überhaupt kam ihm das alles sehr sonderbar vor.

Der Große namens Brif setzte zu einer Antwort an, aber Jacks Aufnahmefähigkeit war erschöpft. Er lauschte, ohne wirklich zuzuhören.

In seinem Kopf begann sich alles zu drehen, und dann drehte sich auch noch der Kreis der Bäume über ihm, nur in die entgegengesetzte Richtung. Er bekam weiche Knie.

Alles, woran er denken konnte, war, dass er seine Sache alles andere als »gut« gemacht hatte. Es war ihm nicht gelungen, Katherine zu retten, und jetzt … jetzt …

»Aufgepasst«, rief Pike, »dem Jungen wird schwindlig! Fangt ihn auf!«

Er spürte, wie zwei Arme ihn umschlangen und wie sein Kopf gegen eine Brust fiel, ehe er sanft zu Boden gelassen wurde. Dann schwanden ihm die Sinne.

Als er wieder zu sich kam, war Stort bei ihm. Er lag am Rand des Henges, und ein köstlicher Duft erfüllte die Luft.

Dann kam die Erinnerung.

»Sie haben Katherine!«, rief er außer sich und wollte aufspringen, doch Stort hielt ihn am Boden fest.

Pikes Gesicht erschien in seinem begrenzten Blickfeld, und es lächelte.

»Sie haben ihr das Leben gerettet, mein Junge. Das haben Sie gut gemacht, sehr gut.«

»Aber … ich …«

Ein drittes Gesicht erschien. Es gehörte Brif.

»Bei uns sind Sie sicher, Master Jack, und sobald wir Sie von hier fortgebracht haben, was wir schleunigst tun sollten, brauchen Sie erst einmal Ruhe und Schlaf.«

Wieder senkte sich Dunkelheit auf ihn, und das Tosen am Himmel, das er zuvor schon gehört hatte, schwoll an.

Ein Arm legte sich um seine Schulter und richtete ihn etwas auf.

»Trink das«, sagte Bedwyn Stort. »Das wird dich wachhalten, denn wir dürfen nicht länger hierbleiben.«

»Was ist das?«

»Heißer Met mit gewissen zusätzlichen … äh … Substanzen, nach einem Rezept, das ich selbst erfunden habe. Nennen wir es einen Heiltrank.«

Jack trank, und es schmeckte gut, sehr gut. Sofort wurden ihm wieder schwummrig, diesmal war es allerdings angenehm. Das Leben kehrte in seine Glieder zurück. Er setzte sich aufrecht hin, ein seliges Lächeln im Gesicht. Er fühlte sich bärenstark.

Er stand auf, und das Lächeln war noch da. Er war zu allem bereit.

48

GEFANGEN

Die Fyrd führten Katherine aus dem Henge, dann durch den Garten, am Haus vorbei zur Zufahrt und von dort auf die Straße.

Es waren vier, und alle trugen sie schmucklose Uniformen, die aus Hose und Waffenrock bestanden. Ihr schwerer Stoff schimmerte in Schwarz- und Grautönen, als tanze ein mattes Licht darauf. Das machte es, bei Tag wie bei Nacht, schwierig, jeden Einzelnen genau zu erkennen, und machte dies nahezu unmöglich, wenn sie dicht beieinander standen.

Von Zeit zu Zeit sprang das Spiel von Licht und Schatten zwischen ihnen hin und her wie ein elektrischer Funke zwischen zwei Polen und schuf eigenständige Gestalten. Dies waren die Schatten, die Katherine im Garten überrumpelt hatten.

Alle vier trugen Rucksäcke aus Leder von der gleichen Machart wie Jacks. Ihre Bewaffnung bestand aus Langdolchen, Armbrüsten und Knüppeln. An ihren Gürteln hingen Schleudern aus mehreren zusammengeknoteten Lederriemen, an deren Ende Steine befestigt waren.

Auf der Straße angekommen, blieben sie kurz stehen und blickten zum Garten zurück, um festzustellen, ob ihnen jemand folgte. Doch das war nicht der Fall, und das schien sie zu enttäuschen.

Einer, ein gedrungener, humorloser Kerl namens Streik, hielt Katherine grob fest. Als sie hin und her wankte, stieß er sie zu Boden.

Er zog ein finsteres Gesicht und sagte mit rauher Stimme: »Wir hätten noch bleiben und uns den Jungen schnappen sollen, dann müssten wir uns jetzt nicht mit dem Mädchen herumärgern. Wir waren nahe dran, Major Feld, Sir.«

Zwei der anderen nickten, aber der Letzte, an den die Bemerkung gerichtet war, blieb ruhig und gefasst.

Feld, ihr Anführer, war Mitte dreißig, glatt rasiert, mit kurzem, dunklem Haar, grauen, intelligenten Augen und blasser Haut.

Indem er die unterschwellige Kritik ignorierte, sagte er gelassen: »Als ich gesehen habe, dass der Junge dem Mädchen in unsere Schatten folgen wollte, war mir klar, dass er alles tun wird, um sie zurückzuholen. Genau wie es Sub-Quentor Brunte vorausgesagt hat. Der Knabe …«

»Er ist kein Knabe mehr«, unterbrach ihn Streik, »nicht einmal ein Jüngling. Er ist mutig und stark, auch wenn er in den Kriegskünsten noch viel lernen muss! Trotzdem hätten wir ihn erwischt, wenn ihm niemand zu Hilfe gekommen wäre.«

Dem musste Feld beipflichten.

Streik war renitent und unverschämt, aber er hatte Grips und machte davon Gebrauch, und was noch wichtiger war: Er stand in Sub-Quentor Bruntes Gunst. Feld hielt ihn an der Leine, aber an einer langen.

»Es hätte keinen Sinn gehabt, härter zu kämpfen und dabei sein oder unser Leben in Gefahr zu bringen«, erwiderte er geduldig. »Er wird uns nach Brum folgen und versuchen, sie zurückzuholen. Dort können wir seiner leicht habhaft werden, und das erspart uns die Mühe, ihn hinzubringen. Denn Mühe würde er uns bereiten. Dass mir also keiner den Helden spielt oder auf Vergeltung sinnt! Wir nehmen das Mädchen, und wir sorgen weiterhin dafür, dass wir gesehen werden. Wir instruieren die anderen Patrouillen, ihn und die anderen zu attackieren, keinesfalls aber zu töten. Das gilt auch für uns, falls der Bursche darauf verfallen sollte, uns anzugreifen. Verstanden?«

Die anderen nickten, wenn auch widerstrebend. Fyrd hatten es nicht gern, wenn man sich ihnen widersetzte.

»Und wenn wir das Mädchen nach Brum gebracht haben und der Junge gefasst ist, was dann?«, fragte einer der anderen.

Feld runzelte die Stirn. Es war eine gute Frage, aber er war nicht gewillt, sie zu beantworten. Streik tat es für ihn.

»Der Sub-Quentor wird sie töten«, sagte er, »oder mir den Befehl dazu geben …«

Streik war Bruntes Scharfrichter, und er verstand sein Handwerk. Der heutige Ausflug ins Umland von Brum war für ihn so etwas wie Urlaub, eine Belohnung.

Feld ging nicht auf seine Bemerkung ein. Das Schicksal des Mädchens war keineswegs so gewiss, wie Streik zu glauben schien. Es stimmte zwar, dass die Fyrd niemals Gefangene machten, außer es gab dafür einen triftigen Grund. Denn Töten in jeder Form gehörte zu ihrer Ausbildung und wurde ihnen schnell zur Routine. Außerdem verursachten Gefangene häufig Ungelegenheiten und Kosten.

Aber mit dem Mädchen verhielt es sich anders, und Feld wusste es. Die von Brif angeführten Hydden aus Brum hatten zwar versucht, den Eindruck zu erwecken, dass Katherine unwichtig sei, aber Brunte vermutete das Gegenteil. Es ging sogar das Gerücht, dass sie die Schildmaid sei, was Feld nun, da er sie kennengelernt hatte, allerdings für unwahrscheinlich hielt. Sie war eine mutige junge Frau, gewiss, aber eine Unsterbliche? Feld bezweifelte es.

Jack war ein anderer Fall. Feld konnte sich nicht erinnern, dass ein Einzelner vier ausgebildeten Fyrd und ihren Schatten jemals so hartnäckig die Stirn geboten hätte, auch wenn ihn am Ende nur Brif und dessen Knüppel gerettet hatten. Jack war etwas Besonderes, und Feld konnte sehr gut verstehen, warum Igor Brunte ihn fangen und in seine Gewalt bringen wollte, bevor die Sinistral es taten.

»Was mir Sorge bereitet«, sagte er und wechselte damit zu einem unverfänglicheren Thema, »ist, dass der Junge den Beistand eines Brumer Knüppelmanns wie Pike genießt. Mit dem ist nicht zu spaßen, wenn es zum Kampf kommt. Auf jeden Fall werden wir, abgesehen von allen anderen Erwägungen, gut daran tun, einen Zusammenstoß mit ihm zu vermeiden, denn er wird in der einen oder anderen Form Unterstützung erhalten.«

Streik nickte. Pikes Ruf war weithin bekannt, und in jeder anderen von den Fyrd besetzten Stadt wäre einer wie er entweder ins Oberkommando der Fyrd aufgenommen oder als zu gefährlich eliminiert worden. Doch in Brum lagen die Verhältnisse anders. Dort genoss er unter der nominellen Führung des Hochaltermanns der Hydden alle Freiheiten.

»Dann die unerwartete Anwesenheit Master Brifs …«, fuhr Feld fort, sichtlich überrascht, dass der vermeintlich simple Auftrag, den Jungen zu finden, sich als weitaus komplizierter und folgenschwerer entpuppt hatte, als er hatte ahnen können. »Er ist wie Pike ein ernstzunehmender Gegner, wenn auch aus anderen Gründen.«

»*Das* war der Meisterschreiber?«, fragte einer der anderen, ebenso erstaunt wie beeindruckt.

»Ich kenne keinen anderen Hydden, der den Knüppel so zu führen versteht, obwohl ...«

Er verstummte und überlegte.

Die anderen warteten.

»Der Junge mag den Knüppel noch wie ein Anfänger handhaben, aber hat einer von euch gesehen, wie er ihn aufgefangen hat? Die erlauchten Sinistral fürchten diesen Riesengeborenen zu Recht, wenn er denn tatsächlich einer ist!«

Die anderen schüttelten den Kopf, und Streik sagte: »Ich konnte nicht viel erkennen, Sir. Das Licht des Knüppels hat mich geblendet.«

»Ganz genau«, sagte Feld. »Die alte Kampfweise hat viel für sich, auch wenn unsere Waffen stärker und wirkungsvoller sind, aber unser Auftrag lautet gefangen nehmen, nicht töten. Ich habe das Gefühl, dass wir gar nicht sehen sollten, wozu der Junge imstande ist. Höchst interessant! Jetzt wissen wir, was wir zu tun haben. Verstanden?«

Sie nickten.

Der Junge wäre ihnen von Nutzen gewesen, so wie es das Mädchen jetzt war – für eine gewisse Zeit. Dies alles war für Feld unschwer zu durchschauen, wie im Übrigen auch die Tatsache, dass dieses vermeintlich leichte Kommando eine Prüfung war und der impertinente Streik kaum mehr als ein Aufpasser, der ihn für den weitaus klügeren Sub-Quentor bespitzelte.

Katherine rührte sich und stand wackelig auf. Sie blickte benommen, und ihre Kleider hingen schmutzig und unordentlich an ihr herunter.

»Zieht ihr die Sachen an, die wir für sie dabeihaben«, befahl Feld.

Einer von ihnen ging sogleich ans Werk, zog ihr eine Uniform an, die genau wie ihre eigenen aussah, und steckte ihr mittels einer Metallspange, die man eigens zu diesem Zweck mitgebracht hatte, unsanft die Haare hoch. Ihre alten Kleider wurden in einer Hecke versteckt. Katherine war erneut einer Ohnmacht nahe, als sie fertig waren.

Streik befühlte ihr Haar.

»Dick und scheußlich«, sagte er verächtlich.

Katherine öffnete langsam die Augen und versuchte, einen klaren Gedanken zu fassen.

»Sie kommt zu sich«, bemerkte Feld. »Umschattet sie wieder, damit wir aufbrechen können.«

Sie bildeten Schatten um sich selbst und Katherine und marschierten dann die Straße entlang in Richtung Uffington. Ein oder zwei Mal versuchte Katherine, die Insassen vorbeifahrender Autos auf sich aufmerksam zu machen, doch sie hatte kaum die Kraft, die Hand zu heben, und die Fyrd lachten schallend über ihre Bemühungen.

»Sie können dich nicht sehen«, erklärte Feld.

Streik packte wütend ihre Hand und drückte sie nach unten. »Lass das«, befahl er, denn er verabscheute Widerstand jeder Art.

Kurz vor dem Dorf bogen sie von der Straße ab und gingen quer über die Felder zu dem Bahndamm der Strecke Swindon-Didcot.

Sie kletterten zu den Gleisen hinauf, und als sie endlich an einen Stapel alter Schwellen gelehnt dasaßen, befreiten sie Katherine von ihren Schatten. Sie war müde und fror, aber sie konnte langsam wieder klar denken.

Der White Horse Hill hob sich als dunkle Wand vom Sternenhimmel ab, aber sie erkannte ihn sofort und begriff, dass sie nach Süden blickte. Mit den Augen suchte sie das dunkle Tal unter ihnen ab und entdeckte die Lichter einer Ortschaft, zwischen den Bäumen einen eckigen Kirchturm und dann noch einen weiter links.

Uffington und Childrey, sagte sie sich.

Sie wandte sich an die Fyrd. »Wer sind Sie?«, fragte sie den, der wie der Anführer aussah.

»Das ist Major Feld, und für dich *Sir*«, sagte Streik, zog sie hoch und stieß sie in Richtung der Lichter von Wantage. Als sie protestieren wollte, stieß er noch fester.

»Mach schon, Schwester, wir haben noch einen langen Marsch vor uns und wollen vor Sonnenaufgang am Ziel sein.«

Katherine schien nicht unmittelbar in Gefahr zu sein, und so hielt sie es für das Beste, mit ihnen zu gehen, bis sie besser verstand, wo sie war und was hier gespielt wurde. Sie wollte nicht wieder mit Schatten umhüllt werden. Und wenn erst die Sonne aufging, sah sie vielleicht jemanden, der ihr helfen konnte.

»Trödel nicht!«, knurrte Streik.

»Sie brauchen mich nicht so zu stoßen«, blaffte sie über die Schulter.

»Schwester, zeig gefälligst etwas mehr Respekt vor Älteren, Höhergestellten und Männern.«

»Ich bin niemandes Schwester, und Sie sind verrückt«, entgegnete Katherine ungerührt. Langsam fand sie zu alter Selbstsicherheit zurück.

Doch die hielt nicht lange an, denn jedes Mal, wenn sie im Dunkeln einen genaueren Blick auf einen Gegenstand erhaschte, der vertraut aussah – eine Pflanze, einen Zaun, eine Eisenbahnschwelle –, kam er ihr doppelt so groß vor, wie er eigentlich sein sollte.

Sie konnte sich keinen Reim darauf machen und sagte sich, dass sie wohl einfach nur erschöpft war oder dass die Schatten ihr die Sinne verwirrt hatten.

Aber dann gingen sie unter einer Brücke durch, die sie erst vor einer Woche bei einem Spaziergang mit Jack gesehen hatte. Damals war sie ihr normal vorgekommen, doch heute ragte sie über ihr viel höher in die Dunkelheit als in ihrer Erinnerung.

Das ist doch nicht möglich, sagte sie sich. *Das ist doch einfach nicht möglich…*

Doch es war möglich, sie wusste es.

Sie war kleiner. Die Schatten hatten sie in das Henge geschleppt und auf der finsteren Seite wieder hinausgezogen, und irgendwie war sie dadurch in dieselbe Welt geraten, in die Arthur zu gelangen versucht hatte.

Sie trottete weiter durch die Nacht und versuchte, die Angst zu bezähmen, die in regelmäßigen Wellen über sie hinwegbrandete.

»Wo bin ich?«, fragte sie irgendwann laut. Niemand machte sich die Mühe zu antworten.

Was geht hier vor?

Sie marschierten weiter die Bahngleise entlang, bis ihr wieder die Kräfte schwanden und jeder Schritt zur Qual wurde. Dann beschloss sie, nicht weiterzugehen. Streik wollte sie wieder vorwärtsstoßen, doch sie widersetzte sich.

»Wohin gehen wir?«, fragte sie.

Feld kam nach vorn und sah sie scharf an. »Schwester, du hast wacker mit uns Schritt gehalten, aber dämpfe deine Stimme.«

Es waren die ersten positiven Worte, die sie von ihnen zu hören bekam, und sie spürte den Respekt in seiner Stimme.

»Wo bringen Sie mich hin?«, fragte sie, leiser diesmal.

»In die Stadt.«

»In welche? London?«

»Brum.«

»Nie davon gehört.«

»Die Menschen nennen sie Birmingham.«

»Wieso nach Birmingham?«

Die Frage war ebenso an sie selbst gerichtet wie an ihn. Was sollten sie in Birmingham? Überdies war es ein weiter Weg.

Sie versuchte es mit einer anderen Frage: »Wie?«

Die Schienen unter ihren Füßen begannen zu vibrieren und zu wimmern. Sekunden später hörten sie einen Zug nahen und zogen sich an den Rand des Bahndamms zurück. Er brauste an ihnen vorbei, ein Luftzug, der ihnen über die Gesichter fegte und die Haare zerzauste.

»Mit dem Zug«, antwortete Feld. »Wir haben nicht mehr weit zu gehen.«

Doch ihr kam es sehr weit vor, und bald musste sie beim Gehen auf beiden Seiten gestützt werden.

Bei Anbruch der Dämmerung wankte sie benommen zwischen stehenden Güterzügen umher, deren Räder mächtig in die Höhe ragten. Sie hatten den Eisenbahnknoten Didcot erreicht.

»Das ist der nach Brum«, hörte sie jemanden sagen. »Los, hilf mir hinauf …«

Dann war sie in einem Waggon und wurde auf Säcke gelegt, und weitere Säcke, alle staubig und nach Getreide riechend, wurden über sie gebreitet.

»Du kannst jetzt schlafen«, sagte Feld.

Sie schloss die Augen und schlief ein.

49
DAS LAGER

Jack erwachte vom Motorengeräusch eines Autos. Es kam ihm so nahe vor, dass er erschrocken die Augen aufriss, bereit, zur Seite zu springen. Er lag auf der nackten Erde, und nur trockenes Laub schützte ihn vor der Feuchtigkeit darunter. Jemand hatte eine rauhe, karierte Decke über ihn gebreitet. Als Kopfkissen diente ihm die freiliegende Wurzel eines Baumes, dessen Stamm über ihm emporragte und dessen kahle Äste im kühlen Wind wisperten.

Sein Schädel pochte, seine Glieder schmerzten wie zerschlagen, und in seinem Kopf wirbelten Erinnerungen durcheinander, die damit endeten, dass Katherine in der Dunkelheit verschwand. Danach nichts mehr.

Ganz in der Nähe hörte er Leute, die sich vergnügt unterhielten, und beschloss, still liegen zu bleiben und sich erst einmal über seine Lage klar zu werden.

Dann fiel ihm wieder ein, was in dem Henge geschehen war. Drei Fremde, Hydden, wie er jetzt begriff, hatten ihn vor den Schatten gerettet, die Katherine entführt hatten.

Bei ihrem Gespräch auf dem White Horse Hill hatte die Friedensweberin zu ihm gesagt, dass Leute auf dem Weg seien, um ihm zu helfen. Das mussten diejenigen sein, die sie gemeint hatte.

Wieder fuhr ein Auto vorbei. Die Büsche um ihn herum gerieten in Bewegung und raschelten.

Er zweifelte nicht daran, dass er jetzt in der Welt der Hydden war. Seltsamerweise war es ein gutes Gefühl. Als sei er nach langer Zeit in der Fremde wieder heimgekehrt.

Die Wurzel, auf der sein Kopf ruhte, roch moosig, erdig und gut. Und sie war erstaunlich bequem. Dann kam ihm zu Bewusstsein, dass neben den Stimmen auch ein Essensgeruch in der Luft lag. Und es roch köstlich.

Im ersten Moment wollte er sich umdrehen und dadurch zeigen, dass er wach war, doch dann beschloss er, liegen zu bleiben und darüber nachzudenken, was er als Nächstes tun sollte. Katherine zu finden war wichtiger als alles andere.

Die Namen der drei Leute, die ihn davon abgehalten hatten, die Schatten anzugreifen, fielen ihm wieder ein.

Master Brif, Pike und … Bedwyn Stort. Diesen Namen hatte ihm die Friedensweberin genannt.

Stort war ihm kleiner und jünger als die anderen vorgekommen, an mehr konnte er sich nicht erinnern.

Langsam drehte er sich auf die andere Seite, hielt die Augen aber geschlossen, in der Hoffnung, dass die Fremden annahmen, er wälze sich nur im Schlaf herum. Ihre Unterhaltung geriet nicht ins Stocken.

Er blickte jetzt auf eine Lichtung, umsäumt von einem Wäldchen mit dichtem Unterholz. Brif und Pike saßen mit übergeschlagenen Beinen an einem kleinen Lagerfeuer. Stort war nirgends zu sehen.

Sie aßen und tranken aus derben Holznäpfen. Über dem Feuer hing ein merkwürdiges Gerät, das an allen vier Ecken mit Riemen an einem Gestell aus Holzstangen befestigt war. Aus dem Umstand, dass es eine bauchige, ballonähnliche Form hatte und Dampf daraus entwich, schloss er, dass es mit einer Flüssigkeit gefüllt war. Mit dem Dampf stieg ein köstlicher Duft auf, der … Er schnupperte noch einmal. Das Wasser lief ihm im Mund zusammen.

Pilze, Kräuter, eine Art Eintopf …

Unwillkürlich leckte er sich die Lippen.

Mithilfe zweier Stöcke, die an einem Ende zusammengebunden waren, hob Pike einen großen Stein aus dem Feuer und ließ ihn vorsichtig in das beutelartige Gefäß fallen, das, wie Jack nun vermutete, aus Leder bestand, was wohl auch der Grund dafür war, warum es so hoch über dem Feuer hing. Ein zusammenlegbarer Kochtopf.

Merkwürdig, aber pfiffig, musste Jack zugeben.

Es besah sich die beiden genauer.

Der eine, der Brif hieß, hatte einen Knüppel benutzt, der das Licht von hunderttausend Mondsplittern zu bergen schien. Ebendieser Knüppel lag jetzt neben ihm auf dem Boden.

Pike, der einen Großteil des Gesprächs bestritt, war ungefähr fünfunddreißig Jahre alt, hatte kurzes, graues Haar und ein strenges, einschüchterndes Aussehen. Er trug einen graugrünen Rock, weite schwarze Beinlinge und merkwürdige Lederschuhe, die mehr wie Stiefel aussahen und Sohlen aus … Jack kniff die Augen zusammen, um besser zu sehen. Tatsächlich, die Sohlen waren aus einem Autoreifen geschnitten, sorgfältig in Form gebracht und dann mit groben Stichen an das Oberleder genäht worden. Auch er hatte einen Knüppel neben sich liegen.

Pike nahm einen kleinen, rußgeschwärzten Kessel, der neben dem Feuer stand, und goss daraus eine Flüssigkeit in ihre Becher, die einen so verführerisch süßen Duft verströmte, dass sich zu Jacks wachsendem Hunger nun auch zunehmender Durst gesellte.

»Wir können nicht länger hierbleiben und warten, bis er endlich aufwacht«, bemerkte Pike gerade. »Es ist zu gefährlich, Master Brif. Wir müssen bald eine Entscheidung treffen, wohin wir gehen und was wir tun wollen. Die Fyrd können nicht weit hinter uns sein.«

Jack schloss die Augen. Er verspürte nicht die geringste Lust aufzustehen.

Doch während sie weiterredeten, hörte er, dass sich unten an der Straße etwas rührte. Zuerst Schritte, dann Geflüster und schließlich Geraschel. Jemand kam den Hang herauf.

Er drehte sich langsam in seine vorige Position. Da sah er sie, vier Gestalten. Zwei standen rechts auf der Straße, und zwei kamen den Hang heraufgeschlichen.

Feinde, kein Zweifel!

Sie waren schwarz gekleidet und mit Knüppeln und Armbrüsten bewaffnet, und mit Messern, die sehr scharf aussahen. Der Vordere war keine zehn Meter mehr von ihm entfernt, und er kam immer näher.

50

KAMPF UND FLUCHT

Jack war sofort hellwach.

Zwischen den Pflanzen war er bislang unbemerkt geblieben, deshalb rührte er sich nicht von der Stelle. Das Überraschungsmoment war wichtig, wie er sehr wohl wusste, aber noch wichtiger war wirkungsvolles Handeln.

Er zweifelte nicht daran, dass er einige der Fyrd vor sich hatte, vor denen er und die anderen geflohen waren. Er beobachtete die beiden Vorderen genauer. Der Weg, den sie eingeschlagen hatten, führte dicht an ihm vorbei. Dort, wo sie das Ende der Böschung erreichen würden, waren sie knapp außerhalb der Reichweite seiner Füße und deshalb vor einem wohlgezielten Tritt sicher.

Auf der anderen Seite würde er den Vorteil, den ihm seine etwas erhöhte Position verschaffte, verlieren, wenn sie erst ebenes Gelände erreicht hatten. Doch allein konnte er es nicht mit ihnen aufnehmen, und so entschloss er sich zu einem gewagten Schritt. Er drehte sich wieder von ihnen weg und hob geräuschlos die Hand, in der Hoffnung, dass einer der beiden Hydden es bemerkte.

Es war der stets wachsame Pike, der zu ihm herübersah.

Jack deutete hinter sich und streckte dann vier Finger in die Luft. Pike nickte und wechselte flüsternd ein paar Worte mit Brif. Dann ergriff er seelenruhig zwei Knüppel, kam, während Brif am Feuer sitzen blieb, über die Lichtung, kauerte sich leise neben Jack nieder und spähte den Hang hinab. Seine unerschütterliche Ruhe nahm Jack etwas die Angst.

»Nicht bewegen«, flüsterte er, »aber hören Sie genau zu. Wenn ich über Sie hinwegsteige und mir den Vorderen schnappe, kommen Sie mir nach und nehmen sich den dahinter vor, der etwas weiter rechts geht. Verstecken Sie sich bis zum letzten Moment hinter meinem Rücken, und dann feste drauf. Und wenn ich feste sage, meine ich auch feste. Bei den Fyrd bekommen Sie keine zweite Chance, verstanden?« Jack nickte und zog ein Bein dichter unter den Körper, damit er schneller und sicherer aufspringen konnte.

»Anschließend«, fuhr Pike in aller Ruhe fort und tätschelte Jack dabei die Schulter, wie um ihn zu beruhigen, »flitzen Sie nach unten und nehmen sich den vor, der rechts drüben auf der Straße steht. Klar?«

Jack nickt abermals.

»Wissen Sie noch, wie man mit einem Knüppel umgeht?«

Jack schüttelte den Kopf.

Pike schmunzelte. »Im Henge haben Sie sich wacker geschlagen, und hier haben wir den Vorteil der Überraschung auf unserer Seite. Hier, den werden Sie brauchen.«

Pike reichte ihm einen schmucklosen Holzknüppel, dann sprang er auf und stürzte sich auf den Fyrd direkt unter ihm.

Jack warf die Decke ab und schnellte in die Höhe. Blitzschnell stürzte er sich auf den zweiten und schmetterte ihm mit aller Macht den Knüppel auf den Kopf.

Sich umdrehen und nachsehen, wie gut der Schlag gesessen hatte, dafür war keine Zeit. Jetzt galt es, die beiden anderen auszuschalten, und dazu musste er den Schwung, den er auf dem Hang holen konnte, zu seinem Vorteil nutzen.

Der Fyrd auf der Straße konnte wegen des Gestrüpps nicht viel sehen, und der plötzliche Kampflärm lieferte ihm keinen Hinweis darauf, was auf der Böschung geschah. Wie sein Kamerad wartete er auf weitere Befehle von oben.

Stattdessen sahen sie sich unversehens einem Angriff von Jack und Pike ausgesetzt. Mit niederschmetternder Wucht fielen die beiden aus dem dunklen Gestrüpp über sie her.

Augenblicke später lagen beide Fyrd stöhnend am Boden.

»Wissen Sie, wie Sie ihn festhalten müssen?«, rief Pike, und seine Stimme klang dringlich. Die beiden anderen, die sie bewusstlos auf der Böschung zurückgelassen hatten, würden bald wieder zu sich kommen.

Jack hatte etwas Kampfsport betrieben, um sich in den Londoner Heimen behaupten zu können, und so nahm er den Fyrd in den Schwitzkasten und bog seinen Kopf so weit zurück, dass er ihm fast das Genick brach. Leicht war das nicht, denn der Fyrd war viel bulliger und stärker als er und leistete Gegenwehr.

Pike fesselte den anderen mit einem Strick und schleifte ihn auf die Böschung, wo er von der Straße aus nicht zu sehen war.

»Alles in Ordnung?«, rief er Jack zu.

Es war kein günstiger Moment für eine Frage. Jack war nur kurz abgelenkt, doch das genügte. Der Fyrd entwand sich halb seinem Griff und versuchte, ihn abzuwerfen und selbst die Oberhand zu gewinnen.

Während Pike die Böschung hinaufkletterte, um die beiden anderen zu binden, entbrannte unten ein erbitterter Kampf. Viel hätte nicht gefehlt, und Jack hätte ihn verloren. Und nicht nur das, denn der Fyrd zückte in mörderischer Absicht ein Messer. Nur sein Instinkt rettete Jack.

Er drehte den Knüppel herum, zog dem Fyrd eins über den Schädel und schlug ihm so kräftig auf die Hand, dass das Messer durch die Luft flog.

Der Fyrd bekam sein Handgelenk zu fassen, doch Jack versetzte ihm einen Stoß gegen die Kehle und drehte ihn so herum, dass er wieder zu Boden fiel. Im selben Augenblick kam Pike krachend wieder auf die Straße herunter.

»Gut gemacht!«, rief er, als er die Lage erfasst hatte. »Sie sind ein geborener Kämpfer, so viel steht fest.«

Zwei Minuten später lagen alle vier Fryd gefesselt im dichten Gestrüpp, die ersten beiden noch stöhnend, die anderen stumm. In der nächsten Zeit war von ihrer Seite kein Ärger zu erwarten.

Pick wandte sich Jack zu und reichte ihm die Hand.

»Sie haben kühlen Kopf bewahrt, mein Junge«, sagte er, »aber wir haben auch nichts anderes von Ihnen erwartet. Wenn Sie uns nicht das Zeichen gegeben hätten, hätte ich sie möglicherweise zu spät bemerkt. Ich bin froh, dass wir Sie bei uns haben. Uns steht noch einiges bevor, da können wir einen zusätzlichen Knüppel gut gebrauchen.«

Sie stiegen wieder die Böschung hinauf und traten auf die Lichtung, wo Master Brif wartete, einen Knüppel in der Hand und Erleichterung im Gesicht.

»Wie's scheint, ist der Junge endlich aufgewacht«, scherzte Pike und gab Jack mit einem respektvollen Lächeln einen Klaps auf den Rücken. »Hätte er nicht so schnell geschaltet, wären wir wohl nicht so glimpflich davongekommen. Aber jetzt sollten wir zusehen, dass wir von hier verschwinden.«

»Wie viel Zeit haben wir noch?«, fragte Brif.

»In spätestens einer Stunde wird man die Patrouille vermissen.«

Brif blickte zu Jack. »Ich vermute, dass Ihnen ein paar Fragen unter den Nägeln brennen, mir würde es jedenfalls so ergehen. Aber bevor wir aufbrechen, müssen Sie einen Happen essen. Darum schlage ich vor, Sie, Mister Pike, richten Master Jack ein Frühstück, und ich erzähle ihm unterdessen, was er wissen muss.«

»Ein Briefing von Brif!«, sagte Jack mit einem albernen Grinsen.

Master Brif lächelte nicht. »Hätte ich jedes Mal, wenn dieser kleine Scherz gemacht wurde, einen Groschen bekommen, hätte ich mir davon zehn neue Mäntel kaufen können und immer noch Geld für ein paar zusätzliche Knüppel übriggehabt.«

»Aber nicht für so einen interessanten wie den da«, murmelte Jack, während er die Schnitzereien auf Brifs Knüppel bewunderte und mit denen auf seinem eigenen verglich.

»Allerdings, aber Ihrer ist interessanter, als es den Anschein hat.« Er zögerte, und in diesem Augenblick wurden sie von Pike unterbrochen, der etwas zu essen und zu trinken brachte. Jack war hungriger, als ihm bewusst gewesen war.

Pike reichte ihm einen Becher, der eine Art süßen Kräutertee enthielt, und eine Schale mit geschmorten Pilzen in einer gelb-grünen Soße. Es roch gut, aber er hatte keinen Löffel.

»Unterwegs wird er aber einen brauchen«, bemerkte Brif.

»Vielleicht in seinem Gepäck?«

Pike stöberte in dem Lederrucksack, den Mrs. Foale in letzter Minute für Jack gepackt hatte, und zog ein zusammengerolltes, liebevoll besticktes Tuch aus einer Seitentasche.

Jack rollte es auseinander und fand darin Essbesteck und Utensilien verschiedener Art.

»Brot«, sagte Pike und reichte ihm einen Kanten, der nach Roggenbrot aussah. Jack langte gleich tüchtig zu.

»Wir haben einen weiten Weg vor uns und müssen uns sputen, wenn wir rechtzeitig zu unserer Verabredung mit Stort kommen wollen, Master Brif, aber wir müssen Jack genauer ins Bild setzen.«

»Stort ist doch der andere, der bei Ihnen war, oder?«, fragte Jack.

»Ganz recht«, antwortete Brif. »Bedwyn Stort ist mein ehemaliger Schüler und jetziger Adlatus. Seine wahren Talente liegen freilich auf anderen Gebieten. Seine Liebe gilt der Erfinderei und der Kosmologie. In ganz Hyddenwelt gibt es keinen Zweiten wie ihn. Aber zurück zur Sache … Sie hören einfach nur zu und essen, und wir berichten, damit Sie wissen, was vor sich geht – und, wichtiger noch, was die Welt der Hydden von Ihnen erwartet. Aber wo anfangen, Mister Pike? Das ist immer die Frage.«

»Was wissen Sie über Ihre Herkunft, mein Junge?«, fragte Pike.

Jack erzählte ihnen, dass man ihn mit sechs von irgendwo in Deutschland nach England gebracht hatte, um ihm das Schicksal eines jeden zu ersparen, der für einen ›Riesen‹ gehalten werde.

»Daran besteht nicht der geringste Zweifel, Jack. Sie sind eindeutig ein Riese, wie man bei uns Hydden sagt.«

»Aber ich bin nicht größer als Sie, Master Brif, oder als Mister Pike.«

»Das stimmt, im Moment. Aber das liegt daran, dass Sie durch das Henge-Portal zu uns gekommen sind, und wir wissen nicht, welche Langzeitwirkungen ein solcher Übertritt nach Hyddenwelt haben kann. Stort ist der Ansicht, dass er auf Riesen überhaupt keine Auswirkungen hat, weil sie die besondere Gabe besitzen, in beiden Welten zu leben. Es könnte aber sein, dass Sie Hyddenwelt den Vorzug geben, weil Sie in Ihrem tiefsten Innern immer ein Hydden geblieben sind.«

Jack gestand ihnen, dass er tatsächlich das Gefühl habe, nach Hause zu kommen.

»Das Dumme ist nur«, sagte Brif, »dass Miss Katherine wahrscheinlich nicht so empfinden wird, weil sie ein Mensch ist. Wenn Sie also mit ihr zusammen sein wollen, werden Sie sich entscheiden müssen. Aber Entscheidungen zu treffen ist ja immer die Herausforderung im Leben.«

Pike zückte seine Uhr und warf demonstrativ einen Blick darauf. »Unsere Zeit ist knapp bemessen«, sagte er, »bleiben wir also beim Thema.«

»Was haben Sie damit gemeint, als sie sagten, dass die Welt der Hydden etwas von mir *erwartet?*«, fragte Jack. »Wie kann sie überhaupt von mir wissen?«

Brif und Pike tauschten einen Blick und brachen in Gelächter aus.

»Sie sind wahrscheinlich der bekannteste lebende Hydden, den noch niemand leibhaftig gesehen hat!«, antwortete Pike. »Erklären Sie es ihm, Master Brif.«

Darauf erzählte Brif, wie Jack siebzehn Jahre zuvor in Norddeutschland zur Welt kam und schon früh Anzeichen dafür zeigte, ein Riesengeborener zu sein. Dazu gehörten außergewöhnliche Körperkraft und Schnelligkeit, ein scharfer Verstand und, natürlich, ein ungewöhnlich rasches Wachstum.

Die Sache wurde den Fyrd erfolgreich verheimlicht, bis sich jemand, als der Knabe sechs war, verplapperte und die Wahrheit ans Licht kam.

»Riesen sind in Hyddenwelt gefürchtet. Aus diesem Grund überleben nur wenige die Kindheit. Zum Glück brachten die Ältesten Ihres Dorfes Sie in den Harz, wo man die alten Mysterien noch respektiert und wo der Schutz der Schwachen und Wehrlosen und all jener, die in irgendeiner Weise andersgeartet sind, Tradition hat. Diese nebelverhangenen Berge sind die Heimat der beiden Weisen Modor und Wita, die Sie aufgenommen und in den Mysterien unterwiesen haben. Und als Sie so groß wurden, dass Sie nicht einmal mehr bei ihnen sicher waren, beschworen sie die höheren Mächte und riefen das Weiße Pferd und seine Reiterin, die Friedensweberin, zu Hilfe.«

Jack schüttelte den Kopf. »Einiges davon mag ja stimmen, und mit der Friedensweberin bin ich tatsächlich auf dem White Horse Hill zusammengetroffen, aber von Mysterien weiß ich nichts.«

»Oh, doch«, erwiderte Brif, »Sie haben es nur vergessen. Die Erinnerung wird wiederkommen, wenn Sie sie brauchen.

Aber was genau hat die Friedensweberin bei Ihrer Begegnung gesagt? Wenn ich mit ihr zusammentreffe, warnt sie mich gewöhnlich davor, dass die Welt, wie wir sie kennen, durch die Torheit der Sterblichen untergehen werde und dass wir nichts weiter tun könnten, als die Scherben aufzulesen und besser wieder zusammenzusetzen.«

Jack nickte bei diesen Worten beifällig. »Mich hat sie eindringlich ermahnt, auf Katherine aufzupassen, und dann hat sie angekündigt, dass Sie bald kommen würden. Warum, hat sie nicht gesagt.« Er hielt inne. »Und dann hat sie noch behauptet, Sie hätten den Autounfall gesehen.«

»Allerdings«, bestätigte Brif, »dank Storts besonderem Riecher für solche Dinge. Der Unfall hat uns die Möglichkeit gegeben, andere Leute glauben zu machen, Sie wären tot, und Ihnen hat er die nötige Zeit verschafft, wieder gesund zu werden und zu Ihrer natürlichen Größe heranzuwachsen. Zum Glück gab es nur einen überlebenden Fyrd, der die Bedeutung des Geschehenen begriffen hat – Igor Brunte, zu ihm später mehr. Ihr ›Tod‹ kam ihm gelegen, und tatsächlich hat selbst er Sie viele Jahre für tot gehalten, was auch gut so war.«

Jack schwirrten immer mehr Fragen durch den Kopf, aber er beschloss, einfach nur weiter zuzuhören.

Brif fuhr fort. »Erst als Clare Shore Sie nach Woolstone rief, erfuhr er, dass Sie noch leben. Seitdem ist alles schnell gegangen – und noch schneller seit Clares Tod. Heute weiß ganz Hyddenwelt, dass ein Riese das Erwachsenenalter erreicht hat, und es herrscht Aufregung und Beklommenheit.«

»Weswegen?«

»Wo Riesen sind, geschieht etwas, und für die meisten Leute ist es kein Zufall, dass Ihre Ankunft mit dem nahen Ende der Herrschaft der gegenwärtigen Friedensweberin zusammenfällt. Sie hat den Sterblichen fast fünfzehn Jahrhunderte lang gedient, und wie aus unseren Aufzeichnungen hervorgeht, ist das länger als bei den meisten. Natürlich weiß jeder, dass diese Friedensweberin Imbolc ist, und wie die Überlieferung besagt, wird sie erst hinscheiden, wenn ihre Schwester, die Schildmaid, den verlorenen Teil der Kugel gefunden hat, der den Frühling verkörpert und den Beornamund selbst nie entdeckt hat.«

»Ich verstehe nicht, was das alles mit Katherine zu tun hat. Alles, was ich will, ist, sie zu finden und in die uns bekannte Welt zurückzuholen, und dann … na ja … Sie wissen schon …«

»Was dann, Jack?«

Jack trat verlegen von einem Bein aufs andere. Er wusste nicht genau, was dann. Er wusste nur, dass er mit Katherine zusammen sein wollte und dass er sich Sorgen um sie machte, weil er …

Ich vermisse sie, dachte er bei sich. Aber das wollte er niemandem sagen, möglicherweise nicht einmal Katherine selbst.

»Das ist alles nicht so einfach, wie es scheint, Jack«, sagte Brif. »Leider. Hydden wie Menschen haben die Angewohnheit, die Dinge kompliziert zu machen. Wer, glauben Sie, hat die Fyrd geschickt, um Katherine gefangen zu nehmen, und warum?«

Jack antwortete, dass er keine Ahnung habe.

»Es war Brunte, der Fyrd, von dem ich vorher gesprochen habe. Und er hat ohne Wissen seiner Vorgesetzten gehandelt. Sein Plan war, Miss Katherine zu entführen, damit Sie ihr folgen. Er hat es nämlich auf Sie beide abgesehen. Er glaubt, wie ich übrigens auch, dass Katherine die Schildmaid ist, ob sie es bereits weiß oder nicht, und ihre erste Aufgabe wird es sein, zusammen mit Ihnen den fehlenden Stein des Frühlings zu finden.«

»Dann ist Katherine also nicht nur ein Köder, sondern mehr, genau wie ich gedacht habe. Und mich braucht er nur, um das zu bekommen, was er will.«

»Ja. Aber bedauerlicherweise für Sie gibt es in Hyddenwelt einige brave Leute, die aus einem ganz anderen Grund wollen, dass Sie in ihr Leben treten. Sie glauben, dass Sie sie in den Kampf gegen die Fyrd führen werden.«

»Ich?«

»Sie«, sagte Pike.

»Wer glaubt das?«, fragte Jack, ehrlich erstaunt. Alles andere war beinahe glaubhaft, aber die Vorstellung, dass er Leute, denen er nie begegnet war, in den Kampf gegen einen Feind führen sollte, über den er kaum etwas wusste, erschien ihm geradezu lächerlich.

»Ich zum Beispiel«, antwortete Pike. »Und die meisten redlichen Bürger von Brum glauben es auch. Es wird erst in ein paar Jahren so weit sein, aber wir arbeiten schon jetzt darauf hin, und es würde die Dinge beschleunigen, wenn Sie sich in der Stadt zeigen würden, und sei es auch nur für ein paar Tage.«

Jack dachte eine Weile nach und sagte dann ungehalten: »Er will also, dass ich nach Brum komme, damit er mich schnappen kann, und Sie wollen, dass ich um Unterstützung für eine Revolution werbe. Was wird dann aus Katherine und mir?«

Brif lächelte. »Sie wollen nach Brum und Katherine suchen, damit Sie beide Ihre Aufgabe erfüllen können, nämlich den Stein des Frühlings zu finden.«

»Nein«, erwiderte Jack. »Ich möchte nur hin, damit wir beide gemeinsam so schnell wie möglich wieder verschwinden können. Ach ja, und um möglichst viel über Arthur Foale in Erfahrung zu bringen. Er ist seit über drei Monaten verschollen.«

»Kenne ich nicht«, erwiderte Brif, etwas zu hastig. »Nie von ihm gehört.«

»Ich auch nicht«, sagte Pike.

Jack sah ihnen prüfend in die Gesichter und kam zu dem Ergebnis, dass sie schlechte Lügner waren.

»Sie helfen mir, Arthur Foale zu finden und nach Hause zu holen, und ich helfe Ihnen bei Ihrer Revolution. Wann soll sie denn übrigens losgehen? Steht schon ein Termin fest?«

Er scherzte, aber Brif nahm ihn ernst.

»In der Tat. Aber wie Pike bereits sagte, werden Sie am Anfang nicht gebraucht, nur wäre es eine Hilfe, wenn wir einigen Leuten, die in den kommenden Jahren eine wichtige Rolle spielen werden, Ihre Existenz bekanntmachen würden. Vergessen Sie nicht, solche Dinge brauchen Zeit.«

»Und wann soll diese vermeintliche Revolution beginnen? Wann genau?«

Pike und Brif tauschten erneut einen Blick.

»Verraten Sie es ihm«, sagte Pike, »dann nimmt er die Sache vielleicht etwas ernster.«

»Der erste Schachzug wird morgen erfolgen«, antwortete Brif trocken. »Das ist auch der Grund, warum Katherine in Brum im Augenblick nicht besonders sicher ist. In der Stadt wird der Teufel los ein.«

Ein Regentropfen fiel aus dem trüben Himmel

»Und es wird noch schlimmer«, murmelte Pike, »wenn es regnet. Wir müssen aufbrechen.«

Sie ließen Jack zu Ende essen und brachen derweil das Lager ab, packten alles in ihre Rucksäcke und beseitigten alle Spuren ihres Aufenthalts. Sie löschten das Feuer mit Wasser und füllten die Aschengrube mit Erde auf. Zuletzt deckten sie alles mit Laub zu.

»Am leichtesten entdeckt man ein unlängst gelöschtes Feuer am Geruch«, bemerkte Pike. »Sie müssen noch viel lernen, wenn Sie die nächsten Tage heil überstehen wollen, also könnten Sie gleich damit anfangen.«

Jack stand auf und ging im Kreis, bis er auf die windabgewandte

Seite der Feuerstelle gelangte. Er schnupperte und nahm sofort den Geruch wahr.

»Ein gelehriger Schüler«, sagte Brif anerkennend.

Jack hatte seine Mahlzeit, samt Nachschlag und allem, beendet, als sich die beiden anderen, die nun abmarschbereit waren, zu ihm gesellten, um sich den restlichen warmen Met einzuverleiben.

»Wo steckt eigentlich Mister Stort?«, erkundigte sich Jack.

»Er ist vorausgegangen, um sich mit Mister Barlice zu treffen, einem hoch angesehenen Hydden, auf dessen Hilfe wir angewiesen sein werden.«

»Wird er uns helfen, Katherine zu finden?«, fragte Jack voller Hoffnung.

»So etwas Ähnliches«, antwortete Pike ausweichend.

Jack sah ihn an, kam aber zu dem Schluss, dass jetzt nicht die rechte Zeit für weitere Fragen war.

Ein wütender Schrei ertönte aus der Richtung, wo die vier gefesselten Fyrd lagen.

Pike ging, Knüppel in der Hand, zum Rand der Böschung, verschaffte sich kurz ein Bild der Lage und kam wieder zurück.

»Die Fesseln sitzen noch fest, aber sie werden unruhig. Es ist nur noch eine Frage der Zeit, bis weitere Fyrd hier auftauchen. Wir müssen fort. Unsere Arbeit hier ist getan.«

Sie räumten ein letztes Mal auf, schulterten ihre Rucksäcke, und fort waren sie.

51

AM ZIEL

Als Jack seine Reise nach Brum antrat, beendete Katherine ihre gerade im Waggon eines Güterzugs.

Sie erwachte vom Kreischen stählerner Räder, als der Waggon über Weichen rumpelte, ein paarmal ruckelte und dann abrupt zum Stehen kam.

Streik und die anderen stemmten sich gegen eine Tür und schoben sie so weit auf, dass sie auf das Gleis draußen springen konnten. Major Feld befahl Katherine, ihnen zu folgen, und die anderen hielten sie so lange fest, bis der Major nachkam.

Katherine entfernte sich ein paar Schritte von den anderen, blieb auf dem Gleis stehen und schaute sich um, während der Zug rangierte, dann in die Richtung zurückfuhr, aus der er gekommen war, und dem Blick entschwand.

Obwohl es früher Nachmittag war, dunkelte es bereits. Die Bahngleise lagen eingebettet zwischen schmutzig gelben Backsteinmauern, die so hoch emporragten, dass sie sich zurücklehnen musste, um zwischen ihnen ein Stück Himmel zu sehen. Er hing voller dunkler Wolken, und die Luft war schwül und gewittrig. Es würde bald Regen geben.

Zweihundert Meter vor ihnen erhob sich eine weitere felswandartige Backsteinmauer, in die ein gewölbtes Stahltor eingelassen war. Es war mit einer Kette verschlossen.

Auf der einen Seite, ebenfalls hoch oben, waren Teile einer Straßenbrücke zu sehen, auf der bereits Straßenlaternen brannten, deren Lichtschein sich in den Schienen spiegelte, neben denen sie standen. In der anderen Richtung, in die der Zug gefahren war, spannte sich eine Fußgängerüberführung über die tiefe Mauerschlucht, in der sie sich befanden. Menschen hasteten in beiden Richtungen darüber hinweg, viele mit Regenschirmen in der Hand. Das Rattern von Zügen war zu hören, das Getrappel von Fußgängern und weiter weg die Geräusche einer belebten Stadt. Dann setzte plötzlich heftiger Regen ein, und sie suchten an einer Mauer Schutz. Von unten drang ein Gurgeln herauf, das verriet, dass sich die Kanalisation mit Wasser füllte.

»Wo sind wir hier?«, fragte Katherine.

Feld deutete auf das gewölbte Tor.

»Das ist das Osttor von Brum.«

Einer der Fyrd stieß sie jetzt in diese Richtung.

Das Gefühl, auf sich allein gestellt und bedroht zu sein, verstärkte sich, und panische Angst überkam sie.

Im Gehen erkannte sie, dass sie auf ein Backsteingewölbe zusteuerten. Es erhob sich über die Gleisebene und trug Bürogebäude, Kaufhäuser und irgendwo auch eine Straße, auf der Verkehr floss, den sie zwar hören, aber nicht sehen konnte. Sie drehte sich nach den Menschen auf der Fußgängerbrücke um und verspürte das übermächtige Verlangen, zu ihnen zu rennen, obwohl sie sich mindestens zehn Meter über ihr befanden.

Feld las ihre Gedanken.

»Sie können dich nicht sehen«, sagte er, »und sie können dich nicht hören. Vor vielen Jahrzehnten haben wir gelernt, dass Menschen nahezu blind für alles sind, was sie nicht unmittelbar betrifft.«

Katherine versuchte, die Entfernung bis zur Brücke zu schätzen.

Streik trat vor, um sie zurückzuhalten, aber Feld schüttelte den Kopf.

»Ist schon in Ordnung«, sagte er. »Soll sie es ruhig versuchen! Je früher sie begreift, dass es kein Entrinnen gibt, desto besser.«

Sie hielt es für einen Bluff und rannte los. Sie schrie und fuchtelte mit den Armen, um die Menschen auf der Brücke auf sich aufmerksam zu machen.

»Hier unten! Ich bin hier, hier unten! Ich bin Katherine Shore. Können Sie mich denn nicht sehen? Hier unten!«

Niemand blickte in ihre Richtung, alle waren in Eile, und niemand blieb auch nur einen Augenblick stehen.

Sie versuchte es weiter, bis sie vom Schreien heiser und müde wurde und die Hoffnung verlor.

Feld beobachtete sie mitfühlend, die anderen ungeduldig. Dann ging Streik zu ihr, packte sie am Arm und führte sie zu den anderen zurück. Sie ließ es widerstandslos geschehen.

»Glaube mir«, sagte Feld. »Selbst wenn sie dich hören und sehen könnten, würden sie ihren Augen und Ohren nicht trauen. Sie würden dich als ein Geschöpf der Nacht abtun, als einen Schatten oder irgendeinen unbelebten Gegenstand. Menschen sehen nur, was sie sehen wollen, was sie zu sehen erwarten oder glauben, sehen zu können. Für alles andere sind sie blind. Also hör bitte auf, dich zur Närrin zu machen, und komm mit uns.«

Das Tor war stabil, ein Musterbeispiel handwerklicher Schmiedekunst des späten neunzehnten Jahrhunderts. Doch es war schlecht erhalten. Rost hatte sich durch den alten Anstrich gefressen, und eine Angel saß so locker, dass dieser Teil des Tors sich bedenklich weit nach vorn neigte.

Eine Tafel war daran angebracht, auf der stand: BETRETEN FÜR UNBEFUGTE VERBOTEN. *Hochwassergefahr.*

Auf einem zweiten Schild stand in Gelb auf schwarzem Grund HOCHSPANNUNG, mit einem Blitzsymbol darunter.

Zwei schattenhafte Gestalten spähten von der anderen Seite des Tors durch die Stäbe. Sie deuteten auf Katherine, tuschelten ungläubig miteinander, doch auf Felds Befehl hin öffneten sie das Tor so weit, dass einer nach dem anderen hindurchschlüpfen konnte.

»Willkommen in Brum, Brüder, willkommen, Schwester«, sagten sie, öffneten den Mund zu einem Lächeln, das gelbe, verfaulte Zähne entblößte, und bliesen ihnen ihren nach Kanalisation stinkenden Atem entgegen. »Seien Sie alle herzlich willkommen.«

52

BEI DEN TEUFELSRINGEN

An einem weitaus freundlicheren Ort hielt Master Bedwyn Stort, Adlatus des Meisterschreibers von Brum, einem lediglich aus einem einzigen Zuhörer bestehenden Publikum einen Vortrag über Devil's Quoits, ein halb vergessenes Henge in Oxfordshire.

»Wie aus den Aufzeichnungen hervorgeht, haben sie versucht, diesen Ort zu zerstören«, sagte er mit der Erregung des wissenschaftlichen Feldforschers, der für seine Arbeit entflammt, »doch zum Glück ist es ihnen nicht ganz gelungen, wie wir unschwer sehen können.«

»Wem?«, fragte Barklice, sein Gefährte und augenblickliches Publikum.

»Wie wem?«, fragte Stort, dessen Gedanken seinen Worten weit vorauseilten.

»Wem ist es nicht ganz gelungen? Wer hat versucht, die Quoits zu zerstören?«

Sie bildeten ein sehr gegensätzliches Paar. Barlice war von hagerer Gestalt und hatte Säbelbeine, ein runzliges, wettergegerbtes Gesicht und wachsame Augen, die unablässig die verschandelte Landschaft absuchten, die einst das schönste und mächtigste Henge von ganz Englalond beherbergt hatte.

Stort war viel kleiner und dünner als Barklice. Und heute Nachmittag sah er noch sonderbarer aus als gewöhnlich. In der Meinung, es sei zu schwül für seine üblichen Hosen, hatte er stattdessen ein Paar kurze angezogen, die er nach seinem eigenen eigenwilligen Entwurf geschneidert hatte.

Sie waren aus Harris-Tweed, seinem Lieblingsstoff, und hatten so viele Taschen und eingenähte Beutel, Haken und Ösen, Knöpfe und Reißverschlüsse, dass Stort aussah wie ein gerupftes Huhn auf dem Nachhauseweg.

Devil's Quoits bestand heute nur noch aus einem einzigen, in der Mitte stehenden Menhir und ein paar weiteren ein Stück davon entfernt, die allerdings auf der Seite lagen. Sie bildeten die Überreste eines kaum noch sichtbaren Henges mit zwei Steinkreisen. Die Fläche war jetzt umgegraben und auf die Hälfte geschrumpft und lag teilweise unter der Oberfläche des Sees einer nahen Kiesgrube. Das Henge sah so aus, als sei es zu nichts mehr zu gebrauchen. Doch Stort war sich da nicht so sicher.

»Die Römer waren die Ersten, die diese Stätte entweiht haben«, erklärte er. »Dann haben im Lauf der Jahrhunderte zunächst die Angelsachsen und dann verschiedene andere Eindringlinge und Einwanderer bis in die Gegenwart hinein hier Kies abgebaut und dazu beigetragen, dass der See einen beträchtlichen Teil unter Wasser gesetzt hat.«

Barklice nahm die »Beweise« skeptisch in Augenschein.

»Master Stort, es ist nahezu unmöglich, irgendwelche Spuren eines Henges zu erkennen, sieht man einmal von dem großen Stein ab, neben dem wir hier stehen!«

Stort hob eine Hand und strich voller Zuneigung über den Menhir. Er kam nicht annähernd bis zur halben Höhe. Selbst ein ausgewachsener Menschenmann hätte neben dem Stein wie ein Zwerg gewirkt.

»Es ist schon merkwürdig«, sinnierte Barklice, »dass man ihm einen so seltsamen Namen wie Devil's Quoits gegeben hat.«

»Ah! Ich bin froh, dass Sie die Frage stellen …«

»Das war eigentlich keine Frage, Master Stort, nur eine Feststellung, und überhaupt finde ich, dass wir Besseres zu tun haben als …«

Doch es war zu spät. Stort kam schon wieder in Fahrt.

»… Quoits sind nämlich flache Wurfringe aus Metall, die man bei einem Spiel auf Stäbe warf, um Punkte zu erzielen, was Ihnen selbstverständlich bekannt ist.«

»Hmmm«, brummte Barklice, was alles bedeuten konnte.

»Den Aufzeichnungen zufolge, die ich in den Brumer Archiven eingesehen habe, gab es hier zwei Henges, eins im anderen. Sie bildeten die ›Quoits‹. Außerdem gab es Menhire. Das waren die Stäbe, über die der Teufel die Quoits geworfen haben soll. Aber wie Sie sehen können, ist nur ein Stein erhalten geblieben.«

Barklice nickte vage.

»Natürlich neigten frühe Christen zu der Ansicht, dass alles, was sie nicht verstanden, Teufelswerk sei, nur um die Leute von ihrem alten Glauben und Brauchtum abzubringen. Das begann etwa um die Zeit des großen Beornamund. Heute ist zwar ein Großteil der Anlage zerstört, doch ich glaube, dass etwas von ihren einstigen Kräften erhalten geblieben ist.«

»Ich verstehe«, sagte Barklice, jetzt eine Idee interessierter. »Wie zum Beispiel?«

»Sie dienten als Zeitanzeiger, als Versammlungsort für religiöse Zeremonien, als Hinrichtungsstätte für Verbrecher, und in früheren Zeiten, bevor diese Kunst in Vergessenheit geraten ist, boten sie Hydden und Menschen die Möglichkeit, zwischen ihren Welten hin- und herzureisen.«

Bei diesen Worten schaute Barklice noch interessierter, aber nach einem Blick in die Runde sah er sich zu der Bemerkung genötigt: »Das behauptet man, aber besonders vielversprechend sieht mir das hier nicht aus. Auf jeden Fall bin ich froh, ein Hydden zu sein, Stort. Was sollte ich denn anfangen, wenn ich plötzlich zu Menschengröße heranwachsen würde? Zum Beispiel würden alle meine Kleider aus den Nähten platzen!«

Barklice hielt das für lustig, Stort aber nicht.

»Ich arbeite daran«, erwiderte Stort. »Wenn die Leute früher hin- und herreisen konnten, können wir es auch wieder tun!«

Er verstummte, und Barklice hielt es für das Beste, dasselbe zu tun, allerdings nicht ohne vorher mit einem Augenzwinkern hinzuzufügen: »Master Stort, Sie sind wahrhaft ein wandelndes Lexikon. Es wundert mich, dass Master Brif all die verstaubten Bücher nicht einfach wegräumt und Sie dafür ins Regal legt, damit man Sie, wann immer nötig, zu Rate ziehen kann. Aber jetzt zum Praktischen. Master Brif wollte, dass wir uns alle hier treffen, und hier sind wir! Wir brauchen uns nur hinzusetzen und zu warten.«

»Sind Sie sicher, dass sie alle Wegzeichen finden, die Sie für sie hinterlassen haben?«

Barklice hatte viel Zeit darauf verwendet, Markierungen anzubringen, die Brif und seine Begleiter, wie er hoffte, bequem an diesen Ort führten, der sonst schwer zu finden war.

»Die Herren Pike und Brif wissen ganz genau, wie sie meine Wegzeichen zu lesen haben«, erwiderte Barklice, »also werde ich uns einen Trunk zubereiten, solange wir warten.«

Barklice bereitete gern einen Trunk, um gute wie schlechte Momente zu begehen, besorgte Gemüter zu beruhigen oder sich in Ziel und Zweck seines Tuns zu bestärken. Das Spezialgebräu half gewöhnlich in all diesen Fällen.

Später, ein oder zwei Stunden vor dem Dunkelwerden und nachdem Stort das Gelände durchkämmt und so gut es ging versucht hatte, aus dem Durcheinander schlau zu werden, saßen sie beieinander und sprachen über Herzensangelegenheiten, wie Junggesellen, die aneinander Gefallen gefunden haben und unverhofft Gelegenheit bekommen, jener Seelenpein Ausdruck zu verleihen, die ihresgleichen zu erdulden haben – zwei schüchterne Einzelgänger mit geringer Erfahrung in den Geheimnissen der Liebe und vermeintlich geringen Aussichten, welche zu sammeln.

Mister Barklice war nun Anfang vierzig und ein Forstmeister von hohem Ansehen. Tatsächlich sah er viel älter aus, als er war, so verwittert war sein Gesicht, so dürr seine strapazierte Gestalt. Er hatte weder eine Wyfkin noch überhaupt irgendwelche Angehörigen, hauptsächlich weil er seit seiner Jugend in und um Brum und in jüngerer Zeit auch weit darüber hinaus unablässig auf Reisen war und mit Rechtsangelegenheiten, häufig auch Streitsachen, zu tun hatte, deren Gegenstand Wälder und Forste waren, die von der Hyddenstadt aus verwaltet wurden.

Seine Vorgesetzten waren zwar Fyrd, die über alle städtischen Belange geboten, doch hatten sie diese schwierige Aufgabe klugerweise einem Hydden überlassen, der sich sein Leben lang damit beschäftigt hatte.

Barklice gehörte wie Brif zu den wenigen ehrlichen Hydden, die noch in der Verwaltung der Stadt Brum arbeiteten, die jetzt unter der korrupten Führung des schändlichen Festoon stand, eines fettleibigen Bevollmächtigten der Fyrd, deren Hauptverwaltung für Englalond sich in London befand – das allgemein nur die Stadt genannt wurde. Dass Barklice und Brif sich nicht den Mund verbieten ließen und unerschrocken auf ihre Unabhängigkeit pochten, duldete Festoon nur, weil sie mit Abstand die fähigsten Köpfe auf ihrem jeweiligen Gebiet waren.

In seiner Eigenschaft als Forstmeister hatte Barklice mehr Landstriche zwischen Brum und der Stadt bereist als jeder andere lebende Hydden. Er genoss uneingeschränkte Bewegungsfreiheit und führte als Beweis einen zweiköpfigen Forstmeister-Stab mit sich.

In Ermangelung einer Partnerin oder Seelenfreundin zog er es vor, alleine zu reisen, es sei denn, ein besonderer Auftrag machte eine bewaffnete Eskorte erforderlich, dann ließ er sich am liebsten von Pike begleiten. War dieser verhindert, sprang einer von Pikes Freunden ein. Derer gab es viele. Die meisten waren unausstehliche, aber zuverlässige Gesellen, die für ihren Schutzbefohlenen bereitwillig ihr Leben aufs Spiel setzten.

Doch am liebsten verzichtete Barklice auf Gesellschaft, selbst wenn es in die höchst gefährlichen Gegenden weit westlich von Brum ging, die von den Menschen Wales genannt wurden. Zu Recht wurde ihm nachgesagt, er sei ein wahrer Meister in der Kunst des Versteckens. Wenn er wolle, so hieß es, könne er überall im Land herumreisen, ohne von Hydden oder Fyrd gesehen oder bemerkt zu werden, und müsse sich dabei nicht einmal sonderlich anstrengen.

Daher wurde er von Hydden und Fyrd gleichermaßen mit Respekt behandelt und konnte erwarten, in jedem bescheidenen Haus im Land Gastfreundschaft zu erfahren, wenn sie bisweilen auch reserviert ausfiel. Er missbrauchte dieses enorme Privileg niemals und nahm es ohnehin nur selten in Anspruch, denn wie jeder traditionsbewusste Hydden zog er es vor, auf Reisen unter freiem Himmel zu schlafen und die wunderbaren Gaben der Natur zu genießen, die jedem, der weiß, wo er nachsehen muss, zu jeder Zeit des Jahres im Überfluss zur Verfügung stehen.

Manchmal freilich kam es vor, dass der Forstmeister, wenn er allzu lange allein gewesen war und unter den Sternen genächtigt hatte, die Einsamkeit in der Natur als schmerzvoll empfand und dass sich seiner Brust der eine oder andere kummervolle Seufzer entrang, insbesondere in der Zeit der vier großen Feste im Jahr, wenn er gerne einen anderen an seinen Erfahrungen hätte teilhaben lassen.

So geschah es, dass Barklice an diesem Abend seinem jugendlichen Freund freimütig gestand, dass er, wenn er nur wüsste, wie sich eine Wyfkin finden ließe, die ihm Reisegefährtin und Seelenfreundin sein könne, ganz bestimmt alles dafür Erforderliche tun würde.

»Ach ja!«, rief Stort traurig, den offenbar ähnliche Gedanken beschäftigten. »Es ist in der Tat schwierig, eine Gefährtin zu finden!«

»Dann sprechen Sie aus eigener Erfahrung?«, staunte Barklice und musterte den schlaksigen, rothaarigen Hydden, der, wie viele behaupteten, das Zeug zum Genie hatte.

»Ich?«, erwiderte Stort und dachte über diese Angelegenheit nach, als sei es das erste Mal. »Ich bin nicht … ich glaube, ich … tatsächlich halte ich es für unmöglich zu … zu …«

»… zu lieben?«, soufflierte Barklice in dem Versuch, Stort zu helfen, seine ungewöhnlich verworrenen Gedanken zu dem Thema zu ordnen.

Stort nickte energisch, zum Zeichen, dass er verstanden hatte, worauf Barklice mit seiner Frage hinauswollte.

Dann sprach der junge Schreiber Worte, die so offenkundig aus einem ehrlichen, aber unschuldigen Herzen kamen, dass Barklices Hand auf dem Weg zum Mund mitten in der Luft stockte und der frische Met einstweilen ungekostet blieb.

»Manchmal, Mister Barklice, fühle ich mich auf dieser großen, wundervollen und fürsorglichen Erde so allein, so einsam, dass ich einen Schmerz verspüre, so schneidend wie Bauchgrimmen, oder wie eine Stichwunde, oder wie ein Wespenstich oder der Biss eines wilden Hundes. Einfach schrecklich. Fürchterlich. Quälend. Wenn ich mir das vorstelle, ein Leben, ohne jemals Liebe zu finden, so erscheint mir diese Aussicht schlimmer als eine nie endende Folter. Wir sind nicht fürs Alleinsein geschaffen.

Doch … stattdessen bin ich mit Talenten, Denkungsarten und Gewohnheiten ausgestattet, die, wie ich fürchte, dazu führen könnten, dass ich niemals Liebe finden werde. Ich habe mir nämlich sagen lassen, dass die Vertreterinnen der Weiblichkeit Beständigkeit erwarten und daher das unstete Umherschweifen eines rastlosen Geistes, wie er mir eigen ist, verabscheuen.«

»Ich glaube«, gab Barklice zu bedenken, »dass sie Beständigkeit auf das Herz, nicht auf den Geist beziehen. Sie sehen es nicht gern, wenn das Herz eines männlichen Hydden gleich einem Schmetterling von jeder schönen Blume nascht.«

»Das haben Sie aber sehr schön ausgedrückt!«

»Es ist nicht von mir«, gab der Forstmeister zu. »Das habe ich nur irgendwo gelesen und mir gemerkt.«

»Nun, wenn es stimmt, dann ist es in der Tat eine gute Neuigkeit, denn das einzig Unbeständige an mir sind meine Gedanken und die plötzlichen Regungen, die sie auslösen. Ich schäme mich fast, es zuzugeben, aber Ideen sind für mich ebenso anregend wie Leute, und wenn ich meinem Forscherdrang praktisch nachgehe, so ist das für mich erregender und realer als die störrischen Unwägbarkeiten der Liebe. Wie könnte ich jemandem mein Herz versprechen, wo ich doch um diese Wahrheit über mich weiß? Selbst wenn jemand bereit wäre, die Hand eines Hydden wie … wie …«

An dieser Stelle fuchtelte er mit seinen seltsam schmalen Händen herum, als versuche er, das verabscheuenswerteste und reizloseste aller Wesen zu beschreiben, ja, er stand sogar auf und drehte sich im Kreis, wie um sich Barklice zu zeigen und seinen Mangel an Attraktivität im Allgemeinen wie im Besonderen zur Schau zu stellen. Dann setzte er sich unvermittelt wieder.

»Selbst wenn jemand ein so langes Elend wie mich lieben könnte, mit Knubbelknien und schmächtiger Brust und langen Fingern und einer Nase, die, wie man mir in jungen Jahren sagte, nur dazu tauge, ein Brot aufzuspießen …«

»Das war gemein«, rief Barklice und beäugte Storts langes Riechorgan, »auch wenn etwas Wahres dran ist!«

»Nun, wie dem auch sei, aber selbst wenn mich jemand trotz alledem lieben könnte, so könnte ich, wie ich fürchte, diese Liebe nicht erwidern.«

»Aber wieso denn nicht?«, erwiderte Barklice hastig, erschrocken über den Verlauf, den ihr Gespräch nahm, und in der Befürchtung, Stort habe Neigungen der ausgefallenen, vielleicht sogar ungesunden, Art.

»Weil ich dann wüsste, dass ihnen ein Fehler unterlaufen ist. Dass sie das, was sie sehen, falsch verstanden haben, und kaum hätten wir uns ewige Liebe geschworen, würden sie es auch schon wieder bedauern. Das wäre schmerzlich für sie und doppelt schmerzlich für mich.«

»Und wenn Sie jemanden kennenlernen, den Sie …«

»Den ich liebe?«

»Ja, ja«, sagte Barklice, dem bei diesem Gedanken, wie es schien, jetzt noch unwohler wurde als Stort. »Jemanden, den Sie … äh … lieben. Was gedenken Sie zu tun, wenn das geschieht?«

»Ich weiß nicht. Ich würde sicherlich darüber nachdenken.«

»Hm!«, machte Barklice. »Es ist nicht besonders sinnvoll, über die Liebe bloß nachzudenken. Man muss auch etwas tun.«

»Schon, aber was?«

Sie verfielen, während langsam die Dämmerung anbrach, in Schweigen, denn auf diese Frage schien es keine Antwort zu geben.

Dann schreckte Barklice aus seinen Gedanken und erinnerte sich, wie spät es war.

»Master Brif und seine Freunde müssten eigentlich längst hier sein. Es wird schon dunkel. Nach den Wolken und der Schwüle zu urteilen, wird es kräftigen Regen geben. Wir sollten den gleichen Weg zurückgehen und nachsehen, ob die Wegzeichen, die ich für sie hinterlassen habe, noch zu erkennen sind.«

»Wir?«, fragte Bedwyn Stort. »Ich fürchte, ich bin zu erschöpft und zu müde. Sie besitzen mehr Ausdauer als ich, obwohl Sie doppelt so alt sind.«

»Ich habe strikten Befehl, Sie nicht allein zu lassen.«

»Ach, tatsächlich? Ich frage mich, warum, schließlich bin ich erwachsen. Und viel zu erkunden gibt es hier auch nicht mehr. Warum sollte ich also losmarschieren und mich verlaufen?«

»Nun ja«, erwiderte Barklice voller Argwohn, »wenn Sie mir versprechen, innerhalb des Henges zu bleiben …«

Stort blickte zutiefst erleichtert und nahm wieder Platz. »Ich werde keinen Fuß aus dem Henge setzen, bis Sie zurück sind.«

»Sie könnten uns inzwischen einen frischen Trunk brauen«, schlug Barklice vor.

»Das kann und werde ich tun«, erwiderte Stort, rührte sich aber nicht vom Fleck.

Als erfahrener Reisender nahm Barklice wieder Zunder und Stahl aus seinem Rucksack und entzündete im Handumdrehen ein neues Feuer, dann stellte er die Stangen für das Kochgestell zusammen und warf Stort den Ledertopf vor die müden Füße.

»Das Wasser im See dürfte genießbar sein … Aber nicht das Henge verlassen, versprochen?«

»Versprochen, bei allem, was dieser Menhir gesehen hat!«, rief Stort ernst. »Und bei Ihrer Rückkehr wird Sie ein ausgezeichneter Trunk erwarten.«

»Hm«, brummte Barklice und machte sich im Dämmerlicht auf, um zu verhindern, dass Brif und die anderen sich noch auf den letzten Metern verliefen. Die Gegend war hügelig und unübersichtlich, da konnte es nicht schaden, noch ein paar Wegzeichen mehr anzubringen.

Als Barklice fort war, hob Stort den zusammenlegbaren Topf auf und schlug den Weg zum See ein.

Nun aber, da er bei Devil's Quoits zum ersten Mal allein war, kam ihm unversehens der Gedanke, dass er die Zeit bis zum Dunkelwerden dazu nutzen konnte, herauszufinden, wo genau die beiden Henges verliefen, und insbesondere, wo sich ihr Nordosteingang befunden hatte. Denn wie alle Gelehrten wussten, war dies stets die Stelle der größten Veränderung in einem Henge und der größten in ihm waltenden Kräfte: das eigentliche Portal.

»Hmmm«, summte er, während er die Nordostecke ermittelte und erkannte, dass sie ein gutes Stück draußen auf dem See lag.

Einen Trunk zu bereiten erschien plötzlich unwichtig, und so legte er den Lederkessel auf den Boden, damit er frei von jeglichem Ballast seinen Gedanken nachgehen konnte.

»Hmmm«, summte er wieder, und sein Verstand begann bedenklich zu arbeiten.

Um ihn herum lag allerlei Gerümpel und Abfall. Schartige Holzlatten, rostige Eisenstücke, dicke, vom Wind zerfetzte Plastikplanen, die verrostete Felge eines Fahrrads und vieles andere mehr.

Unwillkürlich hob er ein Stück öliges Styropor auf, und sein Summen wurde noch dringlicher.

Er blickte zu dem kaum noch erkennbaren Erdwall des Henges, der bei Baggerarbeiten weitgehend zerstört worden war, und schritt an ihm entlang in Richtung See. Als Nächstes fand er ein Metallrohr, schüttelte aber den Kopf und warf es wieder weg. Dann ein Stück Schnur, das er behielt.

Hmmm-hmmm-hmmm, summte er weiter, bückte sich und hob einen aufgerollten Plastikschlauch auf. Der Kessel war jetzt vollkommen vergessen.

»Ja, unbedingt«, rief er plötzlich aufgeregt, als in seinem Kopf eine neue Idee Gestalt annahm. »Das müsste hinhauen, und zwar bevor Mister Barklice zurück ist. Ich schätze, er wird gar nichts merken.«

Mit dem Geschick, das er in über zwanzig Jahren beim Bau wunderlicher Apparate erworben hatte, ging er daran, aus seinen Fundstücken etwas zusammenzubasteln. Dann tat er, was er immer tat, wenn ihm eine Idee für eine neue Erfindung gekommen war und er alles, was er dafür benötigte, zur Hand hatte. Er drehte sich einmal im Kreis, fröhlich wie ein Kind beim Spielen

Einige Minuten später, als seine neue Erfindung fertig war, ging er ans Wasser. Er setzte seinen Apparat auf dem Boden ab, zog alle Kleider bis auf die Hemdhose aus und legte sie auf einen Plastikmüllsack, damit sie trocken und sauber blieben.

Dann hob er seinen Apparat wieder auf, watete ins Wasser, und keine Minute später war nichts mehr von ihm zu sehen, als sei er nie da gewesen. Devil's Quoits lag wie ausgestorben da.

Das Einzige, was auf unlängst stattgefundene Aktivitäten hinwies, waren das von Barklice entzündete Feuer, das jetzt schwelte und Funken sprühte, und das Kochgestell für den Kessel, an dem jedoch kein Kessel hing.

Es war gut, dass Barklice zurückgegangen war, denn Brif, Pike und Jack hatten Rast gemacht, da sie vom Marschieren müde waren und nicht wussten, wie sie die Quoits finden sollten.

»Ah, mein lieber Barklice«, rief Brif bei seinem Anblick erleichtert. »Wir haben uns gerade beratschlagt, welchen Weg wir …«

Er stockte, und sein freundliches Gesicht nahm einen Ausdruck höchster Beunruhigung an.

»*Wo ist Stort?*«, fuhr er leiser fort.

»An einem sicheren Ort und damit beschäftigt, uns einen Trunk zu bereiten«, antwortete Barklice schnell. »Er hat mir versprochen, das Henge nicht zu verlassen.«

»Hm!«, brummte Pike.

»Beeilung«, rief Brif, »Beeilung. Wenn uns Stort in diesem Gelände abhandenkommt, werden wir ihn nicht so schnell wiederfinden.«

Barklice führte sie eilends zu dem Menhir zurück und bereute schon jetzt, dass er den jungen Schreiber sich selbst überlassen hatte.

»Er ist bestimmt noch da«, sagte er immer wieder, aber mit wachsenden Zweifeln.

»Wie weit ist es noch, Barklice? Sputet euch!«

»Nur noch über den kleinen Hügel da, dann werdet ihr ihn sehen …«

Die Spitze des Menhirs kam in Sicht.

»Mister Stort«, rief er. »Wir sind da!«

Das stimmte, denn sie standen in der Mitte von Devil's Quoits.

Doch das Feuer war ausgegangen, und aus unerfindlichen Gründen lag der Kessel verwaist auf dem Boden neben dem See.

Von Stort keine Spur.

53
IN DIE STADT

Die beiden Hüter des Osttors, die Katherine und den Fyrd ein so einschüchterndes Willkommen bereiteten, waren Bilgener. Sie hatten das bleiche, schmuddlige Äußere unter der Erde arbeitender Schifferleute, die zu wenig Sonne bekamen, aber sie hoben sich vor allem durch ihren gedrungenen, stämmigen Wuchs und ihre spöttische Fröhlichkeit von den humorlosen, vorschriftshörigen Fyrd ab.

Tore zu bewachen war keineswegs ihre Lieblingsbeschäftigung, doch in Anbetracht der Gefahren, die hinter dem Osttor lauerten, hatte ihnen die Gemeinde Old Brum die Pflicht auferlegt, von Zeit zu Zeit Neuankömmlinge darin zu unterweisen, wie sie sich in den Tunneln zu verhalten hatten, damit sie nicht zu Schaden kamen.

Streik und die anderen Fyrd versuchten Eindruck zu schinden, indem sie die widerspenstige Katherine sehr grob durch das Tor von New Brum stießen. Doch den Bilgenern imponierte das ganz und gar nicht.

Einer trat näher und sagte: »Entweder Sie haben die Güte, diese Wyfkin mit Respekt zu behandeln, oder wir bekommen Händel miteinander, Gentlemen.«

Streik war nicht leicht einzuschüchtern, doch er merkte, dass Feld seine Grobheit missbilligte, und wollte auf fremdem Terrain keinen Streit vom Zaun brechen. Er schwieg, und Katherine hielt es für klug, dasselbe zu tun.

Das Tor wurde hinter ihnen wieder verschlossen und mit Ketten gesichert, und sie begriff, dass eine Flucht nun beinahe unmöglich war. Trotzdem musste sie es versuchen. Nur wie? Sie wusste weder, wo sie war, noch, wohin sie sich wenden konnte. Sie wusste nur, dass sie trotz aller Müdigkeit wachsam bleiben und so viel wie möglich darüber in Erfahrung bringen musste, wohin man sie verschleppt hatte. Und dass sie den Augenblick ihrer Flucht sorgfältig wählen musste.

Das Tor führte in einen hohen Gewölbegang, der unter den Bahngleisen verlief. Eine Weile standen die Fyrd müßig herum und warteten darauf, dass einer der Torwächter etwas aus einem angrenzenden Raum holte. Katherine konnte nicht sehen, was sich dort befand, doch aus seinem Innern wehte ein frischer Luftzug heraus und ein sonderbares Zwitschern war zu vernehmen.

Der Gewölbegang endete an einer unverputzten, ungefähr drei Meter hohen Backsteinmauer, wobei zwischen deren Oberkante und der Decke eine Lücke blieb. Aus dieser Lücke drang tiefer, widerhallender Maschinenlärm, der ihr in den Ohren schmerzte. In die Mauer war eine graue Tür in menschlichem Maßstab eingelassen, an der eine rote Warntafel mit Totenkopfsymbol prangte.

Als der Torwächter wieder erschien, trug er drei merkwürdige Laternen in den Händen, aus denen dasselbe Gezwitscher ertönte, das Katherine zuvor schon gehört hatte.

Die Laternen bestanden aus zwei Teilen. Der obere enthielt eine dicke Kerze, umschlossen von schwenkbaren Klappen, mit denen man bei Bedarf den Lichtschein abdecken konnte, und der untere war ein Käfig, in dem zu ihrem Erstaunen ein gelber Kanarienvogel hockte, der unentwegt sang und trillerte.

Der Wächter musterte die Gruppe abschätzig und reichte schließlich Feld eine Laterne mit den Worten: »Sie gehen voran, Bruder!« Streik bekam die zweite. »Und Sie, Bruder, gehen am Ende.« Die dritte reichte der Bilgener Katherines Bewacher, verbunden mit der Anweisung: »Wer immer diese Schwester ist, und mag sie auch noch so neugierig umherspähen, sie geht selbständig durch die Tunnel, sonst bringt sie sich und alle anderen in Gefahr. Verstanden?«

Die Laternenträger nickten stumm. Der Griff desjenigen, der sie am Arm festhielt, wurde zunächst fester, wohl aus Nervosität, wie sie vermutete, und dann recht locker. Der Anweisung des Bilgeners gehorchend, ließ er sie schließlich ganz los.

Der Bilgener hatte verquollene Schweinsäuglein und ein gebieterisches Auftreten, doch Katherine gewann den Eindruck, dass die Blicke, die er ihr von Zeit zu Zeit zuwarf, keineswegs unfreundlich waren. Fast schien es, als versuche er, ihr durch seine Worte etwas zu verstehen zu geben, das sich von deren tatsächlicher Bedeutung ziemlich unterschied.

»Lauschen Sie jetzt meiner Einweisung«, begann er, »denn ich bin Tirrich, Schiffer und Gelegenheitstorwächter, was allerdings nicht bedeutet, dass ich nicht weiß, was ich wissen muss, deshalb tun Sie gut daran, sich alles zu merken, verstanden?«

Bei diesen Worten suchte er Katherines Blick, und aus der Art, wie er *»verstanden«* betonte, schloss sie, dass sie sich seinen Namen einprägen und ganz besonders auf jeden Doppelsinn achten sollte.

Wie zur Bestätigung erwiderte er, als sie ganz leicht nickte, die Geste mit einem kaum merklichen Lächeln, obwohl seine Augen bereits woanders waren.

»Die Tunnel auf der Ostseite sind die gefährlichsten von ganz Brum, und durch die müssen Sie, wenn Sie in die neue Stadt wollen. Es regnet, weshalb der Wasserpegel steigt und die Wassergeister auf boshafte Gedanken kommen. Also trödeln und bummeln Sie nicht, meine Brüder und meine Schwester. Wenn Sie unterwegs sind, gehen Sie zügig, und sehen Sie von Zeit zu Zeit zur Seite, aber schauen Sie niemals zurück.

Sie bleiben zwischen den weißen Linien, wie unser Major Feld hier nur allzu gut weiß, nicht wahr?«

Leichtsinnigerweise hatte sich Feld einmal von den Linien entfernt, um einen Blick in einen Seitentunnel zu werfen, und sich prompt verirrt. Zehn Stunden später hatte Tirrich ihn gefunden, schlotternd vor Kälte, hungrig und völlig orientierungslos.

»Sollte also einer von Ihnen so dumm sein, hinter den anderen zurückzubleiben, und den Anschluss verlieren, gehen Sie ihn auf keinen Fall suchen! Dieser Bruder ist fortan auf sich allein gestellt und bekommt, was er für seine Dummheit verdient. Haben das alle verstanden?«

Die Fyrd grunzten zustimmend.

»Aber wohlgemerkt heißt das nicht, dass keine Hilfe zur Hand ist. Denn vielleicht bekommt er welche. Vielleicht aber auch nicht. Deshalb verirren Sie sich gar nicht erst, dann müssen Sie sich darüber nicht den Kopf zerbrechen, klar?«

Die Fyrd traten von einem Fuß auf den anderen wie ungezogene Schulbuben. Katherine grinste in sich hinein. Der Bilgener wurde ihr immer sympathischer.

»Jetzt zu den Tunnelbewohnern. Sie sind da, glauben Sie mir, und der Zeitpunkt ist ungünstig, denn Regen macht ihnen Angst, und dann werden sie wild und gefährlich. Ratten selbstverständlich, und auf dieser Seite von Deritend wimmelt es obendrein von wilden Katzen und Hunden, also sehen Sie sich vor! Licht und Lärm sind gut, denn die verscheuchen sie, bevor Sie sie zu Gesicht bekommen. Dicht zusammenbleiben ist auch gut, denn dann halten sie Sie für ein großes Tier. So muss man es anstellen. Aber wenn Sie sich allein wiederfinden, Brüder, und auch du, Schwester, wenn es dazu kommt …«

Wieder warf er ihr einen Blick zu, und wieder hatte sie das Gefühl, dass seine Worte speziell an sie gerichtet waren.

»… wenn Sie sich verlaufen haben und umherirren, dann hüten Sie sich besonders vor den Tomtern. Die sind sehr schnell, sehr wild und sehr bösartig. Sie verspeisen Ihre Extremitäten zum Frühstück, wenn Sie so dumm sind, ihnen in die Augen zu blicken, also unterlassen Sie es.«

Katherine schaute verwirrt.

»Sie haben noch nie von ihnen gehört, ich seh's Ihnen an! Das sind gruslige Dinger, wirklich schlimm! Unsere Brüder im Osten züchten sie aus roten Katzen und Bullterriern. Sie erkennen sie an ihrem widerlichen Gestank. Gehen Sie zügig, vermeiden Sie aber abrupte Bewegungen, singen Sie ein Lied und, ich wiederhole, schauen Sie einem Tomter niemals in die Augen, dann wird er Ihnen nichts tun. Sie schnüffeln herum, knurren vielleicht ein wenig, aber … nun ja, nehmen Sie sich einfach vor ihnen in Acht. Es ist kein Vergnügen, wenn einem eine halbe Tonne Tomter am Sitzfleisch hängt.«

Tirrich grinste und zwinkerte mit einem Schweinsäuglein.

»Als Nächstes, hüten Sie sich vor dem Wasser, denn es ist kalt, reißend und in diesen Abschnitten unberechenbar. Nur wir Bilgener kennen uns wirklich damit aus, denn das muss man gewissermaßen mit der Muttermilch aufgesogen haben. Kommt man erst mal in mein Alter, ist es dafür zu spät. Merken Sie sich: Dieses Wasser lebt, und es will Sie haben. Es steigt und versucht, Sie zu Fall zu bringen. Es schickt Wellen, die höher sind als die Brücke, auf der Sie stehen, und versucht, Sie mitzureißen. Und manchmal überflutet es eine Stelle so schnell, dass Sie sich nur noch an einen der Bügel, die wir in regelmäßigen Abständen an den Wänden angebracht haben, klammern und die Luft anhalten können. Wir nennen solche Sturzfluten Wellenmacher. Holen Sie tief Luft, halten Sie sich gut fest, warten Sie, bis das Wasser wieder fällt, und hoffen Sie auf das Beste.«

Die Kanarienvögel trillerten laut, als fühlten sie sich vergessen.

»Und schließlich die Luft. Bei Hochwasser entweichen die üblichen Gase aus der Kanalisation, und wenn die Vögel das Singen einstellen, bedeutet das, dass der Sauerstoff knapp wird. Wenn das geschieht, müssen Sie schleunigst ins Freie, denn bald wird Sie Ihr Urteilsvermögen im Stich lassen. Wenn Sie Gas riechen, gehen Sie nach oben, und wenn das nicht möglich ist, nach unten. So, Major Feld, damit wäre ich mit meiner Einweisung am Ende, Sie können mit ihnen jetzt weiter!«

Er schritt zu der anderen Tür und schloss sie auf, öffnete sie aber nur einen Spaltbreit und ließ einen nach dem anderen durchschlüpfen, wobei er jedem die Hand gab. Feld steckte ihm Geld zu, als er an der Reihe war.

»Ah ja, ja, Sie sind wirklich höchst willkommen, Brüder«, sagte Tirrich mit rauher Stimme, »und Sie auch, Schwester!«

Er hielt ihre Hand mit seiner fest, legte seine andere Hand obendrauf und trat näher an sie heran. Es war nicht sein nach Fisch riechender Atem, an den sie sich hinterher erinnerte, sondern die Art, wie er schützend ihre Hand umschloss und mit dieser Geste die Worte unterstrich, die er ihr zuflüsterte: »Wir passen auf Sie auf, Schwester Katherine, denn es ist gut, dass man Sie hierhergebracht hat, sehr gut. Mein Name ist Tirrich, und mein Gehilfe heißt Maqluba. Diese Namen zählen in diesen stinkenden Gefilden mehr als Geld! Es ist mir eine Ehre, Sie als erster Bilgener in Brum begrüßen zu dürfen. Wir werden Ihnen Nachricht geben und hoffen, Sie finden, was Sie suchen.«

»Nachricht worüber?«, fragte Katherine, hoch erfreut über seine Worte.

Doch der Fyrd hinter ihr gab ihr einen Stoß, bevor Tirrich mehr sagen konnte, und sie fand sich in einem feuchtkalten, widerhallenden Raum wieder, dessen Wände mit schmutzigen, cremefarbenen Kacheln verkleidet waren. Sie konnte die Nervosität des Fyrd förmlich riechen.

»Das ist vielleicht ein komisches Völkchen«, sagte Streik, indem er Tirrichs Akzent nachahmte. »Und was die Tomter angeht, Jungs, glaubt ihm kein Wort. Das verbreiten die nur, damit man sich vor

Angst in die Hosen macht. Ich habe noch nie jemanden getroffen, der einen gesehen hat oder dem sie gar ans Sitzfleisch gegangen sind!«

»Das reicht, Streik«, sagte Feld und unterbrach ihr nervöses Gelächter. »Wir legen den letzten Teil des Weges jetzt flott und ohne Sperenzchen und Pannen zurück, verstanden?«

»Jawohl, Sir!«, brüllten sie.

»Unser Auftrag lautet, dieses Frauenzimmer unversehrt hier durchzubringen, und genau das werden wir tun, ohne auch nur eine Sekunde stehen zu bleiben. Dass mir also keiner zurückbleibt, verstanden?«

»Jawohl, Sir!«

Sie rückten langsam vor, durch Tunnel, in denen es von der Decke tropfte, und über schlammige Pfützen, und sie gaben sich alle Mühe, zwischen den weißen Linien zu bleiben, die ziemlich undeutlich und deshalb im Dunkeln stellenweise kaum zu erkennen waren. Sie hörten hallende Schritte vorbeieilen, ohne dass sie sahen, wer das Geräusch verursachte, und der Gang wand sich so oft nach rechts und links, dass ihnen bald jeder Richtungssinn abhanden kam.

Ohne die Linien und Felds selbstbewusste Führung hätten sie sich leicht verirren können, denn die Kerzen flackerten unablässig in der schlechten Luft und im teils kräftigen Wind, der immer wieder plötzlich aus Seitengängen, Röhren in den Wänden und offenbar stillgelegten Schächten wehte, die mit rostigen Gittern verschlossen waren.

Allgegenwärtig war nur das beunruhigende und bedrohliche Rauschen strömenden Wassers.

Mehr als einmal stießen sie auf Kadaver von Tieren, die schon lange tot und bis zur Unkenntlichkeit verwest waren, das Fell verfilzt und räudig, die Federn schmutzig und stumpf. Sie verströmten einen widerlich süßlichen Geruch, und Katherine hielt sich jedes Mal Mund und Nase zu und würgte, wenn sie an einem vorüberkamen.

Von Zeit zu Zeit fiel Licht durch einen Lüftungsschacht, der in die Oberwelt, wie die Fyrd sie nannten, hinaufführte, und täuschte ihre Sinne. Besonders verblüfft waren sie, als sie am Eingang zu einem Seitentunnel einen Haufen angeschwemmter Lumpen zu sehen glaubten, auf dem sich hunderte Ratten tummelten. Im Näherkommen erkannte Katherine, dass es sich um eine tote weiße Katze handelte, die von Maden wuselte.

Dann endete der Marsch so plötzlich, wie er begonnen hatte. Der Tunnel führte schräg nach oben, wurde trockener, und weiter vorn, wo er sich gabelte, war künstliches Licht zu sehen. Sie vernahmen widerhallende Schritte und Stimmen, Hunderte an der Zahl.

Wahrscheinlich waren die Fyrd erleichtert, die Tunnel hinter sich gebracht zu haben, denn plötzlich drängten alle, einschließlich Major Feld, ungeduldig vorwärts, bogen in den linken Gang und ließen Katherine und ihren Bewacher an der Gabelung zurück.

Katherine zögerte keine Sekunde. Sie gab dem Bewacher einen Stoß, stellte ihm ein Bein und entriss ihm die Laterne.

Dann rannte sie in den anderen Tunnel, den Lichtern und Stimmen entgegen. Sie hatte weder einen Plan noch eine Ahnung, wo sie sich befand, aber sie war sich sicher, dass es überall besser war als dort, wo man sie hinbringen wollte.

Doch da irrte sie.

Sie hatte angenommen, der Tunnel führe zu den Lichtern, doch weit gefehlt. Er endete jäh an einem breiten Kanal, durch den Wasser rauschte, und schien noch ein paar Meter an ihm entlangzuführen, ehe der nach rechts in einen unbeleuchteten Eingang abzweigte.

Hinter ihr brüllten die Fyrd, und so rannte sie in die einzige Richtung, die ihr noch blieb, hielt die Laterne in die Höhe, damit sie etwas sehen konnte. Doch sehr schnell begriff sie, dass sie in dieselbe Art von Gängen zurückkehrte, denen sie soeben glücklich entronnen war.

Sie blieb stehen, ging zurück und stellte fest, dass sie nicht nur eine, sondern zwei Kreuzungen passiert hatte. Sie war sich nicht sicher, aus welcher Richtung sie gekommen war.

Sie lief aufs Geratewohl in einen Tunnel, hörte weiter hinten Stimmen, rannte weiter, obwohl sie schwere Beine bekam, und gelangte, nun vollends verwirrt, in einen Gang, der dunkel, niedrig und alt war.

Der Kanarienvogel in der Laterne trillerte kurz und verstummte dann. Mit Schrecken sah sie, dass er tot war. Auch die Kerze flackerte – und verlosch. Völlige Finsternis umgab sie.

Sie tastete sich an der Tunnelwand entlang, und im Gehen hörte sie ganz deutlich tapsende, glitschende Schritte hinter sich. Wer auch immer sie verfolgte, er war weder ein Hydden noch ein Mensch.

54

UNERREICHBAR

Es war bereits stockdunkel, als Master Brif, Jack und die anderen die Suche nach Bedwyn Stort schließlich aufgaben.

»So etwas hat er schon allzu oft gemacht«, knurrte Brif und machte der Sache ein Ende. »Ich schwöre beim Spiegel, dass ich ihm, sobald er wieder da ist, zur Strafe eine gehörige Tracht Prügel verabreichen werde wie einem Lehrburschen der schlimmsten Sorte!«

Doch hinter Brifs Zorn verbarg sich ernste Sorge, denn das Gelände um die Quoits war schon bei Tag nicht ungefährlich, voll mit losem Baggerschutt und seichten Tümpeln mit trügerischem Treibsand. Bei Nacht wurde es richtig tückisch.

Das Gebiet südlich der Quoits, das Pike durchkämmt hatte, war besonders gefährlich, und er hatte die Suche in dieser Richtung abbrechen müssen, sowie es zu dunkeln begann. Danach hatten sie die Suche auf den Norden beschränkt und unablässig Storts Namen gerufen. Ohne jeden Erfolg.

Als sie den weggeworfenen Lederkessel fanden, ohne einen Tropfen Wasser darin, vermuteten sie, dass er durch irgendetwas abgelenkt worden war, bevor er das Seeufer erreicht hatte. Mittlerweile hatten sie überall gesucht und nichts gefunden.

»Höchstwahrscheinlich ist er umhergestreift, hat sich verlaufen und hält sich jetzt vernünftigerweise bis Tagesanbruch versteckt, um uns dann zu suchen«, vermutete Barklice zerknirscht.

»Vernunft gehört nicht zu Storts Stärken«, knurrte Pike.

»Was hat er denn getan, bevor Sie losgingen?«, fragte Jack Barklice, nachdem sie wieder bei dem Stein zusammengekommen waren, sich mit einem Schluck Met wärmten und versuchten, nicht an das Schlimmste zu denken.

»Er hat das Henge erkundet, mir etwas darüber erzählt, und dann haben wir hier gesessen und uns unterhalten.«

»Hat er etwas entdeckt, das ihn besonders interessiert hat?«

»Er hat erzählt«, antwortete Barklice, »dass dieses Henge früher eines der größten und bedeutendsten in Englalond gewesen sei. Er konnte die Augen nicht von den Überresten wenden und hat herauszufinden versucht, in welcher Beziehung die Teile zueinander stehen. Aber so ist er nun mal, nicht wahr, Master Brif? Immer neugierig, immer geistig rege.«

Der Meisterschreiber nickte. »Er findet stets etwas Interessantes, das es wert ist, erkundet zu werden, Barklice. Da ist ja der Grund, warum ich ...«

Barklice schaute schuldbewusst drein. Er hatte sein Versprechen gebrochen und den zerstreuten Stort an einem solchen Ort alleingelassen.

Jack erhob sich. »Der Himmel klart auf, und der Mond und die Sterne spenden etwas Licht ... Ich gehe los und sehe mich ein letztes Mal um.«

Brif seufzte verdrießlich. »Eigentlich sollten wir Sie über unseren bevorstehenden Marsch nach Brum ins Bild setzen und Ihnen erklären, warum die Fyrd Katherine entführt haben, und vieles andere mehr, aber weil Stort nicht hier ist und seine Meinung dazu sagen kann und weil wir uns Sorgen wegen seines Verschwindens machen ... nun ja ... wir haben Ihnen eigentlich noch gar nichts gesagt.«

»Ich werde trotzdem gehen und mir die Beine vertreten«, erwiderte Jack. »Vielleicht können wir später noch reden.«

Die Nacht war so klar, dass man die nähere Umgebung leidlich gut erkennen konnte, nur war es, wie sie alle schon festgestellt hatten, mitunter schwierig, zwischen Schatten und Pfützen zu unterscheiden.

Doch Jack hielt sich so, dass er den Stein jederzeit gut im Blick hatte, und ging vorsichtig zum Seeufer hinunter, wobei er sich vom Plätschern des Wasser leiten ließ. Diesen Bereich hatte er selbst nicht abgesucht, da er vom höher gelegenen Gelände in der Mitte des Henges aus gut einzusehen und von Stort keine Spur zu erkennen gewesen war.

Das Gelände war freilich unwegsam, denn hier hatte es allerlei Müll an Land gespült, der vermutlich in den See gekippt und übers Wasser getrieben worden war.

So stolperte er mehrmals über irgendwelche Gegenstände, bevor er das Ufer erreichte, den Blick über die stille schwarze Fläche des Sees gleiten ließ und sich dann nach rechts wandte, um festzustellen, wo der erhöhte Rand des Henges im Wasser verschwand. Trotz des schlechten Lichts kam er gut voran, weil der Boden dort leicht erhöht und weniger matschig war.

Als er umkehrte und in die andere Richtung zurückging, bemerkte er etwas Dunkles am Boden und ging nachsehen, was es war. Es war nur schemenhaft zu erkennen, doch als er sich bückte und es betastete, spürte er weichen, trockenen Kleiderstoff auf einer Kunststoffunterlage.

Er rief nach einer Lampe, und alle kamen herbeigeeilt. Als Barklice die Klappe seiner Laterne öffnete, sahen sie Storts Oberkleider. Sie lagen säuberlich zusammengefaltet auf einem schwarzen Müllsack.

Noch bevor sie über die grausige Bedeutung dieser höchst merkwürdigen Entdeckung sprachen, riefen alle gleichzeitig in das undurchdringliche Dunkel über dem See hinaus. Dann verstummte einer nach dem anderen, als sie die düstere Erkenntnis traf, dass der Gerufene nicht antwortete und es unter den gegebenen Umständen wahrscheinlich auch nie tun würde.

Zunächst mochte keiner die unvermeidliche Folgerung ziehen.

»Aber warum ist er nur in den See gegangen?«, fragte Brif fassungslos. »Er kann doch gar nicht schwimmen!«

Es gab keine vernünftige Erklärung für das, was immer deutlichere Züge einer Tragödie annahm, und am Ende war es Brif, der in Worte fasste, was nun alle befürchteten: »Gentlemen, ich habe den starken Verdacht, dass unser lieber Freund, unser hochgeschätzter, aber leider auch sehr törichter Freund, versehentlich ertrunken ist.«

»Ja«, murmelte Pike, kehrte ihnen den Rücken zu und fügte mit gebrochener Stimme hinzu: »Es steht fest, dass er ins Wasser getaucht und nicht wieder hochgekommen ist.«

»Ich kann mir nur vorstellen«, fuhr Brif tieftraurig fort, »dass Master Stort, der einer der begabtesten Wissenschaftler ist – nein, war! –, den Hyddenwelt je hervorgebracht hat, von einer Idee in den Bann gezogen wurde, die so mächtig, und von einer Untersuchung, die so faszinierend war, dass er ins Wasser gestiegen ist und dabei völlig vergessen hat, dass er nicht schwimmen konnte!«

Barklice hatte sich ein paar Schritte von den anderen entfernt, hielt sich die Brust und schnappte nach Luft, wobei er wirkte wie ein Fisch auf dem Trockenen.

Dann plötzlich bekam er, zum Entsetzen aller, einen Verzweiflungsanfall, fing kläglich zu weinen an und sank im Sternenlicht auf die Knie. Er bot ein Bild des Jammers.

»Das war kein Unfall!«, klagte er. »Es war … es war … er hat sich das Leben genommen.«

Die anderen warteten darauf, dass er erklärte, was er damit meinte, doch er konnte nicht, und so kniete sich Brif neben ihm in den Schlamm, legte ihm einen Arm um die Schultern und sagte: »Barklice, versuchen Sie uns zu sagen, was Sie wissen oder vermuten. Was ist ihm Schreckliches widerfahren?«

Es dauerte eine Weile, ehe Barklice antworten konnte. Er schneuzte sich, tupfte sich die Augen, und erst nachdem er etliche Male schwer aus- und eingeatmet hatte, begann er endlich, sein Herz zu erleichtern.

»Es war kein Unfall und auch kein Selbstmord.«

»Aber was kann es dann gewesen sein?«, rief Pike.

»Es war Mord«, antwortete Barklice düster. »Grausamer, hinterhältiger Mord.«

»Aber wer und warum …«, stießen Brif und Pike beinahe gleichzeitig hervor, wobei Letzterer ein Messer zückte, als wolle er sie alle vor einer Gefahr schützen.

»Ich war's!«, stöhnte Barklice. »Ich habe ihn umgebracht. Es war mein Fehler! Ebenso gut hätte ich eine Armbrust nehmen und ihm einen Bolzen ins Herz schießen können. Ihn allein zu lassen nach diesem … nach diesem …«

»Nach was?«, fragte Brif scharf.

Barklice packte Brif am Arm und schaute flehentlich zu ihm auf.

»Nach diesem Gespräch, das wir hatten…«

Die Augen des Forstmeisters bekamen einen sonderbaren, irren Glanz, der durch das stetig heller werdende Licht des Mondes noch verstärkt wurde und sie alle erschreckte.

»Das werde ich mir nie verzeihen können – heute nicht, niemals! Wie könnte ich? Deshalb bin ich es nicht wert, auch nur eine Sekunde länger zu leben! Ich … ich …«

Damit stieß er Brif von sich, als sei er ein Federgewicht, drängte am stämmigen Pike vorbei, als biege er ein nasses Schilfrohr zur Seite, und rannte geradewegs in den See.

Nur Jacks Geistesgegenwart verhinderte eine neuerliche Tragödie. Er stürzte sich auf Barklice, brachte ihn im seichten Wasser zu Fall und zog ihn mit Pikes Hilfe wieder ans trockene Ufer.

Sie hielten ihn an allen vieren fest, bis seine Selbstmordwut verraucht war und er kaum noch die Kraft hatte, sich aufzusetzen. Dann machten sie ihm einen starken, heißen Met, um seine Nerven zu beruhigen.

Er trank ihn fast in einem Zug und gleich noch einen zweiten Becher hinterher.

»Ja«, gestand er plötzlich, wobei seine Stimme schon etwas kräftiger klang und seine Lebensgeister wieder in Schwung kamen, »es war samt und sonders mein Fehler, weil ich zugelassen habe, dass das Gespräch diese Richtung nahm.«

»Welche Richtung?«, fragte Brif, der mit dem Forstmeister allmählich die Geduld verlor. Er hielt es für wichtig, möglichst rasch zu klären, was vorgefallen war. Vielleicht konnte man ja noch etwas tun.

»Das werde ich Ihnen sagen, auch wenn es schwerfällt, solche Gedanken einzugestehen, aber ich … ich vermute …«

»Ja, Mister Barklice?«, fragte Pike in beschwichtigendem Ton.

»Könnte ich vielleicht noch ein, zwei Schlückchen von diesem ausgezeichneten M-Met bekommen … Wissen Sie … der M-Met gibt mir den M-Mut, offen zu sprechen … meine Hemmungen abzulegen.«

Pike blickte zu Brif, und der bedeutete Jack mit einem Nicken, ihm noch einmal einzuschenken.

Barklice schüttete das berauschende Getränk so schnell hinunter, dass es ihm auf beiden Seiten am Kinn herablief. Noch bevor er ganz fertig war, stieß er plötzlich ein Kichern aus, das zu einem hohlen Lachen anschwoll und in dem leeren Holzbecher widerhallte.

»Oh ja!«, rief er plötzlich und warf den Becher ausgelassen von sich. »Ich verstehe nur zu gut, warum Stort, dieser famose Bursche, danach getrachtet hat, seinem Leben ein Ende zu setzen. Es war kein Akt der Verzweiflung, sondern der Tapferkeit! Der mutigen Erkenntnis, dass der immerwährende Schmerz der … der …«

»Der was, um Himmel willen?«, fragte Pike, mittlerweile ebenso verzweifelt wie Brif.

»Kommt n-näher … n-och näher«, lallte Barklice verschwörerisch, als habe er etwas mitzuteilen, das nur geflüstert werden dürfe, falls irgendwo jenseits des Feuerscheins finstere Kreaturen lauerten und mithörten. »N-noch näher …«

Alle rückten ganz dicht heran.

»Wie war noch mal die Frage?«, brüllte er so laut, dass die anderen zurückprallten. Wieder vergoss er ein paar Tränen und fuhr dann wieder ganz leise fort: »Worüber haben wir gesprochen? Ach ja, über diesen traurigen Zustand, den empfindsame Seelen wie er und ich erdulden, ohne jemals zu klagen …«

Sie sahen einander verdutzt an.

»Was für einen Zustand?«, fragte Brif mit finsterem Blick.

»Einsamkeit«, antwortete Barklice volltönend. »Die tiefe, existentielle, grausame und nicht enden wollende Einsamkeit des Herzens. Darüber haben wir gesprochen, bevor ihr gekommen seid, darüber, dass Hydden wie er und ich in dieser riesigen, aus Erde und Sternen, Mond und Planeten bestehenden Welt immer allein bleiben, ohne Hoffnung, jemals die Gesellschaft, den Trost und die Liebe – jawohl, Liebe! – einer der Unerreichbaren zu finden.«

Er hielt inne, ein seltsam hoffnungsloses und doch heiteres Grinsen im Gesicht, wie einer, der seinem Schicksal ins Auge sieht und sich ihm schließlich fügt.

»Wovon redet er eigentlich?«, wandte sich Brif flüsternd an Pike.

»Was ist es denn, was wir alle suchen, aber so selten finden, Master Brif? Wissen Sie, der Sie sich in den erlauchten Kreisen der Sischen … der Sischenwaft …«

»Der Wissenschaft?«

»Richtig … der Sischenwaft bewegen. Wissen Sie es vielleicht?«

Sie warteten darauf, dass er die Frage selbst beantwortete. Barklice verdrehte den Kopf und auch die Augen. »Wie es scheint, hat niemand außer mir gewusst, wie sehr sich Stort nach dem einen sehnte, das für unsereins unerreichbar ist!«

»Klären Sie uns auf«, forderte Brif, nun wirklich neugierig darauf, was der Gefährte zu sagen versuchte.

»Mehr Met, dann sage ich es Ihnen!«

»Nein«, knurrte Pike. »Sagen Sie es uns sofort, oder ich erwürge Sie mit bloßen Händen.«

Barklice nahm die Drohung ernst, holte tief Luft und verkündete schließlich: »Die Liebe einer Vertreterin des weiblichen Geschlechts, das ist es, was unerreichbar ist. Deswegen hat sich Stort so ehrenvoll das Leben genommen. Er wusste, dass er niemals geliebt werden könnte.«

»Aber Barklice …«

Doch es war zu spät, denn dem Forstmeister war der Kopf auf die Brust gesunken und er schlief. Selbst als sie ihm in die Wangen kniffen und ihm kaltes Wasser über den Kopf gossen, brabbelte er nur irgendwelchen Unsinn von Liebe, Frauen und dem Universum, bevor er wieder einschlummerte.

»Ich weiß nur eins«, erklärte Pike viel später, nachdem sie noch einmal gesucht und unablässig Storts Namen gerufen hatten. »Wenn er tatsächlich in den See gegangen ist – und es sieht ganz danach aus –, wird er jetzt nicht mehr wiederkommen.«

»Er war einer der schöpferischsten und einfallsreichsten Hydden, die mir je begegnet sind«, sagte Brif schließlich. »Deshalb fällt es mir schwer zu glauben, dass er für immer von uns gegangen sein soll.«

Nach einer gebührenden Pause setzte er hinzu: »Schweren Herzens schlage ich vor, dass wir uns jetzt schlafen legen, denn wir haben morgen einen weiten Weg vor uns.«

Doch Jack war damit nicht einverstanden. »Master Brif, Sie wollten mir doch ein paar Fragen beantworten und von der Welt der Hydden erzählen und … na ja, eben alles, was ich wissen muss.«

»Wissen worüber?«, erwiderte Brif unwirsch, öffnete seinen Rucksack und nahm, während Pike seinem Beispiel folgte, seine zusammengerollte Decke heraus.

»Über das, was hier vorgeht. Wer genau hat Katherine entführt?«

Brif zog geheimnisvoll die Augenbrauen hoch und begann, sein Nachtlager zu richten.

»Und woher wussten Sie, dass Sie kommen und mich holen mussten?«, bohrte Jack weiter.

»Hm«, brummte Brif, während er seinen Umhang zu einem Kopfkissen zusammenlegte.

»Und was genau ist … ich meine, wo liegt dieses Brum? Was hat es damit auf sich? Und Ihr geschnitzter Knüppel. Wie funktioniert er? Das würde ich auch gern erfahren.«

»Aha!«, sagte Brif unverbindlich.

Pike lag bereits gemütlich und gut zugedeckt auf dem Boden und hatte die Augen geschlossen.

»Hm«, brummte Brif schläfrig.

Jack rollte nun seinerseits seine Decke aus, schlüpfte aus seiner Jacke, damit er etwas Brauchbares hatte, worauf er seinen Kopf betten konnte, und sagte: »Und noch etwas, Master Brif ... Wer bin ich?«

Brif setzte sich sofort auf. Pike öffnete die Augen wieder.

»Nun?«, fragte Jack.

»Das ist die Art von Frage, die Sie stellen sollten!«, erwiderte Brif. »Habe ich nicht recht, Pike?«

»Das ist nie verkehrt«, antwortete Pike. »›Wer bin ich?‹ ist immer eine gute Frage.«

»Und wie lautet die Antwort?«

»Am ahäm!«, sagte Brif, womit er wohl, sofern diese Äußerung überhaupt etwas bedeutete, zu verstehen geben wollte, dass er keine Antwort parat hatte.

Pike schüttelte einfach nur den Kopf und schloss wieder die Augen.

»Morgen«, murmelte Brif und legte sich zurück. »Lassen Sie uns morgen über diese kniffligen Fragen sprechen, einverstanden?«

»Na ja, ich würde aber schon gern ...«

Doch Brifs Atem ging bereits ruhiger, und seine Glieder zuckten. Er schnaubte, schnarchte ein wenig, und gleich darauf war er fest eingeschlafen.

»Mister Pike? Sind Sie noch wach?«

»Nein«, kam die Antwort.

Jack legte sich hin und drehte sich auf die Seite, sodass er Barklice, der als Einziger noch nicht schlief, im Blick hatte.

»Ich nehme an, Sie wissen nicht zufällig, wer ich bin?«, fragte Jack sehr schläfrig.

»Ich?«, erwiderte Barklice. »Aber natürlich weiß ich es, jeder weiß es. Master Brif ist nur manchmal etwas schwierig.«

Doch Jack, der keine vernünftige Antwort erwartet hatte, hörte schon nicht mehr hin, und Barklice sagte auch nichts mehr zu diesem Thema, denn er sah, dass Jack die Augen schloss, die Glieder streckte und schließlich ebenfalls einschlief.

So murmelte Barklice stattdessen etwas von der Liebe und den Sternen.

Dann verstummte er und grinste nur noch in die Nacht. Nach einer Weile wechselte er abermals das Thema und sagte: »M-meine Herrschaften … ich habe Ihnen eine M-mitteilung zu machen! Ich habe ein großes Licht gesehen!«

Aber niemand hörte zu.

Er verstummte wieder, schüttelte den Kopf und unternahm keinen Versuch mehr, Gehör zu finden.

Was schade war, denn in gewisser Weise hatte er recht. Er hatte tatsächlich ein Licht gesehen, wenngleich es nicht von den Sternen, sondern vom gegenüberliegenden Seeufer kam. Das Licht leuchtete erneut auf, und dann noch einmal.

»Stort?«, murmelte er schläfrig. »Sind das vielleicht Sie?«

Dann schlief auch er ein.

55
DER ÜBERTRITT

Bedwyn Stort war es in der Nacht schlecht ergangen, allerdings nicht so schlecht, wie seine tief erschütterte Freunde glaubten.

Wie bei so vielen seiner Vorhaben hatte alles in der besten Absicht und mit der strengsten Logik des Gedankens begonnen. Aus der Schnur, dem Schlauch und den Styroporstücken, die er gefunden hatte, hatte er im Handumdrehen einen Atmungsapparat gebaut und den Schlauch mit Hilfe der Schnur so an seinem Körper befestigt, dass er dicht am Mund anlag.

Er wollte mit dem Kopf unter Wasser schwimmen und den Versuch unternehmen, jene Teile der Quoits aufzuspüren, die jetzt überflutet waren, um sich ein Bild von ihrer Lage und Größe zu machen.

Der Umstand, dass er nicht schwimmen konnte, hielt ihn nicht davon ab. Er überlegte sich, dass er nur etwas Auftrieb benötigte, und es lagen überall Styroporstücke herum, die ihn genau damit versorgen konnten. Er brauchte sich nur einige mit Schnur und Isolierband an die verschiedenen Gliedmaßen zu binden, dann würde es schon klappen.

So ausgerüstet, watete er durch die seichte Uferzone in den See. Das Wasser war deutlich kälter, als er erwartet hatte, aber für jemanden wie Stort, der nach neuen Erkenntnissen strebte, stellte dies nur eine geringfügige Unannehmlichkeit dar. Die Fröstelphase ging vorüber, und nachdem er gelernt hatte, seine Gliedmaßen mehr oder weniger wie Paddel einzusetzen, tauchte er den Kopf unter Wasser und stellte zur seiner Freude fest, dass seine neueste Erfindung tadellos funktionierte.

Er konnte sich fortbewegen, leidlich gut sehen und gut genug schwimmen, um am Leben zu bleiben. So paddelte er eine Weile umher und machte sich mit seiner Ausrüstung vertraut, ehe er sich seiner Untersuchung widmete.

Das Wasser war so ruhig und klar, dass er der Linie des versunkenen Henges ein ganzes Stück auf den See hinaus folgen konnte. Zu seiner Überraschung sah er beim Schwimmen jede Menge ausrangierte Maschinen, mehrere Fahrräder, einen unversehrten Pappkarton, der in seinem wasserdurchtränkten Zustand leicht hin- und herschwankte, und ein paar ziemlich große Fische, die ein kräftigeres Gebiss besaßen, als ihm lieb war.

Stort hatte eine Abneigung gegen Tiere jedweder Art, insbesondere gegen solche mit Zähnen. Und ihm schien, dass die Fische da unten ihn nicht mit jener freundlichen Wärme beäugten, die einem Mitreisenden in den irdischen Gewässern gebührte, sondern mit den gierigen Blicken von Räubern, die auf der Suche nach der nächsten Mahlzeit waren.

Doch sein Forscherdrang war stärker als seine Furcht, und so setzte er die Entdeckungsreise fort. Als das Wasser unter ihm so tief und trüb wurde, dass er nichts mehr erkennen konnte, beschloss er, nach links abzubiegen und die andere Flanke des versunkenen Relikts zu suchen.

An diesem Punkt des Geschehens verlor er vorübergehend die Orientierung und wendete nicht nur ein- oder zweimal, sondern gleich dreimal. In dem Augenblick, als er dies tat und die entfernte Nordostgrenze des Henges erreichte, geschah etwas sehr Seltsames. Die Schnüre und dergleichen, mit denen die Schwimmhilfen befestigt waren, zogen sich aus unerfindlichen Gründen so fest zusammen, dass es heftig schmerzte, und noch ehe er dazu kam, sie mit der Hand zu lockern, rissen alle gleichzeitig wie auf Kommando. Die Folge war, dass er wie ein Stein auf den Grund sank.

Selbst unter solchen Umständen war seine wissenschaftliche Neugier stärker als sein Überlebenswille. Gewiss, es war eine unerquickliche Art, sein Leben zu beenden …

Aber, so sagte er sich, *zumindest wird mir die seltene Gunst zuteil, meinen eigenen Tod beobachten zu können, was, gelinde ausgedrückt, interessant werden dürfte …*

Augenblicke später, als seine Brust zu schmerzen begann und ihm dämmerte, dass er nicht ewig die Luft anhalten konnte, kam ihm ein neuer Gedanke.

Ah!, überlegte er. *Ich sehe eine andere Möglichkeit. Der Tod ist zweifellos interessant, doch kann ich nicht unbedingt behaupten, dass ich am Vorgang des Ertrinkens Gefallen finde. Darum wollen wir mal sehen, ob ich mir nicht vielleicht die Grundzüge des Schwimmens beibringen kann. Jetzt …*

Er hätte wohl auf der Stelle damit begonnen, doch da war er schon auf dem Grund des Sees angelangt. Seine Trommelfelle schmerzten, seine Lungen schienen jeden Moment bersten zu wollen, und in seinem Kopf begann sich schon alles zu drehen. In diesem Moment blickte er plötzlich erst in die Augen und dann in das Maul eines jener Geschöpfe der Tiefe, wie sie einem im Albtraum begegnen.

Die Augen des Ungetüms waren leuchtend gelb, sein Maul zu einem klaffenden Grinsen verzogen und seine Zähne scharf, lang und ziemlich bedenklich gekrümmt.

Die Vernunft verließ ihn und wurde durch Angst ersetzt. Jedes Interesse am Studium des eigenen Todes wich dem Überlebensinstinkt. Der Fisch war ein Hecht. Als er mit dem Schwanz ausschlug und mit der Rückenflosse wackelte, suchte Stort mit den Füßen den Grund, wurde fündig und schoss wie von der Sehne geschnellt nach oben. Er hatte sich so fest abgestoßen, dass er bis an die Oberfläche und noch ein gutes Stück darüber hinaus schoss, ehe er zurück aufs Wasser klatschte.

Er wusste, wenn er nicht wieder nach unten in das offene Maul des Hechts sinken wollte, musste er tatsächlich schwimmen lernen, und zwar schnell. Und so drosch er, indem er die Arme durch die Luft wirbeln ließ, auf das Wasser ein und stieß die Beine vor und zurück wie die Kolben einer Dampflokomotive. Es war ein mühsames Unterfangen, doch es klappte.

Er bewegte sich mit beachtlicher Geschwindigkeit durch das Wasser, bis er allmählich erlahmte. Doch trotz schwindender Kräfte konnte er sich noch genauso gut über Wasser halten wie zuvor, und noch dazu unbehindert von den Schwimmhilfen, die ihn in seiner Bewegungsfreiheit doch stark eingeschränkt hatten.

Kurzum, Stort hatte sich das Schwimmen beigebracht!

Ein Hochgefühl überkam ihn, und er paddelte noch eine ganze Weile an der Oberfläche umher, bis ihm zwei Dinge aufgingen: Erstens war es Nacht geworden und er hatte sich völlig verirrt, und zweitens hatte er seine Hemdhose und alles andere verloren und befand sich jetzt in jenem Zustand, in dem die Natur ihn erschaffen hatte.

Im selben Augenblick hörte er seine Freunde seinen Namen rufen, und Brif und Pike klangen, als wären sie böse auf ihn.

Dies und der Wunsch, nicht nackt entdeckt zu werden, bewogen ihn dazu, die Flucht zu ergreifen und so leise wie möglich in die entgegengesetzte Richtung zu schwimmen. Diese Angelegenheit, so hoffte er, ließ sich auch am Morgen in Ordnung bringen. Zudem hatte er den Wind auf seiner Seite und, wie es schien, auch die Strömung, denn er spürte, wie es ihn forttrug, ohne dass er sich sonderlich anstrengen musste.

Gleichwohl wurde offenbar, dass er dem Ufer nur langsam näher kam. Gleichzeitig entdeckte er direkt unter sich einen leuchtenden Schatten. Er steckte den Kopf unter Wasser und erkannte deutlich die Umrisse eines Fisches. Doch es war nicht der, den er zuvor gesehen hatte, denn der war im Vergleich winzig gewesen. Dieser hier war sein Vater oder sein Großvater, und er sah gewaltig und furchterregend aus.

Mit einem Mal packten die Zähne des neuen Raubfischs seine rechte Wade. Er stieß einen furchtbaren Schrei aus und versuchte, das Bein wegzuziehen. Doch der Fisch grub seine Zähne noch tiefer hinein, und Stort fühlte, wie er unter Wasser gezogen wurde. Vernunft, Logik und sogar Neugier wichen nun wieder blinder Panik.

Er fasste nach unten, um sich von dem Fisch loszureißen, spürte aber nur einen dicken, mit Wasser vollgesogenen Baumstamm. Das, was er für Zähne gehalten hatte, waren nur Äste und Zweige.

Seltsamerweise stellte sich prompt eine neue und noch schlimmere Panik ein. Er fürchtete, ein richtiges Monster der Tiefe könnte, gestört durch den Lärm, träge aus der Dunkelheit heraufsteigen und ihn mit Haut und Haaren verschlingen.

Er stieß sich mit dem Fuß von dem Baumstamm ab und peitschte mit kreisenden Armen das Wasser, bis seine Knie, dann seine Hände und schließlich auch seine Brust Schlamm und Steine berührten. Obwohl die Steine spitz waren, kroch er an Land, ein bibbernder und bemitleidenswerter Schatten des Hydden, der er noch vor ein oder zwei Stunden gewesen war.

Da lag er nun, gestrandet wie ein verendender Wal, nach Luft japsend und völlig entkräftet.

56

DIE ERLEUCHTUNG

Als Stort endlich wieder das volle Bewusstsein erlangte, hoffte er, alles sei nur ein böser Traum gewesen und er würde sich irgendwo wiederfinden, wo es behaglich, trocken und warm war. Zu seinem Bedauern erkannte er sofort die rauhe Wirklichkeit seiner Lage. Er fror, wusste nicht, wo er war, und fühlte sich sehr einsam.

Er stand mühsam auf und rief über den dunklen, im Licht des aufgehenden Mondes kalt glitzernden See: »Hilfe! Ich … ich … bin … hiiiier! *Hilfe!*«

Niemand hörte ihn, und so kam keine Antwort.

Er wusste, dass er sich bewegen und so schnell wie möglich etwas Warmes zum Anziehen und einen Unterschlupf finden musste, und so beschloss er, am Ufer entlangzugehen. Die Steine unter seinen Füßen waren kantig, und der Schlamm schmatzte zwischen seinen Zehen und ringelte sich wie kalte Würmer.

Durch die Bewegung bekam er wieder ein Gefühl in den Gliedmaßen und im Oberkörper, und mit ihm stellte sich ein gesteigertes Empfinden für die schneidende Kälte ein. Doch Stort war ein Hydden, der dank seiner angeborenen Neugier für alles, was ihn umgab, und seines lebhaften Interesses an herausfordernden neuen Ideen nie lange Trübsal blies oder sich von persönlichem Ungemach entmutigen ließ.

So kam ihm, als er nackt durch die Dunkelheit streifte, der Gedanke, dass sich seine Hemdhose unmöglich selbsttätig von seinem Körper abgestreift haben konnte. Eine unsinnige und doch so faszinierende Vorstellung, dass er einen Augenblick stehen blieb und sich für den Fall, dass er die Nacht überlebte, vornahm, eine mechanische Hemdhose zu entwerfen, die in der Lage war, sich dem Besitzer selbst auszuziehen, dann zu waschen, zu bügeln, zusammenzulegen und wegzuräumen, bis sie wieder gebraucht wurde.

Dann aber, als er feststellte, dass seine Schenkel zitterten und seine Zähne klapperten, murmelte er: »K-keine von meinen besseren Ideen«, und richtete seine Aufmerksamkeit wieder auf die rätselhafte Frage, wo die Hemdhose jetzt wohl sein mochte.

Er wusste mit Bestimmtheit, dass er sie nicht ausgezogen hatte, und er bezweifelte auch, dass die Fische der Tiefe es getan hatten.

Also ging er denselben Weg zurück und suchte das Ufer nach dem verlorenen Kleidungsstück ab. Es musste in der Nähe sein! Zum Glück spendeten Mond und Sterne genug Licht, dass er etwas sehen konnte.

Er fand verschiedenen Unrat, der an Land gespült worden war, darunter einige Gegenstände, die ihm große Rätsel aufgaben und zunehmend Unbehagen bereiteten. Eine winzige Cola-Flasche, eine klitzekleine und durchweichte Streichholzschachtel, einen zerbrochenen Kugelschreiber, wie für Zwerge gemacht, und dann einen gelben Kunststoffhelm von der Art, wie ihn Menschen auf Baustellen trugen, nur dass dieser hier viel kleiner aussah als die anderen, die er gelegentlich schon gefunden hatte.

Der Helm hatte eine weitere, sehr merkwürdige Eigenschaft, die ihn schwindeln machte. Da er wusste, dass die meiste Körperwärme über den Kopf verlorengeht, probierte er ihn auf und stellte zu seiner Verblüffung fest, dass er wie angegossen passte. Er behielt ihn auf, denn etwas Bedeckung war besser als überhaupt keine, und setzte seine nächtliche Wanderung fort, im Gehen bemüht, den schrecklichen Gedanken, der ihn quälte, in den Hinterkopf zu verbannen.

»Nein«, murmelte er unablässig. »Ausgeschlossen! Nein, nein und nochmals nein!«

Sein rechter Fuß stieß gegen etwas Weiches, Klammes und Vertrautes. Glücklich kniete er sich hin. Er hatte seine verschollene Hemdhose gefunden.

»Du ungezogenes Ding!«, schalt er sie, als sei sie ein lebendiges, vernunftbegabtes Wesen. »Sehr ungezogen von dir, dich einfach so davonzumachen.«

Er stand auf, hielt sie ins Mondlicht und sah zu seinem Bedauern, dass sie zerrissen und nicht mehr tragbar war, als sei sie von einem Ungeheuer zerfetzt worden. Und wie alles andere um ihn herum schien sie auf die halbe Größe geschrumpft zu sein.

Kein lebender Sterblicher war vom Streben nach Wahrheit und dem Wunsch, zu lernen und zu verstehen, mehr beseelt als Bedwyn Stort. Doch die Wahrheit, der er nun ins Auge blicken musste, war unvorstellbar und obendrein schrecklich. Wenn seine Hemdhose nur noch halb so groß war wie vor ein oder zwei Stunden, so musste er sich nach dem Grund fragen.

Er kniete sich wieder auf den Boden, breitete die Fetzen der Hemdhose aus und setzte sie zusammen, damit er sehen konnte, welche Teile fehlten.

Es fehlte nichts. Sie war in Fetzen, aber komplett.

Er stand wieder auf und warf die vermaledeite Hose zurück in den See. Wenn er sie nicht sah, so sagte er sich, musste er wenigstens nicht über sie nachdenken.

Doch im selben Moment, als sie aufs Wasser fiel, drehte sich der launische Wind, fuhr in den Stoff und blähte ihn auf. Die Hemdhose nahm Kurs hinaus auf den See wie ein Geisterschiff in der Nacht.

Stort begriff, dass das bisher Gesehene nur zwei Schlussfolgerungen zuließ, die beide eigentlich unmöglich waren: Entweder waren die Hemdhose und all die anderen Gegenstände, auf die er gestoßen war, geschrumpft … oder …

»Nein, das kann nicht sein!«

… oder er selbst war gewachsen.

Fieberhaft ließ er die Ereignisse des Abends in Gedanken noch einmal an sich vorüberziehen und suchte nach Hinweisen darauf, was geschehen war.

Er brauchte nur Augenblicke, um zum Kern der Sache vorzustoßen.

Was hatte er getan? Er war aus dem Henge hinausgeschwommen, und zwar bewusst auf der Nordostseite, die, wie jeder, der sich mit Henges beschäftigte, sehr genau wusste, unter bestimmten Umständen ein Portal in die Menschenwelt sein konnte. Doch diese alte Kunst des Reisens war in Englalond vor vielen Jahrhunderten in Vergessenheit geraten!

War es möglich, dass er sie zufällig wiederentdeckt hatte und sich dabei, ohne es zu merken, in etwas Größeres verwandelt hatte, als er zuvor gewesen war?

»Nein, nein! Das wäre ja fürchterlich!«

Stort ging im Kreis, in immer größeren Kreisen, als sei er auf der Suche nach seinem früheren Selbst.

Dann ging er den Weg zurück, den er gekommen war, bis zu der Stelle, wo die Streichholzschachtel und die Cola-Flasche lagen. Im Vergleich zu seiner Hand waren sie in der Tat halb so groß, wie sie eigentlich sein sollten.

Noch nicht bereit, sich davon überzeugen zu lassen, lief er am einsamen Ufer auf und ab und suchte nach einem unumstößlichen Beweis. Leider war er nicht schwer zu finden.

Das Gelände wurde häufig überflutet, daher hatten die Menschen ein oder zwei Meter im Wasser einen weißen Pfosten mit einer Messskala in Fuß und Zoll aufgestellt, an der man Veränderungen des Wasserstands ablesen konnte.

Der Mond schien hell, die Skala war deutlich zu sehen.

Entsetzt starrte Stort auf den Pfosten, unwillig, seine Theorie zu überprüfen. Schließlich watete er doch ins Wasser und stellte sich neben den Pfosten.

Der Pfosten war acht Fuß hoch, sein Kopf reichte über die Sechs-Fuß- oder Ein-Meter-Achtzig-Marke hinaus.

Er nahm die Skala genauer in Augenschein, doch es bestand kein Zweifel. Die Einteilung war in den gesetzlichen Maßen erfolgt, welche die Menschen in England verwendeten und welche die Hydden vor einem Jahrhundert übernommen hatten.

»Ich bin gewachsen, als ich durch den See geschwommen bin, und … und …«

Er brachte es nur schwer über die Lippen.

»Ich bin ein Mensch geworden!«

Diese Erkenntnis schockierte ihn so, dass er sich an dem Pfosten festhalten musste, während er mit erstickter Stimme rief: »Ein Los, schlimmer als der Tod! Ich, Stort, ein Hydden durch und durch, bin jetzt ein Menschenmonstrum. Das bedeutet, dass es den Bedwyn Stort, wie man ihn kennt, nicht mehr gibt.«

Just in diesem Augenblick der niederschmetternden Einsicht sah er eine geisterhafte Erscheinung am Ufer entlang auf sich zukommen.

Es war, so schien es jedenfalls, eine weibliche Gestalt, und sie bummelte nicht. Nein, sie näherte sich dem unschuldigen und nackten Stort in beträchtlichem Tempo.

»Der werde ich mich nicht ausliefern«, rief er, wandte sich von der Erscheinung ab und rannte in die Richtung zurück, aus der er gekommen war.

Er rannte noch schneller, als er das unverwechselbare Trippeln weiblicher Schritte vernahm, die ihm durch Schlamm und Kies folgten. Doch sie kamen immer näher, bis sich eine Hand nach ihm ausstreckte und ihn berührte, ja sogar streichelte. Vor Schreck wie erstarrt blieb er stehen.

Zu keiner anderen Bewegung fähig, drehte er sich zu ihr um, während sie ihre Arme und Beine um ihn schlang und mit ihrem großen und verwirrenden Körper Mond und Sterne verdunkelte. Er bekam keine Luft mehr und taumelte unter ihrem Gewicht nach hinten.

Er landete hart im schlammigen Kies, schlug wild nach ihrer seltsam klammernden Gestalt und glaubte zum zweiten Mal in dieser Nacht zu ersticken. Doch endlich gelang es ihm, den Kopf aus ihrem feuchten Haar zu ziehen, und da sah er, was er in Wirklichkeit vor sich hatte: ein großes, viereckiges Stück Blisterfolie, versehen mit Klebeband, das mit lästiger Beharrlichkeit an ihm haften blieb.

»Ach! Ein Irrtum meinerseits!«, stieß er erleichtert hervor, und sogleich verwandelte sein angeborener Optimismus das Desaster in einen Erfolg. »Das ist ja gar kein zügelloses Frauenzimmer, sondern eine Lebensretter! Dieses ausgezeichnete Material von Menschenhand wird mich warm halten und mir helfen, die Nacht zu überstehen!«

Er wickelte es sich dankbar um den Leib, zog sich vom unwirtlichen Ufer in höher gelegenes Gelände zurück und kauerte sich dort in Gras und Ginster. So vor der Kälte geschützt, wurde ihm bald wieder wärmer, und ein unerklärliches Gefühl der Zufriedenheit überkam ihn.

Er atmete tief durch und begann, über den Sinn des Lebens nachzudenken und darüber, was es bedeutete, jetzt ein Mensch und früher eine Hydden gewesen zu sein, und vieles andere mehr.

So kam es, dass Bedwyn Stort, Erfinder und Schreiber, sich zu einer Reise in sein inneres Selbst aufmachte, die zu der größten Erleuchtung in seinem noch relativ jungen Leben führte.

Er erkannte, dass es zwischen einem Menschen und einem Hydden keinen Unterschied gab bis auf den, den der Geist machte, dieser schelmische, unbeherrschbare Geselle, von dem sich die Sterblichen ihr Leben lang blenden ließen …

»Alles ist Illusion«, sagte er sich. »Ich bin vor allem das, was ich zu sein *glaube*. Ich bin ein Mensch, ich bin ein Hydden, ich bin beides, und ich bin keines von beiden.«

Wie lange diese erstaunlichen Einsichten seine Gedanken beschäftigten, vermochte er nicht zu sagen. Der Mond jedenfalls zog während dieser Zeit der Entdeckungen am Himmel weiter seine Bahn, und auch die Sterne wanderten.

Er verspürte die Ehrfurcht dessen, der erkennt, dass er zwar noch so verletzlich und ohne Freund ist wie immer, dass seine Einsamkeit und seine Leiden aber nichts sind im Vergleich zum Firmament mit seinen Sternen, dem Mond und den Planeten. Und während er Letztere mit neuem Staunen betrachtete, wich auch die restliche Kälte von ihm und machte einem Gefühl der Wärme und des Einsseins Platz.

In diesem Augenblick erkannte er, dass es gar nicht so schwer war, wie es schien, die Henges als Portale zwischen der Welt der Menschen und der Welt der Hydden zu benutzen. Es kam nur darauf an, mit Hilfe der natürlichen Energien eines Henges eine Verschiebung in der relativen Wahrnehmung herbeizuführen. Doch ob er diese Einsicht im Licht des neuen Tages wiedererlangen würde, stand auf einem anderen Blatt. Seine Arbeit für heute Nacht war getan, und so schlief er ein.

Als der Tag anbrach und Nebelschwaden aufzogen und über den See trieben, kam der Schimmel am Ufer entlanggetrappelt. Seine Reiterin schaute auf Bedwyn Stort herab und schmunzelte.

Ausnahmsweise einmal war Imbolc nicht verkleidet. Sie war jetzt sehr alt, und selbst das milde Dämmerlicht ließ sie nicht jünger erscheinen. Eher noch älter.

Das Pferd ging in die Knie, damit sie leichter absteigen konnte. Das Gehen fiel ihr schwer, und so erhob sich das Pferd sogleich wieder und trottete neben ihr her, damit sie sich an seinen Zügeln festhalten konnte. Ihre Füße waren geschwollen und ihre Finger verkrümmt. Ihre Zähne waren fast alle ausgefallen, ihr Haar schütter, ihr Gesicht runzlig und ausgezehrt.

Doch als sie Stort zusammengekauert daliegen sah, die Augen geschlossen, den Mund leicht geöffnet, im Gesicht einen Ausdruck der Zufriedenheit, als habe er ein schwieriges Problem gelöst, da lächelte sie, ihre Züge erhellten sich, und alle Müdigkeit und aller Schmerz waren vorübergehend vergessen.

Sie küsste ihn so zärtlich, dass er sich regte, als wäre die Liebe selbst zu ihm gekommen, und er murmelte einige Worte, die keinen Sinn ergaben, nur reine Freude ausdrückten.

Der Schimmel bäumte sich auf und drängte zum Aufbruch. Er ging in die Knie, damit die Friedensweberin leicht wieder auf seinen Rücken steigen konnte. Dann wandten sich Pferd und Reiterin ab, preschten davon und verloren sich im Dunst des Dämmerhimmels.

57

Ein Albtraum

Katherine hatte, ohne Nahrung, Licht und passende Kleidung, in den Tunneln eine noch schlimmere und einsamere Nacht verbracht als Stort.

Dass sie verfolgt wurde, war gewiss, und dass es ein Tomter war, wahrscheinlich. Der widerliche Geruch schien das zu bestätigen, ebenso die beängstigte Schnelligkeit und Wendigkeit, die ihr Verfolger bewies, wenn er knurrend um sie herum und an den Wänden hinauf sprang, manchmal so dicht an ihrem Gesicht vorbei, dass sie seinen heißen Atem spürte. Er fand sich im Dunkeln zurecht und spielte mit ihr wie die Katze mit der Maus.

Dann wurde alles noch unheimlicher.

Sie konnte sich nur fortbewegen, indem sie die Füße über den Tunnelboden schob und sich mit den Händen an der Wand entlangtastete. Da der Tomter nicht sofort über sie herfiel und eher ruhiger zu werden schien, wenn sie sich bewegte, tat sie dies so gut sie konnte, in der Hoffnung, irgendwann ein Licht zu entdecken und einen Weg ins Freie zu finden.

Auf diese Weise gelangte sie an eine Stelle im Tunnel, auf die von weit oben der matte Schein einer Straßenlaterne herabfiel. Endlich konnte sie das Tier sehen.

Es hatte lange, aber sehr kräftige Beine und reichte ihr bis zur Hüfte. Sein Körper war der eines Kampfhundes, ebenso der massige Schädel und die eckige Schnauze. Doch er hatte auch etwas von der ausgeprägten Streitlust eines selbstbewussten Katers. Auch das gemusterte Fell, die Augen und die Pfoten erinnerten an eine Katze.

Er starrte sie an, und sie ihn, bis ihr wieder einfiel, was Tirrich gesagt hatte. Sogleich schaute sie weg, und der Tomter zog sich ein Stück zurück. Sie bewegte sich sehr vorsichtig, um ihn nicht zu reizen, und obwohl sie nicht wusste, ob der Rat des Bilgeners ernst gemeint gewesen war, befolgte sie ihn und summte eine Melodie.

Das schien ihn tatsächlich zu beruhigen, doch er folgte ihr weiter, bald in größerem, bald in geringerem Abstand, und versperrte ihr den Weg in einige Gänge. Dieses Verhalten beunruhigte sie, denn es hatte ganz den Anschein, als treibe der Tomter sie dorthin, wo er sie haben wollte.

Doch sosehr sie sich auch bemühte, sie brachte einfach nicht den Mut auf, ihn zur Seite zu stoßen, denn sobald sie ihm zu nahe kam, knurrte er und fletschte die Zähne. Und so fügte sie sich und schlug den von ihm gewünschten Weg ein. Es wurde immer wärmer, und die Luft wurde immer übelriechender.

Sie bog um eine Ecke und gelangte in einen Raum, in dem gedämpftes Licht herrschte. Offenbar war es seine Höhle, denn überall lagen Knochen und Häute von Tieren. Es stank, und es wimmelte von Ratten und Ungeziefer.

Aber das war nicht das Schlimmste.

Den Ehrenplatz in diesem schmutzigen Reich nahm das Weibchen des Tomters ein. Es lag auf der Seite und säugte an dicken, prallen Zitzen vier Junge.

Katherine brauchte eine Weile, bis sie sich von dem Schreck erholt hatte. Dann bemerkte sie, dass sie sich im Freien befand. Der Tunnel mündete in einen kleinen Innenhof, umringt von alten Häusern, deren Wände bis zum dritten Stock kahl waren.

Das einzige Licht kam vom Nachthimmel und von zwei Fenstern weit über ihr. Hinter einem ging gerade ein Schatten vorüber, ein Mensch. Katherine schrie, doch niemand reagierte. Sofort sprang das Weibchen auf, sodass die Jungen nach allen Seiten purzelten, und steuerte auf sie zu.

Sie erstarrte und wartete.

Das Tomter-Weibchen kam näher, und Katherine sah, dass es viel größer war als das Männchen, beinahe so groß wie sie selbst. Riesig, um genau zu sein, mit einem bulligen Körper und kräftigen Pfoten, mit denen es sie nach Belieben zermalmen konnte. Katherine war starr vor Angst.

Es gab ihr nur einen Stups, und die Wucht reichte aus, um sie nach hinten zu schleudern.

Dann legte es sich wieder hin, leckte sich das hässliche Maul und schenkte Katherine nicht die geringste Beachtung, als diese sich langsam umdrehte und versuchte, in den Gang zurückzukehren, aus dem sie gekommen war. Unmöglich. Das Männchen versperrte den Weg.

Sie musste wohl oder übel bleiben, offensichtlich als Frischfleischvorrat für die Tomter, denn soweit sie erkennen konnte, gab es keinen anderen Ausgang.

Die Ruhe von jemandem, der gerade seinen schlimmsten Albtraum erlebt, überkam sie, und sie setzte sich völlig erschöpft in den Schmutz.

Erstaunlicherweise musste sie irgendwann eingeschlafen sein, denn als sie hochschreckte, erfüllte Dämmerlicht den Hof, und das Himmelsgeviert über ihr zeigte ein mattes Grau.

Es waren weder die Tomter noch ihre Jungen, die sie geweckt hatten, sondern der Hufschlag eines Pferdes. Ganz in der Nähe, aber wo genau, war schwer zu sagen. Auch die Tomter hörten ihn. Sie wurden zunächst unruhig und dann seltsam fromm, als seien sie müde. Die Jungen schliefen bereits ineinandergeschlungen in dem Unrat, auf dem die Pfoten ihrer Mutter ruhten. Das Männchen schlüpfte an Katherine vorbei, gähnte und legte sich zum Schlafen neben seine Familie.

Das Hufgetrappel im Tunnel entfernte sich wieder, und Katherine nutzte die Gelegenheit, ihm zu folgen. Es kam ihr sehr nahe vor, aber sie holte es nicht ein, und auf einem Weg, den sie allein nie gefunden hätte, führte es sie durch das Labyrinth von Gängen.

Dann verklang es, und als sie um die nächste Ecke bog, blickte sie unversehens in die Augen des Torwächters Tirrich.

»Ich habe Sie gesucht«, sagte er. »Ich habe ihnen gesagt, dass ich Sie finden würde, und sie haben sich darüber gefreut. Sie sind Ihnen nicht böse, weil Sie geflohen sind. Die Fyrd respektieren Kämpfer. Sie stinken nach Tomter. Sie müssen an welchen vorbeigekommen sein, ohne dass sie Sie bemerkt haben.«

»Sie haben mich sehr wohl bemerkt. Ich war in ihrem Bau.«

Tirrichs Augen weiteten sich.

»Unmöglich, sie hätten Sie bei lebendigem Leib gefressen.«

»Das hatten sie wohl auch vor, aber … ich bin ihnen entwischt.«

»Wie?«

»Einfach so.«

Ein Gefühl sagte ihr, dass es besser war, die plötzliche Schläfrigkeit der Tomter und das Hufgetrappel nicht zu erwähnen. Das wäre dann doch zu weit hergeholt erschienen.

»Folgen Sie mir, Miss, und denken Sie daran, dass in New Brum nichts so ist, wie es scheint. Laufen Sie außerdem nicht wieder weg, ein zweites Mal haben Sie möglicherweise nicht so viel Glück.«

58

AUFBRUCH

Jack und die anderen wachten früh auf, obwohl sie von der langwierigen Suche nach Stort am Abend zuvor noch müde waren. Sie spannten rasch eine Plane auf, um sich und das Lagerfeuer vor dem Regen zu schützen, während sie frühstückten.

Jack erhielt die Aufgabe, Wasser zu holen und Brennholz zu sammeln, während Pike und Barklice, die erfahrene Zelter waren, ihr provisorisches Schutzdach so ausrichteten, dass sie das ablaufende Regenwasser dazu benutzen konnten, sich zu duschen und zu waschen und anschließend ihre Wasserflaschen zu füllen.

Nach Storts mutmaßlichem Tod war die Stimmung gedrückt. Brif sprach wenig, Pike überhaupt nichts. Der praktisch denkende Barklice, der offenbar keine Erinnerung an seinen Gemütsanfall vom Vorabend hatte, wollte so schnell wie möglich das Lager abbrechen und nach Brum zurück. Doch im Unterschied zu den beiden anderen glaubte er jetzt keine Sekunde mehr daran, dass Stort tot war.

»Er wird bald wieder auftauchen, Sie werden sehen«, versicherte er Jack mehr als einmal.

Gleichwohl beschlossen sie, Storts Kleider in den von ihm zurückgelassenen Müllsack zu stopfen und zusammen mit seinem Rucksack gut sichtbar neben den Menhir zu legen. Zum Andenken an den Kameraden steckte Pike grimmig ein trockenes Stück Treibholz daneben in die Erde. Mit zitternder Stimme und hohlem Blick sprach Brif ein paar Abschiedsworte.

»Schrecklich, einfach schrecklich …«, murmelte er und wandte sich ab, kaum dass die traurige Zeremonie beendet war. »Aber, Gentlemen, wenn wir noch länger hier verweilen, macht sich Verzweiflung breit, und wir verlieren die Lust, die Reise nach Brum fortzusetzen, wo ein Haufen Arbeit auf uns wartet – und wo wir, wenn es dafür nicht schon zu spät ist, eine junge Dame zu befreien haben, nicht wahr, Jack?«

Jack konnte dem nur beipflichten. Genau wie Barklice glaubte er eigentlich nicht daran, dass Stort tot war. Er stand auf und begann, den Lagerplatz aufzuräumen, wie er es die anderen tags zuvor hatte tun sehen. Keiner von ihnen rührte sich.

»Wenn Sie alle mithelfen«, sagte er, als er erkannte, dass sie eine Aufmunterung brauchten, »sind wir umso schneller fertig. Mister Barklice, schütten Sie bitte die Feuerstelle zu. Mister Pike, seien Sie doch so freundlich, die Töpfe und das Besteck zu reinigen. Master Brif … Sie haben vergessen, Ihre karierte Decke einzupacken.«

Auf diese Weise brachte Jack sie dazu, sich abmarschbereit zu machen.

Doch selbst als alles getan war und sie nur noch losmarschieren mussten, standen sie herum und sahen einander an. Keiner wollte gehen.

Wieder war es Jack, der ihnen aus der Sackgasse heraushalf.

»Gentlemen«, sagte er, indem er sich derselben Anrede bediente wie sie, »vielleicht wird uns leichter zumute sein, wenn wir einen letzten Versuch unternehmen, nach Hinweisen darauf zu suchen, was Mister Stort widerfahren ist. Ich möchte die Reise nach Brum fortsetzen und Katherine suchen, aber ich würde leichteren Herzens gehen, wenn ich wüsste, dass wir das Gelände im Norden durchkämmt haben, das wir gestern wegen der einbrechenden Dunkelheit nicht absuchen konnten.«

»Gut gesprochen, Jack«, sagte Brif. »Denn das können wir auf dem Weg zu dem Pfad tun, der uns nach Brum zurückbringen wird.«

Der Wind blies ihnen den Regen in die Augen und erschwerte die Sicht über den See.

Verschiedene Vögel hockten am Ufer, und sie vernahmen die Klagerufe anderer, die der Wind über das Wasser trug.

»Ein Reiher, glaube ich, Master Brif«, sagte Barklice und deutete auf eine grauweiße Masse, die in der Ferne auf den Wellen wippte.

»Möwen, meine ich!«, erwiderte Brif.

Pike hatte bessere Augen als seine alten Freunde.

»Menschenmüll«, knurrte er. »Wahrscheinlich Plastik.«

»Vorwärts, meine Herren!«, befahl Brif, der dieser nutzlosen Diskussion überdrüssig war. »Suchen wir das Ufer ab, wie Jack vorgeschlagen hat.«

Schon bald erkannten sie, wie klug Pikes Entscheidung gewesen war, dieses Gebiet nicht bei Nacht abzusuchen. Das Gelände war bucklig und unwegsam, voller tückischer Schlammlöcher, Stolperfallen aus Draht und herumliegender Betonklötze. Der Regen peitschte ihnen ins Gesicht und machte den Boden schlüpfrig. Bald schon verloren sie den Stein und beinahe auch einander aus den Augen, während sie umherstolperten und nach Anzeichen Ausschau hielten, die zu der Hoffnung Anlass gaben, dass Stort irgendwie überlebt hatte, oder wenigstens nach einem Hinweis darauf, wie er ums Leben gekommen war.

Eins wurde bald klar. Durch den Regen war der Wasserstand so gestiegen, dass der Pfad, auf dem sie in die Quoits gelangt waren, nun überflutet war. Daher beschlossen sie, zum Stein zurückzukehren und den Ort über das höher gelegene, trockene Gelände im Nordosten zu verlassen.

Das eröffnete ihnen die Möglichkeit, ein letztes Mal das Ufer des anschwellenden Sees abzusuchen. Plötzlich stieß Pike einen markerschütternden Schrei aus und deutete auf einen Gegenstand, der im seichten Wasser zwischen den Steinen lag.

Es war Storts Hemdhose, schlammverschmiert und zu Fetzen zerrissen. Sie sah aus, als liege sie schon seit Tagen und nicht erst seit Stunden dort.

»Ein großer Fisch aus der Tiefe hat ihn geholt«, sagte Pike, der es nicht über sich brachte, den Namen des mutmaßlichen Schuldigen auszusprechen, der im Deutschen »Hecht« und im Englischen »Pike« lautete wie sein eigener.

»Ja«, pflichtete Brif ihm bei und hielt das schmutzige Kleidungsstück an einem Stock in die Höhe. »Das ist er endgültige Beweis, Gentlemen. Stort ist mit Sicherheit tot. Deshalb sollten wir unverzüglich aufbrechen und diesen Vorfall hinter uns lassen ...«

Dies waren schmerzliche, aber wahre Worte

»Ja«, sagte Pike, »ich gestehe nur ungern eine Niederlage ein, aber diesmal ... tue ich es. Es ist mir nicht gelungen, meinen jungen Freund Stort zu beschützen, und das werde ich mir niemals verzeihen.«

Tief bedrückt schlugen sie den Weg zum Menhir ein, doch das Fortkommen war schwierig, denn der Wind kam nun von vorn und das Gelände wurde noch unwegsamer.

Unterdessen war Bedwyn Stort längst aus seinem Schlaf erwacht, nackt, groß wie ein Mensch und um eine Erkenntnis reicher.

Die Erkenntnis war ebenso bahnbrechend wie einfach, und sie betraf die Art, wie Henges wirklich funktionierten, ob sie nun aus Bäumen bestanden wie in Woolstone oder halb überflutet und zerstört waren wie Devil's Quoits. Er war bei Tagesanbruch aufgestanden und hatte sich ungeachtet der Kälte und der Tatsache, dass ihm die Blisterfolie kaum Schutz gegen den eisigen Wind bot, unverzüglich an die Überprüfung seiner neuen Theorie gemacht.

Eines war offenkundig: Als er mit Unterstützung der Schwimmhilfen aus dem Henge gepaddelt war, hatte er durch irgendeinen glücklichen Zufall ein Muster beschrieben, das eine Veränderung in seiner Wahrnehmung ausgelöst hatte. Es war, als sei er aus einem Seinszustand in einen anderen gewechselt, mit dem er nur entfernt vertraut war.

»Halb nackt, wie ich bin, brauche ich das, was ich gestern vorwärts getan habe, nur rückwärts zu tun. So kann ich meinen Geist überlisten und wieder Hydden werden. Ganz einfach! In der Theorie …«

Die Frage war nur, wie.

Die Antwort gab ihm schließlich der Wind. Er blies kräftig über den See in Richtung der entfernten Quoits. Im Vertrauen darauf, dass ihm die Blisterfolie sowohl als neue Schwimmhilfe wie auch als Segel dienen würde, überantwortete er sich wieder der Tiefe und machte sich auf den Weg über das Wasser.

Alles ging gut, allerdings sah er zu seiner Betrübnis, dass seine Gefährten sich zum Aufbruch rüsteten. Offensichtlich hatten sie es aufgegeben, auf ihn warten. Er versuchte, ihre Aufmerksamkeit zu erregen, jedoch vergebens. Als er das überflutete Henge wieder erreichte, waren sie bereits fort. In der Hoffnung, die Fische in der Tiefe nicht zu stören, schwamm er in umgekehrter Richtung im Kreis, schloss die Augen, um den Kontakt zur Realität zu verlieren, und ließ zu, dass sich alles in seinem Kopf zu drehen begann. Mit Genugtuung nahm er zur Kenntnis, dass er urplötzlich aus der Blisterfolie rutschte, als sei er wieder auf Hyddengröße geschrumpft.

Er ging unter, stieß den Kunststoff von sich und paddelte, wozu er tags zuvor noch nicht imstande gewesen wäre, wie ein Hund ans Ufer.

»Man lernt nie aus!«, sagte er sich.

Dann watete er, nackt, frierend und hungrig, aber mit der gewohnten Unerschrockenheit, an Land und lief zu dem Menhir in der Mitte der Quoits. Tatsächlich hatte er im Verhältnis zum Stein wieder seine Hyddengröße angenommen. Auch seine Kleider, die er, wie von den anderen erhofft, dort vorfand, passten ihm tadellos. Zutiefst erleichtert, durch das Geschehen jedoch auch aufs Höchste erregt, suchte er sich eine regengeschützte Stelle, entzündete ein Feuer, bereitete sich einen Trunk und nahm sich die Zeit, kurz über das, was vorgefallen war, nachzudenken.

»War es nun schreckliche Wirklichkeit, dass ich für Stunden ein Mensch wurde, oder der wahnsinnige Traum eines angehenden Wissenschaftlers?«, fragte er sich. »Ohne Beweise oder Zeugen werde ich es nie erfahren. Aber ich bin es mir schuldig, das Experiment unter günstigeren Bedingungen zu wiederholen.«

Denn für einen Hydden ist es eine Sache, eine wissenschaftliche Entdeckung zu machen, und eine ganz andere, den Nachweis zu erbringen, wie sie funktioniert.

Kurze Zeit später, als er sich getrocknet, aufgewärmt und gestärkt hatte, marschierte er los, freilich in eine andere Richtung als die anderen. Er hinterließ keine Nachricht, da er natürlich annahm, sei seien schon fort.

Nicht weit entfernt blieben die anderen stehen.

»Sind Sie sicher, dass wir in diese Richtung müssen?«, fragte Brif nicht zum ersten Mal.

»Für gewöhnlich verlaufe ich mich nicht«, erwiderte Barklice ziemlich gereizt. Er hielt schnuppernd die Nase in die Luft, als wollte er zeigen, dass er die richtige Richtung riechen könne. Jack folgte seinem Beispiel, und im nächsten Moment runzelten beide die Stirn und sahen einander an.

»Das ist komisch«, sagte Jack. »Trotz der Feuchtigkeit kann ich immer noch unser Feuer riechen!«

»Komisch?«, erwiderte Barklice mit leiser Stimme. »Ernst, würde ich eher sagen. Vielleicht sind Fremde aufgetaucht und brauen sich einen Trunk, ohne zu ahnen, dass wir in der Nähe sind. Oder schlimmer noch, sie wollen uns auflauern. Mister Pike, was sollen wir tun? Was schlagen Sie vor?«

»Überlassen Sie das mir«, antwortete er, endlich wieder tatendurstig. Er erhob den Knüppel wie zum Kampf und setzte eine grimmige Miene auf.

»Ich schwöre Ihnen, Gentlemen, wenn Fyrd in der Nähe sind, werde ich ihnen eine Lektion erteilen, an die sie noch lange denken werden!«

Er huschte davon, und die Übrigen folgten geduckt ein Stück dahinter. Als der Stein in Sicht kam, blieb Pike stehen und winkte sie zu sich.

»Sie stecken hinter dem Stein und sind deshalb nicht zu sehen«, flüsterte er eindringlich. »Und möglicherweise sind es so viele, dass ich allein nicht mit ihnen fertig werde.«

Er wandte sich an Jack. »Sie haben sich schon einmal bewährt. Jetzt haben Sie erneut Gelegenheit dazu. Ich gehe links um den Stein herum und Sie rechts. Barklice, Sie folgen Jack, und Master Brif, Sie folgen mir. Fertig?«

Es regnete in Strömen, aber davon ließen sie sich nicht beirren.

Sie machten sich bereit, und ohne weitere Umstände stürmten sie in der von Pike angeordneten Weise los. Dabei stießen sie unterschiedliche Schreie und Rufe aus, um die Verwirrung der Fyrd noch zu verstärken.

»Zum Angriff!«, brüllte Pike im letzten Moment. »Tötet sie!«

Was sie möglicherweise wirklich getan hätten, wäre da jemand gewesen. Doch da war niemand, und sie standen keuchend herum und kamen sich ein wenig albern vor.

Aber es roch stark nach Feuer, und sie hatten das deutliche Gefühl, dass dieser Platz erst kurz zuvor verlassen worden war. Von jemand anderem als ihnen.

Dann bemerkte Jack, dass noch etwas anderes verschwunden war. Von Storts Rucksack und Kleidern war keine Spur zu sehen.

Allerdings fehlten nützliche Fußspuren, die ihnen hätten verraten können, in welche Richtung der oder die Diebe gegangen waren.

Sie legten die Feuerstelle, die sie zugeschüttet hatten, frei, und Dampf stieg aus der verdächtig heißen Asche auf, als sie mit dem Regen in Berührung kam. Das Feuer war erst kurz zuvor gelöscht worden.

»Das ist ein alter Trick«, bemerkte Barklice. »Wer immer Storts

Sachen gestohlen hat, sie haben vermutet, dass wir eben erst aufgebrochen waren. Sie haben ertastet oder erschnuppert, wo wir unser Feuer hatten, und mit der restlichen Glut ein eigenes Feuer entfacht, um schneller zu einem Trunk zu kommen.«

»Aber wer könnte das gewesen sein?«, fragte Jack.

»Fyrd höchstwahrscheinlich«, antwortete Pike. »Eine der Patrouillen, die Major Feld losgeschickt hat, um uns im Auge zu behalten. Es hat schon sein Gutes, dass wir sie hier nicht überrumpelt und zum Kampf gezwungen haben. Sie brauchen nur zu wissen, dass wir hier sind und dass wir ihnen folgen. Das ist das Spiel, das wir spielen, also lasst uns damit weitermachen.«

»Höchstwahrscheinlich haben sie uns die ganze Zeit über beobachtet«, sagte Pike verdrießlich, »und die Gelegenheit genutzt, sich der Sachen des armen Stort zu bemächtigen.«

»Schon möglich«, sagte Jack, der eine weitere ausgedehnte und nutzlose Debatte befürchtete, die die Verfolgung Katherines und ihrer Entführer weiter hinauszögern würde. »Aber könnten wir jetzt bitte aufbrechen?«

59
DIE BARMHERZIGEN SCHWESTERN

Sie hatte längst aufgegeben, die Kurven und Biegungen zu zählen, und tappte nur noch blindlings hinter Tirrich her. Doch irgendwann gelangten sie in einen hallenden Raum, in dem wieder Licht das Dunkel erhellte.

Auf der einen Seite erhoben sich Gewölbebögen, hinter denen Katherine Leute hin und her gehen sah, von denen einige die gleichen dunklen Uniformen trugen, die sie selber anhatten, andere mittelalterlich anmutende Kleidung aus feinem Tuch, aber in gedämpften Farben.

Kaum einer dieser Leute blickte in ihre Richtung, und wenn es einer tat, schaute er gleich wieder weg, als hätte er Angst, dabei ertappt zu werden, wie er einen Fyrd auch nur ansah. Katherine war mittlerweile so müde, dass sie nur noch schlafen wollte.

Major Feld erschien und wirkte sehr erleichtert. Er verlor kein Wort über ihre Flucht und sagte stattdessen, dass sie erschöpft aussehe und dass er geeignete Leute kenne, die sich ihrer annehmen könnten. Er klopfte an eine Tür, in die in Brusthöhe ein Eisengitter eingelassen war. Es klappte sofort auf, und ein argwöhnisches Augenpaar spähte heraus. Im Flüsterton wurden hastig Worte gewechselt, ehe das Gitter wieder zuklappte.

Augenblicke später öffnete es sich erneut, und die zusammengesackte Katherine wurde auf die Beine gestellt. Ihre Proteste und Fragen wurden ignoriert.

Die Tür ging auf, und aus der Dunkelheit dahinter erschien eine Hand, packte sie am Arm und zog sie hinein.

Noch ehe sie dazu kam, etwas zu sagen, wurde die Tür hinter ihr zugeschlagen, und sie sah sich Auge in Auge mit einer Frau, die eine weiße Tracht mit Haube trug.

Es ließ sich nicht sagen, wie alt sie war, denn ihr Gesicht war mit weißer Schminke zugekleistert und ihr Mund rot angemalt. Katherine konnte nur die blutunterlaufenen Augen sehen, die von Krähenfüßen umgeben waren. Beim Sprechen entblößte die Frau gelbe Zähne.

»Willkommen, Schwester Katherine«, sagte sie mit einem recht warmen Lächeln.

»Wer sind Sie? Wo bin ich und was …?«

»Eins nach dem anderen, mein Kind. Ich bin die Schwester Oberin, und hier bist du sicher, völlig sicher. Wir werden dir nichts tun, und bei uns wirst du lernen, wie du ein besseres, glücklicheres Leben führen kannst …«

»Aber …«

»Folge mir!«

Zwei ähnlich gekleidete, jüngere Frauen tauchten hinter ihr auf und zogen sie sachte fort, wobei sie kicherten und freundlich schwatzten. Katherine blieb nichts anderes übrig, als sich zu fügen, und bald durchschritt sie mehrere große, luftige Räume, in denen es betörend nach Ölen und Parfümen duftete und in denen sie von gepflegten Frauen mit langem und vollem schwarzem Haar begrüßt wurde. Manche gaben ihr die Hand, anderen strichen ihr zärtlich über die Arme und Wangen, wieder andere küssten sie, und alle strahlten und lachten dabei.

Gerade als ihr der Gedanke kam, sie sei in einen Traum geraten, der nur böse enden konnte, reichte ihr jemand eine goldene Flasche mit einem köstlich riechenden Getränk.

Sie fragte, was das sei.

»Es ist ein harmloses Elixier, das unser Orden seit jeher herstellt«, erklärte die Oberin. »Höchst wohltuend für Körper und Geist. Trink, meine Liebe, dann wirst du dich gleich besser fühlen.«

»Wasser wäre mir lieber«, erwiderte Katherine vorsichtig.

»Aber selbstverständlich, meine Liebe … Wie wär's, wenn du es dir bequem machst, solange eine Schwester dir welches holt?«

Wohlige Wärme umschmeichelte sie, und das behagliche, mit Seide ausgeschlagene Gemach, in das sie geführt wurde, war nach dem anstrengenden Marsch zu verlockend, um ihm zu widerstehen.

»Nun ja …«, sagte sie, obwohl sie schon schwach wurde, »aber ich weiß doch gar nicht, wer … oder was Sie …«

Die Schwestern lächelten gewinnend und legten ihr fest die Hände auf die Schultern. Ihr Lachen und die sonderbare Musik im Raum schmeichelten den Ohren und wirkten beruhigend.

»Aber nur für einen Augenblick«, hörte sie sich sagen, wobei ihr die eigene Stimme an diesem Ort beinahe rauh und hart vorkam, »denn ich bin müde und …«

Sie setzte sich, und sanfte Hände betteten sie zurück in aufgeschüttelte Kissen, die ihren Rücken und ihre Schultern stützten, während andere für ihren Nacken und Kopf bereitlagen.

»Ich möchte nicht … ich weiß nicht …«

Aus einem überwölbten Durchgang am anderen Ende des Raums schien ein goldenes Tablett mit einem Kristallglas darauf durch die Luft herbeizuschweben. Die Hand, die es hielt, und die Person, der die Hand gehörte, schienen viel unwichtiger zu sein als das Wasser selbst, das so klar im Licht funkelte, dass ihr Durst bei seinem Anblick sogleich wuchs.

Als sie das Glas an die Lippen setzte, fühlte es sich so wunderbar kühl und erfrischend an, dass sie es einfach austrinken musste.

»Wer genau seid ihr?«, fragte sie, während sie ihr aus dem Kristallkrug nachschenkten, das Wasser gurgelnd ins Glas stürzte und darin herumwirbelte, hypnotisch in seinem Licht und seiner Klarheit.

Sie kamen näher. Ihre roten Münder lächelten, ihre Augen strahlten, und alle hatten Haar von makellos glänzendem Schwarz. Entrückt nahm Katherine zur Kenntnis, dass sie alle identische Perücken trugen.

»Wir sind die Barmherzigen Schwestern«, sagten sie, »und sobald du Lord Festoons Erlaubnis hast, werden wir dich zu einer der unseren machen.«

Katherine wollte protestieren, doch sie war so müde und die Frauen so liebenswürdig und bestimmt, dass sie sich mit dem Gedanken beruhigte, sie könnten ihr unmöglich etwas zuleide tun. Sie wollte keine von ihnen werden, doch bis auf weiteres war ihre Kampfeslust erloschen.

»Komm schon, meine Liebe …«, sagte eine, und Katherine war so, als werde sie fortgetragen, bis sie auf den Wogen eines traumlosen Schlafes trieb.

60

WIEDERAUFERSTEHUNG

Barklice führte sie nach Norden. Ihr Ziel war ein Bahneinschnitt in der Nähe des unbedeutenden Menschendorfs Worton, wo, wie er vage erklärte, »wir unser Transportmittel nach Brum besteigen«.

Um was für ein Gefährt es sich handelte, sagte er nicht, und in Anbetracht der allgemeinen Niedergeschlagenheit und Unlust zu sprechen fragte Jack nicht danach.

Ihre Route verlief parallel zur Themse, die sich zu ihrer Rechten durch Felder und Wiesen schlängelte, auf denen bereits Wasserlachen standen.

Pike bildete zusammen mit Jack die Nachhut und unterwies ihn in der Kunst des Beobachtens und Ausschauhaltens, die auf dieser wichtigen Position vonnöten war.

»Sie müssen beide Seiten scharf im Auge behalten, und auch das, was vorn passiert, denn von hier aus hat man einen anderen Blickwinkel als der Anführer, und man bemerkt oft Dinge, die ihm entgehen. Sehen Sie auch nach hinten, denn für Feinde ist es erstaunlich leicht, von hinten über einen herzufallen, bevor man etwas merkt. Bewaldetes Gelände stellt ein besonderes Problem dar, ebenso umfriedete Äcker und hohe Hecken, aber Sie werden bald ein Gespür dafür bekommen, was zu tun ist. Es kann nicht schaden, sich gelegentlich etwas zurückfallen zu lassen, aber nicht für allzu lange und nach Möglichkeit nur, wenn Sie von den Kameraden, die vorn marschieren, noch gesehen und gehört werden können.«

Sobald er merkte, dass Jack sich mit seiner neuen Aufgabe angefreundet hatte und ebenso gut zu Fuß war wie Barklice, überließ er ihn sich selbst und eilte nach vorn, um mit Brif einige Angelegenheiten zu besprechen, die ihre Ankunft am Abend in Brum betrafen.

»Die Stadt ist überschwemmungsgefährdet«, sagte er noch zu Jack, bevor er ging, »und in Anbetracht dessen, was dort in den kommenden Stunden und Tagen geschehen wird, müssen wir uns gründlich überlegen, wie wir Katherine am besten finden und an einen sicheren Ort bringen können.«

Sie marschierten durch bis zum Ortsrand von Eynsham, bogen dort auf die grüne Straße ein, eine seit langem stillgelegte Bahnlinie der Witney Railway und der East Gloucestershire Railway, und legten dann eine Rast ein.

Während sie sich mit einem vorzüglichen Ingwer- und Johannisbeerlikör aus Brifs Herstellung und getrocknetem Rotbarsch, einer Spezialität Pikes, stärkten, tauschten sie in geselliger Runde Erinnerungen an Master Stort aus, mit dessen Tod sie sich inzwischen abgefunden hatten und dessen Andenken schon jetzt ein Quell des Vergnügens und der Belehrung war.

»Stort war ohne Frage ein vorzüglicher Kenner alter Verkehrsnetze«, erklärte Barklice, und seine Begleiter nickten energisch, denn die Beschlagenheit ihres verstorbenen Gefährten auf diesem sehr speziellen Gebiet war weithin bekannt. »Es ist unglaublich, aber wahr, dass er sich jede Haupt- und Nebenstrecke des Eisenbahnnetzes in Englalond eingeprägt hat, mitsamt den dazugehörigen Bahnhöfen, Haltestationen und aktuellen Fahrplänen – und natürlich dem von 1908.«

»Im Ernst?«, fragte Jack.

»Aber gewiss«, bestätigte Brif. »Das Gedächtnis war Storts Fluch, wie er selbst zu sagen pflegte. Der arme Kerl brauchte nur einen Blick auf eine gedruckte Seite zu werfen, und schon hatte er sie für alle Zeit intus, wie sehr er sich auch bemühte, sie aus seinem Kopf zu verbannen. Infolge eines bedauerlichen Unfalls vor drei Jahren, als er in einem vergessenen Aufzugsschacht unter der New Street Station in Brum stecken blieb, konnte er einem die Abfahrts- und Ankunftszeiten aller Züge für das Jahr 1908 sagen, nebst allen Umsteigemöglichkeiten.«

»Wieso denn gerade für dieses Jahr?«

»Anscheinend war das einzige Objekt, das sich außer ihm selbst in diesem Aufzugsschacht befand und irgendwie von Nutzen war, eine Ausgabe der *Bradshaw's Railway Gazette* aus dem betreffenden Jahr, die Jahrzehnte vor seinem Missgeschick in den Schacht gefallen sein musste. Er lernte jede einzelne Seite auswendig, bevor er sie aufaß.«

»Er hat einen Fahrplan aufgegessen?«, fragte Jack ungläubig.

»Das war sehr vernünftig«, erwiderte Brif, »denn es war das einzige Essbare, was er hatte. Ich glaube, er wurde befreit, bevor er zu den Seiten für Nordwest-Schottland kam, sodass eine bedauerliche Lücke in seinem Wissen blieb.«

Bald darauf nahmen sie ihren Marsch entlang der alten Bahnlinie wieder auf, und sie kamen zügig voran, als Jack zum ersten Mal das Gefühl hatte, dass sie verfolgt wurden. Der Regen hatte kein bisschen nachgelassen, und die Sicht war so schlecht, dass der in Dunst gehüllte Wytham Hill, der sich jenseits der Themse zu ihrer Rechten erhob, nur zu erahnen war.

Er berichtete Pike von seinem Verdacht, doch den schien diese Möglichkeit nicht zu bekümmern.

»Wahrscheinlich die Fyrd«, erwiderte sein Gefährte. »Aber sie beobachten uns nur. Sie wollen sich vergewissern, dass wir auf dem Weg sind, und wir wollen, dass sie das wissen, damit sie denken, wir laufen direkt in die Falle, die sie uns gestellt haben.«

Das klang durchaus einleuchtend, doch am Ende ihrer kleinen Kolonne fühlte sich Jack schutzlos etwaigen Angreifern ausgesetzt und dachte mit Sorge an die kalten Schatten, denen er im Henge von Woolstone um ein Haar unterlegen wäre.

Also fasste er einen Entschluss: Er wollte sehen, ob er die Verfolger nicht ausmachen konnte. Er ließ sich zurückfallen, drehte sich blitzschnell um, ging wieder schneller oder versteckte sich hinter einem Baum. Ohne Erfolg. Sie waren ganz bestimmt in der Nähe, aber so gut getarnt und flink, dass er sie nicht zu entdecken vermochte.

Bald war er dieses Spiels überdrüssig und beschleunigte seine Schritte wieder, um zu den anderen aufzuschließen. Im selben Augenblick hörte er zu seinem Erstaunen aus einem Gebüsch zu seiner Linken seinen Namen rufen.

»Jack!«

Er spähte zu der Stelle und trat vorsichtig näher, den Knüppel fest in der Hand.

»Jack, mein lieber Freund, ich bin's, Stort. Hier drüben!«

Zu Jacks Verwunderung und Freude war es tatsächlich ihr verschollener Gefährte, der sich da im dunklen Gestrüpp verbarg, wo ihm sein Anzug aus Harris-Tweed eine optimale Tarnung bot.

»Aber wie bist du …?«

Stort ging auf die Frage überhaupt nicht ein, blieb, wo er war, und flüsterte, während er nervöse Blicke in Richtung der anderen warf: »Ich brauche einen Schluck zu trinken, Jack.«

Jack reichte ihm seine Wasserflasche.

Stort leerte sie in einem Zug.

»Hier gibt es doch jede Menge Wasser«, bemerkte Jack. »Ich verstehe nicht, wieso du so durstig bist.«

»Ich habe eingehende Studien der Lipperfliege betrieben«, antwortete Stort. »Ihre Larven gelangen bei Witterungsbedingungen wie diesen ins Hochwasser. Es ist nicht angenehm, solche Parasiten im Bauch zu haben. Hast du Brot?«

Jack zog ein Stück hervor, und Stort stopfte es sich in den Mund.

»Ich bin müde und schlapp«, sagte er, ohne zu erklären, was er hier tat und wie er hergekommen war, »aber dennoch ganz aufgeregt. Letzte Nacht hatte ich eine wundersame Erscheinung. Ich habe mich als Teil des Universums gesehen. Aber wie du dir vorstellen kannst, fühle ich mich nach einer so überwältigenden Erfahrung heute ein wenig ernüchtert.«

»Aber sie halten dich alle für tot, Stort. Du solltest sofort zu ihnen gehen und ihnen sagen, dass du noch lebst.«

Stort schlüpfte tiefer in das Gebüsch zurück.

»Nein, sie werden böse auf mich sein, und ich kann es nicht ertragen, wenn Master Brif böse ist. Und was Mister Pike angeht, so habe ich ihn im Stich gelassen, und sein Unmut wird mir das Leben zur Qual machen.«

Doch es war zu spät. Der Missetäter war entdeckt, und die Gruppe blieb stehen und machte kehrt.

»Ist dieses jämmerliche Subjekt da wirklich Stort?«, knurrte Brif, dessen Gesicht eine merkwürdige puterrote Farbe annahm. Man sah ihm deutlich an, dass er zwischen tiefster Erleichterung und höchster Verärgerung hin- und hergerissen war.

»Master Brif«, rief sein Schützling in der Hoffnung, den Gönner milde zu stimmen, »ich habe eine höchst interessante und aufschlussreiche Erfahrung gemacht, die, wie ich sagen darf …«

»*Stort, kommen Sie sofort da heraus!*«, donnerte Pike mit vorquellenden Augen. Sein Mund klappte auf und zu und in seinem Herzen herrschte ein solches Durcheinander, dass er kaum zu einer Bewegung fähig war.

Stort trat ins Tageslicht.

»Ja, in der Tat, Gentlemen«, fuhr er mit gezwungener Heiterkeit fort, »es war eine lehrreiche Erfahrung … Ich habe entdeckt, was es heißt, ein Mensch zu sein.«

Doch diese Beinaheenthüllung seiner zufälligen Entdeckung stieß bei Brif und Pike auf taube Ohren, zu groß war ihr Groll auf ihn. Als er dies erkannte, mischte sich Barklice eilends ein.

»Erzählen Sie es ihnen später, Master Stort«, riet er ihm flüsternd, winkte Jack und trat schnell zwischen Stort und die beiden anderen. »Ich braue jetzt erst einmal einen Trunk. Jack, geben Sie Pike noch etwas Likör. Das wird ihn beruhigen.«

Stort verstand überhaupt nicht, was sein Verschwinden ausgelöst hatte und welche Wutgefühle sein Wiedererscheinen hervorrief.

Barklices Rat missachtend, fuhr er fort: »Meine neuesten Entdeckungen dürften Sie alle interessieren und …«

»Sie werden gleich die Entdeckung machen, was es heißt, ein toter Mann zu sein«, warnte ihn Barklice erneut. »Im Augenblick ist Schweigen Gold, Master Stort.« Doch Stort hielt nicht inne, denn wenn er nervös war, wurde er geschwätzig. Er redete weiter, blind für das Leid, das er ihnen bereitet hatte.

Jack, der dies alles beobachtete, bemerkte jedoch, dass keiner an seinem Zorn lange festhielt. Das meiste, was gesagt wurde, kam von Brif, und es brachte kurz und knapp eine einfache Wahrheit zum Ausdruck: »Master Stort, Sie sind einer der anstrengendsten Zeitgenossen, die mir je untergekommen sind, und doch hätte mich am heutigen Tag nichts glücklicher machen können, als Sie wieder in unserer Mitte zu wissen!«

Pike, dessen Zorn der Erleichterung und gleichzeitig der Erkenntnis wich, dass ein Teil von ihm gestorben wäre, hätte er Stort nie wieder gesehen, entfernte sich unterdessen ein paar Schritte und wischte sich heimlich eine Träne aus dem Augenwinkel.

Doch allein Jack begriff, dass sich hinter Storts Worten eine Erfahrung verbarg, die noch immer unausgesprochen war.

»Stort«, sagte er, als sie ihren Marsch fortsetzten, »da draußen ist etwas Bedeutsames geschehen, nicht wahr?«

Stort schwieg eine Weile.

»Ja, es ist etwas geschehen«, sagte er schließlich und fasste Jack am Arm. »Ich habe zufällig die in Vergessenheit geratene Kunst entdeckt, mit Hilfe der Henges zwischen den Welten hin- und herzureisen.«

Verwunderung und Begeisterung sprachen aus seinen Augen, und Jack begriff sofort die Wichtigkeit seiner Entdeckung.

»Wie hast du das angestellt?«

»Ich bin unvoreingenommen in die richtige Richtung gegangen«, antwortete Stort. »Das ist alles.«

»In welche Richtung?«

»Hin nach Nordosten, zurück in die umgekehrte Richtung, das ist schon die halbe Miete! Alles ist Illusion und Spiegelung, aber weißt du, was das eigentliche Geheimnis ist?«

Jack wartete.

»Dass man nie versucht, in die Vergangenheit zurückzukehren, oder sich bemüht, in die Zukunft zu gelangen, bevor man dazu bereit ist. Bei einem Henge geht es um das Hier und Jetzt und um das Wechseln von einer Form des Hier und Jetzt in eine andere. Ist das nicht wunderbar?«

»Schon möglich«, erwiderte Jack, »nur verstehe ich es nicht ganz.«

»Verstehen? *Verstehen!*«, rief Stort. »Mein lieber Jack, du musst es nicht verstehen, um es zu tun. Verstehen hilft überhaupt nicht. Es behindert einen nur.«

»Aber wie kann ich es denn tun, wenn ich es nicht verstehe?«

Stort kam näher. »Warst du jemals … äh … jemandem zugetan … na, du weißt schon, in eine Frau verliebt?«

»Ich … ich bin mir nicht sicher. Ich glaube schon, ja …«

Jack dachte an Katherine, und etwas Unerklärliches geschah. Sein Herz begann zu klopfen, sein Kopf zu schwirren, sein Atem zu rasen, und seine Stirn wurde feucht.

»Verliebt?«, fragte er vage.

»Ja. Warst du es schon einmal?«

»Vielleicht … ja. Möglich. Ich meine, ich *bin* verliebt, glaube ich.«

»Du glaubst es nur, aber du weißt es nicht?«

»Ja. Ich meine, nein. Nein, ich meine, ja. Ich bin … verliebt.«

»Und verstehst du, wie es passiert ist?«

»Nein«, gab Jack zu, der langsam wieder zu Verstand kam, sich nun aber ganz anders fühlte als zuvor. Trotz des Regens, des Schlamms, der Müdigkeit und der seltsamen neuen Welt, in der er sich befand, erschien ihm alles plötzlich wunderbar.

»Ich bin verliebt«, sagte er. »Und ich glaube, sie ist auch in mich verliebt.«

»Lassen wir das mal beiseite«, sagte Stort, der nicht ahnte, was für ein Drama sich soeben in Jacks Herzen abgespielt hatte. »Ich will darauf hinaus, dass man das unerklärliche Wesen der Liebe nicht zu verstehen braucht, um sie zu empfinden.«

»Man muss sie nicht verstehen?«, fragte Jack.

»Ganz genau. Aus dem gleichen Grund braucht man nicht zu verstehen, wie man mit Hilfe eines Henges zwischen den Welten reist. Man tut es einfach.«

»Aber wie?«

»Indem man aufhört, es zu versuchen, und sein Herz und seinen Verstand dem Möglichen öffnet.«

»Und das wäre?«

»Das, was wir werden können und was wir wirklich sind«, erklärte Stort.

Bald nach diesem Gespräch, das Jack nachhaltig verwirrt hatte, schlugen sie einen Bogen um Worton, krochen unter einem Zaun hindurch und stiegen in den nahen Bahneinschnitt hinab, wo sie sich auf den, wie Barklice es nannte, schwierigsten Teil der Reise vorbereiteten.

Sie holten ein paar ölverschmierte Bretter aus einem Versteck hinter einem Signalhäuschen und ließen sich dann dicht neben den Gleisen nieder.

»Es dämmert schon, und wenn mich mein Gedächtnis nicht trügt, kommt der Zug kurz nach halb. Richtig, Stort?«

»Richtig. Da es ein Güterzug ist, wird er wahrscheinlich pünktlich sein.«

»Aber hier ist doch gar kein Bahnhof«, wandte Jack ein.

Barklice tippte sich an die Nase und zwinkerte.

»Aber eine Wartestelle, wie wir an den menschlichen Verkehrssystemen interessierten Hydden sie nennen. Diese Strecke kreuzt weiter vorne eine andere, deshalb muss unser Zug hier warten, bis das Signal da vorn, das bald auf Rot umschaltet, wieder grün wird. Bei solchen und vielen anderen Gelegenheiten unterschiedlicher Art stützt sich die umfangreiche Reisetätigkeit der Hydden auf das Eisenbahnnetz der Menschen.«

»Was hat es mit den Brettern auf sich?«, fragte Jack.

»Da ist leichter gezeigt als erklärt«, antwortete Pike. »Nicht wahr, Master Brif?«

»Aber nicht vergessen, es muss ruck, zuck gehen, denn wartende Züge sind keine geduldigen Züge. Sie trennen dir die Beine ab, wenn sie können.«

Der Zug war ziemlich pünktlich. Das Signal schaltete auf Rot, bevor er von Süden her auftauchte, und er kam direkt an der Stelle, wo sie saßen, zum Stehen.

»Wie steigen wir ein?«, fragte Jack, als alle aufstanden und über die Gleise zu dem Zug schritten, dessen Räder über ihre Köpfe hinausragten.

»Überhaupt nicht«, erwiderte Barklice. »Wir fahren auf der Unterseite.«

»Auf der Unterseite?« Jack beäugte die schmale Lücke zwischen Waggonboden und Schienen. »Soll das ein Scherz sein?«

»Durchaus nicht«, antwortete Pike, der bereits unter den Waggon schlüpfte. »Zeigen Sie es ihm, Barklice.«

Jack folgte dem Forstmeister unter den Zug und kroch über die kantigen Steine, was ziemlich beschwerlich war, da er neben Rucksack und Knüppel nun auch noch das Brett zu schleppen hatte. Der Zug vibrierte unheilvoll über ihren Köpfen.

»Hier«, sagte Barklice. »Rollen Sie sich jetzt auf den Rücken … Das Quietschen bedeutet nämlich, dass sich der Zug gleich in Bewegung setzen wird. Nehmen Sie das Brett und legen Sie es … so hin …«

Er legte das eine Ende seines Bretts über eine Metallstange neben seinem Kopf, dann hob er das andere Ende an und schob es so weit zurück, das es auf einer anderen Stange zu ruhen kam. Zwischen dem Brett und dem Waggonboden darüber war ein schmaler Zwischenraum.

»Nun zum schwierigen Teil …«, fuhr Barklice fort, hielt sich an einer Strebe über seinem Kopf fest und wuchtete seinen Rucksack auf das eine Ende des Bretts. »Jetzt stellen wir einen Fuß auf das Brett … drücken uns nach oben … dann leicht drehen … ein letzter Ruck … da wären wir. Jetzt sind Sie dran.«

Barklice war in dem öligen, dunklen Stahlgehäuse verschwunden und lag nun sicher auf seinem Brett.

Der Zug quietschte und ruckte.

»Sie sollten einen Zahn zulegen, mein Junge«, rief Pike. »Der Zug fährt gleich weiter.«

Mit Mühe brachte Jack sein Brett in die richtige Position und schob den Rucksack hinterher. Er fiel zweimal herunter, ehe er sicher lag. Dann griff er nach der Stange und versuchte, sich in die schmutzige Enge hinaufzuziehen.

Es war nicht leicht.

Der Zug quietschte abermals. Er rollte ein, zwei Meter vorwärts und schleifte den strampelnden Jack mit. Im nächsten Moment rollte er wieder ein Stück zurück, und Jacks Rücken wurde schmerzhaft gegen die Schwellen gedrückt.

»Geben Sie auf Ihren Fuß acht, mein Junge!«

Jack hatte ein Bein auf die Schiene gelegt. Mit Schrecken sah er ein riesiges Rad darauf zu rollen.

»Beeilung!«, rief Brif eindringlich.

Jack schwang den Fuß auf das Brett, zog sich nach oben und wälzte sich herum. Nur Pikes herübergestreckter Fuß bewahrte ihn davor, auf der anderen Seite wieder herunterzufallen. Dann, endlich in Sicherheit, hockte er auf dem Brett, rang nach Luft und starrte hinab auf das Gleis, das unter ihm in Bewegung geriet.

»Zeit für ein Nickerchen«, rief Barklice, als der Zug Fahrt aufnahm und der Lärmpegel stieg. »Sehen Sie zu, dass Sie schön verkeilt sind, sonst fallen Sie herunter, wenn der Zug schlingert oder einen Ruck macht, und wenn Sie sich auf den Rücken legen, stellen Sie sich den Rucksack aufs Gemächt … so schützen Sie es vor …«

Der Lärmpegel stieg weiter, und Barklice war kaum noch zu verstehen.

»Wovor?«, rief Jack nervös.

»… den Schottersteinen!«, brüllte Barklice. »Die können Ihrer Männlichkeit übel mitspielen.«

Mehr konnte Jack nicht in Erfahrung bringen, denn der Lärm übertönte jedes weitere Wort. Er drehte sich und suchte eine bequemere Position. Wie sich herausstellte, lag es sich auf dem Rücken am besten. Er setzte sich den Rucksack auf dem Unterleib und fragte sich, wie er an einem solchen Ort und in einer solchen Haltung jemals schlafen sollte.

Doch Jack hatte sich bald an das Geratter von Zug und Gleis gewöhnt, und der gleichmäßige Rhythmus und die Wärme gaben ihm das Gefühl, in einem Kinderbett in den Schlaf gewiegt zu werden.

Er schloss die Augen und überließ sich dem nächsten Teil seiner Reise.

61

HAIS

Als Katherine schließlich erwachte, wusste sie nur, dass eine lange Zeit verstrichen war und dass sie in ernsten Schwierigkeiten steckte.

Man hatte sie in eine kleine Zelle gebracht, deren Wände aus rauhem Beton bestanden, mit einem kleinen Gitter hoch oben in einer Ecke, durch das mattes Licht fiel. Sie lag auf unlackierten Brettern, die in einen einfachen Holzrahmen gesetzt waren, und ihre Bettdecke bestand nur aus einem dünnen, blauen Laken. Im Raum war es warm, fast stickig, und der Fußboden bestand aus nacktem, blau gestrichenem Beton mit einem Abfluss in der Mitte. Drei dicke Rohre, von denen jedes mit einer andersfarbigen Wärmedämmung ummantelt war, schlängelten sich an der Decke entlang. Statt ihrer Kleider trug sie einen einfachen Morgenrock. Hinter ihren Augen pochte ein Schmerz.

Doch als sie sich an den Kopf fasste, um den Schmerz zu lindern, machte sie eine Entdeckung, die weitaus schlimmer war. Ihr Haar war kurz geschnitten. Sie sah sich nach einem Spiegel um, doch es war keiner da, nicht einmal ein Fenster, in dem sie ihr Spiegelbild hätte sehen können. Wieder betastete sie ihre Haare. Sie fühlten sich schrecklich an, und ihr wurde klar, was sie schon bei ihrer Ankunft in Brum erkannt hatte – dass sie fliehen musste.

Sie blieb liegen, wie sie war, bis ihr Kopf klarer wurde. Vermutlich hatte man sie am Abend zuvor irgendwie unter Drogen gesetzt, und das bedeutete, dass es richtig von ihr gewesen war, jedes andere Getränk außer Wasser abzulehnen. Denselben Fehler würde sie nicht noch einmal begehen.

Sie dachte gründlich über alles nach, was geschehen war, und vor allem dachte sie an Jack.

»Ich habe ihm nie gesagt, was ich wirklich für ihn empfinde.«

Wo bist du, fragte sie in der beängstigenden Stille ihrer Gedanken.

Was tust du gerade? Bist du wohlbehalten in Woolstone? Sag mir, dass du mir nicht an diesen schrecklichen Ort gefolgt bist, wo sie einem die Haare abschneiden und man jede Orientierung verliert und einem nichts richtig vorkommt. Sag es mir, Jack.

Eine Träne rollte ihr über die Wange.

Ich brauche dich, gestand sie sich ein. *Ich brauche dich … ich möchte dich bei mir haben … ich möchte, dass du mich zum Lachen bringst.*

Noch mehr Tränen flossen.

Dann hörte Katherine, dass sich Leute der Tür näherten. Sie tupfte sich Augen und Nase ab, setzte sich auf und lauschte. Auch die Tür war mit einem Gitter versehen. Es befand sich auf Augenhöhe, war jedoch auf der anderen Seite mit einer Holzklappe verschlossen. Die Leute draußen waren Frauen, das konnte sie hören. Sie schwatzten und lachten, und dann gingen sie vorbei. Wenig später kamen sie wieder und gingen denselben Weg zurück.

Sie schaute sich im Raum um und entdeckte ein Paar Lederschlappen, die ordentlich nebeneinander unter dem Bett standen. Sie hatten nach hinten gebogene Spitzen, waren mit Goldfaden verziert und sahen aus wie von einem orientalischen Bazar. Aber sie passten wie angegossen.

Wieder hörte sie Stimmen nahen und das Trappeln von Schritten eine Treppe herunterkommen. Kurz entschlossen stand sie auf, ging zum Gitter und stellte fest, dass sich die Klappe mühelos öffnen ließ. Sie spähte gerade rechtzeitig auf den Gang hinaus, um zu sehen, wer draußen vorbeiging.

Sie kamen so dicht an ihr vorüber, dass sie Schwierigkeiten gehabt hätte, sie zu erkennen, hätte sie ihresgleichen nicht schon am Abend zuvor gesehen. Es waren zwei Frauen in weißen Gewändern, mit denselben Perücken aus wallendem schwarzem Haar.

Hinter ihnen ging, oder vielmehr rannte, ein Mädchen in einer blauschwarzen Bluse und einem Stufenrock aus fließender bunter Seide. Ihr Haar war echt, schön frisiert und mit glänzenden Kämmen hochgesteckt. Die älteren Frauen wirkten elegant, aber schlecht gelaunt, während das Mädchen, das eher pummelig war, bester Dinge zu sein schien.

Katherine war versucht hinauszurufen, doch sie waren vorüber, ehe dieser Gedanke ganz Gestalt angenommen hatte.

Beiläufig drehte sie am Türknauf. Zu ihrer Überraschung schwang die Tür so leicht auf, dass sie förmlich auf den Korridor hinausfiel.

Im selben Moment vernahm sie einen Ruf, gefolgt von einem Klatschen, das nach zwei deftigen Ohrfeigen klang. Dann einen zornigen Schrei und eine dritte Ohrfeige. Ein Schluchzen folgte. Augenblicke später erklangen Schritte aus der Richtung, in der die Frauen soeben verschwunden waren.

Aufgeregt schaute Katherine nach links und rechts, huschte in ihre Zelle zurück und schloss die Tür, um sie vorbeizulassen. Sie spähte wieder durch das Guckloch. Es waren die beiden Frauen von vorhin. Das dunkelhaarige Mädchen war nicht mehr bei ihnen, aber Katherine konnte noch das Schluchzen hören.

Dann verhielten die Schritte und kamen wieder zurück.

Instinktiv zog Katherine die Schlappen aus, stellte sie ordentlich an ihren Platz zurück, sprang ins Bett und schlüpfte unter die Decke.

Sie tat gut daran. Im nächsten Augenblick flog die Tür auf, und jemand trat ein. Katherine hielt die Augen fest geschlossen, folgerte aber aus dem schweren, moschusartigen Parfümgeruch, der den Raum erfüllte, dass es eine der beiden Frauen war.

Eine barmherzige Schwester!, sagte sich Katherine, während das Schluchzen des Mädchens anhielt.

Katherine hörte, wie die zweite Frau zu der ersten trat und neben ihr stehen blieb. Sie bemühte sich, langsam und gleichmäßig zu atmen.

»Das ist die Lange, die gestern Abend angekommen ist«, sagte eine Stimme.

»Grässlich dickes Haar«, erwiderte die andere.

»… und einen rauhen Teint, ganz rot und ungeschminkt.«

»Sie war wohl in der Oberwelt und hat in der Sonne gearbeitet. Wenn diese Bilgenerin nicht bald zu heulen aufhört, muss ich sie noch einmal bestrafen!«

»Sollen wir die da aufwecken?«

»Nein, das hätte keinen Sinn. Sie wäre verschlafen und zu nichts zu gebrauchen, und ich möchte meine Zeit nicht damit verschwenden, sie auch noch munter zu machen. Gib ihr noch ein oder zwei Stunden, und dann gießt du kaltes Wasser über sie. Ich kenne kein wirksameres Mittel.«

»Schau dir nur ihre großen Füße an. Schrecklich.«

»Die wird schon klein beigeben. Das tun sie am Ende alle.«

»Sollen wir die Tür unverschlossen lassen?«

»Wir sperren sie nur ein, wenn sie Schwierigkeiten machen. Dieses Mädchen ist bis jetzt gefügig gewesen, und wenn wir die Tür unverschlossen lassen, hat sie das Gefühl, dass sie nichts zu befürchten hat.«

»Nun ja, das hat sie ja auch nicht. Jedenfalls nicht direkt.«

»Nicht, wenn sie vernünftig ist. Sie würde nie an den Wachen vorbeikommen, und selbst wenn sie so weit käme, würde sie bestraft werden, daher lohnt es sich nicht. Und überhaupt …«

Die Tür schloss sich.

Und überhaupt?

Katherine hörte nichts mehr.

Sie setzte sich sofort auf, unschlüssig, ob sie ängstlich oder wütend sein sollte.

Große Füße, also wirklich!

Sie hatte nur Größe vierzig.

Rauher Teint?

Ihre Mom und Mrs. Foale hatten immer das Gegenteil behauptet.

Lang?

Na schön, aber sie wurde rasch fülliger …

Plötzlich musste sie grinsen, da sie wusste, wie Jack darüber gelacht hätte.

Bilgenerin?

Sie fragte sich, ob sie von dem Mädchen gesprochen hatten, das sie gesehen hatte und das die gleiche dunkle Haut hatte wie Tirrich.

Oberwelt?

Sie musste eine Weile überlegen, ehe sie darauf kam, dass damit wahrscheinlich draußen gemeint war, die reale Menschenwelt über ihnen.

Der letzte Teil ihres Gesprächs beunruhigte sie am meisten.

»Nur wenn sie Schwierigkeiten machen. Dieses Mädchen ist bis jetzt gefügig gewesen … hat sie das Gefühl, dass sie nichts zu befürchten hat … Nun ja, das hat sie ja auch nicht … *nicht direkt.*«

Dies alles gefiel Katherine nicht, ganz und gar nicht. Kaum waren die Schritte draußen verklungen, sprang sie aus dem Bett, öffnete die Tür und bog in die entgegengesetzte Richtung ab.

Der Korridor war recht lang. Sie kam an mehreren Türen vorbei, die wie ihre aussahen und ebenfalls Gucklöcher hatten. Alle waren dunkel bis auf eine. Neugierig spähte sie hinein. Ein Mädchen lag auf einem Bett und schlief, so wie sie selbst bis vor ein paar Minuten.

Sie ging weiter und gelangte an eine T-Kreuzung. Der Korridor, der nach links führte, war dunkel, der andere, der nach rechts abging, beleuchtet. Sie wandte sich nach rechts, dem Licht entgegen.

Sie fand das dunkelhaarige Mädchen in einem Nebenraum, wo es gerade damit beschäftigt war, Kleider zusammenzulegen und Kartons in den vielen Regalen zurechtzurücken. Es roch gut wie in einer Wäscherei, nur ohne Dampf und Bügeleisen.

Als Katherine in der Tür erschien, fuhr das Mädchen herum. Bei Katherines Anblick atmete sie erleichtert auf.

»Ich habe dich gar nicht gehört«, sagte sie. Sie hatte einen merkwürdigen Akzent.

»Wo sind wir hier?«, fragte Katherine.

»Im Haus der Barmherzigen Schwestern.«

»Wer sind sie?«

»Sie tun gute Werke. Du wirst bald eine von ihnen.« In ihrer Stimme schwang Mitleid, aber auch Trotz mit.

»Warum hast du geweint?

»Schwester Chalice hat mich geschlagen, wie immer. Sie ist ein Aas.«

Das glaubte Katherine gern. Chalice war offensichtlich die Große mit der durchdringenden Stimme.

Im nächsten Moment überschüttete Katherine das Mädchen mit Fragen. Sie befürchtete, dass die Schwestern jeden Moment zurückkommen könnten, und wollte bis dahin möglichst viel in Erfahrung bringen.

»Bist du eine Bilgenerin, wie sie sagen?«

Das Mädchen blickte irgendwie gekränkt und zögerte.

»Ja«, antwortete sie und schlug wie verschämt die Augen nieder.

Katherine sah, dass sie schön war, die dunklen Augen dezent geschminkt, die Lippen voll, die Haut dunkel und glatt, das Dekolleté üppig über einer gelben Seidenbluse. Die dunkle Jacke, die sie vorhin getragen hatte, lag ordentlich über einem Karton.

»Was bedeutet das?«, fragte Katherine.

Das Mädchen sah sie verwirrt an. »Wir sind ein anderes Volk, und sie verachten uns.« In diesen Worten schwangen Jahrhunderte des Ausgestoßenseins, der Ablehnung und Ausgrenzung mit.

Katherine hörte irgendwo Schritte, aber sie kamen nicht näher.

»Was bedeutet das Wort genau?«

»Sie mögen uns nicht. Wir sind anders. Wir leben an Flüssen und Kanälen. Sie halten uns für schmutzig und glauben, unsere Haut sei deshalb dunkel, weil es dort Unrat gibt.« Katherine blickte so erstaunt, dass das Mädchen grinste. »Natürlich ist das nicht wahr.«

»Sie haben behauptet, mein Teint sei unrein und rauh«, erwiderte Katherine.

Das Mädchen trat näher, unwillkürlich von dem Wunsch geleitet, sie zu beruhigen. »Das stimmt nicht. Er ist schön, aber ...«

»Was aber?«

»Sie werden ihn ruinieren, sodass du bald alt und blass aussiehst. Dann werden sie dich zwingen, ständig Puder aufzulegen, und dir das Gesicht zukleistern.«

»Ich heiße übrigens Katherine.«

Das Mädchen sagte nichts.

»Wie heißt du?«

Wieder ein Zögern, dann: »Nummer elf.«

Katherine sperrte den Mund auf. »Das ist doch kein Name. Wie heißt du richtig?«

»Hais.«

Wieder Schritte, irgendwo über ihnen.

»Warum haben sie dich geschlagen, Hais?«

»Weil ich gesagt habe, dass der viele Regen zu einer Überschwemmung führen wird und dass ich nach Deritend zurückmuss, solange ich noch kann. Ich soll nämlich Braut des Tages werden, und das wird man nur einmal im Leben!«

»Was ist das, ›Braut des Tages‹?«

»In den meisten Bezirken und Straßen von Brum feiert man morgen den Geburtstag des Hochaltermanns. Das Fest in Deritend ist von allen das bekannteste, abgesehen von den Feierlichkeiten beim Hochaltermann selbst, aber dazu werden nur Leute aus den reichen Familien von New Brum eingeladen! Und seltene Besucher wie du. In Deritend ist es so, dass die Braut sich ihren Bräutigam sucht und Verlobung feiert.«

»Du meinst, du gehst durch die Straßen und suchst dir jemanden zum Heiraten?«

Hais lachte.

»Nein, wir richten es schon so ein, dass die Braut den richtigen Bräutigam bekommt. In meinem Fall ist es ein Junge, den ich schon von klein auf kenne. Auf diese Weise machen wir öffentlich bekannt, dass wir wahrscheinlich heiraten werden.«

»Klingt großartig«, sagte Katherine.

»Ja, das ist es wohl auch«, erwiderte Hais nicht sehr begeistert.

Katherine erriet sofort, was in ihr vorging.

»Du meinst, du bist gerne Braut, nur ist der betreffende Junge nicht der Richtige?«

»So ungefähr.«

»Musst du ihn denn heiraten?«

»Nein, aber wenn es so gemacht wird und die Deritender Familien beteiligt sind, kommt man da so leicht nicht wieder heraus! Es wäre schön, wenn ich selbst die Wahl treffen dürfte, aber leider entscheidet der Zauberknoten.«

Katherine blickte verwirrt.

»Auf diese Weise wird bei den Bilgenern über gewisse Angelegenheiten entschieden, bei denen die Gefühle der Vernunft im Weg stehen, wie mein Vater immer sagt. Ich persönlich halte das für völligen Unsinn, aber du weißt ja, wie abergläubisch ältere Leute sind.«

Aber Katherine sann bereits wieder über etwas anderes nach, das Hais zuvor gesagt hatte. Ihre Freundin Sam hatte ihr immer vorgehalten, dass sie ihre Gefühle dem Verstand unterordne. Sie wünschte, sie wäre ehrlicher zu Jack gewesen und hätte ihm, als sie noch die Möglichkeit dazu hatte, gesagt, was sie wirklich für ihn empfand.

»Ich verstehe nicht, warum die Schwestern böse auf dich sind«, sagte sie.

»Es geht um das Fest in Deritend. Schwester Chalice ist neidisch, weil ich zur Braut des Tages gewählt worden bin. Sie selbst ist es nämlich nie geworden! Sie wissen, dass ich hingehen muss, denn sie kennen meinen Vater, seine Brüder und unsere Sippe. Halb Deritend würde hier aufkreuzen und mich holen! Die Revolution, von der einige unserer Leute reden, würde ausbrechen, und das nur meinetwegen.«

Wieder lachte sie, und Katherine ließ sich davon anstecken. Sie fühlte sich so gut wie seit Tagen nicht mehr. Doch Hais wurde schnell wieder ernst.

»Aber du solltest nicht hier sein. Du musst zurück auf dein Zimmer, bevor sie deine Abwesenheit bemerken.«

Katherine schüttelte den Kopf. »Ich gehe nicht zurück, ich versuche, von hier zu verschwinden.«

Die Schritte wurden wieder lauter, und diesmal vernahmen sie auch Stimmen. Katherine erkannte das unangenehme Lachen von Schwester Chalice, und Hais' Augen weiteten sich vor Angst.

»Sie sind noch oben, aber sie werden gleich herunterkommen.«

»Gibt es eine Möglichkeit, von hier wegzukommen?«, fragte Katherine in dringlichem Ton.

Hais schüttelte den Kopf. »Du musst in jedem Fall an den Wachen vorbei, und wie eine Barmherzige Schwester siehst du nicht aus. Um genau zu sein, siehst du schlimm aus.«

Katherine kicherte, überhaupt nicht beleidigt. »Was haben sie mit mir vor?«

»Sie machen eine Schwester aus dir, damit du ihm dienen kannst.«

»Wem dienen?«

»Dem Hochaltermann natürlich.«

»Wer ist das?«

»Das ist … der, der über alles zu bestimmen hat, glaube ich. Auch seine Braut des Tages wird morgen gewählt, sei also gewarnt. Du könntest es werden!«

»Wie ist er denn so? Steinalt? Weise? Grausam?«

»Ich bin ihm nie begegnet, aber er soll ziemlich wohlbeleibt sein.«

»Ich mag stattliche Männer«, scherzte Katherine.

»Ich habe nicht stattlich gesagt, sondern wohlbeleibt. Und ich meine damit, dass er dick ist. Sehr dick. Aber du solltest jetzt gehen, bevor sie kommen … Wenn du wegläufst, und sie fangen dich, übergeben sie dich wahrscheinlich dem Sub-Quentor zur Bestrafung. Das ist nicht zu empfehlen.«

Das Geräusch der Schritte verstärkte sich und wurde metallisch. Jemand kam eine Eisentreppe herunter!

»Hilft du mir bei der Flucht?«

Hais schüttelte den Kopf. »Wenn ich das tue und sie finden es heraus, komme ich an meinem großen Tag ganz bestimmt nicht rechtzeitig nach Deritend.« Angst schwang jetzt in ihrer Stimme mit. »Du musst gehen. Wenn ich nur in den Verdacht gerate, mit dir gesprochen zu haben …«

Die Schritte wurden lauter und kamen näher.

»Lauf, Schwester Katherine!«, flehte Hais verzweifelt. »Lauf zurück in dein Zimmer!«

62
AM WESTTOR

Die Schottersteine näherten sich bedrohlich seinem Körper, und Jack begriff, dass er sich aus seiner Erstarrung lösen musste, sonst erreichten sie bald seine Geschlechtsteile, und dann … dann …

»*Nein!*«

Er erlangte sein Bewegungsvermögen zurück, fegte die Steine mit den Händen zur Seite. Dann setzte er sich auf und – Dong! – sank wieder auf das Brett zurück.

»Jack, wachen Sie auf! Wir sind da!«

Es waren Barklice und Pike, die ihn dazu zu bewegen versuchten, sich vom Brett zu rollen.

»Ich dachte schon, die Schottersteine kriegen mich«, murmelte er, wieder in der Wirklichkeit angekommen.

Sie lachten. »Beeilen Sie sich, der Zug hat nur ein oder zwei Minuten Aufenthalt.«

Jack tat wie geheißen. Mit einem dumpfen Gefühl im Kopf und steifen Gliedern stieß er den Rucksack und den Knüppel aufs Gleis hinunter und ließ sich hinterherplumpsen.

»Bringen Sie auch das Brett mit«, rief Barklice. »Es muss aufbewahrt werden, damit andere es benutzen können.«

Er fand Brif und Pike unter einer riesigen leeren Kabeltrommel aus Holz, die neben dem Gleis auf der Seite lag und Schutz vor dem Regen bot, der auf sie niederprasselte.

»Versorgen wir die Bretter«, sagte Barklice und trug sie, ohne über die Nässe zu klagen, nacheinander fort. Er versteckte sie in der Nähe unter einigen Betonplatten. Anschließend entfernte er sich, um die Umgebung zu erkunden.

»Wo sie versteckt sind, erkennen Sie an geknickten Weidenröschen beziehungsweise Kreuzkrautstängeln«, erklärte Pike. »Nur für den Fall, dass Sie künftig mal welche brauchen sollten. Das ist bei uns so Brauch. In Ermangelung der beiden Pflanzen verstecken Sie sie an einem anderen geeigneten Ort, aber gebrauchen Sie Ihren Verstand!«

»Die Bretter, meinen Sie?«

»Ganz recht, damit andere Reisende sie finden und benutzen können. Sie wissen doch wohl, wie Kreuzkraut aussieht?«

Jack nickte. Auch Weidenröschen kannte er. Irgendwann bei ihren Wanderungen hatte er zusammen mit Katherine beide Pflanzen bestimmt.

Langsam wurde sein Kopf klarer. »Wo genau sind wir?«

»Auf dem Weg zum Brumer Westtor«, antwortete Pike. »Es sind nur noch dreihundert Meter am Gleis entlang und dann rechts den Bahndamm hinunter. Aber natürlich können wir nicht einfach hinspazieren und die Fyrd bitten, uns hineinzulassen. Wir werden wohl einen anderen Weg finden müssen, aber dafür ist Barklice zuständig.«

Jack spähte das Gleis entlang in Richtung Stadt und dann durch den Drahtzaun, der es von der Straße darunter trennte. Ununterbrochen zischten Autos vorüber. Ihre Scheinwerfer waren bereits eingeschaltet, und die Scheibenwischer liefen auf Hochtouren. Auf der anderen Seite war ein Kanal zu sehen, der über die Ufer schwappte. Der Wind riss daraus kleine Wellen fort und zerstäubte sie zu Gischt.

Barklice stieß wieder zu ihnen, sein Umhang triefte vor Nässe.

»Der Fluss führt Hochwasser, aber er staut sich noch nicht. Wenn es den ganzen Tag so geregnet hat, haben die Bilgener gute Arbeit geleistet. Sie haben ihn unter Kontrolle. Aber mit Jack unbemerkt in die Stadt zu kommen wäre auf jeden Fall schwierig geworden, Gentlemen, deshalb habe ich, bevor wir uns auf den Weg gemacht haben, Hilfe organisiert.«

Brif, der ein wenig zu groß war für ihr Regenschutzdach, stand auf seinen Knüppel gestützt da und dachte schweigend nach. Auch die anderen schwiegen und warteten darauf, dass er das Wort ergriff. Stort hatte sich hingesetzt und war gerade damit beschäftigt, zwei grüne Einkaufstüten aus Plastik, die er sich über die Füße gestülpt hatte, mit einer Schnur knapp unterhalb der Knie festzubinden.

Ihnen allen, so begann Jack zu begreifen, war eine altmodische Höflichkeit zu eigen. Sie zeigte sich darin, dass sie Brif, nachdem sie gemerkt hatten, dass er etwas Wichtiges sagen wollte, Zeit ließen und ihn nicht drängten, aber auch darin, mit welcher Selbstverständlichkeit sie Storts Schrullen hinnahmen.

»Wer sind diese Bilgener eigentlich, Stort?«, flüsterte Jack und kauerte sich neben ihn.

»In erster Linie sind sie ein Wasservolk. Wasser ist ihr Leben. Sie brauchen es wie die Luft zum Atmen. Sie halten Brum lebensfähig, wenn es wie jetzt von Hochwasser bedroht ist. Sei gewarnt, Jack, sie sind findige Köpfe, neigen aber zu Gefühlsausbrüchen, und sie singen viel, was einmal manchmal auf die Nerven gehen kann. Und nimm niemals die Hilfe dieser Wasserwächter in Anspruch, wenn du nicht bereit bist, für ihre Dienste zu bezahlen.«

Dann begann Brif endlich zu sprechen.

»Gentlemen, ich schlage vor, wir gehen vorsichtig weiter. In der Stadt wird es zweifellos zu einer Überschwemmung kommen, aber es droht eine noch größere Gefahr – uns persönlich und damit auch unserer Mission.« Er sprach langsam und mit Bedacht.

»Was verschweigen Sie uns, Master Brif?«, fragte Barklice.

Brifs Miene verriet noch immer nichts. »Ich habe das Gefühl, dass in Brum heute etwas im Gange ist, etwas Großes. Mehr möchte ich im Augenblick nicht sagen, es wäre unklug. Doch ich schlage vor, wir beobachten das Tor. Vielleicht lässt das, was dort vorgeht, Rückschlüsse auf die Ereignisse in der Stadt zu. Mister Barklice, es könnte sein, dass wir Ihre Kenntnisse der Wege nach Deritend in Anspruch nehmen müssen.«

Vorsichtig setzten sie ihren Weg fort, wobei sie sich im Schatten der Mauer hielten, die den Damm auf der Wasserseite begrenzte.

Jack hatte sich von der durchrüttelnden Eisenbahnfahrt bereits vollständig erholt und war guter Dinge und aufgeregt. Die Aussichten, Katherine zu finden, waren gestiegen, und er fühlte sich in dieser neuen Welt, in der er sich befand, immer wohler.

Trotz des unerbittlichen Regens und der Wassermassen überall freute er sich, wieder in einer Stadt zu sein. Ihre Geräusche waren dieselben wie die, mit denen er aufgewachsen war, und ebenso vertraut waren ihm ihre gebrochenen Schatten und Silhouetten, ihr

Spiel von Hell und Dunkel, ihr Geruch, ihr geordnetes Chaos, ihre Geschäftigkeit, ihr schieres Leben. Er fühlte sich lebendig und stark und für alles gewappnet.

»Hier überqueren wir die Schienen.« Pike drehte sich zu ihm um und deutete auf den länglichen Schatten eines hohen Gebäudes, das die Gleisanlage überragte. »Einer nach dem anderen … und höchste Wachsamkeit auf der anderen Seite! An dieser Stelle versuchen uns die Fyrd gern zu überrumpeln.«

»Nicht an einem solchen Abend«, sagte Barklice zuversichtlich.

Sie überquerten die Bahnlinie und erreichten kurz darauf einen Aussichtspunkt, der ihnen einen bequemen Blick auf das Westtor ermöglichte, obwohl Jack zunächst gar nicht sehen konnte, was die anderen damit meinten. Schließlich kam er jedoch dahinter, dass sie eine rechteckige Öffnung in einer Mauer beobachteten, die sich auf halber Strecke zwischen Bahndamm und Fluss erhob. Sie war mit einem Gitter verschlossen, doch als sich seine Augen an die Dunkelheit gewöhnt hatten, bemerkte er, dass sich dort matte Lichter hin und her bewegten.

Pike zog ein sperriges Fernrohr aus seinem Rucksack und nahm die Örtlichkeit eingehend in Augenschein. Barklice folgte seinem Beispiel, nur dass er seine halbgeschlossenen Hände benutzte.

»Versuchen Sie es mal, Jack«, murmelte er.

Jack tat es, und es funktionierte, denn die Hände blendeten das Umgebungslicht aus und lenkten den Blick auf die Szene, auf die sich die Augen einstellen mussten.

Pike nahm sich Zeit und sagte schließlich: »Da liegt etwas in der Luft, nicht wahr, Barklice? Irgendwas ist faul. Am Tor stehen keine Wachen und … ich will verdammt sein, wenn es nicht einen Spalt offen steht! Da kommen sogar Leute heraus!«

Es stimmte. Aus dem großen Tor traten Leute. Einige trugen Bündel, andere führten Kinder an der Hand, und alle eilten durch das Gestrüpp ans Flussufer, wo es so finster war, dass man sie nicht mehr sehen konnte.

»Da links, auf acht Uhr!«, sagte Barklice grimmig. »Neben der Schutztür …«

Jack entdeckt sofort, was er meinte: Da lag jemand mit dem Gesicht nach unten auf dem Boden.

»Das ist ein Wachmann! Und da liegt noch einer, auf zwei Uhr. Seht ihr ihn?«

Pike lehnte sich zurück und ließ das Fernrohr sinken. »Da ist eine Revolution im Gang, und ich habe sie verpasst!«, sagte er.

»Sehr viel haben Sie nicht verpasst, Mister Pike«, murmelte Brif. »Denn was da geschieht, hat vor weniger als einer Stunde begonnen.«

Barklice zog sich in die Schatten zurück und führte sie geräuschlos näher heran. Das offene Tor und die leblosen Körper waren nun gut zu erkennen, aber sonst war im Augenblick niemand zu sehen.

»Was sagen Sie, Master Brif?«, fragte Pike mit leiser Stimme.

»Ich wollte eigentlich noch gar nichts sagen«, antwortete Brif langsam, »aber jetzt muss ich wohl. Das ist keine Revolution, womit wir es hier zu tun haben, sondern eine Rebellion. Das heißt, eine Revolte gegen die Fyrd aus den eigenen Reihen.«

»Unter wessen Führung?«, fragte Pike.

»Ich habe keine Ahnung«, antwortete Brif.

»Gegen wen?«

»Auch das weiß ich nicht.«

»Wer ist Ihr Gewährsmann?«

»Das kann ich nicht sagen – noch nicht.«

Pike blickte erzürnt. »Und ich soll der Anführer Ihrer Knüppelmänner sein?«, knurrte er verbittert.

»Mister Pike«, erwiderte Brif bedächtig, »ich wurde nur unter der Bedingung ins Vertrauen gezogen, dass ich mit niemandem darüber spreche. Die Person, die mich unterrichtet hat, war sich darüber im Klaren, dass dies alles möglicherweise vor unserer Rückkehr geschehen würde. Wir hätten ahnungslos in eine höchst gefährliche und unsichere Situation geraten können. Wir konnten nicht im Voraus wissen, dass Miss Katherine verschleppt und hierhergebracht werden würde. Was wir freilich wissen, ist, dass eine mächtige Wurd am Wirken ist, die Folgen für uns alle hat, und dass wir und die Stadt dafür Sorge tragen müssen, dass diesen beiden jungen Fremdlingen nichts geschieht.«

Er hob seinen großartigen Knüppel quer vor die Brust und hielt ihn dort mit beiden Händen. Jack kam es so vor, als schimmere er im Halbdunkel dieses regnerischen Nachmittags.

»Dies ist nicht Ihr Kampf, Jack«, fuhr Brif fort und legte ihm eine Hand auf die Schulter, »und auch nicht der Ihrer Freundin. Aber seit ich Ihnen begegnet bin und wir uns hierher aufgemacht haben, wächst mit jedem Augenblick meine Überzeugung, dass es eure gemeinsame Berufung ist, die alte Prophezeiung aus Beornamunds Zeit zu erfüllen und auf eine bislang noch unbekannte Weise die Schildmaid zu finden und ihr den Stein des Frühlings zu überbringen. Welche Rolle Brum und wir dabei spielen, oder die gegenwärtigen Wirren und dieser sonderbare Dauerregen, weiß ich nicht!«

Er wandte sich wieder an Pike, der sich ein wenig beruhigt hatte. »Was nun diese Rebellion angeht, so weiß ich nur, dass, was Erfahrung, Ortskenntnis und Vertrauen in der Bevölkerung anbelangt, kein Brumer Bürger geeigneter wäre als Sie, Mister Pike, sich um militärische und ähnliche Belange zu kümmern, von denen das Wohl und Wehe unserer Gemeinschaft abhängt.

Und ich weiß, dass uns die Geschichte, über die ich wohl mit einer gewissen Autorität sprechen kann, Folgendes lehrt: Nichts ist vorhersagbar, und viel wird jetzt von unserer Stärke abhängen. Von der Stärke des Einzelnen und unserer Gemeinschaft. Wir müssen das Richtige tun, einander vertrauen, erkennen, wer unsere wahren Freunde und unserer wahren Feinde sind, und darauf hoffen, dass uns Mut, Verstand und Entschlossenheit über alle Hindernisse hinweghelfen werden.«

»Ja«, sagte Pike besänftigt, »dem kann ich nur zustimmen. Aber die Geschichte lehrt uns noch etwas anderes, und wenn ich auch nicht sonderlich belesen bin, so weiß ich doch, dass es stimmt. Gefechte und Schlachten sind, wie Kriege, selten schnell vorüber. Was heute hier in Brum seinen Anfang nimmt, kann Wochen, Monaten oder sogar Jahre dauern, nicht wahr, Master Brif?«

»In der Tat, Master Pike, in der Tat.«

»Aber den Namen Ihres Gewährsmanns wollen Sie uns noch immer nicht nennen, Master Brif?«, fragte Barklice hoffnungsvoll. Wie Pike hatte er es nicht gern, wenn er von solchen Geheimnissen ausgeschlossen wurde.

»Ich will nur so viel sagen: Dieser Jemand ist klüger als wir alle und wird zu gegebener Zeit unserer Hilfe und Unterstützung bedürfen. Nun sagen Sie uns aber, Barklice, wie wir mit Jack in die Stadt gelangen, ohne dass ich Ärger mit den Fyrd bekomme.«

»Wir müssen nach Deritend«, antwortete Barklice, »und leider gibt es nur einen Weg, auf dem man schnell hinkommt und eine Begegnung mit den Fyrd vermeidet.«

Er blickte auf den anschwellenden Kanal. »Alles, was wir brauchen, sind die sachkundigen Dienste eines Mallarchi. So heißt die Bilgener-Familie, die für diesen Teil von Brum zuständig ist.«

»Sie wollen mich wohl zum Besten halten, Mister Barklice«, entgegnete Pike und schüttelte den Kopf. »Man sieht doch von hier, dass selbst der Kanal bei dem Regen und Wind gefährlich ist. Sobald wir in einen der kleineren Kanäle abbiegen, die nach Deritend führen, kann man anfangen, unsere Leichen zu suchen, denn wir werden nie wieder lebend herauskommen.«

Barklice hörte nicht hin und kletterte die Böschung hinunter. Sie schnitten ein Loch in einen Zaun, der mit Stacheldraht geflickt war, und stapften vorsichtig über den holprigen und matschigen Boden bis zum Rand des Kanals.

Dort entdeckten sie ein dichtgedrängtes Häuflein fröstelnder Leute, die unter den triefenden Büschen Schutz gesucht hatten. Pike rief einen Gruß, und mehrere spähten aus dem Dunkel. Einige hielten Knüppel in den Händen, andere Dolche. »Es ist Mister Brif! Und Mister Pike ist bei ihm! Welch ein Glück, wir sind gerettet!«

Andere stürzten unter den Büschen hervor, und bald waren sie von einer schnatternden Schar Hydden umringt, die Habseligkeiten und Kinder an sich drückten. Mehrere waren verwundet, andere schienen so schwach, dass sie sich kaum auf den Beinen halten konnten. Auf Jack wirkten sie wie Arme und Geknechtete. Der Hoffnungsfunke, den Master Brifs Anblick in ihren Augen entfacht hatte, war noch das Heiterste an ihnen.

»Bitte bringen Sie uns aus der Stadt und an einen sicheren Ort«, flehte einer. Andere begannen zu weinen und zu jammern.

Brif beruhigte sie so weit, dass er sie fragen konnte, was geschehen war.

»Niemand weiß es genau«, antwortete einer. »Wir erhielten die Nachricht, dass die Fyrd das Tor verschließen wollten. Darauf brach eine Panik aus, und als dann tatsächlich Fyrd anrückten, kam es zum Kampf. Wir hatten Glück, da wir in der Nähe des Tors wohnen, und konnten noch heraus … Bitte, Sie bringen sich in Gefahr, wenn Sie nach Brum gehen. Bleiben Sie lieber bei uns, denn Ihnen würde niemand etwas tun.«

»Habt ihr wirklich gehört«, erkundigte sich Pike, »dass sie das Tor schließen wollten?«

»Alles rannte und schrie ...«

»Das klingt in der Tat nach einem Befehl zum Abschotten«, sagte Pike grimmig. »Und Sie wissen, was das bedeutet! Es werden auch bestimmte Tunnel geschlossen, sodass es zu Überflutungen kommt, die wahrscheinlich Todesopfer fordern, wenn Häuser nicht evakuiert werden können. Es gibt Arbeit, Master Brif. Wir dürfen nicht länger hier herumtrödeln.«

Brif wandte sich an die Flüchtlinge. »Meine Freunde und ich müssen in einer dringenden Angelegenheit nach Brum, aber für euch ist es am sichersten, wenn ihr euch kanalaufwärts wendet und nicht mit uns kommt. Haltet euch ein paar Tage versteckt. Pike wird euch eine Nachricht nach Northfield schicken, wenn ihr gefahrlos zurückkehren könnt. Viel Glück, meine Freunde, wir müssen jetzt weiter.«

»Sie wollen sich doch nicht etwa in die Kanalisation wagen, Master Brif?«, fragte einer mit besorgter Stimme. »Der Pegelstand im Kanal ist schon so hoch, dass ein Durchkommen fraglich ist. Und wenn sich das Wasser vom Fluss her nach Osten staut, werdet ihr alle ertrinken!«

»Wir müssen es versuchen«, erwiderte Brif ungerührt.

Sie überließen die Flüchtlinge den Elementen und eilten weiter in Richtung Kanal. Dort vernahmen sie das unangenehme, wütende Sauggeräusch des Wassers, bevor sie es endlich sahen, nicht mehr als einen halben Fuß unter sich, obwohl es viel weiter unten hätte sein müssen.

»Barklice«, knurrte Pike, »das sieht nicht gut aus. Und überhaupt, wer soll denn in einer solchen Nacht für uns den Fährmann machen?«

»Der alte Mallarchi ist ein persönlicher Freund von mir und sehr zuverlässig. Wie ich schon sagte, habe ich ihm klare Anweisungen gegeben, dass ich heute Nachmittag ein Boot brauche. Er wird mich nicht im Stich lassen, so wie ich ihn noch nie im Stich gelassen habe.«

Barklice stieß ein leises Geräusch aus, das wie der Paarungsruf des Blässhuhns klang.

Keine Antwort.

Er versuchte es noch einmal, etwas lauter.

Wieder keine Antwort.

»Ein Glück«, sagte Pike. »Jetzt werden wir zu Fuß gehen müssen, und das ist viel sicherer.«

Wieder ertönte vom Kanal her ein grässliches Saugen.

»Er fließt rückwärts«, sagte Barklice mit leiser Stimme, »und das bedeutet, dass wir warten müssen. Unser Boot wird kommen, sobald es wieder andersherum geht. Aber haltet euch bereit, denn auf einem Fluss, der sich aufstaut, wird das Boot nicht lange verweilen können!«

Wieder gab der Kanal ein saugendes Geräusch von sich, wie Wasser, das durch ein riesiges Abflussloch fließt und alles mit sich reißt.

»Barklice, halten Sie das wirklich für eine gute Idee?« Diesmal war es Brif, der Zweifel bekundete.

»Ich bin so viele Jahre gereist, Master Brif – und bin ich noch am Leben? Offensichtlich. Sind wir beizeiten nach Brum zurückgekommen? Allerdings. Mische ich mich in Ihre Arbeit ein, Master Brif, oder in Ihre, Mister Pike? Nein! Jawohl, ich halte es für eine gute Idee. Deshalb werden Sie sich jetzt hinsetzen und warten, und Sie werden darauf vertrauen, dass ich Sie wohlbehalten ans gewünschte Ziel bringe, so wie ich nachher auf Ihre Vernunft und Mitarbeit vertrauen werde, wenn wir die letzte Wegstrecke nach Deritend in Angriff nehmen. Denn es wird nicht leicht und birgt durchaus Risiken, aber Ihr Gejammer und Gemecker und Ihre ständigen Einsprüche machen es kein bisschen leichter. Habe ich mich klar ausgedrückt?«

Damit kehrte er ihnen den Rücken zu und setzte sich hin, und die anderen folgten seinem Beispiel, da sie sich nicht mehr zu beschweren wagten.

63

ALT UND NEU

Brum liegt direkt unter dem Zentrum des modernen Birmingham, dessen menschliche Bewohner ihren Geschäften nachgehen, ohne zu ahnen, wie nah sie einer der historisch bedeutsamsten Städte von Hyddenwelt sind.

Einige Teile von Brum befinden sich tatsächlich im Freien, sichtbar für jeden Menschen, der sich die Mühe macht hinzusehen. Allerdings sind diese Orte nur sehr schwer zu entdecken, denn sie liegen im Schatten verborgen, verdeckt durch Überhänge und Auskragungen von Gebäuden, oder einfach hinter nahezu unzugänglichen Ecken. Doch der größte Teil der Hyddenstadt ist unter der Erde verborgen.

Das soll nicht heißen, dass die Hydden den menschlichen Teil Birminghams, die Oberwelt, nicht mitbenutzen.

Tagsüber können viele Orte von ortskundigen Hydden gefahrlos betreten werden – so zum Beispiel die untere Hälfte des River Rea, der weitgehend unbemerkt mitten durch die Stadt fließt, stillgelegte Kanäle und Bahnlinien, aber auch viele unbebaute Lücken zwischen den Autobahnen, Fabriken und Hochhäusern. Nachts sind die Möglichkeiten noch vielfältiger und schließen die Dächer der meisten Häuser in der Innenstadt und die schattigeren Teile vieler Straßen und Bürgersteige mit ein.

Die eigentliche Hyddenstadt gliedert sich in zwei Teile. Alt und neu. Der ältere Teil stammt noch aus Beornamunds Zeit, und sein geschäftiges und halb geheimes Leben spielt sich an den feuchten Orten unter und beiderseits der Brücke ab, die im Mittelalter den ersten Übergang über den River Rea bildete.

Unmittelbar westlich davon erhebt sich Digbeth, wo reiche Hydden-Kaufleute einst im Schatten menschlicher Herrenhäuser ihre Villen bauten und den reichlich vorhandenen Platz, die frische Luft und den Blick über die Stadt genossen, der heute durch die Neubauten der unaufhaltsam in die Höhe strebenden Menschenstadt verstellt ist.

Östlich der Brücke liegt Deritend. Dort unten, zwischen den Abwasserrohren und Kanälen, die unablässig ihre schmutzige Fracht in den Rea befördern, fristen in Ermangelung besserer Behausungen arme Leute ihr ungesundes Dasein.

Einhundertundfünfzig Jahre zuvor hatte sich diese einfache, jahrhundertelang geltende Einteilung mit dem Aufkommen der Eisenbahnen und dem Bau mehrerer Güter- und Personenbahnhöfe nebst dazugehöriger Gebäude im Norden und Osten von Old Brum für immer verändert.

Die tiefen, gruftähnlichen Fundamente dieser großen Gebäude wurden häufig bald nach dem Bau wieder zugeschüttet, damit sie von Menschen nicht mehr betreten werden konnten. Doch für die rührigen Hydden aus dem nahen Digbeth kamen die neuen Bauwerke einer Einladung gleich, sich dort niederzulassen.

Diese zwischen neue Kanäle und Bahnlinien, unterirdische Bäche und Abwasserleitungen gesetzten Büro- und Wohnhäuser bildeten das Fundament von New Brum. Tatsächlich nutzten Hydden in allen großen Eisenbahnzentren jener Zeit Bahnanlagen für die Gründung neuer Unternehmen und Städte, nicht nur in Englalond, sondern überall in Europa.

Doch in Brum – im alten wie im neuen – geschah dann etwas Außergewöhnliches.

Während sich Wirtschaft und Gesellschaft in ganz Hyddenwelt innerhalb weniger Jahrzehnte veränderten, und mit ihnen auch die Grundlagen globaler Macht, blieben der Unabhängigkeitsgeist und die schöpferische Eigenständigkeit der Stadt Brum davon weitgehend unberührt.

Noch war Brum eine Bastion des freien Denkens, der Unbotmäßigkeit und des subversiven Humors mit einer reichen, weltoffenen Kultur, die sich von jeder anderen Stadt in der Welt der Hydden unterschied. Obwohl zu dem Zeitpunkt, als Jack und Katherine dort ankamen, bereits seit vielen Jahrzehnten von den Fyrd besetzt, war die Stadt von den meisten strengeren Regeln und Gesetzen verschont geblieben, sodass Denker, Künstler und dergleichen ohne große Angst vor Repressalien ihrer Arbeit nachgehen konnten.

Das hatte die Stadt einzig und allein einer Laune Slaeke Sinistrals I. zu verdanken, seines Zeichens Gründervater der Fyrd und selbst in Brum geboren. Mehr als einmal verlieh er dem Wunsch Ausdruck, dass seine Geburtsstadt bis zu »seines Winters Ende«, wie er sich ausdrückte, von jeglichen Zensurmaßnahmen und kleinlichen Vorschriften ausgenommen werden solle. Daran hielt man sich bis zu seinem Tod.

Da sich Slaeke Sinistral jedoch vor seinem endgültigen Verschwinden aus der Öffentlichkeit für unsterblich erklärt hatte, konnte die Führung der Fyrd die einmaligen Freiheiten Brums nicht abschaffen, ohne den gottgleichen Status ihres eigenen Gründers in Frage zu stellen.

In der Praxis bedeutete dies, dass die eigentliche Macht in Brum in den Händen eines unauffälligen, regelmäßig von Deutschland aus instruierten Fyrd-Beamten lag, während die nominelle Befehlsgewalt beim Hochaltermann der Stadt verblieb, der stets aus den Reihen der fünf führenden Brumer Familien – der Gospals, Deans, Warwicks, Brifs und Avons – gewählt wurde, deren Mitglieder und Bedienstete an den unterschiedlichen Farben und Mustern ihrer Trachten leicht zu erkennen waren.

Als Katherine und Jack nach Brum kamen, war der starke Mann in der Stadt General Elon, ein Fyrd, der seine Versetzung auf den geruhsamen Verwaltungsposten in Brum als wohlverdiente Belohnung für seine Jahre in den Diensten der Sinistral überall in Hyddenwelt betrachtete.

Der Hochaltermann war Lord Festoon, der unverheiratete letzte Spross der einst vielköpfigen Familie Avon, ein Freund guten Essens und ausgefallener Unterhaltung, der sich weder für Politik noch für seine Nachfolge interessierte, was ihn zur idealen Marionette der Fyrd machte.

Zufällig lebten in Brum noch ein paar Hydden, die den Namen Sinistral trugen, doch handelte es sich bei ihnen um eine völlig unbedeutende Nebenlinie des Herrscherhauses, dessen Sitz Slaeke Sinistral I. von Englalond nach Deutschland verlegt hatte. Man duldete sie aus sentimentalen Gründen, ohne ihnen ihr angestammtes Recht auf Macht und Respekt zuzubilligen.

Eine Folge dieser außergewöhnlichen Geschichte war, dass sich die Reichen von New Brum trotz der günstigen Lage ihrer Stadt, die unzählige Möglichkeiten bot, die prosperierende Oberwelt der Menschen für ihre Zwecke zu nutzen, eher auf dem Gebiet der Kultur betätigten. Neuerungen in allen anderen Bereichen dagegen, wie in der Industrie, im Finanzwesen und in der Wissenschaft, wurden regelmäßig nach Deutschland exportiert und gerieten somit unter die Kontrolle der Sinistral.

So wurde die Stadt zum Sammelpunkt für die Unterdrückten, Kunstsinnigen und Unzufriedenen, was, wie Zyniker meinten, ganz im Sinne der Sinistral war. Denn so hatten sie viele ihrer freimütigsten Kritiker und Gegner an einem Ort versammelt, wo sie unter ihrer Aufsicht standen, und konnten weiterhin Lippenbekenntnisse zur Freiheit ablegen.

Doch während sich New Brum im neunzehnten Jahrhundert zu einer pulsierenden, lebendigen Stadt entwickelte und im zwanzigsten für seine weltoffene Kultur bekannt wurde, nahm Old Brum einen ganze anderen Weg.

Dort blieben nur die Armen, die Ausgebeuteten, die Kranken und die kriminellen Elemente. Der ohnehin schon heruntergekommene Stadtteil erfuhr einen weiteren Niedergang, und seine Bewohner waren fortan nichts weiter als ein bedauernswertes Arbeitskräftereservoir für ihre wohlhabenderen Nachbarn.

Armut und fehlende Bildung ließen das Interesse an der Vergangenheit erlahmen. Die mittelalterlichen Bibliotheken, die öffentlichen Altäre und die privaten Tempel, die ansprechende Kunst und Architektur vergangener Tage, die Ecken und Winkel, in denen einst so vieles erschaffen und vollbracht worden war, das alles verfiel nach und nach.

Bald wurden viele dieser Orte, von denen einige heilig, andere von wahrhaft historischer Bedeutung, alle aber für den Liebhaber antiquarischer Schätze von Interesse waren, geplündert – oder zugemauert und vergessen.

Freilich nicht alle.

In der Geschichte gibt es immer große Entwicklungen, die von unvorhergesehenen und unerwarteten Ereignissen beeinflusst und von den außergewöhnlichen Umständen beflügelt werden, in denen sich besondere Sterbliche wiederfinden. Sie ist voll von Ironie, schicksalhaften Wendungen und seltsamen, unvorhersagbaren Zusammentreffen, die Neues hervorbringen und Sackgassen von gestern in belebte Durchgangsstraßen von morgen verwandeln.

Old Brum – und in gewisser Weise auch die Menschenstadt Birmingham – wurde nur durch einen solchen Wirbel im Strom der Geschichte gerettet.

Denn dieser schmutzige und feuchte, fünf Meter oder noch tiefer unter der Menschenstadt gelegene, labyrinthartige Ort war seit jeher die natürliche Heimat der Bilgener, eines Hyddenvolkes orientalischer Herkunft, dessen Element nicht das trockene Land, sondern das Wasser ist.

Sie wohnten in Schiffswracks und ausrangierten Kähnen oder in Behausungen, die so geschickt aus Abfallmaterial errichtet waren, dass sie für Menschen wie Treibgut aussahen, das ein Fluss, ein Bach oder ein Kanal im Lauf der Zeit angeschwemmt hatte.

Dieses zähe, aber gutmütige Volk hütete eifersüchtig seine Kultur, die ihre Vorfahren, Kaufleute aus Arabien, mitgebracht und dann im Lauf der Jahrhunderte in der gesamten abendländischen Welt und darüber hinaus verbreitet hatten, überall dort, wo mit Geschäften Geld zu verdienen war.

Die Kultur der Bilgener ist berühmt für ihre vielfältige Musik, die für andere Ohren fremdartig und erhaben klingt, und geprägt von farbenprächtigen Trachten aus Seide und Satin. Eine Kultur, erfüllt von Düften, die Geist und Körper verführen, in der alles mit tiefgründigen und wunderbaren Philosophien verwoben ist, mit ungewöhnlichen Theorien, vergessenen Wissenschaften, schwer fassbarer Poesie. Aber auch eine Kultur, die sich durch Kampfkünste schützt, die das Geistige über das Körperliche stellen, im Geheimen gepflegt werden und durch ihren Listenreichtum für jeden Gegner eine tödliche Gefahr darstellen.

Leider haben andere Volksgruppen die Bilgener immer gefürchtet und verachtet, sodass sie in vielen Gegenden von Hyddenwelt – einschließlich der Viertel Deritend und Digbeth von Old Brum – in Gettos gezwungen und bisweilen auch gewaltsam unterdrückt wurden.

Aufgrund dieser Voreingenommenheit blieb ihre Zahl gering und ihre wirtschaftliche Lage stets prekär, da sie von einer ganz bestimmten Tätigkeit abhing, die keine andere Volksgruppe übernehmen konnte oder wollte: der Kontrolle über das Wasser und seiner sicheren Abführung, ob es sauber war oder schmutzig, ob es angenehm roch oder so übel wie der Unrat, den es beförderte.

So kam es, dass die Bewohner von Old und New Brum immer einigen wenigen Bilgenern gestattet hatten, als Wasservolk unter ihnen zu leben und Abwasserkanäle zu reinigen, Rohre und Abflüsse auszubessern, Schleusen zu warten, Wasserstände zu regulieren und als »Philosophen«, wie sie genannt wurden – oder Wetterpropheten, was sie eigentlich waren –, Springfluten und Sommerdürren vorauszusagen.

Dann, vor mehreren Jahrzehnten, spülte einer der großen Gezeitenwirbel der Geschichte eine Welle entwurzelter Bilgener, die nach weltweit erfolgten Angriffen auf ihre Kultur, ihren vermeintlichen Reichtum und ihr Leben auf der Flucht waren, an die Küste des freiheitsliebenden Englalond.

Dies geschah, nachdem die Flutwelle der Fyrd über das Land gerollt war, und die Ironie dabei war, dass Brum zu den wenigen Orten gehörte, wo jeder Flüchtling dauerhaftes Asyl fand, insbesondere Old Brum.

Die Einwanderungswelle der Bilgener zu Beginn des zwanzigsten Jahrhunderts mag in vielen Fällen von mitleiderregender Armut und tragischen Einzelschicksalen begleitet gewesen sein, doch auf lange Sicht hätte der Zeitpunkt nicht besser gewählt sein können.

Den Bächen und Flüssen der Stadt, insbesondere dem River Rea, waren viele Kanäle hinzugefügt worden, und eine steigende Zahl unterirdischer Rohrleitungen wurde benötigt, um die Stadt und ihre Fabriken mit sauberem Wasser zu versorgen und von dem schmutzigen wieder zu befreien.

Die alten Künste der Bilgener wurden in Brum gebraucht wie in kaum einer anderen Stadt, vor allem da die Niederschläge mit dem Fortschreiten des Jahrhunderts immer unberechenbarer wurden und häufig sintflutartig ausfielen. Waren die Bilgener in Old Brum zunächst eine kleine, verachtete Minderheit, so wurden sie bald zu einer unentbehrlichen Bevölkerungsgruppe, die in Deritend sogar die Mehrheit bildete.

Durch ihr Wissen, ihre Reinlichkeit und ihre anspruchsvolle Kultur sorgten sie, wenn auch weitgehend unbemerkt von den reichen

Hydden in New Brum und ihren Herren, den Fyrd, für die Wiederbelebung eines Brumer Stadtteils, der lange dahingesiecht hatte.

Aus Dankbarkeit für ihre Rettung und um die Stadt für ihre Familien sicherer und gesünder zu machen, beseitigen sie die Missstände im Wasserwesen, die von gleichgültigen Menschen verschuldet worden waren und von den wenigen Bilgenern, die bereits hier lebten, bislang nicht hatten behoben werden können.

Sie machten die Stadt wieder sicher, begrenzten Überschwemmungen auf ein Mindestmaß und machten sich ein gutes Leben, ohne dass jemand davon Notiz nahm – was ihnen lieb war.

Gleichzeitig erwachte unter den Einwanderern der Wunsch, das großartige Erbe von Old Brum, das in den Jahren des Niedergangs nahezu zerstört worden war, zu bewahren. So wurden Vertreter derselben Volksgruppe, die in Old Brum so lange verachtet worden war, zu seinen Bewahrern und Kennern, die ihre Zeit und ihr Geld nicht in die leere Zurschaustellung ihres Reichtums investierten, wie es ihre Nachbarn in New Brum taten, sondern in geheime Sammlungen von Artefakten, in kaum bekannte Museen und vor allem in die Bibliothek, diese großartige und einmalige Bibliothek, deren Leitung sie nicht etwa einem der Ihren übertrugen, wie es andere wohl getan hätten, sondern dem Schreiber, der sich nach einhelliger Meinung am besten für die Aufgabe des Sammelns, Konservierens und Forschens eignete, nämlich Master Brif, dem Abkömmling einer der ältesten Hyddenfamilien von Brum.

Ihm gewährten die Bilgener dauerhafte Unterstützung, sowohl moralischer wie auch finanzieller Art. In ihn investierten sie ihre Hoffnungen und mithin, wie man sagen könnte, ihre Liebe zu den freien Wissenschaften. Und dank ihrer und der von ihnen zur Verfügung gestellten Stipendien und Gelder fand auch Brifs vielversprechendster Schützling, Master Bedwyn Stort, jene Förderung und Freistatt, die er, so exzentrisch und sprunghaft, wie er war, ohne die Bilgener höchstwahrscheinlich nie erhalten hätte.

So war Brum.

Doch das war noch nicht alles. Denn in jüngerer Zeit hatte ein weiterer Wirbel der Geschichte zwei Individuen nach Brum verschlagen, die glaubten, sie hätten an der künftigen Entwicklung der Stadt und der Erfüllung von Beornamunds Prophezeiung zum verlorenen Stein des Frühlings entscheidend mitzuwirken. Der eine entstammte einer wohlhabenden und gebildeten Familie, der andere bescheidenen und zweifelhaften Verhältnissen. Sie waren so verschieden wie Tag und Nacht, und doch verfolgten sie dasselbe Ziel. Denn beide waren besessen von der Idee, das verschollene Segment von Beornamunds großartiger Kugel zu finden, jenen kleinen Edelstein, der, wie es hieß, in allen Farben des Frühlings funkelte und von dem sie glaubten, dass er nach so vielen Jahrhunderten immer noch irgendwo auf Brumer Gebiet lag und darauf wartete, gefunden zu werden.

Der Erste dieser beiden war Lord Festoon, Hochaltermann von Brum und seinem Titel nach erster Bürger der Stadt. Er betrachtete den Edelstein als sein Erbe, das es zu schützen und in Ehren zu halten galt.

Der Zweite war Igor Brunte, ein Fyrd, der viel langsamer aufgestiegen war, als er es sich seit jenem Tag, an dem die Shores mit dem Auto verunglückt waren, gewünscht hätte, jenem Tag, an dem er den angehenden Sub-Quentor von Brum und einen weiteren Fyrd ermordet hatte, damit es sein alleiniges Geheimnis blieb, dass an jenem Tag die Friedensweberin erschienen war und dass der Knabe namens Jack den Unfall überlebt hatte.

Denn Igor wusste, dass dieser Knabe kein Menschenkind, sondern ein Riese war. Der Sinistral hatte ihn gesucht, weil er befürchtete, dass er vom Schicksal dazu ausersehen war, Beornamunds Kugel wiederherzustellen und dadurch die Macht über die Zukunft der Erde wie auch des Universums zu erlangen.

Von dieser Macht träume Igor Brunte, diese Macht wollte er für sich, und in all den langen Jahren hatte er heimlich darauf hingewirkt, sie zu erringen.

In derselben regnerischen Nacht, in der Katherine nach Brum verschleppt wurde und Jack sich mit seinen neuen Freunden aufmachte, sie zu retten, sannen diese beiden Männer, die von Beornamunds Erbe träumten, auf Veränderung – auf eine wahrhaft tiefgreifende Veränderung.

64
LORD FESTOON

Es gibt Tage und Nächte, da schauen selbst die unverwüstlichen und rührigen Bewohner von New Brum, die für ihren Geschäftssinn, Schaffensdrang und Freiheitsgeist weithin bekannt und geachtet sind, griesgrämig und bedrückt drein. Denn wenn es etwas gibt, das sie aus der Fassung bringen kann, dann ist es Regen. Und der Regen, der seit vierzehn Stunden auf die Stadt niederging und aller Voraussicht nach noch viele Stunden anhalten würde, war von jener Unerbittlichkeit, die gewöhnlich zu Überschwemmungen führte. Alles triefte vor Nässe, jeder Kanal toste, jeder kleine Bach, der sich in den Rea ergoss, schwoll zu einem reißenden Strom an.

Schaute man nach oben, peitschte einem der Regen in Augen, Nase und Mund, schaute man nach unten, rann er einem kalt den Nacken hinunter. Trat man unbedachterweise in eine tiefe Pfütze, liefen Schuhe und Stiefel im Nu mit eisigem Wasser voll. Die Bilgener mochten nun in ihrem Element sein, doch jedermann wusste, dass an einem solchen Tag sogar sie ihre liebe Mühe hatten, die Fluten zu bändigen und das Wasser am Fließen zu halten.

Aus gutem Grund. Nur wenige Städte haben so viele Kanäle wie Brum, und obwohl der Rea weder besonders lang noch breit ist, trägt er beträchtlich zu dem Problem bei. Bei starkem Regen füllt er sich so schnell, dass er ohne die Durchlässe, die Menschen gebaut haben, um ihn im Verborgenen unter der Erde durch das Herz der Stadt zu leiten, über die Ufer treten und die angrenzenden Häuser, Fabriken und Straßen auf beiden Seiten überfluten würde.

Unter normalen Bedingungen erfüllt dieses System seinen Zweck. Doch das Fassungsvermögen des Rea und seines künstlichen Betts ist begrenzt, und manchmal führt er zu viel Wasser und wird zu einer Gefahr. Die Wassermassen fließen nicht mehr natürlich bergab nach Norden und Osten oder zur Seite in die Bäche, die ihn speisen, sondern sie beginnen, sich zu stauen und rückwärts zu fließen, denn wenn es weder vorwärts noch seitwärts weitergeht, versuchen sie, den Weg zu nehmen, den sie gekommen sind.

In den Stunden zwischen Tagesanbruch und Spätvormittag blieben viele Stadtbewohner wach und beobachteten besorgt das Steigen der Pegel. Noch war der kritische Punkt lange nicht erreicht, doch wenn es weiter so regnete, war es nur eine Frage der Zeit, bis es zu ernsten Überschwemmungen kam, voraussichtlich irgendwann im Laufe des Nachmittags.

So kam es, dass sich die Stimmung unter den einfachen Bürgern von Brum einer Massenpanik näherte, während die von den Barmherzigen Schwestern unter Drogen gesetzte Katherine gründlich ausschlief.

Doch als der Tag graute, der Morgen voranschritt, ohne dass der Regen nachließ, und sich immer deutlicher eine Katastrophe abzeichnete, geschah etwas Seltsames. Viele der reichsten und einflussreichsten Bewohner von New Brum, obwohl nervös wie alle anderen, verwöhnten ihre gepflegten und wohlgenährten Körper mit einem duftenden Vollbad und sannen darüber nach, wie sie sich herausputzen und mit Juwelen schmücken sollten für eines der bedeutendsten gesellschaftlichen Ereignisse des Jahres: das Geburtstagsfest von Hochaltermann Festoon Avon, oder Lord Avon, wie er sich selbst ganz unbescheiden betitelte.

Nie zuvor in der langen Geschichte von Brum hatte ein so jämmerliches, korruptes und charakterloses Individuum dieses bedeutende und ehrwürdige Amt bekleidet, oder jemand, der weniger geeignet schien, die Geschicke einer großen Handelsstadt der Hydden zu lenken. In den Augen seiner zahlreichen Kritiker gab es kein sichereres Zeichen für das endgültige Absinken in die Dekadenz, seit die Fyrd die Verwaltung übernommen hatten, als die empörende Tatsache, dass er jetzt die Galionsfigur dieser großen Stadt war.

Eine Tragödie, die umso größer war, als von den sechs Familien, die der Stadt am stärksten ihren Stempel aufgedrückt hatten, zwei die anderen noch bei weitem übertrafen: die Avons im Guten und die Sinistral im Schlechten. Jetzt herrschten die Sinistral von Deutschland aus über die Welt der Hydden, während ihre Marionette Festoon in Brum Schande über den Namen seiner Familie brachte und zum

Gespött der Fyrd in aller Welt wurde, eine Witzfigur, Gegenstand des Gelächters in komischen Geschichten und Zielscheibe zotiger Lieder und geschmackloser Theateraufführungen in jeder den Hydden bekannten Sprache.

Seine erste Sünde war die Völlerei. Er hatte früh damit begonnen, und wie man sich erzählte, soll er bereits im zarten Alter von fünf Monaten die Mutterbrust zugunsten von Zuckerwerk verschmäht haben, das er seitdem in rauhen Mengen vertilgte.

Er war von so gewaltiger Leibesfülle, dass er Mühe hatte, ohne fremde Hilfe von seinem Stuhl aufzustehen, und in so schlechter körperlicher Verfassung, dass er kaum drei Treppenstufen erklimmen konnte, ohne außer Atem zu geraten, zudem infolge seiner schlechten Gesundheitszustandes so kurzsichtig, dass er die Lorgnette, die er zur Schau trug, niemals aus der Hand legte.

Er hüllte seinen runden Körper in formlose, parfümierte Gewänder aus Seide, Voile und Damast, als sei er – wovon er bisweilen träumte – ein Herrscher aus Arabien.

Aber Kleider und süße Düfte waren nicht das Einzige, wofür er sein riesiges Erbe verschwendete, seit er den Besitz seiner Ahnen übernommen hatte und von den Fyrd zur Marionette gemacht worden war.

Er hatte sein Vermögen in atemberaubender Weise für Ausschweifungen ausgegeben – für sündhaft teuren Flitterkram, gewaltige Mengen luxuriöser Speisen, ausgefallene Vergnügungen sowie für unerschwingliche Lotionen, Maniküren, Pediküren und Massagen, für Musiker und Lustbarkeiten aller Art – und vieles andere mehr, wonach seine plötzlichen Launen und sein zügelloser Appetit verlangten.

Zu Recht wurde ihm nachgesagt, dass er das, was seine sparsamen Vorfahren in zweihundertfünfzig Jahre in Brum und der weiten Welt zusammengestohlen hatten, innerhalb von fünfundzwanzig Jahren zurückgegeben hatte – so alt war er nämlich.

Dass er die Wechselfälle des Lebens unter den Fyrd, denen viele andere Mitglieder der führenden Brumer Familien zum Opfer gefallen waren, bislang unbeschadet überstanden hatte, verdankte er zwei Umständen.

Erstens der offenkundigen Tatsache, dass ein so junger und vermeintlich unbedarfter Zeitgenosse für niemanden eine Bedrohung darstellte und daher eine ideale Galionsfigur war, leicht zu kontrollieren und zu beeinflussen.

Zweitens seinem unbestreitbaren Charme und seinem Geschick, den humorlosen Fyrd zu schmeicheln, ohne in irgendeiner Weise hinterlistig zu wirken. Er gefiel und war selbst leicht zufriedenzustellen. Die verschiedenen Fyrd-Generäle, die seit seiner Ernennung zum Hochaltermann im Alter von fünfzehn Jahren die Verwaltung der Stadt geleitet hatten, hatten in ihm einen optimalen Partner gefunden. Er war ein kluger Kopf, verfügte über gute Beziehungen und wusste, wer bei den Hydden etwas zu sagen hatte, wen er schmieren, wen er mit seinem Charme umgarnen und wann er unverblümt mit dem Besuch eines Quentors drohen musste, eines jener Inquisitoren, deren Aufgabe es war, den Befehlen des Oberkommandos der Fyrd Geltung zu verschaffen.

Der Pakt war einfach: Die Fyrd erlaubten Festoon, im Luxus zu schwelgen und sein Vermögen zu verprassen, und im Gegenzug machten sie sich seine Kenntnisse der örtlichen Verhältnisse zunutze.

Allerdings hatte dieses bequeme Arrangement einen Haken, der den Fyrd ebenso Kopfzerbrechen bereitete wie den Reichen und den Honoratioren von Brum, die Festoon mit einer Mischung aus Verlegenheit, Scham und Verachtung betrachteten. Dies war der Umstand, dass er sich trotz seiner Unmäßigkeit und Verschwendungssucht bei den einfachen Leuten sehr großer Beliebtheit erfreute.

Für sie verkörperte er etwas, das nie in befriedigender Weise definiert worden war, am wenigsten von den Bewohnern der Stadt selbst. Man könnte es »Brumer Witz« nennen, worunter die Fähigkeit zu verstehen ist, sich auf eine geistreiche und häufig hintergründige Art über alles und jeden lustig zu machen und damit mehr oder weniger ungestraft durchzukommen.

Unter den Bewohnern von Brum herrschte der leise, nie laut ausgesprochene oder auch nur angedeutete Verdacht, dass sich Festoons Ausschweifungen und Überspanntheiten auf eine hintergründige Weise gegen die Fyrd selbst richteten, die aufgrund ihrer Sinnesart und kulturellen Herkunft den Witz nie ganz verstanden.

Dieser Verdacht stützte sich auf eine einfache Tatsache. Hatten seine Vorfahren aus dem Avon-Clan ihren Wohlstand auf dem

Rücken der armen Leute von Brum erworben, insbesondere jener, die in Digbeth und in den Slums von Deritend lebten, so schien ihr letzter Nachkomme, der Erbe ihres ergaunerten Vermögens, fest entschlossen, ihnen durch seine Verschwendung innerhalb von nur einer Generation all das zurückzugeben, was ihnen im Zuge vieler Generationen gestohlen worden war.

Denn wer profitierte davon, dass Festoon sein Geld mit vollen Händen ausgab? Die einfachen Gewerbetreibenden, Kaufleute und Handwerker, deren Dienste er regelmäßig in Anspruch nahm. Ausnahmslos Hydden, alle aus Brum, alles Leute, deren handwerkliche Künste in jeder anderen Stadt von Hyddenwelt unter der Knute der Fyrd verkümmert und durch dumpfe Gleichförmigkeit ersetzt worden wären.

Doch in Brum blühten ihre Geschäfte wie nie zuvor, und für sie und die Familien, die sie ernährten, war Lord Festoon der geachtetste und beliebteste Herr und Gebieter von allen.

Lord Festoon mochte nur eine Marionette sein, aber ein Narr war er mit Sicherheit nicht: eine Tatsache, die er geschickt verschleierte, indem er seine beachtliche Intelligenz und umfassende kulturelle und historische Bildung unter den Scheffel stellte, wie auch seine Bereitschaft, sein Vermögen nicht nur für eigennützige Zwecke auszugeben, sondern auch für die Künste und Wissenschaften. Er fand Gefallen daran, jeden zu fördern, der mit seinen Fertigkeiten und schöpferischen Talenten seiner im Niedergang begriffenen Stadt zu neuem Ruhm verhelfen konnte.

Doch die wenigen, die ihn gut kannten und denen er sich anvertraute, wussten noch etwas anderes. Er war von einer Idee besessen, für deren Verwirklichung er, wie er behauptete, trotz seiner Fettleibigkeit einen Berg erklimmen würde. Tatsächlich hätte er dafür sein Amt aufgegeben und sein restliches Vermögen geopfert, vielleicht sogar sein Leben.

Lord Festoons größter Wunsch war, einen Blick auf das verschollene Stück von Beornamunds Kugel zu werfen, das alle Farben des Frühlings barg.

Zu diesem Zweck hatte er eine Sammlung von Artefakten, Urkunden und vielem anderen mehr zusammengetragen, Objekte aus ganz Hyddenwelt, die in irgendeinem Zusammenhang mit Beornamund, der Friedensweberin oder dem sagenumwobenen Anhänger aus Gold standen, den diese angeblich trug.

Den Anstoß dazu hatte ihm die bescheidene Sammlung seines Urgroßvaters Raster Avon gegeben, der die Klugheit und Weitsicht besessen hatte, in der Glanzzeit der Stadt den bedeutendsten Baumeister Arabiens nach Brum zu holen, den weisen Philosophen ã Faroün, gesegnet sei sein Name.

Es war weithin bekannt, dass zu den ungewöhnlichsten Schöpfungen dieses Weisen der geheimnisvolle Saal der Jahreszeiten gehörte, zu dem außer Lord Festoon und seinem Küchenmeister Parlance nur sehr wenige Zutritt hatten. Festoon selbst begab sich, wenn er bei ausreichender Gesundheit war, um die Treppe zu erklimmen und den verschlungenen Weg durch die Korridore zu bezwingen, dorthin, um Träumen nachzuhängen und zu meditieren. Und Parlance betrat den Saal, wenn er gerufen wurde, um die Befehle seines Herrn entgegenzunehmen.

Einem genialen Einfall folgend, hatte Festoon seine Sammlung so geordnet, dass die verschiedenen Objekte entsprechend der Jahreszeit untergebracht waren, die sie innerhalb des Saals repräsentierten, oder, genauer gesagt, in der Abfolge von Sälen, von denen jeder für eine bestimmte Jahreszeit stand.

Festoon hielt sich selbst für einen direkten Nachfahren Beornamunds, und diese eingebildete Verwandtschaftsbeziehung war es, die ihn dazu trieb, unermüdlich nach dem verlorenen und letzten Stück der sagenhaften Kugel zu suchen.

So verwendete er, wenn er nicht gerade öffentlichen Vergnügungen frönte oder schlemmte, viel Zeit und Mühe darauf, alte Bücher zu lesen, die er sich aus dem Stadtarchiv bringen ließ und die ihm bei seiner Suche möglicherweise weiterhelfen konnten. Dies führte dazu, dass er sich mit den Herren Brif und Stort anfreundete und sie unterstützte. Und wenn die beiden von einem neu entdeckten Dokument oder Artefakt Kunde erhielten, schickte Festoon gewöhnlich den zuverlässigen Pike und Forstmeister Barklice auf die Suche nach dem Fundstück, da er selbst natürlich nicht in der Lage war zu gehen.

Festoon residierte in – oder vielmehr unter – einem Gebäude, das als ein Wahrzeichen der Stadt bei Hydden und Menschen gleichermaßen bekannt und der Beleg für den genialen Geschäftssinn seines

Vorfahren Raster Avon war, der sich seiner bemächtigt hatte, als es erstmals als Wohnraum für Hydden verfügbar wurde.

Als die London and Birmingham Railway Company und ihre Partnerin, die Grand Junction Railway, 1838 die Curzon Street Station bauten, konnten sie nicht ahnen, dass nur wenige Monate nach der Eröffnung des Bahnhofs der jüngste Spross der Avons dort einziehen würde. Oder dass er hervorragende Baumeister und Künstler aus Arabien holen und dort eines der bedeutendsten Bauwerke der Hydden aller Zeiten erschaffen würde, das neben dem Saal der Jahreszeiten und vielen anderen Prachträumen auch die großartige Orangerie beherbergte, in der Zitrusfrüchte gezüchtet wurden. Die dafür erforderliche Wärme und Feuchtigkeit wurden durch geschicktes Anzapfen der frühen städtischen Dampfkesselanlage gewonnen: eine Methode, die sich in den 1930er Jahren der griesgrämige und geniale Ingenieur Archibald Troop zum Vorbild nahm, als er die Lüftungsanlagen der nahen New Street Station für seine Zwecke nutzte und dadurch die Orangerie und ihre seltenen Pflanzen in letzter Minute rettete.

Alles, was zu Festoons Zeiten von dem vormals elegantesten Kopfbahnhof in Englalond noch stand, war das mit Säulen versehene Eingangsgebäude.

Mit Hilfe seiner berüchtigten Schlägertrupps hatte Raster sich einen Großteil dieser Fundamente gesichert und dadurch schon halb vergessene Kanäle, Zugangswege und unterirdische Wasserläufe in und um New Brum unter seine Kontrolle gebracht. Auf diese Weise legte er nicht nur den Grundstein für das Firmenimperium der Avons, sondern schuf auch Platz für dessen stetige Expansion unter seinen Nachfolgern.

Für die Avons brachen glorreiche Zeiten an. Doch der starke Samen der Vergangenheit war unfruchtbar und steril geworden. Die Äste und Triebe des einst mächtigen Stammes waren verdorrt und abgestorben, und geblieben war nur die gewaltige, aber anscheinend morsche Körpermasse Lord Festoons. Er selbst indes war nicht unglücklich über diesen Umbruch.

Heute war sein Geburtstag, und obwohl jeder Wasserlauf in Brum übervoll war und eine Überschwemmung drohte, war er in der Frühe voller Vorfreude und Pläne für diesen Tag aufgewacht.

Gewiss, er lauschte dem Trommeln des Regens und dem Rauschen in den Rohren und bedachte alles noch einmal gründlich, dann aber wischte er alle Bedenken mit der unbekümmerten Bemerkung »Es liegt nicht in meiner Hand« beiseite, schlug die Augen auf, hob den Kopf und setzte hinzu: »Davon lasse ich mir mein Fest nicht verderben!«

Schon vor längerer Zeit hatte er beschlossen, mit der Tradition zu brechen und sein Fest in einem seiner Heiligtümer zu feiern, nämlich in der prächtigen Orangerie. Dieses architektonische Wunderwerk mit seinen Wandbehängen, die in geschickt gelenkten Luftströmen aufs edelste schimmerten, und seinen eigenartigen Paneelen aus Glas und Metall, die einst den Rangierlärm und das Zischen von Dampfzügen fernhalten sollten und heute die Geräusche dämpften, die unsichtbare menschliche Kühlanlagen und Festoons private Percussiongruppe produzierten, zählte zu den Prunkstücken des modernen Brum.

Festoon liebte sie, und er hatte es sich zur Gewohnheit gemacht, sie von Zeit zu Zeit in der Nacht alleine aufzusuchen.

Eine Einladung, in dieser selten zu besichtigenden Orangerie mit ihm Geburtstag zu feiern, konnte man eigentlich nicht ausschlagen, und so kam alles, was Rang und Namen hatte.

Festoons Version von Frühgymnastik bestand darin, unter heftigem Schnaufen die rechte Hand zu heben und an dem Klingelzug neben dem Bett zu ziehen, um seinen Küchenmeister zu rufen, mit dem es die Speisefolge des Tages zu besprechen galt. Anschließend bestellte er seine Ankleidedamen zu sich, zwei stämmige Barmherzige Schwestern und ihre Vorgesetzte, die Oberin Angelina.

Seine Bediensteten zu rufen strengte Festoon so an, dass er danach wieder für kurze Zeit einschlummerte, bis der Erste von ihnen eintraf und seinen Herrn weckte, indem er mit den Fingern über die Saiten der Zither strich, die am Bettende lag.

Der Küchenmeister in Festoons Palast war Parlance, ein dünner und kleingewachsener Koch, der seine geringe Körperlänge dadurch wettmachte, dass er Schuhe mit hohen Absätzen und eine sehr hohe Kochmütze trug.

Er reichte seinem Herrn den heutigen Speisezettel, der daraufhin in andächtigem Schweigen studiert wurde. Die beiden verband tiefer gegenseitiger Respekt und die Überzeugung, dass die gastronomischen Bemühungen des Tages ein aufregendes gemeinsames Unterfangen waren.

Schließlich gab Festoon sein Urteil ab. »Mehr Flusskrebse, Parlance, in Limonensud gegart, und von Ihrem Apfelkuchen können wir gar nicht genug haben, heute aber, denke ich, mit gekörntem Zimt bestreut.«

»*Gekörnt*, Mylord?«, fragte Parlance ein wenig verdutzt. Dies wäre in der Tat ein Bruch mit der Tradition.

»Ja, gekörnt. Ich meine das in Bezug auf die Beschaffenheit, als *bestünde* er aus Körnern, was er natürlich nicht tut, wie mir bekannt ist. Sagen wir lieber, es handelt sich um Zimt, der in Teilchen zermahlen ist, die kleiner sind als Körner, aber nicht so fein wie Pulver.«

Parlance bedachte Festoon mit einem bewundernden Blick. Kein ihm bekannter Dienstherr hatte in Feinschmeckerfragen so verblüffend originelle Ideen wie Festoon oder war in der Lage, seine Anweisungen mit so delikater Präzision zu geben.

»Ich könnte mir vorstellen«, fuhr Festoon fort, nachdem er sich ein oder zwei Pralinen gegönnt und sich mit einem Tuch aus Damast die zuckrig glitzernden Lippen abgewischt hatte, »dass der marinierte Ukelei, den Sie letzte Woche in Senf gebraten haben, für unsere heutigen Gäste nicht ganz das Richtige wäre, obwohl ich persönlich diese Zubereitungsart bevorzuge. War es englischer oder französischer Senf?«

»Französischer.«

»Möglicherweise ein Fehler. Versuchen Sie es mit einem pikanteren englischen, und nehmen Sie weniger, leicht mit Zitrone bedampft – und ich meine Zitrone und nicht Limone, denn die verwenden wir schon –, was meines Erachtens jeden Hyddengaumen, der diesen Namen verdient, entzücken dürfte. Einverstanden?«

»Ja, Mylord«, antwortete Parlance höchst vergnügt, denn so exzellent seine Kochkünste auch waren, so wusste er doch, dass Festoons Eingebungen dem Ganzen eine besondere Note verliehen, die das Ergebnis bisweilen ans Geniale grenzen ließen.

»Wie steht es mit den Weinen, Parlance?«

In ähnlicher Weise besprachen sie die Weine, die Biere und Dünnbiere, die Fruchtsäfte und Mete, ergänzten und verwarfen, bis eine harmonische Ausgewogenheit hergestellt war.

»Das wäre erledigt«, sagte Festoon schließlich, »jetzt muss ich mich sputen! Parlance, geben Sie mir Ihre Hand, helfen Sie mir aufstehen, denn in Bälde habe ich eine Audienz, der ich nicht eben mit Freuden entgegensehe.«

»Eine komplizierte Angelegenheit, Mylord?«, erkundigte sich Parlance taktvoll.

»Betrüblich und unumgänglich, aber nicht kompliziert. Sub-Quentor Brunte wünscht mir eine Frage zu stellen, und ich muss sie beantworten.«

Parlance hob die Augenbrauen und seufzte mitfühlend.

»Er möchte mich nach der Gästeliste fragen«, setzte Festoon leise hinzu.

»Wie viele darauf stehen?«

Festoon schüttelte den Kopf. »Er möchte nur die Namen derer erfahren, die abgesagt haben.«

»Und das sind, wenn ich mir die Bemerkung erlauben darf, vermutlich sehr wenige.«

»Drei, um genau zu sein. Möge der Spiegel ihnen beistehen.«

Parlance nickte ernst, und das erste Stirnrunzeln des Tages legte sich auf sein Gesicht. Wenn Brunte nach Namen fragte, taten deren Besitzer gut daran, auf ihr Leben achtzugeben.

»Die Zusammenkunft ist in drei Stunden, daher bleibt mir kaum Zeit, mich zu waschen und meinen Körper der nicht eben sanften Barmherzigkeit der Schwestern zu überantworten, ehe ich mich dann der Pein unterziehe, meine Garderobe auszuwählen und mich anzukleiden, was stets mit mannigfaltigen Risiken verbunden ist.«

Parlance brummte teilnahmsvoll, reichte ihm eine hilfreiche Hand und trat vorsichtshalber beiseite. Denn sobald Festoon seine baumstammdicken Beine über die Bettkante gewuchtet hatte, drohte er immer nach vorn auf den Fußboden zu fallen, und dabei wollte ihm der Küchenmeister nicht im Wege stehen. Gleichzeitig freilich hatte Parlance dafür Sorge zu tragen, dass sich sein Herr weit genug nach vorn beugte und nicht wieder nach hinten kippte. Aber glücklicherweise erschienen just in dem Augenblick, als er ihn mehr oder weniger ins Gleichgewicht gebracht hatte, die Oberin und ihre Schwestern und nahmen ihn auf ihre zupackende Art in Obhut, sodass Parlance ihnen den Rest überlassen konnte.

»Wie spät ist es?«, rief Festoon bei ihrem Anblick in gespielter Panik.

»Der Zug kommt früh, Mylord«, verkündete die Oberin und blickte auf die große Uhr an der Wand, deren unterhalb der Zeiger angebrachte Aufschrift GWR verriet, dass sie irgendwann in der Vergangenheit der Great Western Railway gestohlen worden war.

Es gehörte zu den vielen verschrobenen Späßen, die Festoon mit sich und anderen trieb, dass er zu Beginn jedes Tages in die Rolle eines Dampfzugs schlüpfte, den die Schwestern abfahrbereit zu machen hatten. Dies erleichterte ihm den schwierigsten Teil des Tages, der im Aufstehen bestand.

Während eine Schwester ihn zu entkleiden begann, legte die andere frische Waschlappen und Handtücher sowie eine Saisonauswahl an Seifen und Ölen bereit.

»Wir wären dann so weit, Mylord.«

Festoon seufzte und nickte, worauf mit der feierlichen Würde einer alten, fernöstlichen Teezeremonie aus einem Krug heißes Wasser in eine Schüssel aus feinstem Porzellan gegossen wurde.

Weit über ihnen regnete es in Strömen. Überall um sie herum, nah und fern, brauste Wasser. Sie warteten schweigend, bis der Letzte der Avons eine Entscheidung traf.

»Lavendelöl, würde ich sagen«, murmelte er, »und Weihrauch für meine Schläfen, denn heute gedenke ich, jemanden zu treffen, der, wie ich glaube, unser aller Leben verändern wird.«

»Wie lautet sein Name, Mylord?«, fragte die Schwester Oberin.

»Es ist eine Sie, meine Liebe«, antwortete Festoon Avon.

65
DURCHGERÜTTELT

Erst als Barklice das dritte Mal nach seinem Bootsführer rief, bekam er aus der zunehmenden Dunkelheit eine Antwort.

Aus dem Gestrüpp ein Stück kanalaufwärts ertönte ein Rascheln, dann ein Rumpeln und Klappern von Holz, und jemand rief: »Hallo, da drüben! Master Barklice und seine Leute?«

»Ganz recht«, antwortete Barklice.

Ein Gestalt erschien, in der einen Hand eine Laterne und in der anderen ein stabiles Ruder.

Jack starrte den Neuankömmling an, mächtig beeindruckt. Sein Gesicht lag im Schatten, aber er schien von dunkler Hautfarbe zu sein, und seine bescheidene Kleidung hatte etwas Indisches. Er trug lediglich eine dunkle Weste und einen Lendenschurz, und seine kräftigen Beine und Füße waren nackt. Ein dicker roter Umhang lag über seinen Schultern, und um seinen Kopf war keck ein Stofftuch derselben Farbe gewickelt.

Er trat mit stolzem Gang näher, blieb direkt vor ihnen stehen und stellte ein Ende seines Ruders auf dem Boden ab, sodass es senkrecht über ihn hinausragte. Sein Gesicht verzog sich zu einem breiten Lächeln, das weiße Zähne entblößte.

Jack betrachtete ihn erstaunt, denn »Old Mallarchi« erschien ihm ein seltsamer Name für einen so jungen Mann. So stark dieser Knabe auch sein mochte, er war nicht älter als zwölf Jahre.

»Wo ist dein Großvater, Arnold?«, fragte Barklice beunruhigt.

»Bis über beide Ohren beschäftigt, Mister Barklice. Vor einer halben Stunde hat sich das Wasser in unserem Revier gestaut, und das hat Vorrang, deshalb konnte er nicht länger hier warten und hat mich stattdessen geschickt. Unser Luggerbill liegt da unten im Dunkeln. Das ist das beste Boot bei solchen Bedingungen.«

»Das gefährlichste Boot, das je erfunden wurde!«, knurrte Pike, zwängte sich an ihm vorbei durch das Gestrüpp bis zum Rand des Kanals. Wellen schlugen gegen das Ufer. Pike blickte auf das Boot hinab und schüttelte den Kopf. »Er ist noch nicht alt genug, um seine Lehre abgeschlossen zu haben, geschweige denn in der Lage, ganz allein eines der heikelsten Wassergefährte zu steuern, das es gibt. Ich will Ihnen mal was sagen, Barklice …«

»Sagen Sie ihm, was Sie wollen, Mister Pike«, unterbrach ihn Arnold Mallarchi, »aber wenn wir nicht gleich ablegen, und das heißt *auf der Stelle*, werden wir nicht nur durchgerüttelt, sondern auch durchgegurgelt. Bald kommt es nämlich zum großen Rückstau. Das spüre ich in meinen Knochen.«

Arnold, der Jüngste aus der Schifferfamilie der Mallarchi, lächelte wieder. Dann nickte er Brif respektvoll zu und stach Jack einen Finger in die Brust.

»Bist du schon einmal in einem Luggerbill gefahren?«

»Na ja, ich …« Aus irgendeinem Grund bekam Jack einen trockenen Mund.

»Bist du schon einmal mit einem Kanu gepaddelt?«

»Na ja, ein Mal. Ich …«

»Gut! Wie heißt du?«

»Jack.«

»Jackboy, hüpf rein, am Bug, bleib schön in der Mitte und hilf den Fahrgästen beim Einsteigen. Tu, was ich sage, *mach schon!* Aus Minuten werden Sekunden, und wenn die Sekunden abgelaufen sind, werden wir nicht bloß gegurgelt – wir werden wieder ausgespuckt!«

»Beim Spiegel, Barklice, ich werde …«, rief Pike.

»Hilf ihm hinein, Jackboy!«

Unwillkürlich befolgte Jack die Befehle. Er schlüpfte an Pike vorbei und besah sich das Boot. Es war lang und schmal und in Klinkerbauweise gefertigt, wirkte sehr instabil und tanzte wie ein Korken auf dem aufgewühlten, tückisch aussehenden Wasser.

Vorsichtig setzte er einen Fuß hinein, mit dem Gesicht Richtung Heck, stellte sich in die Mitte und zog, da er spürte, dass die Zeit drängte, Pike einfach hinter sich her.

Er verstaute Rucksack und Knüppel, nahm Pike das Gepäck ab, als dieser an Bord kletterte, und reichte Barklice die Hand. Der Luggerbill schaukelte nun sehr bedenklich, und Barklice purzelte in das kleine Boot. Unterdessen half der junge Bootsführer am Heck Brif, begleitet von der respektvollen Bemerkung: »So ist es recht, Master, setzen Sie sich einfach hin und denken Sie an etwas Schönes!«

Als Letzter stieg Stort ein, und das so unbeholfen, dass er um ein Haar ins Wasser geplumpst wäre, hätte ihn Arnold nicht am Hosenboden gepackt und ohne erkennbare Mühe an Bord gehoben, sodass er jetzt, ein wirres Knäuel aus Gliedern und Gepäck, in der Bilge lag.

Der Wind war kräftig und blies ihnen Gischt ins Gesicht. Beinahe wäre Jack ins kühle Nass gefallen, ehe es ihm gelang, sich ordentlich hinzusetzen und das Gleichgewicht wiederzufinden.

Irgendwie verstand sich Arnold so gut aufs Kommandieren, dass im Nu alle abfahrbereit im Boot saßen.

Jack hatte immer angenommen, Kanalwasser fließe nicht, aber dieser Kanal hatte sehr wohl eine Strömung, noch dazu eine, die sich zuerst in die eine und dann in die andere Richtung bewegte. Nun, da alle Mann an Bord saßen, verstand Jack auch, warum Arnold zuvor von Kanus gesprochen hatte. Dieses Boot verhielt sich genauso. Bei jeder Welle, die unter ihm durchrollte, oder jeder kleinen Bewegung an Bord hüpfte es auf und nieder und legte sich bedenklich von einer Seite auf die andere.

Am allerschlimmsten aber war, dass das schwerbeladene Boot fast bis zur Bordkante im Wasser lag.

»Jack, mach die Leine los!«, rief Arnold.

Jack vermutete, dass damit der Strick gemeint war, der recht nachlässig um den schlanken Ast einer Erle geschlungen war. Der Ast wippte auf und ab und war so glitschig, dass Jack sich nicht richtig daran festhalten konnte. Mit seinen klammen Fingern nestelte er ungeschickt an dem Strick herum.

»Jackboy, uns läuft die Zeit davon! Reiß das blöde Dinge einfach ab und schnapp dir dein Paddel.«

Endlich bekam er die Leine los und verstaute sie im Bug, dann tastete er umher, bis er ein hölzernes Paddel fand. Etwas Hartes und Knorriges drückte schmerzhaft gegen seine Knie, doch er achtete nicht darauf, zu groß war seine Angst vor einer Katastrophe.

Kaum hatte er die Leine gelöst, begann das Boot zu bocken, wurde aber von Arnold gebändigt. Das Ruder des Jungen war am Griffende mit einem Haken versehen, den er an einer dicken, aus der Böschung ragenden Wurzel eingehängt hatte.

»Ihr anderen, macht euch zum Schöpfen bereit. Unter den Sitzen findet ihr Ösfässer, und Leute, wenn ich schöpfen sage, meine ich auch schöpfen, denn unser Leben wird davon abhängen. Fertig, Jack?«

»Fertig«, antwortete er grimmig, drehte sich nach vorn und starrte in die Dunkelheit über dem Wasser.

Dann hatten sie abgelegt, und Jack tauchte unter Aufbietung aller Kraft das Paddel instinktiv mal auf der einen, mal auf der anderen Seite ins Wasser, obwohl er nicht die geringste Ahnung hatte, wohin die Fahrt ging.

Hinter ihm im Heck pfiff Arnold Mallarchi vergnügt ein Liedchen, und irgendwann rief er: »Hübsch sachte, Jackboy, nicht übertreiben. Spar dir deine Kräfte für später auf. Das hier ist der leichte Teil!«

Stort begann vor Verzweiflung zu summen. Seine jüngsten Erfahrungen mit Wasser waren nicht die besten. Barklice starrte mit weit aufgerissenen Augen in die Dunkelheit auf der einen Seite des Bootes, und Pike tat dasselbe, leise vor sich hin murrend, auf der anderen. Brif saß, den Bart von Wind und Regen zerzaust, aufrecht da und hielt die Augen fest geschlossen.

Das einzige Licht spendeten der stürmische Himmel über ihnen und die orangefarbenen Lampen der Brücken, unter denen sie von Zeit zu Zeit durchfuhren.

Vor ihnen lag nur schwarze Nacht.

Doch Arnold schien genau zu wissen, was er tat. Sein fröhliches Pfeifen flößte ihnen Zuversicht ein, wohingegen sein gelegentliches Jauchzen und Schreien, wenn das Boot sich aufbäumte und krachend aufs Wasser schlug, weit weniger erquicklich war.

»Jack, lass deine Finger im Boot, wenn dir was an ihnen liegt! Gleich geht der erste Tanz los.«

Die Kanalufer rückten enger zusammen und wurden zu senkrechten Wänden aus glibberigem Backstein. Gleichzeitig wurde die Strömung so reißend, dass sie in die Höhe gehoben und unsanft von einer Seite auf die andere geworfen wurden.

»Der Tanz beginnt«, rief Arnold. »fertigmachen zum Schöpfen, Jungs! Jack, wenn das Boot in eine Richtung zieht, musst du kräftiger in die andere paddeln, sonst bringst du uns zum Kentern!«

Es war gut, dass Arnold sie angewiesen hatte, die Ösfässer – die kleinen Woks ähnelten – bereitzuhalten, denn Augenblicke später stürzte eine Wasserwand ins Boot und gleich darauf von der anderen Seite eine zweite, sodass sie zu sinken drohten.

»Legen Sie sich ins Zeug! Sie auch, Master Brif! Jack, mit etwas mehr Schmackes, aber sonst machst du deine Sache gut.«

In den folgenden Sekunden, die ihnen wie Stunden vorkamen, versuchten sie verzweifelt, das Boot über Wasser zu halten, und zwar mit der richtigen Seite nach oben. Jack, der den Kopf gedreht hatte, als das Wasser sich über ihn ergoss, blickte jetzt wieder nach vorn über den Bug hinaus. Mit Entsetzen sah er, dass sich dort eine Mauer aus dunklen Backsteinen erhob. Sie war von Grün überwuchert, und ein paar rostige Ketten baumelten daran herab ins Wasser.

Er drehte sich wieder zu Arnold um, der kräftig am Ruder riss, um das Boot zu wenden. Plötzlich verlangsamte sich die Fahrt, und aus der Dunkelheit vor ihnen drangen saugende und schlürfende Geräusche.

»Bereitmachen, Leute!«, brüllte Arnold. »Und gut zuhören. Wir wenden jetzt und fahren rückwärts in die Kanalröhre, bevor sie verstopft. Duckt euch, klammert euch fest und haltet die Luft an. Jack, schnapp dir die Leine und wickele sie dir ums Handgelenk. Wenn du über Bord gehst, hältst du dich einfach daran fest, bis wir durch sind. Wir fischen dich dann auf der anderen Seite raus!«

Die Wände, die Jack eben noch einen solchen Schrecken eingejagt hatten, glitten jetzt langsam vorbei. Schließlich sah er mit Erstaunen, dass es Arnold irgendwie gelungen war, das Heck des Bootes herumzudrücken, direkt vor einen kleinen, überwölbten Tunnel, der ihm viel zu niedrig erschien. Schlimmer noch war, dass sie rückwärts darauf zufuhren, und am schlimmsten, dass sie förmlich hineingezogen wurden.

Es sah so aus, als würde Arnold mitsamt seinem Ruder von der Oberkante des Gewölbes umgemäht werden, als der Luggerbill in den Tunnel darunter schoss. Doch im letzten Moment duckte er sich ins Heck, senkte das Ruder und legte es der Länge nach ins Boot.

Sie nahmen Fahrt auf, und Jack begriff, dass ihm die gleiche Gefahr drohte, wenn er nicht schleunigst den Kopf einzog. Im selben Moment bemerkte er, dass sich Pike, blankes Entsetzen im Gesicht, mit beiden Händen an die Bootsränder klammerte.

Jack hechtete nach hinten und zog Pikes Hände weg, bevor ihm die Finger weggerissen werden konnten, dann duckte er sich und machte sich so klein wie möglich.

Rums! Und drin waren sie, die Tunneldecke nur Zentimeter über ihren Köpfen, umgeben von schwarzer Nacht. Sie wurden hin und her geworfen, und von allen Seiten prasselte Wasser auf sie ein. Instinktiv griff Jack mit der Rechten nach der Leine, und das war auch gut so. Mehrere Male, als die Tunneldecke sich hob, spürte er, wie er aus dem Boot gezogen, ja förmlich gesaugt wurde.

Doch er hielt sich fest, blieb geduckt und hoffte, dass seine Gefährten dasselbe taten.

So plötzlich, wie es angefangen hatte, hörte es wieder auf, und sie gelangten aus der Röhre in ein großes, unterirdisches Wasserbecken, das von einem einzelnen Lichtstrahl erhellt wurde, der aus einer Öffnung weit über ihnen fiel.

Langsam gewöhnten sich ihre Augen an die Dunkelheit. Ihr Boot trieb lautlos im Kreis, geschoben von irgendeiner unsichtbaren Strömung in dem tiefen, dunklen Wasser unter ihnen. Ein Ausgang aus der Höhle war nirgends zu entdecken.

»Na, das war vielleicht ein Tänzchen!«, krähte Arnold fröhlich, und seine Stimme hallte durch den hohen, kathedralenartigen Raum, in den von allen Seiten das anhaltende Rauschen von tosendem Wasser drang.

»Es weicht jetzt zurück, deshalb müssen wir noch zwei, drei Minuten warten. Dann heißt es wieder festhalten, besonders für dich, Jack, denn diesmal fahren wir richtig herum durch. Pass also auf, dass du nicht über Bord gehst, sonst wirst du unter den Kiel gezogen und zerquetscht. Verstanden?«

»Äh … verstanden«, antwortete Jack nervös.

»Wenn wir losfahren, geht alles ganz schnell, deshalb horcht auf das Gurgeln. Das ist das Zeichen, dass … Jackboy … *Jack! Runter!*«

Es war zu spät.

Die im Verborgenen wirkende Kraft der Strömung hatte das Boot aus dem Dunkel zu einem weiteren Röhreneingang getrieben. Die anderen hatten ihn bemerkt, doch Jack hatte sich noch neugierig umgesehen und wandte der Röhre erst sehr spät das Gesicht zu. Instinktiv hob er den linken Arm, um sich zu schützen, und blieb an etwas

Spitzem im Scheitelpunkt des Bogens hängen. Während er mit der rechten Hand die Leine umklammert hielt, fuhr das Boot weiter und glitt unter ihm durch.

»Hebt ihn hoch!«, rief Arnold, während Pike und dann die anderen der Reihe nach versuchten, Jack wieder ins Boot zu ziehen. »Hochheben!«, schrie er noch einmal.

Nur Brif begriff, doch so stark er für sein Alter auch sein mochte, so war er doch nicht imstande, Jack schnell genug nach oben zu drücken und von dem Gegenstand zu nehmen, an dem er sich verfangen hatte.

Aber Arnold wusste, was zu tun war.

Er stieß mit dem Hakenende seines Ruders nach Jack und bekam den Stoff seiner Jacke zu fassen. Gleichzeitig stellte er das andere Ende fest gegen einen Spant im Heck. Während das Boot unter den Bogen glitt, drückte es gegen das Ruder. So hob es Jack von dem unsichtbaren Gegenstand, schob ihn kurz an der Wand hinauf und dann, während das Boot darunter weiterfuhr, kippte es zusammen mit Jack ins Wasser.

»Fang die Leine auf, Jackboy«, schrie Arnold, und ein Seil kam aus dem dunklen Schlund der Röhre direkt in Jacks ausgestreckte Arme geflogen.

Er ergriff es, wickelte es sich um die Hand und schloss fest die Faust darüber.

Dann waren nur noch Kälte und Dunkelheit um ihn, er wurde unter Wasser mitgeschleppt. Zum Glück hatte er instinktiv Luft geholt, bevor er untergetaucht war.

Er spürte den Boden der Röhre unter den Füßen und stieß sich nach oben ab, doch über ihm war nur Wasser, überall nur Wasser. Seine Lungen drohten zu bersten.

Ich werde sterben …

Er spürte, wie er gegen Mauervorsprünge und Simse stieß, wie ihm fast der Arm abgerissen wurde, spürte, wie er immer schneller wurde, wie sich ihm die Brust zusammenschnürte. Dann war er plötzlich oben und aus dem Wasser in wirbelndem Licht, prustend und würgend, als hilfreiche Hände ihn packten und ins Boot zogen.

»Du kannst die Leine jetzt loslassen, Jack, und geh wieder auf deinen Posten, es gibt noch zu tun!«

Halb ertrunken und japsend, wurde er unsanft durch das gesamte Boot nach vorn gestoßen. Im Bug angekommen, sah er mit Erstaunen, dass Pike das Paddel hielt.

»Ich hab's nur gehalten«, krächzte er zur Erklärung, »Sie sind der Fachmann.«

Er drückte es Jack in die Hand, und im selben Moment rief Arnold: »Es geht wieder los!«

»Könnte es nicht mal jemand anderes versuchen?«, jammerte Jack.

»Sie machen das hervorragend«, knurrte Pike, und Arnold setzte hinzu: »Er ist ein Naturtalent.«

Klatschnass und grummelnd nahm Jack wieder seinen Platz im Bug ein.

Erst da bemerkte er, dass sie sich jetzt im Freien befanden. Betonwände erhoben sich rechts und links, und sie wurden immer schneller und schneller.

Über ihnen dräute noch derselbe dunkle Himmel eines stürmischen Nachmittags, und vor ihnen schimmerten die Lichter einer Stadt, die sich auf den Abend vorbereitete.

»Gentlemen«, rief Arnold Mallarchi mit der Zuversicht von jemandem, der weiß, dass das Ende in Sicht ist, »schöpfen Sie die Bilge aus und halten Sie sich dann gut fest, denn vor uns liegen die Stromschnellen!«

An das, was dann kam, konnte sich Jack hinterher kaum noch erinnern. Er wusste nur noch, dass er sich gut gefühlt hatte, dass seine Hände das Paddel fest umschlossen hatten, während er es abwechselnd auf beiden Seiten des Bootes eintauchte und durchs Wasser zog und dabei Hindernis um Hindernis umfuhr. Er reagierte auf jede Richtungsänderung und befolgte die Kommandos, die sein junger Kapitän von Zeit zu Zeit brüllte.

Der Kanal, den sie durchfuhren, verengte sich, an die Stelle der kahlen Mauern zu beiden Seiten traten Häuserwände, und hier und dort konnte man in erleuchtete menschliche Wohnungen sehen. Als sie unter einer Brücke, dann unter einer zweiten durchfuhren, veränderten sich auch die Gebäude. Nun säumten alte Lagerhäuser und stillgelegte Fabriken die Ufer. Schließlich steuerte Arnold mit hohem Tempo in einen Seitenkanal, und das Boot glitt unter einem letzten

Gewölbe durch und hielt auf einen Kai zu, der in einiger Entfernung vor ihnen emporragte.

Dann laute Rufe, Essensgerüche, andere Boote, die in der Nähe an- oder ablegten, Ladebäume und Gerätschaften aller Art. Und wieder Arnolds Stimme: »Mach das Boot fest, Jackboy. Du hast deine Sache gut gemacht.«

Sie hatten in einer Art Hafen angelegt, der, wie Jack feststellte, als sie ausstiegen und eine schlüpfrige Steintreppe erklommen, so betriebsam war wie kein anderer Ort, den er kannte.

Laternen beleuchteten die gepflasterten Wege, Schilder hingen über Ladenfronten, und in Kerzenlicht getauchte Verkaufsbuden boten geröstete Kastanien, Krebsfrikadellen und Aal in Aspik feil.

»Willkommen in Brum, willkommen in Deritend«, sagte Arnold. »Aber jetzt brauchen wir Handtücher und einen heißen Grog, also folgt mir, Leute!«

Innerlich aufgewühlt, triefend vor Nässe, voller blauer Flecken und wirklich böse zugerichtet, trottete Jack schweigend hinter den anderen her, so erschöpft, dass er kaum einen Fuß vor den anderen setzen konnte.

Aber er hatte überlebt, und er fühlte sich so lebendig wie nie zuvor. In diesem Augenblick hätte er niemanden lieber gesehen als Katherine.

Sie gelangten an ein baufälliges Schindelhaus, an dem hoch oben ein bemaltes Schild mit der Aufschrift *Schiffsunternehmung Mallarchi* hing. Die Tür war geschlossen, aber durchs Fenster konnten sie Leute sehen, die an einem Kaminfeuer saßen und ein Lied sangen, und eine dicke Frau, die ausgelassen Bier trank.

Jack hatte noch nie einen so einladenden Ort gesehen, doch wie es schien, mussten sie ein letztes Ritual durchlaufen, bevor sie eingelassen wurden.

Arnold drehte sich zu ihnen um und sagte: »Das macht dann eineinhalb Groschen für jeden, Gentlemen!«

»Oder fünf für die ganze Gruppe«, erwiderte Barklice entschieden. »Und Master Brif und meine Wenigkeit bekommen in Anbetracht unserer Stellung einen Sonderpreis. Damit wären es vier. Einverstanden?«

Arnold machte ein gequältes Gesicht. »Sie feilschen hart, Mister

Barklice, aber fair, denn ich weiß, dass Sie immer ein großzügiges Trinkgeld geben. Abgemacht?«

Es schien so.

Das Geld wurde bezahlt. Daraufhin öffnete sich die Tür, und der Weg in die wunderbare Wärme und verlockende Gastlichkeit dahinter war frei.

»Jack«, sagte Arnold und hielt ihn an der Tür auf, »das ist für dich!«

Er drückte ihm ein Geldstück in die Hand.

»Bugleute bekommen immer einen Anteil, und ich schwöre beim Spiegel, dass ich nie einen Anfänger gesehen habe, der besser war! Jetzt hör gut zu, denn wir Luggerbill-Boys haben gewisse Bräuche. Wenn dies dein erster Bootslohn ist, dann gib ihn ein Jahr lang nicht aus, wenn möglich viel länger. Verwahre den Groschen gut bis zu dem Tag, an dem du ihn wirklich brauchst. Er mag nicht viel wert sein, aber er ist ehrlich und anständig verdient. Wenn also der Tag kommt, gib ihn klug und mit Verstand aus. Abgemacht?«

»Abgemacht«, sagte Jack.

V
BRUM

66

IGOR BRUNTE

Es war Mitternacht, und der Wasserpegel stieg unablässig.

Noch lagen keine Berichte von Überschwemmungen vor, und die Bilgener hatten die Lage im Griff. Doch es waren weitere schwere Regenfälle vorausgesagt, und da der kräftige Wind auf westliche Richtung drehte, war es fast sicher, dass der River Rea sich bald aufstauen würde.

Aus diesem Grund hielt der Zehnerrat, das oberste Gremium der Stadt, eine Dringlichkeitssitzung ab. Eine solche Zusammenkunft war am Abend vor dem Geburtstag des Hochaltermanns nie willkommen, denn die meisten, die dazu erscheinen mussten, hätten lieber acht Stunden durchgeschlafen, ehe sie sich auf die Festlichkeiten am kommenden Nachmittag vorbereiteten.

Doch es musste sein, und Ratsmitglied Hrap Dowty, zuständig für den Bereich öffentlicher Verkehr, hatte die Lage mittlerweile noch weiter verkompliziert. Der blasse, wortkarge Verkehrsfachmann mit einer Besessenheit für Details und Zeitpläne hatte nämlich, was nur alle zehn Jahre einmal vorkam, den Vorschlag unterbreitet, New Brum von Old Brum abzuschotten. Die von ihm vorgebrachte Begründung war zwingend.

Größere Straßenbauarbeiten, die in der Innenstadt von den Menschen vorgenommen würden, so führte er aus, hätten die Umleitung bestimmter Abwasserkanäle erforderlich gemacht. Dies erhöhe unter den gegenwärtigen Umständen die Gefahr unvorhersehbarer, flutartiger Überschwemmungen in Deritend und Digbeth, die freilich auch auf die bevorzugten Wohngegenden im Norden und Osten übergreifen könnten … wo die meisten Mitglieder des Zehnerrats wohnten.

Allerdings würde eine Abschottung in Old Brum zu weitaus größeren Schäden führen. Überdies würde sie mit großer Wahrscheinlichkeit auch Todesopfer fordern, da die Bewohner eingeschlossen würden.

Dowty beendete seinen Bericht und nahm wieder Platz. Wer ihn genau beobachtete, konnte sehen, dass er unwillkürlich einen flüchtigen Blick zu dem niedersten Beamten warf, welcher der Sitzung beiwohnte, nämlich Sub-Quentor Brunte. Brunte selbst bemerkte es, so wie alles andere auch.

Wie ein wildes Tier, dessen Überleben von seiner Fähigkeit abhängt zu wittern, was in seinen Rivalen vorgeht, besaß Brunte die Gabe, die Beweggründe und Gedanken anderer zu erraten.

Er schnupperte jetzt, und was ihm in die Nase stieg, waren die üblichen widerstreitenden Gerüche von Eigennutz unter den versammelten Mitgliedern des Zehnerrats. Alle wollten ihre prächtigen Villen und ihre Geschäfte schützen und würden aus diesem Grund einer Abschottung zustimmen.

Doch jeder Einzelne wusste auch, dass eine solche Maßnahme unpopulär war, da sie Tod und Zerstörung über die schutzlosesten und schwächsten Mitglieder der Brumer Bevölkerung bringen würde. Die Stadt war seit jeher eine Hochburg der Widerspenstigkeit und Radikalität, in der es unter der Oberfläche gärte, deshalb drohte eine solche Abschottung das grimmige Gespenst der Revolution zum Leben zu erwecken, das die Sinistral und die Fyrd schon immer am meisten fürchteten.

Das Überleben eines Imperiums hängt, wie das einer Bank, von seiner Vertrauenswürdigkeit und seiner Macht ab. Beide müssen als unerschütterlich erscheinen, auch wenn sie es niemals sind.

So debattierten die Zehn unter dem Vorsitz des Stadtverwesers, General Elon, über die Frage, während ihre drei Quentoren und Sub-Quentor Brunte gelassen dasaßen und zuhörten, da keiner von ihnen das Recht hatte zu sprechen, außer er wurde ausdrücklich dazu aufgefordert.

Brunte verfolgte die Diskussion mit der Faszination und dem Egoismus eines Mannes, der sich sein ganzes, noch junges Leben lang mit der Frage beschäftigt hatte, wie man am Leben blieb und gleichzeitig immer mehr Macht errang. Er hörte – genauer gesagt, er roch, ja schmeckte beinahe – das Trommeln des Regens draußen, und es wurde ihm immer angenehmer. Es klang wie eine Verheißung. Es kündigte eine Veränderung an, auf die er lange hingearbeitet hatte, seit er als Neunzehnjähriger Zeuge des gescheiterten Mordanschlags auf den Riesengeborenen geworden war.

Doch die Debatte zog sich. Der Zehnerrat war sich unschlüssig, und alles deutete auf eine Vertagung hin. Brunte spürte, dass sein Eingreifen erforderlich wurde, doch ohne eine direkte Aufforderung durfte er nicht sprechen. Versuchte er es trotzdem, ging er einen Schritt zu weit. Schwieg er weiterhin, fiel die Entscheidung gegen die Abschottung aus, und die Gelegenheit wäre vertan.

Brunte tat das einzig Mögliche. Er wartete, bis die Diskussion ins Stocken geriet, dann lehnte er sich vor, über die Reihe seiner unterwürfig dasitzenden Vorgesetzten hinaus, atmete tief und vernehmlich aus und trommelte mit den Fingern auf den Tisch. Nicht so laut, dass der Eindruck von Ungeduld entstand, aber doch laut genug, um bemerkt zu werden. Und dass er bemerkt wurde, war wahrscheinlich, denn Brunte besaß die unerklärliche Eigenschaft aller großen Verschwörer, andere glauben zu machen, dass das Unmögliche möglich sei und dass Träume wahr werden. Ihn umgab eine Aura von Macht und Stärke, Charisma und Glauben an sich selbst.

So wartete er ruhig ab und dachte mit heimlichem Vergnügen an drei Punkte, die anzusprechen er nicht die Absicht hatte, die aber im Hinblick darauf, wie er die Zehn beeinflussen musste, von großer Wichtigkeit waren.

Punkt eins war, dass Hrap Dowtys Bericht, der die Debatte ausgelöst hatte, nicht den Tatsachen entsprach. Es stimmte zwar, dass die Kanäle von den Menschen umgeleitet worden waren, doch auch die Bilgener hatten Umleitungen vorgenommen und dadurch jeder zusätzlichen Gefahr bereits vorgebeugt. Dowty musste das gewusst haben.

Punkt zwei: Festoon Avon, der Hochaltermann von Brum, war ein Schwindler. Das Bild der Arglosigkeit und Schwäche, das er seit seiner Ernennung vor fünfzehn Jahren jede Stunde und jeden Tag bei den Fyrd nährte, war nur eine Pose. In Wahrheit war er intelligent und berechnend, ein geschickter Drahtzieher und wahrer Führer seines Volkes. Er, Brunte, wusste das. Die Frage war nur, wer noch. Jedenfalls keiner von den Zehn, so viel war sicher.

Drittens wusste er: Falls die Zehn für eine Abschottung stimmten, würden zwei von ihnen noch vor vier Uhr heute Nachmittag tot sein. Eine Stunde später würden auch die drei Quentoren, die neben ihm saßen, und weitere sieben Ratsmitglieder nicht mehr unter den Lebenden weilen, sodass nur noch einer übrigbliebe, der das Amt des Stadtverwesers würden übernehmen können. Er selbst würde bis dahin nicht mehr den niedrigen Rang des Sub-Quentors, sondern einen weitaus eindrucksvolleren Posten bekleiden. Was seinen Titel anging, hatte er noch keine Entscheidung getroffen.

Er lehnte sich gelassen zurück, denn er konnte förmlich riechen, dass der Vorsitzende seinem unausgesprochenen Wunsch, das Wort zu ergreifen, entsprechen würde.

»In Anbetracht der besonderen Umstände«, begann Elon, »scheint es mir ratsam, den Sub-Quentor zu fragen, wie er die gegenwärtige Bedrohung der öffentlichen Ordnung in unserer Stadt einschätzt.«

»Einverstanden«, murmelten mehrere der Zehn.

Sie blickten zu Brunte, der so tat, als sei er überrascht und sich der Ehre, die ihm zuteil wurde, bewusst. Mit einem bescheidenen Lächeln auf den Lippen und Mordgedanken im Herzen ergriff er das Wort.

Zehn Jahre war es her, dass Brunte Zeuge des Autounfalls geworden war, der die Familie Shore zerstört, Jack beinahe das Leben gekostet und ihn selbst dazu veranlasst hatte, die beiden ranghöheren Fyrd, die er begleitete, zu ermorden, damit die Ereignisse jener Nacht sein Geheimnis blieben und er später daraus Nutzen ziehen konnte. Heute, zehn Jahre später, war er stämmiger, sein Gesicht fleischiger, der Blick seiner hellen, intelligenten Augen noch immer jovial und daher eine willkommene Tarnung seiner wahren Absichten, die Finger behaarter, die Unterarme kräftiger und seine Ausstrahlung ungewöhnlich stark für einen so jungen Mann.

Bei seiner Ankunft in Brum hatte Brunte schnell begriffen, dass ein Fyrd ohne Beziehungen und daher ohne Aussicht auf angemessene Beförderung als Sub-Quentor noch die besten Aufstiegsmöglichkeiten hatte.

Es war ein einträglicher Posten, offen für Korruption und Bestechung, und Brunte beobachtete, wie seine Inhaber ihre Macht und ihren Wohlstand mehrten. Doch es war auch ein gefährlicher Posten, den die meisten nur ein oder zwei Jahre innehatten, ehe sie unter dem jederzeit berechtigten Vorwurf der Käuflichkeit kaltgestellt wurden.

Brunte selbst war ein Jahr zuvor auf altbewährte Weise Sub-Quentor geworden, indem er seinen Vorgänger, einen gewissen Finial Fane, aus dem Weg räumte. Dabei hatte er im heimlichen Einvernehmen mit General Elon gehandelt, dem er beträchtliche Geldsummen aus verschiedenen profitablen Geschäften zukommen ließ.

Sobald seine Stellung innerhalb der Hierarchie zumindest vorläufig gefestigt war, ging er daran, mögliche Rivalen in untergeordneten Positionen auszuschalten und durch Männer zu ersetzen, die sein Vertrauen genossen und Intelligenz mit Muskelkraft vereinten. Elon wäre nie in den Sinn gekommen, dass der Ehrgeiz seines Untergebenen nach weit höheren Zielen strebte, doch so erging es den meisten Fyrd, die den freundlichen und umgänglichen Brunte kannten.

»Sub-Quentor«, sagte Elon kühl mit einem drohenden Unterton, »würde eine Abschottung tatsächlich die öffentliche Ordnung gefährden oder wäre sie nur ein Verwaltungsakt?«

»Es besteht durchaus keine Gefahr, General, zumindest nicht in dem Sinn, den Sie meinen. In Deritend sind Proteste meist nur Schall und Rauch, denn das Viertel ist fest in der Hand der Bilgener, und Sie wissen, wie treu diese zu den Fyrd stehen, die ihnen vor vielen Jahren hier Asyl gewährt haben. Was Digbeth High angeht, so haben Sie mein Wort, dass sich jedes Aufbegehren eindämmen lässt. Aber lassen Sie mich hinzufügen, dass eine Abschottung gewisse Vorteile birgt, denn sie lockt die Unzufriedenen aus der Reserve. Besonders wenn es Tote gibt, macht sich eine aufrührerische Stimmung breit, und was noch besser ist, es wird öffentlich darüber geredet.«

»›Noch besser‹? Wie meinen Sie das?«

Brunte wandte sich dem Tisch und den Zehn zu, straffte seine Gestalt und ließ flüchtig seine wahre Macht erahnen. Er kicherte. »Wenn wir den Notstand ausrufen, erhalten wir Vollmachten, die uns in die Lage versetzen, jede Rebellion im Keim zu ersticken. Und genau das werden wir, mit Billigung der Zehn, auch tun … gründlich und in einer Weise, die man nicht so schnell vergessen wird.«

Niemand zweifelte daran.

»Kurz gesagt, meine Herren Räte, glaube ich, dass uns die Lage die seltene Gelegenheit eröffnet, unserem Willen wieder Geltung zu verschaffen, und wenn dabei ein paar Leute ertrinken, wird uns das helfen, Brum von Unruhestiftern zu befreien.«

Das genügte ihnen. Die Abschottung wurde beschlossen und unmittelbar darauf der Notstand ausgerufen. Der Sub-Quentor wurde mit der Durchsetzung der beiden Beschlüsse betraut, und an die drei Quentoren erging die Anweisung, sich zur Verfügung zu halten.

»Dabei wollen wir es bis nach dem Fest des Hochaltermanns bewenden lassen«, sagte Elon scherzhaft. »Wir wollen ihm doch nicht die Laune verderben …«

Minuten später gingen die Ratsmitglieder auseinander. Auf dem Weg zu Tür nickte Elon Brunte beifällig zu.

Der Sub-Quentor raffte seine Papiere zusammen und eilte zurück in seine Amtsräume, wo viele Besucher warteten, die ihn zu sprechen wünschten, und seine engsten Anhänger bereits in seinem Büro versammelt waren.

»Die Entscheidung ist gefallen«, verkündete er triumphierend. »Es wurde eine Abschottung beschlossen. Finden Sie sich um halb drei wieder hier ein. Bewaffnet, denn es gibt endlich Arbeit.«

Er entließ sie mit der Anweisung, alle, die in anderen Angelegenheiten draußen warteten, fortzuschicken. Sie sollten morgen wiederkommen – alle bis auf einen.

»Schickt Major Feld herein.«

Feld erschien.

»Haben Sie das Mädchen gefunden?«, fragte Brunte. »Und den Jungen verfolgt?«

Feld grinste grimmig.

»Das ›Mädchen‹ Katherine ist jetzt erwachsen, Sub-Quentor. Und was Jack, den ›Jungen‹, angeht, so ist er bereits ein ernst zu nehmender, mutiger Kämpfer. Er hat uns in dem Henge so lange in Schach gehalten, bis ihm Master Brif und Mister Pike zu Hilfe gekommen sind. Also haben wir uns Katherine geschnappt. Sie ist sicher bei den Schwestern untergebracht.«

»Und der Junge?«

»Ist wie geplant auf dem Weg nach Brum, um sie zu retten. Eine unserer Patrouillen hat versucht, ihn dingfest zu machen, und wurde zum Dank für ihre Mühen überwältigt und gefesselt. Seitdem lassen wir sie unbehelligt und warten, bis Jack sich uns selber ausliefert, was er zwangsläufig tun wird.«

Brunte dachte darüber nach, dann blickte er auf seine Uhr.

»Gut, gut, Sie haben Ihren Auftrag erledigt. Unter anderen Umständen würde ich auf der Stelle mit dieser … Katherine sprechen, aber angesichts der drohenden Überschwemmung überschlagen sich hier die Ereignisse. Wir können es uns nicht leisten, der Führung der Fyrd Zeit und Gelegenheit zu einem Gegenschlag zu geben. Jetzt ist die Stunde, und ich gedenke, sie zu nutzen.«

Feld sah ihn an und lächelte gleichzeitig verschwörerisch und respektvoll. Theoretisch mochte er Bruntes Vorgesetzter sein, doch er wusste, dass er ihm nicht das Wasser reichen konnte, was seine Skrupellosigkeit und seine Fähigkeit anging, im richtigen Moment das Richtige zu tun.

Es gab etwas, das Brunte nicht über ihn wusste und das alles verändert hatte. Feld hatte die Berichte über Lavin Sinistrals schockierenden Tod in Englalond zehn Jahre zuvor gelesen. Nach Prüfung der Fakten hegte er wenig Zweifel, dass Brunte die Kühnheit besessen hatte, den jungen Sinistral und den älteren Fyrd-Offizier zu ermorden.

Ebenso wenig zweifelte Feld daran, dass Brunte seinen Vorgänger umgebracht hatte, um das Amt des Sub-Quentors zu ergattern – ein Amt, in dem die meisten ranghohen Fyrd nie und nimmer ein mögliches Sprungbrett zur Macht gesehen hätten.

Feld war beauftragt worden, gegen Brunte zu ermitteln und ihn gegebenenfalls als Staatsfeind zu verhaften. Herausgekommen war das Gegenteil. Bruntes Charme, Tatkraft und Ambitionen gegen die herrschende Dynastie der Sinistral hatten bei Feld Anklang gefunden. Jetzt war er sein Verbündeter und Mitverschwörer.

»Major Feld«, sagte Brunte, »Sie haben gute Arbeit geleistet. *Wir* haben gute Arbeit geleistet. Aber an diesem entscheidenden Tag gibt es noch viel zu tun, sehr viel zu tun, deshalb werde ich das Gespräch mit Katherine bis auf weiteres verschieben. Bleiben Sie dran, halten Sie mich auf dem Laufenden, wenn Sie etwas über Jacks Aufenthaltsort erfahren. Seien Sie um halb drei wieder hier und halten Sie sich bereit.«

Feld nickte grimmig.

»Wenn ich Sie richtig verstehe, Sub-Quentor …«

Brunte sprach ganz offen. »Was wir vorhaben, ist die erste unmissverständliche und öffentliche Herausforderung der Sinistral seit vielen Jahren. Sollten wir Erfolg haben, werden wir den Lauf der Geschichte verändern. Und ich gedenke, Erfolg zu haben.«

Feld blickte skeptisch.

»Ich befürchte immer noch, dass die Sinistral unverzüglich eine Fyrd-Armee entsenden werden, um Sie zu vernichten, so wie sie auch Ihre Landsleute in Polen vernichtet haben.«

Brunte zuckte unbeeindruckt mit den Schultern. »Ich glaube nicht, dass sie das tun werden, denn sie haben sich andernorts in Hyddenwelt übernommen. So oder so, Major Feld, ich setzte weiter auf Ihre Loyalität.«

Feld lächelte. »Die haben Sie, Sub-Quentor Brunte, so oder so.«

67

MODORS HÄNDE

Imbolc hatte eine arbeitsreiche Zeit.

Nachdem sie zwei Tage zuvor dem schlafenden Stort am See bei Devil's Quoits einen Besuch abgestattet und dann Katherine ihr Pferd geschickt hatte, um ihr zur Flucht aus den Tunneln zu verhelfen, hatte sie alte Freunde in Thüringen aufgesucht.

Dies waren die Modor, die weise Frau, und ihr Gemahl, der Wita. Er war gerade nicht da, und so war es an Imbolc, die Modor davon zu überzeugen, dass sie gebraucht wurde und reisen musste.

Letzteres tat die Modor nur äußerst selten, denn nachdem sie auf Thüringens Höhen um Wahrheiten gerungen und sie dann als trügerisch verworfen hatte, hatte sie den Weg aus den Bergen vergessen und verspürte in jedem Fall wenig Neigung, sie zu verlassen.

Es gibt einige, die behaupten, Friedensweberinnen hätten einen besonderen Einfluss auf die Modor, denn diese sei einst selbst eine Schildmaid gewesen und somit eine frühere Schwester der Friedensweberin. Sei es, wie es sei, jedenfalls willigte die Modor ein, Imbolc zu begleiten.

»Wo ist der Wita?«, fragte Imbolc neugierig.

Sie wusste, dass die beiden wie alte Eheleute waren, hinter deren Gemecker und Gemurre übereinander sich beständige Liebe verbarg.

»Nicht hier, so viel ist sicher«, lautete die verschwommene Antwort.

Eine Äußerung, so dachte Imbolc, die wie die meisten von ihr gemachten vage erschien, wahrscheinlich aber den Kern der Sache traf – nur dass man leider nicht wusste, um welche Sache es ging.

»Wohin soll die Reise gehen?«, fragte die Modor.

»Nach Brum«, antwortete Imbolc.

Wie zwei alte Hexen stiegen sie auf das weiße Pferd, und fort waren sie.

Es war weit nach Mitternacht, ehe Arnold Jack endlich zu der Herberge führte. Trotz der späten Stunde wimmelten die Straßen und Gassen von Menschen, die aus irgendeinem Grund über Arnold Mallarchis Rückkehr ganz aufgeregt waren. Jack wunderte sich darüber.

»Sie sind deinetwegen aufgeregt, nicht meinetwegen«, erklärte ihm Arnold. »Habe ich recht, Master Brif?«

Brif machte ein geheimnisvolles Gesicht.

»Tatsache ist«, erläuterte Pike, »dass die Leute Sie sehen wollen, Jack. Das ist ja einer der Gründe, warum wir wollten, dass Sie herkommen. Die Leute müssen den Riesengeborenen sehen und wissen oder jedenfalls das Gefühl haben, dass er auf ihrer Seite steht. Sie können ihnen Mut machen.«

Jack blickte skeptisch und sagte: »Eine schöne Hoffnung ist das! Wie soll ich denn Leuten Mut machen, die ich überhaupt nicht kenne?«

Brif zuckte mit den Schultern.

»Fragen Sie nicht uns, Jack, fragen Sie die Geschichte. Genau das tun Riesengeborene nämlich – vorausgesetzt, sie bleiben lange genug am Leben. Beornamund hat es getan, und ã Faroün, gesegnet sei sein Name, auch …«

»›A‹ wer?«

»Sie werden seine Werke noch früh genug kennenlernen«, sagte Brif, »aber unser junger Freund Arnold hier wird ungeduldig.«

Der Bilgener deutete stolz auf das Gasthaus seines Großvaters.

Es überragte ein Trockendock, das mit einem anderen, das direkt an den Fluss grenzte, verbunden war. Es lag so weit unter dem Straßenniveau der Menschenstadt und so schwer zugänglich hinter abgezäunten Grundstücken, dass das Kommen und Gehen und die Beleuchtung zu dieser nächtlichen Stunde von den Menschen nicht bemerkt wurden.

Was die Hydden anging, so sahen sie von der Oberwelt nur hin und wieder die Lichter der Autos, die sich in einem Hochhausfenster spiegelten und über eine Freifläche hinweg zu einem anderen geworfen wurden wie stumme, verblichene Geister, rot und weiß und manchmal auch blau flackernd. Von den Menschen selbst war nichts zu sehen.

Jack hatte nun Gelegenheit, sich das Gasthaus, das Arnolds Großvater gegründet hatte, genauer anzusehen. Außen war ein langes, schwarz gestrichenes, jedoch verwittertes Brett angebracht, das über zwei Türen und drei Fenster hinweg von einer Seite zur anderen reichte. Darauf stand in schmutzig-weißer Schrift der Name *The Muggy Duck*. Der Ursprung dieses Namens hing senkrecht an einer Ecke des Hauses. Es handelte sich um ein Schild an einem rostigen, schmiedeeisernen Ausleger, auf das ein schneeweißer Schwan gemalt war, der über das blaue Wasser eines sauberen Flusses glitt, eine zarte Erinnerung daran, wie der River Rea einst ausgesehen haben mochte, bevor ihn die Menschenstadt, und mit ihr die der Hydden, unter Tage verbannte.

Die Fenster des Wirtshauses erstrahlten in einladendem Lichterglanz. Als sie eintraten, war der alte Mallarchi nirgends zu sehen, aber das spielte keine Rolle. Der völlig überfüllte *Duck* stand unter dem strengen Regiment seiner Tochter Ma'Shuqa, Arnolds Mutter, der bekanntesten und beliebtesten Bilgenerin von Brum.

Sie drückte ihren Sohn an ihren üppigen Busen und überhäufte ihn so mit Küssen, dass er nach Luft schnappen musste. Dann begrüßte sie die anderen, die sie offensichtlich bestens kannte. Sie musterte Jack mit neugierigem Wohlgefallen und nahm ihn dabei mit kräftigen Händen an beiden Schultern, ehe sie ihn an sich zog wie zuvor ihren Sohn, freilich nicht so weit ging, ihn zu küssen.

»Willkommen zusammen«, sagte sie, »aber du meine Güte, ihr seid ja klatschnass! Arnold, bring sie rüber, damit sie vor dem Essen ein Dampfbad nehmen und sich erholen, und sag Jellybee, dass diese wichtigen Gäste alles zum halben Preis bekommen, Massage inbegriffen.«

An Brif gewandt, fuhr sie fort: »Dann seid ihr beschäftigt, bis der Trubel in der Küche etwas nachlässt. Wie ihr seht, herrscht heute Abend Hochbetrieb wegen der Geburtstagsparade morgen und weil die Leute vor dem Regen flüchten.«

Sie eilte geschäftig weiter, drehte sich dann aber noch einmal um und rief: »… und vergesst nicht, eure Knüppel und sonstige Waffen bei Mister Klim in der Waffenkammer abzugeben, aus Sicherheitsgründen.«

Jack reichte seinen Knüppel durch ein Fenstergitter, hinter dem ein spindeldürrer Gentleman saß, auf dessen Stirn irritierenderweise in gotischer Schrift das Wort »KLIM« tätowiert war. Er nahm die Waffe, ohne eine Miene zu verziehen, fragte Jack nach seinem Namen und sprach ihn lautlos nach, um ihn sich einzuprägen. Hoffentlich tat er das korrekt, denn er gab Jack weder eine Marke noch eine Empfangsbestätigung. Dann verschwand der schlichte Knüppel in einem länglichen Sortierfach, das, soweit Jack erkennen konnte, weder numeriert noch beschriftet und nur eines von hunderten war, die teils leer, größtenteils aber mit Knüppeln gefüllt waren, von denen einige schon Staub ansetzten.

Während er wartete, bis die anderen ihre Waffen abgegeben hatten, sah er sich in dem großen, hell erleuchteten Raum um, an dessen beiden Enden jeweils in einer Kaminecke dicke Holzscheite brannten.

Die Gäste des *Duck*, Männer und Frauen, tranken aus schmalen Krügen mit Henkeln. Es gab drei lange und breite Tafeln, an denen Leute von üppig beladenen Speiseplatten aßen und aus dampfenden Suppenschüsseln löffelten, dabei Gespräche führten, lachten, brüllten und sich mit roten Servietten, die wie das Essen von vollbusigen, mit Bändern geschmückten jungen Bilgenerinnen gebracht wurden, den Mund und die Stirn wischten.

»… und Master Brif«, rief Ma'Shuqa und bedachte Jack mit einem bedeutungsvollen Blick, als sie von Arnold durch ein Hinterzimmer hinausgeführt wurden. »Vorhin ist eine Besucherin eingetroffen, die jetzt im Bad auf den jungen Jack wartet. Er kann sich auf eine Massage gefasst machen, die er niemals vergessen wird!« Nicht zum ersten Mal hatte Jack den Eindruck, dass allerhand vor sich ging, was ihn betraf, ohne dass man ihm sagte, was.

Die Badeanstalt lag hinter dem Wirtshaus und war inmitten eines Gewirrs dicker, zum Teil isolierter Rohre untergebracht. Manche dampften, und andere hatten an den Wänden, an denen sie befestigt waren, kalkartige Ablagerungen hinterlassen. Daraus schloss Jack, dass sie zu einer Warmwasserheizanlage gehörten, die oben menschliche Bedürfnisse befriedigte.

Sie gelangten an eine Tür, auf der *Dampfbadeanstalt Mallarchi GmbH* stand. Darüber war eine von hinten rot angeleuchtete Glasscheibe, auf die jemand von Hand geschrieben hatte: »Täglich geöffnet, ausgenommen Feiertage und der 10. April.«

»Mutters Geburtstag«, sagte Arnold zur Erklärung. »Betriebsausflug mit den Mädchen.«

Sie traten in einen feuchten Vorraum, in dem sie ein großer, muskulöser Bademeister in einem Sarong und weißer Weste begrüßte und von Mister Pike, der hier offenbar gut bekannt war, Geld entgegennahm. Jeder bekam ein Lendentuch und dünne Handtücher ausgehändigt.

Wegen der drohenden Überschwemmung war die Stammkundschaft dieser sonst gut besuchten und jederzeit einträglichen Anstalt heute ausgeblieben, sodass Jack und die anderen die Schwitzstuben ganz für sich hatten. Sie aalten sich in der ständig steigenden Hitze auf Holzbänken und ließen sich von dunkelhäutigen, wortkargen Bademeistern massieren, deren große Hände, Ellbogen und Füße, vor allem aber Finger alle ganz eigene Heilkräfte besaßen und auf ihre Körper übertrugen.

Die diversen Behandlungen endeten mit einem Sprung in ein Tauchbecken, dessen Wasser so kalt und tief war, dass Jack einen Moment lang das Gefühl hatte, er sei in die Leere eines angenehmen Todes gefallen.

Erst als er sich abtrocknete, kam ihm zu Bewusstsein, dass er zum ersten Mal in seinem Leben die schweren Verbrennungen an Rücken und Hals, die er sich bei dem Autounfall in seiner Jugend zugezogen hatte, den Blicken der Allgemeinheit preisgegeben hatte.

Falls er erwartet hatte, dass die anderen nicht hinsahen oder mit Schweigen darüber hinweggingen, so hatte er sich getäuscht.

»Beim Spiegel«, rief Brif, der, kräftig gebaut und muskulös, im Lendenschurz eine bessere Figur abgab, als Jack erwartet hatte. »Ich hatte ja keine Ahnung …«

Auch Stort war neugierig, und sogar Pike. Dann erschien wieder der Masseur, der Jack zuvor geknetet, aber kein Wort gesprochen hatte, und eröffnete Jack, dass er eine Sonderbehandlung bekommen solle.

Jack wurde nach nebenan geführt, die anderen folgten. Der Raum war warm und gedämpft beleuchtet, und eine Frau um die siebzig erwartete ihn. Sie war irgendeine Art von Heilerin und forderte Jack auf, sich auf den Bauch zu legen, damit sie ihn untersuchen könne.

Handtücher wurden über seinen Kopf, den unteren Teil seines Körpers und die weniger versehrte Seite seines Rückens gebreitet. Die Couch, auf der er lag, hatte ein V-förmiges Loch, durch das er atmen konnte, aber bedingt durch seine Lage und die Handtücher vernahm er die Stimmen der anderen nur gedämpft.

Die Finger der Frau wanderten leicht wie eine Feder über seinen Rücken, bis sie einen Höcker oder Knoten fanden, dann verharrten sie, wurden energischer und drückten, um die Spannung darunter zu lösen. Dazu sang sie leise ein Lied, das ihn zunächst an einen Klagegesang erinnerte, ihm aber schon bald, auch weil irgendjemand auf einer Art Flöte dazu spielte, wie die schönste traurige Weise vorkam, die er jemals gehört hatte.

Doch er *hatte* sie schon einmal gehört, vor langer Zeit, und er wusste, dass jetzt gleich …

Er hatte recht.

Der Rhythmus veränderte sich, wurde lebhafter, packender, fremdartiger.

»Ich kenne diese Melodie«, murmelte er. »Ich habe sie gehört, als ich noch sehr klein war, und ich … sie erinnert mich …«

Die Berührung ihrer Hände war fest, ihre Stimme sanft.

»Du kennst die Musik, und die Musik kennt dich. Eines Tages wird sie dich ganz gewiss wieder begrüßen, denn es ist die Weise deiner Sippe …«

»Was meinen Sie damit?«

Seine Wissbegier war natürlich groß, doch die Mattigkeit, die ihn befiel, je länger ihrer Berührungen andauerten, war größer.

Massierte sie ihn? Er war sich nicht sicher.

Wischte sie seine alten Tränen fort? Jedenfalls kam es ihm so vor.

Drang ihre Berührung durch seinen geschundenen Körper bis in sein Herz? Er war davon überzeugt.

Schlief er eine Zeit lang? Er blieb nicht ganz in der Welt der Sterblichen.

Als er schließlich aufwachte, legte ihm Brif fest eine Hand auf die Schulter, um ihn zu beruhigen, und flüsterte: »Jack, unsere Kleider sind gewaschen und gebügelt. Deine liegen hier. Du sollst gleich zu einem späten Nachtmahl zu uns stoßen, aber vorher möchte die Modor noch mit dir sprechen. Sie sagt, du sollst ruhig und behutsam aufstehen und dich dann ankleiden. Stort wird bei dir bleiben.«

Jack stemmte sich vorsichtig von der Liege, innerlich so gelöst, dass es ihn nicht sonderlich störte, wie die alte Frau jede seiner Bewegungen beobachtete. Stort war wie gewohnt gleichgültig gegen seine Umgebung und interessierte sich nicht dafür, ob Jack seine Kleider aus- oder anzog. Als Jack vollständig angekleidet war, gab ihm die Frau ein Zeichen, sich zu setzen. Er tat es nur zu gern.

Die Modor sah ihn an und sagte leise: »Du wirst dich mehrere Stunden lang sehr müde fühlen, deshalb musst du schlafen. Wenn du aufwachst, wirst du das Gefühl haben, man hätte dich grün und blau geschlagen. Danach wirst du dich vierundzwanzig Stunden lang großartig fühlen, und dann ...«

Jack nickte und wollte gerade fragen, was sie mit ihm gemacht habe, da fuhr sie fort.

»Du bist in innere Not geraten und musst dich darum auf eine schwere Zeit einstellen. Deine alten Verletzungen gehen tief und können vielleicht nie ganz geheilt werden.«

Jack überlegte einen Moment, schaute auf und blickte in ihre durchdringenden Augen.

»Sie sagen, *vielleicht*. Heißt das, sie können geheilt werden? Meine Haut und meine verbrannten Muskeln können wieder gesund werden?«

Die Modor seufzte, senkte den Kopf und schloss halb die Augen. Dann stand sie plötzlich auf, und so geschwind, dass es ihr Alter Lügen strafte, kam sie zu ihm herüber und ergriff seine Hand. Ihre Augen waren schwarze Teiche, um die sich tausend dunkle Fältchen legten.

»Beinahe alles kann geheilt werden«, sagte sie, »selbst solche Verletzungen wie deine. Es erfordert Mut und bereitet größere Schmerzen, als du dir vorstellen kannst. Und wer vermag schon zu sagen, ob eine Heilung all die Veränderungen wert ist, die sie mit sich bringt? Aber so ist der Lebensweg eines Riesen, und ich spüre, dass sein Geist in dir wohnt und dass deine Wurd stark ist und nicht so leicht ins Wanken gerät. Außerdem ...«

Jack schüttelte enttäuscht den Kopf und fiel ihr ins Wort. »Ständig sagen alle, ich sei ein Riese, dabei weiß ich noch nicht einmal, was das bedeutet.«

Die Modor kicherte. »Niemand weiß mit Bestimmtheit, was es bedeutet. Aber eines ist gewiss – du bist ein Narr der Wurd, noch ganz am Anfang deines Lebenswegs, deshalb verweile nicht allzu lange in

Brum oder in Hyddenwelt. Du bist für beide noch nicht bereit. Und die Welt der Hydden noch nicht für dich.«

Jack hätte ihr gerne noch Fragen dazu gestellt, auch zu der Melodie, die er vorhin gehört hatte, und zu ihrer Person, doch er fühlte sich benommen und sehr müde.

»Wenn du erst weißt, was es heißt, ein Riese zu sein«, sagte sie sanft zu ihm, »wirst du Heilung finden.«

Jack sah zu ihr hinüber, als sie sich zur Tür wandte.

»Ich hätte noch mehr Fragen …«, sagte er und streckte die Hand nach ihr aus.

Doch sie war fort. Augen, die sich im Dunkeln verloren, ein Lächeln, das sich in die Erinnerung zurückzog, eine Abwesenheit, so spürbar wie ein Verlust.

Jack und Stort gesellten sich zu den anderen im *Muggy Duck*, wo sich die Menge gelichtet hatte, um, wie Jack erfuhr, Vorbereitungen für die Jungfernparade am nächsten Tag zu treffen.

»Ein besonderer Brauch bei uns in Deritend«, ließ er sich sagen. »Vergiss die feinen Pinkel oben in New Brum und die Rabauken in Digbeth. Wir machen es so, wie man es machen muss!«

»Was denn?«, fragte Jack.

Aber er erhielt keine Antwort, denn die Leute waren zu betrunken für ausführliche Erklärungen oder mit den Gedanken schon wieder woanders. Von der Reise und den Behandlungen war er so erschöpft, dass er ihren konfusen Gesprächen über Hochwasser und Aufruhr, über Gebräuche und Paraden, Geburtstagsbräute und Knoten nicht folgen konnte.

Viel später, nach zwei Uhr am Morgen, trafen aus mehreren Stadtbezirken Angehörige der Mallarchi-Sippe ein, die vor dem Hochwasser geflohen und dennoch festen Willens waren, den kommenden Tag zu feiern.

Ma'shuqa Mallarchi erschien wieder, erklärte, dass es nun Zeit sei, zu Bett zu gehen, und führte sie vergnügt in einen kleinen Raum mit einem langen Strohsack auf dem Boden, der ihnen als gemeinsames Lager dienen sollte. Sie legten sich hin, bliesen die Kerzen aus, lauschten dem Regen draußen und fielen in einen wohligen Schlaf.

68

WIEDER GEFANGEN

Katherine versuchte, Hais' Rat zu beherzigen und unbemerkt in ihr Zelle zurückzukehren, doch es war zu spät.

An der Zellentür sah sie sich Auge in Auge mit Schwester Chalice, die sie am Arm packte und anfuhr, als sei sie ein Kind: »Hab ich mir doch gedacht, dass hier jemand ungezogen ist.«

Sie war nicht allein. Die Oberin und zwei noch größere Schwestern waren bei ihr.

»Ah, guten Morgen, Schwester Katherine«, sagte die Oberin mit einem starren Lächeln. »Es freut mich, dass du dir ein wenig die Beine vertreten konntest. Und es freut mich, dass dir keine albernen Fluchtgedanken gekommen sind, denn ich kann dir versichern, wir hätten dich nicht vor dem sicheren Verderben bewahren können, wenn du dich in die dunklen und gefährlichen Gänge hier im Viertel gewagt hättest. Bist du nicht auch froh, dass wir dich gefunden haben, ehe es zu spät war?«

Katherine öffnete den Mund, um zu protestieren, besann sich dann aber eines Besseren.

Stattdessen tat sie so, als sei sie müde und verwirrt. Die Schwestern umringten sie und führten sie durch den Korridor in die Richtung, aus der sie gekommen waren, und dann eine alte, gusseiserne Treppe hinauf. Von oben schlugen Katherine Gelächter und Parfümgeruch entgegen.

»Wohin bringen Sie mich?«, brachte sie unsicher heraus.

»Wir gehen zu einem Fest, meine Liebe, aber vorher müssen wir dich schön machen. Du siehst hässlich aus. Deine Haare sind von Natur aus zu widerspenstig, aber dem lässt sich leicht abhelfen. Und du bist zu mager für deine Größe, aber ein paar Polster werden das bald ausgleichen.«

»Polster?«, rief Katherine.

»Polster und andere weibliche Kniffe können dir helfen, auserwählt zu werden. Und glaube mir, du willst ganz bestimmt auserwählt werden, denn du bist zu empfindsam, zu kultiviert, um die rohe Zuwendung der gemeineren Fyrd zu ertragen. Keine Sorge, Schwester, bald wirst du genauso aussehen wie eine von uns. Freust du dich nicht darüber?«

»Nein«, entgegnete Katherine, »ihr seht alle schrecklich aus, so künstlich.«

Das brachte sie nur noch mehr zum Lachen.

»Kommt, meine Lieben, machen wir uns das Vergnügen, dieses Entlein in einen Schwan zu verwandeln!«

Katherine wurde in dieselben gedämpft beleuchteten Räume geführt, in denen sie in der Nacht zuvor angekommen war. Sie waren voller Schwestern, die sich für irgendeinen besonderen Anlass schminkten und herausputzten.

»Wofür machen sie sich zurecht?«, fragte sie.

»Für Lord Festoons Geburtstagsfest, natürlich. Stell dir vor, jede von uns kann die Auserwählte werden.«

»Die Auserwählte?«, fragte Katherine mit einem unbehaglichen Gefühl. »Wofür?«

»Trink das, meine Liebe.«

»Nein!«

»Doch.«

Eine packte sie an den Schultern, eine andere an den Armen, und eine dritte hielt ihren Kopf fest. Ein Glas mit einer wohlriechenden Flüssigkeit wurde ihr an die Lippen geführt, dann die Nase fest zugedrückt. Sie hielt so lange sie konnte die Luft an, doch schließlich musste sie den Mund öffnen, um nach Luft zu schnappen. Im selben Moment kippten sie ihr das Gebräu in den Schlund, und bevor sie sich versah, hatte sie es geschluckt.

Sie hielten sie fest, bis sie gegen ihren Willen ruhiger wurde und sogar zu lächeln begann.

»Es wird Zeit, dass wir uns deinem Haar widmen, meine Liebe«, sagte Chalice und wandte sie einer anderen zu. »Schwester Mary, was kannst du mit deiner Schere aus diesem abscheulichen Etwas machen?«

Katherine hörte sich hilflos lachen, als sie eine Schere, gehalten von einer tadellos manikürten Hand, durch die Luft auf sich zuschnippeln sah.

»Ganz ruhig«, beschwichtigte sie eine sanfte Stimme. »Das Schlimmste war gestern, heute bekommst du nur den letzten Schliff.«

Katherine lachte wieder, ein seltsam ausgelassenes, albernes Lachen.

»*Sei ganz entspannt*«, schnurrte die Stimme.

»Bin ich doch schon«, hörte sie sich zu ihrem Entsetzen sagen.

69

SCHAFFEN SIE KLARHEIT!

Als Jack in dem dunklen, stickigen Zimmer, das ihnen Ma'Shuqa Mallarchi zur Verfügung gestellt hatte, erwachte, war er völlig verwirrt. Er hatte jedes Zeitempfinden verloren, und im ersten Moment hatte er das unangenehme Gefühl, dass ihm noch etwas anderes abhanden gekommen war. Die Stille hinter dem dicken Tuch, das vor das Fenster gespannt war, verriet ihm, was er vermisste.

»Der Regen hat aufgehört«, murmelte er schwach. Er fühlte sich wie zerschlagen.

Zu seiner großen Überraschung bemerkte er, dass er seine Arme fest um den schnarchenden Bedwyn Stort geschlungen hatte, der sich kurz regte, als er seine Stimme vernahm. Dann jedoch kuschelte er sich tiefer in den strohgefüllten Sack, den sie sich mit Master Brif teilten. Ein bewaffneter Knüppelmann stand neben ihnen und hielt Wache, sagte aber nichts. Pike und Barklice waren nirgends zu sehen.

Jack setzte sich vorsichtig auf. Bei jeder Bewegung schmerzte eine andere Prellung oder Quetschung, die er sich bei der Bootsfahrt zugezogen hatte. Er streckte sich, zuckte zusammen und stand schließlich auf. Durch eine klapprige Tür trat er auf einen holzgetäfelten Flur, in dem es köstlich nach gebratenem Fleisch roch.

Er folgte dem Duft und bog schließlich in die Stube mit den Kaminecken ab, die dem *Muggy Duck* als Hauptgastraum diente. Die Tische waren verrückt und zu einem großen Viereck zusammengestellt worden, an dessen Seiten Stühle aufgereiht waren wie für ein Festmahl.

Das ganze Haus erfüllte ein geschäftiges Summen wie von einer gut geölten Maschine, nur nicht die Stube selbst. Hier, so schien es, waren die Vorbereitungen längst abgeschlossen.

Ma'shuqa saß, das geflochtene Haar mit roten und grünen Bändern geschmückt, an dem Kamin am anderen Ende und sang leise vor sich hin. Sie begoss gerade eine große Rehkeule, indem sie mit einer Holzkelle Butterschmalz aus einer Schüssel schöpfte. Das war es, was so gut roch.

Türen und Fenster waren geöffnet, um nach dem Regen frische Luft und Sonne hereinzulassen. Sein Gefühl sagte Jack, dass der Mittag schon vorüber war.

Er ging zu seiner Gastgeberin und begrüßte sie. Sie schenkte ihm ein warmes Lächeln und murmelte einen Gruß. Dann nahm sie eine dampfende Kanne aus einer speziellen Halterung neben dem Feuer, in der sie warmgehalten wurde, und füllte ihm einen großen Becher mit dem Gebräu.

Es roch wie Kaffee und schmeckte beinahe auch so.

»Colomby-Bohne vermischt mit geräucherten Charn-Eicheln«, sagte sie zur Erklärung. »Sie werden in ganz Hyddenwelt keinen besseren Muntermacher gegen Katzenjammer finden. Trinken Sie tüchtig, junger Mann, und tunken Sie diesen Maispfannkuchen hinein, damit Sie etwas Festes in den Magen bekommen. Später gibt es ein richtiges Essen.«

Als er zögerte, zeigte sie ihm, was er zu tun hatte. Sie nahm einen weichen, gelben Fladen von einem Teller, rollte ihn zusammen, stippte ihn in den Colomby und hielt ihn Jack an den Mund, als fütterte sie ein kleines Kind oder einen Kranken.

So unterwiesen, tunkte er den Rest selber ein, während sie sich wieder der Rehkeule zuwandte, von der Fleischsaft und Fett in eine brodelnde Pfanne tropften, aus der sie weitere Flüssigkeit schöpfte. Offensichtlich bildete die Keule das Herzstück eines später am Tag stattfindenden Festmahls.

Jack setzte sich ans Feuer, und während er in geselligem Schweigen wieder zu Kräften kam, gingen ihm die Ereignisse der letzten Nacht durch den Kopf.

Das Feuer prasselte, und die Rehkeule brutzelte.

»Riecht gut«, sagte er.

»Totgefahren«, murmelte sie als Erklärung. »Barklice hat das Tier vor ein paar Tagen ergattert, ehe er sich mit Pike und Master Brif auf die Suche nach Ihnen begeben hat, deshalb ist das Fleisch gut abgehangen und gereift. Arnold hat mir erzählt, dass Sie gute Arbeit geleistet und sich Ihren ersten Groschen verdient haben. Das spricht für Sie.«

Jack nickte und genoss das Lob. Er warf ihr einen etwas schüchternen Blick zu, denn alles, was er von ihrer Begegnung am gestrigen Abend noch in Erinnerung hatte, war, wie sie ihn und die anderen bei der Begrüßung und beim Gutenachtsagen in die Arme genommen hatte. Bei den Bilgenern schien das so Sitte zu sein.

Sie war wohlbeleibt und vollbusig. Die bunten Bänder in ihrem Haar passten zu den Farben ihres gestreiften Seidenkleides, das, obwohl es fast bin zu den Knöcheln reichte, nicht lang genug war, um die bauschigen, gelben Unterröcke und das passende Spitzenmieder zu verbergen, das unter ihrem Oberteil hervorschaute.

Ihre dicken Finger waren mit Ringen und ihre Handgelenke mit goldenen Armbändern geschmückt, die klimperten, wenn sie das Wildbret begoss oder, was sie ebenfalls regelmäßig tat, mit einem Spieß in das Fleisch stach.

Aus dem, was er von Brif und den anderen gehört hatte, und aus ihrer dunkel glänzenden Hautfarbe schloss Jack, dass er sich, zum ersten Mal, in Gesellschaft einer waschechten Bilgenerin befand. Was er sah, gefiel ihm. Sie verströmte Lebensfreude, gute Laune und eine Art tätige Zufriedenheit, die ihn ebenso für sie einnahm wie alle anderen in ihrer Umgebung.

»Da kommt er!«, rief sie. »Er ist aufgestanden.«

Sie erhob sich, ging zu einer Küchentür und öffnete sie. Jack hörte Schritte auf den Holzdielen im Zimmer darüber und ein pfeifendes Husten, gefolgt von einem explosionsartigen Speien, dann einer längeren Stille und schließlich dem metallischen Klirren eines Spucknapfs, der einen Klumpen Schleim aufnahm.

»Er hat gespuckt, ist munter und im Anmarsch!«, rief Ma'shuqa in die Küche. »Tut euch um, Herrschaften. Ihr kennt das Wo und Warum, also braucht ihr euch nur um das Was zu kümmern. Essen in einer Stunde, wenn die Auserwählte mit ihrem Gefolge erscheint.«

»Dann bist es dieses Jahr also nicht du, meine Liebe!«, flötete jemand von drinnen.

»Und auch an keinem anderen Tag von heute bis in alle Ewigkeit«, rief Ma'shuqa vergnügt zurück. »Ich habe meinen Brauttag gehabt und mir den Stattlichsten von allen geangelt.«

»Das hast du, der Spiegel hab ihn selig!«, rief jemand anderes mitfühlend.

Diesen Bemerkungen und dem traurigen Ausdruck, der sich plötzlich um ihre Augen legte, entnahm Jack, dass sie über ihren Mann, Arnolds Vater, sprachen und dass er nicht mehr unter den Lebenden weilte.

»Ja, so ist das!«, sagte sie, indem sie Jacks Gedanken erriet. »Sie nannten ihn Pa'shuqa, obwohl er gar kein Bilgener war. Das da über dem Kamin ist sein Knüppel. Er wartet auf den Tag, an dem er zurückkommen kann, denn zurückkommen wird er. Die Fyrd haben ihn geholt, aber ich bezweifle, dass sie ihn umgebracht haben, denn er gehört nicht zu denen, die so leicht sterben.«

Der Knüppel war riesig und mit rußgeschwärzten Nägeln an der Wand befestigt.

Frauen kamen aus der Küche und trugen Krüge mit Wasser und Servierbretter mit großen runden Brotlaiben darauf herein. Schließlich rückten Brif und die anderen an. Sie sahen so unausgeschlafen und mitgenommen aus wie Jack vorhin.

Im selben Moment erschien der alte Mallarchi, nachdem er keuchend eine Treppe herabgestiegen war.

»Haben sie noch nicht gewählt?«, fragte er und streifte Jack mit einem Blick, ehe er seiner Tochter Gelegenheit gab, ihn liebevoll und respektvoll zu umarmen und auf beide Wangen zu küssen.

»Es ist schon nach halb zwei, Pa, deshalb denke ich mir, dass sie gewählt haben. Aber der Regen hat aufgehört, das Hochwasser geht zurück, und eine kraftlose Sonne scheint. Deshalb werden sie unserer Tür noch eine Weile fernbleiben.«

»Dann«, erklärte der alte Mallarchi, »bleibt uns Zeit für ein Schwätzchen mit Jack.«

Mit einem runzligen Lächeln streckte er Jack die Hand hin, und der ergriff sie, überrascht, wie kräftig der Händedruck des Alten war.

»Wir nehmen unser Frühstück mit hinüber in den großen Salon, mein Schatz«, sagte er und führte sie den Weg zurück, den er soeben gekommen war, in einen Raum, der beinahe ebenso groß wie die Hauptgaststube war. Er war zum Reden und Ruhen gedacht und mit einer ausreichenden Zahl von Stühlen ausgestattet, auf denen sie bequem sitzen konnten.

Während die anderen Colomby tranken und Maisfladen stippten, sah sich Jack um. Sein Blick glitt über ein paar wackelige Regale, ein paar zerfledderte Hauptbücher, den Kalender eines Gaslampenherstellers für das Jahr 1912. In einem gusseisernen Kamin, der über dem Boden in die Wand eingelassen war, brannte ein Feuer. Auf der einen Seite war Holz gestapelt, und auf der anderen standen ein Kohleneimer und, in sicherer Entfernung, eine kleine Kiste mit Zunder und eine größere mit Anzündholz.

Mallarchi war von durchschnittlicher Größe, aber sehr hager, sein Gesicht grau und ausgezehrt, jedoch von Krankheit und nicht von Humorlosigkeit oder Charakterschwäche. Er sah aus wie ein Hydden, dessen Tage gezählt waren.

Dennoch ging von ihm eine solche Stärke und Lebenskraft aus, eine so überwältigende Herzlichkeit und offenkundige Tapferkeit im Angesicht der Krankheit, dass der Schreck, der Jack beim Anblick seines beklagenswerten Äußeren befallen hatte, schon im nächsten Moment dem Wunsch Platz machte, ihm in jeder Beziehung gerecht zu werden.

Seine Kleidung war von sehr unterschiedlicher Qualität. Die Hose bestand aus dickem, erstklassigem Stoff, war dunkel und gut geschnitten, wurde jedoch an der Taille von einer grünen Schnur gehalten, wie man sie zum Zusammenbinden von Stoffballen verwendete. Sein Hemd war aus feiner, weißer Baumwolle, sehr sauber, doch der Kragen war ihm viel zu weit und seine betrüblich schmalen Schultern füllten es bei weitem nicht mehr aus. Jack erkannte, dass diese Kleider für einen Mann gefertigt worden waren, der nicht mehr existierte, außer im Geiste, und der doch immer noch um sein Leben kämpfte und keinen Millimeter nachgab.

Im Raum roch es angenehm nach süßem, würzigem Tabak, was Mallarchi offensichtlich behagte, denn er legte den Kopf zurück und sog die Luft ein, als rieche er das Parfüm einer Frau. In einem Regal über dem Kamin stand ein Pfeifenständer und daneben eine Dose mit der Aufschrift *The Fabled Dammer* in erhabenen, jedoch verblassten und teilweise abgeblätterten roten Lettern. Darauf waren außerdem mehrere Bilder, die Innen- und Außenansichten eines fremden Wirtshauses zeigten, das dem der Mallarchis sehr ähnelte.

Er öffnete die Dose, und der einladend kräftige, feuchte Duft frischen Tabaks stieg daraus hervor. Der Tabak selbst befand sich in einem gelben Beutel aus einem elastischen Material, das aussah wie eine Mischung aus Gummi und Plastik. Mallarchi öffnete ihn und schnupperte daran, wobei er die Augen schloss und einige Augenblicke zu träumen schien. Dann entnahm er eine Prise und legte sie auf eine Eisenplatte, die mit einem Scharnier versehen war und waagerecht in den Kamin hineinragte. In der Hitze kringelte sich der Tabak, verfärbte sich langsam schwarz und fing an zu rauchen und den Duft im Raum zu verstärken.

»Mit Fug und Recht kann man sagen«, erklärte Mallarchi, der in seinem Bezirk noch mehr Autorität genoss als Brif, »dass Jack hier Anerkennung findet. Wir wissen, was er getan hat und wie er hierhergekommen ist. Und die Narben an seinem armen Körper, die, wie ich höre, einige von Ihnen gestern Abend in der Badeanstalt zu sehen bekommen haben, bestätigen den Vorfall, den Master Brif vor langer Zeit bezeugt hat, zusammen mit Ihnen, Mister Pike, und Ihnen, Master Stort, auch wenn Sie damals noch ein Knabe waren. Jenen Vorfall, bei dem er dem Mädchen Katherine das Leben gerettet und dadurch gewisse Prophezeiungen und dergleichen erfüllt hat, wovon Master Brif weit mehr versteht als ich. Das bedeutet, dass der Hauptzweck seines Besuchs in Brum zur Zufriedenheit erfüllt ist.«

Alle nickten eifrig, bis auf Jack.

»Ich dachte«, sagte er, »ich bin hier, um Katherine zu suchen.«

»Ach!«, machte Brif zweideutig.

»Oh«, entfuhr es Stort.

Pike holte tief Luft, sagte aber nichts.

Jack wartete.

Der alte Mallarchi brach das Schweigen: »Ich kann nicht behaupten, dass mich seine Verwirrung sonderlich überrascht in Anbetracht der Tatsache, dass sich die Gedankengänge Master Brifs und Storts zu einem verschlungenen Labyrinth verbinden, voll von geheimnisvollen Gespinsten, die gewöhnlichen Sterblichen wie mir häufig Rätsel aufgeben. Auch Jack versteht das Netz, das Sie knüpfen, nicht, deshalb sollten Sie es für ihn entwirren. Schaffen Sie Klarheit, Master Brif, schaffen Sie Klarheit.«

»Ich möchte nur Katherine finden, mehr nicht«, wiederholte Jack.

»Mein lieber Freund«, sagte Brif, »darum geht es hier nun ganz und gar nicht.«

»Für mich aber schon«, entgegnete Jack unwirsch. »Sie scheinen nicht zu verstehen …«

»Wir wissen, wo sie ist, das ist nicht das Problem.«

Jack blickte verblüfft.

»Und wo?«

Pike zückte seine Uhr.

»In dieser Sekunde? Sie ist zurechtgemacht worden, damit sie wie eine Barmherzige Schwester aussieht, und vergnügt sich jetzt beim Geburtstagsfest des Hochaltermanns.«

»Ach«, machte Jack, der nur Bahnhof verstand.

»Es dürfte keine großen Schwierigkeiten machen, sie, falls nötig, dort herauszuholen«, sagte Brif. »Viel schwieriger wird es, euch beide aus Brum herauszuschmuggeln, ohne dass ihr den Fyrd oder Sub-Quentor Brunte in die Hände fallt. Das ist das verschlungene Labyrinth, von dem Mister Mallarchi gesprochen hat …«

Jack stand auf. »Bringen Sie mich zu ihr«, verlangte er.

»Setzen Sie sich, Jack, wenn ich bitten darf«, sagte der alte Mallarchi und nahm damit das Heft wieder in die Hand. »Es macht mich nervös, wenn Leute vor mir herumstehen und ich ihnen mühelos in den Bauch stechen könnte.« Seine rechte Hand wanderte drohend zu dem Dolch, der an seinem Gürtel hing. »Wir Bewohner von Deritend lassen nur schwer von alten Gewohnheiten. Gentlemen, sagen Sie dem Jungen die Wahrheit, damit wäre uns allen gedient. Es wird Zeit, dass er sie erfährt.«

Jack hatte das Gefühl, dass jeder in Hyddenwelt wusste, was gespielt wurde, nur er nicht.

»Sind Sie sicher, dass sie nicht in Gefahr ist?« Erst als ihm dies von allen bestätigt worden war, nahm er wieder Platz.

Brif ergriff das Wort.

»In den kommenden Stunden wird Igor Brunte in Brum die Macht übernehmen. Es wird das erste Mal seit annähernd zwanzig Jahren sein, dass in einer größeren Hyddenstadt ernsthaft gegen die Fyrd aufbegehrt wird. Die letzte Revolte endete mit der Hinrichtung von über zweitausend Aufrührern und der öffentlichen Auspeitschung der Rädelsführer. Bruntes Vorhaben ist also höchst riskant.

Strenggenommen ist er gar kein Fyrd. Er ist Pole und wurde nur als Fyrd erzogen, nachdem sie seine Angehörigen ermordet und sein

Dorf dem Erdboden gleichgemacht hatten. Er hasst die Fyrd, und er hasst die Sinistral, die sie regieren. Wenn er könnte, würde er die gesamte Dynastie auslöschen.

Insofern hat er mit den Freidenkern in Brum und Englalond etwas gemeinsam, ein Umstand, dessen sich unser Hochaltermann sehr wohl bewusst ist und den wir zu unserem Vorteil zu nutzen gedenken. Aus diesem Grund unterstützen wir sein Tun, soweit es darum geht, uns der Sinistral zu entledigen.

Hier kommen Sie ins Spiel, Jack. Seit jener schrecklichen Unfallnacht weiß Brunte von Ihnen und Katherine. Er weiß, was euch verbindet, und er weiß auch, dass die Friedensweberin über euch wacht …«

»Wie kann er das wissen?«

»Er war dabei, Jack. Er hat gesehen, was geschehen ist. Genau wie Stort, Pike und ich. Keiner von uns war zufällig dort. Man könnte sagen, unsere Wurd hat uns dorthin geführt, aber dies wäre eine zu einfache Erklärung, so zutreffend sie auch sein mag. Stort hat mich und Pike dorthin geführt, weil er, was zuweilen vorkommt, im Voraus geahnt hat, dass etwas geschehen würde.«

Brif nahm den Faden seiner Geschichte wieder auf.

»Die Friedensweberin war dort, weil es ihre Aufgabe ist, dort zu sein, wo sie gebraucht wird. Im Übrigen war sie ohnehin auf der Suche nach ihrer Nachfolgerin, der Schildmaid, die sie selbstverständlich auch gefunden hat, aber dazu später mehr. Brunte war dort, weil er einen Vertreter der Sinistral-Sippe begleitet hat. Sie waren es, die im Schutz des Unwetters den Unfall herbeigeführt haben. Aber das wissen Sie ja bereits …«

Jack nickte grimmig.

»Der Anschlag verlief nicht wie geplant. Sie wollten Ihren Tod, aber Sie haben überlebt und obendrein Katherine gerettet und dadurch, so seltsam das auch erscheinen mag, eine Prophezeiung Beornamunds erfüllt, die von einem Riesen und einer Maid erzählt. Damals wusste Brunte davon nichts, doch er sah die Friedensweberin und Beornamunds Anhänger, und in diesem Augenblick verband sich sein Hass gegen die Sinistral mit dem brennenden Wunsch, eines Tages die Kugel in seinen Besitz bringen, einem Wunsch, den er mit Slaeke Sinistral, dem Kopf der Dynastie, teilt.«

»Warum wollten sie mich denn töten?«

»Sie hatten Angst vor Ihnen und befürchteten, Ihretwegen die Kugel nicht zu bekommen.«

»Sie haben eben die Schildmaid erwähnt …«

»Katherine, ja …«

»Das ist lächerlich, sie ist einfach nur Katherine. An Katherine ist nichts Besonderes, außer …«

»Außer?«

Er errötete, sagte aber nichts. Das war auch nicht nötig. Seine Liebe zu Katherine und seine Sorge um sie waren auch so offensichtlich.

»Wie auch immer, jedenfalls haben der Hochaltermann und Igor Brunte, obwohl sie alles andere als Busenfreunde sind, an einem Strang gezogen und verheimlicht, dass Sie überlebt haben. Die Sinistral hielten Sie für tot, weil Brunte es ihnen weisgemacht hatte. Was nun Katherine angeht, so wusste keiner um ihre Wichtigkeit, und es war das Beste, wenn es dabei blieb. Der einzige Mensch, der mit Gewissheit von Hyddenwelt wusste, war Katherines Mutter, denn sie erinnerte sich daran, dass wir am Unfallort gewesen waren und ihr geholfen hatten.

Die meisten von uns sind im Lauf der Jahre immer wieder nach Woolstone gereist und haben Spiegel und Windspiele im Garten aufgehängt, um die Fyrd zu verwirren und Katherine zu schützen. Wie Brunte vermuten wir, dass die Sinistral-Sippe irgendwie dahintergekommen ist, dass ihr noch am Leben seid. Sie wussten, dass Katherine nach Clares Tod verwundbarer sein würde und durch Katherine auch Sie. Slaeke Sinistral hat Major Feld, einen erfahrenen Fyrd, mit einem kleinen Trupp losgeschickt, um Sie gefangen zu nehmen – zu welchem Zweck, können wir nur vermuten.

Wahrscheinlich hoffte er, Sie würden sie auf die eine oder andere Weise zu den verschollenen Teilen der Kugel führen. Brunte ist es anscheinend gelungen, Feld und seine Leute von seiner Meinung über die Sinistral zu überzeugen. Andernfalls wären sie inzwischen wahrscheinlich schon wieder in Deutschland.

Wir waren uns dessen nicht sicher, darum kamen wir nach Woolstone, um Sie zu beschützen, so gut wir konnten. Einer der Gründe, warum wir wollten, dass Sie nach Brum kommen und sich zeigen, war, dass sich die Leute von Ihrer Existenz überzeugten können. Bruntes

Machtübernahme ist nur der Beginn einer Revolte gegen die Dynastie der Sinistral, die voraussichtlich Jahre dauern wird. Jack, Sie sind ein Riesengeborener und, wie wir glauben, dazu ausersehen, die Erhebung gegen die Sinistral anzuführen.«

Jack schüttelte ungläubig den Kopf. »Das klingt mir aber eher so, als sei Brunte der Anführer, nicht ich. Ich möchte nur Katherine in Sicherheit bringen, mehr nicht.«

»Das wollen wir alle – vorausgesetzt, die Bewohner von Brum wissen, dass Sie existieren. Sobald sie von Ihnen wissen, liegt alles andere bei Ihnen.«

»Was denn zum Beispiel?«, fragte Jack skeptisch.

»Von Ihrer Wurd ist Ihnen vorbestimmt, dass etwas geschehen wird.«

»Hm«, brummte Jack.

»Es gehört auch zur Wurd eines Riesen, dass viel Unvorhersehbares geschehen wird«, bemerkte Bedwyn Stort.

»Und da kommen wir ins Spiel«, sagte Pike. »Wir sind hier, um alles im Auge zu behalten.«

»Sie sagen, es sei sehr schwierig, uns aus Brum herauszuschmuggeln. Wieso nehmen wir nicht denselben Weg, den wir hineingekommen sind?«

»Das wird Brunte nicht zulassen. Er hat eine sogenannte Abschottung angeordnet, angeblich, um das Hochwasser einzudämmen. Eine Überschwemmung wird es nicht geben, jedenfalls nicht dieses Jahr. Trotzdem wird die Abschottung bestehen bleiben, bis er euch hat.«

»Was hat er mit Katherine und mir vor?«

»Das wissen wir nicht. Euch streng bewachen, bis ihr ihn zu Beornamunds Artefakten führt, wahrscheinlich. Aber wir wollen nicht, dass Sie ihm in die Hände fallen. Vielleicht will er auch herausbekommen, ob Katherine tatsächlich die Schildmaid ist. Wir können es nicht mit Bestimmtheit sagen. Aber was diese Woche, nächste Woche oder nächstes Jahr in Brum geschieht, braucht Sie nicht zu kümmern. Die Prophezeiung besagt …«

»Was genau?«, fragte Jack widerwillig.

»Dass Sie in ungefähr sechs Jahren zurückkehren werden«, antwortete Stort.

»Um was zu tun?«

Sie zuckten mit den Achseln.

»Das werden wir abwarten müssen«, sagte Stort.

»Ganz recht«, pflichtete Brif bei.

»Jetzt«, sagte Stort und stand auf, »muss ich aber los und an den Vorbereitungen für Jacks und Katherines Flucht arbeiten …«

»Ich bin doch eben erst angekommen.«

»Master Pike hat es erklärt«, sagte Brif. »Bei Ihrem ersten Besuch kam es uns nur darauf an, dass Sie gesehen werden. Ideal wäre natürlich, wenn Sie tatsächlich etwas tun würden, aber das liegt nicht in unserer Macht. Nicht wahr, Mister Mallarchi?«

»So ist es immer«, lautete die Antwort. »Aber nun wird es Zeit, dass wird dieses gute Gespräch beenden, gleich beginnt nämlich das Festmahl der Braut.«

70

FESTZEIT

Das Fest zu Lord Festoons fünfundzwanzigstem Geburtstag sollte eigentlich Schlag Mittag anfangen. Da sich jedoch wegen des Hochwassers die Vorbereitungen verzögert hatten und einige Gäste nicht rechtzeitig eingetroffen waren, verschob sich der Beginn etwas nach hinten.

Zweihundert namhafte und ehrbare Brumer Bürger drängten sich nun neben weniger namhaften und durchaus nicht ehrbaren in der Orangerie, taten sich an Speisen und Getränken gütlich, plauderten angeregt und erfreuten sich an den zahlreichen künstlerischen Darbietungen, mit denen ihr Gastgeber aufwartete.

Obwohl der große Saal unter der Erde lag und nicht in den Genuss direkter Sonneneinstrahlung kam, hatte es der große Architekt ã Faroün, gesegnet sei sein Name, verstanden, mit Hilfe von Spiegeln und reflektierenden Röhren Licht hereinzuleiten, sodass hier Orangen in Hülle und Fülle wuchsen und die sanft bewegte Luft mit ihrem lieblichen Duft erfüllten.

Ein Zeremonienmeister klatschte in die Hände. Die Gäste verstummten und warteten auf den Einzug der Musiker, Akrobaten, Clowns, Zirkusleute, Spaßmacher, Possenreißer und Tänzer, der traditionell der Präsentation der Geburtstagstorte vorausging. Dies war der Augenblick, in dem die Brumer Bürger ihren Hochaltermann mit einem Geschenk in Form eines wahren Kunstwerks von der Hand eines der vielen Konditoren ehrten, die Küchenmeister Parlance in seinen Küchen beschäftigte.

Die Prozession wand sich schlangengleich zwischen den Gästen hindurch, sodass sie an allem Dargebotenen Augen und Ohren weiden und gleichzeitig von den Leckereien, süßen wie pikanten, naschen konnten, die von den Keuschen Schwestern, wie man die jungen Mitglieder des Ordens der Barmherzigen Schwestern nannte, herumgereicht wurden. Zum festlichen Anlass waren diese Mädchen in verführerisch durchscheinende Keuschheitsgewänder gekleidet, die ihre Unberührtheit und Reinheit zum Ausdruck bringen sollten – zur Freude aller, auch ihrer eigenen.

Unter ihnen befand sich auch Katherine, die aussah wie dutzend andere. Ihre Wangen waren kreidebleich geschminkt, ihre Augen mit Mascara betont, ihr Mund durch den fachkundigen Auftrag hellroten Lippenstifts in eine kandierte Kirsche verwandelt, ihr kurzgeschnittenes Haar unter einer schwarzen Perücke verborgen, und ihr helles Gewand aus fließender Seide deutete zum Glück mehr an, als es tatsächlich enthüllte.

Das verzückte Lächeln auf ihrem Gesicht hätte zu der Ansicht verleiten können, dass sie sich glänzend amüsierte, und in gewisser Weise tat sie das auch. Sie hatte es als sehr wohltuend und entspannend empfunden, als die Schwestern ihren Körper mit verführerisch duftenden Ölen und Lotionen eingerieben hatten. Unter anderem deshalb, weil die leicht halluzinogenen Elixiere, die sie seit ihrer Wiederergreifung verabreicht bekam, sie bereits in eine unbeschwerte, träumerische Stimmung versetzt hatten. Hinzu kamen eine allgemeine, ansteckende Vorfreude auf das Fest und ein Kameradschaftsgeist unter den jungen Schwestern, die es für Katherine als sehr verlockend erscheinen ließen, die Gegenwart zu genießen und sich nicht um die Zukunft zu sorgen. Ein zweites Mal an diesem Tag den Willen aufzubringen, sich zu wehren und den Kopf frei zu bekommen, erwies sich als schwierig. Dennoch begann sie, nach einem Fluchtweg Ausschau zu halten.

71

Der Verweis

Lord Festoons Geburtstagsfest war die einzige alljährliche gesellschaftliche Veranstaltung in Brum, der beizuwohnen der gesamte Zehnerrat und seine leitenden Beamten verpflichtet waren. Jedes Fernbleiben wurde als Affront gegen das Amt des Hochaltermanns und mithin gegen die Stadt angesehen. Es gab sogar ein fast zweihundert Jahre altes Stadtstatut, wonach ein solches Fernbleiben mit einem »Verweis« durch den Sub-Quentor zu ahnden war. Ob ein solcher Verweis erteilt wurde, darüber hatten die Quentoren zu befinden, doch in welcher Form er erfolgen sollte, lag »im Ermessen des Sub-Quentors« selbst.

Da man in Brum auf solche Förmlichkeiten jedoch keinen großen Wert legte, hatte man seit über einem Jahrhundert keinen Verweis mehr ausgesprochen. Auch nach der Machtübernahme der Fyrd war das Statut weiter ignoriert worden, da ihre Befehlshaber, insbesondere diejenigen, die auch dem Rat angehörten, an Festivitäten ebenso wenig Interesse hatten wie an alten Gesetzen.

Sub-Quentor Brunte indessen erkannte, wie schon so viele Machthungrige vor ihm, dass alte und halb vergessene Statuten den Zwecken derer dienen konnten, die es verstanden, sie zur Rechtfertigung von Maßnahmen zu benutzten, gegen die andere sonst Einspruch erhoben hätten.

Die drei Ratsmitglieder, deren Namen Sub-Quentor Brunte bereits von Festoon in Erfahrung gebracht hatte, verstießen gewohnheitsmäßig gegen die Teilnahmepflicht.

Der erste und wichtigste auf der Liste war General Elon, der Stadtverweser und in dieser Eigenschaft verantwortlich für Sicherheit und Wohlergehen der Bewohner. Er hatte keine Zeit für Festoon und seine Orgien, und er war geübt darin, mehr oder weniger glaubhafte Entschuldigungen für sein Fernbleiben zu finden.

Die Regenfälle der letzten Tage, die steigenden Wasserpegel und die vom Zehnerrat in der letzten Nacht beschlossene Abschottung lieferten ihm den perfekten Vorwand für eine Absage. Er blieb nur allzu gerne in seiner Unterkunft, denn dort konnte er weiter Berichte entgegennehmen und mit Unterstützung rangniedriger Mitarbeiter die Lage im Auge behalten, während seine Führungskräfte den glanzvollen Feierlichkeiten beiwohnten.

Der Einzige dieser Führungskräfte, der es vorzog, nicht hinzugehen, war Leutnant Backhaus, ein wortkarger Offizier, den Elon wegen seiner enormen Tüchtigkeit und seiner Fähigkeit, rasch zwingende Entscheidungen zu treffen, immer gern in seiner Nähe hatte.

Ein zweiter notorischer Fernbleiber war Freddy Wick, seines Zeichens Kaufmann und der reichste Hydden von ganz Englalond. Er hatte sich vor zwanzig Jahren einmal tatsächlich den Rücken verrenkt und schob dies seitdem immer als Grund vor, wenn er sich um eine lästige Verpflichtung drücken wollte.

Er hatte Festoons Fest zum Anlass genommen, eine ganz eigene Tradition zu begründen: Er widmete den Nachmittag alljährlich der körperlichen Ertüchtigung mit seiner Geliebten im Ehebett. Es war ein heimliches Ritual, das ihm die Kraft gab, seine verhasste und selbstsüchtige Frau zu ertragen, die Festoons Feierlichkeiten um nichts in der Welt hätte verpassen wollen.

Der dritte und letzte Fernbleiber unter den Zehn war Verkehrsdirektor Dowty. Als eingeschworener Feind General Elons wie überhaupt der meisten Fyrd-Kommandeure, deren Aufgeblasenheit ihm zutiefst zuwider war, hatte er das Fest des Hochaltermanns nicht ein einziges Mal besucht – und nicht die Absicht, das in Zukunft zu tun, selbst wenn dies ein Entlassungsgrund werden sollte.

Seine übliche Entschuldigung war, dass sein Terminkalender eine Teilnahme nicht erlaube. Und das entsprach vollkommen der Wahrheit, denn er war ein Gründlich- und Pünktlichkeitsfanatiker, der jede Minute seines Tages genau verplante und auf Angelegenheiten, die er für unwichtig erachtete, niemals Zeit verschwendete. Tatsächlich war sein Leben eine karge Wüste, bar aller Vergnügungen, an denen sich andere erfreuten, seien es Vergnügungen des Geistes, der Seele oder des Fleisches.

Dowty lebte allein, denn das bedeutete, dass er zu Hause nicht unter der Unfähigkeit anderer zu leiden brauchte. Er bevorzugte einfache Mahlzeiten, die er im Allgemeinen roh verzehrte, da Kochen und Abwaschen wertvolle Zeit kosteten. Er hatte keine Hobbys, da er fand, dass Hobbys keinem Zweck dienten. Niemals hätte er zwei Worte verwendet, wo eines genügte, und oft benutzte er überhaupt keines. Auch wenn ihm die normalen Regungen eines Sterblichen, Angelegenheiten des Herzens und des Fleisches betreffend, nicht gänzlich fremd waren, so unterdrückte er sie doch, da sie reine Zeitverschwendung waren.

Gleichwohl hatte Dowty Freunde, wenn auch nicht viele, hauptsächlich Leute wie er, die mit ihrer Arbeit verheiratet waren und sich ganz der Aufgabe verschrieben hatten, sie noch effizienter zu gestalten. Einer dieser Seelenverwandten war Bruntes verstorbener Vorgänger Finial Fane gewesen, den mit dem Verkehrsdirektor eine zwanghafte Liebe zu Zahlen und zweckmäßigem Arbeiten verbunden hatte. Durch ihn hatte Brunte die Bekanntschaft Dowtys gemacht und erfahren, dass dieser eine außergewöhnliche, wenn nicht einzigartige Begabung besaß: Er konnte ohne Zuhilfenahme einer Uhr sagen, wie spät es war. Ja, er konnte die Zeit *zählen*, und zwar genauer als jedes Uhrwerk.

Einmal hatte ihn Fane im Beisein Bruntes gefragt, woher diese natürliche Gabe rühre. Dowty antwortete, er könne nur vermuten, dass er gewissermaßen auf eine Weltuhr eingestellt sei, freilich eine, die weder ticke noch ein Uhrwerk besitze. Vielmehr handele es sich um eine Art inneren Takt, als sei sein Körper durch einen verrückten Zufall auf den Rhythmus des Universums geeicht worden.

Es war das Wort »Universum«, das bei Brunte eine Saite zum Klingen gebracht hatte. Dieser Umstand im Verein mit der Tatsache, dass Dowty von allen zehn Ratsmitgliedern mit Abstand der Tüchtigste und Zuverlässigste war, veranlasste ihn zu dem Schluss, dass ihm dieser Mann noch nützlich sein konnte.

Brunte berief eine Sitzung der Quentoren ein. Er beraumte sie für Mittag an, sodass sie mit dem Beginn von Festoons Fest zusammenfiel, und wies ausdrücklich darauf hin, dass sie nicht lange dauern werde, jedoch von größter Wichtigkeit sei.

Die älteren Quentoren, die Brunte gewöhnlich deutlich spüren ließen, dass sie ihn als ihren Lakaien betrachteten, erhoben zunächst Einwände, da sie zu spät zu dem Fest kämen, gaben schließlich aber seinem Drängen nach. Brunte hatte als Sitzungsort einen schlecht beleuchteten und feuchtkalten Raum zwei Stockwerke unter der Orangerie auserkoren und eilends einen grob gezimmerten Tisch und Stühle herbeischaffen lassen. Die Quentoren waren ziemlich verdutzt, als sie vor der Tür mehrere von Bruntes Wachleuten postiert sahen, die von Major Feld befehligt wurden. »Sub-Quentor«, fragte einer von ihnen ungeduldig, noch während sie Platz nahmen, »worum genau geht es?«

Brunte setzte sie von dem alten Statut in Kenntnis und erklärte, dass es seine und ihre Pflicht sei, ihm Geltung zu verschaffen.

Sie sträubten sich, denn sie sahen darin kein Problem und verstanden nicht, warum er in dieser Angelegenheit so pedantisch war. Seine Vorgänger hätten stets ein Auge zugedrückt, wenn Ratsmitglieder dem Geburtstagsfest ferngeblieben seien.

»Wir müssen unsere Bücher in Ordnung bringen, Gentlemen, falls wir einer Inspektion unterzogen werden«, erklärte er. Eine Inspektion, durchgeführt von Fyrd, die aus dem Kernland entsandt wurden, war bei den Beamten aller Hyddenstädte gefürchtet.

»Steht denn eine bevor?«, fragte einer nervös. »Mir ist nichts dergleichen zu Ohren gekommen.«

»Hier in Brum hat es schon so lange keine mehr gegeben, dass ich befürchte, es könnte eine ins Haus stehen«, erwiderte Brunte mit einem breiten, herzlichen Lächeln, als erweise er ihnen nur einen Gefallen, wenn er das Thema ansprach. »Habe ich also Ihre Erlaubnis, die drei Ratsmitglieder, die dem Fest fernzubleiben gedenken, aufzusuchen und ihnen in Ihrem Namen offiziell einen Verweis auszusprechen?«

Die Quentoren suchten Ausflüchte. Zwei der Betroffenen – Elon und Wick – übten eine beträchtliche Macht aus. Der dritte, Dowty, war ein Verrückter, den ohnehin niemand vermissen würde.

Einer von ihnen hörte ein Schlurfen vor der Tür.

»Sind die Wachen da draußen wirklich nötig, Brunte?«, erkundigte er sich herablassend.

Bruntes Augen funkelten, denn ihm gefiel weder der Ton noch die Art der Bemerkung. Schweigend erhob er sich und rief Feld herein.

»Die Quentoren möchten wissen, warum Sie hier sind, Major.«

Feld antwortete ruhig. »In der Stadt, Gentlemen, macht sich eine allgemeine Unruhe breit, seit bedauerlicherweise nach außen gedrungen ist, dass der Zehnerrat eine Abschottung angeordnet hat. An einem besonderen Tag wie diesem kann die Lage leicht außer Kontrolle geraten.«

In Anbetracht dessen, dass ihnen persönlich Gefahr drohte, ließ sich dagegen nichts einwenden.

»Nun gut«, sagte einer, »wir wollen nicht den ganzen Nachmittag mit dieser Sache vertrödeln, also lassen Sie uns darüber reden.«

Sie berieten sich ein oder zwei Minuten lang untereinander.

»Die Ratsmitglieder Wick und Dowty können Sie unsretwegen aufsuchen, wenn es denn unbedingt sein muss«, wurde Brunte beschieden. »Aber General Elon darf auf keinen Fall behelligt werden. Ihm einen Verweis auszusprechen, wäre nicht sehr klug!«

Sie lachten sogar, denn der bloße Gedanke war absurd.

»Überhaupt, Sub-Quentor«, fügte ein anderer hinzu, indem er einen kühlen, ironisch-überlegenen Ton anschlug, der Brunte nicht entging, »selbst jemand, der so überzeugend sein kann wie Sie, dürfte kaum die richtigen Worte finden, um einen so hohen Offizier zu maßregeln.«

»Da könnten Sie recht haben!«, erwiderte Brunte, scheinbar so gut gelaunt, dass alle lachten. »Dennoch dürften Sie mir zustimmen, wie es gewiss auch der General selbst tun würde, dass von Rechts wegen auch er gerügt werden muss.«

Sie wanden sich ein wenig, mehr daran interessiert, endlich zu dem Fest zu kommen, als sich mit dem rein formalen Vergehen eines der mächtigsten Fyrd in der Stadt zu befassen.

»Das mag ja sein, trotzdem wäre es unklug, es offiziell zu tun.«

»Und inoffiziell?«

»Von Rechts wegen müsste er hier sein, ja, aber … nun ja …«

»Angesichts der drohenden Überschwemmung hat er einen triftigen Grund für sein Fernbleiben, eine Tatsache, die wir offiziell zu Protokoll nehmen könnten«, sagte Igor Brunte und setzte jovial hinzu: »Aber er *sollte* hier sein, und er ist es nicht. Auch das ist eine Tatsache.«

»Es *ist* eine Tatsache, Mister Brunte! Können wir jetzt …«

»Selbstverständlich, aber lassen Sie uns auch Ihre … wie soll ich sagen … Ihr Befremden über seine Abwesenheit zu Protokoll nehmen. Dieses Wort dürfte die Situation hinreichend beschreiben, sollte eine Inspektion erfolgen und die Frage aufgeworfen werden. Meinen Sie nicht?«

Doch, doch, räumten sie verlegen ein.

Brunte bedeutete seinem Schreiber Doam, diesen »Beschluss« ins Protokoll aufzunehmen, und brachte die unwilligen Quentoren dann dazu, es zu unterzeichnen.

Sowie das getan war, legte der Schreiber Brunte das Buch zur Ansicht vor. Der Sub-Quentor prüfte es genau, lächelte zufrieden, klemmte sich das Buch unter den Arm und stand auf. Sein Lächeln erlosch.

»Ich danke Ihnen, Gentlemen. Feld, bringen Sie die Quentoren nun an einen sicheren Ort und kehren Sie dann unverzüglich hierher zurück.«

Der Raum füllte sich schnell mit Wachen, welche die Quentoren umringten und ungeachtet ihrer Proteste vor die Tür führten. Von dort ging es über eine Eisentreppe in die dunklen Korridore darunter.

»Wo bringen Sie uns ...«

»Das ist nicht ...«

»Das können Sie nicht tun ...«

Doch Feld tat es mit der bereitwilligen Unterstützung der Wachleute.

Brunte setzte sich wieder an der Tisch, lauschte den verklingenden Schritten der Quentoren unten und dem anschwellenden Festlärm oben. Wo er war, herrschte Ruhe und Frieden.

Doam sagte nichts. Brunte starrte auf das Protokollbuch.

Erst als Feld mit zwei Wachleuten zurückkehrte, stand er wieder auf.

»Auftrag erledigt«, meldete Feld. »Sie sind alle tot.«

»Gut«, sagte Brunte. »Gentlemen, jetzt gibt es Wichtiges zu tun.«

Zwanzig Minuten später trafen sie bei Elons gut bewachtem Amtssitz ein und verlangten im Namen der Quentoren den General zu sprechen. Leutnant Backhaus erschien.

»Ich bin hier, um einen Verweis zu erteilen«, erklärte Brunte in dienstlichem Ton und streckte ihm eine von Doam angefertigte Abschrift des Quentoren-Protokolls hin. Backhaus überflog sie und schüttelte dann überrascht und ungläubig den Kopf. »Ich halte das nicht für klug, Sie?«

»Verweigern Sie uns den Zutritt?«

»Nein, Sub-Quentor, durchaus nicht.«

Brunte lächelte und folgte Backhaus nach drinnen.

»Ihre Männer können draußen bleiben«, sagte Backhaus.

»Das könnten sie, aber ich brauche Zeugen.«

»Brunte, das ist lächerlich.«

»Bringen wir es hinter uns«, erwiderte Brunte und drängte an ihm vorbei.

Sie fanden Elon in seinem Privatquartier, zusammen mit einer Ordonnanz. Er war noch in Uniform.

»Sub-Quentor?«, fragte er, sichtlich überrascht und ungehalten.

Brunte blickte entschuldigend und erklärte, dass die Quentoren ganz gegen seinen Rat und sein Überzeugung beschlossen hätten, dem Herrn General einen Verweis auszusprechen, da er dem Fest ferngeblieben sei.

Elon entgegnete freimütig: »Ich habe Besseres zu tun, als Festoons albernes Fest zu besuchen. Damit haben Sie Ihrer Pflicht Genüge getan, ich habe meinen Verweis bekommen, und Sie können gehen.«

»Bedauere«, erwiderte Brunte mit einem gefährlichen Lächeln, »aber wir haben unserer Pflicht noch nicht Genüge getan.«

Elons Augen weiteten sich vor Erstaunen und dann vor Schreck, als Brunte lächelnd auf ihn zutrat und sein Messer zückte.

Im nächsten Moment packte Brunte den General am Genick und stieß ihm mit der anderen Hand schnell und fest die Klinge in die rechte Lunge.

Elon stieß einen Schrei aus, der halb wie ein Stöhnen klang, und hob abwehrend eine Hand. Brunte schlug sie zur Seite und stach ein zweites Mal zu, diesmal in den Bauch.

Der Ordonnanzsoldat sah mit offenem Mund zu, wie sein Vorgesetzter zur Seite kippte. Unter keuchenden Atemstößen schlug der General auf dem Boden auf, und seine Beine begannen zu zucken.

Brunte wandte sich an Backhaus. »Geben Sie ihm den Gnadenstoß«, befahl er.

Es war seine Art, den jungen Offizier in die »Verweiserteilung« einzubeziehen. Zudem gab es keine bessere Art, ihn auf die Probe zu stellen.

Der Leutnant blickte von dem gestürzten Elon zu Brunte und wieder zurück.

Elon zuckte nicht mehr, war aber noch bei Bewusstsein. Seine Augen füllten sich mit Schmerz, Angst und Fassungslosigkeit, als der junge Offizier sein Messer aus der Scheide zog. Dann beugte sich Backhaus zu ihm herunter, sah ihm mitleidlos in die Augen und stieß ihm die Klinge ins Herz. Elon zitterte kurz und starb.

»Das wäre erledigt«, sagte Backhaus und richtete sich wieder auf. Er sah Brunte entschlossen in die Augen.

Eine Gelegenheit kommt nur einmal – so lautet eine Devise bei der Ausbildung von Fyrd-Kämpfern. Sie ist nicht unbedingt wahr, aber als eingängiges Mantra eignet sie sich so gut wie jede andere.

»Sie können auf mich zählen, Sir«, sagte Backhaus. »Ich bin auf Ihrer Seite. Elon war kein würdiger Kommandeur. Auch aus seinem persönlichen Stab ist es keiner wert, dass man ihm vertraut.«

»Sie wissen also, um wen man sich kümmern muss?«, erkundigte sich Brunte.

Backhaus nickte.

»Dann tun sie es, und warten Sie hier auf weitere Instruktionen. Werden Sie diesen Befehl getreu ausführen?«

»Buchstabengetreu, Sub-Quentor. Es gibt unter Elons Kommando viele, die Sie unterstützen werden. Es wird nicht schwierig.«

»Viele, Leutnant Backhaus?«

»Noch bilden sie nicht die Mehrheit, aber sie bekleiden wichtige Positionen, und nach dem, was heute ...«

»Heute entscheidet sich, wem ich vertrauen werde, und das sind nicht die, die später zu uns stoßen. Seien Sie auf der Hut, Backhaus. Sehen Sie zu, dass Sie den heutigen Tag überleben, dann haben Sie meine Gunst. Verstanden?«

Backhaus war sich nicht ganz sicher, nickte aber trotzdem.

Brunte schritt so ruhig aus Elons Quartier, wie er es betreten hatte. Mit Hilfe von Elons bestürztem Adjutanten begann Backhaus, den verängstigten Stab des Verstorbenen zusammenzutreiben.

Brunte sah jetzt anders aus, ja, er roch beinahe anders. Er versprühte jene Aura von Macht, die den umgibt, der sie gewaltsam ergriffen hat. Er blickte auf seine Uhr, und seine wartenden Männer scharten sich dicht um ihn.

»Den nächsten Verweis erhält Mister Wick«, sagte er. »Dafür werden wir nicht lange brauchen.«

Er sollte recht behalten. Sie fanden Wick nackt mit seiner langjährigen Geliebten im Bett. Sie töteten beide auf der Stelle und ließen sie in ehebrecherischer Umarmung liegen, damit Wicks Gemahlin sie später so fand.

Brunte wusste sehr wohl, dass dies die Brumer Oberschicht in ihrer behaglichen Welt in Angst und Schrecken versetzen würde. Er war sich darüber im Klaren, wie wichtig ein Ruf war und dass seiner an diesem Tag der Tage begründet wurde.

Sein letzter Besuch galt Hrap Dowty, dessen Schaltzentrale, von der aus er das komplizierte Brumer Verkehrsnetz überwachte und steuerte, nur einen Steinwurf vom Aquädukt des Warwick-und-Birmingham-Kanals entfernt lag.

Alle Wände bis auf eine bestanden aus unverputzten, schmutziggelben Backsteinen. Die Ausnahme bildete eine mattgrau gestrichene Stahlwand, die in einer steilen Schräge nach oben führte wie die Wand eines Mansardenzimmers. Aber es war keine.

Blaues Licht fiel von oben auf glänzende Tische, deren Platten in Wirklichkeit hervorragend gezeichnete Stadtpläne waren.

Über diesem eindrucksvollen Raum, in dem es immer geschäftig zuging wie in einem Bienenstock, herrschte Dowty von einem einfachen Holzstuhl aus, der an einem einfachen Holztisch stand. Auch seine Kleidung war einfach, geschneidert aus braunem Barchent ohne jedes schmückende Beiwerk, bis auf einen roten Blitz auf der rechten Schulter, das Abzeichen der Ratsmitglieder.

»Sub-Quentor«, sagte er zur Begrüßung, als Brunte, flankiert von seinen Leuten, hereinkam. Eine Welle der Angst schwappte über die Gesichter von Dowtys Gehilfen, doch seines blieb ungerührt.

»Verehrter Rat«, erwiderte Brunte mit einem leichten Lächeln, »Ihr Bericht heute Morgen ist, denke ich, gut aufgenommen worden. Wird es tatsächlich zu einer Überschwemmung kommen?«

»Unwahrscheinlich, nach dem augenblicklichen Stand der Dinge«, antwortete Dowty, »aber nicht ausgeschlossen. Die Abschottung war auf jeden Fall eine kluge Vorsichtsmaßnahme, von ihrer Nützlichkeit für Ihr eigenes Vorhaben einmal ganz abgesehen. Ich würde allerdings vorschlagen, die Maßnahme in Bälde aufzuheben. Hat das Fest begonnen?«

»Ist in vollem Gang. Doch wenn man in Festoons Residenz etwas erfährt, bevor meine Arbeit getan ist, könnte es sein, dass einige fliehen und es sogar zu Gegenangriffen kommt. Auch Ihre Person dürfte dann zur Zielscheibe werden, deshalb lasse ich Ihnen drei Wachen hier. Sie sollten nicht abrücken, bevor Sie von einem meiner Leute dazu aufgefordert werden, und auch Ihre Mitarbeiter sollten hierbleiben. Wenn Besucher kommen, dürfen sie nicht wieder fort, aber dafür werden meine Leute sorgen.«

Leicht zitternd stand Dowty auf, schloss die Augen und öffnete sie wieder.

»Sie sind dem Zeitplan drei Minuten und vier Sekunden voraus, Sub-Quentor. Das ist gut, aber Sie sollten sich jetzt auf den Weg machen, denn der Rea steigt bei Montague III schnell.«

Er drückte einen Knopf auf seinem Schreibtisch. Die Stahlwand hinter ihm begann sich zu heben.

»Wo ist das genau?«, fragte Brunte, dem auffiel, dass er Dowty mochte. Seine Genauigkeit und seine Ausdrucksweise gaben ihm ein Gefühl der Sicherheit.

»Das ist hier«, antwortete Dowty. »Montague III ist unser Sektor.«

Wässrig flirrendes, fleckiges Licht ersetzte die Stahlwand, die irgendwo weit über ihnen verschwand. Denn was nun zum Vorschein kam, war dickes Glas, hinter dem im unteren Teil der River Rea vorbeifloss. Im oberen Teil waren Gischt und ein Stück Himmel zu sehen, aber nicht viel mehr. Das anhaltende Tosen des Flusses war laut zu hören.

»Nehmen Sie nicht die untere Route zur Curzon Street«, riet Dowty. »Nehmen Sie lieber die obere, die an der Proof House Lane vorbeiführt. Kennen Sie die?«

Brunte bejahte. »Dann bis später«, fuhr er fort, »wenn wir etwas klarer sehen. Ihre Ablösung sollte sich bereitmachen, Stadtrat.«

»Ist längst geschehen«, antwortete Dowty. »Aber wenn Sie mich jetzt entschuldigen würden, wir bekommen Berichte aus Deritend.« Er wandte sich ab, um sich ihnen zu widmen.

Doch Brunte rührte sich nicht von der Stelle, plötzlich ein zorniges Funkeln in den Augen.

»Stadtrat!«, rief er scharf.

Dowty drehte sich wieder um, leichte Besorgnis im Gesicht.

»Drehen Sie mir nie wieder den Rücken zu«, sagte Brunte. »Nie wieder. Das ist … unhöflich.«

Dowty starrte ihn an und verarbeitete diese neue Information.

»Es wird nicht wieder vorkommen«, versprach er.

72

SCHLUSS MIT LUSTIG

Den Höhepunkt von Festoons Party bildete die Jungfernparade, bei der die Keuschen Schwestern vor seinem Scheinthron vorbeizogen, damit er eine von ihnen zu seiner Geburtstagsbraut küren konnte.

Dieser Brauch war sehr alt und reichte bis ins Mittelalter zurück, als die Frage der Erbfolge für Städte wie Brum noch von großer Bedeutung war. Denn ohne Nachfolger gab es keine Kontinuität, und solange man nicht mehr als einen Erben hatte, herrschte Unsicherheit. Die Keuschen Schwestern waren die Jungfrauen unter den Barmherzigen Schwestern, und zur Sicherung der Thronfolge wurde alljährlich eine von ihnen vom Hochaltermann auserwählt.

Die Auserwählte durfte eine einzige Nacht im Bett des Hochaltermanns verbringen, danach wurde sie neun Monate lang abgesondert und von den ranghöchsten Barmherzigen Schwestern bewacht. Die meisten schenkten keinem Erben das Leben und wurden wieder in den Orden eingegliedert. Die Kinder, die einige wenige zur Welt brachten, erbten den Brumer Thron. Von ihnen hing die Zukunft ab.

Zu Raster Avons Zeiten hatte der Brauch diese traditionelle Bedeutung verloren und bot lediglich die Gelegenheit zu einem ausgelassenen Fest. Die Auserwählte war nur noch eine symbolische Braut des Tages, deren Belohnung nicht in einer gemeinsamen Nacht mit dem Herrscher bestand, sondern in einer Anhängerscheibe aus vergoldetem Metall, die so gestaltet und mit Edelsteinen besetzt war, wie man sich den legendären Anhänger vorstellte, den Beornamund für Imbolc gefertigt hatte.

Unter Festoon hatte der Brauch einen bitter-süßen Beigeschmack bekommen. Denn wie hätte einer wie er, der so abstoßend fett und augenscheinlich der letzte Spross vom mittlerweile morschen Stamm der Avons war, einer Braut bedürfen und darauf erpicht oder gar imstande sein können, mit ihr ein Kind zu zeugen? Während also die meisten Leute klatschten und lachten, konnten diejenigen, die um die Geschichte des Brauches und seine Bedeutung wussten, den Anblick kaum ertragen.

Mit einem Wirbel großer Tibla-Trommeln aus der russischen Steppe und einem Tusch von Rohrhörnern wurde die Menge aufgefordert, an den Rändern der Orangerie Aufstellung zu nehmen. Erwartungsvolle Stille kehrte ein.

Für einen Augenblick wurde es stockdunkel. Dann flammten nacheinander Scheinwerfer auf und strahlten hell auf das Parkett, auf dem, Saltos schlagend, in rote Seide gekleidete Akrobaten erschienen. Sie verharrten kurz unbeweglich, dann wirbelten sie zwischen die Orangenbäume und wieder heraus und pflückten dabei Früchte, die sie hoch in die Luft schleuderten, sodass sie über alle Köpfe hinwegflogen und in den Händen von Jongleuren landeten, die sie sogleich im hohen Bogen zurückwarfen. So sausten sie im Saal hin und her und zerflossen im Scheinwerferlicht zu einem endlosen Strom von Farbe.

»Herrlich!«, rief der entzückte Festoon, so angetan von der Darbietung, dass er sich, über das ganze Gesicht strahlend, von seinem Thron erhob und so kräftig in seine fetten Hände klatschte, dass sein Bauch hin- und herschwabbelte, bis er, ermattet von dieser spontanen körperlichen Bestätigung, wieder auf seinen Sitz plumpste.

Dann, nach einem erneuten Tusch mit Trommelwirbel, begann die Menge zu klatschen, und ein grauhaariger Soldat, dessen Uniform der bunten, verwegenen Tracht burmesischer Banditen nachempfunden war, führte am Arm die erste Keusche Schwester herein.

Katherine amüsierte sich blendend. Sie war nie eine große Partygängerin gewesen, aber dieses Fest war mit Abstand das beste, das sie jemals besucht hatte. Ihre üblichen Vorbehalte hatten sich verflüchtigt, als Schwester Mary ihr die Haare noch kürzer geschnitten, Drogen verabreicht und eine schwarze Perücke übergestülpt hatte.

Irgendwie hatte sie sich auf der Party mit Schwester Mary zusammengetan, und da man in Gesellschaft mehr Spaß hatte, waren sie zusammen geblieben und hatten sich dem Tanzreigen angeschlossen, der die Keuschen Schwestern vor das Podest führte, auf dem Lord Festoon thronte.

Zu Anfang kümmerte sich Katherine kaum darum. Sie war wie berauscht von der Musik, den Kostümen, der Dekoration und den Kunststücken der Akrobaten um sie herum. Besonders staunte sie über einen Jongleur, der Rückwärtssaltos schlug und dabei mit Orangen jonglierte.

Als die Keuschen Schwestern endlich den Thron erreichten, sagte Katherine: »Das ist also Lord Festoon! Er sieht wirklich grässlich aus!«

»Einen wie ihn gibt es nicht noch einmal!«, kicherte Schwester Mary.

»Was soll ich denn tun, wenn er mich fragt … na ja … du weißt schon … Ich meine, muss ich wirklich …«

Sie lachten bei dieser noch grässlicheren Vorstellung.

»Eine solche Ehre darfst du nicht zurückweisen … aber in Wirklichkeit geschieht ja gar nichts. Du bekommst einen goldenen Anhänger, den du behalten darfst, und dann musst du dich auf seinen Schoß setzen, weiter nichts.«

»Igitt!«, sagte Katherine. »Ich möchte nicht in seine Nähe kommen.«

»Du wirst sowieso nicht auserwählt, denn er bevorzugt Kleine wie mich, du kannst also unbesorgt sein.«

»Das bin ich«, erwiderte Katherine, rückte ihre Perücke zurecht und betete, dass Jack tausend Meilen weit weg und in Sicherheit war. »Mehr oder weniger.«

»Ich auch«, sagte Mary. »Aber meiner Familie würde es nicht gefallen, wenn die Wahl auf mich fallen würde. Sie will weiter an meine Unschuld glauben.«

»Ganz genau! Du sollst keusch sein.«

Mary grinste wissend.

»Bin ich doch auch«, sagte sie, »mehr oder weniger.«

Wieder lachten sie, wie alle anderen, jubelten, scherzten und hakten sich bei anderen Schwestern unter. Dabei waren sie sich sehr wohl bewusst, dass jetzt alle Augen auf sie gerichtet waren und dass die Männer in der Menge, besonders die oben beim Hochaltermann, mit dem Finger auf verschiedene von ihnen zeigten und sich ein Urteil zu bilden suchten, welche wohl die würdigste Kandidatin war.

Dann aber, als die Musik anschwoll und der Trubel noch größer wurde, spürte Katherine, wie sie langsam einen klaren Kopf bekam und die Wirklichkeit sie wieder einholte.

Sie war gegen ihren Willen hier. Sie hatten an ihrer Figur herumgemäkelt, hatten ihr die Haare abgeschnitten und sie dick geschminkt. Sie hatte nicht für möglich gehalten, dass ein einzelnes Gesicht so viel Make-up aufnehmen konnte.

»Höchste Zeit, dass ich von hier verschwinde«, sagte sie sich und versuchte, ihren aufsteigenden Zorn sinnvoll zu nutzen. Aber sie wusste auch, dass sie weiter so tun musste, als amüsiere sie sich, und so lachte sie, klatschte, hakte sich bei Schwester Mary unter und tanzte. Doch gleichzeitig warf sie Blicke in alle Richtungen und suchte nach einem Fluchtweg.

Der Zeremonienmeister verkündete: »Ladies und Gentlemen, der Hochaltermann trifft nun seine Wahl!«

Das gehörte mit zum Spaß. Mit verschwörerischen Mienen scharten sich die führenden Mitglieder des Hofstaats um Festoon, tuschelten miteinander, deuteten auf verschiedene Keusche Schwestern, nickten oder schüttelten den Kopf in übertriebenen Gesten der Zustimmung oder Ablehnung und machten das Ganze zu einer Posse.

Alles wirkte noch komischer durch die exquisiten, übertrieben detailgetreuen Kostüme, die diese vermeintlichen Höflinge trugen – brokatbesetzte Seidenjacken mit Puffärmeln, dunkelblaue Seidenstrümpfe zu geblümten Kniehosen, Seidenschuhe mit lachsfarbenen Quasten und prächtige Turbane aus luftiger lila Seide, die aussahen wie geschmackloser Tortenschmuck. Was sie in gewisser Weise auch waren, denn sie ähnelten dem Zuckerwerk auf Festoons riesiger Geburtstagstorte.

Sie berieten. Festoon legte die Stirn in Falten und strich sich über das haarlose Kinn. Dann deuteten sie sehr vage auf eine oder zwei Schwestern, nickten und zogen sich von ihrem Herrn zurück. Nun lächelte Festoon und nickte einem Höfling zu, der daraufhin näher trat und sich anhörte, was er ihm zu sagen hatte.

»Ladies und Gentlemen, der Hochaltermann hat seine Geburtstagsbraut gewählt und tut seinem Hofstaat nun kund, wer die Glückliche ist.«

Katherine sah aufmerksam, aber ohne großes Interesse zu. Sie hoffte, dass die Wahl auf Schwester Mary fiel, sagte sich gleichzeitig aber mit klopfendem Herzen, dass der Partytrubel ihren Fluchtplänen sehr entgegenkam. Sie sah sich im Saal um. Vielleicht gab es abgesehen von dem Eingang, durch den sie hereingekommen war, noch weitere.

Die Oberin und ihrer hochnäsige Gehilfin, Schwester Chalice, weilten ganz in der Nähe und schienen sie zu beobachten. Hinter ihnen standen alle möglichen vornehm aussehenden Leute. In der Nähe der einzigen Eingänge, die Katherine entdecken konnte, war die Stimmung der Gäste sichtlich gedämpfter, vielleicht weil dort Fyrd-Wachen aufgezogen waren, zu denen unablässig neue stießen. Hier herauszukommen würde nicht einfach werden.

Schwester Mary fasste sie am Arm und raunte: »O weh! Er kommt auf uns zu.«

Der Höfling hatte sich von Festoons Seite gelöst und kam nun gemessenen Schrittes quer durch die Orangerie in ihre Richtung.

Der Turban auf seinem Kopf war noch gewaltiger und höher als die der anderen, und sein imposanter Bart war so stark gewichst, dass er in dem Licht ebenso glänzte wie seine roten Wangen. Dumm war nur, dass sein Blick, wie Katherine bemerkte, nicht auf Schwester Mary, sondern auf sie selbst gerichtet war.

»Besser, du nimmst Reißaus!«, sagte Mary und packte Katherine am Arm. »Sonst wählt er noch dich!«

Katherine blickte wieder zu Lord Festoon. Er lächelte und sah sie direkt an. Sie musste ihm tatsächlich aufgefallen sein.

»So weit lasse ich es nicht kommen«, sagte sie zu Mary und versuchte, sich klein zu machen.

Gleich war der grässliche Höfling bei ihr.

»Er trägt Ohrringe«, flüsterte Mary. »Und sein Bauch ist auf dem besten Weg, ebenso dick zu werden wie der des Hochaltermanns!«

Der Höfling blieb vor ihnen stehen.

»Ich will aber nicht«, flüsterte Katherine zurück. Im Raum war es still geworden, und die Menge drängte näher heran, um zu sehen, welche Schwester auserkoren wurde.

Der Höfling deutete auf Katherine und drehte sich zu Festoon um, um sich von ihm bestätigen zu lassen, dass sie die Richtige war. Da ging plötzlich eine merkwürdige Bewegung durch die Menge. Vom Eingang her ertönte ein Schrei.

Die Stimme klang so laut und eindringlich, dass alle Köpfe herumfuhren. Fyrd-Wachen drangen in großer Zahl in die Orangerie ein und schienen jemanden gegen seinen Willen aus dem Raum zu zerren. Gleich darauf holten sie den Nächsten. Einige Gäste wichen vor ihnen zurück, während andere, höhere Beamte, zum Ort des Geschehens drängten, um festzustellen, was da vor sich ging.

Der Höfling mit dem Turban wurde von der durcheinanderwirbelnden, in Panik geratenden Menge fortgerissen. Energisch bahnte er sich einen Weg zu Katherine zurück und packte sie am Arm. Da hatte sie endgültig genug. Eine günstigere Gelegenheit zur Flucht würde sich nicht bieten.

Als sie zuvor nach einem Fluchtweg Ausschau gehalten hatte, war ihr ein Wandteppich aufgefallen. Er hing in der Nähe der Stelle, wo sich die Mehrzahl der Fyrd aufhielt, und bewegte sich von Zeit zu Zeit, wie in einem Luftzug. Das war ihre Chance. Sie trat dem Höfling kräftig auf den Fuß, entwand sich seinem Griff, zog den Kopf ein und rannte los.

73

DER MAGISCHE KNOTEN

Die Feier im *Muggy Duck* in Deritend war sehr zwanglos im Vergleich zu der Veranstaltung bei Lord Festoon. Eingeladen waren fast nur Freunde und Verwandte Mallarchis, und das Fest begann lange, bevor die Braut selbst erschien.

Als sie schließlich kam, war die Aufregung an der Tür groß. Ein weiterer Schwung Gäste drängte herein, im Schlepptau ein Mädchen, so schön, wie Jack noch nie eines gesehen hatte.

»Da ist sie ja!«, rief der alte Mallarchi. »Die Auserwählte! Die Vollkommene! Unsere Braut! Ist ihr die Rolle nicht auf den Leib geschrieben?«

Sie war dunkelhäutig wie Ma'Shuqa, hatte dieselbe vollschlanke Figur und trug bunte Bänder im dunklen Haar. Sie strahlte über das ganze Gesicht, und ihre Augen funkelten.

»Ladies und Gentlemen, ihr alle kennt Hais, die beste Braut, die wir je hatten …«

Jack fasste den neben ihm stehenden Master Brif am Arm und fragte: »Wie lange wird das Ganze dauern? Ich möchte mich endlich auf die Suche nach Katherine machen. Ich kann nicht hierbleiben …«

Doch es half nichts.

»Wir haben alles im Griff, Jack. Vertrauen Sie uns. Sie ist bei Lord Festoon, und unsere Leute dort werden sie zu geeigneter Zeit in Sicherheit bringen. In Deritend vorzeitig ein Fest zu verlassen gilt als schwere Kränkung und schafft nur böses Blut. Sie können hier nicht weg, es sei denn, es geht um Leben oder Tod. Sonst reden die Leute hinterher schlecht über Sie. Und wir wollen doch, dass Sie sich einen guten Namen machen. Beruhigen Sie sich, Jack! Amüsieren Sie sich! Katherine wird nichts geschehen.«

Da Jack nichts anderes übrigblieb, gestattete er sich, diesen Rat zu befolgen.

Hais wurde zum Ehrenplatz geführt, die Übrigen setzten sich hin, wo sie wollten. Jack nahm zusammen mit Brif und Pike der Braut gegenüber Platz.

Es ließ sich nicht leugnen, dass sie wirklich sehr bezaubernd aussah, angefangen bei ihren strahlenden Augen und glänzenden Haaren bis hin zu ihrem Dekolleté, das den Blick zum Verweilen einlud. Sie war eine Hydden von großer und anmutiger Gestalt, mit reizendem Lächeln und lieblicher Stimme. Der alte Mallarchi, der neben ihr saß, erhob sich.

»Lasst uns anfangen!«, rief er, der Zeremonienmeister.

Hais war anzusehen, dass es sie sehr glücklich machte, im Mittelpunkt der Feier zu stehen. Sie lächelte, klatschte, lachte und blickte mit aufrichtiger Freude mal hierhin, mal dahin, von einem ihrer vielen Verwandten zum nächsten.

»Sie ist wunderschön«, sagte Jack bewundernd.

Ihre und Katherines Schönheit waren so unterschiedlich wie Tag und Nacht. Beide waren auf ihre Weise gleich bezaubernd.

Die Gläser wurden mit rotem Met gefüllt, und ein älterer Verwandter der Braut stand auf und brachte einen Trinkspruch aus.

»Auf das Brautgeschenk und den, der es empfängt!«

Sie erhoben die Gläser, riefen »Brautgeschenk« im Chor und tranken.

»Ma'Shuqa, bring es herein!«, rief der Vater.

Sie gehorchte und trug einen länglichen Gegenstand herbei, der in schwarze Seide eingeschlagen und mit einer silbernen Schnur zugebunden war. Die Schnur war zu verschiedenen Knoten geknüpft, von denen so viele lose Enden baumelten, dass sie unmöglich zu zählen waren. Auch aus der Nähe ließ sich nicht sagen, was das Paket enthielt oder wie es sich aufschnüren ließ. Man konnte nur auf gut Glück an einem der losen Enden ziehen und hoffen, dass es das richtige war.

Das verpackte und verschnürte Geschenk wurde einem Gast übergeben, der an einem losen Ende zog und dann, wenn es nicht das richtige war, das Paket an den nächsten weiterreichte.

Jedes Mal, wenn ein Gast sein Glück versuchte und zog, musste er, so wollte es der Brauch, vorher mit theatralischer Stimme rufen: »Ich glaube, ich hab's!«

»Es ist kein Geschenk für die Braut, sondern ein Geschenk der

Braut an den Bräutigam«, flüsterte Stort. »Jedes Mal, wenn jemand an einem losen Ende zieht, werden die Knoten noch fester. Aber theoretisch gibt es ein Ende, das alle Knoten löst, egal wie fest sie sind. Dann darf der glückliche Empfänger das Geschenk auspacken. Wer zieht und herausfindet, worin das Geschenk besteht, wird der Bräutigam. Aber das geschieht natürlich nie, das ist ja der Witz dabei.«

»Niemand will das«, erklärte Brif, »denn die Braut soll selbst wählen können, wen sie möchte. Außerdem wissen wir bereits, wer es ist.«

Er hatte recht. Es geschah nie etwas, wenn jemand an der Schnur zog, und die angenehme Spannung stieg und stieg bis zu dem Augenblick, da der letzte Gast sein Glück versucht hatte. Dann durfte die Braut mit der neben ihr liegenden goldene Schere den kunstvoll geknüpften Knoten zerschneiden, das Geschenk auspacken und ihrem Auserwählten überreichen.

Der Vorgang zog sich lange hin. Währenddessen wurden mehrere Gänge gereicht und auch Getränke genossen, sodass die Stimmung immer ausgelassener und jeder Versuch, den Knoten zu lösen, von noch lauterem Klatschen und Johlen begleitet wurde.

Brif nickte in Richtung des schüchternen jungen Hydden, der anscheinend Arnold Mallarchis bester Freund war und neben der Braut saß.

»Er wird das Geschenk am Ende bekommen«, sagte Pike ohne große Begeisterung, denn auch ihn drängte es, sich auf die Suche nach Katherine zu begeben. »Sobald das Geschenk überreicht ist, können wir uns wahrscheinlich empfehlen.«

»Dann gibt es also kein Schnurende, das den Knoten lösen kann?«, fragte Jack.

»Das ist eine hochinteressante Frage«, antwortete Brif, »auf die unsere bedeutendsten Mathematiker keine Antwort gefunden haben. Meine Wenigkeit eingeschlossen. Er wird ›magischer Knoten‹ genannt und ist seit über hundertfünfzig Jahren nicht gelöst worden.«

Das Geschenk wanderte weiter um die Tafel, und jeder durfte einmal an einem losen Ende ziehen, wobei manche sehr kräftig zogen, damit der Knoten noch fester wurde.

»Aber wer ihn geknüpft hat, kennt doch sein Geheimnis.«

»Diesmal hat Ma'shuqa ihn geknüpft. Das Geheimnis wird bei den Bilgenern von der Mutter an den Sohn und dann vom Vater an die

Tochter weitergegeben. Sie beherrschen den Knoten mit verbundenen Augen in einem dunklen Raum.«

»Wird er denn nie gelöst?«

»Uns ist nur ein Fall überliefert. Vor hundertfünfzig Jahren, zu Raster Avons Zeit, hat ã Faroün, Meister der Leere und Lautenspieler, bei einem solchen Festmahl das Geschenk erhalten. Es wird erzählt, er habe nach kurzem Nachdenken sachte an einer Schnur gezogen und den Knoten mühelos aufbekommen.«

»Und worin bestand das Geschenk?«, fragte Jack.

»Sie sind ein sehr praktisch denkender und neugieriger junger Mann, mein Freund«, erwiderte Brif. »Es war eine Laute, ein Instrument, das er meisterhaft zu spielen verstand, und das Seltsame daran war, dass es seine eigene war.«

»Was hat er getan?«

»Darauf gespielt, nehme ich an.«

Das Geschenk war, nachdem auch Brif erfolglos gezogen hatte, einmal um die ganze Tafel gewandert, und nur Jacks Versuch stand noch aus. Da plötzlich flog krachend die Tür auf und Barklice platzte in die Gesellschaft, zerzaust und schmutzig vom Gang durch die Tunnel. Unter Entschuldigungen an die Versammelten eilte er zu Jack und den anderen.

»Ich weiß, wo sie war«, sagte er, »und wo sie jetzt eigentlich sein sollte. Aber dann sind Bruntes Fyrd angerückt, und alle haben es mit der Angst zu tun bekommen. Sie wurde zuletzt gesehen, wie sie davonrannte.«

»Wohin?«, fragte Pike mit grimmiger Miene.

»Keine Ahnung«, antwortete Barklice. »Der Spiegel helfe uns. In New Brum ist es sehr gefährlich für ein Mädchen, das wie eine Schwester gekleidet ist und sich in den dortigen Tunneln nicht auskennt. Sie hat keine Chance. Brunte wird sie im Nu wieder einfangen und damit alle unsere Pläne, euch von hier fortzubringen, zunichte machen!«

An der Tafel war Stille eingekehrt, und das Lächeln war aus den Gesichtern verschwunden.

»Sie sind an der Reihe, Master Jack!«, rief der alte Mallarchi im Bemühen, das Fest zu retten. »Sprechen Sie die Worte und ziehen an einer Schnur.«

»Tun Sie es«, flüsterte Pike, »und dann machen wir, dass wir von hier wegkommen, Kränkung hin oder her.«

Jack nahm das Geschenk, und da er spürte, dass Barklices Erscheinen und ihre langen Gesichter das Fest zu verderben drohten, sagte er: »Ladies und Gentlemen, wir bitten um Ihre Nachsicht. Aber wie wir soeben aus New Brum erfahren haben, ist eine enge Freundin und Gefährtin von mir in Gefahr, sodass wir uns genötigt sehen, Sie zu verlassen …«

Ein mitfühlendes Raunen erhob sich nach dieser taktvollen Entschuldigung, und Brif warf ihm einen anerkennenden Blick zu. Es war offensichtlich, dass die Deritender sein Verhalten zu würdigen wussten.

»Jack«, erwiderte der alte Mallarchi, »Sie sind der Freund unseres Freundes und sollten sich nach New Brum aufmachen.«

Jack betrachtete das Geschenk, dann die Braut und lächelte.

»Hais«, sagte er, »ich wünsche Ihnen und Ihrem Bräutigam alles Glück für die kommenden Jahren.«

»Ziehen Sie an der Schnur, junger Mann, dann können Sie sich mit unserem Segen auf den Weg machen.«

Jack grinste und blickte noch einmal zu Hais, dann hob er das Geschenk in die Höhe und sprach die traditionellen Worte: »Ich glaube, ich hab's.«

Er ergriff ein loses Ende und zog.

Die Schnur straffte sich keineswegs, sondern glitt so leicht, wie sich ein Nebelschleier in der Sonne verflüchtigt, aus dem Knäuel von Schnüren und Knoten. Vor Erstaunen und Schreck stockte den Gästen der Atem.

Die Knoten lösten sich wie von selbst, die Schnur fiel herab, und die schwarze Seidehülle, leicht wie feine Gaze, gleich hinterher. Aber weder Schnur noch Seide fielen langsam. Sie schossen davon wie von einer unsichtbaren Kraft gezogen, und Jack hielt nur noch einen Holzkasten in der Hand, dessen Deckel fest geschlossen war.

Offensichtlich lag hier ein Versehen vor. Der Kasten war nicht für ihn gedacht. Hais hatte ihren Zukünftigen doch bereits rechts neben sich sitzen. Sie blickte genauso verdutzt wie er.

Jack überlegte rasch, grinste breit, sah Hais und ihrem Bräutigam direkt in die Augen und sagte: »Da, wo ich herkomme, kennt man andere Bräuche. Die zukünftige Braut hat einen Beschützer, der ihr beisteht, solange ihr Verlobter im Krieg ist.«

Er wusste selbst nicht, wie er darauf kam, aber es schien seine Wirkung nicht zu verfehlen: Die Hydden, sichtlich darüber bestürzt, dass der magischen Knoten aufgegangen war, fassten sich wieder.

»Aber seine Pflichten enden mit ihrer Hochzeit, wenn er, so wie ich jetzt, ihrem Liebsten ihr Geschenk überreicht!« Damit gab er dem Bräutigam den ungeöffneten Kasten.

Diese dreiste Lügengeschichte erfüllte ihren Zweck, obgleich einigen älteren, traditionsbewussteren Gästen am Gesicht abzulesen war, dass sie sie nicht überzeugt hatte. Doch der alte Mallarchi war klug genug, die Geste so zu nehmen, wie sie gemeint war. Er erhob sich, beklatschte Jacks Worte und forderte den Bräutigam auf, den Kasten zu öffnen.

Das Geschenk war ein prächtiger Dolch mit silbernem Griff nebst einer Scheide und einem Gürtel aus feinstem Leder.

Danach nahm das Festmahl seinen Fortgang, doch diese seltsame Wendung des Schicksals hatte Jack so beeindruckt, dass er sich Hais genauer ansah, als er es zuvor getan hatte, und dabei stellte er fest, dass sie ihn ebenso neugierig musterte.

Er wandte den Blick von ihren Augen, da die im Sonnenlicht schillernden Farben ihres Kleides seine Aufmerksamkeit erregten. Der Stoff war reich mit Naturmotiven bestickt: mit grünen Blättern, Schilfrohren, den Blautönen eines Flusses, gelben und roten Tupfen, zart blühendem Augentrost, violetten Büschen voller Vögel, Bäumchen. Es war ein rauschendes Fest aller Farben des Frühlings.

Und plötzlich musste er an einen einfachen Blumenstrauß denken, den ein Mädchen mit weizenblonden Haaren als Willkommensgruß in sein Zimmer in Woolstone gestellt hatte. *Katherine!*, dachte er plötzlich in einer Aufwallung von Gefühlen, Liebe und Begehren, vermischt mit Sehnsucht. *Sie ist mein Frühling – meine erste Liebe. Ich muss sie zurückholen …*

Er blickte zu Pike und Brif. Die beiden standen auf. Stellvertretend für sie alle ergriff der alte Mallarchi das Wort.

»Mein junger Freund«, sagte er, »es gibt bei unserem Festmahl keine Seele, die sich nicht geehrt fühlt, Sie, einen vielbeschäftigten Riesengeborenen, in unserer Mitte zu haben. Erheben wir daher unsere Gläser, denn ich schwöre beim Spiegel: Mag dies auch unser Brauttag sein, so hat ihn Master Jack doch auch zu einem historischen Tag gemacht. Die Bewohner von Deritend werden ihm treue Gefolgschaft leisten, wenn er eines Tages nach Brum zurückkehrt, wie selbstverständlich auch seinen und unseren guten Freunden – Master Brif, Mister Pike, Mister Barklice und jenem Gentleman, über den wir alle gerne lachen, den wir aber tief in unseren finsteren Herzen bewundern, nämlich Master Stort, der leider nicht unter uns weilen kann, da er in dieser Stunde einem seiner geheimnisvollen Geschäfte nachgeht.« Er hielt inne und zwinkerte Brif bedeutungsvoll zu, und dieser nickte verhalten lächelnd zurück. Jack vermutete, dass sie etwas ausheckten, um Katherine zu helfen, hatte aber keine Ahnung, was. Er beschloss, es sobald wie möglich herauszufinden. Dann erhob der alte Hydden sein Glas und fuhr fort: »Solange Master Jack ein Freund der Stadt Brum ist, werden wir auch seine Freunde sein!«

Dies wurde als der Toast verstanden, als der es gemeint war, und alle anderen schlossen sich an und erhoben ihre Gläser.

»Trinken wir also auf den Bräutigam, der keiner sein wird – noch nicht.«

Gesagt, getan, und Jack bekam einen ehrenvollen Abgang. Sein Ruf war gesichert.

74
WIEDER VEREINT

Katherine hatte richtig vermutet. Hinter dem Wandteppich verbarg sich eine kleine Tür, und auf die rannte sie zu, als die Gäste in der Orangerie durch das Eindringen der Fyrd abgelenkt wurden. Die Tür führte auf eine eiserne Wendeltreppe, die sich nach oben und unten schraubte. Das Dumme war nur, dass Festoons Höfling ihr folgte.

Sie war nicht die Einzige, die nach unten flüchtete, doch anders als die zwei oder drei vor ihr, die plötzlich stehen blieben, als sich die Stufen im Dunkeln verloren, und kehrtmachten, setzte sie ihren Weg fort in der Hoffnung, den Verfolger abzuschütteln.

Sie vernahm hinter sich schwere Tritte, und eine Stimme rief: »So bleib doch stehen!«

Der Mann hatte irgendwo eine Laterne ergattert, in deren Schein sie die Stufen besser sehen konnte. Sie hastete weiter, nahm immer zwei Stufen auf einmal, doch er ließ sich nicht abschütteln.

»Nicht in diese Richtung!«, brüllte er ihr nach.

Sie rannte weiter und – bums! – stieß im Dunkeln gegen einen Mauervorsprung, den sie nicht gesehen hatte. Sie geriet ins Straucheln und brachte die letzten Stufen purzelnd hinter sich, ehe sie unten auf dem Boden aufschlug.

Benommen und verwirrt blieb sie liegen, rings um sie Stimmengewirr und Fußgetrappel.

Es gab nur zwei Wege, die sie einschlagen konnte. Der erste führte in einen breiten Tunnel, an dessen Ende sie jedoch Fyrd mit Gefangenen sehen konnte, der andere zu einem Tor, das in einen kleineren Gang mündete.

Das Tor war verschlossen, und als sie sich umdrehte, war ihr Verfolger am Fuß der Treppe angelangt und kam mit erhobener Laterne auf sie zu. Mit dem Turban und dem Krummsäbel sah er aus wie ein

Räuber aus einem orientalischen Märchen. Der Schein der Laterne blendete sie, sodass sie sein Gesicht nicht erkennen konnte.

Sie wandte sich ab und wollte in den anderen Tunnel fliehen. Doch mit Schrecken sah sie, dass einige Fyrd sie bemerkt hatten und in ihre Richtung gerannt kamen.

Der Krummsäbel blitzte, die Lampen der Fyrd kamen näher, die Schreie ihrer Gefangenen wurden lauter.

»Ich möchte nicht mit Ihnen gehen«, sagte sie mit trockenem Mund. Ihr Herz pochte, und die Angst schnürte ihr die Brust zusammen. »Aber ich möchte auch nicht, dass die da mich kriegen!«

Er blieb stehen und starrte sie an, dann nahm er die Waffe herunter.

»Katherine«, sagte er mit eindringlicher Stimme, »erkennst du mich denn nicht?«

Sie sah ihn verwundert an, als er den lächerlichen Turban abnahm, langsam auf sie zutrat und die Laterne sinken ließ. Nun endlich konnte sie sein Gesicht richtig erkennen.

»Ich bin's, Katherine, Arthur Foale.«

Es war keine Zeit für Erklärungen.

Er zog einen Schlüssel aus einem Bund an seinem Gürtel, schloss damit das Tor auf und schob Katherine unsanft hindurch. Hinter ihnen schlug er das Tor zu und sperrte gerade noch rechtzeitig wieder ab.

»Lauf!«, rief Arthur. »Lauf, sonst kriegen dich Bruntes Fyrd.«

Sie rannten und rannten. Als das Tor hinter ihnen krachend aufsprang und die Fyrd die Verfolgung aufnahmen, rannten sie noch schneller.

Schließlich gelangten sie in eine überwölbte unterirdische Halle, in der ein Lastkahn vertäut war. Doch auch hier standen Fyrd mit Gefangenen.

»Wir müssen uns irgendwo verstecken«, sagte Arthur.

Auf Brusthöhe mündete ein Rohr in den Tunnel, schmutziges Wasser tröpfelte daraus hervor. Katherine zog sich hinauf und kroch hinein. Dabei fiel ihre grässliche schwarze Perücke zu Boden. Arthur warf sie ihr hinterher und kletterte dann mit ihrer Hilfe selbst hinein.

Es war höchste Zeit, denn Augenblicke später waren die Fyrd zur

Stelle. Wutentbrannt suchten sie die Umgebung ab. Dann aber trafen noch mehr Fyrd mit Gefangenen ein, und die Suche wurde abgebrochen. Katherine atmete erleichtert auf.

Sie spähten nach draußen, um feststellen, was dort vor sich ging. Die Gefangenen mussten sich neben dem Kahn in einer Reihe aufstellen. Einer nach dem anderen wurden sie exekutiert. Mit Armbrüsten erschossen, mit Messern erstochen, mit Knüppeln erschlagen. Anschließend wurden ihre Leichen auf den Kahn geworfen.

Katherine und Arthur zogen die Köpfe ein und hielten sich die Ohren zu, damit sie die Schreie der Opfer und das Grunzen und Gelächter ihrer Henker nicht hören mussten.

75

NACH DEM MASSAKER

Die Tunnel unter der alten Curzon Street sind in der Dämmerung kein Ort für die Lebenden. Im ersten Licht bieten sie ein Bild des Verfalls und der Fäulnis. Übelriechende Schlammpfützen versperren den Weg durch Gänge, in die seit Jahrzehnten kein Mensch mehr einen Fuß gesetzt hat. Bis zur Unkenntlichkeit verweste Tierkadaver sind vom Regen herabgespült worden … und es gibt Ratten, Unmengen von Ratten, die von ihren nächtlichen Raubzügen in der verschwenderischen Menschenwelt zurückkehren.

Katherine erwachte, als sie das Gleiten ihrer Schwänze und das Kratzen ihre Füße auf den nackten Beinen spürte.

Sie schrie nicht. Sie setzte sich einfach nur auf, den stumpfen Blick auf den Lichtstrahl gerichtet, der durch den Gully weit über ihr in den Gang fiel, fassungslos und bis ins Innerste erschüttert.

»Arthur«, sagte sie mit hohler Stimme.

Die Ratten waren auch auf ihm, oder besser gesagt, huschten über ihn hinweg, dem größeren Tunnel zu, aus dem Arthur und sie am Abend zuvor auf der Flucht vor den Fyrd heraufgeklettert waren. Auch er zeigte kaum eine Regung, als er erwachte.

»Du lieber Himmel«, sagte er, und dann kopfschüttelnd noch einmal: »Du lieber Himmel.«

Katherine saß reglos da, zu keinem Wort fähig.

Arthur griff zu ihr herüber. »Es tut mir sehr leid, dass du das mit ansehen und mit anhören musstest. Wirklich sehr leid …«

Der Vorfall, dessen stumme Zeugen sie geworden waren, hatte bereits ihrer beider Leben verändert. Die Unschuld war verloren, und Katherine schien über Nacht gealtert.

Sie warteten eine Stunde, hielten nach Fyrd Ausschau, lauschten angestrengt auf etwaige Geräusche. Es blieb still, und als sie sich endlich aus dem Versteck wagten, war der Lastkahn mit seiner grausigen Fracht fort.

»Wie gehen den Weg zurück, den wir gekommen sind, und versuchen, dorthin zu gelangen, wo ich dich ursprünglich hinbringen wollte.«

»Ich möchte zu Jack.«

»Er ist bei Leuten, die erfahren werden, wo wir sind. Sobald er zu uns stößt, können wir fort und reden ...«

Katherine nahm im Gehen kaum etwas wahr.

»Ich möchte bloß keinen Tomtern begegnen«, sagte sie.

»Die gibt es doch gar nicht«, erwidert Arthur.

»Oh doch!«, widersprach Katherine. »Wohin gehen wir?«

»Zu einem Ort, den nur sehr wenige jemals zu sehen bekommen, einem außergewöhnlichen Ort, erschaffen von einem Genie, wie selbst die Menschheit nur selten eines gesehen hat. Dort erwartet uns jemand, mit dem ich dich bekanntmachen möchte.«

Katherine konnte die Gänge, die sie durcheilten, die Treppen, die sie erklommen, die dicken Röhren und Träger, unter denen sie durchkrochen, die leeren, spinnwebenverhangenen und von Oberlichtern erhellten Keller, durch die sie kamen, nicht mehr zählen.

Schließlich nahm Arthur sie am Arm und hielt auf einen breiten, aus Ziegeln gemauerten Pfeiler zu.

»Bleib dicht bei mir«, sagte er, »hier kann man leicht stolpern.«

Ganz vorsichtig setzten sie einen Fuß vor der anderen, denn auf den letzten Metern ging es links und rechts in die Tiefe.

Sie gelangten an eine Art Tor. Arthur zog es beiseite und öffnete dahinter eine dunkle Tür, dann bugsierte er sie in einen engen Raum, dessen Fußboden unter ihren Füßen wackelte.

»Wo sind wir?«

»In einem Lift.«

Er schloss die äußere und die innere Tür und zog an einem Hebel. Ruckelnd setzte sich der Lift in Bewegung.

»Halt dich fest«, mahnte er in der stockfinsteren Nacht.

Der Lift fuhr ziemlich schnell, wurde dann langsamer und blieb schließlich stehen.

Arthur öffnete die Türen.

»Pass auf, wo du hintrittst«, sagte er. »Hier sind überall Stufen.«

Sie trat in einen sehr großen, runden Raum, der so voller Licht und Farbe war, dass sie es nach der Dunkelheit der Tunnel kaum fassen konnte. In der Mitte erhob sich ein Podest mit allerlei Flaschenzügen, Spiegeln und Lampen, und darauf stand eine riesige, prächtige Chaiselongue, in deren Polstern ein Mann lag. Er knabberte träge an einer Praline, die auf einem silbernen, mit Edelsteinen verzierten Cocktailspieß steckte.

»Ah!«, rief er bei ihrem Anblick. »Ich bin froh, dass Sie es geschafft haben, Foale. Als sie vom Fest verschwanden, fürchtete ich schon, die Fyrd hätten Sie zusammen mit den anderen verschleppt. Aber wie es scheint, sind Sie noch am Leben! Meinen herzlichen Glückwunsch!«

Dann bedachte Katherine mit einem überaus freundlichen und wohlwollenden Blick und fügte in launiger Trägheit hinzu: »So … und diese reizende junge Dame wünscht also, meine Bekanntschaft zu machen? Die zukünftige Schildmaid?«

»Ich halte es für möglich«, erwiderte Arthur Foale.

Und ehe sie sich's versah, schüttelte Katherine, obwohl es ihr innerlich widerstrebte, die fette, schlaffe Hand des strahlenden Lord Festoon.

76

MARSCHALL BRUNTE

Es war zwei Uhr nachmittags, und Igor Brunte lauschte einem seiner neuen Untergebenen, der den aktuellsten Bericht über die Lage in Brum nach seiner schnellen und rücksichtslosen Machtübernahme in der Stadt vortrug.

Ständig gingen Leute in der behelfsmäßigen Befehlsstelle des Sub-Quentors nahe Digbeth High ein und aus und brachten die neuesten Meldungen, doch mittlerweile hatte sich die Situation beruhigt.

Hinter Brunte lagen vierundzwanzig arbeitsreiche Stunden, in denen er kein Auge zugetan hatte. Aber die Nachrichten waren alle gut, und nun, da Brum unter seiner Kontrolle war, erfüllte es ihn mit Freude, der ruhende Pol inmitten der fieberhaften Geschäftigkeit seiner Gefolgsleute zu sein. Im Moment stand er vor dem Spiegel, rasierte sein kräftiges Kinn und schnippelte an seinem buschigen Schnurrbart.

Er hatte einen Besuch zu machen, und er putzte sich heraus, damit er nicht wie ein Revolutionär aussah, sondern wie der Herrscher, der er jetzt war. Es war eine Zusammenkunft, auf die er sich freute. Er beabsichtigte nämlich, vom Hochaltermann offiziell die Macht zu übernehmen. Lord Festoon war eine Zeit lang ganz nützlich gewesen, aber jetzt brauchte Brunte eine klare Kommandostruktur – mit sich selbst an der Spitze. Für einen fetten, nutzlosen Aristokraten, der einer unfähigen Regierung als Galionsfigur gedient hatte, war darin kein Platz mehr. Obwohl er nicht mit Schwierigkeiten rechnete, beschloss er, Feld und Streik mitzunehmen, für alle Fälle.

Brunte komplettierte seine Toilette, indem er sich mit Bienenwachsbalsam einrieb, das mit einem moschusartigen Ochsenschwanzöl parfümiert war und seiner Persönlichkeit, wie er glaubte, zusätzliche Strahlkraft verlieh.

Er war sehr zufrieden mit sich und der Welt, und aus gutem Grund, denn sein minutiös geplanter Umsturz war ohne größere Zwischenfälle über die Bühne gegangen. Aber er war nicht selbstgefällig. Er hatte einen soeben eingetroffenen Adjutanten gefragt, ob seiner Herrschaft noch von irgendeiner Seite Gefahr drohe, und lauschte nun dem letzten Teil des Berichts.

»... und die letzten Meldungen über das Hochwasser sind höchst erfreulich, Sir. Es geht zurück, wie erwartet ... nur ...«

Das waren in der Tat gute Nachrichten – alle Stellungen gesichert, der Aderlass mehr oder weniger vorbei, die Stadt in seiner Hand.

»Nur ...?«

»Äh, ja, Sir. Der Rea drohte sich eine Zeit lang aufzustauen, doch wie Sie wissen, hat der Regen im Süden und Westen der Stadt nachgelassen, und wir glauben, dass dies genügen wird ...«

»Sie meinen, er könnte in Richtung Northfield zurückfließen?«

»Noch weiter, Sir, bis hinauf zum Waseley Hill. Das ist immer das Problem, weil dann ...«

»Weil dann das Wasser wieder herunterkommt, was seit fünfzehnhundert Jahren nicht mehr geschehen ist, wie ich mir habe sagen lassen.«

»Sie sind gut informiert, Sub-Quentor.«

Die Bemerkung, die als Schmeichelei gedacht war, rief ein Stirnrunzeln hervor, obwohl der Adjutant nichts Falsches gesagt hatte. Doch mit einem Mal hatte Brunte das Gefühl, dass der niedere Rang eines »Sub-Quentors« einem Machthaber wie ihm nicht angemessen war. Mögliche neue Titel und Ränge schwirrten ihm durch den Hinterkopf, als er sich wieder dem aktuellen Geschehen zuwandte.

»Die Bilgener haben die Wassermassen nach Norden umgeleitet, freilich nicht ohne Bedenken, weil sie dadurch einen Teil ihrer eigenen Leute in Gefahr bringen, aber die Abschottung hat diese Maßnahme unausweichlich gemacht.«

Brunte sagte sich, dass man sich dem alten Mallarchi, dem nicht zu unterschätzenden Oberhaupt der Bilgener, in irgendeiner Weise würde erkenntlich zeigen müssen. Die Kommandeure der Fyrd hatten alle den Fehler begangen, die Unterstützung der Bilgener nicht gebührend zu würdigen.

Plötzlich bemerkte Brunte ein Schimmern an den schmutzigen, zerbrochenen Fensterscheiben seiner provisorischen Befehlsstelle, die er in einem leerstehenden Lagerhaus bei Digbeth High eingerichtet hatte. Es war eine kluge und vorsichtige Wahl gewesen für den Fall, dass der Umsturz fehlschlug und seine Gegner die Kontrolle wiedererlangten und eine Fahndung nach ihm einleiteten. In der Oberwelt hätten sie sich schwergetan, ihn aufzuspüren, und noch schwerer, ihn anzugreifen.

Die Örtlichkeit hatte noch einen weiteren Vorteil.

Er hatte in einem der größeren Hochhäuser im Osten der Stadt einen Brand legen lassen, um die Aufmerksamkeit der Menschen vom Hochwasser abzulenken. Dies hatte den Bilgenern ihre Aufgabe beträchtlich erleichtert und seinen eigenen Leuten die Möglichkeit eröffnet, weitgehend ungestört den Vorbereitungen für ihr mörderisches Tun nachzugehen.

»Ich glaube, wir sollten bald unsere Zelte hier abbrechen«, sagte er und setzte sich an den derben Bürotisch in Menschengröße, dem sie die Beine gekürzt hatten, ebenso wie den dazugehörigen Stühlen.

»Sie«, das waren Brunte und sein Einsatzleiter, der in den letzten zwanzig Minuten kein Wort gesprochen hatte. Er schwieg auch jetzt, als Brunte weiter über verschiedene Fragen nachsann und den Schreibern befahl, sich darauf einzustellen, dass ihr Hauptquartier jeden Augenblick an einen Standort verlegt werde, der für die Ausübung der Herrschaft über New Brum günstiger gelegen war.

Die Feuersbrunst in der Ferne war trotz des Regens gewaltig gewesen, verlor nun aber an Kraft. Grinsend nickte Brunte in die Richtung.

»Die Menschen nennen so etwas Brandstiftung«, sagte er zu seinem schweigsamen Mitstreiter, »aber die Fyrd nennen es Taktik, und ich auch. Nun, ursprünglich hatte ich die Absicht, Festoon sofort meine Aufwartung zu machen, doch nun erscheint es mir klüger, abzuwarten, ob sich der River Rea auf der ganzen Strecke bis hinauf zum Waseley Hill aufstaut und …«

»Sir«, sagte Hrap Dowty und brach damit sein Schweigen, »wir sollten abwarten, wer wiederkommt und den dritten Stuhl an diesem Tisch besetzt.«

Seine Stimme klang ebenso nüchtern und sachlich wie schon die ganze Zeit in den hinter ihnen liegenden, langen Stunden, seit Brunte ihn völlig unerwartet zu seinem Stabschef befördert hatte.

»Dowty«, fragte Brunte, »Sie haben nicht zufällig eine Schwäche fürs Wetten und Spielen?

Hrap Dowty dachte darüber nach, kam zu dem Schluss, dass sein neuer Vorgesetzter scherzte, bedachte ihn mit einem halben Lächeln, obwohl er es gar nicht lustig fand, und schüttelte schließlich den Kopf.

»Nein«, sagte er, »habe ich nicht.«

Brunte mochte Dowty. Er leistete tadellose Arbeit, hatte darüber hinaus keine persönlichen Ambitionen und fürchtete niemanden. Er war zuverlässig und stellte keine Bedrohung dar. Er wäre ein Langweiler gewesen, wäre da nicht sein obsessives Interesse an der Zeit, das einzige Thema, über das er sich endlos auslassen und für das er seine Zuhörer begeistern konnte. Dowty war niemand, mit dem man huren, zechen, Witze machen oder sonst allzu viel anfangen konnte. Doch bei einer Rebellion, wie Brunte sie durchgeführt hatte, und bei den noch bevorstehenden Kämpfen gegen die Fyrd und allem, was sorgfältige Organisation und Zeitplanung erforderte, war er der ideale Bundesgenosse.

»Wären Sie ein Spieler, Dowty, würde ich mit Ihnen eine Wette darüber abschließen, wie lange es wohl dauert, bis der dritte Platz an unserem Tisch besetzt sein wird.«

»Aha!«, sagte Dowty ohne Interesse. »Ist das denn wichtig?«

»Nicht besonders«, räumte Brunte ein, »aber es bereitet mir Vergnügen, Dinge vorherzusagen.«

»In diesem Fall gibt es zu viele unbekannte Variablen, um eine leidlich genaue Vorhersage zu machen, Sir.«

»Aber was sagt Ihnen Ihr Gefühl?«

Dowty sann darüber nach.

»Drei Minuten und sieben Sekunden, würde ich sagen, aber das ist blind geschätzt.«

Brunte blickte auf seine Uhr.

Merkwürdigerweise würde laut dieser Schätzung das dritte Mitglied ihres Triumvirats um Punkt sechs Uhr zurückkehren.

Die beiden sprachen über die Rückkehr Doams, Bruntes zuverlässiger Nummer zwei. Brunte hatte ihn ins Quartier des verstorbenen Generals Elon geschickt, angeblich um nachzusehen, wie Leutnant Backhaus zurechtkam, der dort geblieben war, um einige Dinge zu regeln. Brunte hatte es für besser gehalten, wenn Backhaus das übernahm, da die Überlebenden in dem Haus Vertrauen in ihn hatten.

Doch es war nicht unbedingt wünschenswert, dass der Leutnant danach weiterlebte, da er Zeuge von Elons Ermordung war. Wobei Brunte durchaus auch Argumente zu seinen Gunsten sah. Er war intelligent, und wie Brunte selbst hatte er längst eine Beförderung verdient, die ihm unter Elon regelmäßig versagt worden war.

Doam mochte nicht so intelligent sein, aber er und seine Leute waren ihm treu ergeben, und Brunte konnte ihm vertrauen. Doch möglicherweise würde er ihm künftig nicht mehr von Nutzen sein. Brunte erörterte die Frage mit sich selbst und gelangte zu dem Schluss, dass es zwischen den beiden zu Reibereien kommen würde, falls beide die Rebellion überlebten. Er hatte mit Doam über seine Zweifel an Backhaus gesprochen, ihm aber keinen eindeutigen Befehl gegeben. Manchmal war es besser, der Vorgesetzte hielt sich heraus und ließ die Untergebenen gewisse Dinge unter sich regeln.

Allerdings vermutete er, dass Backhaus, wenn er auch nur halb der Fryd war, für den er ihn hielt, bei Doams Besuch mit dem Schlimmsten rechnen und sich darauf einstellen würde. Was würde er tun? Sich in das Unvermeidliche fügen? Fliehen? Sich mit Doam anlegen? Ihn sogar töten?

Brunte und Dowty warteten auf Doams Rückkehr, um zu erfahren, wie die Sache ausgegangen war.

In Wahrheit war Brunte froh, dass er nicht zu wetten brauchte, denn tatsächlich hatte er keine Ahnung, wie Doams mörderische Mission ausgehen würde. Es interessierte ihn auch nicht sonderlich.

Schritte unten, Stimmen von Wachen, jemand wurde eingelassen.

Bruntes Uhr zeigte drei Sekunden vor sechs. Dowty hatte, wie unbeabsichtigt auch immer, den Zeitpunkt mit gewohnter Genauigkeit vorhergesagt.

Schritte auf der Treppe, die in das Geschoss heraufführte, in dem sie sich befanden.

Die Tür ging auf, und herein trat Backhaus. Allein. Eine Überraschung.

»Wo ist Doam?« Brunte brannte vor Neugier. Die Selbstsicherheit des Leutnants war beeindruckend, sein offenkundiger Respekt vor Brunte außerordentlich begrüßenswert, sein Nicken in Richtung Dowty eine höfliche Vorsichtsmaßnahme.

Seine ersten Worte hätten nicht besser gewählt sein können. Er verschwendete keine Zeit mit langatmigen Erklärungen und stellte klar, wer in seinen Augen das Sagen hatte.

»Wir haben zu arbeiten, Feldmarschall Brunte.«

Brunte nickte bedächtig, und die Fältchen um seine Augen drückten Anerkennung aus. »Sub-Quentor« war in der Tat nicht mehr angemessen. Backhaus hatte eine Lösung angeboten.

»Ich denke, ›Marschall‹ wird genügen!«, sagte er und fügte nach einer gebührenden Pause hinzu: »Hauptmann Backhaus.«

Der am frischsten gebackene Hauptmann in Hyddenwelt lächelte und hielt es für nötig, jeden Zweifel über den Verbleib seines Rivalen auszuräumen: »Bedauerlicherweise ist Doam einem tödlichen Unfall zum Opfer gefallen und wird uns nicht Gesellschaft leisten können.«

Dies war alles, was zu dem Thema gesagt wurde und jemals gesagt werden musste. Doam war ein Opfer des Krieges, und Backhaus einer seiner Nutznießer.

»Ich bin unten auch Major Feld begegnet, Marschall. Er ist, wie ich vermute, mein direkter Vorgesetzter?«

Brunte nickte.

»Er ist für seine jüngsten Leistungen und vieles andere mehr zum General befördert worden. Sie werden in ihm einen angenehmen Kollegen finden.«

Backhaus blickte an seinem neuen Gönner vorbei in die Menschenwelt und sah amüsiert zu, wie ein riesiges Gebäude, aus dem Rauch in den vom Feuer erglühenden Abendhimmel quoll, langsam in sich zusammenstürzte und nicht mehr war.

Er blinzelte und hätte möglicherweise erwähnt, was er soeben gesehen hatte, und vorgeschlagen, diese schmutzigen Räumlichkeiten schleunigst zu verlassen, hätte ihm der abwesende Ausdruck auf Bruntes Gesicht nicht verraten, dass dieser bereits einen Schritt weiter war. Wie aufs Stichwort erschien ein Schreiber.

»Das Mädchen ist am Leben, Sub-Quentor …«

»Marschall«, korrigierte Brunte freundlich.

»Sie ist dabei beobachtet worden, wie sie zusammen mit Professor Foale in die Privatgemächer des Hochaltermanns geflohen ist. Von dem Jungen fehlt dagegen jede Spur.«

Das war wirklich perfekt.

»Der Junge wird bald nachkommen«, erwiderte Brunte einfach

und stand auf, um anzuzeigen, dass ihre Stunden in der Oberwelt gezählt waren. »Und wir werden darauf vorbereitet sein. Wir müssen die Bilgener konsultieren und uns Klarheit verschaffen, was den River Rea angeht. Danach werde ich dem Hochaltermann meinen Besuch abstatten. Einverstanden, Gentlemen?«

»Einverstanden«, murmelten Dowty und Backhaus gleichzeitig.

»Einverstanden«, sagte eine andere Stimme.

Es war Feld, der in der Tür erschienen war und ihr Gespräch mit angehört hatte.

Brunte fühlte sich gut. Er hatte die Stadt in seine Gewalt gebracht, die richtigen Gefolgsleute für sich gewonnen, und alles, was er jetzt noch brauchte, waren die Schlüssel zum Reich.

77

IM SAAL DER JAHRESZEITEN

Lord Festoons Interesse an Katherine war aufrichtig und von Mitgefühl getragen.

»Mir großem Bedauern habe ich, haben wir alle vom Tod Ihrer Mutter erfahren. Ich weiß, dass so etwas nicht leicht zu verschmerzen ist – auch ich hatte in Ihrem Alter diesen Verlust zu beklagen. Und auch ich hatte keinen Vater, der mir hätte helfen können, diese Last zu tragen.«

»Sie haben erfahren, dass sie gestorben ist? Selbst hier in Brum?«

»Wir haben alles im Auge behalten. Und natürlich hat uns auch Arthur unterrichtet. Dennoch war ihr Tod, obwohl nach so vielen leidvollen Jahren zu erwarten, ein schwerer Schlag.«

Das war er, doch Katherines Trauer war nicht mehr so frisch wie zu Beginn, und jetzt wollte sie Näheres über Jack erfahren. Sie bekam eine unbefriedigende Antwort, als sie nach ihm fragte.

»Darüber können wir Ihnen keine genaue Auskunft geben, nur so viel: Jack ist in guten Händen, und es sind Pläne in Vorbereitung, Sie sicher aus Brum herauszubringen. Um offen zu sein, meine Liebe, Dinge wie verlorene Edelsteine, Prophezeiungen und Schildmaiden mögen wichtig sein, aber sie sind nicht so wichtig wie Ihre und Jacks Sicherheit. Auf die eine oder andere Art ist er hierher unterwegs, und sobald er hier ist, können wir handeln. Und was diese anderen Dinge angeht …«

Er machte eine wegwerfende Handbewegung, als seien »diese anderen Dinge« ohne jede Bedeutung.

Als er jedoch von dem Massaker erfuhr, dessen Zeugen sie letzte Nacht geworden waren, wollte er mit Arthur unter vier Augen sprechen und sagte ihr, sie müsse sich eine Weile selbst beschäftigen.

Doch zuvor sorgte er dafür, dass sie es bequem hatte.

»Fühlen Sie sich ganz wie zu Hause«, sagte er und deutete auf einen kostbaren türkischen Teppich, der vor dem Thron auf dem Fußboden lag.

Auf dem dicken Teppich standen Tabletts mit frischem Obst, Silberschalen voller Schokolade und Naschwerk, das mit weißem und rosa Zucker bestäubt war, und ein goldener, mit Eiswasser und Rosenblättern gefüllter Krug, alles zwischen den weichsten und prächtigsten Kissen und Polstern, die sie je gesehen hatte.

»Ruhen Sie sich aus«, schlug er vor, »essen und trinken Sie, schlafen Sie, und machen Sie unbedingt einen kleinen Rundgang durch diesen berühmten Saal. Aber meiden Sie die Türen, sie sind nicht das, was sie zu sein scheinen. Wobei die Dinge das selten sind. Versuchen Sie keinesfalls, eine zu öffnen. Dies wäre in der Tat töricht, wenn es zur falschen Zeit und auf falsche Weise geschähe.

Sollten es Sie unterdessen nach einer besonderen Speise verlangen, wird sich mein lieber Freund Parlance hier darum kümmern. Er war gerade im Begriff, mit meinen Anweisungen für die kommenden Stunden in die Küche zurückzukehren.«

Erst in diesem Augenblick bemerkte sie die überaus merkwürdige, beinahe zwergenhafte Gestalt, die sich hinter Festoons Thron herumdrückte. Sie trug die gestärkte weiße Jacke und die schwarz-weiß karierten Hosen eines Kochs, und ihre weiße Kochmütze war übermäßig hoch.

»Madam?«, fragte der kleine Mann.

Zuerst begriff Katherine nicht, dass er von ihr wissen wollte, ob sie einen besonderen Wunsch habe, und ihr erster Impuls war, Nein zu sagen. Doch aus seinen Augen sprach ein so aufrichtiges Interesse an ihrem Wohlbefinden, dass ihr plötzlich ein Gedanke kam.

Genau genommen war es eine Erinnerung, lebhaft, unerwartet und untrennbar mit Arthur, Margaret und ihrer Mutter verbunden und mit den vielen glücklichen Stunden, die sie in Woolstone zusammengesessen und sich unterhalten hatten – sei es in der Küche des alten Hauses oder, in jüngerer Zeit, im Wintergarten am Bett ihrer Mutter.

Ihr war, als hätte sie das, was sie jetzt begehrte, seit Jahren nicht mehr bekommen, obwohl es in Wahrheit kaum mehr als ein paar Tage her war.

»Gegen eine Tasse Tee hätte ich nichts einzuwenden«, sagte sie.

Sie hatte es kaum ausgesprochen, da kam ihr der Gedanke, dass ihre Bitte in einer so bizarren Umgebung allzu gewöhnlich, ja lächerlich erscheinen musste.

Doch Parlance blickte hocherfreut.

»Ah! Tee! Ein überaus vorzügliches und in Hyddenwelt unterschätztes Getränk. Ohne unseren Professor Foale, der eine ähnliche Bitte äußerte, als er uns das erste Mal beehrte, wären wir womöglich gar nicht in der Lage, Ihren Wunsch zu befriedigen. Aber meine Lieferanten haben sich umgetan und jeden Tee beschafft, den sie finden konnten, und du meine Güte, welche Schätze haben sie entdeckt und von welchen Köstlichkeiten haben wir gekostet. Habe ich nicht recht, Mylord? Würden Sie mir nicht zustimmen, Professor?«

»In der Tat«, pflichtete Festoon begeistert bei. »Die junge Dame bringt eine kluge Bitte vor. Kommen Sie ihr unverzüglich nach, Parlance!«

Der Koch verbeugte sich, zog sich zurück und war urplötzlich verschwunden, wie genau, konnte Katherine nicht sagen. Ebenso wenig konnte sie, als sie sich umschaute, feststellen, wo der Lift geblieben war, der sie heraufbefördert hatte.

Katherine beschloss, sich ein wenig umzusehen, während Festoon und Arthur miteinander sprachen. Dazu musste sie um Lord Festoons Podest herumgehen, was, da es sehr groß war und die Perspektive im Raum durch das Schachbrettmuster des Parketts noch stärker verzerrt wurde, merkwürdig viel Zeit in Anspruch zu nehmen schien. Bald jedoch begriff sie, wie schwierig es war, die Entfernung der Wände einzuschätzen, und das umso mehr, als die Mitte des Raums durch ein achteckiges Oberlicht weit über ihr hell erleuchtet wurde, während die Wände im Dunkeln lagen.

Lord Festoon und Arthur waren lebhaft ins Gespräch vertieft und warfen nur gelegentlich Blicke in ihre Richtung, sodass sie ihren Erkundungsgang aufschob in der Hoffnung, etwas Aufschlussreiches aufzuschnappen.

Was sie aber zu hören bekam, waren belanglose Bemerkungen des Hochaltermanns über seine Chaiselongue und ihre raffinierten Scharniere, die es ermöglichten, das Liegesofa mittels Knopfdruck aufzurichten und in einen Thron zu verwandeln.

»Eine enorme Verbesserung, mein lieber Professor«, hörte sie den Hochaltermann sagen, während er vorführte, wie der Mechanismus funktionierte, ehe er in hilflosem Ton hinzufügte: »Meine Schwäche und meine Hinfälligkeit, hervorgerufen durch meine langjährige Krankheit, machen diese Erleichterung meiner täglichen Pflichten erforderlich.

Ich fürchte, dass körperliche Betätigung jedweder Art für eine zartbesaitete Natur wie mich zu gefährlich ist und dass für mich keine Hoffnung besteht, ein hohes Lebensalter zu erreichen.«

Er brachte sich wieder in eine aufrechte Position. Im selben Augenblick kehrte Parlance mit einem Tablett und Teegeschirr darauf zurück. Er goss allen eine Tasse ein. Unterdessen nahm sich Festoon eine Praline von einem Teller, der vor ihm erschien, als er einen Knopf an seiner Armlehne drückte, gehalten von einer großen, silbernen Gliederhand.

»Meine neuesten Pralinenkreationen. Der junge Chocolatier aus der Wallonie, den Parlance unlängst eingestellt hat, hat sie eigens für mein Fest gestern komponiert. Das Rezept ist eine Verfeinerung von Aroudels Klassiker aus den 1790er Jahren und, wie ich finde, eine Verbesserung.«

Er bedeutete Arthur, sich eine zu nehmen, was dieser auch tat, jedoch nicht ohne einen bedenklichen Blick auf das Konfekt, seinen Bauch und den sehr viel größeren, mit dem Festoon aufwarten konnte.

›Betrübliche Leiden‹ bedeutet hier so viel wie Gefräßigkeit, sagte sich Katherine, überzeugt, dass Arthur dasselbe dachte.

Die verschiedenen Apparaturen, von denen Lord Festoon umgeben war, hatten etwas Altmodisches. Sie bestanden aus prächtig lackiertem Holz mit glänzenden Messingbeschlägen bester Qualität und Handwerkskunst und waren offensichtlich eigens zu seiner Bequemlichkeit gebaut worden. Wie er so zwischen ihnen auf seinem Podest thronte, erinnerte er an einen Kapitän auf der Brücke eines Dampfschiffs des neunzehnten Jahrhunderts.

Sie wandte ihre Aufmerksamkeit wieder dem Raum zu. Zuerst hatte sie ihn für kreisrund gehalten, nun aber, da sie darin umherging, merkte sie, dass sie sich geirrt hatte. Er war achteckig.

Die acht Wände waren unterschiedlich groß. Vier waren nicht

breiter als die darin eingelassenen Türen, während die vier Wände zwischen ihnen viel breiter und mit Bildteppichen behängt waren, auf denen Katherine Darstellungen von Frühling, Sommer, Herbst und Winter entdeckte.

Auf jeder Tür stand der Name einer Jahreszeit in einer golden schimmernden, gotisch anmutenden Schrift, die jeweils mit einem Schatten in der passenden Farbe unterlegt war: Frühling mit Grün, Sommer mit Goldgelb, Herbst mit Rotbraun und Winter mit Grau. Sonst aber wirkten die Türen alt, sogar schmutzig, waren stellenweise mit Spinnweben bedeckt und hatten schwarz angelaufene Messingklinken. Sie sahen aus, als seien sie seit Jahren oder gar Jahrzehnten nicht mehr geöffnet worden.

»Vielleicht seit Jahrhunderten!«, murmelte Katherine vor sich hin.

Lord Festoon hörte es und rief: »Nicht ganz so lang, meine Liebe, aber ganz bestimmt lang genug!«

Als sie sich zu ihm umdrehte, um ihn etwas zu den Türen zu fragen, stellte sie zu ihrer Überraschung fest, dass er und sein Podest jetzt in eine andere Richtung blickten als zuvor. Sie begriff, dass das Podest drehbar war, wahrscheinlich ebenfalls per Knopfdruck, sodass Festoon die Wandteppiche betrachten konnte, ohne sich bewegen zu müssen.

Trotzdem wunderte sie sich, wie weit er sich in der kurzen Zeit von ihr weggedreht hatte. Der Raum spielte den Sinnen Streiche, und nicht nur was Proportionen und Entfernungen anging, sondern auch in Bezug auf die Zeit.

Dann geschah noch etwas Seltsames. Als sie dorthin zurückkehrte, wo sie eben hergekommen war, nämlich zur Tür des Sommers, stellte sie fest, dass sich der Name auf der Tür geändert hatte. Jetzt stand dort Frühling, und als sie sich umdrehte, sah sie, dass auf der Tür, von der sie soeben kam, jetzt Sommer stand.

Sie ließ Türen Türen sein und sah sich die Bildteppiche an den Wänden dazwischen genauer an. Sie waren kunstvoll mit Pflanzen- und Tiermotiven bestickt.

Der Teppich zwischen den Türen für Frühling und Sommer zeigte auf der linken Seite Bilder von Schneeglöckchen in schmelzendem Schnee, auf der rechten Seite hingegen gelb und blau blühenden Augentrost. Der nächste Teppich, zwischen den Türen für Sommer und

Herbst, führte das Thema mit den ersten zartrosa Weinrosen fort, deren Blätter in der Sommersonne leuchteten. Dort jedoch, wo er an die mit »Herbst« beschriftete Tür grenzte, änderte sich die Flora entsprechend. Welke Nesseln bestimmten das Bild, Schlehen präsentierten ihre schwarzblauen Früchte, und darunter schmiegten sich Aronstäbe mit ihren orangeroten Beeren in den feuchten Schatten.

»Dann bilden die Teppiche also eine Abfolge«, murmelte sie, »und auf jedem ist das Ende einer Jahreszeit und der Beginn der darauf folgenden dargestellt.«

»Ganz recht!«, rief Lord Festoon fröhlich.

Er saß jetzt wieder mit dem Gesicht zu ihr, während sich Arthur auf dem türkischen Teppich vor dem Podest räkelte und aus einem prächtigen goldenen Becher trank.

»Bedien dich«, sagte er liebenswürdig und deutete auf ein Tablett, auf dem weitere Becher und ein dazu passender Krug standen.

»Später, danke«, sagte sie und wandte sich wieder dem Teppich zu.

Sie kannte die meisten Blumen, aber nicht alle Tiere, die sich zwischen ihnen tummelten. Bei ihrem Anblick bekam sie Heimweh und dachte an verflossene Tage in Woolstone, als es ihrer Mutter noch besser ging und sie solche Dinge gemeinsam erleben konnten – Tage, die nicht wiederkommen würden. Trauer und Wehmut stiegen in ihr auf.

Da fiel ihr auf, dass die Blumen der Jahreszeiten den Blick in eine bestimmte Richtung lenkten, nämlich von links nach rechts, vom Frühling zum Sommer und weiter zum Herbst, während die Landschaften, die auf den Teppichen dargestellt waren, das Auge in die entgegengesetzte Richtung wandern ließen.

In der rechten oberen Ecke jedes Teppichs war eine Gebirgslandschaft zu sehen, die nach links unten abfiel und zunächst in ein Vorgebirge überging, dann in Hochmoore und Heiden und schließlich in freundliche Wälder und Täler mit Weiden, bis die linke untere Ecke erreicht war, wo auf jedem Teppich das Meer lag.

Diesem natürlichen Weg vom Gebirge zum Meer folgte ein Fluss, der als reißender Wildbach begann und sich am Ende, von Nebengewässern gespeist, als ehrwürdiger Strom gemächlich durch Marschen und das von ihm geschaffene Delta schlängelte.

In der einen Richtung betrachtet, stellten die Teppiche den ewigen

Kreislauf der Jahreszeiten und die unablässige Erneuerung des Lebens dar, in der anderen den Übergang von der Jugend zum Alter auf dem Antlitz der Erde. Die eine Richtung wies nach rechts und die andere …

»Seltsam«, seufzte Katherine, die jetzt an so vieles denken musste – an ihre Mutter, die Schatten im Henge, ihre Kindheit, Jacks versehrten Körper, an die Gefühle, die sie für ihn empfand und die sich verändert hatten wie die Jahreszeiten und doch vom ersten Tag an dieselben geblieben waren, so beständig wie die Erde selbst.

»Nur dass sie gar nicht beständig ist«, sagte sie sich, und ihr Blick folgte dem Lauf des Flusses von seiner jugendlichen Phase im Hochgebirge des Frühsommers bis zu seinem Altern als mäandernder Strom im späten Frühling.

»Oh!«, flüsterte sie. »Aber natürlich! Warum ist mir das nicht gleich aufgefallen …«

Auf allen vier Teppichen schienen die Flüsse auch in jede Tür hinein- und aus ihr herauszufließen. Als Katherine dies erkannte, war ihr, als verwandelten sich die acht Wände des Saales, gleich ob Türen oder Teppiche, vor ihrem inneren Auge in eine großartige Welt, die vom Kreislauf des Lebens und seiner Erneuerung erzählte, von Jugend und Alter, von Tod und Wiedergeburt, als sei in jedem Augenblick des Lebens eine Ewigkeit enthalten, als sei jeder mit jedem verbunden, nach vorn und nach hinten, nach oben und nach unten sowie in jeder anderen Richtung.

»Gefallen Ihnen die Teppiche?«, fragte Lord Festoon, und seine Stimme erlöste sie von dem Wirbeln in ihrem Kopf, das viel zu rasch an Schnelligkeit gewann. Selbst ihr Körper hatte begonnen, sich zu drehen, und sie lief Gefahr, die Balance zu verlieren und in die verwirrenden Spiegelungen und geometrischen Trugbilder des Eichenparketts oder in die Wandteppiche selbst zu stürzen.

»Sie gefallen Ihnen!«, rief er begeistert und beantwortete damit seine Frage selbst, wobei er ihr Schweigen als Ausdruck reiner Freude missdeutete, obwohl sich in Wahrheit ein ganzes Kaleidoskop von Gefühlen dahinter verbarg.

Er hatte aufgehört, mit Arthur zu sprechen, und sie offenbar von seinem Podest aus bei ihrem Rundgang beobachtet. Er und sein Thron waren ihr jetzt direkt zugewandt, während sich Arthur mitsamt dem Teppich, auf dem er lag, von ihr weg auf die andere Seite bewegt hatte und kaum noch zu sehen war.

»Ja, sie gefallen mir«, begann sie, »aber ...«

»So setzen Sie sich doch, meine Liebe, Sie scheinen mir ganz benommen vor Freude und Verwunderung. Aber so sollte es eigentlich allen Sterblichen beim Anblick unserer wundersamen Welt ergehen. Es liegt nur an der Beschränktheit unseres Geistes und an der Angst vor Veränderung, dass unser Leben und unser Empfinden so unerfüllt und eintönig werden. Ich muss es wissen!«

Er deutete auf den Fußboden zu seiner Rechten, wo gleich darauf, als schwebe der Teppich übers Parkett, Arthur erschien, der immer noch vergnügt dalag. Sie runzelte die Stirn, schüttelte den Kopf und gab es auf, daraus schlau werden zu wollen.

»Setzen Sie sich auf den Teppich«, sagte Festoon einladend, »betten Sie Ihre hübsche Person auf die weichen Kissen, legen Sie sich hin, folgen Sie dem Beispiel unseres gemeinsamen Freundes und genießen Sie die Erfrischungen meines Küchenmeisters.«

Er sprach jetzt mit so honigsüßer Stimme, dass jedes Wort Katherines Gliedern einen sanften Stups zu geben schien und sie dazu brachte, sich neben Arthur auf den Rücken zu legen.

»Werde ich«, fragte sie misstrauisch, »von diesem Getränk ebenfalls so komische Gedanken bekommen wie von dem angeblichen Wasser, das mir Ihre Barmherzigen Schwestern gegeben haben?«

Festoon zog ein Gesicht, als fühle er sich durch die Frage beleidigt, lachte aber gleichzeitig herzhaft.

»Die Schwestern haben sich schon immer eigene Wege und Schliche einfallen lassen, aber Sie können mir vertrauen, wenn ich sage, dass Sie von diesem Wasser, das rein ist und nur von Rosenöl liebkost wurde, einen klaren Kopf bekommen werden und Lust auf die Freuden, die unserer noch harren. Damit meine ich das Abendessen nachher, das ich recht spät einzunehmen pflege und bei dem Sie mir heute, wie ich hoffe, Gesellschaft leisten werden.«

»Ich dachte, wir hätten erst Mittag.«

»Das hatten wir bei Ihrer Ankunft«, sagte er zweideutig. »*Tempus fugit!*«

Sie trank von dem Wasser, fühlte sich sogleich erfrischt und trank noch mehr.

Plötzlich schlug eine Glocke an, und Festoon zuckte zusammen, als das Sprachrohr, das über ihm hing, heruntersauste, sodass er es bequem mit der rechten Hand erreichen konnte. Er zog es sich ans Ohr.

»Wie wären fürs Abendessen bereit«, sprach er hinein. »Leicht, aber nostalgisch, das passt zu meiner Stimmung.«

Eine leise Stimme war zu vernehmen. Festoon nickte und schob das Rohr wieder von sich.

»Das Essen ist unterwegs«, verkündete er.

Katherine nahm sich vor, genau aufzupassen, wo Parlance erschien, aber irgendwie war ihr klar, dass er aus jeder Richtung kommen würde, nur nicht aus der, in die sie schaute. Und so geschah es auch. Nahezu geräuschlos tauchte er aus dem Schatten hinter dem Podest auf, von irgendwo hinter dem Thron.

Wie aus dem Boden gewachsen stand er plötzlich da, in den Händen ein großes Silbertablett, auf dem ihr Abendessen stand, dazu eine Teekanne, Milch und eine Tasse mit Untersatz.

Festoon, dem nichts zu entgehen schien, nahm ihre Überraschung mir Freude zur Kenntnis.

»Im Unterschied zu dem anderen *ascenseur*«, sagte er, wobei er die französische Bezeichnung dem gewöhnlicheren »Lift« vorzog, »der allerlei Geklapper verursacht, muss dieser völlig geräuschlos sein, damit sein Kommen und Gehen mich nicht inkommodiert und meinen Schlummer stört. Er ist direkt mit der Küche verbunden.«

»Wo befindet sich der andere?«, fragte Katherine. »Ich bin noch nicht dahintergekommen.«

Festoon war über die Frage entzückt.

»Er arbeitet mit einer Hydraulik, die noch genauso funktioniert wie vor vielen Jahrzehnten, als er eingebaut wurde, und taucht da drüben aus dem Fußboden auf ...«

Er nickte vage in eine Richtung zwischen der Tür des Winters und der des Frühlings.

»Der Fußboden tut sich auf, der Lift erscheint mit viel Lärm, die Fahrgäste steigen aus, und da wären sie! Einfach, aber aufdringlich, so ist das Leben nun mal. Es sollte einfach sein, aber die Welt drängt sich auf, *n'est-ce pas?* Aber vergeben Sie mir, Sie sind ebenso hungrig wie ich. Parlance, wenn Sie bitte auftragen würden.«

Sie aßen in angenehmem Schweigen, bis Katherine fragte: »Lord Festoon?«

»Ja, meine Liebe? Haben Sie eine Frage? Ich weiß einen forschenden Geist immer zu schätzen. Was möchten Sie wissen?«

»Was liegt eigentlich hinter den Türen der vier Jahreszeiten?«

»Träume«, antwortete er.

»Wessen Träume?«

»Unsere«, flüsterte er und wandte sich traurig von ihr ab. Offensichtlich fiel es ihm schwer, über die Frage allzu lange nachzudenken.

78

TÜREN

Aber so leicht kam er Katherine nicht davon, auch wenn er das Thema lieber gemieden hätte. Sie spürte, dass sie einer Wahrheit nahegekommen war, die auch sie selbst betraf.

»Wovon träumen Sie?«, wagte sie zu fragen.

Er brauchte nicht lang zu überlegen.

»Davon, einen Ort aufzusuchen, der … oder vielmehr, wo … einen Ort, der …«

Er schüttelte den Kopf. Die Erinnerung war zu schmerzlich, der Traum zu schwer zu ertragen. Seine Augen füllten sich mit Traurigkeit.

»Der was?«, bohrte Katherine.

»Sie sind sehr direkt, genau wie es die Schildmaid sein sollte.«

»Ich bin nicht die Schildmaid oder was auch immer. Ich bin Katherine.«

»Aber direkt sind Sie, so viel ist sicher.«

»Und? Wie lautet Ihre Antwort? Haben Sie Orte hinter den Türen besucht?«

»Nur einen einzigen, hinter der Tür des Frühlings. Die anderen habe ich nur in der Fantasie besucht, mit der ganz speziellen Hilfe von Parlance.«

»Wann sind Sie durch die Tür des Frühlings gegangen?«

»Ach!«, seufzte er sehr leise. »Ich habe befürchtet, dass Sie das fragen würden. Ich kann dort nie wieder hingehen. Tatsächlich kann ich jetzt durch keine der Türen mehr gehen, nie wieder. Aber wenn ich Ihnen vom Frühling erzähle, kann ich vielleicht für kurze Zeit wieder jene Tage durchleben, und Sie werden besser verstehen, warum ich heute in dieser bemitleidenswerten und hilflosen Lage bin.«

»Sprechen Sie, Mylord«, murmelte Parlance versonnen.

Der Koch hatte die merkwürdige Gabe, die meiste Zeit über unbemerkt zu bleiben, und tatsächlich hatte Katherine ganz vergessen, dass er da war. Aber da stand er und wischte sich eine wehmütige Träne aus dem Auge.

»Die Madeleines, die wir soeben gegessen haben, bringen mich zum Weinen«, sagte er, »aber auch die traurigen Worte meines Herrn und die Erinnerung an einen verflossenen Frühling.«

Lord Festoon erzählte die Geschichte in groben Zügen, und Parlance schmückte sie mit Details aus.

Als Festoon zehn Jahre alt war, entschlüpfte er eines Tages der Dienerin, die ihn beaufsichtigte, und fand sich allein im Freien wieder. Er gelangte an den River Rea, angezogen von einem klatschenden Geräusch. Es war ein Küchenjunge namens Parlance, der flache Steine, die er am Ufer fand, übers Wasser hüpfen ließ.

»Es war ein wahrlich zauberhafter Tag«, erinnerte sich Festoon, »der erste Frühlingstag, an dem die Sonne sanft das erste neue Leben streichelt und die Luft, die lange rauh war von der Winterkälte, sich wieder erwärmt.«

Die beiden Jungen ließen sich von dem herrlichen Tag verzaubern, wanderten am Fluss entlang bis zum Waseley Hill, jenem grünen Hügel, aus dem der Fluss als kleine Quelle entsprang.

»Wir waren den ganzen Tag und den halben Abend draußen, bevor die Bediensteten meiner Mutter – mein Vater war bereits tot – mich fanden. Meine Geschwister waren alle jung gestorben, und auch ich war ein schwächliches Kind, darum war sie um meine Gesundheit und Sicherheit übertrieben besorgt. Ich wurde streng gescholten, aber das war nicht die schlimmste Strafe. Ich bekam Arrest und durfte von dem Tag an nie wieder nach draußen gehen oder den Jungen treffen, in dessen Gesellschaft ich zum ersten Mal in meinem Leben wahre Freundschaft empfunden hatte.

Von da an verkehrte ich mit ihm nur noch durch die Speisen, die er mir heimlich aus der Küche schickte und die er eigenhändig zubereitet hatte, um an die Bilder und Geräusche jenes Frühlingstags zu erinnern, die wir wahrgenommen hatten oder wahrgenommen zu haben glaubten. Seine Speisen waren wie ein Hoch auf unsere Freundschaft, und mein Gegengeschenk an ihn war, dass ich sie genoss und mir neue Rezepte ausdachte.«

»Und Sie sind nie wieder ins Freie gegangen?«, fragte Katherine erstaunt.

»Nein … und als ich größer wurde, wurde ich natürlich dick, und dann fett und …«

»Wenn ich doch nur gewusst hätte, was ich meinem Herrn damit antat«, jammerte Parlance, »aber ich war ahnungslos und niemand sagte es mir, bis er fettleibig war. Da war es zu spät. Von da an kochte ich, um ihn zu trösten, und er aß, um mich zu trösten.«

Festoon wedelte mit den Händen über seinem tonnenförmigen Leib und seinen baumstammdicken Beinen und sagte einfach nur: »Genau das war es, zu spät, und ich konnte nicht mehr tun, was ich mir so sehr wünschte. Aber ich wurde entschädigt. Parlance verfeinerte seine Künste, sein Genie kam zum Vorschein, so wie meines in puncto Geschmack und Ideen. Nachdem wir im kulinarischen Sinn den Frühling erobert hatten, breiteten wir unsere gestutzten Flügel aus und erforschten auch die anderen Jahreszeiten. Ich nahm weiter zu.

Als meine Mutter starb und ich das Amt des Hochaltermanns übernahm, ließ ich zuallererst Parlance zu mir kommen. Er weinte, als er sah, was aus mir geworden war.«

Katherine stand ungeduldig auf.

»Aber … Sie hätten doch … Sie beide hätten doch … es wäre doch möglich gewesen …«

»Sagen Sie mir jetzt bitte nicht, ich solle einfach weniger essen. Das haben schon viele getan. Wenn ich es tue, verliere ich die einzige Freude, die mir geblieben ist. Wenn ich es tue, sterbe ich. Und für wen soll Parlance, der ein wahres Genie auf seinem Gebiet ist, dann kochen?«

»Aber haben Sie denn keine Lust, den richtigen Frühling zu erleben?«

Festoon überlegte. Parlance auch.

»Mehr als alles andere, abgesehen von einer Sache vielleicht, und nicht einmal bei der bin ich mir sicher.«

»Was für eine Sache?«

»Ich würde gern den verlorenen Stein des Frühlings in meinen Händen halten. Dann könnte ich sterben und in dem Gefühl, ein erfülltes Leben gehabt zu haben, in den Spiegel aller Dinge zurückkehren.«

»Und wenn daraus nichts wird?«

»Dann möchte ich noch einmal die Orte besuchen, die wir, als wir jung waren, nur so flüchtig gesehen haben.«

»Was geschieht«, fragte Katherine, »wenn Sie durch die Tür gehen, auf der ›Frühling‹ steht, Lord Festoon? Sie haben gesagt, dass unsere Träume dahinterliegen.«

»Das vermute ich. Aber für mich ist es nur ein Traum, und es ist besser, es bleibt dabei. Ich kann mich ja nicht einmal ohne Hilfe von meinem Thron erheben, geschweige denn den großen leeren Raum durchqueren, der zwischen ihm und der Tür liegt …«

Sie maßen die Entfernung mit den Augen, und aus Festoons Sicht war sie in der Tat gewaltig.

»Bei Ihnen, Katherine, ist es etwas anderes. Wenn Jack kommt, schlage ich vor, Sie fassen sich ein Herz und öffnen die Tür in den Frühling. Versuchen Sie es. Noch hat es niemand getan. Andererseits ist es durchaus wahr, dass ã Faroün, gesegnet sei sein Name, nachdem er diesen Raum, sein allerletztes Werk, geschaffen und die Teppiche aufgehängt hatte, darum bat, allein gelassen zu werden. Er saß hier auf diesem Thron. Als seine Diener später nach ihm riefen und sich schließlich wieder in den Saal wagten, war er nirgends zu finden.

Man vermutet, dass er durch eine der Türen gegangen ist, und da er sehr alt und sein weniges verbliebenes Haar schneeweiß war, er also im Winter seiner Jahre angekommen war, glaube ich, dass es diese Tür war, die er genommen hat.

Was hält mich heute davon ab? Was hält mich wirklich davon ab? Denn es wäre doch wohl möglich, irgendeinen Apparat auf Rädern zu bauen und mich damit zur Tür des Frühlings zu rollen … Was hält mich davon ab? Dasselbe, was die meisten Leute davon abhält, etwas zu tun. Angst. Das ist alles, Katherine, mehr nicht. So einfach ist das. Und so schmerzlich.«

Katherine blickte quer durch den Saal zu der Tür, auf der »Frühling« stand, durchmaß die gesamte Strecke und kam wieder zurück.

»Es ist gar nicht weit, Lord Festoon. Warum versuchen Sie es nicht einmal?«

Festoon lachte.

»Im Ernst«, sagte Katherine, »versuchen Sie doch einfach, bis zur Tür zu kommen. Sie brauchen sie ja gar nicht zu öffnen. Nur um zu sehen, ob Sie es bis dahin schaffen. Wir werden Ihnen helfen. Arthur! Parlance!«

Mit einem Mal war sie zielstrebig und voller Elan. Es war nicht weit, und es war durchaus möglich.

»Versuchen Sie es, Lord Festoon«, sagte Arthur. »Warum eigentlich nicht? Wir haben ohnehin nichts Besseres zu tun, solange wir auf Jack und die anderen warten.«

Festoon lachte.

»Sie erheitern mein Gemüt, Katherine, und zugleich machen Sie mir Angst. Sie haben viel von einer Schildmaid, da können Sie sagen, was Sie wollen. Also helfen Sie mir.«

Er richtete sich auf dem Thron halb auf. Katherine trat auf die eine Seite, Arthur auf die andere, und Parlance schob ihn von hinten.

Es war nicht so schwierig, wie Festoon es sich vorgestellt hatte.

Es war aber auch nicht einfach und ging nicht ohne Stolperer, ohne Pausen zum Verschnaufen ab, aber es war keineswegs unmöglich.

Drei Schritte vor dem Ziel sagte er plötzlich: »Ich habe völlig vergessen, dass ich ja den ganzen Weg wieder zurückmuss. Vielleicht sollte ich …«

»Sie haben es fast geschafft«, sagte Katherine bestimmt. »Sie werden jetzt doch nicht aufgeben! Sie müssen sie nur berühren …«

»Das ist keine gute Idee«, erwiderte Festoon und blieb wie angewurzelt stehen. »An Träume zu rühren führt gewöhnlich dazu, dass schnöde Wirklichkeit aus ihnen wird. Aber …«

Trotzdem machte er mit Hilfe der anderen noch einen Schritt vorwärts und streckte die Hand aus, als wollte er die Tür berühren. Katherine schien es, als ob die goldenen Lettern darüber heller zu leuchten und die grünen Schatten um sie herum zu glänzen begannen.

So blieb er einen winzigen Moment lang stehen, mit einem Ausdruck im Gesicht, in dem sich die tiefe Hoffnung von jemandem, der kurz vor der Erfüllung seines Lebensziels steht, mit dem verzweifelten Gefühl vermischte, es nie erreichen zu können.

Doch plötzlich war die Gelegenheit dahin. Ganz in der Nähe ertönte ein Poltern, Teile des Parketts glitten zur Seite, und begleitet vom Klappern und Scheppern einer alten Maschine tauchte der Lift vor ihnen aus dem Boden auf.

Die innere Tür öffnete sich, eine kräftige Hand zog das Gitter beiseite, und heraus trat Brunte, gefolgt von Feld, Streik und einem weiteren Fyrd.

»Ah! Lord Festoon, auf und in der Senkrechten!«, rief Brunte, sichtlich erstaunt über den Anblick, der sich ihm bot.

Lord Festoon seufzte, als gebe er sich für immer geschlagen, und erwiderte: »Ich habe Sie erwartet, Sub-Quentor Brunte …«

Brunte betrachtete ihn mit der unerwünschten Freundlichkeit des Siegers gegenüber dem Besiegten.

»Bitte, sagen Sie nichts mehr, bis ich zu meinem Thron zurückgekehrt bin«, keuchte Festoon, »sonst breche ich zusammen.«

Brunte zuckte mit den Schultern, Feld lächelte kühl, Streik grinste höhnisch und spielte mit der Rechten an dem Messer in seinem Gürtel.

Der andere Fyrd ging zu dem Podest hinüber und bezog neben dem Thron Posten, wie um dort oben Wache zu stehen. Die Maßnahme wurde nicht kommentiert, sprach aber Bände. Festoons Herrschaft war offensichtlich vorüber.

»Ich halte es für besser, Sie bleiben vorläufig, wo Sie sind, damit wir von Gleich zu Gleich miteinander reden können«, sagte Brunte, trat näher und musterte zunächst Foale mit einem abschätzigen Blick und dann Katherine. »Ihren Lakaien kenne ich, und die junge Dame ist wohl die, der einige Leute Verbindungen zur Schildmaid nachsagen. Wenn ich sie mir so ansehe, bezweifele ich es. Aber der Riesengeborene glaubt es, und das genügt mir.«

Zum zweiten Mal an diesem Tag schaute Katherine jemandem in die Augen, den sie eigentlich nicht mögen sollte, der auf den ersten Blick aber einen durchaus liebenswürdigen Eindruck auf sie machte. Brunte hatte ein freundliches Gesicht, ein strahlendes Lächeln und offenkundig ein umgängliches Wesen.

»Ich bin Katherine«, sagte sie, »und ich weiß nichts von Schildmaiden. Ich finde, Sie sollten Lord Festoon erlauben, sich zu setzen, denn das Stehen fällt ihm schwer. Ich bin sicher, dass Major Feld nichts dagegen hat.«

Feld hatte nichts dagegen, denn es war verstörend zu sehen, wie Lord Festoon vom bloßen Stehen ins Schwitzen geriet und seine Beine vor Anstrengung zu zittern begannen.

»Helfen Sie ihm zurück zum Thron«, sagte Brunte, und sein Lächeln erlosch. Feld und Streik sprangen herbei.

Während sie noch damit beschäftigt waren, Festoon beim Kehrtmachen zu stützen, und Brunte gerade den Mund öffnete, um eine Frage zu stellen, geschah auf dem Podest etwas sehr Merkwürdiges. Nur Katherine bemerkte es.

Einer der Fyrd kippte plötzlich nach hinten, eine fremde Hand auf Mund und Nase und die Augen vor Entsetzen weit aufgerissen. Irgendjemand zog ihn zu Boden, doch Katherine konnte den Angreifer nicht sehen. Vor Überraschung klappte sie den Mund auf, senkte dann aber geistesgegenwärtig den Blick, damit Brunte nicht bemerkte, wo sie hinschaute. Doch es war zu spät. Der Instinkt, der Brunte am Leben erhalten und nach oben gebracht hatte, schlug Alarm. Sofort griff seine Hand nach dem größeren der beiden Messer, die er gewohnheitsmäßig am Gürtel trug.

Er drehte sich wie Festoon um und blickte in die Richtung, in die Katherine geschaut hatte.

So kam es, dass alle drei sahen, wie der unglückliche Fyrd von den Beinen geholt und in Parlances Lift geworfen wurde. Im nächsten Moment setzte sich der Lift in Bewegung und fuhr mit seiner unfreiwilligen, jetzt aber bewusstlosen Fracht nach unten.

Dann erst wandte der Angreifer ihnen das Gesicht zu, und Katherines Herz tat einen Sprung. Es war Jack! Er war zerzaust und blutbefleckt, als habe er soeben einen Kampf gefochten und nur mit Mühe gesiegt, doch sein Gesicht drückte eine Entschlossenheit und Unerschrockenheit aus, die keinen Zweifel daran ließen, dass er damit rechnete, in einen weiteren verwickelt zu werden.

»Streik!«, rief Brunte mit kehliger, warnender Stimme. »*Feld!*«

Er war nicht in der Absicht hergekommen, jemandem etwas zuleide zu tun. Nun aber, angesichts dieses direkten Angriffs auf einen seiner Offiziere, erwachte seine angeborene Aggressivität.

Jack sah nicht von ungefähr lädiert aus. Es war unter dramatischen Umständen von Deritend zum Saal der Jahreszeiten geeilt.

Barklice führte ihn, Pike half ihm, und Brif leistete Unterstützung, wo er nur konnte, indem er ihnen kraft seiner Autorität freien Durchgang verschaffte und dafür sorgte, dass die Wachen der Fyrd sie passieren ließen.

Ihr Ziel war es gewesen, den Sub-Quentor zu finden, und dahinter steckte ein kluger Gedanke. Bevor sie aufbrachen, hatten sie sich nämlich überlegt, dass er an diesem Tag höchstwahrscheinlich die Absicht hatte, Festoon aufzusuchen und offiziell zu entmachten.

So viel schien sicher.

Was Katherine anging, so hatten sie keine genaue Kenntnis von ihrem Verbleib, doch war Brif in die Pläne eingeweiht, sie zur Geburtstagsbraut zu küren und dann in Festoons schwer zugänglichem Saal verschwinden zu lassen. Schwer zugänglich, aber nicht unbekannt.

Brif und neuerdings auch Stort hatten die Arbeiten ã Faroüns nicht umsonst studiert. Die Zeichnungen und Pläne dieses unvergleichlichen Baumeisters und Genies auf dem Gebiet der Mechanik hatten viele Jahre lang unberührt in Brifs Archiven gelegen. Die Maßangaben darin waren verschlüsselt, die Linien unerklärlich schlecht gezeichnet, die Perspektiven so verschoben, dass sie jeden Betrachter völlig verwirrten. Was die Bildunterschriften und Erläuterungen zu den Zeichnungen anbetraf, insbesondere die für den Saal der Jahreszeiten, war es Brif nie gelungen, schlau daraus zu werden. Es hatte Storts genialer Begabung für Zahlen und Sprachen bedurft, um sie zu entschlüsseln, und nur seiner jahrelangen Arbeit war es zu verdanken, dass Brif heute wusste, wo der Saal lag, wie er betrieben wurde und, was am wichtigsten war, wie man in ihn hineingelangte.

Trotzdem hatte er bis zum heutigen Tag nie versucht, ihn zu betreten.

Nun aber musste es sein. Doch als sie vor dem Hauptaufzug anlangten und in den Saal hinauffahren wollten, sahen sie sich plötzlich Wachen gegenüber.

Ein Kampf entbrannte, dem Jack und die anderen nur mit knapper Not entkamen. Keiner von ihnen blieb unverletzt.

Brif brachte seine Freunde eilends zu einer ihm bekannten, freundlicheren Barmherzigen Schwester, die ihre Wunden versorgte. Anschließend führte er sie in die Küche der Residenz, wo sie erst nach langem Suchen den Lift fanden, den Parlance gewöhnlich benutzte.

Zu spät bemerkten sie, dass sie verfolgt wurden. Es kam erneut zum Kampf mit den Fyrd, die versuchten, ihnen den Zugang zu dem kleineren Lift zu versperren.

Mitten in diesem Durcheinander stieß Brif Jack in den Aufzug und schickte ihn mit dem Befehl, sein Möglichstes zu tun, nach oben ins Ungewisse. So gering seine Chancen auch sein mochten, unter den anständigen Brumer Bürgern würde sich herumsprechen, dass es dem Riesengeborenen bei aller Unerfahrenheit nicht an Mut fehlte.

Während die Aufzugstür zuging, entriss Brif Jack den einfachen Knüppel und drückte ihm seinen eigenen in die Hand.

»Er ist eine sehr mächtige Waffe, Jack, in deren Gebrauch man sich eigentlich jahrelang üben sollte. Vertrauen Sie ihm, so wird er für Sie tun, was er muss. Kämpfen Sie gegen ihn, so wird er gegen Sie kämpfen!«

Dann schwebte Jack durch die Dunkelheit nach oben. Er spürte den Knüppel in seiner Hand, und er fühlte sich unnatürlich kühl an, wie ein Geschöpf, das Sonne und Wärme braucht, um wach zu werden. Er verströmte kein Licht, wie er es in Brifs starken Händen getan hatte.

Plötzlich wurde es wieder hell um Jack. Zu seiner Überraschung sah er direkt vor sich einen Fyrd, der ihm den Rücken zukehrte. Zum Nachdenken war keine Zeit, jetzt musste gehandelt werden. Jack drückte ihm die Hand auf den Mund, riss ihn brutal nach hinten und stieß ihn in den Aufzug, der von allein sofort wieder nach unten in Richtung Küche sauste.

Noch während dies geschah, bemerkte Jack, dass ihm Brifs Knüppel entglitten war. Doch zu seinem Erstaunen fiel der Knüppel nicht zu Boden, sondern drehte sich plötzlich und flog, als sei ihm Leben eingehaucht worden, direkt in seine rechte Hand zurück.

Dann blickte er in den Saal, und das Bild, das sich ihm dort bot, war so seltsam wie das, das er selbst vor Sekunden noch Katherine geboten hatte.

Ganz am anderen Ende stand ein stämmiger, kräftig aussehender Hydden mit breitem Bauerngesicht, aber scharfen, intelligenten Augen. Das musste Brunte sein. Neben ihm gewahrte er einen bärtigen Mann, den er von den Fotografien kannte, die er in Wollstone gesehen hatte. Arthur Foale.

Und an seiner Seite hüpfte eine Gestalt umher, die auf dem Kopf die wohl größte Kochmütze der Hyddenwelt und wahrscheinlich auch der Menschenwelt trug. Sie kam ihm wie der kleinste Koch vor, den er je gesehen hatte.

Dies alles war sonderbar. Noch sonderbarer aber war der unglaublich dicke Kerl, der, auf mächtigen Beinen wankend, bei ihnen stand. Er schien mit einem blassgrünen Seidenpyjama bekleidet zu sein, über den ein rosafarbener Morgenrock aus demselben Stoff geworfen war.

Bei Jacks Erscheinen riss der Dicke wie alle anderen überrascht die Augen auf, aber nur für einen Moment. Dann blickte er kurz nach rechts, nach links und schließlich wieder zu Jack. Mit einem leichten Kopfnicken, als wollte er sagen: »Das kann ich tun, und ihr erledigt den Rest«, streckte er beide Arme aus, schlang sie um Streik und Feld und zog die beiden gewaltsam in sein weiches Fleisch. Von einem Moment auf den anderen wurden die beiden gefährlichen Fyrd zu einem hilflos zappelnden Knäuel aus Armen und Beinen, während sie drohten, in den parfümierten, fleischigen Falten von Festoons verwöhntem Leib zu verschwinden.

Streik glaubte als Erster zu ersticken. Seine Füße hatten die Bodenhaftung verloren, und seine Hände fanden nirgendwo Halt, rutschten und flutschten durch eine Welt, die plötzlich nicht mehr zu greifen war. Gleichzeitig pressten die klammernden Arme des Hochaltermanns alle Luft aus ihm heraus, und sein Mund und seine Nase waren so tief vergraben, dass jeder Versuch, noch einmal Luft zu bekommen, aussichtslos schien.

Feld brachte noch ein Schrei zustande, trat gegen Festoons Oberschenkel und stimmte schließlich ein frustriertes Heulen an. Auf diese Art des Freiheitsentzugs war er in seiner langjährigen Ausbildung nicht vorbereitet worden. Arthur und Parlance eilten Festoon zu Hilfe und hielten die beiden um sich schlagenden Fyrd fest.

Jack erlebte diese seltsame Szene wie in Zeitlupe. Brunte hingegen begriff bei ihrem Anblick sofort, dass mit einem Schlag alle seine Vorteile dahin waren, und zückte das größere seiner beiden Messer.

Bevor Jack etwas tun konnte, reagierte Brifs Knüppel. Er schien sofort zu erkennen, dass Bruntes feindselige Absicht sich gegen die Gruppe der Ringenden richtete und nicht gegen ihn. Mit einem Ruck zerrte er Jack von dem Podest in Richtung der anderen, sodass er gewissermaßen hinter ihm herrennen musste. Kaum jedoch war Jack auf dem Parkett gelandet, sprang ihm der Knüppel aus der Hand. Er drehte sich langsam durch die Luft und traf mit einem Ende Bruntes Hand. Das Messer flog im hohen Bogen davon.

Irgendwann in diesen Sekunden fingen die Schnitzereien auf dem

Knüppel die Lichter im Saal ein und schleuderten ein Strahlenbündel gegen Brunte. Der Fyrd wurde quer durch den Raum geschleudert und schlug schließlich mit einem grässlichen Geräusch auf dem Boden auf.

Danach kehrte der Knüppel in Jacks Hand zurück.

Erst in diesem Augenblick entdeckte Jack Katherine, die hinter Festoon und Arthur verborgen gewesen war.

Am liebsten wären sie einander in die Arme geflogen, doch unter diesen außergewöhnlichen Umständen war das nicht möglich. Stattdessen sahen sie sich in die Augen. Im Stillen sagten sie einander, was sie schon vor Tagen, ja vor Wochen hätten sagen sollen, und verständigten sich stumm darauf, dass erst gehandelt werden musste.

In diesem Moment rappelte sich Brunte wieder auf und zückte sein zweites Messer.

»Wohin?«, rief Jack und erhob den Knüppel, um dem heranstürmenden Fyrd zu begegnen.

Es war Festoon, der antwortete.

»Da entlang«, sagte er und deutete mit ruhiger Gebärde auf die Tür, die er beinahe berührt hatte. »Dort könnt ihr euch in Sicherheit bringen.«

Er hatte aus der Krise neue Kraft geschöpft und schien fast vergessen zu haben, dass er die beiden erschlaffenden Fyrd noch im Klammergriff hielt. Er ließ beide gleichzeitig los. Japsend und halb ohnmächtig stürzten sie zu Boden.

Jack zögerte nicht. Er schlüpfte an ihm vorbei, griff nach dem Türknauf, drehte ihn und stieß die Tür auf.

»Kommt«, sagte er.

»Jack …«

»Los, wir können es nicht mit ihnen aufnehmen, wenn die beiden wieder zu sich kommen. Außerdem sind unten noch mehr.«

Er schob die protestierende Katherine gewaltsam durch die Tür, dann sah er Festoon an und fragte ohne große Überzeugung: »Kommen Sie mit?«

Parlance und Arthur schien er kaum wahrzunehmen.

Er trat hinter Katherine durch die Tür.

»Kommt«, rief er den anderen zu, »wir haben keine Zeit zu verlieren, sie werden jeden Moment hier sein.«

Doch Festoon hörte ihn nicht. Er blickte an ihnen vorbei zu der

Landschaft dahinter, und wieder legte sich dieser sehnsüchtige und wehmütige Ausdruck auf sein Gesicht, nur diesmal noch leidvoller.

»Mylord«, sagte Parlance verwundert und trat an seine Seite, »sehen Sie, was ich sehe …?«

»So nah, so nah …«, murmelte Festoon hilflos und wich von der Tür zurück, »aber wir können nicht …«

»Nein, Mylord, wir können nicht!«

Hinter ihnen war Brunte stehen geblieben, da Arthur ihm den Weg versperrte. Feld und Streik kamen wieder zu sich. Streik rappelte sich bereits auf, den Dolch in der Hand. Hinten im Saal erschien der Lift wieder aus dem Fußboden. Aus seinem Inneren drang wütendes Gebrüll, und im nächsten Moment stürzten Fyrd heraus, bewaffnet mit Knüppeln und gespannten Armbrüsten.

»Nun macht schon!«, rief Jack. »Oder schließt die Tür, wir können nicht länger warten …«

»Aber du kannst sie doch nicht im Stich lassen!«, rief Katherine. »Hilf ihnen. Es sind nur ein paar Schritte. Zieh sie durch die Tür …«

Jack musterte Festoon, schüttelte ratlos den Kopf und sprang in den Saal zurück. Der Knüppel zerlegte das Licht und zwang die Fyrd, zurückzuweichen.

»Schnell!«, schrie er. »Folgt Katherine, ich halte sie so lange in Schach.«

Arthur Foale war zur Seite gestoßen worden und lag außer Reichweite auf dem Boden. Gerade stand er mühsam wieder auf.

Da kam Bewegung in Parlance. Er flitzte um Festoon herum und durch die Tür. Die Fyrd rückten wieder vor. Auch sie zerlegten nun das Licht und sandten kalte, eisige Schatten aus.

»Jack!«, schrie Katherine. »*Jack!*«

»Mylord«, sagte Parlance, der Ruhigste von allen, »bitte versuchen Sie, durch die Tür zu gehen. Wenn ich es kann, können Sie es auch. Ich möchte den Rest meines Lebens nicht allein verbringen.«

Festoon war die Unschlüssigkeit in Person, als Parlance durch die Öffnung fasste und aus der Welt dahinter die Hand nach ihm ausstreckte. Seine Stimme war sanft, was er sagte war voller Zuneigung.

»Sie haben mich einst gefunden, als wir jung waren, mein lieber Lord Festoon, denken Sie an diesen verlorenen Tag und finden Sie mich noch einmal, denken Sie …«

Er redete ihm gut zu wie einem großen wilden Tier, das sich scheute, durch ein Tor zu gehen, und schaffte es schließlich, ihn auf die andere Seite zu locken.

»Ich kann nicht«, flüsterte Festoon zitternd.

»Und ob Sie können, Mylord, Sie sind durch!«

»Den da wollen wir«, rief Brunte und deutete auf Jack. »Ergreift ihn!«

Was Sie wohl auch getan hätten, wäre Arthur Foal nicht gewesen.

Er schnellte in die Höhe und hechtete zwischen Jack und Brunte. Mit aller Kraft stieß er Jack durch die Tür, ergriff den Knauf und schlug sie zu. Als Brunte und seine Leute versuchten, den Knauf zu drehen, rührte er sich nicht. Die Tür wollte kein zweites Mal aufgehen.

Unterdessen versuchte auch Jack, die Tür wieder zu öffnen, doch auf der anderen Seite war kein Griff. Sie standen fassungslos da, verwundert darüber, dass ihnen die Flucht aus dem Saal gelungen war. Doch wo waren sie hingeraten?

Sie hatten keine Ahnung.

79

FLUCHT

Erst einige Augenblicke später, als sie auf einem Aussichtspunkt, auf dem sie sich fürs Erste sicher fühlten, haltmachten und sich umblickten, erkannten sie, dass die Öffnung, durch die sie geflohen waren, gar keine Tür war. Es war eine Art Vorhang aus Schleierstoff, durch den sie nicht mehr gesehen oder verfolgt werden konnten, durch den sie selbst aber die anderen sahen.

Marschall Brunte blickte verdutzt, Major Feld recht gelassen und Streik wutentbrannt. Arthur Foale hingegen schien zu ahnen, dass sie ihn noch sehen konnten, denn er hatte sich der geschlossenen Tür zugewandt und rief etwas in ihre Richtung.

Doch seine Lippen bewegten sich lautlos, und wie die anderen und der Saal selbst wurde er nun rasch immer grauer wie eine entwickelte Fotografie, die nicht fixiert worden ist.

»Er will uns warnen«, sagte Jack. »Er will uns sagen, dass uns nicht viel Zeit bleibt.«

»Arthur!«, rief Katherine verzweifelt. »Wir können ihn doch nicht einfach im Stich lassen, wir müssen versuchen, zurückzugehen …«

Jack schüttelte den Kopf.

»Wir müssen hier weg«, erwiderte er bestimmt, »koste es, was es wolle. Er weiß das.«

»Aber sie werden ihn für das, was er getan hat, bestrafen und ihm wehtun, weil du ihnen entwischt bist.«

Jack nahm sie in die Arme.

»Ich bin sicher, Arthur weiß besser als wir, wie er in Brum zurechtkommt«, sagte er ruhig. »Er wird allein nach Hause finden.«

Er hielt sie so lange fest, bis das Bild der Saals vollends verblasste und eine Art Nebel an seine Stelle trat. Jetzt galt es, Arthurs stumme Warnung zu beherzigen und alles zu tun, damit sie nicht gefunden werden konnten.

Der Nebel wurde einen Augenblick lang dichter, dann verwirbelte er, löste sich auf und gab den Blick auf eine Stadt frei, deren Lichter an diesem trüben, zur Neige gehenden Tag bereits brannten.

Die Bürohochhäuser und vereinzelte Kirchtürme glühten rot in der untergehenden Sonne, und die Luft summte von den gedämpften Geräuschen einer Stadtbevölkerung, die auf dem Weg nach Hause war.

»Das ist Birmingham«, sagte Jack, »und dem Stand der Sonne nach zu urteilen, befinden wir uns auf einem Hügel nordwestlich der Stadt.«

Der Hügel, den offene Weiden bedeckten, war recht steil, und sie standen auf einem Fußpfad, der links und rechts um ihn herumführte.

Lord Festoon war auf dem Hang zusammengesackt, und Parlance, der immer noch die hohe Kochmütze trug, stand neben ihm. Sie deuteten aufgeregt auf eine Stelle ein Stück weiter den Pfad entlang zu ihrer Rechten.

»Seht doch!«, rief Lord Festoon ihnen beglückt zu. »Seht, was wir gefunden haben! Helfen Sie mir auf, Parlance, helfen Sie mir schnell auf. Das müssen wir uns genauer ansehen und feststellen, ob wir recht haben.«

Der Grund für ihre Aufregung war ein zerfurchtes, schlammiges Stück Wiese mit büscheligem Gras unterhalb einer Art Hügeleinschnitt.

Jack und Katherine traten zu Festoon und halfen ihm auf, während Parlance, der ebenso überrascht und glücklich aussah wie sein Herr, sagte: »Mylord, nie im Leben hätte ich gedacht, dass Sie und ich … dass Sie und ich eines Tages… Ich bin überwältigt!«

Das war er, denn Tränen strömten ihm übers Gesicht.

»Ich auch, alter Freund!«, erwiderte Festoon ergriffen. Auch seinen fetten Wangen waren nass von Tränen.

»Wo sind wir?«, fragte Jack.

Katherine blickte die beiden an, dann den Weg entlang, und ein Ausdruck des Verstehens huschte über ihr Gesicht.

»Das ist der Waseley Hill. Das ist der Ort, von dem Sie mir erzählt haben, Lord Festoon. Hierher kamen Sie an jenem Frühlingstag, an dem Sie Parlance kennenlernten.«

»Ganz recht, meine Liebe. Wo mein Leben begann und in einem gewissen Sinn auch endete, wo meine Träume so lange zu Hause waren. Hierher wollte ich immer zurückkehren, bevor ich sterbe, und hier bin ich! Wie es scheint, werden Träume wahr.«

»Niemand wird sterben, solange ich da bin«, sagte Jack, »es sei denn, wir trödeln zu lange hier herum. Das da unter uns ist Birmingham, und das bedeutet, dass wir Brum noch gefährlich nahe sind. Wir müssen schleunigst fort von hier.«

»Und wie bitte soll ich das anstellen?«, fragte Festoon trocken. »Ich bin nicht so flink auf den Beinen. Es war schon schlimm genug, auf einem ebenen Holzboden durch die Tür zu kommen, aber hier, in diesem unebenen und gefährlichen Gelände, werde ich wohl mein letztes Gefecht gegen die Fyrd bestreiten müssen. Deshalb solltet ihr fliehen, liebe Leute, die ihr eure Pflicht an mir getan habt. Auch Sie, Parlance.«

»Ich werde Sie nicht verlassen, Mylord.«

Festoon seufzte und blickte geknickt.

»Ich schlage vor, wir beraten im Sitzen, was wir jetzt tun sollen, und ich könnte mir dafür keinen besseren Platz vorstellen als die Quelle des River Rea, die ich von hier aus sehen kann. Vorausgesetzt, ich schaffe es bis dorthin.«

Die Quelle entsprang aus dem schlammigen Stück Wiese, zu dem sie vorher hingeblickt hatten.

Es war nicht leicht, aber schließlich erreichten sie ihr Ziel, und Festoon ließ sich erfreut ins Gras plumpsen und schaute sehnsüchtig zur Quelle.

»Parlance, ich frage mich, ob Sie mir vielleicht einen Schluck zu trinken besorgen könnten?«

Der Koch hatte von seinem Ledergürtel, an dem zahlreiche Kochutensilien klirrten und klapperten, bereits eine Schöpfkelle losgemacht, die er nun tief in das sprudelnde Wasser tauchte.

Jack stand ungeduldig daneben. Er wollte weiter und überlegte, ob er Katherine mit Gewalt fortbringen und die beiden komischen Käuze ihrem Schicksal überlassen sollte. Doch er spürte, dass Katherine dagegen protestieren würde. Nun, da sie sich nicht mehr in unmittelbarer Bedrängnis befanden, sah er außerdem ein, wie wichtig es für die Zukunft von Brum war, den Hochaltermann der Stadt in Sicherheit zu bringen.

Unterdessen kredenzte Parlance Lord Festoon die Kelle Quellwasser mit den Worten: »Hier bitte, von Mutter Erde für uns angerichtet. Kosten und urteilen Sie!«

Festoon trank das Wasser so gierig, als wäre es ein Sommertrunk seines Küchenmeisters, versetzt mit dem Konzentrat frisch gepflückter Schwarzer Johannisbeeren, durch einen Hauch Pistazie verfeinert und serviert in einem Kristallglas. So gut schien es ihm schmecken.

Er wälzte das Wasser im Mund herum, geriet vorübergehend in einen Zustand der Verzückung, und als er sprach, war es, als käme seine Stimme aus einem Wunderland: »Es war … es *ist* vollkommen, bei weitem besser als jede kulinarische Schöpfung, die ich mir ausdenken oder Parlance kreieren könnte. Das ist das Elixier des Lebens!«

Er strahlte sie alle an.

»Schiebt eure Sorgen beiseite, denn Augenblicke wie dieser sind selten im Leben eines Sterblichen. Trinkt, seid vergnügt, denn in sehr kurzer Zeit bin ich tot, aber ihr werdet noch am Leben sein.«

»Sie sind zu pessimistisch, Mylord«, sagte Parlance.

»Nur realistisch«, entgegnete Festoon. »Seht doch, wer da den Hügel heraufkommt!«

Sie blickten ins Tal und sahen im Dämmerlicht eine furchteinflößende Reihe von Fyrd auf sie zukommen.

»Wir müssen hier weg«, sagte Jack, da ihm nichts Besseres einfiel. Doch es gab für sie kein Entrinnen. Sie waren zahlenmäßig um ein Vielfaches unterlegen, und einer der Ihren konnte nicht gehen, geschweige denn um sein Leben rennen.

Parlance, der heute offenbar sehr nahe am Wasser gebaut war, begann wieder zu weinen.

»Es ist alles meine Schuld! Ich hätte meinen Herrn maßvoller beköstigen sollen, dann könnte er jetzt fliehen. So aber hält ihn mein Essen hier fest, als hätte er eine Eisenkugel am Bein.«

»Es muss doch einen Ausweg geben«, murmelte Jack. Doch ihm fiel keiner ein.

Parlances Miene hellte sich auf.

»Mylord, sollten wir dieser misslichen Lage entrinnen, sollen Sie wissen, dass ich, Parlance, es mir zur Pflicht machen werde, Sie auf Diät zu setzen und dafür zu sorgen, dass Sie wieder abnehmen und der Hochaltermann werden, der Sie eigentlich sein könnten.«

Festoon starrte ihn hell entsetzt an.

»Das klingt nicht sehr verlockend, Parlance.«

»Das ist es auch nicht, Mylord. Aber wenn Sie am Leben bleiben sollen, muss ich meine Rezepte von Grund auf ändern. Einfachheit soll regieren. Genügsamkeit soll Ihr Herr sein, so wie Sie meiner sind, und das Gute der Natur soll uns Richtschnur sein und nicht das Raffinement eines Feinschmeckers. Dieses köstliche Wasser, das wir soeben genossen haben, soll die allererste unserer neuen Mahlzeiten werden!«

Festoon blickte bedrückt.

»Je länger Sie darüber sprechen, desto schlimmer hört es sich an, Parlance«, sagte er und machte ein jammervolles Gesicht. »Lassen Sie mich hier zurück, fliehen Sie, ich möchte lieber sterben als Diät halten!«

»Er wird zuerst schlimmer, bevor es besser wird, so viel ist gewiss!«, erwiderte Parlance leicht bedrohlich.

Es war, als verleihe ihm die frische Luft neuen Schwung und eröffne ihm neue Perspektiven.

Jack war nun mit seiner Geduld am Ende. »Wir müssen verhandeln, das ist unsere einzige realistische Möglichkeit, es sei denn, ich kann Katherine und Parlance davon überzeugen …«

»Nein!«, riefen beide wie mit einer Stimme.

»Dann ist es also abgemacht«, sagte Jack. »Wir verhandeln …«

Er blickte zu den anrückenden Fyrd, die immer schlechter zu sehen waren, da es rasch dunkel wurde. Zwanzig waren direkt unter ihnen, weitere auf beiden Seiten. Sie machten nicht den Eindruck, als wollten sie verhandeln.

»Hat jemand eine bessere Idee?«

In der Tat hatte jemand eine bessere Idee, nur weilte er in diesem Augenblick nicht unter ihnen.

Das Erste, was seine bevorstehende Ankunft ankündigte, war das Tröten eine Hupe hinter der Linie der Fyrd. Sie brauchten eine Weile, um herauszufinden, woher es kam, und als sie so weit waren, trauten sie ihren Augen nicht.

Denn wie ein gewaltiger Greif von plumper Gestalt tauchte vor ihren Augen aus der zunehmenden Dunkelheit ein Flugapparat auf, an dem ein großer Korb baumelte. Helle Flammen schossen von dort nach oben, und vor ihrem Licht hob sich eine vertraute Gestalt ab.

»Stort!«, rief Jack und schmunzelte. »Das ist Bedwyn Stort!«

Sein Apparat war der unansehnlichste Heißluftballon, der jemals in ein paar Stunden zusammengeschustert worden war. Und an Seilen unter dem Korb hingen, die Waffen gezückt, zwei Dutzend Knüppelmänner.

Storts Leistung, genau dann aufzutauchen, als er gebraucht wurde, war umso höher zu bewerten, als er nie zuvor einen Heißluftballon geflogen hatte. Doch dass er zur rechten Zeit am rechten Ort erschien, war weder Zufall noch glückliche Fügung. Aus seinen unter Brifs Anleitung durchgeführten Studien des Saals der Jahreszeiten war ihm schon seit längerem bekannt, wohin die vier Türen führten.

Natürlich waren seine Kenntnisse nur theoretischer Natur, da er den Saal selbst nie betreten hatte. Doch der große Baumeister hatte genügend Hinweise hinterlassen. Das Problem war nur – welche Tür hatten Jack und Katherine genommen? Stort glaubte, es zu wissen.

Er und Brif hatten erkannt, dass eine Flucht unausweichlich werden könnte, und nach langer Debatte war Stort zu dem Schluss gelangt, dass ein Ballon die schnellste Fluchtmöglichkeit bot.

»Viel wird von der Windrichtung abhängen«, sagte er. »Da wir den Ballon nur an einem einzigen Ort bauen können, wenn er nicht gesehen werden soll, und wir auf den Wind keinen Einfluss haben, müssen wir auf unsere Wurd vertrauen.«

Über den heimlichen Bau des Ballons in den hintertesten Winkeln der Schattenfabriken, die die Menschen unweit des Waseley Hill errichtet hatten, über seine Befeuerung am helllichten Tag, seinen kühnen Aufstieg und holprigen Flug über die Dächer von Northfield ist viel geschrieben worden, und viel davon ist reine Erfindung.

Die schlichte Wahrheit ist, dass Stort sich noch vor dem Fest fortgestohlen hatte, um mit einigen von Pikes Leuten den Ballon zu starten. Irgendwie hatten sie es geschafft, und ihm fiel ein Stein vom Herzen, als er sah, dass der Wind aus Nordosten wehte. Denn aufgrund seiner Nachforschungen vermutete er, dass sie den Ort erreichen mussten, den ã Faroün als Quelle bezeichnet hatte.

Der zeitliche Ablauf stellte ein weiteres Problem dar, denn die Fyrd hatten von dem kühnen Unternehmen Wind bekommen und überdies in Erfahrung gebracht, wo es stattfinden sollte. Pikes Knüppelmänner mussten ihre Angriffe zurückschlagen, während sie beim Befüllen des Ballons halfen. Anschließend sorgten sie für einen sicheren Start, wobei sie sich, als er vom Boden abhob, unten an den Korb hängten, in der verzweifelten Hoffnung, irgendwann auch wieder aussteigen zu können.

So kam es, dass der Ballon im Augenblick höchster Not aus nordöstlicher Richtung auftauchte. Er hielt direkt auf Jack und die anderen zu, und als er dem Hügel nahe genug war, ließen sich die Knüppelmänner zu Boden fallen. Entschlossen stürmten sie den Hang hinauf, um die Fyrd anzugreifen.

Darin wurden sie von dem Korb unterstützt, der, als er auf dem Boden auftraf, mehrere Fyrd ummähte und eine Schneise in ihre Linie schlug. Er pflügte sich weiter den Hang hinauf, riss Gras und Büsche aus der Erde und schleuderte jeden Fyrd, der das Pech hatte, im Weg zu stehen, zur Seite. Bis auf einen, der wie ein überraschter Fisch in sein Inneres geschaufelt wurde.

Stort beförderte ihn mit einem Fußtritt gleich wieder nach draußen. Gleichzeitig versuchte er angestrengt, die Flüssiggaszufuhr aus der Stahlflasche, die er bei den Menschen entwendet und für seine Zwecke umgebaut hatte, zu unterbrechen.

Wieder ertönte die Hupe, und Jack und die anderen packten Festoon und stellten ihn auf die Füße. Mit vereinten Kräften schoben sie ihn nach rechts, dann nach links, und als der Ballon die letzten Meter bis zu ihnen den Hang heraufgeschrappt war, stießen sie ihn zusammen mit Parlance in den Korb.

Sein Gewicht brachte den Ballon augenblicklich zum Stehen.

»Einsteigen!«, rief Stort, und Katherine und Jack sprangen hinein.

In diesem Augenblick sirrte die Sehne einer Armbrust. Jack fiel nach vorn, Katherine direkt in die Arme. Mit Entsetzen sah sie einen Bolzen hinten in seiner Schulter stecken.

»Ein Tau hat sich verfangen«, brüllte Stort und sprang hinaus, um es loszumachen, hielt sich aber mit einer Hand am Korb fest, damit er wieder hineinklettern konnte.

Plötzlich gab es einen Ruck, gefolgt von einem Zittern. Der Korb wurde in eine aufrechte Position gerissen, und der befreite Ballon schoss in die Höhe. Im Innern des Korbs purzelten alle durcheinander. Mit einem dumpfen Geräusch bohrte sich ein weiterer Bolzen in die Korbwand, ohne Schaden anzurichten, und dann waren sie hoch in der Luft.

Lauter Jubel ertönte von den Knüppelmännern am Boden, und soweit sie von oben erkennen konnten, traten die Fyrd den Rückzug an und flohen den Hügel hinab. Sie sahen Fackeln aufflammen und vernahmen weitere Hurrarufe.

»Was ist das für ein Geschrei?«, fragte Festoon.

»Ihre Untertanen, Mylord«, antwortete Parlance. »Es stimmt sie froh, dass ihr Hochaltermann frei und außer Gefahr ist.«

»Sagen Sie ihnen, dass ich zurückkommen werde!«

»Das würde ich, wenn ich könnte, aber ich denke, Sie können getrost davon ausgehen, dass sie das wissen.«

Zum dritten Mal erhob sich Jubel, leiser diesmal. Aber Jack hörte ihn nicht. Er war zusammengesackt, eine Hand an dem Bolzen in seinem Rücken, und dann ohnmächtig geworden.

»Stort?«, rief Katherine verzweifelt. »Ich brauche Licht, um nach seiner Wunde zu sehen. Stort?«

Der Korb war geräumig, aber da Festoon einen Großteil des Platzes einnahm, konnte man nicht viel sehen. Doch schon bald erkannten sie, dass sie Stort mit Brif zurückgelassen hatten.

»Aber wie sollen wir dieses Ding denn fliegen?«, fragte Katherine. Festoon war dazu nicht imstande und Parlance zu klein, um an die Hebel des Gaszylinders zu kommen. Nur eines stand fest. Der Ballon gewann zunehmend an Höhe, und die Häuser unter ihnen wurden immer kleiner.

Im selben Augenblick vernahmen sie zum vierten Mal von unten Gebrüll, und das war eigenartig, denn sie waren mittlerweile sehr hoch und weit vom Boden entfernt.

Parlance kletterte auf Festoon, lehnte sich über den Rand des Korbs und spähte in die Tiefe.

Erneut Gebrüll. Er spitzte die Ohren. Es klang verzweifelt und aufgebracht.

»Ich glaube«, sagte er, »Mister Stort hängt da unten an einem Tau.«

So war es. Doch ihn an Bord zu holen wurde erst möglich, als

Festoon vorschlug, das Tau, an dem ihr Pilot baumelte, auf seinem Arm aufzuwickeln. So hielt er es mit seinem Gewicht fest, während sie Stort Stück für Stück heraufhievten. Schließlich konnten sie ihn mit den Händen packen und an Bord ziehen.

Er machte sich sofort an die Arbeit und drehte die Gasflamme kleiner, sodass der Ballon wieder sank und schließlich in gleichbleibender Höhe weiterflog.

Unterdessen war Jack wieder zu sich gekommen, und Stort leuchtete mit einem Streichholz, damit sie seine Wunde untersuchen konnten. Der Bolzen hatte ihm an der Schulter eine böse Fleischwunde zugefügt und das Narbengewebe der alten Verbrennungen aufgerissen.

»Ich werde die Blutung stillen«, sagte Katherine, »aber alles andere wird warten müssen.«

Sie konnte nicht mehr tun als die Arme um Jack legen, damit er es bequemer hatte. Er selbst wollte jetzt nur schlafen, doch selbst im Schlaf zuckte und stöhnte er vor Schmerzen.

»Wohin fliegen wir, Mister Stort?«, fragte sie. »Denn je früher wir dort sind, desto besser.«

»Wir fliegen nach Westen ins Grenzland zwischen Englalond und Nordwalas, das die Menschen Wales nennen. Ich stamme von dort und habe in der Gegend Verwandtschaft. Den Fyrd dürfte es schwerfallen, uns dort aufzuspüren.«

»Wie steuern Sie dieses Ding?«, fragte Festoon.

Stort zuckte mit den Schultern.

»Fragen Sie mich nicht«, antwortete er. »Ich habe so was noch nie geflogen.«

Der Wind war schwach, und sie schwebten nur sehr langsam durch die Nacht. Alle bis auf Stort schliefen etwas.

Später, als sich im Osten der erste Dämmerschein zeigte, der Himmel im Westen aber noch schwarz war, sagte Katherine, mehr zu sich selbst als in der Hoffnung, dass jemand sie hörte: »Auf der Tür hat ›Frühling‹ gestanden, aber wir haben ihn nicht gefunden.«

Lord Festoon schlug die Augen auf und sah zuerst sie, dann den unruhig schlafenden Jack an, dessen Kopf an ihrer Schulter lag.

»Nicht?«, fragte er mit einem Lächeln. »Sie haben ihn nicht gefunden, meine Liebe?«

Katherine schaute auf Jack hinab und schlang die Arme noch enger um ihn.

Einige Zeit später wurde Lord Festoon unruhig. Er wandte sich höflich an Parlance.

»Mein lieber Freund, Sie haben nicht zufällig ein oder zwei Bonbons bei sich? Irgendetwas, was die gefräßigen Wölfe des Hungers in Schach halten könnte?«

Parlance durchwühlte die Taschen seiner Kochjacke und brachte wie ein Zauberkünstler, der ein Kaninchen aus dem Zylinder zieht, eine Praline zum Vorschein, an die sich eine Cashewnuss schmiegte wie ein Säugling an die Mutterbrust.

»Das ist eine ganz besondere Praline, Mylord.«

»Inwiefern, Parlance?«

»Es wird für lange Zeit die letzte sein, die Sie bekommen. Sie markiert das Ende einer Ära der Schwelgerei und den Beginn einer Zeit der Enthaltsamkeit. Danach beginnt Ihre Diät. Genießen Sie sie!«

Doch Festoon überraschte seinen Freund. Er bot sie Katherine an und, da sie dankend ablehnte, Stort, der sie in Sekundenschnelle verschlungen hatte.

»Lecker«, sagte er.

»Die beste, die sie je gegessen haben, könnte ich mir vorstellen«, sagte Festoon träge.

Stort schüttelte den Kopf.

Festoon blickte überrascht. »Wer bitte könnte ein besserer Chocolatier sein als Parlance?«, fragte er.

»Meine Mutter«, erwiderte Stort trocken, »und ich hoffe, Sie werden noch Gelegenheit haben, sich davon zu überzeugen. Unser Treibstoff geht nämlich zur Neige.«

Der Ballon schwebte unruhig am dämmernden Himmel dahin. Die Gasflamme flackerte, und ein auffrischender Morgenwind brachte den Korb zum Schaukeln.

Ein dünner, schwacher Strahl der aufgehenden Sonne drang durch die Wolken hinter ihnen, und vor ihnen stand der blasse Mond über den walisischen Bergen.

»Drücken Sie die Daumen«, sagte Stort. »Das Gas ist soeben ausgegangen.«

VI
FRÜHLING

80

Das Dorf

Es dämmerte, und die Sonne stieg über dem Fluss herauf, an dem eines der ruhigsten, urwüchsigsten und geheimnisvollsten Dörfer von Hyddenwelt lag, Wardine-on-Severn.

Das Dorf schmiegt sich an die Westseite einer weiten Schleife des River Severn und besitzt nur eine einzige gepflasterte Straße, die zu dem kiesigen Flussufer hinabführt. Die Straße und die zwei oder drei Gassen, die von ihr abzweigen, sind von alten, ärmlichen Hütten gesäumt, die für das menschliche Auge wie Böschungen aus Kies und Erde aussehen, mit alten Türen, geheimen Fenstern, Schornsteinen und Nebeneingängen, die ebenso unauffällig sind.

Für die Augen eines Hydden, der heute mehr die moderne Stadtwelt gewöhnt ist, hat sich das Dorf eine malerische Schönheit bewahrt und atmet eine Atmosphäre des Friedens und der Ruhe, die hauptsächlich zwei Umständen geschuldet ist: dem bedächtigen, immerwährenden Strömen des Flusses, dem es seine Existenz und seine Lage verdankt, und der außergewöhnlichen Friedfertigkeit und beschaulichen Weisheit seiner Bewohner. Beides dürfte miteinander zusammenhängen.

In Wardine geht alles einen geruhsamen Gang, doch zu behaupten, dass hier niemals etwas geschähe, wäre falsch. Tatsächlich könnte man sagen, dass an einem solchen Ort die allerwichtigsten Dinge geschehen. Man führt ein gutes Leben, man spricht die Wahrheit, man weiß zu schätzen, was man hat, und jeder hilft ganz selbstverständlich dem anderen, ohne viel Aufhebens darum zu machen.

Wardine ist ein Ort, in dem viel gefeiert wird – Geburten und Geburtstage, Hochzeiten und Jubiläen, und der Tod als Teil des Lebens, der nicht wegen seiner Endgültigkeit zu fürchten, sondern als der Beginn eines neuen Lebensabschnitts anzunehmen ist.

Unten am Fluss erweitert sich die Straße zu einem gemeinsam genutzten Platz, der »Anger« genannt wird und auf dem öffentliche

Ereignisse stattfinden – Begrüßungen, Verabschiedungen, Zusammenkünfte und all jene Dinge, die den Alltag und die alljährlichen Höhepunkte im Leben der einfachen Leute ausmachen.

In der Vergangenheit gab es zwei Möglichkeiten, in das Dorf zu gelangen – auf der Landstraße von Südosten her und dann quer über die Felder oder aber von Norden her über die Eisenbahnbrücke. Die Brücke gibt es heute nicht mehr, dafür verkehrt auf dieser Seite eine Fähre, die, wie könnte es anders sein, ein Bilgener und seine Familie betreiben. Die Bilgener leben ganz in der Nähe in den feuchten und beengten, aber durchaus passenden Räumlichkeiten eines halbversunkenen Flusskahns.

An diesem besonderen Morgen stand ein weißes Pferd eine Zeit lang am Ufer neben der Fährestelle und sah zu, wie seine Herrin, die Friedensweberin Imbolc, übergesetzt wurde. Sein Schwanz schwang hin und her, und als es zufrieden schien, verschwand es vom Antlitz der Erde hinauf in die Galaxien der Sterne, um dort zu warten, bis es wieder gebraucht wurde.

Unterdessen näherte sich Imbolc dem Dorf, das sie in all den Jahrhunderten, in denen sie in den Welten von Menschen und Hydden umhergereist war, stets am liebsten besucht hatte. Schließlich war sie die Friedensweberin, und es hatte viele Jahrhunderte gedauert, ehe sie einen Ort fand, der von Natur aus so friedfertig war, dass er ihrer Fähigkeiten eigentlich gar nicht bedurfte.

Sie war gekommen, um einem wichtigen Ereignis beizuwohnen, ein Weilchen auszuruhen und Kraft zu schöpfen für die allerletzten, schwierigen Jahre ihres Lebens. Ihre Schwester, die Schildmaid, war auf dem Weg hierher, und Imbolc bereitete sich darauf vor, den mittlerweile zerbeulten Anhänger, den sie um den Hals trug, weiterzureichen und sich das Recht zu verdienen, endlich zu dem Einzigen zurückzukehren, den sie jemals geliebt hatte: Beornamund.

Für Unsterbliche vergeht die Zeit anders. Bald schreitet sie gemächlich, bald zügig voran, mal fließt sie träge dahin, und dann wieder wird sie zum reißenden Strom. Imbolcs Reise vom fernen Frühling durch die Jahreszeiten zum Winter und nun durch die geborgten Jahre danach hatte fünfzehn Jahrhunderte gedauert, und was noch blieb, war fast nichts mehr.

So saß sie in aller Ruhe in der Fähre und genoss die Sonne, ehe sie die Gestalt annahm, die sie immer trug, wenn sie in Englalond weilte, die einer fahrenden Händlerin. Um den Fährmann machte sie sich dabei keine Gedanken. In seinem alten Gewerbe pendelte er unablässig zwischen zwei Welten. Er hatte schon Aufregenderes gesehen als weiße Pferde und Gestaltwandlerinnen.

Aber an diesem Morgen könntest du etwas zu sehen bekommen, das selbst dich überraschen dürfte, dachte Imbolc verschmitzt.

Nur ein paar Wardiner Fischer waren bereits am Fluss und bereiteten sich auf ihr Tagwerk vor, sonst war niemand zu sehen. Sie ging an Land, entlohnte den Fährmann und stapfte an den stattlicheren Hütten vorbei die gepflasterte Straße hinauf. Bald bog sie rechts in eine Gasse ab, die sich steil bergan schlängelte und hinter den letzten Behausungen wieder bergab führte zu den Talauen des Flusses, einer weiten, freien Fläche, die um diese Zeit des Jahres von einer trockenen Schlammkruste bedeckt und mit dichtem grünem Schilf und Sumpfblumen bewachsen war.

Am höchsten Punkt, der einen Blick auf Wiesen, Felder und die zerstörte Eisenbahnbrücke gestattete, blieb sie neben einer bescheidenen Hütte stehen. Die Tür war roh gezimmert und unlackiert, die Fenster waren schmutzig, die Vorhänge zerrissen, und dennoch verströmte die Behausung eine gewisse Behaglichkeit. Ein Gewirr aus Kletterrosen wölbte sich wie ein Baldachin über dem Eingang und hinauf auf das mit Stroh gedeckte Dach, auf dem Wildblumen und Gräser sprossen. Es diente Schmetterlingen und einem Siebenschläfer als Zuhause. Kleiber und Zeisige suchten hier nach Nahrung.

Ein Grund für Imbolcs Freude war, dass sie kam, um Neuigkeiten zu bringen und ein Versprechen einzulösen, das sie sehr gerne einlöste.

Sie zog an einer Schnur, die als Klingelzug diente, doch es ertönte kein Laut. Die Schnur war schon seit über zehn Jahren lose, denn die Bewohnerin wartete auf die Rückkehr des Jungen, der die Klingel einst gebaut hatte und der heute ein Mann war – ihr Sohn, Bedwyn Stort.

Die Klingel hätte in Sekundenschnelle repariert werden können, doch sie wollte, dass er es tat, denn sie wusste, dass ihr das Freude bereiten würde.

»Eines Tages kommt er zurück und repariert sie«, pflegte sie zu sagen »ihr werdet schon sehen. Und wenn er kommt, wird er es auf seine Art tun und uns zu Tode erschrecken!«

Imbolc klopfte.

»Die Tür ist offen!«, rief Mrs. Stort.

Als sie sah, wer die Besucherin war, lächelten ihre Augen und Hoffnung zeigte sich darin.

»Er kommt nach Hause«, sagte Imbolc ohne lange Vorrede. In Mrs. Storts Gegenwart zeigte sie sich so, wie sie wirklich war.

Mrs. Stort drückte das alte Weib fast zu Tode.

»Wann?«, fragte sie.

Imbolc machte sich los, so gut es ging, nahm wieder ihre übliche Gestalt an und blickte auf ihre Uhr.

»In ungefähr achtzehn Minuten«, antwortete sie.

Storts Mutter lachte vor Freude, und zugleich weinte sie vor Schmerz über die Jahre des Wartens.

»Ich finde«, sagte Imbolc, »Sie sollten bei seiner Ankunft dabei sein.«

»Aber er wird doch hierherkommen.«

»Gewiss, und dennoch finde ich, dass Sie seine Ankunft miterleben sollten. So etwas hat das Dorf noch nicht gesehen und wird es auch nie wieder sehen. Mit seiner Intelligenz und Gelehrsamkeit hat er dem Dorf alle Ehre gemacht, und nun wird er das noch einmal mit seinem Mut und Erfindungsgeist tun. Kommen Sie und schauen Sie es sich an.«

»Aber …«

Es gab kein Aber, und es blieb ihr auch keine Zeit, sich die Haare zu richten oder sich umzuziehen. Der berühmteste Sohn des Dorfes kam nach Hause, und Imbolc wollte dafür Sorge tragen, dass seine Mutter es nicht versäumte.

»Wir müssen auch Mister Kipling wecken«, sagte sie, als sie durch die Gasse eilten.

»Den Schreiber, Bedwyns alten Lehrer?«

Sie klopften an seine Tür, und Mrs. Stort rief: »Sie müssen kommen, Mister Kipling, und zwar auf der Stelle. Er kommt nach Hause.«

Kipling starrte sie an, Überraschung in den sanften Augen.

Er war alt, aber rüstig, hatte rosige Wangen, ein gütiges Gesicht und eine leicht gerunzelte Stirn, als denke er gerade angestrengt nach. Was er auch tat.

»Wann? Wie? Wo? Warum? Und überhaupt, woher wollen Sie das wissen?«

»Ich weiß es einfach. Jetzt ist keine Zeit zum Herumtrödeln und Schwatzen oder zum Nachschlagen in Büchern. Die Händlerin sagt, dass er kommt, und dann kommt er auch.«

»Wann?«

»Jetzt!«

»Bedwyn kommt nach Hause?« Schlichte Freude legte sich auf sein Gesicht.

Zu dritt eilten sie durch die Gasse, wenig später zu viert und dann zu fünft, denn in einem Dorf wie Wardine verbreiten sich Neuigkeiten wie der Wind, und was dem Einzelnen widerfährt, wird zum Ereignis für alle.

»Bedwyn kommt!«

»Der Junge kommt nach Hause!«

»Sputet euch. Er ist der berühmteste Wardiner, den es je gegeben hat, und wie man hört, soll er sogar den Hochaltermann von Brum persönlich getroffen haben! Stellt euch vor! Er kommt nach Hause!«

So kam es, dass Sekunden, bevor die achtzehn Minuten bis zu Storts angekündigtem Eintreffen verstrichen waren, bereits das halbe Dorf auf dem Anger versammelt und die andere Hälfte dorthin unterwegs war. Alle spähten zum jenseitigen Ufer und dem Fährmann, der mittlerweile zu seiner Anlegestelle zurückgekehrt war. Außer ihm war keine Menschenseele zu sehen.

»Wer hat gesagt, dass er kommt?«

»Mister Kipling hat es mit Hilfe seiner Zirkel, Zollstöcke und Schrittzähler auf die Sekunde genau ausgerechnet.«

»Wann war das?«

»Vor drei Minuten.«

»So viel zu Wissenschaft und Schreibern!«

Zum Glück für Kiplings wackeligen Ruf in der Kunst des Vorhersagens kam Imbolc mit ihrer Schätzung der tatsächlichen Ankunftszeit recht nahe.

Plötzlich tauchte der Ballon über der Baumreihe am anderen Ufer aus der aufgehenden Sonne auf und löste lauten Jubel aus.

Doch der vorgesehene Landeplatz wimmelte so von Menschen, dass Stort seine Pläne in letzter Sekunde änderte, knapp über die Dächer hinwegrauschte und hinter dem Dorf im Matsch neben dem Fluss landete.

Er freute sich ebenso über das Wiedersehen wie seine Mutter, und sie nahm sein Gesicht in ihre Hände und befühlte es, wie sie es immer getan hatte, als er noch ein Kind gewesen war. Denn Sehen mag Glauben bedeuten, aber Berühren ist Lieben.

Freilich hielt sie das nicht davon ab, ihn sogleich auf die Türglocke anzusprechen, und wie sie stets prophezeit hatte, reparierte er sie, noch bevor er sein altes Zuhause betrat.

An Jack und Katherine zeigte das Dorf weit weniger Interesse, und dass auf einmal der Hochaltermann von Brum nebst Küchenmeister unter ihnen weilte, konnte keiner recht begreifen.

»Äh, Parlance, haben Sie etwas zu essen gesehen?«, flüsterte Lord Festoon, sowie sie wieder festen Boden unter den Füßen hatten und die Aufregung sich legte. »Mir ist schon ganz flau vor Hunger.«

»Sie geben auf dem Dorfplatz ein Festmahl, zu dem alle eingeladen sind, Mylord. Aber ...«

»Was aber?«, fragte Festoon bekümmert.

»Ich habe strikte Anweisung gegeben, was Sie essen dürfen und was nicht.«

»Was ist denn die Hauptspeise bei dem Festmahl?«

»Spanferkel und Severn-Lachs, ein Fisch mit sehr festem Fleisch.«

»Das ist gut, Parlance, sehr gut. Sicherlich mit mediterranen Kräutern serviert, und dazu Pastinakenscheiben, in Avocadoöl frittiert?«

»Wir sind hier in einem Dorf im wilden Grenzland, Mylord, nicht in ihrem Brumer Palast. Außerdem steht derlei nicht auf meiner Liste der Speisen, die Ihnen gestattet sind.«

»Und was steht auf der Liste?«, erkundigte sich Festoon demütig.

»Sehr wenig, Mylord. Wirklich sehr wenig.«

Katherine ging nicht zu dem Festmahl. Jacks Rücken gab Anlass zu tiefer Besorgnis. Mehrere Frauen aus dem Dorf nahmen ihn an der Hand und führten ihn in Mister Kiplings Wohnzimmer, das bis auf weiteres in eine Krankenstation umfunktioniert wurde.

Katherine und die Friedensweberin setzten sich zu ihm.

»Es geht ihm sehr schlecht, nicht wahr?«

Imbolc nickte und sagte: »Sogar noch schlechter, als es scheint, meine Liebe. Dieser Tag hat sich seit Jahren abgezeichnet. Er hat für andere gekämpft, nun muss er für sich selbst kämpfen, und andere müssen ihm helfen.«

»Wie?«, fragte Katherine. »Was kann ich tun?«

Imbolc lächelte.

»Seien Sie für ihn da, meine Liebe, das ist alles, was Sie tun können, und das, was Jack jetzt am meisten braucht.«

»Aber ich würde alles für ihn tun.«

»Es ist nicht der gute Wille, der zählt, und nicht einmal das Tun. Jedenfalls nicht in Jacks Fall. Es geht viel tiefer. Seien Sie für ihn da, und er wird genesen.«

81
KRANKHEIT

Doch was immer Katherine auch tat und sosehr sie sich auch bemühte, Jack wurde nicht wieder gesund. Es schien nicht an der Armbrustwunde zu liegen, die recht gut verheilte, sondern an etwas anderem.

Nicht einmal der Rat und der Beistand der Wyfkin aus dem Dorf, die in der Heilkunde sehr bewandert waren, vermochten zu helfen. Keine ihrer Wundsalben, keiner ihrer Aufgüsse oder Tränke, deren Rezepte durch die Jahrhunderte von der Mutter an die Tochter weitergeben worden waren, brachte Linderung.

Jacks Zustand besserte sich nicht. Im Gegenteil, er verschlechterte sich.

Er hatte große Schmerzen, und obwohl er tapfer seine Schreie unterdrückte, war für jedermann offenkundig, wie sehr er litt. Vormals von robuster Natur, magerte er ab und alterte, sein Haar wurde strähnig, Pusteln zeigten sich in seinem Gesicht, als sei er krank, und seine Gelenke schmerzten.

Von seinen offenen Wunden drohte weiteres Unheil, doch sonderbarerweise blieben sie sauber und zeigten keine Anzeichen einer Entzündung. Doch sobald eine Wunde sich schloss, brach eine andere auf, als tobe unter der geschädigten Haut eine schreckliche Wut.

Sein Zustand war unerklärlich, und die Frage nach der richtigen Behandlung ein Rätsel, für das man im Dorf keine Lösung hatte.

Mister Kipling konnte nicht mehr tun, als Jack und denen, die ihn besuchten, um zu helfen, ein freundlicher Gastgeber zu sein. Er konnte Jack vorlesen oder sich mit ihm unterhalten wie Stort. Katherine konnte sich neben ihn legen, wenn er es zuließ, und versuchen, ihn zu trösten. Aber das schmerzte ihn häufig mehr, als es ihm half, und er wurde zornig und sagte zu ihr, sie solle gehen.

Sie wusste noch, wie geduldig er ihre Launen ertragen hatte, als ihre Mutter gestorben war, und wie ruhig er bei ihren Zornausbrüchen geblieben war, nun aber musste sie feststellen, dass es ihr schwerfiel, es ihm nachzutun. Sie fühlte sich durch seine Beschimpfungen gekränkt, erboste sich über seine Ungerechtigkeit und bekam gleichzeitig ein schlechtes Gewissen, weil sie so empfand.

Seine Krankheit lag wie eine dunkle Wolke über Wardine. Selbst an den heißesten Sommertagen, wenn Schwanenfamilien den Severn heruntertrieben, wie sie es seit jeher taten, und an ruhigen Stellen nahe dem Schilf und den Schwertlilien Fische an die Oberfläche kamen, hatte Wardine nichts Sommerliches.

82

DIÄT

Doch es gab auch Lichtblicke und erfreulichere Gesprächsthemen. Eines davon waren Lord Festoon, sein Koch und ihre Diät.

Die beiden hatten unten am Fluss ein Haus bezogen, in dem einst ein alteingesessener Fischhändler und -verarbeiter gewohnt hatte.

Das Geschäft war im Erdgeschoss geführt worden, und in diesen hallenden und schäbigen Räumen hauste nun Lord Festoon. Parlance hatte sich in der Wohnung darüber einquartiert.

Überall roch es streng nach Fisch, was Festoon seltsamerweise begrüßte, denn der Geruch half, seinen Appetit zu zügeln. Zudem ermunterte er ihn dazu, auf dem alten Anlegeplatz des Grundstücks am Severn frische Luft zu schnappen. Dort wanderte Festoon umher, indem er sich auf den diversen Fischfässern, Vertäupfählen oder dem kleinen Handkran abstützte, sobald ihn Kurzatmigkeit und Schwäche befielen.

Die Küche, ein armseliges Loch im Vergleich zu der riesigen und gut ausgestatteten in Brum, lag im Erdgeschoss und war nur über eine schmale Hintertreppe, die Parlance benutzte, zu erreichen. Die Verbindungstür zu Festoons Räumen wurde verriegelt, um seinen Gelüsten nach einer Zwischenmahlzeit vorzubeugen, die ihn um Mitternacht und auch zu jeder anderen Stunde überkamen.

Parlance wusste natürlich, dass sein Herr in den ersten Tagen seiner Diät zu schwach sein würde, um bis zur Küchentür zu gelangen, geschweige denn, sich durch Klopfen bemerkbar zu machen. Doch der Tag würde kommen, an dem er dafür stark genug war – ein Tag, den der Koch von ganzem Herzen herbeisehnte –, und Parlance wünschte keinerlei Verzögerung. Dafür nahm er es gern in Kauf, Festoons karge, aber ausgewogene Kost auf Umwegen durch eine ehemalige Bootsreparaturwerkstatt, um das Haus und dann durch die Vordertür zu ihm zu bringen. An warmen Tagen wurde dem Hochaltermann das Mittagessen auch auf dem Kai serviert. Zu diesem Zweck hatte Parlance aus dem Schwert eines morschen Ruderboots eine Tischplatte gezimmert und auf einen abgesägten Pfosten genagelt, der sich in bequemer Nähe eines runden Teerfasses befand, das groß und stabil genug war, um Festoons Gewicht zu tragen.

Von manchen Gewohnheiten wollte der Küchenmeister nicht lassen, und dazu gehörten seine Kochmütze, die weiße Jacke und die karierte Hose. Und das Niveau seiner Speisendarreichung, die tadellos blieb, selbst wenn das Frühstück seines Herrn aus nicht mehr bestand als einem einzigen pochierten Ei, bestreut mit einem gerösteten und zerriebenen Lorbeerblatt.

Natürlich hatten die Bewohner von Wardine-on-Severn in ihrem Leben nie zuvor ein solches Treiben gesehen, und der Anblick, der sich ihnen dreimal am Tag bot, erregte zunächst Verwunderung, dann Interesse und schließlich Heiterkeit.

Die Wyfkin von Wardine hielten mit ihrer Meinung nicht hinter dem Berg, wenn es um Heim und Herd ging. Dass ein Mann überhaupt kochte, versetzte sie in Staunen, aber dass er es augenscheinlich auch noch mit wahrer Wollust tat und seine Sache gut machte, verstörte sie.

Schon bald machte im Dorf regelmäßig die Runde, was er zuletzt zubereitet hatte, und die Frage nach dem Rezept wurde zum Gegenstand der Diskussion und sogar der Belehrung. Eines seiner Talente war, wie es sich für einen Koch gehört, die Beschaffung von Zutaten. Aber noch fähiger war er darin, die Möglichkeiten, die in neuen Dingen steckten, zu erkennen und schöpferische Wege zu finden, verschiedene Aromen auf neue Weise miteinander zu kombinieren.

Der Bedarf an Zutaten für eine abwechslungsreiche Diät, die den Hochaltermann auf Schlankheitskurs hielt, ohne dass er allzu sehr hungern musste, brachte Parlance in anregenden Kontakt mit den Dorfbewohnern und Lieferanten aus dem weiteren Umland. Der Umstand, dass Wardine einen anspruchsvollen Küchenmeister beherbergte, der für den Hochaltermann kochte und etwas von seinem Handwerk verstand, spornte Leute aus der Umgebung dazu an, ihm besondere Lebensmittel zum Probieren zu schicken, kostenlos und in der Hoffnung, dass er sie anschließend kaufte.

Eines Tages fand Parlance Festoon an seinem Tisch, wie er gerade ein Praline aß.

»Nein, Mylord, das dürfen Sie nicht, hören Sie sofort damit auf! Falls Sie, was ich befürchte, schon mehrere gegessen haben …«

»Haben Sie Mitleid, Parlance, sie standen plötzlich auf meinem Tisch wie vom Himmel gesandt, zusammen mit einem Herzen, geflochten aus Weinrosenblüten, und nach Rosen duftendem Marzipan und Sahnebonbons … Wie hätte ich da widerstehen können?«

»Wie viele, Mylord, *wie viele?*«

»Das ist die letzte, Parlance, und sehen Sie, ich werfe sie weg!«

»Wie viele?«

»Elf ohne diese. Nur elf!«

»Elf? Ihr Abendessen heute ist gestrichen, Mylord, und es ist fraglich, ob Sie ein Frühstück verdienen. Was ein Jammer wäre, denn ich hatte einen besonderen Leckerbissen geplant.«

»Einen Leckerbissen?«, sagte Festoon todtraurig. »Was für einen Leckerbissen?«

»Brot, Mylord. Herrliches, köstliches Brot.«

»Brot?«, flüsterte Festoon. »Aber seit einer Woche habe ich nicht einmal eine dünne Scheibe bekommen.«

»Nein. Und ich sollte Ihnen auch dieses nicht gestatten, obwohl …«

»Parlance, so reden Sie doch!«, flehte Festoon, denn er spürte, dass sein Gegenüber erregt war und darauf brannte, ihm von einer kulinarischen Entdeckung zu berichten.

»Ich habe eine neue Quelle für Brot aufgetan, was mich sehr freut, denn es ist viele Jahre her, dass ich Brot gekostet habe, das besser war als mein eigenes.«

Festoon witterte sofort seine Chance.

»Lieber Freund, ich könnte mir denken, dass Ihnen an einer zweiten Meinung zu dem Brot gelegen wäre, aber natürlich wäre dazu jemand nötig, der über Urteilskraft und Geschmack verfügt. Und so fernab von Brum ist es, wie ich zu meinem Bedauern sagen muss, unwahrscheinlich, dass Sie eine solche Person finden. Das ist schade, und obwohl ich Ihnen normalerweise gern zu Diensten wäre, ist es mir diesmal aufgrund Ihrer Diät nicht möglich. So müssen Sie, was die Qualität des von Ihnen entdeckten Brotes angeht, im Zustand der Ungewissheit bleiben.«

»Leider, Mylord«, seufzte Parlance. Wie gern hätte er sich seine Meinung von der einzigen Person in Engalond bestätigen lassen, deren Gaumen, wie er wusste, unfehlbar war.

»Wenn Sie mir vielleicht ein winziges Stück von diesem Brot ...«

»Nein, Mylord.«

»... ein oder zwei Krumen, etwas trockene Kruste, ein ...«

»Ich darf nicht, nein, ich darf nicht ...«

»Niemand wird es je erfahren ... Wenn Sie nur kurz die Küchentür offen lassen, und das Brot liegt auf einem Brett, mit einem Messer zum Abschneiden, dann wird niemals ...«

»Na schön, Mylor!«, rief Parlance. »Sie sollen es zum Frühstück bekommen, aber nur, wenn Sie mir versprechen, dass Sie nie wieder solche Pralinen essen!«

Man einigte sich, und Tags darauf beim Frühstück kosteten Sie das Brot gemeinsam. Damit es besser rutschte, aßen sie erstklassiges Schmalz von gebratenen Schwanenschenkeln dazu. Einen Augenblick lang war es wie in alten Zeiten. Sie schwebten im siebten Feinschmeckerhimmel, kosteten etwas Neues und, wie sich herausstellte, etwas wahrlich Ausgezeichnetes.

»Parlance«, erklärte Festoon, »dieses Brot übertrifft alle anderen Brote, selbst das, das Sie zu meinem Geburtstag gebacken haben! Von wem ist es?«

»Von einer Dame, habe ich mir sagen lassen, aber mehr weiß ich nicht. Dieser Laib wurde zusammen mit anderen hier abgegeben, und ich habe keine Ahnung, wer ihn gebacken hat.«

»Finden Sie es heraus, lieber Freund, denn sie ist ein Juwel.«

»Das werde ich.«

»Wenn Sie sie finden, Parlance, gleich unter welchen Umständen, und sie ist frei, machen Sie ihr auf der Stelle einen Heiratsantrag, denn glauben Sie mir, eine Wyf, die ein solches Brot backen kann, ist eine Wyf, wie man sie sich nur wünschen kann.«

»Ja, Mylord, aber wahrscheinlich ist sie schon verheiratet.«

»Wahrscheinlich, aber nicht sicher, und darum ist das ein Befehl, Parlance, und weder ein Vorschlag noch eine Bitte. Haben Sie verstanden?«

»Jawohl.«

Lord Festoon geriet nicht wieder auf Abwege. Weniger wegen der scharfen Vorhaltungen seines Kochs, sondern weil die Verkostung dieses außergewöhnlichen Brotes und die Tatsache, dass er in letzter Zeit besser geschlafen und sich morgens beim Aufwachen munterer gefühlt hatte, ihn daran erinnerten, dass gutes Essen und Völlerei schlechte Bettgenossen waren.

Er verdoppelte seine Anstrengungen, die ihm von Parlance auferlegte, gesunde Lebensweise einzuhalten, fühlte sich zusehends besser und stellte fest, dass seine Kleider regelmäßig enger genäht werden mussten und dass seine Spaziergänge häufiger, länger und befriedigender wurden.

Sein Befinden besserte sich in einem solchen Maße, dass er sogar anfing, mehr an die Gesundheit anderer zu denken als an seine eigene. So kam es, dass er nach einem beunruhigenden Besuch Katherines, bei dem sie über Jacks Kräfteverfall geklagt hatte, den Entschluss fasste, den Patienten aufzusuchen, um festzustellen, ob er etwas für ihn tun könne.

Wardine hatte in letzter Zeit einiges Ungewöhnliche erlebt, aber nichts annähernd so Denkwürdiges wie an jenem Tag, als sich Lord Festoon, flankiert von Katherine und einem Parlance ohne Mütze, denn dies war ein privater Besuch, langsam und behutsam die gepflasterte Hauptstraße hinaufschleppte. Es war ein ziemlicher weiter Weg und auf dem letzten Stück bis zu Mister Kiplings Haus ein steiler obendrein.

Leute strömten zusammen und folgten ihm, riefen ihm Aufmunterungen zu, erwiesen ihm auf die eine oder andere Art ihre Reverenz und gaben dem Hochaltermann ganz allgemein zu verstehen, dass er zumindest in ihrem Dorf große Sympathie und Unterstützung genoss.

Einige klatschten sogar Beifall, als er schließlich an der Haustür Mister Kiplings anlangte, der bereitwillig öffnete. Er bedauerte nur, dass Stort ausgerechnet heute nicht im Dorf weilte und so den großen Augenblick nicht miterleben konnte.

Lord Festoon war von der Anstrengung erschöpft, sah aber unzweifelhaft dünner aus und glich wieder mehr dem großgewachsenen Hydden, der er eigentlich war. Noch hatte er einen sehr langen Weg vor sich, aber schon jetzt waren sein Aussehen und sein Gang eines Hochaltermanns wieder würdig.

Jack hingegen sah elend aus. Seine offenen Wunden hatten sich bläulich verfärbt und eiterten, seine Muskeln waren schwach von der Untätigkeit und seine Augen tief eingefallen. Er war blass, litt offensichtlich unter großen Schmerzen und machte auf Festoon den Eindruck, als habe er die Hoffnung auf Genesung aufgegeben.

Festoon war schockiert und sagte zunächst nichts. Doch dann kam ihm eine Idee. Parlance hatte ihm geholfen, konnte er da nicht auch Jack helfen? Schließlich war Essen in einem gewissen Sinn Medizin, und als Meisterkoch konnte Parlance als Heiler betrachtet werden.

Es war ein genialer Einfall. Parlance übernahm die Aufgabe und willigte ein, zu gegebener Zeit und nach gründlicher Konsultation den Versuch zu unternehmen, eine Diagnose zu stellen und den Patienten zu kurieren.

Dies nährte die Hoffnung, dass sich die dunkle Wolke, die in diesem Sommer in Gestalt von Jacks Krankheit über Wardine lag, endlich heben würde. So fieberten die Dorfbewohner dem Tag entgegen, an dem Parlance seine Meinung über den Patienten kundtat.

83

HEFEKUCHEN

Harlance tat es Ende Juli, als der Sommer seinen Höhepunkt erreichte.

Er hätte seinen Befund lieber in einem kleineren Kreis verkündet, doch in Wardine war dies schwierig. Deshalb tat er es, auf einer Fischtonne stehend, mitten auf dem Anger.

Die Menge war so groß, dass Katherine sich etwas abseits einen sonnigen Platz an einer niedrigen Mauer suchte, wo sie sich neben eine Frau setzte, die einen großen Korb bei sich hatte. Der Duft nach Brot, der dem Korb entstieg, war so köstlich und verlockend, dass er in ihr Innerstes zu dringen schien. Er wirkte auf sie so beruhigend, dass sie die Augen schloss und fast vergaß, warum sie hier war.

Bis sie zu ihrer eigenen Überraschung laut sagte: »Das Dumme ist nur, dass der, der hier sein sollte, gar nicht hier ist!«

»Und wer ist das?«, fragte die Frau mit dem frisch gebackenen Brot. Sie war Mitte vierzig und wenig anziehend, hatte aber die kräftigen Hände einer erfahrenen Bäckerin.

»Jack«, antwortete Katherine.

»So kennst du ihn?«

Katherine nickte, erzählte ihr ein wenig von ihm und gab vorsichtig zu verstehen, wie sie zueinander standen.

Die Brotbäckerin hatte kecke Augen, beeindruckende Unterarme, einen mächtigen Busen und wirkte sehr forsch. »Ich habe auch mal jemanden geliebt«, erklärte sie, »aber es wurde nichts daraus.«

»Ich habe nicht gesagt, dass ich ihn liebe.«

»Aber du tust es, nicht wahr? Ich erwarte nicht, dass du es zugibst. Ich habe es auch nicht zugegeben, bis es zu spät war.«

»Aber Jack weiß ...«

»Tatsächlich? Tut er das? Sollte ich noch einmal jemandem begegnen, in den ich mich verliebe, werde ich es ihm immer wieder sagen, mit jedem Laib Brot, den ich backe, Tag für Tag, immer und immer wieder.«

»Aber ich …«

»Ich würde es ihm sagen, wenn ich noch einmal Gelegenheit dazu hätte. Eine zweite Chance bekommt man nicht oft.«

Katherine dachte daran, was sie in letzter Zeit durchgemacht hatten, und da wurde ihr eines klar: Sie glaubte zwar, dass Jack wusste, was sie für ihn empfand, aber wirklich gesagt hatte sie es ihm nie. Sie wurde aus ihren Gedanken gerissen, als ihre Nachbarin sie am Arm stupste.

»Wie sieht dieser Mister Parlance eigentlich aus?«

»So!«, antwortete Katherine und deutete auf Parlance, der auf der Fischtonne stand und gerade versuchte, sich Gehör zu verschaffen. »Wieso?«

»Anscheinend bin ich nur eine von vielen, die Brot für ihn gebacken haben.«

Sie nickte in Richtung einer Gruppe von Frauen unterschiedlichen Alters, unterschiedlicher Größe und Gestalt, die sich um Parlance drängten, um ihm ihr Brot zu zeigen. »Wie es scheint, sucht er die Wyf, die ihm ein besonderes Brot gebacken hat, um ihr die Gunst zu erweisen, für den Hochaltermann eine größere Bestellung aufzugeben. Deswegen bin ich hier, denn ich hoffe, dass ihm meine Ware gefällt. Aber … *das* ist er?«

Katherine nickte.

»Er ist ein gut aussehender Gentleman, wenn auch etwas sehr kurz geraten. Ist er verheiratet?«

»Ich glaube nicht.«

»Es kommt nicht oft vor, dass sich ein begehrenswerter Junggeselle in unsere Gegend verirrt, deshalb muss ich mich jetzt um meine Belange kümmern, so wie du dich um deine kümmern solltest. Ran an den Speck!«

Aber Katherine rührte sich nicht, sondern blieb, wo sie war, und sah zu, was die Brotbäckerin tat.

Die Frau bahnte sich zielsicher einen Weg durch die Menge. Als sie bei Parlance anlangte, der gerade mit seiner Ansprache beginnen wollte, zog sie das Tuch von ihrem Korb, sodass der betörende Duft ihres frischen Backwerks zu der feinen Nase des Kochs hinaufwehen konnte.

Unterdessen war die Menge still geworden, und Parlance hob zu sprechen an. »Ladies und Gentlemen«, sagte er, »nachdem ich mir die Krankengeschichte des Patienten angehört habe …«

Er hielt kurz inne, und seine Nase zuckte.

»… will sagen, nachdem ich ihn gewissenhaft untersucht und beobachtet habe, und zwar so gewissenhaft, wie ich das Begießen eines Bratens beobachte oder, wichtiger noch, das langsame Aufgehen eines Kuchens, dessen Teig dreimal geknetet wurde, oder den Gärungsprozess von Pflaumenwein, oder sogar …«

Seine Nase zuckte heftiger, und über sein Gesicht huschte ein Ausdruck der Verzückung, der nicht recht zum Gegenstand seiner Rede passen wollte. »… ja sogar das Backen gewöhnlichen Brots, bin ich zu dem Schluss gekommen … aber … aber …«

Der Ausdruck der Verzückung wich einem der Zielstrebigkeit und Entschlossenheit, wie er wohl von den Zügen eines Meisterkochs Besitz ergriff, wenn er ein neues Gericht in Angriff nahm. Doch an diesem Tag schien Parlance auf etwas anderes aus zu sein.

»Aber hier muss ich mich unterbrechen, von meinem Fass heruntersteigen und eine Frage stellen. Wer hat dieses Brot gebacken?«

Katherine war nicht neugierig auf die Antwort und sah deshalb keinen Grund, länger zu verweilen. Die Brotbäckerin hatte ihr die Antwort gegeben, die sie in Bezug auf Jack brauchte, und sie wusste jetzt, was sie tun musste.

Sie kehrte der Menge den Rücken und ging die Straße hinauf zu Mister Kiplings Haus, in dem Jack lag und litt. Vor langer Zeit hatte er ihr das Leben gerettet, und seitdem glaubte sie immer zu spüren, wie seine starken Arme sie festhielten. Das gab ihr ein Gefühl der Geborgenheit.

Sie klopfe leise an Mister Kiplings Tür und trat ein, als keine Antwort kam. Das Zimmer, in dem Jack lag, war verdunkelt, und er dämmerte im Halbschlaf dahin.

Sie ging zu ihm und betrachtete ihn. Wie schmal er geworden war, wie eingefallen seine Wangen waren.

»Jack«, flüsterte sie. »Jack …?«

Ihre Stimme weckte ihn.

»Ich weiß, wo du jetzt sein möchtest, aber ich …«

Sie fasste nach seiner Hand, und zum ersten Mal, seit sie in Wardine waren, zog er sie nicht weg.

»… aber ich kann dich nicht hinbringen.«

Sie legte sich neben ihn aufs Bett, und er ließ es geschehen.

»Du möchtest nach Hause, aber ich kann dir nicht den Weg weisen. Ich weiß, was dir fehlt, aber ich weiß nicht, was ich dagegen tun kann.«

Sie lagen jetzt eng beisammen, Hand in Hand, die Finger ineinandergeschlungen, und hielten einander fest.

»Ich weiß nicht, wie ich es dir jemals vergelten soll, dass du mich aus dem Auto gerettet hast, als wir noch so jung waren. Ich weiß auch nicht, ob und wie ich das Leid, das dir widerfahren ist, jemals wiedergutmachen kann. Ich habe das Gefühl, dass ich nichts tun kann, Jack, überhaupt nichts.«

Er spürte ihre Tränen auf seinem Gesicht und flüsterte ihr etwas ins Ohr. Seine Stimme klang dumpf, als komme sie aus den Schatten und Tälern, und seine Hand drückte ihre.

»Du tust es schon«, sagte er. »Du tust es schon, Katherine.«

Sie umarmte ihn, und er sie, so gut er konnte.

»Ich liebe dich«, flüsterte sie.

»Ich weiß«, sagte er, und seine Hand glitt aus ihrem Haar und über ihr Gesicht zurück auf seine Brust.

Sie schwiegen lange, dann sagte Katherine: »Sie sprechen in diesem Moment auf dem Anger über dich. Parlance sagt ihnen, was dir fehlt.«

Jack regte sich und hätte beinahe gelacht, wenn es ihm nicht solche Schmerzen bereitet hätte. »Ich glaube, ich weiß, was mir fehlt«, sagte er.

Sie rückte ein wenig von ihm weg und sah ihn an.

»Was?«, fragte sie.

»Ich bin nicht krank, jedenfalls nicht im üblichen Sinn. Ich wachse, das ist alles. Parlance hat es schnell erkannt. Er sagt, dass meine Wunden deshalb nicht verheilen. Wirklich einleuchtend. Ich bin ein Riesengeborener, und irgendwann musste es dazu kommen. Es tut so weh, und ich war hier allein. Umgeben von Freunden, und doch allein.«

Sie nickte, und ihr blondes Haar fiel auf seine Augen und Lippen.

»Ich weiß nicht einmal, wo ich zu Hause bin«, fuhr er fort. »Jack ist nicht mein richtiger Name, und so zu wachsen tut schrecklich weh. Normale Hydden werden einfach nicht so groß.«

Katherine sah sich in dem kleinen Raum um, mit all seinen Möbeln in Hyddengröße. »Ich finde, du solltest nicht länger in diesem Zimmer bleiben.«

Er nickte. »Würdest du dich darum kümmern?«

Sie nickte ebenfalls. Seine Hand wanderte zu ihrem Gesicht, dann zu ihrer Wange und schließlich zu ihren Lippen und befühlte sie.

»Ich kümmere mich darum«, sagte sie.

Er schloss die Augen, und sein Atem ging so leicht wie seit Wochen nicht mehr. Er ließ sie los.

»Schlaf«, flüsterte sie so leise, dass sie ihre eigene Stimme kaum hörte. *Schlaf.*

Noch einmal fasste er nach ihrem Gesicht, als wollte er sich vergewissern, dass sie noch da war. Sie blieb liegen, und erst als er gleichmäßiger und tiefer atmete, ging sie.

Doch sie und Jack waren nicht die Einzigen in Wardine, die an diesem Tag Heilung und einen neuen Lebenszweck fanden.

Parlance war nämlich, nachdem er seine verblüffende Diagnose der wahren Ursache für Jacks Krankheit unterbrochen hatte, mit Elan und Beharrlichkeit dem Brotgeruch nachgegangen.

Zum großen Verdruss der Brotbäckerin mit den kräftigen Armen erwählte er nicht sie. Und auch keine der anderen Brotbäckerinnen, die sich auf sein Geheiß eingefunden hatten in der Hoffnung, dass das Brot, das Lord Festoon in den höchsten Tönen lobte, das ihrige war.

Doch als sie fortgeschickt wurden und die Menge sich zerstreute, hing dieser Geruch noch immer in der Luft und bedrängte Parlances Nasenlöcher wie ein Schwarm Stechmücken.

»Mylord«, erklärte er atemlos, nachdem er zu seinem Herrn geeilt war, der im Freien saß und ungeduldig auf seine nächste Mahlzeit wartete, »Abendessen gibt es heute später.«

Noch bevor Lord Festoon dazu kam, sich zu beschweren, war Parlance wieder fort, rannte hierhin und dorthin und folgte seiner Nase aus Wardine hinaus auf einen zerfurchten Weg, der wer weiß wohin führte.

Dort erspähte er eine sehr einfache, ärmlich gekleidete Wyf mit einem Korb unter dem Arm, das Haar zerzaust, aber nicht ungepflegt. Parlance lief ihr nach.

»Madam, bitte warten Sie!«

Sie blieb stehen, drehte sich zögernd um und senkte schüchtern den Kopf.

»Madam … ich möchte Sie bitten … ich wollte sagen … Dürfte ich vielleicht das Brot sehen, das Sie gebacken haben?«

Sie deckte den Korb auf und hielt ihm einen Laib hin. »Als ich die anderen Brotbäckerinnen sah, mit ihren großen Körben voller Köstlichkeiten, und alle so liebenswürdig und wohlgestaltet … Da dachte ich mir, es hat keinen Zweck …«

Er hörte gar nicht hin, denn der Geruch war so aufwühlend, dass sich Worte erübrigten. Er brach das Brot, hielt es sich vors Gesicht und sog seinen Duft ein.

»Es ist herrlich«, sagte er. »Es ist vollkommen.«

»Sir, ich …«

»Doch warten Sie«, rief Parlance. »Was haben Sie da noch in Ihrem löchrigen Korb?«

Denn löchrig war er, von häufigem, nicht von nachlässigem Gebrauch.

»Einen Krapfen«, antwortete sie, »und anderes mehr, aber die anderen Wyfkin …«

»Einen Krapfen?«, wiederholte Parlance atemlos, »mit Ihren schönen Händen selbst geformt?«

»Mit meinen Händen, ja, von schön kann aber keine Rede sein. Sie sind voller Sommersprossen, und ich …«

»Was haben Sie da noch, Madam?«, fragte Parlance mit leiser und dringlicher Stimme, als wähne er sich in greifbarer Nähe von Staatsjuwelen, die jeden Moment gestohlen werden könnten und dann für immer verloren wären.

»Nicht viel. Ein oder zwei Törtchen, etwas leichtes Schmalzgebäck und einen Wardiner Hefekuchen.«

»Einen Wardiner Hefekuchen!«, rief Parlance. »Aber ich dachte, diese Kunst sei in Vergessenheit geraten?«

»Mitnichten, Mister Parlance, ich habe das Rezept dafür im Kopf und das Gefühl dafür in …«

»In Ihren sommersprossigen Händen«, sagte er, ergriff diese Hände zu ihrem Erstaunen und sank auf die Knie.

»Sir, lassen Sie mich los!«

»Ich kann nicht. Mein Herr hat mir befohlen, Sie festzuhalten und nicht wieder loszulassen. Heiraten Sie mich! Ich mache nicht viel her, aber gemeinsam können wir die Straße der Träume beschreiten. Was sind Ihre Träume?«

»Ganz weit von Wardine fortzugehen!«

»Gewährt. Nennen Sie noch einen!«

»Dafür geliebt zu werden, was ich bin, und das ist nicht viel. Sie sind verrückt, Sir, oder schlecht, Sir, oder blind! Sehen Sie mich doch an!«

Er sah sie an.

»Ich bin lahm«, sagte sie, »und hässlich, und meine Träume sind albern. Lassen Sie mich gehen.«

Er sah sie an. »Ich weiß, was ich sehe und was mir meine Nase sagt: reine und einfache Schönheit und die Wyf, der ich verbunden sein möchte. Ich sehe nach nichts aus, ich bin klein, und ich brülle in der Küche und habe nicht mehr zu bieten als ein Leben im Schatten Lord Festoons, des größten Hydden auf Erden.«

Sie sah ihn an und spürte seine Hände auf ihren – kräftige Hände wie ihre, die Hände eines Kochs, rauh, sanft, zupackend.

»Haben Sie einen Vater, bei dem ich vorsprechen sollte?«, fragte er. »Oder Brüder?«

Sie schüttelte den Kopf.

»Nicht einmal einen Ehemann«, sagte sie mit einem leichten Lächeln. »Mein Vater ist tot, meine Brüder sind auf und davon, und es hat nie einen Ehemann oder auch nur einen Verehrer gegeben. Sehen Sie mich doch an, Sir!«

»Ich sehe nur Mehl in Ihrem Haar, wo eigentlich Blumen sein sollten«, erwiderte er, »und dies sei meines letztes Wort des Zweifels für alle Zeiten. Heiraten Sie mich! Meine Knie schmerzen, und doch muss ich knien, bis Sie mir Ihr Jawort geben.«

»Ich kenne Sie doch überhaupt nicht.«

»Das brauchen Sie auch nicht. Fragen Sie sich selbst, wie viele Hydden es wohl auf Erden gibt, die beim Gedanken an einen Wardiner Hefekuchen in Leidenschaft entflammen würden. Nicht viele. Darum heiraten Sie mich, bitte.«

»Also gut«, sagte sie.

»Wie heißt du?«

»Charmaine«, antwortete sie.

Parlances Knie waren so wund vom langen Werben, dass er Mühe hatte, wieder auf die Beine zu kommen. Als es geschafft war, nahm er die Mütze ab.

Er stellte fest, dass sie fast gleich groß waren, bis auf wenige Zentimeter. Doch auf wessen Seite sie fehlten, wusste weder er noch sie zu sagen, als sie sich küssten, umhüllt vom Duft des Brots und voller Vorfreude bei dem Gedanken, gemeinsam Hefekuchen zu backen.

84
GENESUNG

Jacks Genesung setzte ein, als Katherine den Mut fand, mit ihm über ihre Zweifel und ihre Ratlosigkeit zu sprechen, denn das veranlasste ihn, die eigenen Gefühle mit ihr zu teilen. Jeder brauchte den anderen, um voranzukommen.

Innerhalb weniger Tage fand sie hinter Festoons Haus für ihn eine Unterkunft, jedoch außer Sichtweite der Straße und mit Blick auf den Fluss.

Parlance sorgte für sein leibliches Wohl, und Katherine tat mit ihrer Gegenwart und Zärtlichkeit das Ihre. Davor waren ihre Bemühungen um ihn nur oberflächlich geblieben, denn Befangenheit und Unbeholfenheit hatten ihr im Weg gestanden. Jetzt war sie ganz sie selbst, und das war es, was er brauchte.

Dies und ihr Zuspruch halfen ihm, zu alter Stärke und Zuversicht zurückzufinden.

Da das Wetter sehr warm war, überredete sie ihn, kein Hemd zu tragen und die Luft an seine Haut zu lassen. Er wäre gern geschwommen, doch der Fluss war tief und voller gefährlicher Strudel und Unterströmungen. Doch im Schutz des Ufers lag ein altes, halb verrottetes Ruderboot.

»Wir wär's, wenn du es reparierst?«, schlug sie vor.

Dies war ihm Aufforderung genug, und er machte sich sogleich an die Arbeit, denn er hatte nichts Besseres zu tun. Sich beugen, strecken, drehen, hämmern, stemmen und greifen – jede kleine Bewegung verhalf seinem Rücken zu neuem Leben.

Anfangs begnügte er sich damit, einfach nur im Boot zu sitzen und in das vorbeiströmende Wasser zu blicken, noch nicht willens, sein Gefährt und das Paddel, das er dafür angefertigt hatte, zu erproben, geschweige denn sich selbst.

Stort kam zurück und baute ihm aus einem alten Wassertank,

den er zusammen mit einer Handpumpe, einem Eimer und einem Schlauch an einem Baum befestigte, eine Dusche. Sie sah wunderlich aus, doch das Wasser hinaufzupumpen, den Eimer auszurichten und unter dem ungleichmäßigen Strahl hin und her zu hüpfen, um von ihm getroffen zu werden, verhalf ihm zu der Bewegung, die er brauchte.

Anfangs besuchte ihn Katherine zu vereinbarten Zeiten, doch nach und nach kam sie, wann sie wollte, und ging auch wieder, wann sie wollte.

Ihr häufigster Besucher war Stort, ihr gemeinsamer Freund. Auch er konnte schweigsam sein, sodass ihre Unterhaltung manchmal nur darin bestand, gemeinsam dem Fluss zu lauschen. Meistens jedoch waren Jack und Katherine allein, saßen da, beobachteten die Strömung und genossen die warmen Sommernächte.

Oft spähte Jack über den Severn hinweg zum anderen Ufer oder beobachtete, wie der Fährmann und sein Sohn hin- und herfuhren. Eines Tages winkte er ihnen zu, und sie winkten zurück. Ein Ufer zollte dem anderen Respekt.

Der Bilgener war überrascht. Die Bewohner von Wardine waren freundliche Leute und bezahlten ihn gut, aber sie waren auch abergläubisch, denn ein Fährmann ist ein Fremder zwischen zwei Welten, und wenn man allzu freundlich zu ihm ist, wacht man vielleicht eines Tags am falschen Ort auf.

Doch Jack kümmerte das nicht. Von Zeit zu Zeit hob er gern die Hand, denn er war auch eine Zeit lang allein gewesen und wusste, was ein Gruß bedeutete.

In manchen Nächten, wenn er mit Katherine und Stort am Ufer saß, sahen sie am anderen Ufer den Schein eines Feuers und hörten den Fährmann auf seinem Rohrhorn spielen. Das Wasser und seine Gefahren lagen zwischen ihnen, doch wenn das Rohrhorn erklang und das Feuer herüberleuchtete, wer wollte da sagen, wie fern oder nah sie einander waren?

»Dort hinüber werden wir gehen«, pflegte Jack zu sagen, »wenn es mir wieder besser geht und unsere Tage hier gezählt sind.«

Katherine stimmte zu. Stort auch. Es wurde Zeit für den Aufbruch einer Generation.

Eines Abends, als Stort nicht da war, sagte Katherine: »Du warst in den letzten Tagen so still. Stimmt etwas nicht? Tun deine Verbrennungen wieder weh?«

Sie hatte gelernt, direkter als er zu sein.

Er schüttelte den Kopf. »Es ist nur …«

»Was, Jack?«, fragte Katherine ungeduldig.

»Da ist etwas, das ich dir schon lange sagen will, doch es fällt mir schwer …«

Ihr Herz begann zu pochen. Er blickte über den Fluss in eine Welt, in die sie irgendwie zurückfinden mussten, ob als Hydden oder Menschen. Er schien sich danach zu sehnen, aber ohne sie.

»Du willst nach Brum zurück, stimmt's?«, fragte sie, denn er hatte mehr als einmal gesagt, dass er sich dort zu Hause fühlte, da er sich in der Hyddenwelt zu Hause fühlte. Dann, zögerlicher, wagte sie zu fragen: »Suchst du … ich meine … suchst du nach einem Weg, wie du …«

»Was?« Jetzt war er ungeduldig. »Ich habe keine Ahnung, worauf du hinauswillst, Katherine.«

Sie standen auf und sahen einander an.

Noch nie hatte sie sich ihm so fern gefühlt, noch nie so große Angst gehabt, ihn zu verlieren.

»Versucht du, Lebwohl zu sagen?«, fragte sie schließlich.

Er sah sie entgeistert an und trat näher. »Lebwohl?«, fragte er. »Nein!«

»Was willst du dann sagen?«

Der Fluss regte sich im Dämmerlicht, wälzte sich vorüber, dunkel, kalt, tief.

»Ich versuche, Hallo zu sagen. Ich versuche, dir zu sagen … na ja … Was auch immer da drüben ist, ich möchte nicht ohne dich übers Wasser zurück. Ich versuche, dir zu sagen, dass ich dich liebe und …«

Sie legte ihm einen Finger auf die Lippen, wie sie es schon einmal auf der Themse-Brücke getan hatte. »Sag nicht mehr, als du eben gesagt hast, Jack.«

»Ich liebe dich, Katherine.«

»Ich möchte mir dir über den Fluss gehen«, erwiderte sie. »Nur mit dir, denn ich liebe dich auch. Und …«

Er küsste sie, um sie am Weitersprechen zu hindern. Worte waren nicht nötig.

Sie hielten einander fest in den Armen, bis wenig später Stort erschien, sich in der Nähe hinsetzte und wartete. Der Fährmann spielte seine Musik.

Der Severn zog weiter vorüber, Grenze und Mittler zugleich, das große Unbekannte unter der Oberfläche. Das ferne Ufer schien auf einmal gar nicht mehr fern.

»Mister Barklice und ich sind aus der Liebe nicht schlau geworden«, sagte Stort zu niemand Bestimmtem.

»Wir auch nicht«, sagte Katherine und löste sich aus Jacks Umarmung, »aber man weiß, wenn man sie gefunden hat!«

Mit jeder Wunde, die verheilte, mit jeder Narbe, die nicht wieder aufbrach, fiel es ihnen leichter, einander zu sagen, was sie wirklich dachten. Und eigenartigerweise hatte auch Stort daran seinen Anteil, als Freund und guter Kamerad für sie beide in diesen trägen Herbsttagen.

»Unser Leben lang haben uns andere gesagt, wer wir sind und wie wir sein sollen«, sagte Jack, »aber nun müssen wir selbst herausfinden, wer wir sein wollen.«

Die ersten wirklichen Zärtlichkeiten, die sie in Mister Kiplings Haus ausgetauscht hatten, öffneten die Türen zu weiteren. Sie waren nicht unschuldig, aber sie waren auch nicht viel mehr, damals noch nicht. Alles ging langsam. So langsam wie der Fluss. Mal schlief er in ihren Armen, mal sie in seinen. Sie hatten keine Eile, an ein Ziel zu gelangen, von dem sie wussten, dass sie ihm gemeinsam zustrebten. Es war leichter, sich wie im Fluss vom Strom dorthin treiben zu lassen, wohin sie gehen würden, wenn die Zeit dafür reif war.

Eines Nachmittags saß Jack allein am Ufer, als er auf der anderen Seite des Flusses ein Klatschen und einen Schrei hörte. Er spähte über das Wasser und sah, wie der Kopf des Fährjungen auf den Wellen tanzte und sich von der Fähre entfernte. Die Strömung war stark, und der Junge würde ertrinken.

Jack zögerte nicht.

Er sprang in sein Boot, machte die Leine los und jagte über das Wasser, wie Arnold Mallarchi es ihm beigebracht hatte. Wie der Bolzen einer Armbrust flog er über die Wellen, ohne den Kopf des Jungen auch nur eine Sekunde aus den Augen zu lassen. Wenigstens konnte er schwimmen, was bei Fährleuten nicht häufig der Fall war.

Der Schrei war kaum verklungen, schon war er zur Stelle, zog den Jungen an Bord, drehte das Boot in die Strömung, um leichter steuern zu können, und paddelte mit wilden, kräftigen Stößen zur Anlegestelle. Dort drehte er bei und hielt sich fest, während der Junge wohlbehalten aufs trockene Land gehoben wurde.

»Er ist alles, was ich habe«, sagte der Fährmann ernst. »Wir kann ich Ihnen das vergelten?«

Jack stand in dem bockenden Boot, das Wasser weit unter den Planken. Der Junge schluchzte, und der Bilgener wollte sich erkenntlich zeigen, was nur verständlich war.

»Lehren Sie mich, auf dem Rohrhorn zu spielen«, sagte Jack, ohne zu überlegen. *Lehren Sie mich, die Welt zu retten.*

Und das tat der Fährmann an den folgenden Abenden. Er brachte ihm richtige Bilgener-Musik bei, für die Jack, wie er feststellte, ein Ohr hatte.

85
ABSCHIED

In Wardine war es Brauch, zu Lammas ein Freudenfeuer zu entzünden, was die Bewohner ein oder zwei Wochen nach dem 1. August taten. Vor den eigentlichen Festlichkeiten ruhten sie sich gern ein paar Tage aus, genossen die Fülle des Sommers, wenn das Laub zartere Farbtöne annahm und der Fluss noch träger wurde, und trafen die Vorbereitungen für das Festmahl und das Ritual.

»Sie wollen, dass du das Feuer entzündest, Jack«, teilte ihm Stort mit.

»Ich?«

»Sie haben den Hochaltermann gefragt, doch der hat abgelehnt und vorgeschlagen, dass du es machen sollst. Du bist ihre zweite Wahl.«

»Wer schichtet es auf?«

»Du.«

»*Wir*«, korrigierte ihn Jack mit einem Grinsen.

»*Wir?*«, rief Stort.

Jacks Gegenwart hatte lange wie eine dunkle Wolke über dem Dorf gelegen. Nun, da Samhain nahte, schien er seine Seele zu sein. Er war nicht nur einmal, sondern zweimal durchs Feuer gegangen, und beide Male waren Narben zurückgeblieben, die ihm eine gewisse Würde verliehen.

»Wir haben schon einmal einen Holzstoß für ein Feuer aufgeschichtet, und du weißt, was dann geschehen ist!«, warnte Katherine.

Sie taten es trotzdem.

Dann, am Tag bevor es angezündet wurde, wenn, wie die Wardiner behaupten, Geister umherschweiften, kamen drei davon nach Wardine marschiert, die mit der Fähre übergesetzt hatten: Master Brif, Mister Pike und Barklice.

»Meine lieben Freunde«, rief Festoon, »ich freue mich, Sie zu sehen! Wir alle freuen uns.«

»Sagen Sie, Master Brif, kennen Sie diesen Gentleman?«, fragte Pike und zwinkerte Jack zu.

Brif musterte den dünner gewordenen Festoon scharf. »Nein, ist mir nicht bekannt und macht einen recht ausgemergelten Eindruck. Barklice, haben Sie ihn schon einmal gesehen?«

»Nicht dass ich wüsste«, antwortete Barklice.

»Jack«, fuhr Brif fort, »*Sie* kennen wir, wie auch Miss Katherine, deren Wangen Farbe bekommen haben, und Mister Stort, der bis vor kurzem Schreiber von Brum war und es bald wieder sein wird, wie wir hoffen. Ach ja, und Parlance, ihn kennen wir auch. Aber *diesen* Gentleman ...«

Brif schüttelte den Kopf. »Er ist uns gänzlich unbekannt!«

Festoon sah sie gebieterisch an. »Welch ein Jammer«, sagte er, »ich hatte nämlich für heute Abend ein Mittsommerfestmahl geplant.«

»Ein bescheidenes Festmahl, Mylord?«, fragte Brif mit einem Augenzwinkern.

Festoon grinste verschwörerisch. Diät war gut, aber sie dann und wann zu unterbrechen war besser.

»Sie sind alle herzlich eingeladen«, sagte er, »und zum Henker mit der Genügsamkeit. Dies wird das Fest der Feste, Speisen bis zum Überdruss, verfeinert bis an die Grenze zum Ätherischen, ausgefallen und in höchstem Maße anspruchsvoll!«

»Es stimmt, dass ich eine Kleinigkeit vorbereitet habe«, räumte Parlance ein, der so fröhlich aussah wie immer. »Um Ihnen Lust auf mehr zu machen, habe ich mit Hilfe meiner neuen Küchengesellin ...«

Selbst Festoon blickte überrascht, denn bis zu diesem Augenblick hatte Parlance für sich behalten, dass er Charmaine einen Antrag gemacht hatte.

»... als Appetithappen Pralinen der pikanten Sorte zubereitet.«

»Was für eine Küchengesellin?«, fragte Festoon.

Parlance überging die Frage. Das Festmahl stand bevor, und es gab viel zu tun.

»*Was für eine Küchengesellin*?«, wiederholte Festoon, der vor Spannung fast platzte.

»Später, Mylord, wenn das Festmahl vorüber ist.«

Lord Festoon mochte vielleicht seine Fresssucht für immer in den Griff bekommen haben, aber der Neugier war er rettungslos verfallen. Mitten im Schlemmen legte er eine Pause ein, schlich zur Küche und spähte hinein.

Parlance, Koch und Heiler, war nicht allein. Eine Wyf half ihm, die, wie es Festoon schien, mehr sein mochte als das. Sie war klein und hinkte ein wenig, strahlte aber Liebe zur ihrer Arbeit und Liebe zu Parlance aus. Festoon wusste sofort, wer sie war.

»Mylord!«, rief Parlance, als er bemerkte, dass er beobachtet wurde.

Festoon musterte seine Gesellin. »Die Bäckerin des sagenhaften Brots, des unübertrefflichen Brots, wie ich vermute?«, sagte er, machte eine tiefe Verbeugung, zu der er vor Wochen noch gar nicht imstande gewesen wäre, und küsste sie auf ihre mehligen Wangen.

»Eine Wyf, die Parlance glücklich macht«, fuhr er fort, »macht auch seinen Freund Festoon Avon glücklich. Herzlich willkommen!«

Und herzlich willkommen geheißen wurde sie von allen, insbesondere von Katherine, die mit ihr bekannt geworden war, kurz nachdem Parlance um ihre Hand angehalten hatte.

Diese und viele weitere Erfreulichkeiten ergaben sich beim Mittsommerfest in Wardine-on-Severn in diesem Jahr.

Eine weitere war, dass Jack dem Fährmann winkte, mit seinem Jungen herüberzukommen und, zum allerersten Mal, mitzufeiern.

Eine dritte war, dass Brif, Pike und Barklice Jack auf die Seite nahmen.

»Werden Sie nach Brum zurückkehren, wenn Sie so weit sind, Jack?«

Er zweifelte nicht daran.

»Der Riesengeborene, der den Hochaltermann gerettet hat, ist wahrlich ein Held. Und genau das haben wir uns von Ihnen erhofft.«

»Wir alle zusammen haben ihn gerettet«, sagte Jack, und dies kam der Wahrheit in der Tat näher.

»So werden es die braven Hydden von Brum nicht sehen«, erwiderte Master Brif. »Sie haben ihren Helden und werden erwarten, dass er zurückkehrt, wenn es an der Zeit ist.«

Das Fest dauerte bis in die Morgenstunden, dann ging ein Dorfbewohner nach dem anderen nach Hause. Nur Festoon und seine Freunde blieben am Feuer, die Gesichter rot vom Schein der letzten Glut, die Augen strahlend vor Glück über die Freuden der Kameradschaft.

Neben Festoon und Master Brif waren auch Pike und Barklice da. Und nachdem der Schmaus beendet und ihr erstes gemeinsam gekochtes Mahl zu einem vollen Erfolg erklärt worden war, hatten sich auch Parlance und seine Charmaine zu den anderen gesellt. Jack saß bei Katherine, und für jedermann war deutlich zu sehen, dass sie sich liebten und wohl miteinander fühlten.

Stort, dem es am Feuer zu heiß geworden war, hockte unten am Fluss und blickte aufs Wasser. Deshalb war er es, der in der Dunkelheit am andern Ufer das Wirbeln einer Pferdemähne sah. Dann die Laterne des Fährmanns und sein Boot, das übers Wasser kam.

»Wir bekommen Besuch«, sagte er, ging zu Imbolc herüber und half ihr an Land.

»Sag ihnen, sie sollen Abstand halten«, flüsterte sie, »denn es bereitet mir jetzt zu große Mühe, mich zu verwandeln, und ich darf nicht lange verweilen. Sag ihnen das und …«

Doch diese Leute würden keine Bemerkungen über das Aussehen der Friedensweberin machen.

Sie führten sie ans Feuer, boten ihr einen Platz an, und hätte das Feuer heller gebrannt und sie schöner erscheinen lassen, hätten der Mond und die Sterne in ihr Haar geleuchtet und es so blond wirken lassen wie in ihrer Jugend, so wäre niemand überrascht gewesen.

Wäre überdies ein leichter Wind durch dieses Dorf gegangen, das ihr von allen das liebste war, hätte er seine Bewohner geweckt und wieder in die Nacht hinaus gelockt, so hätten sie innegehalten und erstaunt geblickt, ohne ihr zu nahe zu kommen, und niemand hätte etwas gesagt oder Einwände erhoben. Denn sie waren alle Gläubige, jeder Einzelne von ihnen, und sahen keinen Grund, warum Imbolc, die Friedensweberin, sie nicht von Zeit zu Zeit besuchen sollte.

Sie saß Stort am nächsten, als kenne sie ihn am besten von allen, und sprach: »Jack und Katherine, es ist nun an der Zeit, dass ihr zusammen das Wasser überquert und meine Schwester, die Schildmaid, sucht. Mögen diese Hydden auch glauben, dass Katherine die Schildmaid sei – ich habe nicht diesen Eindruck.«

Jack blickte überrascht, aber Katherine zuckte nur mit den Schultern. Sie hatte nie verstanden, warum die Hydden sie mit einer Legende in Verbindung brachten. Mit Jack war es etwas anderes. Aufgrund seines Erbes, halb Mensch, halb Hydden, wusste sie einfach, dass er zu Höherem bestimmt war.

Imbolc lächelte sie sanft an: »Obwohl ich immer noch glaube, dass du das Deinige beizutragen hast, Katherine. Ich bin mir sicher, dass du diejenige sein wirst, die meine Schwester findet, und ich glaube, du weißt besser als ich, wo sie ist! Und so soll es auch sein. Nehmt Bedwyn Stort mit, denn wenn es für euch Zeit wird, in die Menschenwelt zurückzukehren, wird er euch zeigen, was zu tun ist. Bis dahin werdet ihr seine Lehrer sein in der einen Sache, in der ihn kein Buch, auch keines aus der großartigen Bibliothek von Brum, unterweisen kann, nämlich in der Natur der Liebe. Er muss dies lernen, wenn er bei der großen Aufgabe, die vor ihm liegt, helfen soll. Also … macht euch bereit, dann lassen wir uns vom Fährmann sicher auf die andere Seite bringen!«

Seltsamerweise protestierte Stort, allerdings nur außerhalb von Imbolcs Hörweite. Aber Jack schüttelte den Kopf.

»Du kommst mit«, sagte er. »Nicht nur, damit du uns hilfst, nach Hause zu kommen, sondern weil wir dich unterwegs bei uns haben wollen.«

»Speziell mich?«, fragte Stort erfreut.

»Ja, dich«, antwortete Jack.

Sie säumten nicht länger, denn der Fährmann war müde und wollte nach Hause. Sie sagten ihren alten und neuen Freunden leise Lebwohl, doch falls sie gehofft hatten, sie könnten sich unbemerkt davonstehlen, so hatten sie sich getäuscht. Sie waren hier in Wardine, nicht in Brum.

Als sie bereit zum Aufbruch waren, ging gerade die Sonne auf, und das Ufer war von Dorfbewohnern gesäumt.

Das Feuer wurde geschürt, dass die Funken stoben, und die Leute nahmen richtig Abschied, mit guten Wünschen und Tränen, mit Hoffnungen und Verlustgefühlen und bangen Erwartungen, was die kommenden Monate und das neue Jahr wohl bringen mochten.

»Es wird uns die Schildmaid bringen«, sagte Katherine, die mittlerweile zu wissen glaubte, wo die junge Dame zu finden war. Abgesehen von ihr hatte es noch niemand begriffen, außer vielleicht Brif, der in vielem erfahren war.

Wohingegen Bedwyn Stort, der Erkenntnissucher, Schöpfer von

Theorien und ungemein praktisch und kühn denkende Wissenschaftler, der Sprachgelehrte und Bücherfreund, sich ausnahmsweise einmal auf nichts einen Reim machen konnte.

»Mein lieber Freund«, gab ihm der Meisterschreiber mit auf den Weg, als er von seinem Gehilfen Abschied nahm, »es geschieht im Frühling, so habe ich mir jedenfalls sagen lassen.«

Womit Stort so klug war wie zuvor, aber etwas hatte, worüber er in den kommenden Monaten nachdenken konnte.

Nun, da Lammas vorüber war, stand das größte Fest von allen bevor: Samhain. Eine Zeit der Dunkelheit und alter Geschichten von Feuer und Verfall, von Wandel und Neubeginn und der tiefgründigen Musik großer Veränderung.

Eine Zeit zum Reisen.

Zeit für Jack und Katherine, nun, da sie ihre Rucksäcke gepackt und Abschied genommen hatten, Wardine in Gesellschaft ihres guten und liebgewonnenen Freundes Bedwyn Stort den Rücken zu kehren, die Fähre zu besteigen und ans andere Flussufer überzusetzen.

Zeit für die anderen, ihnen mit hoffnungsfrohen Herzen nachzublicken und zum Abschied zu winken, während aus dem lodernden Feuer Funken in den dämmernden Himmel stoben.

Zeit für einen Neubeginn der Dinge.

Zeit für den Fährmann, gegen die Strömung des Flusses zu drehen, den Anlegeplatz anzulaufen und seiner sterblichen Fracht ans Ufer eines Landes zu helfen, das alt, für sie aber völlig neu war.

Sowie dies getan war, drehten sie sich um, blickten ein letztes Mal zurück und winkten. Dann waren sie fort, einfach so. Nicht dass die Leute hoffen konnten, gegen den blendenden Glanz der aufgehenden Sonne viel zu sehen, und überhaupt hatten die Wardiner eigene Geschäfte, um die sie sich kümmern, und eigene Reisen, die sie unternehmen mussten.

VII
DIE SCHILDMAID

86
RÜCKKEHR

Neun Monate später, am letzten Apriltag, kehrten Jack und Katherine nach Woolstone zurück.

Über die Zeit dazwischen, in der sie in Begleitung ihres Freundes als Hydden durch Englalond reisten, viele Wunder sahen, unter freiem Himmel schliefen und ihre Liebe und Leidenschaft entdeckten … über diese Zeit ist heute nicht viel bekannt. Es gibt Dinge, die besser nicht aufgeschrieben werden, besser unausgesprochen bleiben. Jeder muss sie auf seine Weise erfahren, zu seiner Zeit, denn es liegt in ihrer Natur, dass sie jedes Mal aufs Neue entdeckt werden.

Bis eines Tages, als der Frühling nahte, Stort, der für gewöhnlich ein aufmerksamer Beobachter, in diesem Punkt jedoch geradezu mit Blindheit geschlagen war, unterwegs stehen blieb. Ihm war aufgefallen, dass Katherine nicht mit der gewohnten Frische marschierte oder sprach, obgleich sie nicht krank zu sein schien.

»Beim Spiegel!«, rief er. »Ich glaube, jetzt verstehe ich!«

»Was?«, fragte Jack schmunzelnd.

»Das kann ich erst sagen, wenn ich es verifiziert habe, und das werde ich durch Beobachtung tun.«

»Was denn?«, wiederholte Jack und lachte.

»Wir werden sehen«, erwiderte Stort mit gezücktem Notizbuch und brachte die erste Beobachtung zu Papier.

»Was studierst du?«

»Katherine«, antwortete Stort. »Sie ist der Schlüssel zu allem.«

Ausnahmsweise einmal endeten Storts Aufzeichnungen, kaum dass sie begonnen hatten, denn er zweifelte nicht daran, dass er recht hatte. Katherine war nicht sie selbst, aber sie fühlte sich dabei mehr als wohl.

»Sie stellt die seltsamsten Ansprüche«, knurrte Jack.

»Das glaube ich gern«, erwiderte Stort, »und es könnte noch schlimmer werden, bevor es besser wird.«

»So sagt man«, erwiderte Jack leichthin und mit verdächtiger Ruhe. Um die es geschehen war an jenem Tag, an dem sich das Kind in Katherines Bauch bewegte.

»Was soll ich tun, Stort, was *kann* ich tun? Wir müssen die Hydenwelt verlassen und nach Hause!«

Es war noch Winter, Schnee bedeckte den Boden, die Nahrungssuche war schwierig, aber der Welt und ihnen ging es gut.

»Nichts, glaube ich«, antwortete Stort, »außer dich ins Unvermeidliche fügen.«

Das tat Jack. Und Katherine, friedvoll jetzt, setzte ihre lange Heimreise fort. Dabei hätte sie sich keine besseren Begleiter und Beschützer wünschen können als diese beiden Männer, von denen einer sie leidenschaftlich liebte und der andere ihr in tiefer Freundschaft verbunden war.

Sie hatten angenommen, Stort würde sie auf dem ganzen Weg begleiten, doch er schied auf der anderen Seite des Sees bei Devil's Quoits von ihnen.

»Was müssen wir noch mal tun, um in die Menschenwelt zurückzugelangen?«, fragte Jack zum hundertsten Mal.

»Nun, ich bin mit Schwimmhilfen in diese Richtung geschwommen«, antwortete Stort vage und blickte übers Wasser, »und dann wieder zurück, wobei ich ein Stück Blisterfolie als Segel benutzt habe. Entscheidend ist, dass man es in einem Henge tut, aber gebt acht, dass ihr nicht falsch abbiegt.«

»Besten Dank«, murrte Jack, »aber ich glaube nicht, dass Katherine in ihrem Zustand durch eine Kiesgrube schwimmen kann.«

»Dann bauen wir eben ein Floß«, erwiderte Stort, »und hoffen einfach, dass es nicht untergeht. Auf dem Wasser bist du geschickter als ich!«

Katherine lauschte dem Gespräch wie in all den Monaten zuvor mit Freude und Belustigung. Doch jetzt war sie müde und wollte nach Hause. Sie erwartete das Kind in Tagen, nicht in Wochen. Sie musste nach Hause.

»Wir könnten um den See herumgehen«, überlegte Jack.

»Das ist nicht dasselbe«, erwiderte Stort.

Sie machten sich an die Arbeit und bauten eine Floß aus den Materialien, die sie am Ufer fanden, darunter ein Stück Styropor, das Stort irgendwie bekannt vorkam, und abgenutzte, verwitterte Blisterfolie, die Stort Unbehagen bereitete.

Jack polsterte damit den Boden des Floßes aus.

»Wenn wir sinken …«

»Das werdet ihr nicht«, sagte Stort.

In dieser Nacht saßen sie ein letztes Mal gemeinsam am Feuer, schwelgten in Erinnerungen und dachten erleichtert daran, was sie von Reisenden, denen sie unterwegs begegnet waren, über Brum und ihre Freunde gehört hatten.

Lord Festoon war zurück, Brunte ein unsicherer Verbündeter. Die Fyrd warteten den rechten Augenblick ab und ließen Brum und Englalond unbehelligt, als wüssten die Sinistral, dass es dort etwas gab, was sie zu fürchten hatten.

»Das gibt es«, sagte Jack, die Hand auf Katherines Bauch, »oder wird es bald geben. Die Schildmaid.«

Ihre Freunde waren wohlauf bis auf den alten Mallarchi, der schließlich seine allerletzte Überfahrt angetreten hatte, sodass Arnold jetzt das Geschäft führte. Und Ma'Shuqa glaubte immer noch, dass ihr Mann eines Tages nach Hause kommen würde. Was Arthur Foale anging, so war Brunte kein Narr. Er hatte ihn gehen lassen, denn eines Tages konnte er ein nützlicher Verbündeter sein.

»Kehrst du jetzt nach Brum zurück?«, fragt Jack Stort.

Das hatte er vor. Es gab viel zu tun, viel zu lernen und bestimmte Vorkehrungen zu treffen.

Darüber sprachen sie wenig, denn Wurd war Wurd und alles nahm seinen notwendigen Gang.

»Ich muss mich auf die Suche nach dem Frühling machen«, war alles, was Stort sagte. Dies war seine Bürde, die Aufgabe seines Lebens, das Licht in seinen Augen und bisweilen auch die Last, die seine schmächtige Gestalt niederdrückte.

»Ich fühle ihn kommen, und es wird in Brum geschehen. Imbolc muss zu einer letzten Reise aufbrechen und den Anhänger weitergeben und dann … wird sie endlich frei sein und kann zu Beornamund gehen.«

Sie hörten Stort zu, so wie er ihnen zuhörte.

»Hilf uns beim Ablegen, aber bleib nicht da und schau zu, denn wenn wir hineinfallen, möchte ich nicht, dass du nachkommst, um uns zu retten. Das würde alles nur noch komplizierter machen.«

»Kommt mit ihr von Zeit zu Zeit nach Brum«, sagte Stort und meinte ihr Kind. »Am besten an Imbolc, also Lichtmess, dem ersten Frühlingstag. Dann werden wir wissen, wo wir uns einfinden müssen, und uns davon überzeugen können, dass es ihr gutgeht. Aber gebt ihr nicht den Namen Imbolc, denn das würde nur Verwirrung stiften.«

»Das werden wir nicht«, sagte Katherine.

Er stand auf, um ihnen beim Ablegen zu helfen, tat es aber nicht sofort. Er zögerte und betrachtete Katherine mit einer verzweifelten Miene, als sei noch nicht alles gesagt oder getan.

»Was ist?«, fragte Jack.

Doch Katherine verstand. Sie ergriff die rechte Hand ihres Freundes und legte sie auf ihren Bauch.

»Warte«, sagte sie sanft.

Er brauchte nicht lange zu warten. Er spürte die Bewegung wie einen Ruf aus den fernen Weiten von Raum und Zeit, und ein liebevoller und verwunderter Ausdruck legte sich auf sein Gesicht. Noch einen Augenblick länger ließ er die Hand dort ruhen, und wieder spürte er, wie sich die Schildmaid bewegte. Er spürte die Kraft des Lebens selbst.

»Eines Tages wirst du ihre Hand halten«, sagte Katherine sanft.

Dann umarmten ihn beide, ehe sich Katherine vorsichtig hinsetzte und Jack das Paddel ergriff, das sie angefertigt hatten. Stort stieß sie hinaus aufs Wasser, drehte sich um und war verschwunden, als Jack so gut es ging auf den See hinauspaddelte.

So kam es, dass Stort, als das Unvermeidliche geschah und beide ins Wasser fielen, längst außer Sichtweite war.

Doch da waren sie den Quoits bereits so nah, dass sie schwimmend, strampelnd und schließlich watend das Ufer erreichen konnten. Dabei drehten und wandten sie sich, ohne zu wissen, wie, sodass sie wieder Menschen wurden. Ihre Kleider gingen in Fetzen, doch ihr Lachen blieb unversehrt.

Sie warteten, bis es dunkel wurde, brachten ihre Kleider in Ordnung, so gut es ging, und legten auf verborgenen Pfaden, die zu finden sie gelernt hatten, die letzten Meilen zurück. Ein letztes Mal nächtigten sie unter freiem Himmel, wärmten sich gegenseitig, dachten an Stort, tauschten Erinnerungen aus, spürten, wie sich die Schildmaid immer heftiger bewegte: eine Hand, ein Fuß, die sanfte Wölbung eines Kopfes.

»Jack?«

»Hm?«

»Ich glaube … Jack … *Jack!*«

Er setzte sich hastig auf.

»Ich glaube, es ist bald so weit.«

»Wofür? *Dafür?*«

»Ja, dafür.«

»Dann bringe ich dich besser nach Hause.«

Es war der letzte Apriltag und somit nach dem heidnischen Kalender der letzte Frühlingstag.

Der Eingang des Henges in Woolstone zwischen den beiden großen Bäumen sah aus wie immer. Aber dahinter war ein frischer Holzstoß für ein Feuer aufschichtet, mit dem am folgenden Tag Beltane, die neue Jahreszeit, begrüßt werden sollte. Er war so groß, dass er den Blick auf das Haus verdeckte.

Doch davon nahmen Jack und Katherine keine Notiz, als sie langsam von den Wiesen in den hinteren Teil des Gartens und dann unter die Bäume des Henges traten.

»Schaffst du es noch bis zum Haus?«

Katherine wollte und konnte nicht weiter.

»Hier«, flüsterte sie unter Schmerzen, »hier muss sie geboren werden, zwischen unseren Welten, deiner und meiner. Hier.«

Er bereitete ihr auf der rechten Seite des Henges ein bequemes Lager und holte Wasser und derlei mehr vom Bach hinter den Wiesen. Dann braute er nach Hyddenart einen Trunk, verwendete alles, was Mutter Natur ihnen bot, und tat alles, um ihr diesen letzten Teil ihrer Reise so angenehm wie möglich zu machen.

Dennoch wurde er noch lang und beschwerlich. Es dauerte bis nach Einbruch der Nacht, ehe im Licht der aufgehenden Sterne die Schildmaid geboren wurde. Es war kaum etwas zu erkennen, doch das war gleich, denn sie hatten viel gelernt und kannten sich mit den irdischen Dingen ebenso aus wie mit dem Mond und den Sternen.

»Es regnet«, sagte Katherine später. »Wasche sie damit.«

Er tat wie geheißen, schützte ihr Kind vor dem Regen, wie er dessen Mutter einst vor dem Feuer geschützt hatte, fing die Tropfen mit den hohlen Händen auf und wusch die Schildmaid damit.

Sie schauten durch den Baumkreis hindurch zum Himmel. Der Regen ließ nach, und die Wolken jagten davon.

»In Richtung Brum«, sagte Jack und schlang die Arme um beide. Ihr Kind schlief, und ihre Decken hielten sie warm.

Bedwyn Stort stand in dunkler Nacht und strömendem Regen auf dem Waseley Hill. Bis Brum war es nicht mehr weit, und nach dem langen Marsch mit seinen Freunden und den letzten paar Tagen, die er allein zugebracht hatte, freute er sich darauf, in die Stadt zurückzukehren.

Es stimmte, dass Herzensangelegenheiten nicht verifizierbar waren, aber es gab immer neue Theorien, die es zu überprüfen galt. Seine jetzige Theorie lautete, dass die Schildmaid am letzten Tag des Frühlings geboren werden würde, irgendwann in der Nacht, vielleicht um Mitternacht, wenn die Jahreszeiten wechselten. Wenn dem so war und wenn Beornamunds Prophezeiung, wonach sich der verlorene Stein des Frühlings von selbst zeigen würde, jemals in Erfüllung gehen sollte, dann in dieser Nacht.

Was den Ort anging, so kam eigentlich nur der in Frage, an dem dieses Bruchstück der legendären Kugel verlorengegangen war, und das war der Hügel, auf dem sich die Werkstatt des CraftLords einst befunden hatte.

So stand Stort allein in der Dunkelheit und wartete mit beklommenem Herzen. Denn der Regen war sehr stark gewesen, und der kleine River Rea, der auf dem Hang über ihm entsprang, war bereits zu einem reißenden Sturzbach angeschwollen, der über die Ufer zu treten drohte. Seine Fluten erweckten den Anschein, als wollten sie heraufsteigen und Stort hinabreißen. Doch er wich keinen Zentimeter zurück.

Der Hydden, der den Monstern im See bei Devil's Quoits getrotzt hatte, war sich ziemlich sicher, dass er bei der Durchführung einer wissenschaftlichen Untersuchung auf dem Waseley Hill auch ein bisschen Regen überstehen konnte. Womit er möglicherweise recht gehabt hätte, wäre in und um Brum nicht schon seit Wochen ein ungewöhnlicher Regen niedergegangen. Ein kräftiger Dauerregen, wie er in diesem Zeitraum sonst nirgendwo in Englalond fiel.

Während Stort also neben den reißenden Fluten stand, die eigentlich nur ein harmloser Bach hätten sein sollen, staute sich der Fluss hinter ihm in nie gekannter Weise. In einer Weise, die von den Bilgenern längst nicht mehr zu beherrschen war. Denn in seiner Wut räumte er alle Hindernisse aus dem Weg, als er die Fließrichtung wechselte und dorthin zurückkehrte, wo er hergekommen war, da er nicht mehr bergab fließen konnte.

Stort konnte die große Welle, die in der Dunkelheit den Hügel heraufraste, unmöglich sehen. Doch er vernahm ein dumpfes und bedrohliches Brausen. Es versetzte ihn in eine Angst, wie er noch nie eine verspürt hatte und die aus der Gewissheit seiner unmittelbar bevorstehenden Vernichtung erwuchs.

»Trotzdem werde ich nicht weichen, und Master Brif würde mich ganz bestimmt schelten, wenn ich es täte. Mag dieses brausende Ding ruhig kommen, was immer es auch sein mag. Mag es mich packen und zwischen seinen Kiefern zermalmen, doch wenn ich das befriedigende Gefühl habe, die Wahrheit über den verlorenen Stein gefunden zu haben, wird mir das genügen, und ich werde zufrieden sterben – zumindest einigermaßen!«

So blieb er stehen. Der Regen prasselte, der Fluss schoss wild an seinen Füßen vorbei, und das Brausen der wiederkehrenden Wassermassen wurde immer lauter. Bis ein Augenblick eintrat, der ebenso schrecklich wie beängstigend war.

Urplötzlich hörte der Regen auf. Es war, als sei er von der Kraft des heranrauschenden Wassers vom Hügel vertrieben worden. Der Fluss hörte auf zu fließen, durch seine eigene Rückkehr zum Stillstand verdammt. Eine unheimliche Stille kehrte ein.

»Jetzt ist die Stunde und der Augenblick!«, flüsterte Stort vor sich hin. »Jetzt ist die Schildmaid geboren. Jetzt werden wir sehen, was wir sehen sollen!«

87
ENTDECKUNG

Genau in diesem Augenblick trat Imbolc aus der stillen Dunkelheit, die sich auf die letzten Augenblicke ihrer Reise durch die Jahre gelegt hatte. Sie nahm keine andere Gestalt an, denn dazu besaß sie nicht mehr die Kraft. Sie war so alt, dass sie ein Teil der Erde und auch des Universums zu sein schien.

»Komm und stell dich neben mich«, sagte sie zu Stort, »dann kann dir nichts geschehen und du wirst sehen, was du sehen musst.«

Stort gehorchte.

»Nimm meine Hand«, sagte sie, und er tat es ängstlich, denn er fürchtete ihre Berührung. Er wäre beinahe gestorben, als sie ihn vor Jahren auf dem Waseley Hill berührt hatte.

Sie lächelte und sagte: »Keine Angst, Bedwyn Stort, du hast es einmal überlebt und dich seitdem als überaus würdig erwiesen. Aus meiner Berührung soll dir kein Schaden erwachsen, nur Liebe.«

So hielt er ihre Hand und fand darin sonderbaren Trost.

»Jetzt hör mir gut zu«, fuhr Imbolc fort. »Meine Schwester ist heute Nacht geboren worden, und das bedeutet, dass meine Zeit abgelaufen ist. Ich habe nur noch die Kraft für eine letzte Sache, doch dazu brauche ich deine Hilfe!«

Ihre Stimme ging in plötzlichem Getöse unter. Wasser brach über sie herein, die Erde unter ihren Füßen riss auf. Kurz darauf tobten die Fluten weiter den Hügel hinauf und fegten das Flussbett leer.

Einen Augenblick lang war es wieder ganz still, bis auf das gedämpfte Tosen des Wassers, das nun oben angelangt war, an der Quelle brodelte. Im nächsten Moment machte es kehrt und begann, sich wieder herabzuwälzen.

Doch Stort achtete nicht mehr darauf, denn im Schlamm des Flussbetts, das für wenige Augenblicke freilag, hatte er etwas entdeckt. Es schimmerte schwach, der matte Schein eines verdeckten Lichts.

Er ging zum Flussbett, und Imbolc mit ihm.

»Es ist ein großer Felsblock«, sagte er, »und darunter liegt etwas.«

»Das ist kein Felsblock, sondern Beornamunds alter Schmelzofen. Das Wasser hat ihn umgerissen und wird gleich zurückkommen und ihn endgültig in die Vergessenheit stürzen. Dir bleibt nicht genug Zeit.«

Aber Stort hörte sie nicht. Er watete bis zu den Knien in den Schlamm und fasste unter den umgefallenen Schmelzofen. Er schob die Hand durch Schlamm und Kies und tastete nach der Quelle des Lichts. Mit den Fingerspitzen fühlte er sie, konnte sie aber nicht richtig greifen.

»Es ist der Frühling«, rief er verzweifelt, »aber ich bekomme ihn nicht zu fassen. Er ist zu weit weg und rutscht mir aus den Fingern …«

Die Erde unter ihm erzitterte, als sich die Welle wieder den Hügel herabwälzte und dabei an Kraft gewann.

»Komm zurück, Bedwyn Stort!«, rief Imbolc. »Ich kann dich nicht beschützen, wenn du dort bleibst. Komm zurück!«

Doch Stort gehorchte nicht. Immer wieder stieß er die Hand unter den Schmelzofen, überzeugt, dass das ganze Geheimnis um den Stein des Frühlings endlich gelüftet werden konnte, wenn er nur weit genug den Arm ausstreckte und ihn zu fassen bekam.

Die Erde bebte noch stärker. Stort streckte den Arm zu weit aus, und der Schmelzofen, groß und schwer und unter der Wucht des heranstürzenden Wassers erzitternd, verrutschte ein kleines Stück. Er klemmte Stort im selben Augenblick ein, als seine Hand den Stein zu fassen bekam.

»Ich habe ihn!«, rief Stort. »Doch ich sehe nur das schöne Licht, das ihn umgibt. Kann ich denn sagen, dass ich etwas gefunden habe, was ich nicht sehen kann? Das kann ich nicht! Und ich kann ihn auch nicht bewegen. Imbolc, wünschen Sie mir alles Gute, denn ich fürchte, dass ich wie Sie im Begriff bin, dieses sterbliche Leben zu verlieren!«

Tapfere Worte eines tapferen Hydden, doch nicht die Wahrheit. Denn über ihm riss der Himmel auf, und in dem großen Spalt sah er die Feuer des Himmels wie schon einmal zuvor.

Licht ging von ihnen aus, und dann fiel ein Schatten auf Storts Gesicht, der nicht einmal den hellsten Lichtstrahl durchließ. Er nahm die Gestalt eines Sterblichen an, so groß wie der Himmel darüber.

Eine große Hand fasste aus dem Schatten, ergriff den Schmelzofen und hob ihn, als sei er leicht wie eine Feder, von Storts Arm und Brust. Stort hob überrascht und erleichtert den Kopf und erblickte zwei große Sterne, die Beornamunds Augen waren.

In diesem Augenblick traf sie die Welle. Doch Beornamund behütete sie beide. Umgelenkt durch seine riesige Hand, schoss das Wasser über ihre Köpfe hinweg, ohne Schaden anzurichten.

Dann wurde es wieder ganz stil, und die Gefahr war vorüber. Stort saß, die Kleider halb vom Rücken gerissen, im Schlamm, öffnete die Faust und blickte hinein. Da lag der verlorene Stein des Frühlings, in dessen tiefem Innern das Licht eines neuen Lebens glomm.

»Gib ihn mir«, befahl Beornamund.

Stort gehorchte bereitwillig, denn ein Sterblicher sollte dergleichen nicht lange in der Hand halten.

Dann wandte sich Beornamund an Imbolc, die, den Kopf zwischen den Sternen, Stort nun ebenfalls weit zu überragen schien, und setzte den Edelstein an seinen Platz in dem alten Anhänger, der um ihren Hals hing.

Da fiel das Licht des Himmels, gespiegelt vom Stein des Frühlings, auf ihr Gesicht, und ihre Jugend und Schönheit kehrten zurück. Sie blickte Beornamund liebevoll an – sie wusste, was zu tun war.

Sie nahm den Anhänger vom Hals und kniete neben Stort nieder. »Trage ihn, bis die Schildmaid dafür bereit ist. Bewahre ihn sicher auf und behalte das Geheimnis für dich. Sprich mit niemandem darüber. Trage die Last, wie nur du es vermagst, trage sie für sie mit derselben Liebe, die du für Mutter Erde und alle Dinge in ihr und auf ihr empfindest. Wirst du das für meine Schwester und mich tun?«

»Ja«, antwortete Bedwyn Stort, dem vor Müdigkeit die Augen zufielen. »Ja, das werde ich …« Und bevor er die Augen endgültig schloss und in einen traumlosen Schlaf fiel, sah er noch, wie Beornamund Imbolc in die Arme nahm. Die beiden Gestalten zerfielen in silberne Staubteilchen, die eine frische Frühlingsbrise fortwehte, bis sie dem Blick entschwunden waren.

Bald danach wurde er geweckt, nicht von der Sonne und auch nicht vom Zwitschern der Vögel oder der frischen goldenen Brise. Er wurde geweckt von dem kühlen Wasserstrom des kleinen Baches, in dem er lag und in dem alles seinen Ursprung hatte – Legenden und

Städte, Mythen und große Taten, und ein einsamer Hydden, der nass und schmutzig war und fror, aber in der Hand einen Anhänger hielt, an dem ein Edelstein funkelte.

Ein Anhänger, der eine zu große Last war, um von einem Sterblichen getragen zu werden, selbst für eine Schildmaid, es sei denn, sie tat es mit Liebe und heftete ihren Blick auf die Sterne.

Bedwyn Stort stand im Morgengrauen auf, steckte den Anhänger in die tiefste Tasche seines Anzugs aus Harris-Tweed und machte sich den Hügel hinab auf den Weg nach Brum. Dort wollte er seine Freunde suchen und ihnen von seinen Abenteuern und seinen Entdeckungen berichten, nur nicht von der einen, der wichtigsten, die er, so ihm der Spiegel die Kraft gab, für sich behalten würde bis zu dem Tag, an dem die Schildmaid alt genug war, ihm die Bürde abzunehmen.

88

DIE JAHRESZEIT WECHSELT

Dämmerlicht drang durch die Vorhänge ins Schlafzimmer der Foales, als Margaret glaubte, ein Baby schreien zu hören. Schon ihr ganzes Erwachsenenleben lang hatte sie solche Träume, die den Kinderwunsch zum Ausdruck brachten, der ihr versagt geblieben war.

So erwachte sie an diesem Morgen mit dem vertrauten Wachtraum und drehte sich dankbar zu Arthur hinüber, der neben ihr lag. Sie strich ihm mit einer Hand über den Rücken und legte ihm die andere auf den Bauch, was sie tröstete.

Kein Morgen verging, ohne dass sie mit der Freude darüber erwachte, dass er heimgekehrt war. Oder sich für einen Augenblick einem Gefühl der Dankbarkeit dafür hingab, dass er das Haus wieder mit Leben und Geschäftigkeit erfüllte.

Er erzählte häufig von seinen Abenteuern in Hyddenwelt und Brum und von den Hydden, die er dort kennengelernt hatte, aber nie so viel, dass es Margaret nicht danach verlangt hätte, mehr zu erfahren.

Darüber freilich, wie er gelernt hatte, durch das Henge von einer Welt in die andere zu gelangen und wieder zurück, sprach er wenig. Er hatte auf der Suche nach einem Edelstein, den er nie gefunden hatte, diesen Weg beschritten. Außerdem hatte er eine Möglichkeit finden wollen, Katherine und Jack vor den Gefahren zu schützen, die ihnen drohten.

In all diesen Bemühungen, so schien es, war er gescheitert, und das auf der ganzen Linie. Natürlich hoffte er, dass Katherine und Jack eines Tages nach Hause zurückfinden würden. Doch er versuchte, nicht daran zu denken und sich damit abzufinden, dass ihre Wurd möglicherweise anderes mit ihnen vorhatte, und darauf hatte er keinen Einfluss. Jetzt war er wieder da und wollte nie wieder nach Hyddenwelt zurück.

Es hatte einen Weg gefunden, Marschall Brunte von sich zu überzeugen – oder vielleicht hatte Brunte auch ihn überzeugt, bei ihm konnte man nie wissen –, und war dann nach Woolstone zurückgekehrt. Er war, wie er sich erhofft hatte, am 1. Februar, dem ersten Frühlingstag, nach Hause gekommen, sodass er und Margaret gemeinsam in die neue Jahreszeit hineinfeiern und ihre Liebe auffrischen konnten.

»Nie wieder«, sagte sie.

»Niemals!«, erklärte er. »Ich werde nie wieder auch nur einen Fuß in das Henge setzen. Ich werde das Gras wachsen lassen und es den Geschöpfen der Nacht und den Bewohnern der anderen Welten überlassen, Hydden eingeschlossen.«

So waren die Frühlingswochen verstrichen, es war warm geworden, und nun stand der Sommer vor der Tür.

»Wir machen ein Feuer, um Beltane zu begrüßen«, hatte Margaret ein paar Tage zuvor gesagt, wobei sie den heidnischen Namen des Sommers benutzte, dessen Beginn am 1. Mai gefeiert wird.

So schichteten sie, um neues Leben zu feiern, einen großen Holzstapel auf, so wie es Jack und Katherine einst getan hatten, um ein gelebtes Leben zu verabschieden. Und jedes Mal, wenn sie einen Gegenstand auf den Stapel legten, den sie verbrennen wollten, glaubte Margaret, ein Baby schreien zu hören.

Auch Arthur litt unter ihrer Kinderlosigkeit, deshalb sprach sie nicht mit ihm darüber. Weder über das Kindergeschrei, das sie bei Tage hörte, noch über die Träume, die sie des Nachts heimsuchten. Kein Wort. Er war müde von seiner langen Reise und wünschte sich nur Ruhe, Schlaf, gutes Essen, innige Gespräche und unbeschwerte Tage an dem Ort, den er liebte, und mit der Frau, die er liebte.

»Verschieben wir das bis zum Sommer«, sagte er immer wieder in Bezug auf Dinge, die noch besprochen werden mussten. »Verschieben wir es bis dahin.«

Als Margaret an jenem Morgen aufwachte, hatte sie daher nicht den geringsten Anlass, Arthur zu wecken. Sie kuschelte sich an seinen Rücken, drehte sich auf ihren eigenen und hörte wieder das Schreien.

»Ich bilde es mir nur ein«, sagte sie sich, drehte sich auf die Seite und hielt sich die Ohren zu.

Stille und ein Gefühl der Erleichterung. Aber auch Kummer, denn sie vermisste Katherine und Jack und sehnte sich nach ihrer Rückkehr, so wie sie sich lange nach Arthurs Rückkehr gesehnt hatte.

»Ich bin zurückgekommen«, sagte er immer wieder, »und sie werden es auch.«

Aber nichts drängt einen Sterblichen so zum Handeln wie das Schreien eines Babys. Es kann nicht ignoriert werden. Sie hörte es wieder und dann noch einmal. Der Morgenwind trug es durch das offene Fenster. Sie setzte sich im Bett auf und lauschte. Es klang vollkommen real, auch wenn es leise und nur zeitweilig zu hören war. Doch es war so wirklich wie Arthur. So wirklich wie sie selbst.

»Arthur!?«

Das Baby schrie wieder. Margaret stand auf, ging zum Fenster, zog den Vorhang beiseite und öffnete das Fenster so weit, wie es ging.

»*Arthur!*«

Er rührte sich nicht, und Margaret wollte nicht länger zaudern. Sie schlüpfte in ihren Morgenrock und ihre Hausschuhe, eilte die Treppe hinunter und hinüber in den Wintergarten, öffnete die Tür und trat hinaus auf die Terrasse.

Das Schreien des Babys klang nun zornig, eindringlich.

»Arthur!«, rief Margaret noch lauter zu ihrem Fenster hinauf.

Er mochte unempfänglich für die Welt sein, doch als Margaret diesen Ton in ihre Stimme legte, war er im Nu wach, aus dem Bett und am Fenster.

Er spähte hinaus und sah sie auf dem Rasen stehen, die Haare so durcheinander und zerzaust wie seine eigenen.

»Was ist denn los, um Himmel willen?«

»Hör mal!«

Er lauschte und hörte es. Das Babygeschrei war jetzt so deutlich und so fordernd wie das Läuten einer Kirchenglocke, die zum Gottesdienst rief.

»Es kommt aus dem Henge«, sagte sie.

Sie sah nur noch, wie Arthur vom Fenster verschwand, und vermutete, dass er auf dem Weg zu ihr herunter war. Doch das dauerte ihr zu lange.

Das Babygeschrei wurde noch lauter, und so rannte sie trotz ihrer Furcht vor dem Henge, ohne zu überlegen, ohne etwas zu erwarten, hinaus in den Garten. Um den Holzstoß für das Feuer herum, zwischen den Bäumen hindurch und dann hinein in das kühle Henge. Sie blieb stehen und schaute sich um, hörte aber nichts mehr.

Bis allmählich das leiseste und schönste aller Geräusche an ihr Ohr drang – das erste zufriedene Saugen eines neugeborenen Kindes.

Margaret sah sie zuerst, Augenblicke später auch Arthur, der einen Stock in der Hand hielt, als habe er mit einem Überfall gerechnet. Er ließ ihn sofort fallen.

»Katherine?«, flüsterte Margaret ungläubig, denn Katherine hatte sich sehr verändert.

»Jack?«, fragte Arthur etwas nervös, denn Jacks Haar war jetzt länger, er selbst größer.

Zusammen mit ihrem Kind sahen sie aus wie Geschöpfe der Wildnis, und Margaret umarmte sie alle.

»Willkommen zu Hause, Kinder«, sagte sie mit Tränen in den Augen. »Willkommen zu Hause.«

Sie brachten Katherine ins Haus, und Jack trug das Kind. Er und Arthur stellten rasch Clares altes Bett in den Wintergarten, denn dort wollte Katherine sein. Dasselbe Bett, derselbe Ort, derselbe Ausblick, nur eine andere Jahreszeit.

Sie wuschen sie und das Kind, und Jack nahm ein Bad. Danach aßen sie, redeten, sahen einander an, sahen das Kind an und konnten es nicht fassen.

Der Tag schritt voran. Die Windspiele klirrten, wie sie es immer getan hatten.

Arthur und Jack überprüften den Holzstoß. Margaret schwebte wie auf Wolken, so glücklich wie nie zuvor in ihrem Leben.

»Ich bleibe bei Katherine und dem Kind sitzen, wenn ihr das Feuer entzündet«, sagte sie.

Jack tat es bei Einbruch der Dunkelheit. Arthur sah ihm dabei zu, und als das Feuer gut brannte, zog er sich in den Wintergarten zurück und beobachtete von dort, wie es größer wurde.

Jack blieb noch eine Weile draußen. Er dachte an viele Dinge und blickte an Flammen, Rauch und Funken vorbei in das Henge, in Richtung Hyddenwelt.

»Noch nicht«, sagte er sich leise, »noch nicht. Es gibt viel zu tun.«

Dann ging er, wie zuvor Arthur, durch den Garten zurück, gesellte sich zu seiner Familie und betrachtete aus sicherer Entfernung das Feuer, dessen Schein sich kurz in den Augen seiner Tochter, der Schildmaid, spiegelte.

Der Frühling war vorüber, und der Sommer begann.